論創ミステリ叢書
別巻

怪盗対名探偵
初期翻案集

北原尚彦 編

論創社

怪盗対名探偵初期翻案集　目次

凡例

一、「仮名づかい」は、「現代仮名遣い」（昭和六一年七月一日内閣告示第一号）にあらためた。
一、漢字の表記については、原則として「常用漢字表」に従って底本の表記をあらため、表外漢字は、底本の表記を尊重した。ただし人名漢字については適宜慣例に従った。
一、難読漢字については、現代仮名遣いでルビを付した。
一、極端な当て字と思われるもの及び指示語、副詞、接続詞等は適宜仮名に改めた。
一、あきらかな誤植は訂正した。
一、今日の人権意識に照らして不当・不適切と思われる語句や表現がみられる箇所もあるが、時代的背景と作品の価値に鑑み、修正・削除はおこなわなかった。
一、作品標題は、底本の仮名づかいを尊重した。漢字については、常用漢字表にある漢字は同表に従って字体をあらためたが、それ以外の漢字は底本の字体のままとした。

怪盗対名探偵初期翻案集

秘密の隧道《トンネル》

清風草堂主人

一　天下の大盗賊に似ている

「実に不思議ですな、倍門《ばいもん》さん。こう申すと大変失礼ですが、貴下がそうして居らっしゃる所は、彼の有名な龍羽暗仙《りゅうばあんせん》にソックリその儘ですな」

こう話しかけたのは、主人の出番譲二《でばんじょうじ》氏であった。すると、客は振返って、

「と仰しゃると、貴下は天下の大盗賊龍羽暗仙を御承知なのですか?」と、主人に聞き返した。

「左様、世間の人の知っている通りに、私も写真だけでは能《よ》く龍羽暗仙を知っています、いや、私ばかりじゃ無い、誰だって写真でより外に彼の顔を見ることは不可能ですよ。何せ、彼の行動は神出鬼没なんですからね……それにしても、貴下は彼の写真に酷似《そっくり》ですよ」

倍門と呼ばれた客は、ちょっと困ったような表情を見せたが、殊更らしい微笑を浮べて、

「多分貴下のその御推測は当っておりましょう。が、私に面と向って、そういう事を仰しゃった方は恐らく貴下が始めでしょうよ。いや、確に貴下が始めです。はははは」

「いかにも。これはそうかも知れません。しかしですな」と、主人はなおも頑固に言い張る。「倍門さん、もし貴下という方が、私の従弟からの御紹介によって私とお近づきになったので無く、また、貴下が私の賞讃する海の景色をお描きになる有名な画家でなかったら、私は疾《と》うの昔に貴下を龍羽暗仙として、戸部のお住居《すまい》を警察へ訴えていたかも知れませんよ。はははは」

この戯言《じょうだん》が一座の人々を笑わせた。そこは智遍流米須爾留《チベルメスニル》城内の大きな食堂で、大勢の人達が集まっていた。それはこの古城の持主の銀行家出番譲二氏、及び、その母堂の招待を受けて、今日しもこの一堂に会して、親しく物語っているのであった。その人々の中には、今主人が評判の大盗賊に酷似していると云って揶揄《からか》った、海の絵を専門にしている画家倍門豊嶺や、芸利須《げりす》僧正や、郡長

や、それからまた、この頃機動演習のために、この附近へ来ている聯隊の将校十数名も混っていたのである。

剽軽《ひょうきん》な主人の談話《はなし》に興を得た客の一人が不意に大きな声で言った。

「すると、何ですな、龍羽暗仙は、巴里《パリ》通いの汽車の中で大活劇を演じた後、間も無くこの海岸へ現われたということになるのですな」

ついこの頃のこと、欧米各国に俠名を轟かした巨盗龍羽暗仙が、大《おお》いに巴里通いの列事を騒がして、世間の耳目を聳動《しょうどう》せしめた事は、まだ人々の記憶に新なるところであった。しかもこの事件は、龍羽暗仙の例の道楽で、自分の演《し》た事を自分で新聞に投書して、世間一般の人に告げ知らせたのであるから、忽ち世界じゅうの大評判となったのである。されば苟《いやしく》も交際場裡に立つと自信するほどの人に取って、この大盗賊の華々しい振舞を知ら無いというのは、甚だしい恥辱ででもあるかのように思われていたのだ。

「そうですそうです」と、気爽《きさく》な主人出番氏はそれを受けて、「丁度三月前、私はここにお出での倍門画伯と御懇意になったのです。それからというものは、ホンの僅の御交際で、すっかり親しい間柄になってしまいました。で、御覧の通り今夜などもこうして態々《わざわざ》御光来の栄《かたじけの》を辱うしたという ような次第で……」

一座はまたも哄然《どっ》と笑い崩れた。そして、主人の案内に伴れて、宝蔵の方へ入って行った。それは大きな、天井の高い部室であって、そこには、その昔智遍流米須爾留公が心を尽して蒐《あつ》集めた無比の財宝が備え付けられてあった。と見る古い匣《はこ》の類、聖餐卓《せいさんづくえ》、薪架、花形燭台などが満々と飾り立てられ、辺の石の壁の上には、美々しい帷帳《とばり》が掛っていた。朝顔形の四個の深い砲眼には、多くの座席が設けられ、そして、その窓の扉は悉く鉛を着せた板でもって覆ってあった。

窓と戸との間の左の方の台の上には、ルネサンス式の記念書架が置いてあり、その書架の破風《はふ》の上には、横に、右から左へ、麗々しい金文字でもって、

「智遍流米須爾留城」

の八文字が掲げられてある。

来客一同は、不思議そうにこの金文字を見詰めたが、誰も一語を発する者もない。彼等が言葉もなく、スパリスパリと煙草を燻らし始めた時に、主人の出番氏は、また画伯を捉えて、さも真面目腐った顔で、こう話しかけた。

「しかし、倍門さん、貴下も嘸《さ》ぞお心急《こころぜき》でしょうね。貴下のお為事《しごと》をなさるのも、畢竟《つまり》今晩が最後というような訳ですからな」

「ははあ、今夜が最後と云いますと?」と、画伯もそれを迎えて、十分巫山戯《ふざけ》た調子で訊いた。

まさに主人が答えようとした時に、出番氏の母堂は、何か意味ありげに出番氏に目授《めくばせ》をした。けれども、母親の意《こころ》を知ってか知らずにか、出番氏はなおも言葉を続けることを止めなかった。談話の興に乗った氏は、少し位慎ましい母堂の注意があったって、なかなか控えているような景色は無かった。

「いいえ、お気遣いには及びません。私が今皆さんにお話ししたところで、決して秘密の漏れるような患《うれ》いはございませんから」

来客一同は、主人がいかなる事を言い出すかと、多大の好奇心を以って、出番氏の周囲を取り巻いた。すると、出番氏は、無類飛切の珍聞を話し出す人のような風で、誰よりもまず自分自身が大満悦《おおよろこび》の体でもって、エヘンと片付けた咳払をして言い出した。

「明日の午後四時に、私共へ珍らしいお客様が見えるのです。その人は誰あろう、英国私設探偵局の主静夜《せいや》保《ほ》六郎《ろくろう》氏その人です。静夜氏は世界の名探偵で、氏の前には一切の秘密は無く、いかなる難解の謎《なぞ》語も氏に遇えば立所に解かれてしまうという位、氏は実に作り物語に出て来る主人公のような頭脳を持った人です」

これを聞くと、一同はアッと驚嘆の声を発した。静夜保六郎氏がこの智遍流米須爾留城へ来る！

果してしからば、事や頗る重かつ大ではないか？　して見れば、天下の巨盗龍羽暗仙は、噂の如くこの近辺に立廻っているのであろうか？　来客等は心々にこんな事を考えていた。

二　古記録の紛失

「龍羽暗仙は、確にこの附近に潜んでおるのです。その証拠には、この間彼奴《きゃつ》にやられた笠井男爵家を挙げるまでも無く、富豪森田氏の別荘も襲われたし、倉辻伯や、古池侯もマンマと首尾克《よ》くしてやられていますから、此度《こんど》という此度はどうしても私共の番です」

「なるほど。では、貴下の所でも笠井男爵のように、十分警戒をなすったら」と、客の一人が言う。

主人は首を振って、「いやいや、同《おん》なじ手品は二度とは利きませんからな」

「と言って、この儘では……？」

主人は別に心に期する所あるが如く、ツト起ち上って、

「これを御覧下さいまし」と言って、書架の上の棚を指した。そこには沢山並んだ書籍の中から、丁度一冊だけ抜き去った位の大きさの穴が開いていた。「ここには本が一冊入っていたのです。その本と申しますのは、十六世紀に出来た古い物で、標題は『智遍流米須爾留城の記録』と書いてありました。それは浪々公《ろうろうこう》が御自身の領地内のこの場所を選んで、この古城を築いた抑《そもそも》からの歴史であったのです。で、この本には彫刻された三枚の金属《かね》の板が挿まれていました。その一枚には自分の領地全体の状態《ありさま》が記されてあり、次の一枚にはこの城の図が彫られてあり、それから最後の一枚の金属板には――これは特に皆様の御注意を願っておきますが、地下の抜穴の見取図が刻んであったのです。それで、その抜穴の一方の口は、この城の一番外廓に在って、遠く野の方へ出ています

し、また一方の口はここへ通じているのです。今私共がこうして居りますこの部屋へ来ているのでございます。只今申上げた通りの事が、あの『智遍流米須爾留城の記録』の中に記載されてあるのですが、残念なことにはそれがいつの頃からか失われてしまったのです」

「それはそれは」と、倍門画伯は思わず声を挙げた。「お話の様子で見ると、それはちょいと困りますね。たとえ、英国の大探偵静夜氏が来てもいかんとも手段の施しようがありますまいよ」

「イヤ御尤もです。静夜氏は扨《さて》おいて、誰にも手の着けようがございません。が、しかし、ここに幾分の光明があるのです。と申しますのは、今申しました記録の写しが、国民図書館に納まっているのです。ところで、本記録とこの写しとは、地下の抜穴に関する記事が多少相違しています。何と言っても、一々手写したものですから、自然、図を写し違えるとか、ちょいと間違えるとかで、いろいろ記録にも相違した点が出て来たものらしいのです。従って、写しの方は幾らか省略されておりますようです。しかし、私は記録には詳しく通じておりますし、また抜穴の模様にも大凡《おおよそ》の見当は付きますから、たとえその写しの方だけでもあれば、それを注意して見ましたら、抜穴を発見することは左程困難なこととも思いませんが、残念なことには、写しの方も盗まれてしまったのです。国民図書館では、私共の方の本記録が紛失しました後で、写しの方を一般の読者に見せておったのです。しかるに、盗まれる方には油断があるが、盗む奴には隙が無いと言う通り、盗賊の方では抜目なくその写しをも取って行ってしまったのです」

聞き耳を立てていた来客一同は、思わず叫び出さずには居られなかった。

「では、いよいよ事態容易ならざることになりましたな」と、その中の一人が言う。

「いかにも、頗る面倒な事になりました」と、主人の出番氏が答える。「そこで、直ぐに警察の活動となったのです。つまり記録の紛失と、この城の抜穴の警戒と二重の目的のために、警官は必死となって働いて呉れました。けれども、今だに何等の手掛りすらありません」

「この城は龍羽暗仙に深く覘《ねら》われていると見えますな」

「御説の通りです。されば、私も不安に堪えませんから、世界の名探偵として当時評判の高い静夜保六郎氏を煩わして、態々英吉利《イギリス》から当城へ出張を頼んだのです。すると、静夜氏は直様快諾して呉れまして、自分が遥々と御地へ行くのは、ただ大盗賊龍羽暗仙を向うへ廻して、十分腕較べをしてみたいからなのです、というような返辞を呉れました」

「では、いよいよ名探偵静夜氏はここへ参りますな。大分面白いことになって来ましたな」と、客の一人が好奇心を唆《そそ》られたというように言う。

「はい、参ります。明日の午後四時には間違なく当城へ到着するはずでございます」

「龍羽暗仙も大した名誉ですな！」と、突然画伯が叫んだ。「けれども、この仏蘭西《フランス》の大盗賊——貴下の仰しゃるように仏蘭西の大盗賊龍羽暗仙が、その話を聞いて、もしこの城へ忍び込むことを差控えてしまったら、せっかく英吉利から遥々と遣って来た名探偵静夜保六郎氏も、空しく手を束ねているより外にしようがありますまい」

「いや、その時には、また自ら別法があるのです。即ち、例の地下の墜道《トンネル》を見付出してもらうことですが、静夜氏も恐らくこれには多大の興味を感ずることだろうと思います」と、主人が答えた。

「何ですな、貴下は先刻、その、墜道の口は一方は城外の野辺に出るし、また一方はこの部室へ来ていると仰しゃいましたな？」と、画伯……。

三　二個の隠語

「左様、そう申しました。墜道の口はどこへも参っておりません。一方は城外に、また一方は確に此室《ここ》へ来ていることだけは事実です。しかも、その入口を知っている者は誰一人ないのです。私もどうかして、それを見付出そうと多年苦心していますが、一向その緒《いとぐち》を得ません。失われた記録に依れば、確にこの塔中から城外のある場所へ出られるはずなのですが、ただ出られるはずだという事だけが分っていて、それではどこからどういう方法に依って抜け出られるのかは更に分っていません。永久の秘密ですな」

こう言って、主人出番氏はまた葉巻を手にして、壁に掛った大鏡に自身の姿の映っているのを、意味もなく見詰めた。来客等は、極度に興味を激発されて、主人の周囲《まわり》を取り巻いて、質問の矢を放った。主人はニヤリニヤリと笑いながら、豊に椅子に倚《よ》っていたが、到頭こう答えた。

「秘密の雲は永久に閉されてしまったのです。世界じゅうで、それを知っている者は誰一人ありません。言い伝えに依りますと、この秘密は、最も高貴な、最も権力のある君王から君王へと次々に口授《くじゅ》したものだという事です。即ちその死ぬ時に当って、父から子へ、子から孫へと伝えたもので、言わば、一子相伝《いっしそうでん》の秘密であったのですな。しかるに、この古城の最後の主如布礼《じょふれい》という人までは、確にそれが伝わった形跡があるんですが、この如布礼は、不幸にして僅に十九歳という若年でもって、断頭台上の露と消えたのです。如布礼が死ぬと同時に、この墜道の秘密は永久に秘密として世に残ったのです」

「けれどもですな、その時からはもう数世紀を経過していることですから、その間に、誰かの手に依って、その秘密が暴《あば》かれようとしそうなものでしたがな?」

「イヤそれは勿論、幾度か企てられました。しかしながら全然無益でした」と、心憎いほど落着いて、主人が答えた。「私自身も、この城を買い取りましてから、早速秘密の発見に取りかかりました。果てはこの古塔の下まで掘らして見ました。イヤ分りませんな。まるっきり手掛りを得ないのです。ここに注意すべきは、元来この古塔は四方水を以って取り囲まれていることです。ですから、本城へは橋を渡らなければ参られません。随って、墜道は必ず古い壕《ほり》の下を通っておらなければならない事です。国民図書館の写しに依りますと、墜道の中には四つの階段が続いていて、それには四十八の段々があり、その長さは約五間《けん》余に亙《わた》っているとあります。そして、墜道の全長は、略《ほ》ぼ百間ばかりだという事が、図面に記載されてあったと思います。こうは申しますものの、これはただ記録の講釈に過ぎませんが、秘密の抜穴に関する一切の問題は、懸ってこの部室の床下か、天井か、または辺りの壁の間かにあるのでございます。それもしかし、この私にはどうも首尾克《よ》く秘密を探り出せそうにもありません」

「全く手掛りが無いのですか?」

「全くありません」

この時まで黙って聴いていた芸利須僧正が主人に向って、

「出番さん、前に仰しゃった二つの文句を合せて考えてみましたらば、万一《ひょっと》解りは……」

これを聞くと、主人は笑い出した。

「ここに居られる郡長さんは、血統や系図などを精しく調べて居なさる方で、その上記録類も綿密に読んでいらっしゃるのですが、この方にさえ解らないのです。郡長さんは、何事でも智遍流米須爾留にくっ付けてみなくては承知しない人ですが、この墜道ばかりはどうしても分らないのです」

「それはそうかも知れませんが、まア無駄と思召《おぼしめ》して、もう一遍吾々にそれを詳しくお聞かせを願います」と、僧正が請うた。

「貴下はそれほどお聞きなさりたいと仰しゃるのですか?」

「熱望します」

「ではお話し致しましょう。郡長さんの熱心な御調査に依りますと、ずっと昔、仏蘭西の二人の王様がこの秘密の墜道の謎を解くべき鍵を握っていたという事です」

「仏蘭西の二人の王様と言いますと?」

「ヘンリイ四世とルイ十六世とです」

「と言えば、それは孰《どちら》も仏国では有名な王様ですな。そして、その二人の王様が謎語を解く鍵を握っていることが、郡長さんにお分りになりましたか?」

「さればさ、それは至って簡単なことですて」と、主人出番氏が答える。「彼の有名なアルキイの戦争の二月ほど前のこと、ヘンリイ四世が親しくこの城へ来て泊ったのです。その時に、当時この城の主であった江戸川公がその秘密をヘンリイ四世に打明けたものです。すると、その後に至って、ヘンリイ四世はまた自分の股肱《ここう》の大臣修理《しゅうり》にそれを話しました。修理は更にこれを物の本のなかへ書き入れたのです。ところが、それは隠語めいた頗る解し難い文句です。即ち次のような文句なのです。

『まず遍く転ずれば、米散じ城開いて、人神に至る』と言うのでございます」

来客一同は、各自《めいめい》その謎語《なぞ》の意味を考えでもするように、暫くの間一語を発する者も無かった。と、倍門画伯が不意に嘲るような笑を浮べて叫び出した。

「ああ何の事《こっ》た。こんな分り切った事を。馬鹿々々しい!」

「いや、そこですて」と、主人の出番氏は、画伯の言葉をどう取ったのか、それを抑えるような手付をして言った。「それがその郡長さんが主張する所で、大臣の修理は、自分の記録の意味を書記に悟られないようにというので、態と言葉を捻って、こういう風な解り悪《にく》いものにしたのだろうというのです」

「なるほど。うまく想像したもんですな」と、将校の一人が言う。

「実際ですな? ところで何が『まず遍く転ずれば』ですかな」と、芸利須僧正が不審の眉を顰《ひそ》める。

「そして『人神に至る』とは、一体誰が神に至るのでしょうか?」と、郡長が言う。

「ところで、御主人、ルイ十六世はどういう事を言っているのですか?」と、画伯が訊いた。

「ルイ十四世は、千七百八十四年中にこの智遍流米須爾留城へ御逗留になったのです。そして、例の有名な鉄の戸棚というのは、賀面《がめん》という錠前屋の口から漏れて、ずっと高い小屋根窓の上に在ることが発見されたのです。その中には、ルイ十四世御直筆の紙片が入っていたのですが、その紙片にはただ、『智遍流米須爾留城、二―四―八』と書いてあっただけです」

主人の言葉が終るか終らないうちに、倍門画伯は、アハハハと声高く笑い出した。

「〆《し》めた！　〆めた！　疑団氷解。二四が八です！」

一同は愕然《びっくり》して画伯の顔を見た。けれども、まだ何人にも謎語は解けなかったのである。

「御勝手にお笑いなさいまし倍門さん」と、郡長はむしろ自棄《やけ》気味で言った。「どう考えても、この二個の言葉を合せて考えなければ解らないらしい。が、しかしと、どうも思い付けられないな」と、大分頭脳《あたま》を悩ましている様子だったが、到底駄目だと諦めを付けたらしく、「まア宜しい。近々この謎語を解いて呉れる人がここへ見えることだから……」

「勿論、英国の名探偵静夜保六郎氏がその秘密を最初に発見するでしょう」と、主人の出番氏は言いかけたが、また調戯《じょうだん》が言ってみたくなったというように画伯の顔をチラリと流眄《ながしめ》に見て、「でなきゃ、仏国の侠賊龍羽暗仙が先鞭をつけますよ。ねえ倍門さん、貴下は何と思召しますかな？」

画伯は起ち上って、主人出番氏の肩を軽く叩いて言った。

「たった二つ肝心要な物だけは抜けていますけれども、とにかく私は、貴下の御蔵書と国民図書館の写とから解釈の鍵を供給されたことは事実です。殊に貴下はそれ等の物を私に提供なさるのに、充分御親切であったことを深く感謝いたします」

「いや、どう致しまして、その御礼では痛み入ります」

「ところで、『まず遍く転ずれば、米散じ城開いて』ですから、そして二四が八ですから、もう私はすっかり大為事《おおしごと》に取りかかれるというものです。誠に有難う存じます。ははは」

「はいはい、それは近頃御丁寧な御挨拶で。が、何ですか、最早《もう》一刻の猶予も無くお取りかかりになりますか？」

「左様、一秒時の躊躇もありません。御承知の通り、私は今夜じゅうに貴下のこの城を犯さなければなりません。即ち、名探偵静夜氏の到着以前に事を運ばなければならんと思いますからな」

「はははは。いかにもいかにも。時節到来というものですな。すると、私は自衛上貴下を当城内から追い出す必要がありますな」

「戸部へですか？　はははは」

「そうです。そして、その代りに、私は、今夜遅い汽車でここへ着く安藤氏夫妻並《ならび》に令嬢を迎えることに致しましょうよ」

こう言って、出番氏は将校等の方へ向き直った。

「皆様、御迷惑ではございましょうが、明日は極く粗末な昼飯を差上げたいと存じますから、何卒《どうか》御出でを願います。明朝十一時には、貴下方の聯隊を以って、当城を包囲され、直に陥れられんことを切に嘆願する次第でございます」と、主人は士官等に話すというので特にその方の言葉を用いて、彼等を請待したのである。

将校等は快く主人の請待を受けて、ここを辞し去った。やがて、一台の自働車が主人出番氏と倍門画伯とを載せて、威勢よく古城から走り出したが、暫く行くと、戸部の近傍で倍門画伯を降しておいて、主人は一人停車場の方へと自働車を駆って行った。

四　龍羽暗仙とはそも何者

古城智遍流米須爾留の持主出番譲二氏が、天下の大盗賊龍羽暗仙に似ていると言って、その来客の一人なる画家倍門豊嶺に調戯《からか》うのを受けて、倍門自身も天晴《あっぱれ》龍羽暗仙になり済ましたような口振で、これに応対していたことは、前回に説いた通りであるが、しからば、その大盗賊龍羽暗仙とはいかなることをした男なのであろうか？　いかなる手段を以って、さばかり神出鬼没の振舞をなし、斯くも天下の耳目を聳動したのであろうか？　また曩《さき》に来客の一人が同じく倍門画伯に揶揄って、「貴下が果して龍羽暗仙だとすれば、例の巴里通いの汽車中で大活劇を演じて、間もなくこの海岸へ来たのですな」と言ったのは、どんな活劇を演じたのであろうか？

これ等に就いて、少しくその荒筋を述べておこうと思う。

龍羽暗仙は殆ど天性の盗賊と言っても宜い男であった。彼はまだ頑是《がんぜ》ない子供の時において、既に甚だ巧妙な手段によって、某夫人の宝石を盗み取ったことがある。

彼は幼い時に父親を亡《うしな》って、母親と共にある富有な人の家の一室を借りて住んでいたのであるが、その大家の夫人が貴重なる宝石を持っていることを知り、ある日窃然《そっ》と忍び入って、それを人知れず盗み去ったのである。夫人の方では宝石の紛失によって大に騒ぎ出し、警察にも訴え、探偵も頭脳を絞り、犯人の捜査にも充分力を尽したけれども、どうしても分らなかった。それもそのはず、宝石の蔵《しま》ってあった場所というのは、ただ一方口であって、その一方口は夫人と良人《おっと》との部室を通過せずには、どうしても行けないのであった。勿論、夫人等の部室を通って何人も宝石の入れてあった戸棚へ近づかなかったことは、夫人等の証言に依って明白である。宝石の在った部屋の四壁も、床板も、天井も何の異状もないから、それ等を穿って外から忍び入ったものでないことは、これまた何の疑いを挿む余地もない訳である。

夫人の家では、予てよりその一室を借しておく寡婦があった。寡婦にはまだホンの幼い一人の男の児があった。他に誰も一緒に住んでいない夫人の家では、事の順序として、当然この寡婦にも一応の疑いは掛《かか》った。けれども、それはただ一応の疑いというのに止まって決して目星を付けられたというような手重い種類のものでは無かった。目星を付けるには余りに相手が無能力（美《い》い意味にも悪い意味にも）であったからである。

寡婦は夫人の宝石の失われた前後の日において、決して母家《おもや》へは来なかった。否、覗いても見なかった。かつ、寡婦とその子との住んでいる部室は、宝石の入れてあった部室とは全く縁がないほど離れていた。尤も、宝石の紛失した部室の一方は窓であって、その窓は少許《すこしばかり》の間隔を置いて、寡婦の窓と相対していた。一応の疑いではあるけれども、寡婦に疑いが掛けられたというのは、実にこの窓と窓とが相対しているためであった。

しかし、宝石の入れてあった部室の窓は内側からピタリと錠が下りていて、それを内からも外からも開けられた形迹《けいせき》がない。種々《いろいろ》調べた結果は、この窓を通じて忍び込んだものでないという事に決定された。況や、何者かがこの窓から入って来たとすれば、必然寡婦の部室を抜けて来なくてはならないのに、全然そんな事はないのである。のみならず、既に母家の方の窓を誰もこじ開けた者がないというのであるから、この問題は寡婦の部室の窓を勘定に入れるまでもなく、自然に消滅してしまう訳である。

こういう理由の下に、夫人の宝石は遂に行方不明になってしまった。犯人は永久に分らなかったのである。けれども、この宝石を窃《ひそか》に盗み取った者は、夫人の家の一室を借りて住んでいる寡婦の幼い一人息子の所為《しわざ》であったのである。

彼は夫人の宝石の高価なことを知り、またその高価な宝石の蔵されている場所をも善く知っていた。そこで、幼い彼は誰も自分の振舞に注意している者のない時を伺って、自分の部室の窓から母家の窓へと一枚の板を渡し、それを伝って、宝石の蔵ってある部室の窓へと達した。そして、彼はその小さい体をするすると窓の上へ運んで小窓へと上った。小窓には下の窓と同じく小さい硝子《ガラス》戸があって、堅く鍵が掛けられてあった。彼は、予め用意して携えて行った曲った針金を小窓と窓框《まどわく》の間へさし入れて、カチリとその鍵を外した。小窓の戸はその真中で水平へ廻転して、丁度彼の小さい体の潜れるだけの穴が開いた。その穴から忍び込んで、幼くして大胆なる彼は首尾よく夫人の宝石を盗み去ったのである。

しかし、夫人も、その良人も、警官も誰も、マサカにこの年齢端《としは》も行かない少年が宝石を盗んだとは、てんで思わなかった。否、現在少年の母親なる寡婦さえ、我が子の犯罪を夢にも知らなかったのである。

この恐るべき少年こそ、他日天下の俠盗として名を轟かした龍羽暗仙その人であるのだ。

既に少年の時において、斯くの如き技量を有していた龍羽暗仙は、長ずるに従っていよいよその腕前を表わした。彼は数々の窃盗を働いて、遂に一度捉われて、牢獄に投ぜられたが、巧みに脱獄してしまった。その時の彼の言草が面白い。

「私は決して悪運尽きて捉われたのではない。ただ少し都合があって、暫く牢屋に繋がれていたのだ――牢屋に居る方が一身上甚だ便利なことがあったから、ちょいと入ってみたのだ。しかし、今は出ても宜い時期に達したから勝手に出て行くのだ」

こう言って、彼はサッサと牢屋から出て行ってしまった。凡そ彼の遣り口は極めて穏かであって、決して強奪したり、血を流したりするようなことはしない。非常な巧妙な方法でもって、窃と盗み去って、それを世間に発表するのを無上の愉快事と心得ているらしい。だから、彼の行動は非常な興味を以って世人に迎えられた。次に話す物語などもその一例である。

傲語して牢屋から遁げ去った龍羽暗仙は、やがて、ある停車場から汽車に乗り込んだ。その車室の中には一人の婦人が乗っていた。婦人はその停車場で良人《おっと》と別れを告げた。

「充分気を付けて行かにゃならんよ。おい、宜いかい。私は重大な任命を帯びているから、じゃアここで下りるから……」

こう云って、彼女の良人は婦人に別れて行った。婦人は既に窓の外へ出た良人に今一度接吻して、手帛《ハンケチ》を振って、歩廊《プラットホーム》を歩み去る良人に合図をした。その中に、汽笛が鳴って、汽車は動き出した。

丁度その時、「危い危い」と、駅員の叫ぶのも耳にも掛《かけ》ず、吾々の車室の扉《ドア》を引開けて、不意に跳び乗った一人の男がある。婦人は頻りに手荷物などを整理していたが、これを見ると顔色を変えんばかりに驚いて、ベタリと尻餅を突いた。

入って来た男の容貌なり態度なりは、決して不快な風でも、驚くべき様子でもなかったけれども、また余り感じの善い方では断じて無かった。その顔は強い感じを与えた。龍羽暗仙はどこかでこの顔を見たと思った。けれども、どこで見たのであったかはどうしても思い出せない。ただ嘗《かつ》て見たことだけは確であるような気がしてならなかった。

龍羽暗仙が、ふと、婦人の顔を見ると、婦人は殆ど顔色を失って真青になっていた。そして、ドギマギしている容子《ようす》がありありと分った。婦人は自分の傍に坐っている例の男を熱心に見詰めている。婦人とその男とは同なじ側に腰掛けていたのであった。婦人の手は微かに顫えていた。そして、手鞄を座褥《クッション》の上に置いたり、自分の膝の上へ載っけたりしていた。

「奥さん、貴方はどこかお悪いのじゃありませんか？……窓でも開けましょうか？」と、龍羽は声をかけて慰めてやらずには居られなかった。

婦人は一言もそれには答えなかった。けれども、眼顔でもって、例の男に注意しろと私に知らした。

五　車中の強賊

例の男は龍羽と婦人の方を振り向いて、じっと二人の様子を見詰めていたが、やがて、自分の体を隅の方へ引込めて、身動きもしない。沈黙が続いた。婦人はいかにも心配そうな顔をして、龍羽の方へ躪《にじ》り寄り、殆ど聞き取れないような声で、こう囁いた。

「貴下は彼《あ》の男を誰だか御存知ですか？」

「いいえ、誰ですか？」

「彼の男は……確に彼男《あれ》ですわ……確に」

「何者の事を貴方は言っていらっしゃるのですか？」

「彼男《あれ》ですよ、龍羽暗仙でございますよ」

婦人は辛うじてこれだけを言い終ると、例の男をしげしげと見守った。男は帽子を眉深に冠って、鼻のあたりまで掩ってしまった。顔を見られることを避けたのか、または睡ろうとして、そうしたのかは分らないが、とにかく男は顔を隠して、隅の方に倚りかかって居た。

「龍羽暗仙は、昨日二十年の重懲役に処するという欠席裁判を受けています。その男が今日ぬけぬけと公衆の前に顔を晒して、汽車などに乗込んでいるはずがありません」と、龍羽は婦人の言葉に反対して言った。

すると、婦人は例の男に気取られないように、いよいよ声を潜めて、

「いいえ。龍羽暗仙は確にこの汽車に乗っているのです。私の良人は典獄《てんごく》を奉職致して居りますし、殊に停車場で乗客掛の者が、確に龍羽暗仙の切符を買うのを見届けたと申しましたんです。ですけれども、直ぐとその姿を見失ってしまったそうです。それで切符を切る時にも十分に注意したのですが、どうしても分りません。多分機敏にプラットホームへ紛れ込んで、私どもよりかも十分間ばかり遅れて、この急行車へ乗込んだろうということです」

「では、彼奴《きゃつ》は直ぐに引摑まりましょうから御安心なさい」

「捉《つかま》りますって、龍羽が？　どうしてどうして！　御覧なさい、彼男《あれ》はきっと逃げてしまいますから」

「じゃア、一向構わないじゃありませんか」

「けれども、遁《に》げちまうまでの間にどんな事をされるか知れたものじゃありませんわ」

「どんな事を？」

「そりゃ分りませんわ。誰にだって、それが分るもんですか」

こう言って、婦人は飽くまで恐れ戦《おのの》いているので、龍羽は言葉を尽して婦人を慰めた。龍羽暗仙がもしこの急行車中に乗っているとしても、彼は、自分の身が危険であるから、決して何事をも

為出《しいだ》しはしないという事を説いて聞かせた。けれども、婦人はやはりビクビクと怖がっているらしかった。で、二人の会話はそれ切りになって龍羽は新聞を拡げて、自分に関する記事を見ていた。その中に、彼は恐ろしく睡気を催して、来た。すると、婦人が心配して、睡らないようにしていて呉れと頼んだ。しかし、彼は到頭自ら制し切れなくなって、ついウトウトとしていた。

悪夢に襲われたように感じて、彼が眼を覚すと、車室の隅に居た例の男がいつの間にか自分の上にノシ掛って、ギュウと咽喉を締めているのである。そして、彼が抵抗しないのを見ると、例の男は龍羽の腕をぐるぐる巻に縛ってしまった。男は龍羽のポケットを探って、手帳や、金などを悉く奪い取ってしまった。けれども、不思議にも婦人に対しては何等の危害をも加えずに、ただその手鞄を取り去っただけであった。

これ等の為事をしてしまってから、男は悠然と煙草などを吹して納まっていたが、列車が某駅を通過したと見るや否や、急に彼は起ち上って、窓から身を躍らして、いずくともなく遁げ去ってしまったのである。

男が居なくなったのを見ると、ヤッと人心地付いた婦人は、龍羽の縛《いましめ》を解こうとした。龍羽はそれを止めて、犯罪の状態《ありさま》を警官に見せるために、その儘にしておいて呉れと頼んだ。

「警報器の縄を引きましょうか?」と、婦人が言う。

「今じゃ、それも遅いです。彼奴が私に襲いかかった時だったらまだしも」

「でも、あの時そんな事をしようもんなら、私は彼の男《あ》に殺されちまいますわ」と、婦人は思い出しても慄然《ぞっ》とするというように身顫いをして、「私の申しました通りでしょう。私は一度写真で彼男《あれ》の顔を見たことがありますのよ。私は宝石を取られてしまいましたわ」

「私が彼奴を捉えて遣りますから、奥さん、私に力を貸して下さい。私どもが次の停車場へ着いたら、貴方は窓の所へ出て、大声で人を呼んで下さい。そして、警官や駅員が駆け付けて来ましたら、貴方が御覧になった総ての状態を簡単に仰しゃって下さい。それから、お忘れなく私の名をその人達に告げて下さい。私の名は布良義郎《めらぎろう》と言います。宜うござんすか、布良義郎ですよ……貴方の御良人の友人だと仰しゃってね」

「ええ分りました……布良義郎さんですね」

やがて、列車が次の駅へ着くか着かないのに、婦人はもう大声に喚き立て始めた。その叫声を聞き付けて、大勢の人々が室内へと入って来た。

「龍羽暗仙が私どもを襲ったのです……私は宝石を盗まれました……私は礼野典獄の妻でございます……私はこの土地に宿の知合で安田と申す警察署に関係のある人を存じて居りますんですが……」

そう言っている所へ、丁度その安田が現われて来て、丁寧に婦人を迎えた。婦人は泣きながら彼に事情を打明けている。

「そうですわ、龍羽暗仙が居たんですわ……この方はお気の毒にこんなに縛られなすったのです。睡っていらっしゃるところを行きなり咽喉を締めて……この方は布良さんと仰しゃって、良人《やど》のお友達の方なのです」

「そして、龍羽暗仙はどうしました?」

「汽車が丁度トンネルへ来かかった時に、窓から跳び下りて遁げて行ってしまいました」

「奥さん、貴下は確にその者を龍羽暗仙だとお認めになったのですか?」

「そりゃ確にそう認めたのですとも。私は以前に一度彼男《あれ》を見ておりますからね」

とかくする中に、警官等は龍羽の縛られている縄を解いた。そこで、彼は態《わざ》と顫え声で署長に言った。

「署長、彼男《ほど》は疑いもなく龍羽暗仙です。寸毫も怪しむ余地はありません。貴下が直ぐに後をお追いになれば、きっと彼を捉えることが出来ます。それに就いては、失礼ながら私も腕貸しを致しましょう」

龍羽等は警官と共に、プラットホームへ集まった見物人の中を掻き分けて、一応警察署へと伴れて行かれた。その時、龍羽は再び言った。

「署長、愚図々々しているうちには、龍羽暗仙はドンドン遁げて行ってしまいます。私の自働車は停車場前の広場で私達を待っていることですから、貴下のお許しさえ出れば私は直ぐに彼の後を追跡しますが……」

署長は微笑を含んで、

「イヤそれは宜しいお考えです……じゃが、既に吾々の方ではその手配をしましたじゃ。彼の後は部下の者をして追わせてあります」

「ああそうですか」

「二人の刑事に自転車によって追わせました……今少し前に」

「ですが、どの方面へですか?」

「トンネルの入口へ。二人の刑事はそこでなん等かの手掛りを得て、必ず龍羽暗仙の後を追うに違いありません」

六　龍羽、龍羽を追う

署長の言葉を聞くと、龍羽暗仙は思わず肩を聳《そびやか》した。

「二人の刑事方は恐らくなん等の手掛りも証拠も摑み得ますまい」

「とはまた何故にな?」

「龍羽暗仙もさる者ですから、トンネル辺で人に見付かるようなヘマな事は致しますまい。多分あの附近の一番近い路を遁げて行ったに違いありません」

「しかし、彼奴は留安《ルウアン》に向って遁げて行くでしょうから……」

「いいえ、留安へは向いますまいよ。多分この近傍に居りましょうよ」

「そうすると、どこに隠れちょるじゃろうという見込かね？」

龍羽は懐中時計を引き出して見た。

「左様、彼は今頃丁度種田駅あたりへさしかかっていましょうよ。そして、次の汽車で行こうというのです」

「貴下《あんた》はどうしてそれが分りますな？」

「それは分るはずです。車室の中で龍羽暗仙が頻りに私の旅行案内を見ていました。そして、種田駅で止まる汽車の時間を熱心に研究していた様子ですから」

こう言ったので署長は非常に驚いて、相手の顔をつくづくと見た。龍羽の方では、もしか自分の顔を写真に依って知っていられて、化の皮を引剝かれはしないかと、甚《ひど》く気が揉めた。が、彼は大胆に構えて、殊更に笑って見せた。

「こういう風に私が彼の挙動に注意しましたのも、実は私は貴重な手帳を取られておりますから、どうかそれを取り返したいと思うためです。もし貴下が部下の方を二人ほど私に貸して下されば、私はきっと……」

すると、礼野典獄夫人が不意に署長に向って、嘆願した。

「署長さん、お願いですから、どうか布良さんの仰しゃることを聴いて上げて下さいまし」

夫人のこの言葉に依って龍羽暗仙は布良某として、立派に署長等に信ぜられてしまった。その上署長は彼の要求を容れて、自分の二人の部下を彼に与え、態々自働車の所まで彼を送って来た。運転手は直に把手《ハンドル》を握った。そして、数秒の後には停車場を後方《あと》にして、驀地《まっしぐら》に走り出したのである。

龍羽暗仙の布良以下を載せた自働車は、全速力で走った。野も林も流れる如く自働車の窓を掠めて飛んだ。龍羽暗仙が龍羽暗仙を追うのである。そして、署長の命に依って、二人の刑事は彼を助けるのである。天下の怪事と言わざるを得ぬではないか。

　彼等の飛ぶような速い自働車が種田駅に達したのは、汽車が出てから三分の後であった。彼等は足擦りして口惜しがった。刑事の一人は、とてもこれから先は追付き難かろうと危ぶんだ。何故だと云えば、偽龍羽が乗って逃げたのは急行列車であったからである。けれども、偽龍羽の遁れ去った方角と、汽車と自働車との速力などを考え合せて、布良の龍羽暗仙は、またまたその汽車の後を追うことにした。三分前にこの駅を発った急行車が、次に停車する駅までは十四哩《マイル》半ばかりあった。十四哩半の道程《みちのり》は、この自働車で全力を挙げれば二十分足らずで行かれる。そうすれば、充分に追付き得るのである。

　彼等の自働車は再び快速力を出して飛び去った。龍羽の目算通り、彼の自働車は到頭に急行車に追付いた。ここにおいて、汽車と自働車の競争が始まったのである。しかし、自働車は見事に打勝って、その急行車が次の駅に止まった時に、一秒も遅れずに同じくそこへ到着したのである。

　彼等は直にプラットホームへと入って行った。けれども、目指す男は影も形も無かった。車室の中も隈なく探して見たが、やはり居ない。段々調べてみると、駅員の一人は、この停車場から二町ばかり手前で、ヒラリと汽車から跳び下りた男のあることを認めたと言う。

「それそれ、それに違いない……アア見給え……あすこへ行く者がある」

　小高い所から野の方を眺めて、龍羽がこう言った。そして、彼は直様自働車の方へ跳んで行った。二人の刑事も彼に続いた。自働車は間もなく、遠くの方を急いで行くその男の姿を認めた。が、彼の方でも自働車を見た。彼は、急いで阪を上って行ったが、やがて、余り大きくない杜《もり》の影に隠れてしまった。

　布良の龍羽は、その杜のところへ達すると、

「君は杜の右手の方に居て呉れ給え。それから君は左手の方を警戒して居て呉れ給え。そして、決して各自の位置を動かないようにして呉れ給え。もし危急の場合には、私が短銃《ピストル》を放すから」

龍羽はこう言って、杜の左右に二人の刑事を残しておいて、自分は杜の奥へと進んで行った。抜き足差し足で、音を忍んでだんだん奥へと入って行くと、そこに一個の小舎《こや》があった。

「しめた！　この中に彼奴は居るに違いない！」と、龍羽は雀躍《こおどり》しながら窃然《そおっ》と小舎の戸口へと伺い寄って、中を覗いて見た。

小舎の戸は開け放ってあったから、中を覗くには誂《あつら》え向きであった。見ると、例の男は入口の方へ背を向けて、何かしている。龍羽暗仙は、何の猶予もなくその男に跳びかかった。男は抵抗する隙もなく、脆くも龍羽暗仙のために取って押えられた。

「おい、ヂタバタしないで、俺の言うことを聴きねえ」と、龍羽は低い声でその男の耳に囁いた。「俺は龍羽暗仙だ。貴様の盗んだ俺の手帳と、婦人の手鞄をゴタゴタ言わずに直ぐ返せ。そうすりゃ、貴様を警官に渡すのを許して遣った上に、俺達の仲間へ入れて遣る。おい、どうだ、否か応か？」

男は一も二もなく承知した。そこで、龍羽は彼を引き起して遣ると、彼はポケットを探って、大きな小刀《ナイフ》を取り出し、不意に龍羽に切って掛った。

「ええ、味な真似をしやがるない！」と、龍羽は忽ち小刀を叩き落して、その男を緊《きび》しく縛り上げてしまった。そして、彼のポケットから自分の奪われた手帳と銀行の小切手とを取り返した。同じく彼のポケットから出た名刺に依って見ると、この男は恩田平吉という前科数犯の兇賊で、殺人強盗として有名な男であった。

龍羽暗仙は、この男を縛ったまま小舎の真中に転がしておき、二百フランの金を床板の上へ置いて、それに左の通りの書付を添えた。

「我を助けて共に働き呉れたる二刑事君の労を酬ゆるために……龍羽暗仙」

それから、礼野典獄夫人の手鞄をもその傍に置いた。これ等の事を終ると、龍羽暗仙は一刻の猶予もなく、二刑事の守っていない別の途を通って、いずくともなく姿を消してしまったのである。

その日の午後四時に、龍羽暗仙は突然留安に現われて、巴里の友人等へこの事件の顚末を電報で知らせて遣った。だから、次の朝の新聞には、龍羽暗仙が車中で自分を襲った大強賊恩田平吉を、二刑事の援助の下に首尾よく捉え、典獄夫人の宝石を取り返したという記事が載った。

龍羽暗仙が巴里通いの列車の中で大活劇を演じたと言われるのは、この事件であった。そして、彼は、この事件のあった後間もなく、海の絵専門の画家倍門豊嶺と変名して、古城智遍流米須爾留へと入り込んだのである。

七　古城の深夜

話題《はなし》は元へ戻る。古城の持主出番氏の友人夫妻とその娘とは、夜半に停車場へ着いた。出迎えの自働車は午後十一時半過ぎに智遍流米須爾留城の門を潜った。そして、午前一時に客間でザッとした晩餐を供せられた後、主客共に各自寝床へと引取った。

部室々々の灯火《あかり》は一つ一つ息を引き取るように消されてしまった。深い深い沈黙が真暗な古城の闇を領した。

しかし、やがて、月の光が雲の間から昇って、窓々を通して、古城の部室の中を照し出したが、それも束の間で、忽ち厚い雲の蔭に覆われてしまった。闇は再び辺に満ちた。闇が広がると同時に、沈黙も隈なく広がった。ただ、時折家具装飾類の微かな犇《ひしめ》きと、古城壁を遶《めぐ》る青々とした水の中に立つ芦の習《そよ》ぐともなき習ぎとが、この関寂《げきせき》とした静けさを破るのみであった。

城内の時計は、小歇《こやみ》なくチクタクと動いていた。チン、チンと二時を打った。そして、重苦しいほど静かな真夜中を、セコンドの音が急がしげに、単調に刻んで行った。やがて、三時が鳴った。

この時、不意に、何だか微かな音がいずくからともなく響いた。その音というのは、丁度汽車が過ぎ去った後で、シグナルの腕がカタリと落ちたような音であった。と、糸筋のように細い光がチラリと古城の部室の中を一端から他端へと電光のように流れた。その光たるや、書架の破風の真正面にある方柱の真中の溝から発したのである。最初は、彼方の壁上へさながらクルクルと円を描くように光ったが次には黒闇々裡を休みなき眼が捜《さぐ》り廻るように、あちらこちらへ漂ったかと思うと、ふと消えてしまう。更に今一度光ったと見る間に、書架の一面は軸の上で廻転されて、窖《あなぐら》のような大きな口がポカンと開いた。

その口から一人の男が出て来た。彼は懐中電燈をピカリピカリと光らしている。それに続いて、次々と幾人もの男が出て来たが、各自手に針金だの縄だのその他種々の獲物を携えている。最初に出た男は、室内を見廻わして、じっと聞耳を立てていたが、

「おい、仲間を呼べ」と命じた。

すると、忽ち八人の仲間の者が地下の墜道の中から出て来た。いずれも一癖ありげな顔付をした筋骨逞ましい男どもであった。彼等は直に家財を荷ぎ出し始めた。

しかし、決して彼等は愚図々々しては居なかった。龍羽暗仙は、それ等の家財を一つ一つ選り分けた。大きさとか、出来の善悪《よしあし》に依って、彼は持って行けとか、その儘棄てておけとか部下に命令を下した。

「こいつを持って行って呉れ」

そうすると、仲間の者等は必死となって、それをポカンと開いている墜道の中へ、ドシドシ運び込んだ。斯くして家財道具の多くは悉く地の底へ持ち去られたのである。

椅子の数々、帷帳《とばり》の種々、花形燭台、その他有らゆる品々。時々龍羽暗仙は大々しい樫の匣とか、素的もない立派な画《え》の前に立ち止まって、長大息を漏すのである。

「これは重過ぎるて……余り大き過ぎてな……何とも手の着けようがない！」

そして彼は常に熟練した検閲を続けた。

四十分間の後には、暗仙流の言葉で言う「掃除」がすっかり終った。そして、総てこれ等の事が、一糸乱れず整然と成し遂げられたのだから驚くではないか。彼等はこれほどの物を運ぶのに、カタリと音一つさせなかったのである。尤も、手から手へ渡す時には、品物を一々綿紙でキチンと巻きはしたのであるけれども、それにした所で、さすがに物慣れた彼等の振舞は称讃に値するではないか。

総てを運び終った時に、一番終の男が出て行こうとすると、龍羽暗仙がその男に言った。

「おい、最早《もう》ここへ返って来なくって宜いよ。解ってるね。荷物を自働貨車に積んでしまったら、例の穀倉へ持って行っておくんだよ」

「で、貴下はどうなさるんです?」

「俺には自働自転車を置いていってって呉れれば宜いや」

その男が出て行ってしまうと、龍羽暗仙は書架の片一方の開いている口を閉じて、家財を運び出すために踏み付けられた足跡などを念を入れて消した。そして、それが済むと、彼は、幕《カアテン》を挙げて、廊下へと出て行った。そこは、この古塔から城へと通う道になっていたのだ。廊下の中ほどのところに、一個《ひとつ》の玻璃《ガラス》戸棚が立っていた。その戸棚のあるばかりで、龍羽暗仙はこの為事を企てたのであった。

玻璃戸棚の中には、種々雑多の珍品が満ちていた。比稀《たぐいまれ》なる懐中時計や、嗅煙草函や、指環や、婦人の帯縺《おびぐさり》や、優れた画工の手に成った細微画《ミニュエーチアー》などがギッシリと入れてあったのである。彼は短かい鉄挺《かなてこ》で以って、戸棚の鍵をこじ開けた。燦爛眼を奪う金銀細工の品々、高価な精緻な美術品の言い難き快い手触り！　彼は殆ど我を忘れて見惚れるばかりであった。

彼は自分の頸から大きな画布《カンヴァス》の袋を吊していた。それはこれ等の思い設ぬ獲物を容れるために、彼によって工夫されたものであった。その袋は忽ちにして一杯になってしまった。彼のジャケツの隠嚢《かくし》も短衣《チョッキ》の隠嚢も、ズボンの隠嚢もギュウギュウと詰め込まれた。彼は、網袋に入っている真珠をば自分の左の手へ掛けた。それは往時《むかし》の人の愛したものであって、また今日吾々が熱心に捜し求めても容易に得られない種類の物であった。

この時、龍羽暗仙は微かな物音を聞き付けた。

彼は聞き耳を立てた。それは僻耳《ひがみみ》では無かった。物音はだんだん明瞭《はっきり》となってきた。

「ああそうだった！」と、龍羽暗仙はふと思い出した。この廊下の端には、今まで誰もいなかった部室へ下りる梯子段があったのだ。それが今夜は、この古城の持主出番氏の友人である安藤氏の令嬢がその部室に寝ているのであった。出番氏は友人を出迎えるために、昼間戸部の方へも行ったのである。

彼は大急ぎで提燈《ランタアン》の弾器《ばね》を捻って、それを消してしまった。そして、自分の身を窓の凹所《くぼみ》のところへ隠れる隙もなく、梯子段の上の戸がサッと開いて、廊下に微かな光が流れた。

龍羽は幕の蔭に半ば身を隠していたから見えないけれども、何だか誰かが窃《そっ》と梯子段の上へと出て来たように思った。こっちへ来なければ宜いがなと、彼は心の裡で念じた。それにも拘らず、足音は次第に近づいたと、思うと、アッと叫ぶ声がした。開かれている玻璃戸棚を見たに違いない。そして、中の品物の散々に掻き荒されているのを発見したに違いない。

龍羽暗仙は幕の蔭に隠れて居ながら、近づいた人の婦人であるということは、その匂いに依って知ることが出来た、婦人の衣服《きもの》は、龍羽の潜んでいる幕に殆どすれすれであった。彼は婦人の心臓の鼓動をさえ聞き分け得る位であった。婦人は忽ち龍羽の在所《ありか》を嗅ぎ付けてしまうに相違ない。手を伸ばせば届くほど近い所に龍羽は隠れているのである。婦人がちょいと背後《うしろ》を振り向いて、闇の中を探り手でもしたら、彼は直に捉ってしまうのである。

「女はきっと驚いたなり……引返して行くだろう……そうだ、飛んで帰って行くに極っている」と、彼は心で考えた。

しかるに、婦人は引返しては行かなかった。緊乎《しっかり》と握り締めている蠟燭が、婦人の手の上であちこちへ振られた。婦人はじっと辺りを見廻して、少時逡巡《しばらくためら》うように佇《たたず》んでいた。そして、驚くべき静けさに耳を傾けて、何物かの響を聞き出そうとしているらしく見《みえ》たが、ツト寄って幕を引きめくった。

龍羽暗仙は婦人と眼を見合わせた。彼はドギマギしながら呟くように言った。

「貴嬢《あなた》ですか……貴嬢ですか……安藤さんの御令嬢ですか！」

八　思懸けぬ邂逅

今龍羽暗仙が偶然に邂逅した婦人は、彼が片時も忘れなかった安藤百合子嬢であった。百合子嬢は嘗て、龍羽が亜米利加《アメリカ》航路の船中において恋した最初の婦人であった。この婦人のためには、彼は汽船の上から大洋《おおうみ》の真正中《まっただなか》へザンブとばかりに跳び込んだことさえある。そして、牢獄に捉われている間にも、彼の夢はこの婦人の上に通って、悲しいにつけ、嬉しいにつけ、常に思い出していたのである。その安藤百合子嬢は、今しも思懸けず自分の前に立っているのである。しかも、この時この場合、我が恋人は、恥ずべき自分の素性を一目の下に知り得て、キッと自分の顔を見詰めて佇んでいるのである。思懸けぬと言おうか偶然と言おうか、それにしても余りに皮肉な邂逅ではある。

二人は事の意外さにまず驚かされて、何と言うべき言葉もなく、ただ夢みる人の如く、または催眠術にでも罹った人の如く、茫然として相対して居た。

百合子嬢は余りに昂《たかぶ》った感情のために、フラフラとして椅子の上へ倒れかかった。龍羽はやはり百合子嬢の前を、身動きもせずにじっと立っていた。段々時は過ぎて行った。龍羽は自分の現在の有様を明瞭と意識するまでに落着いて来た。今彼は何を為さねばならぬのであろうか？　自分の腕には天下の珍品が掛られてある。自分のポケットには貪り取った獲物が満ち満ちている。自分の頸に掛けた画布《カンヴァス》の袋の中には、ハチ切れるほど貴重品が一杯詰め込まれている。これが先決問題であらねばならぬ。非常に混乱した心持が彼に打勝った。そして、自分が現在何を為しつつあったかを知るというと、彼は赫《かっ》と紅くなった。ああ、何という卑しむべき行為であろう！　これから後、百合子嬢は果して自分をどう思うであろう？　自分は盗賊である。他人のポケットへ手を差入れる恐ろしい人間である。夜中戸締りをこじ開けて、他人の家へ断りもなく入って来る大胆不敵の曲者である。さすがの侠盗龍羽暗仙も悶々の情に堪えないものと見えて懐中時計は彼の手からパタリと絨緞の上へ落ちた。と、それに続いて、他の品々もバラバラと落ち散った。彼は最早《もう》それ等の物を持っていることは、どうしても心が咎めて出来ないのである。心を決したように、彼は椅子の上へ彼の獲物を置いた。ポケットを空虚《から》にし画布の袋を逆さにして、悉く奪い取った品々をそこへ返したのである。

それで始めて彼は、百合子嬢の面前に立っても安心して居られるように、清々した気持になって、彼女の方へ歩み寄った。彼は嬢に話しかけようとしたのであるが、嬢はスッと身を引き、急に立ち上って、驚きに捉えられていながらも、宝蔵の方へ走って行った。宝蔵の幕は忽ち百合子嬢の姿を隠くしてしまった。龍羽暗仙もその後から嬢に続いて行った。嬢はそこに立ち止まって、一語もなくブルブルと身を顫わしていた。嬢の眼は散々に劫掠された部屋の光景を情なげに見詰めていたのである。これを見ると、龍羽は一刻も躊躇せずに、嬢に向って言った。

「明日の午後三時にはすっかりお返し致します。残らずここへ運ばせますから……」

百合子嬢は何等の答えをもしなかった。龍羽はなおも言葉を継いで、

「明日の三時には必ず……私は貴下に誓います。きっとです。きっとです。明日の午後三時にはきっとお返し致します。私は固く誓います……どうかその御思召で……」

長い長い沈黙が続いた。沈黙は重苦しく二人を圧した。龍羽はそれを敢て破ろうとも企てない。

嬢の所思《おもわく》を考えると、彼の神経は堪らなく苦しくなって来る。到頭彼は静かに、何にも言わずに、そっと嬢の傍から遠ざかった。そして、こう心中に考えた。

「百合子さんはきっとあちらへ行くに違いない……もうあちらへ行ってしまっても差支ないと思うに違いない……そして、俺のことを別段怖がってはいないに違いない……」

ところが、百合子嬢は不意に手を上げて、呟いた。

「お聴きなさい！……足音がします！……誰かこちらへ来るようですから……」

龍羽は驚いて百合子嬢を眺めた。嬢はその身辺に非常な危険が近づいたかの如く、甚だしく慌てている様子である。

「私には何にも聞えませんね……また、たとえ誰がここへ来ようとも……」と、龍羽は落着き払って答えた。

「何故貴下は遁げないんですか……さア、早くお遁げなさい！」

と、嬢は無性に急《せ》き立っている。

「遁げる？……何故ですか？」

「いいえ、遁げなきゃ不可《いけ》ません、遁げなきゃ不可ません。ここに居ては不可ません」

こう言って、嬢は幕の外へ体を突き出した。そして、じっと廊下の方へ耳を傾けた。けれども、誰も来はしなかった。恐らく嬢の耳の故であったのだろう。嬢はその儘そこに佇んでいたが、纔《やっ》と安心したようにこちらを振り向いた。

龍羽暗仙は、この時消えるように、部屋を出て行ってしまった。

九　送り返された財宝

智遍流米須爾留城が盗賊に襲われて、宝蔵内の貴重品及家財の類を悉く盗み去られたことが発見された時に、古城の持主出番氏の頭に響いたのは、昨日倍門画伯の口から聞いた言葉であった。必然、彼の疑いは画伯に掛らざるを得なかった。

「そうだ、これは倍門の為事だわい。そして、倍門の龍羽暗仙に違いない。龍羽暗仙でなくって誰なもんか！」と、出番氏は自分で自分の心に言った。

この盗賊を倍門画伯の所為《しわざ》とし、そして、倍門を龍羽暗仙だとすれば、一切の解釈が付く。そうすれば容貌の似ている事も、今日名探偵静夜保六郎氏がこの城へ着くのを知って、逸早く忍び込んだ事も、秘密の抜穴の謎語《なぞ》を容易《たやす》く解いて、それを利用したらしい事も、総てが明瞭になって来るのである。とは言え、これは云わば出番氏一個の考えである。だから、確にそうだとは固《もと》より断言出来ない。その上、ここに一つの疑問は、倍門画伯は、自分の従弟の親しい倶楽部の友達で、殊に有名な画家であることとである。この身許の確な倍門画伯が龍羽暗仙であるべきはずも無いようでもある。いや、倍門画伯は確に龍羽ではあるまい。画家が天下の大盗賊……そんな訳はあるべきでない。けれども、しかし、何となく疑えば疑えぬ節が無いでもない。出番氏は頗る迷わざるを得なかった。

だから、盗難の報を得て早速遣って来た憲兵の軍曹等に対しても、出番氏は決してそんな推測は一言も漏さなかった。

智遍流米須爾留城のその朝というものは、一方ならぬ大騒ぎであった。憲兵も来る、駐在巡査も駆け付ける、戸部からは警察署長が飛んで来るという未曾有の騒動が始まった。附近の住民などは、我も我もと城の周囲へ集まって来て、さながら門前市を成す状態《ありさま》であった。その中に演習中の聯隊の兵が来たので、銃剣の光や、武具の触れ合う響などで、宛《えん》として一片の絵画を見るような光景となった。

最初は更に何等の手掛りも付かなかった。窓という窓は些《ちっと》も破壊《こわ》されていないし、戸は皆んなピシリと締っていて、こじ開けられた風も、外された形迹も無かった。とすれば、一体、家財道具やその他はどこから運び出されたのだろう？　甚だ不審である。これは何でも人の知らない秘密の入口から入って来て、秘密の出口から出て行ったものに相違ない。更に不思議なことには、足跡一つ残っていず、壁に手形の影すら印《つ》いてはいないことである。

それから、全く思い設けぬ事が一つある。それはどうしても龍羽暗仙の遣りそうな、奇想天外な手口である。かの有名な十六世紀の記録が、元の書架の上にチャンと納められていることである。それればかりでなく、国民図書館で失われたというその写しまで添えてあるのだ。

十一時になると、将校達が約を履《ふ》んで遣って来た。主人の出番氏は喜んでそれを出迎えた。氏は昨夜の盗難に就いて、心配そうな顔一つ見せない。氏の身代はそんな事位でビクともするものではなかったのである。氏の友人安藤氏夫妻とその令嬢百合子嬢も、またその部室から出て来た。そして、将校達に紹介された。

昨日請待された客は皆んな集まったが、ただ一人倍門画伯の姿が見えない。彼は果して来ないのであろうと？　来ないとなれば、出番氏の推測は当るのである。少くとも彼に対する出番氏の嫌疑はいよいよ増すのである。しかし、十一時が打つと、倍門画伯はヒョックリと現われて来た。

「やア！　到頭遣って来られましたな！」と、出番氏が叫んだ。

「遅くなりましたかな？」

「いいえ、遅いことはありませんが、何せ、少しゴタゴタのあった後ですから……貴下も定めてお聞き及びでしょうけれど……」

「ほう、何事がありましたか？」

「昨夜、貴下が当城へ忍び込んだという事件ですよ」

「ははははは。何を仰しゃる事やら」

「イヤ実際です。貴下が忍び込んだんです。ところで、貴下は安藤百合子嬢に貴下の手を貸して上げて下さい。さア、昼餐に御案内致しましょう……百合子さん、どうぞ行らしって下さい」

龍羽暗仙は、百合子嬢の容子を見ると、面喰らったように立ち止ったが、不意に思い付いたように、

「とにかく、勿論、貴嬢は曾《かつ》て龍羽暗仙と同じ船に乗り合せなすったそうですね……彼がまだ逮捕されない以前に……で、貴嬢は私が彼に似ているのを見て驚いていらっしゃるのでしょう。そうでございましょう？」

百合子嬢は答えなかった。倍門画伯は微笑みながら嬢の前に立った。画伯は嬢と向って頭を下げたので、嬢は彼の腕を取った。すると、画伯は嬢を導いて、席に着かしめ、自分もその前に坐った。

食事の間、話題《はなし》は龍羽暗仙のことや、盗み去られた財宝のことや秘密の墜道のことや、静夜保六郎氏のことのみで持ち切っていた。けれども、ふと他の題目が話頭《わとう》に上ると、倍門画伯もそれに混った。彼の容子は時に大に愉快らしく、時に大に真面目に黙然《むっつり》としていた。そして、時に大に雄弁であり、機智縦横であった。ただ、彼の話はいつも、百合子嬢の興味を引こう引こうと努めていたことは明かであったのだが、それにも拘らず、嬢は何事か深い思案に耽っているらしく、一向彼の談話に耳を傾けている様子は見えなかった。

食後の珈琲《コーヒー》は、庭や仏蘭西風の花園の見える城の前で供された。聯隊の軍楽隊が、芝生の上や、百姓等の集まっている中を練って歩いた。その間も、百合子嬢は、龍羽暗仙が昨夜約束した言葉を考えていた。

「午後三時には必ず一切の物を返します。私は固く貴嬢に誓います」

午後三時！　ああ、三時までには最早二十分を余すのみである。百合子嬢は時計の針を見、倍門の顔を見た。けれども、画伯は落着き払ったもので、揺椅子の上に悠然と坐って、暢気そうに体を揺ぶっていた。

三時には最早十分しかない……五分しかなくなった。一種の待ち遠しさに似た感情が、烈しい苦痛に混って、百合子嬢を悶えさせた。こんなに人の集まっている城の中へ、どうして易々《やすやす》と盗んで行った荷物を返しに来られるだろうか？　誰も彼も注意深い眼をして今日の出来事を見詰めているこの場合に、警察署長始め鵜の眼鷹の眼で、何かの手掛りを探し出そう探し出そうと一生懸命になっているこの最中に、果してどこから荷物を運び返そうとするのであろうか？　よし、それは返しに来るとしても、約束の三時にキッチリ持って来ることが出来ようか？

しかし龍羽暗仙は立派に午後三時には返しますと誓った！

「あの人はきっと誓った通りに返すに違いない！」と、嬢は心に堅く信じた。どういう訳かは自分にも分らないが、何となくそう信ぜずには居られなかったのだ。

ああ、三時は打った……チンとまず最初の一つが鳴った。チン……次ぎの一つが鳴った。チン……到頭三つ打ち切った。倍門画伯は懐中時計を引き出して見た。そして、更に掛時計を見て、自分の時計を隠嚢《ポケット》へ仕舞った。数分間は経過した。この時群集は急にざわめいて来た。見れば、彼等は、今しも古城の門を入って来る二輛の車のために路を開いたのである。二輛の車は各二頭ずつの馬に依って引かれていた。車は城内へ引き入れられて、階段の下へ来てピタリと止まった。いずれも聯隊の糧食運搬車である。車が止まると、前の車の上から一人の特務曹長が跳び下りて、出番氏の夫人に面会を求めた。

これを見た良人の出番氏は慌しく階段を走り下って行った。丁寧に日覆を掛けられた下には、失われたと思った自分の絵画や、家具類や、美術品などが満載されてあった。

特務曹長は、不審がって彼の周囲に集まって来た人々の問に答えて、こう答えた。彼は今朝伝令使から命令を受けたのである。その命令書に依ると、有木森《ありきもり》の四辻路に沢山の家財道具が積んであるから、これを今日三時までに、智遍流米須爾留城の持主である出番夫人の下へ持って行けというのであった。無論その命令は伝令室で与えられた。そして、その命令書には防辺《ぼうべ》大佐の捺印があった。

「有木の森へ行って見ますと、なるほどその通りこの荷物が四辻に置いてありました」と、特務は付け加えて言った。「緊乎《しっかり》と荷作りがして草の上に置いてありました。私も驚きましたが、しかし、命令は十分明瞭ですから、ここへ持って参りました」

将校の一人は不審の眉を顰めながら、命令書を検《しら》べて見た。なるほど特務曹長の言う通り立派に防辺大佐の印が捺されている。けれどもその印は偽印であった。荷物は車から取り下され、室内へと運ばれた。

この騒ぎの間、百合子嬢は一人孑然《つくねん》と平場の端に残されていた。嬢は打沈んで、物案じ顔をしていた。嬢の頭脳の中は、どっちつかずの極めて懵乎《ぼんやり》とした考えに満されていたのであった。そこへ、不意に倍門画伯が姿を現わした。嬢はむしろ彼に顔が合わしたくなかった。しかし、一方は欄干であり、また一方は種々の灌木だの、竹だの、柑橘類だのの鉢物がずらりと並べあるので、今画伯がこちらへ向って来る方より外に行き場はないのである。嬢は詮方尽きたように身動をせずにいた。漏れ来る日の光は嬢の金髪の上で顫《ふる》えていた。竹の葉は弱々しく習ぐ。画伯の声は静かに嬢の耳に響いた。

「昨夜の御約束は果しましたよ」

天下の俠盗龍羽暗仙は嬢の傍に立っているのである。しかも、近辺には嬢と彼の他に誰一人居ない。

彼は更に繰返して言った――躊躇勝《ためらいがち》な様子と遠慮勝な声で。

「私は立派に昨夜のお約束を果しましたよ」

こう言った彼は、明かに嬢から礼の言葉を言ってもらいたいらしかった。けれども、嬢は遂に一言も口を開かなかった。

一〇　ほろほろと散る薔薇一輪

百合子嬢のこの沈黙は、龍羽暗仙に取っては、さながら自分を嘲けられているようで、彼の心を甚だしく激せしめた。同時に、彼は、自分と百合子嬢との間には非常な溝が出来てしまったことを思わずには居られなかった。嬢は自分の正体を悉く見抜いてしまったのである。彼は敢てこの冤《えん》を雪《そそ》ごうかと思った。またいっそ身を投げ伏してこれまでの罪の赦しを乞おうかとも考えた。いやいや、自分は今嬢が思っているよりはモット大胆で、モット大した素破《すば》らしい状態《ありさま》に在るのだという事を説明しようかとも思った。しかし、こういう考を言葉に表わさない中に、声は途中で消えてしまった。そんなことを言うのは、彼に取っていかにも不合理千万な事であり、似合わしからぬ事であると気付いたのだ。彼は、この時油然《ゆうぜん》として胸の底に沸き上る思出に襲われた。親しげに彼は呟くのである。

「ああ、最早遠い遠い昔になってしまった！　百合子さん、貴嬢はあの船の上の事をお思い出しになりますか？　まアお待ちなさい……あの時、貴嬢は一輪の薔薇の花を持っていらしった……丁度今日そこに持ってお出でのような色を失った花でした。私はあの時その花を下さいと申しましたが……貴嬢は一向それをお聴き容れなさりそうにはありませんでした。けれども、貴嬢が下の船室へ行らしった後で、私はその花を見付けました……言うまでもなく貴嬢がお落しなすったのです。私はそれを永い間保存しておきました……」

嬢はなおも返辞をしなかった。嬢との間はいよいよ遠いように思われた。彼は言い続ける。

「あの好もしかった日のことを思って、今貴女が知った総てを忘れて下さい。私を昨夜貴女がお遇いなすった男だと思召めさずに、嘗て亜米利加行の船で逢った同船者だと思って下さい。お願いです、一瞬間で宜うございますから、何卒貴女の眼を私に向けて下さい。お願いです……ああ、私は、あの時の男と同一人でございますから、何卒貴女の眼を私に向けて下さい。お願いです……ああ、私は、あの時の男と同一人でございましょうか？」

嬢は言われるが儘に眼を上げて彼の方を見た。と、何にも言わずに、男の右の手に嵌《は》めている指輪の上にその細繊《きゃしゃ》な指を置いた。内側を向けて嵌められているその指輪は、僅に宝玉を抱く留金が見えるばかりであるけれども、立派な紅宝玉《ルビィ》がチラと覗けた。

龍羽暗仙はサッと真紅《まっか》になった。その指輪は出番氏の物であったのだ。

「御推察の通りです」と、龍羽が言った。「争われないものです。龍羽暗仙はやはり龍羽暗仙に相違ありません。同様に、私と貴女との間の思出も決して消えは致しません。何卒お赦し下さい。私がこうして貴女の傍に居ることは、貴女に取って一種の迫害であることを悟りました」

こう言って、彼は嬢のために路を開いた。嬢は欄に沿うて、彼の前を通って行った。龍羽は哀を請うべく嬢を引留めようかと考えたが、いやいやと思い直した。ただ去り行く嬢の後姿をじっと見守って彳んだ――丁度、嘗て彼等の船が紐育《ニューヨーク》に着いた時に、舷門のかなたに消え去る嬢の姿を熱心に見詰めて立った時のように。

嬢は城の戸口の方へと階段を上って行った。そして、次の瞬間には、その優しい姿が入口の部室の大理石の前を現われて、それ切り見えなくなってしまった。

雲が日光を掩って、辺りが蔭った。龍羽暗仙は、庭の砂の上に印された嬢の小さい足跡をじっと見入ったまま、身動きもせずにそこに彳んでいた。が、不意に彼は前へツカツカと進んだ。竹の鉢植の端の方に一輪の薔薇の花が棄ててある。そこには言うまでもなく百合子嬢が立っていたのである。ああ、萎れんとする淡紅色《ときいろ》の一輪！　それは疑いもなく嬢の手から落されたものである。けれども、有意か無為か？　知らま欲しきは嬢の心である。

龍羽は直にそれを拾い上げた。ほろほろと花弁《はなびら》が散る。彼はそれを一枚々々に拾った。悲しい悲しい記念《かたみ》であったけれども……。

「さア、もう俺はここに止まっている必要が無くなった。隠家へ引き上げよう。静夜保六郎氏がここへ来ちゃ、もう愚図付いては居られない」と、彼は自分で自分の心に言った。

公園地の方には人々が沢山集っていたし、また門の所には憲兵等が番小屋の中に詰めていた。そこで、彼は小樹木《やぶ》の中へ飛び込み、城壁を攀じ上って、停車場の方への近路を取った。それは透迤《うねうね》と野中を走っている小路であった。十分ばかり歩いて来たと思うと、彼は小山が両方から迫って来ている間の小路へ出た。恐ろしく狭い路である。そこで、彼はこちらへ向って進んで来る一人の人に出遇った。

その人というのは、五十格好の、働き盛りの、風姿爽颯たる偉丈夫であった。顔を小ザッパリと剃りつけた、衣服の着こなしにも外国人であることは、一見して分った。太やかな杖《ステッキ》を携え、肩から旅行用の袋をぶら下げている。

二人は何気なく擦れ違った。すると、外国人と見える男は、殆ど聞き分け難いほどの英国訛りで龍羽に訊いた。

「少々お尋ね申しますが……お城へ行きますには、真直に行って宜しゅうございましょうか?」

「はア、それで宜しゅうございます。これをどこまでも真直に行らしって、城の壁に突き当りましたらば、こん度は左の方へお曲んなさいまし。皆さんがお待兼ですよ」と、龍羽が答えた。

「ほほお?」

「いや、貴方のお出での事は、昨夜出番氏に承って存じて居ります」

「ははア、それは恐らく何かの間違ではありませんか」

「私は誰よりも先に貴方にお目に掛ったことを名誉に心得ます。名探偵静夜氏を心から称讃する者は、私を措いて恐らく他にはありますまいと思いますから」

彼の言葉の調子には軽い皮肉が含んでいた。しかし、直ぐ彼は自分の軽挙《かるはずみ》を悔いたのである。何故だと言うと、静夜氏は、足の爪先から頭の頂上《てっぺん》まで自分の姿を見上げ見下して、立所にすっかり見抜いてしまったような、刺すような鋭い眼を浴せかけられたからである。この炬《きょ》の如き眼光に遇って、彼はさながら精密な写真器械に依って自分の容貌を撮影されたよりは、より気味悪く感じ、取り返しの付かない飛んだ事をされてしまったように思った。彼は密《ひそか》に考えた。

「まるで、速射砲でも撃ち掛けられたようなものだな。これで、俺の巧みな変装も利かないことになるかも知れない……しかし、先生俺が分ったか知ら?」

二人は互に頭を下げて、別れ去ろうとした。しかし、この時こちらへ向って、速足で遣って来る馬の蹄の音を聞いた。近づいて見ると、憲兵の一隊である。静夜氏と龍羽はそれを避けて、路傍の長い草の中へと寄った。憲兵等は縦列を造って、相当の間隔を保ちながら走って行く。龍羽は再び考えざるを得なかった。

「先生がもし俺の何物であるかを感付いているとすりゃ、直ぐにもこの憲兵等を呼んで、俺を捉えることは易々《いい》たることだ。そうなったら甚だ面倒だが……」

憲兵の一番終の男が自分の前を通過してしまった時に、静夜氏は草の中から出て、潑ね上げられた塵を払った。ところが、静夜氏の負うている旅行袋の紐の端が荊棘《いばら》の枝に引掛って取れない。それを見ると、龍羽は如才なく直ぐにそれを外して遣った。彼等はもう一遍お互に顔を見合った。もしもこの際誰かが彼等二人の傍に見てでもいて、静夜氏に龍羽を捉えなければならないように仕向けたとしたら、それこそ刮目《かつもく》すべき争闘が、初見参《ういけんざん》の二人の間に起ったに相違ない、二人はもともと非凡な人物であり、十分に格闘の準備は出来ているのであり、また、二人を一緒に置いたら、必然相争うに至るべき同様の性質を持っているのであるから、彼等は疑いもなく竜虎相搏つの奇観を呈したであろう。けれども、静夜氏は何にも知らない風で、龍羽に言った。

「イヤどうも有難う」

「どう致しまして」と、龍羽が答えた。

こんな挨拶を取り換しただけで、二人は右と左へ別れてしまった。

龍羽暗仙は停車場の方へ、静夜氏は古城の方へと。

一一　名探偵の来城

警察署長や、その他の人々は最早《もう》古城から去った後であった。彼等は昨夜の盗難事件と、今日の盗難品返却に就いて、いろいろと調べてみたけれども、遂に何等の光明をも発見しなかった。彼等は徒《いたずら》に長い間捜《さが》索し疲れ、考え草臥《くたび》れて、ある者は去り、ある者は名探偵静夜氏の到着を只管《ひたすら》に待ったのである。そこへ静夜氏は着いた。彼等は、静夜氏の余りに無雑作な風彩をしているのに驚いた。非常な好奇心をもって、氏の来城を待ち望んでいただけに、彼等はむしろ失望した。彼等はこの聞ゆる英国の大探偵をよほど変った、見るからに異色のある人か何ぞのように想像していたのである。しかるに、今眼《ま》のあたり見ると、彼等の心に描いていたところとは甚だしく相違して、何等の神秘的なところも恐ろしげなところもない、ただこれ一個の好紳士に過ぎなかった。小説の主人公らしい容子などは塵ほども見出せなかった。とは言え、古城の主人出番氏は、溢れるばかりの喜びを以って、静夜氏を迎えた。

「おお、到頭行らしって下さいましたな！　ようこそお出で下さいました！　どんなにお待受け致しましたろう……まア、何にしてもこんな嬉しいことはありません。しかし、貴下は何で行らっしゃいました？」

「汽車で参りました」

「イヤそれはそれは！　何のこと、私は早速お出迎いをと存じて、自働車を栈橋の方へ遣りましてございますが……」

「そうでしたか」と、静夜氏は簡単にその好意を謝して、「ところでまず何よりも早速私の為事に取りかかりましょう」

こう静夜氏に切り出されると、出番氏は聊《いささ》か面喰わざるを得ぬ。

「はい、そのお頼みの件ですが、それがその、意外にも手紙で申上げたよりも手軽そうなのでして」

「ははア」

「実は昨夜盗賊が忍び込みましたので」

「ほう！　では、何ですな、貴下は大方私が参ることを、既に人にお話しになったと見えますな」と、静夜氏は主人の顔を見詰めて言った。「でなければ、彼等が昨夜襲って来ることもなかったでしょう」

「なるほど、そしていつ遣って参りますかな？」

「そりゃ分らんが、明日とか明後日とか、またはもっと暫く経ってからとかに襲って来るでしょう」

「いかにも。ところで、その……」

「そうすれば、龍羽暗仙は係蹄《わな》に掛って、捉ったのです」

「で、その、私どもの品物は一切……」

「勿論奪い去られてしまうような事はなくて済んだのです」

「品物はこちらにありますので」

「ここに在る？」

「はい、今日午後三時に送り返して参りました」

「龍羽暗仙からですか？」

「聯隊の特務曹長からです。二輌の軍用車でもって持って参りました」

これを聞いた静夜氏は、行きなり自分の帽子を取り上げ、ヤケにそれを頭の上へ投げ上げた。そして、旅行袋を肩にかけて、起ち上った。出番氏は慌てて止めた。

「どちらへ行らっしゃるんですか？」

「私はお暇《いとま》しようと思います」と、静夜氏が答える。

「お帰りになります？　何故ですか？」

「貴下の盗まれた品物は無事に戻ったと仰しゃるし、龍羽は遁げてしまいましたし、旁《かたがた》、最早私のここに居る必要を認めませんから」

「まア、何卒《どうぞ》お待ち下さい。なるほど、一旦盗まれた品物は返りましたには違いありませんが、しかし、昨夜の事を吾々は今朝から種々と考究して居りますのです。けれども、更に分りません。龍羽暗仙がどこから入って来たのか、またどこから出て行ったのか、そして、また直様せっかく奪い取った品物を返したのはどういう理由か、些《ちっと》も見当が付かないのです」

「なるほど、そうですか。それが貴下方にはお分りにならないと……」

この秘密を探り出そうという考えが、静夜氏の感情を和げた。

「宜しゅうございます。では、直ぐにその部室へ参って見ましょう。ですが、どうか、なるべく人に知らさないように願いたいものです」

そこで、主人と静夜氏の二人は、誰にも告げずに、また他の者を伴わずに、古塔の宝蔵の中へと入って行った。静夜氏は、昨夜の事や、この城の訪客の事や、家族、下女下男及び同居人等の事や、またちょくちょくここへ訪れて来る人達などについて、詳しく主人に尋ねた。その次に氏は、例の記録を二つながら取り下して、両方の図面を対照して見た。主人は、昨日芸利須僧正が、二つの謎語を合せて考えたら分るだろうと言ったことなどを、静夜氏に物語った。

「貴下は、何ですか、この二つの謎語のことについて人にお話しになったのは、昨日が始めてですか。それとも、前に誰かにお打明けになりましたか?」

「昨日が始めてでございます」

「貴下は決してその以前に倍門豊嶺氏にお話しになりはしませんでしたな?」

「決して話しません」

「解りました。では一つ自働車を支度させて下さいませんか。私はちょいと失礼して出て参りますから」

「お出掛けになる?」

「左様。龍羽暗仙はこんな謎語を解くのに何の雑作はありません。その手引は貴下がなすっていらっしゃるんです」

「私が?……私が手引をいたしましたとは?」

「お分りになりませんか? 龍羽暗仙と倍門豊嶺とは同一人ですよ」

「ウム、私もどうもそうらしいとは考えましたが……実に怪《け》しからん奴ですな?」

「昨日貴下は大盗賊龍羽暗仙に態々材料を供給なすったのです。それを得んがために、彼はこの数週日の間苦心していたのです。だから、それを握るや否や、彼は直に仲間を集めて、貴下の家財道具を奪い取ったのです。とにかく、自働車をお急がせなすって下さいませんか」

こう言い終って、静夜氏は部室じゅうをあちらの隅からこちらの隅へと歩き廻った。そして、深く深く考え込んでいるようであったが、ベタリと椅子に腰を下し、足を重ねて、眼を閉じてしまった。

「はてな、睡ってしまったのじゃあるまいか? それとも考えているのか知ら?」と、出番氏は考えたが、とにかく自働車を命じにとあちらへ出て行った。帰って来てみると、静夜氏は廊下の階段の上に跪《ひざまず》いて、絨緞の上を熱心に検査している。

「どうかしましたか?」と、主人が訊くと、

「御覧なさい、ここに蠟が滴れています……」

「はアなるほど、まだ新らしい蠟の跡ですな」

「そこの段々の上にも滴れているし、またその玻璃《ガラス》戸棚の周囲にも滴れていますよ。龍羽の奴め、それをこじ開けて、貴重品を盗み出しそれをこの椅子の上へ置いたのです」

「貴下は何によってそれを推測なすったのですか？」と、主人出番氏は、この見るが如き説明を聞いて、呆気に取られたように訊いた。

「何によってと言って、これ等の蠟の滴《したたり》を見れば直ぐ分ります。しかし、今はこんな事を調べている時じゃありません。もっともっと重要な問題は地下の抜穴のことですて」

「貴下もあの謎語を解こうとなさるんですか？」

「いいえ、敢て解こうとせずとも、私には充分分っているのです。時に、御主人、この古城から百間か百五十間位隔った所に礼拝堂か何かがありますか？」

「ございます。古い礼拝堂が一つございます。往昔《むかし》浪々公がお建てになりましたものです」

「では、何卒《どうか》貴下の自働車をその礼拝堂の近傍へ廻しておくように運転手に御命じ願いたいものです」

「私の自働車は貴下を桟橋へお出迎えに行きました切り、まだ戻って参りませんのです。貴下は例の秘密の墜道を、すっかり悟っておしまいなすったのですな……何卒私にもお教え下さいませんか？　一体どういう事なのでございますか？」

静夜氏は主人の言葉を遮って、

「御主人、どうぞ提燈《ランタン》と梯子を拝借したいものですが」

「え、提燈と梯子を何になさるんですか」

「まア、ともかくもお持ち下さい。入用だからお願い申すのです」

一二　開かれたる秘密の隧道《トンネル》

この冷かな論法には、出番氏も少し驚いて、呼鈴《ベル》を押した。提燈と梯子とは間もなく運ばれた。

静夜氏は、こん度は軍隊的の厳粛と精密とを以って、ビシビシ命令を下すという態度だ。

「その梯子を書架に向って掛けて下さい。『智遍流米須爾留城』という文字の左手の方へ……」

出番氏は言われる通りに梯子を掛けた。すると、静夜氏はなおも続ける。

「いや、もっと右へ……それじゃ右へ寄り過ぎた。今少し左へ……そこで結構々々。ところで、一つ貴下この上へ上って下さい。はア、それで宜しいです。字は浮彫になっていますか、どうです?」

「浮彫になっています」

「では、一つその『遍』という字を摑まえて、どっちへか廻るか廻してみて下さい」

出番氏は「遍」という字を摑まえて、叫び出した。

「廻ります、廻ります!　右の方へ四半分ばかり廻りました。貴下にどうしてこれが廻ることが分りました?」

静夜氏はそれには答えないで、命令を続ける。

「こん度は『米』という字ですが、そこから届きますか?　巧い巧い、届きますな。そいつを動かしてみて下さい。押すか引くかしてみて下さい」

出番氏は「米」の字を動かし始めた。驚くべきかな。何か掛金のような物が内側でカタンと外れる音がした。

「そうそう」と、静夜氏は頷いて、「さア、こん度はその梯子を一番左の端へ持って行って下さい。

その『城』という字の所へ。宜うがすか。多分その『城』という字が開くかどうかするだろうと思います」

出番氏は真面目腐った顔をして、「城」という字を引摑んで、ウンと手前へ引いたと思うと、果して「城」の字は開いたが、同時に出番氏はコロコロと梯子から転げ落ちた。「城」の字が開くと共に、最初の「智」の字と一番お仕舞の「城」の字の間に挟まれている書架の一面が、枢軸《すうじく》の上でぐるりと廻転して、墜道の口がぽかんと開いたのである。

静夜氏は冷然として訊いた。

「どうです、お怪我はありませんでしたか?」

「いいえ、何ともありませんとも」と、出番氏は起き上りながら答えた。「怪我はしませんが、少々面喰いましたな……驚いたものですな……字が動いたり、行きなり墜道の口が開いたりするなんて……」

「しかし不思議はありますまい。皆んな修理の記録にピッタリと合ってるじゃありませんか?」

「と仰しゃると?」

「お尋ねまでもありますまい。即ち、『まず遍く転ずれば、米散じ城開いて』じゃありませんか」

「なるほどなるほど。それは分りましたが、ルイ十六世の記録の意味はどういうのでしょうか?」と、出番氏はまだ不審が晴れやらない。

「それこそ何でもないじゃありませんか。二――四――八は即ち二四が八で、『遍』、『米』、『城』の字を王が記憶のために順番に書いておいたのです。お解りになりましたろう」

「イヤ恐入りました。段々分って来ました。しかるに、一つまだ分らない事があります。貴方のようにこちらから行けば何でもなく墜道へ入れますが、龍羽暗仙は一体どこからそこへ入ったのかが分りませんね。勿論、彼は外の方から入って来たのですから」

静夜氏は提燈に火をつけて、墜道の中へと入って行ったが、

「御覧なさい御主人、後部《うしろ》も前と同じ仕掛になっているのです。この通り文字は悉く逆になっていますよ。龍羽は、こちらから字を動かして開けたのです」

「何によってそれが証せられますか?」

「何によってと言って? まアこの油の飛沫を御覧なさい。龍羽はチャンと器械が銹び付いてしまっていることを考えていたんですな。だから、これ、この通り車輪《くるま》へ油を差しています」と、驚いた様子もなく静夜氏が答える。

「そうすると、彼奴は今一方の入口をも知っていたのですな」

「左様。丁度私がそれを知ってるようにね。私に随《つ》いて行らっしゃい」と、静夜氏が事もなげに言う。

「墜道の中へですか?」と、出番氏はさすがに稍《やや》躊躇の気味である。

「貴下は怖気《おじけ》が付いたのですか?」

「いいえ、そうではありませんが、貴下は墜道の路がお分りですか」

「ええ眼を閉《つぶ》っていても立派に分りますさ」

こう言って、静夜氏は先に立って、墜道の中へと入って行った。そして、まず最初に、二人は十二段から成る階段を下り、更に十二段下り、また更に十二段を下った。そこで、彼等は長い長い墜道の中を辿って行った。煉瓦の壁は古び切って、既に自然に返り、所々ジクジクと水が滲み出したり、湿って居たりする。踏み行く地はジメジメとしていた。

「私どもは丁度今池の真下を歩いているのでございます」と、不気味に感ずるらしく出番氏が言う。墜道はまた階段のある所へ出た。その階段もやはり十二段であった。その上にも同じく十二の段々があり、またその上にも十二の段々があった。二人が辛うじてそれを上り詰めたと思うと、切立った岩を刳《く》り抜いた小さな穴の前へバタリと突き当ってしまった。それから先は最早路がない。

「こりゃ不可《いかん》。裸壁の他には何にもない。こいつは聊か困ったな」

と、静夜が呟いた。

「きっと、こりゃア引返さなきゃならんのでしょう。もうこれ以上行ってみる必要はありますまい。私は最早充分です」と、先刻から余り善い心持のしていない出番氏は、これ幸いと引返し説を持ち出した。

けれども、静夜氏はなかなかこれ位の事で閉口はしない。ふと眼を挙げて見ると、ここにもまた立派に浮彫の文字が掲げられている。それは彼等の直ぐ頭の上に在って、入口のそれと同様の物である。例によって例の如く、その三字を動かすと、花崗岩《みかげいし》の蓋がぐるりと廻った。この花崗岩の片々の面は、浪々公の墓石になっているのであった。そして、その表面には、麗々と「智遍流米須爾留城」八文字が刻まれている。

こういう風にして、二人は暗い長い隧道の闇を抜け出して、明るい空気の中へ出た。そこにはなるほど小さな、荒れ果てた礼拝堂が建っている。それを見ると、静夜氏が出番氏を顧みて言った。

「どうです、『人神に至る』でしょう。御覧の通り礼拝堂に達しましたよ」

「不思議ですな」と、出番氏はさも感に堪えたように言う。「実にどうも不思議ですな。ただ僅にアレだけお話ししただけで、これだけの事が分るというのは、真実《ほんとう》に敬服の外ありませんな」

「ナニこれしきの事、何でもありませんわい。国民図書館に納めてあったという隧道の地図には、円《まる》が付いていて、その路は左の方へ行くようになっています。これは貴下も善く御承知のはずです。が、しかし、貴下の御承知ないことで、同なじ図面に、十文字の印の付いた路が右の方へ通っているのです。尤もこれは殆ど消えかかっていますから、虫眼鏡ででも見なければ分りません。この十文字の印を伝って行けば、分明《はっきり》と礼拝堂へ導かれるようになって居るのです」

出番氏は自分の耳も疑うほど愕然した。

「そうですか。それはいかにも奇怪千万なことですな。しかも、そう伺えば、『いろは』よりまだ易しいのですな。どうして、今日までそれを誰も気が付かなかったか知ら?」

「誰も三つ四つの事柄を照り合わして考えなかったからでしょう。即ち例の二つの記録と、二つの謎語とをね……イヤ、しかし、無理もありません。そこまで気の付くのは、龍羽暗仙と私ぐらいなものでしょうから」

「けれどもですね、私ばかりならまだしも、芸利須僧正まで……私どもも貴下の知っていらっしゃる位のことは、残らず知っていた積りなんですがな……」

静夜氏は得意らしく微笑を含んで、「出番さん、そんなことじゃ、まだなかなか謎語や秘密は解りませんな」

「けれども、私はこの事については、実に十年間の日子を費して居るのです。私の十年間が貴下には十分間でしたな……」

「はははは、これも一つは慣れですな」

一三　度胆を抜かれた時計

二人が墜道を出て、礼拝堂の中を抜けて来ると、そこに一台の自働車が待っていたので、静夜氏は思わず声を挙げた。

「おやおや！　自働車が待っている！」

「ヤ、私の自働車ですわい！」と、出番氏も一驚を喫して叫んだ。

「貴下のですって？　けれども、お宅の運転手はまだ帰らなかったはずじゃありませんか？」

「もう帰りはしましたろうが……しかし、それがどうしてここへ来たのだかは、私にも一向分りませんね……」

二人は自働車の方へ近寄って行って、出番氏は運転手に声をかけた。

「おい。お前どうしてここへ来たのかい？」

「はい、あの、倍門さんからの仰しゃり付けで……はい」

「ナニ、倍門氏が？　お前あの人に遇ったのかい？」

「はい。停車場の近傍でお目に懸りましたら、何でも礼拝堂へ車を廻しておけという御命令だそうでしたから……」

「礼拝堂へ行っていろってかい！　何のために？」

「貴下とお客様をお待ち申すためにです」と、運転手はさながら狐につままれた面持である。

出番氏と静夜氏は互に眼を見合わせたが、出番氏は私語《ささや》くように、

「彼には、貴下が一度ここへ行らっしゃれば、こんな謎語を解くなぞは児戯に類することだと思ったのでしょう。で、最高の敬意を表したものと見えますな」

満足の笑が静夜氏の痩せた頰を掠め過ぎた。この敬意が大に氏を喜ばせたのである。氏はハタハタと自分の頭を軽く叩いて言った。

「彼男《あれ》々々！　私はあの男に遇って、すっかり覚えてしまった」

「へえ、貴下はお遇いになったのですか？」

「もう少し先刻、吾々は路で擦れ違ったのです」

「そして貴下は、その男が龍羽暗仙だとは思召さなかったのですか？」

「いや、直ぐ感付きましたとも。ちょいと皮肉なことを申しましたから」

「それで到頭遁がしておしまいなすったのですか？」と、出番氏が歯痒《はがゆ》げに言う。

「いかにも。引捉《ひっとら》えようと思えばタワイなかったけれども……丁度そこへ五人ばかり馬に乗った憲兵も通り掛ったのだから」

「しかし、惜しいことをしましたな。もう二度と再びこんな善い機会は来ますまい」

「イヤそれは御説の通りかも知れんが、出番さん」と、静夜氏は傲然として言った。「私と龍羽暗

仙とは互に敵同志です。静夜保六郎不肖なりといえども、偶然転げ込んで来た犯人などを捉えることを恥じとしている。龍羽を捉えようとすれば、機会は敢てこちらから造ります」

これから汽車で発とうとする静夜氏の時間は最早迫っていた。自働車を廻さした龍羽暗仙は、窃に静夜氏を徳としているらしくも思われる。出番氏と静夜氏とは、ともかくも自働車に乗った。自働車は走り出した。野も藪も彼等の窓を掠めて疾走した。その時、突然出番氏は車内に小さな包の置いてあるのを認めた。

「はて！　何か知らん？　小さな包が置いてあるが、誰のか知ら？　ああ、貴下の名宛になっていますよ」

「私に？」と、静夜氏が不審した。

「はア、貴下のお名前になっています。『静夜保六郎様、龍羽暗仙』としてありますよ」

静夜氏はその小包を取り上げ、括ってある糸を切り、丁寧にくるんである二重の紙包を開いて見ると、中には一個の懐中時計が入っていた。

「お！」と、静夜氏は微かに叫んだ。その容子には確に憤っている表情が見える。

「懐中時計ですな！　それを彼奴が……？」と、出番氏が言った。

静夜氏は何とも答えなかった。

「どうしたんだろう？　それは貴下の時計ですか。それを龍羽暗仙が返してよこしたと……おお、じゃア何ですか、龍羽が貴下の時計を取ったのですか？　ははは。こりゃア善い！　静夜保六郎氏が龍羽暗仙に時計を掏摸《すら》れたなどは、天下の珍事ですね。あッははは。こいつは至極妙だ。いや、笑っちゃ失礼ですが、御免下さい。はははは。はははは。こりゃ可笑《おか》しい。はははは。到底《とても》笑わずにゃ居られん。はははは」

出番氏は腹を抱えて笑った。それは到底自ら制することが出来ないらしかった。その時、静夜氏は論告するような口調で、重々しく宣言した。

「そうだ。あれに違いない。貴下の仰しゃった通りだ」

けれども、静夜氏は顔の筋一つ動かさなかった。飛ぶような地平線の方をじっと見詰めて、戸部へ着くまで一言も物を言わなかった。その沈黙はむしろ恐ろしく、心を測り難く、そして、非常に怒っていて呉れるよりは、数層倍不気味であった。自働車が桟橋へ着いた時に、氏はただ次の数語を漏らしたのみであったが、その時には、最早何等の憤怒《いかり》をも止めてはいないようだった。のみならず、その言葉付にも、立派な人格の鉄のような意志と気力とが仄見えて、奥幽《おくゆか》しい感じがした。

「そうだ、あの男だった。私はあの男を捉えることを非常に愉快だと思います。私のこの手を――丁度今貴下をこういう風に捉まえるように、私のこの手をあの男の肩の上に置くことを、私は甚だしく喜びます。出番さん、どうか御記憶なすっていて下さい。龍羽暗仙と静夜保六郎とは、他日必ず再会するでしょう……いや、再会します。少くとも、私は堅くそう信じています。ね、出番さん、世界は広いようで案外狭いものですからな……」

神出鬼没 金髪美人

清風草堂主人（安成貞雄）

金髪美人序

古往今来探偵小説家の多く、そのペンから生れた探偵もまた多し、但《ただ》、その多くは結構散漫にして空疎、浅薄にして子供だまし、初め十頁も読めば、思慮少しく緻密な読者は、犯罪の径路と犯人とを看破し得ること硝子越しに物を見るよりも容易し。しかりしかして作中の所謂名探偵先生は、やっさ、もっさ、汗水たらして奔走し、飛んでもない美人に嫌疑をかけ、あらぬ紳士を捜索して無駄骨を折る。その様譬えば下手な手品師が一生懸命になって種の割れた手品を演ずるが如し。見ていて滑稽気の毒に存ずるのみ。

その中にあって、嶄然として頭角を抜くもの三人あり、コナン・ドイルのシャーロック・ホームズ、モーリス・ルブランのアルセーヌ・リューパン、チェスタートンの長老ブラウンこれなり。長老ブラウンは暫く措く、ホームズは世界万国皆なこれを知る。久しく探偵界に闊歩して、鬼神の名暗黒界に轟く。

リューパンは泥棒なり、六歳『皇后の頸飾』を盗みて母の病苦を救ったるが病付きとなり、欲して盗まざるなく、覘って奪わざるなく、遂に国を盗むの大盗となり、カイゼルを掌上に翻弄して仏国のためにアルサス、ローレンを盗み返さんとするに至る。天性俊敏にして温雅、博学にしく多才、絵画を能くし、音楽をよくし、建築学に通じ、歴史文学に深く、兼ねて博言学者なり。力二十人に敵して、頗る付きの美男子なり。俠勇にして女にやさしく、菜食主義者なり。主義として決して殺さず。その神出鬼没の技、仏蘭西の名探偵蟹丸警視を閉口せしめ、終にホームズを英国より雇い来らしむ。

金髪美人は直にこれ探偵術の国際的競技。宜なる哉この書一度出ずるや、米国のみにても六種の翻訳出版せられたる事や。万国は将に彼れを知らんとす。

じみにして執念深き英人と、派手にして快活なる仏人とは、その全力を以って諸君の面前に活躍せんとす。

十一月十五日

清風草堂主人識

二十三号五百十四番

千九百十一年十二月八日中央専門学校数学教授下条《げじょう》博士は古道具屋を渉猟《あさ》っておったが、桃心木《マホガニー》作りの机を見付けた。抽斗《ひきだし》が沢山あるのが気に入った。教授は、

「鈴子の誕生の贈物に持《も》てこいだ」と考えた。

教授の収入は豊かでないが、娘の喜ぶ顔も見たいので、古道具屋に負けさせなけれアなるまいと思った。三十円と云うのを二十六円まで値切って、机の届先を書いていると、同じ店をあっちこっちと渉猟っておった立派な、気の利いた服装《なり》をした青年がその机を見掛けて、

「これア幾何《いくら》だい？」

「売約済で御座います」と道具屋は答えた。

「ソウカ……この方へか？」

下条博士は、自分の買物を羨ましがっている人間があると思うと得意になって会釈して店を出た。が、五間《けん》と行かない間《うち》に、その青年が追い付いて、帽子を取って叮嚀に、

「誠に恐縮千万ですが、……失礼なことをお尋ね致しますが……あの机は故意《わざわざ》御探しなすったんで御座いますか？」

「いや、何か手頃なものを見付けたいと思ってあの店へ行ったんですがね」

「と仰有ると、特別にあれを御望みだというわけで御座いませんのですね？」

「あれが気に入ったというだけです」

「あの机が時代が付《つい》てるからでしょうか」

「いや、重宝だからです」

「それならば、重宝でありさえすれば、もっとしっかりした品と御換え下さいますまいか」

「これだってしっかりしております。別段換《かえ》なけれアならん所も御座いません」

「でも御座いましょうが……」

下条博士は怒りっぽい性質《たち》の人であった。で、打切棒《ぶっきらぼう》に、

「その御話なら御中止《およし》を願いたい」

青年は教授の前に立ち塞って、

「貴方は、幾何《いくら》で御求めなすったか存じませんが……元価《もとね》の倍位は差上ますが」

「いや、御免を被ります」

「三倍でも宜しゅう御座りますが」

下条教授は腹立たしげに、

「思召《おぼしめ》しは有難いが、机は私のものだ、売物では御座いません」

と極め付けた。青年は、下条博士を妙な鋭い目付きで睨《ね》め付けて、物をも言わずに行ってしまった。

＊

一時間後、桃心木の机は、美路土《びろーど》街の博士の家へ届いた。

博士は令嬢を呼んだ……

「鈴子、どうだ気に入ったかい、お前へ上げるんだ」

鈴子は感情の激しい、思うことがすぐ顔へ出る女であった。で、父さんの頸へ手を捲きかけて、まるで女王に相応《ふさわ》しい贈物でも貰ったように、いかにも嬉しげに接吻した。その晩、鈴子は下女の民の手を借りて机を自分の部室へ運び込んで、抽斗を掃除し、手紙やら、小道具やら、絵葉書やら、従兄弟の律雄から貰ったなつかしい、思い出の多い品やらを蔵《しま》い込んだ。

博士は、翌朝七時半、学校へ出勤した。十時に、鈴子は、例《いつも》の通り、父さんを迎えに学校の門まで行った。博士は、娘が門の向側《むかい》の所で、優しい顔に笑を湛えて佇《たたず》んでいるのを見ると、可愛さが込み上げる。二人は睦じく語り合って、家へ帰った。

「どうだい、あの机は気に入ったかい」

「ええ！　結構ですわ！　民やと二人で引手がピカピカ金のように光るほど磨きましたわ。あれを持ってみますと、今まであれが無くってどうして過したかと思いますわ」

二人は前庭へ入った。博士は、

「一つお昼飯前にあれを見ようじゃないか」

「ええ、そうしましょう」

鈴子は、先きに立って二階へ上ったが、自分の部室の前へ行くと、喫驚《びっくり》して声を立てた。

「どうしたの？」

と云いながら、博士は鈴子のあとから部室へはいった。

机は影も形もない。

下条教授の訴えに接して出張した警官は、まず机を盗み出した手段の無雑作なのに驚いた。鈴子が下条博士を迎えに出、下女の民が買物に出た間に、制帽を被った市内用達会社の小荷物運搬人が、近所の人の見ている前で、荷車を玄関に止めて、鈴《ベル》を二度鳴らした。近所の人は、下女の留守なのを知らないから、少しも疑いをはさまなかった。盗人は何の支障もなく、まんまとその目的を果したのである。

しかし、失くなったのは机だけであった。銀の食器のはいっている食器箪笥が壊れてもいなければ、高価な飾時計も手を付けずにある。鈴子が机の上へ置いた財布さえも、金がはいったまま、傍の卓子《テーブル》へ載せてあった。盗人の目的は、最初から定《き》まっておった。が、これが却って事件の真相を解し難いものにした、というのは、何が故に、高が机一脚を盗むために、こんなに際どい瀬戸を渡ったろう。

博士が提示した唯一の手掛りは、前日机を買った時の出来事であった。

「あの若い男は、私が拒絶したので最初からひどく失望した様子をして居りました、私は脅迫されたとすら思った位です」

しかしこれだけでは雲を攫《つか》むようであった。古道具屋を訊問したが別に心当りもないと云う。問題になった机は、某町の某氏が死んで、その家財を競売に附した時二十円で買ったもので、二十六円に売れたから、儲かった気でいたと申し立てた。それ以上何事もわからなかった。で、高が机一脚であるから、事件はそれなりになった。

しかしながら、下条博士は莫大な損失を蒙ったような気がしてならなかった。よくあるやつで、あの机のどこかに秘密の抽斗があって、莫大な遺産に関する書類が蔵ってあるのかも知れない。あの若い男がこんな際どい仕事をしたのは、それを知っていたからではないかというような気がしてならなかった。

博士がこぼすと鈴子は、

「マア御父様ったら！　そんな財産があったってどうなさるの」

と云うのが御きまりであった。

「どうするって！　その位の財産があって御覧、お前立派な御婿さんを貰えるじゃアないか」

鈴子は、従兄弟の律雄と一緒になれさえすれば、他に立派な御婿さんを欲しいとは思わなかった。ただ律雄さんは、結婚しても家庭を作る金を持っていない。それを考えると、鈴子は、われ知らず溜息が出るのであった。別塞《べっさい》街の小さい家庭の生活は、それがために、なくなった机によって当然受けるよりも、より以上の打撃を受けたように、楽しさに少し曇りがかかったが、それでも変る事なく過していた。

奇怪な机の盗難事件があってから二月過ぎた。下条家でも、もう忘れかけていた。すると、突然その事件の続きが、丁度地下の水脈が噴井《ふきい》となって現われるように現われた。しかも僥倖と絶望とが綯《な》え交ぜになって現われた。

二月一日午後五時半、外から帰って来た下条博士は、煖炉の前へ腰を下すと老眼鏡を掛けて、買って来た夕刊を読み始めた。政治記事には面白い事もない、博士はゆっくり頁《ページ》を返すと、電光のように目を射た記事がある。

○植民富籤第三回抽籤《ちゅうせん》
一等（四十万円）当り籤は二十三号五百十四番なり

新聞は博士の手から辷り落ちた。四方の壁が目の前で波を打った。心臓の鼓動が止まった。二十三号五百十四番は博士の札の番号である。博士は友人から頼まれて、偶然それを買ったのである、博士は元来担ぎ屋ではない、それに今四十万円当った。

念のためにノートブックを取り出して見ると、正に相違がない、二十三号五百十四番と明瞭にかいてある。が、札はどこにある？

博士はその大事な札を蔵い込んでおいた手文庫を調べようと書斎へ飛んで行った。と、すぐ立ち止まったが、たじたじと後退りした。心臓がぎきぎきする！　手文庫がない——不意に、博士は暫く手文庫を見なかったことを思い出した。

「鈴子！　鈴子！」

丁度買物から帰って来た鈴子は、急いで二階へ駈け上った。

「鈴子！　筥《はこ》は……筥は……手文庫は……」と博士は声をはずませた。

「どの筥ですの？」

「留宇武留《るうぶる》で買ったのさ……いつかの木曜日に……あのそら書斎の卓子《テーブル》に置いてあったのさ」

「あら、御父様、もう忘れて御しまいなすったの、二人で一緒に蔵ったじゃアありませんか」

「いつだ」

「あの晩だわ……そのあの日の前の晩よ」

「どこへ、え、どこだ、早く、さア早くお言い！」

「どこって、あの机の抽斗よ」

「あの盗まれた机かえ？」

「ええ」

「あの盗まれた机だって！」

博士は余りの事に声が出ない、僅かに嗄《かす》れ声でこう云ったが、突然《いきなり》鈴子の手を攫み、一層声を潜めて、

「鈴子！　あれには四十万円はいっていたんだよ」

鈴子は無邪気に、

「まア、じゃ何故そう被仰《おっしゃ》いませんでしたの、御父様」

「四十万円だよ、四十万円」と博士は繰り返して「植民地富籤の一番札がはいっていたんだよ」

災難とはいえ、損失が余り大きいので、父子は気を挫かれた。暫くの間、二人は沈黙に沈んだ。

それを破るのが、何んだか恐しいようであった。とうとう鈴子がまず勇気を恢復した。

「だってやっぱり御父様に払い渡すんでしょう」

「どうして？　証拠がないじゃないか」

「証拠が要るんですか？」

「あたり前さ」

「御父様は所有《もっ》ていらっしゃらない？」

「それア所有ているさ」

「それで？」

「それが手文庫へ蔵ってあったんだ」

「あの紛失《なく》なった文庫へ？」

「ああ、誰か他人が金を受取るんだろう」

「だって、それは不法だわ！　きっと払渡しを差止められるわ、きっとよ御父様」

「わかるもんか。わかるもんか」と博士はがっかりしたように首を掉《ふ》って、「あいつは恐しく悧巧な奴だ。えらい眼はしの利く奴だ……あの机を盗んだ手際なんぞは……」

博士は独言のように呟いていたが、不意に、飛び上って、地鞴《じだんだ》を踏んだ。

「いや、断じてやらん」と叫び出した、

「取らせてたまるものか、取らせない、悧巧だろうが、眼はしが利こうが、手も足も出させはしないぞ。金を取りに来てみろ、すぐ縛らせるから」

「御父様、御父様、何かいい法があるの、御父様！」

「あるとも、私は私の権利を擁護する、どんな事があろうとも最後まで擁護する、きっとやって見せる。金の所有権は私にある、きっと取る」

二三分後、博士は甲士街《かぶしーぬがい》の里昂《りおん》銀行へ宛てて左の電報を打った。

「予は二十三号五百十四番札の所有者なり、法律上の権利によりて他人への払渡に抗議す……下条忠正」

この電報と殆んど同時に、富籤局長はもう一通左の電報を接手した。

「二十三号五百十四番は予の所持札なり……有村龍雄」

この事件が新聞へ発表されると、巴里《パリー》市中は勿論、仏国全体は、その成行きの奇妙なのに驚愕したが、また、敢て驚きもしなかったとも云える。それと云うのは総てかかる奇怪な犯罪の奥には、必ず有村龍雄が居るという予期が世間一般にあったからである。丁度日本で、婦人に対する犯罪者が、出歯亀《でばかめ》という名を冠される如く奇怪にして真相の知れない事件があれば、きっと有村龍雄が仕組んだ事に相違ないというのが常であった。これがために、実際有村龍雄が関係しない事件でも、その成行きが奇怪で、その犯罪者が発覚しない場合は、それを有村の所為にしてしまう。それで丁度名裁判はみな大岡越前守が裁いたと伝えられる如く、有ゆる奇怪なる犯罪は、みな有村龍雄の犯したものとされてしまった。つまり有村龍雄という盗賊に関する伝説が生れたのである。有村龍雄は、古代の英雄の如く、生ながら伝説中の人物となったのである。

その有村龍雄が、下条博士の机を盗んで四十万円の富籤札を手に入れた。そして今度は自分から名乗り出た。世間では、そらまた有村が出たと喜んだ。有村が出さえすれば、仏国の名探偵と呼ばれた蟹丸警視がきっと出る。二人が必死になって智恵の有らん限り、術数のあらん限りを尽すのは、智識的な仏蘭西《フランス》人には面白くって堪らないのである。新聞が面白く囃したてる、雑誌が大袈裟に吹聴する。有村と蟹丸警視とは、舞台で喝采された名優の如く、冷やかに籌策《ちゅうさく》をめぐらしながらも、幾らか浮き立って、時々は見得《みえ》を切る。それが面白いのである。世間は、この事件の成行きいかにと目を刮《みは》った。

＊

銀行総裁は、電報を接手すると、すぐ事実の捜索に取りかかった。そして、二十三号五百十四番札は、別塞街里昂銀行支局で、砲兵少佐武田豊雄氏へ売ったものだという事がわかった。所が、少佐は、その後落馬が原因《もと》で死んだので、札の行方ははっきりわからないが、死ぬ前に金の都合で、友人へ札を譲ったというような話をした事があるという事だけはわかった。

「その友人というのは拙者である」

と下条博士は主張した。

「それを証明しなさい」

と銀行総裁は要求した。

「証明する？　御安い御用です。拙者が故少佐と親善の間柄で、毎日珈琲《コーヒー》店軍神軒で会っていたことを知っているものは二十人はありましょう、少佐がちょっと僅かばかりの融通に困ると云うので、私が十円で札を預かったのも、その珈琲店での事で御座います」

「その取引の立会人が御座いますか？」

「御座いません」

「それでは何を根拠として権利の主張をなさるのです？」

「その事に就いて少佐がよこした手紙が御座います」

「その手紙は」

「札と一緒にピンで留めておきました」

「拝見いたしましょう」

「いや、それは、机と一緒に盗まれました」

「それじゃア、それを御発見《おめっけ》なさらなけれアア」

一方有村龍雄は、武田少佐の手紙の謄本を銀行へ送った。有村の機関新聞たる『巴里の反響《エコードパリー》』は武田少佐から彼れ有村龍雄に宛てた手紙は、有村の代理弁護士手島増蔵氏の手に保管されてあるという事を報じた。

この記事を見ると、巴里人は無性に喜んだ、盗賊が代理弁護士をもっている！　盗賊が法律を尊重し、弁護士の一人を以てその権利を代表者とする！　面白くなくて何んとしよう。

新聞記者は手島弁護士事務所へ押しかけて、手島氏を包囲攻撃した。手島弁護士は、急進党の代議士の一人で、廉潔清高の聞えがあり、非凡な智力を持っているが、その思想の傾向は少し懐疑的で、逆説《パラドックス》を喜ぶ風があった。

手島弁護士は、まだ一度も有村と会見した事がないので、諸君の材料になるような話の出来ない

のは、遺憾千万であると、如才なく新聞記者に話をして、

「しかし、有村氏から指図を受けたのは事実です。私は、数ある同業者中から選ばれた事を名誉だと思っているので、これに酬ゆるがために、法律の許す限り、依頼者の権利を擁護したいと存じております」

こう云って、弁護士は武田少佐の手紙を出して見せた。なるほど間違なく、富籤札譲渡の件の事実であることを証明するものであるが、その譲受人《ゆずりうけにん》の名は文中にない、のみならず、その宛名も、親愛なる友よとしかかいてない。そして有村から手島弁護士に送った手紙には「親愛なる友」というのは、即ち私である。何よりの証拠は私が手紙を持っている一事であるとあった。

新聞記者は、下条博士邸へ飛んで行った。博士は、

「『親愛なる友』というのは、私の外にない、有村龍雄は、札と一緒に手紙を盗んだのだ」

と繰り返すだけであった。

この記事が新聞へ出ると、有村龍雄が、どこからともなく『巴里の反響』に手紙を寄せて、下条博士に、その事実を証明せよと要求した。下条博士は、

「だが、机を盗んだではないか」

と云い、有村は、

「その証拠は」と遣り返した。

事件は日に日に面白くなって来た。二三号の五一四番札の所有者二人の争いは段々発展して行った。それが毎日交る交る新聞に現われる。有村は冷然と澄して理窟を言うが、下条博士は逆上《のぼせ》切って目がくらんでいる。新聞記者を捉えては泣言《なきごと》を並べるが、それがいかにも哀れっぽく、巧く出来上っている。

「あれはね、皆さん、鈴子の仕度金なんです、それをあの畜生奴、すっかり盗んで行ったんです。私はもう諦めて居りますが、娘が可哀相でなりません。ね、四十万円でしょう、四十万円。吁《ああ》、私

はそう云っていたんです、あの机にはきっと何かはいっているに相違ないとネ」

それを見ると、有村の方では、机を持って行く時は、札がはいっていることを知らなかった。知っておったとしてからが、特にその札が当り札だという事を予知する事が出来る訳がないじゃないかと云う。博士は、

「畜生め、何んとでも云え。だが、皆さん、知っていなけれア、誰れがわざわざあんな古机を盗みましょう。無論知っておったに相違ないじゃありませんか」

「盗んだ理由《わけ》は外にある、決して、その時分は十円の価値しかなかった紙片《かみきれ》を取ろうと思ったのではない」

有村はこう弁解する。

「十円の紙片だって！　四十万円だ、四十万円だ。畜生め知っていたとも、彼奴《あいつ》の事だ、知らない事があるものか……皆さんも御承知の通り、あの男でしょう」

こんな水掛論がいつ終局《おわり》になろうとも見えなかった。が、十二日目に、博士は、有村から一通の手紙を受け取った。秘密親展とあるので、博士は少なからず不審したが、開いて見ると、

「粛啓仕候《しゅくけいつかまつりそうろう》。世間は貴下及び小生を以て見世物視《みせものし》致し居り候。小生は真面目に事件を解決すべき時到れりと愚考いたし候。貴下の御高見はいかがに御座候哉。双方の立場は明瞭に御座候……小生は、現金と換ゆるを得ざる札を所持いたし居り、貴下は現金を受くる権を有して札を有せられず、従って双方共、一人一人にては何事をもなし得ざる訳に御座候。

しかして、貴下は貴下の権利を小生に譲る事を肯《がえ》んせられざるが如く、小生は小生の札を貴下に呈するを欲せずとせば、双方の執るべき手段はいかん。小生はこの困難を脱するには、ただ一路あるのみなりと愚考いたし候。即ち、等分する事これなり。二十万円は貴下、二十万円は小生が受くる事これに御座候。これ豈《あ》に公平なる解決にてはこれなきや。ソロモン王復《ふたた》び生るるも、これ以上の裁判を下して貴下及び小生の正義の念を満足せしむるは難《かた》かるべく候。

小生はこの提議を公平なる解決法なりとし、かつ速かに解決せんことを望むものに御座候。貴下が無用の思案に時間を空費せらるべき性質の提議に非ず、周囲の事情が貴下をして服従するの已《や》むなきに至らしむべき必然の提議に御座候小生は貴下の熟慮のために三日を与え申すべく、小生は金曜日の朝、『巴里の反響』の愁訴欄において小生が提示する契約に無条件の同意を表せらるる貴下の有、竜に宛てたる暗号広告を見んことを望むものに御座候。しからば、貴下は小生に二十万円を手渡しするという条件の下に、小生がまた提示する方法によりて、札を受取らるべく候。もし貴下にして、この提議を斥けらるるにおいては、小生はこれと同様の結果を齎《もた》らすべき、別箇の方法を執るべく候。しかして貴下は貴下の執拗なる態度によりて、極めて重大なる迷惑を受けらるるのみならず小生は事件解決遷延《せんえん》の手数料として、二万五千円を差引くべきを以て、それだけ損失を受けらるる事と相成るべく候。この点篤《とく》と御熟考を煩わし度く候。

月　日

有村龍雄」

逆上切って居る所へ、この手紙を受取ったので、下条博士の憤怒は、その極に達した。そして、秘密親展とあるのを忘れて、それを新聞記者に見せ、その謄写《うつす》に委せた。

「一文《もん》だってやるものか、一文だって!」

博士は真赤になって新聞記者の集まっている前で叫んだ「半分わけする! ウン、勝手にするがいい! 御好きなら札を御裂きなさいだ!」

新聞記者は、みな有村龍雄の人となりと、その遣り口を知っている。そのやると云ったことは、きっと実行することを知っている。それで、博士が、憤怒の余り、前後の思慮を喪ってわめき立てるのを見ると、気の毒になった。

「下条さん、二十万円だって、ただよりはいいじゃありませんか」

「いや、金の問題じゃありません。正不正、義不義の問題です。私は、法廷で飽くまでもこの権利を主張します」

「有村と共に法廷に立つ！　そいつは面白いでしょう」

また一人が交ぜ返す。

「有村ですって！　私はあんなものを相手にするもんですか。私は、銀行総裁が相手です。総裁は、私に四十万円払い渡すのが当然じゃありませんか」

「札へですか、それともあなたが買ったという証拠へですか？」

「証拠がある。有村自分でも、机を盗んだという事を認めているじゃありませんか」

「しかし、裁判所では、泥棒の証言を信用するかどうか疑問ですね」

「そんなことは知りません。私は断じて法律の判定を仰ぎます」

この記事が、有村の手紙と共に新聞へ現われると、世間ではひどく喜んだ。賭けが盛んに行われた。有村は、きっと下条博士を屈服させると云うもの、いや、畢竟空《から》おどしに止まるだろうと云うもの、それぞれ金品を賭けて、結果はどうかと待っていた。が、一般の心の内には、危惧の念があった。何しろ両者の懸隔があまりに甚だしい。一方は、こんな事を商売にする手練《てなれ》の猛者《もさ》である。その打撃ははげしく、隙がない。一方は、始めから呑まれている、狩場の鹿でおどおどして居る。

有村が指定した金曜日が来た。『巴里の反響』は飛ぶように売れた。第五頁の「愁訴欄」は、一行も漏らさず読まれた。有村のあの字もなかった。下条博士は、沈黙を以って有村龍雄の要求に答えたのである。正しくこれ開戦の宣言である。

その日の夕刊新聞は、いずれも下条博士の令嬢鈴子が誘拐されたという椿事を報じた。

有村龍雄事件という芸題《げだい》の中で、一番面白いのは、巡査《おまわりさん》の役廻りである。有村がやる事は一つとして巡査の智恵を超越していないものはない。有村は自由に言い、書き、警告し、命令し、脅迫して、その計画を遂行する、その態度は、巡査なく、探偵なく、司法官なく、一切の支障が存在しないものの如くである。何一つとして有村の行く手を遮るものがない。

それでも、巡査は全力を挙げて有村を捕えようと努めた。有村龍雄という名が出ると、上は警視総監から、下は諜者に至るまで、燃える、湧き上る、そして凄まじい憤激の声が上る。

彼れ有村は、敵である、警察を嘲弄し、揶揄《やゆ》し、軽蔑する、のみならず、無視する敵である。そしてまたそれだけの技倆《うで》もある。警察といえども、手を付けようがないのである。

下条博士の件も、この一例である。

下条家の一僕《しもべ》の証言に拠れば、鈴子は十時へ二十分というに例《いつも》の如く父博士を迎えに家を出たという。博士は授業を終えて、十時五分頃門外へ出たが、いつも校門の前に居る鈴子を見掛けなかった。だから、鈴子は、自分の家を出て、学校へ行くまで、僅々二十分ばかりの間に行方不明となったわけである。

近隣の人二人は、博士の家から二丁半ばかりの所で鈴子を見掛けたと云う。それから今一人《も》は、もう半丁ほど先で鈴子らしい娘が歩いていたのを見たと云う。その先きは全く不明である。

各方面に向って厳重な捜索が開始された。市中、郊外の各停車場の駅員駅夫も調べられたが、その日は何も怪しいと思われる事に逢わなかった。

所が、漸く一つ手掛りが出来た。荒井町の某という荒物屋が、その日、窓を密閉した自動車に軽油を売ったという事がわかった。荒物屋の言う所によれば、車内には抜けるほど色白な金髪の美しい貴婦人が坐って居った。その自動車は、一時間ほどすると、別塞街の方から帰って来たが、道路の修繕最中であったので、自動車は速力を緩めなければならなかった。その時、荒物屋は、先きに見た金髪の美人の傍に、今一人婦人が坐っているのを見た。この婦人は、ヴエルで顔を包んでおった。

疑いもなく、それは鈴子であった。

これで見ると、この誘拐は、巴里の中央、人足の繁い町で白昼公然と行われたのである。いかなる方法でやったのか。どこのすみで行われたのか、助《たすけ》を呼ぶ声を聞いたものもなく、怪しい行動を見た人も無い。全く不思議である。

荒物屋の云う所では、その自動車はペユーヂョン式二十四馬力の四人乗で、車体の塗色は深緑色であった。そこで、大きな貸自動車屋の持主で、自動車駈落を専門にしている榛原《はいばら》ろく子方に就て取調べた。ろく子は、金曜日の朝、ペユーヂョン式二十四馬力の四人乗りを、金髪の美人へ貸した。その借り主はこれまで見た事がない、と申し立てた。

「しかし運転手は知れているだろう」

「はい、それは栄蔵と申しまして、木曜日に試験をして雇《やとい》ました男で御座います」

「ここに居るだろうな?」

「いいえ、居りませんで御座います。金曜日に車を持って帰ったきりで、その後は参りません」

「どこに居るかわかるまいか?」

「すぐ分ろうかと思います。あの男を紹介してよこしたものが御座いますから」

探偵は、女主人《おんなあるじ》からその宛名を聞いて、栄蔵の行方をつき止めようとしたが、誰れも栄蔵という男を知らないと云う。

「それア大方有村の手下が、手前共の名をかたったので御座いましょう」

という返事が、手掛りの最後で、捜索の手蔓はふっちり切れてしまった。

＊

下条博士は、こういう手酷い攻撃法をとられて、自分の陣地を守り得るような人ではない。鈴子が不明になったので、すっかり沮喪した、有村の手紙に従わなかった事を後悔した。

翌日の『巴里の反響』に現われた広告は、博士が絶対に無条件で降参したという白旗であった。戦争は、有村龍雄の勝利を以て終局した。

＊

二日後、下条博士は、里昂銀行の門をはいった。総裁に面会を求めて、二三号の五一四番の札を見せて、現金払い渡しを求めた。総裁は驚いた。

「や、札を御持ちですネ。彼奴《きゃつ》共返してよこしましたか?」

「いや、私が、その蔵い忘れておったので……」

「だが、先日貴下が仰ったことは」

「いや、みんな誤解から来たことです、とにかく札を持って居りますが」

「そう仰ればそれまでです。しかし、一応は貴下の方の証拠を拝見致したいものですが」

「武田少佐の手紙で宜しゅう御座いましょうな?」

「ええ、それで十分です」

「ここに御座います」

「それでは、この書類は暫く御預り致します。二週間だけ御預りして、一応真偽を確める規定で御座いますから。そしたらば、現金を御渡しする日を御通知いたしましょう。それから、これは私の老婆心かも知れませんが、この事件に関しては、絶対に秘密を御守りになる方がよくは無いかと考えます」

「いや、有難う、私もそうしようと存じておりました」

下条博士は秘密を守った、総裁も一言も云わなかった。がしかし、どこからか秘密が洩れた、有村龍雄が下条博士へ二三号の五一四番札を返したという事は、忽ち巴里市中へ知れ渡った。

有村龍雄が札を返したという事は、巴里人を呆れるほど驚歎させた。四十万円の当り札を切り札にして投げ出すとは、何んという大胆な賭博《うち》ようであろう。なるほど、その札の返りに、のっぴきならぬ人質はとってある。しかし、鈴子が逃げ出したらどうする。警察が人質を探し出して恢復《とりかえ》したらどうする?

警察は、この弱点に乗じて、一生懸命に鈴子の在所《ありか》を探った。有村龍雄が、調子に乗り過ぎて、自分で張った網に引っかかり、おまけに一文も取らなかったら……警察側の満悦は、思いやられるわけである。

そこで、問題は鈴子を発見するにあったが、見付からない。また鈴子も逃げ出して来なかった。有村は依然として優勝の地歩を占めている。しかし、難関はこれからである。鈴子は有村の手中にあるが、有村は二十万円と引き換えでなければ鈴子を返さないに相違ない。そんなら、どういう手段で、どこでその取引をすますのか。取引をするためには、会合が行われるに相違ない。その時、下条博士がその場所を警察に報告して、鈴子を取返した上、一文も払わずに済すのは何の造作もない。有村は、この関所をどうして越えるか？

新聞記者は、また博士邸に押しかけた。博士はひどく悄《しょ》げ込んで、なるべ口を開くまいとする。

「別に御話しすることが有りません。ただ待って居るばかりです」

「鈴子さんの行方は？」

「警察で捜索しております」

「しかし、有村から貴下へ便りが有ったでしょう？」

「いいや」

「全くですか？」

「いいや」

「それでは、有ったと云うと同じじゃありませんか。有村の提出したのはどんな条件です？」

「何んにも云う事が御座いません」

どこまで行っても不得要領で、そして最後は、何んにもないで逃げてしまう。

有村の代理弁護士手島もまた新聞記者の包囲を受けたが、これも博士と同じく不得要領の態度を執った。

「有村氏は私の依頼人で御座います」

手島弁護士はわざと勿体を装うて「職責上、私が依頼人の秘密を厳守しなければならないという事を承知して戴きたい」

この秘密はまた恐しく巴里人の好奇心をそそった。事件は暗中で進行しておるに相違ない。有村は、だんだん網を縮めているに相違ないという感じが、見物人の胸にあった。警察では、昼となく、夜となく、秘密に、厳重に、下条博士の行動を注視した。世間では、有村の捕縛か、勝利か、警察側の失敗か、二つに一つの結果を見ようと待ち構えた。

＊

三月十二日、木曜日の朝、下条博士は、銀行総裁から、普通郵便で、一通の手紙を受けとった。翌、金曜日に、博士は銀行に出頭して、千円紙幣四百枚を受け取った。

博士が一枚一枚慄えながら――何故ってこれは鈴子の身代金ではないか――紙幣《さつ》を数えていた時、富籤局の門前近く馬車を駐《と》めて話をしておるものがあった。一人は頭の半白《はんぱく》なしっかりした顔付の男であるが、その服装《なり》が腰弁《こしべん》らしいので、いかにも不調和である。これは、有村が不倶戴天の仇たる刑事部長蟹丸警視である。

蟹丸警視と並んで坐ったのは、探偵降旗《ふりはた》警部である。蟹丸警視は降旗警部の方を向いて、

「御爺さんそんなに手間はとらせまい……五分も経てア出て来るよ。どうだ、手筈はついているだろうね」

「すっかりついています」

「人数は？」

「自転車隊二人ともで、八人揃って居ります」

「よし、それに三人前の俺が居ると、まアどうかこうか間に合うだろう。どんな事があっても、あの下条先生を見失っちゃアいけない。先生どこかで有村に会った上で、二十万円で娘を買い戻す

に相違ない。その場が、この芝居の大詰だろう」

「だが一体全体あの先生、何故下官等《わたし》と同一の行動に出ないんでしょう。造作もないことじゃありませんか。ちょいと片手を貸して呉れれア四十万円が一人占めに出来ようというものでしょう」

「そうさ、けれど先生恐がっておるのさ。下手にちょっかいを出そうものなら娘が消えたっきりになってしまうからな」

「ちょっかいッて誰れにです」

「彼奴にさ」

蟹丸警視は、彼奴と云う時いかにも重々しく、恐しさに四辺《あたり》を憚るように、例えば人間以上の力あるもののことを云うように発音した。

「ですけれど、吾々が本人の意志に反してまでその人を保護しなけれアならないというのは、随分妙なはなしですね」

「仕方がないさ」

蟹丸は吐息をついて、

「有村の畜生が出れア物事がみな倒《さかさ》になるんだ」

一分過ぎた。

「見給え」

蟹丸が耳語《ささや》いた。

下条博士が銀行から出て来た。甲士街の尽端《はずれ》まで来ると、博士は大通へ曲って左側（巴里では右側通行が原則である）を、悠々緩々《ゆうゆうかんかん》と歩行《ある》きながら、商店の窓飾を見ている、蟹丸の馬車は徐《しず》かに後を尾《つ》けた。

「先生馬鹿に落付いていやアがる」

と蟹丸は不審げに、

「あれア懐中《ふところ》に四十万円も持っていようという人間のあるきようじゃないね」

「どうしようというんでしょう?」

「なアに何んでもないサ……いや、待てよ、すっかり見損《みそこな》った。畜生! 畜生! これア有村の細工だぞ!」

と云う時、博士はつと大道の新聞売場へ入って、二三枚買った。出て来るとそれを拡げて読みながら、今度は小刻みにコツコツと駆け出した。そして、突然《だしぬけ》に一躍して傍《かたえ》の自働車に飛び乗った。

自働車は、ちゃんと待っていたに相違ない、直ちに薄紫の烟を吐いて疾駆し去り、馬出人通《までれーぬ》で角を曲って見えなくなった。

「畜生!」

蟹丸警視は憤激した。

「野郎またたくらんだナ」

馬車は矢の如く駆け出した。他の八人も駆け出した。馬出人通を曲ると、蟹丸警視は、からからと笑い出した。自動車は馬周通《まるしゅるぶ》の入口で輪《タイヤ》が破れて下条博士は下りかけている。

「降旗君、早く早く……運転手を! あれがきっと栄蔵という奴だ」

馬車からとび下りた降旗は、運転手を捉えた。この男は、加藤東蔵というもので、某自動車会社の運転手だが、十分ほど前に一人の紳士が来て、新聞売場から十間ばかりの所で車を駐め、「火を入れて、も一人の紳士が来て飛乗るのを待って居れ」と云ったと申し出でた。

「よし、それで二度目の紳士は、何町の何番地へ行けと云った」

「へい、どことも仰いませんで、ただ馬周通から名士街《めしいぬ》へ行け、酒手は十分やるぞと仰いましただけで御座います」

＊

蟹丸警視が運転手と押し問答をしている間に、下条博士は一分時も無駄にしなかった。まず真先きに出た馬車へ飛び乗ると、

「渾高土地下鉄道停車場《こんこるど》へ」

博士は、地下鉄道王宮前停車場で電車から下りると、すぐ馬車を駆って、武留《ぶりゅう》の広小路へ向った。それからまた地下鉄道で、美利栄《みりえー》街まで行った。ここでまた馬車へ乗った。

「倉田町二十五番地へ」

倉田町二十五番地は、番場《ばんば》町と鍵の手になった町で、角の家から、町の名が分れている。博士が二十五番地の屋敷へはいって、ベルを鳴らすと、一人の紳士が戸を開いた。

「手島弁護士はこちらに御住いで御座いましょう?」

「私が手島で御座います。あなたは下条さんでいらっしゃいましょうな?」

「左様で御座います」

「御待ち申して居りました。どうぞ御通りなすって」

下条博士が手島弁護士の事務室へはいると、丁度柱時計が三時を打った。博士は挨拶もせずに、

「丁度約束の時間だが、有村は来て居りましょうか?」

「いや、まだ来て居りません」

博士は腰を下して額の汗を拭うた。そしてまるで時間を忘れたように、また懐中時計を出して見て、

「やって来ましょうかしら」

顔にも声にも心配が溢れていた。

「いや、貴方の御訊ねなさる事は、私も知りたくって堪らない事なんです。こんなに待ち遠しい思いをしたのは、私生れて初めてです。とにかくやって来れア火に入る夏の虫でしょう。何しろ二週間も前から厳重にこの家を監視して、私に嫌疑をかけている位ですからな」

「私の方はもっとひどい」博士は心外千万という様子をして「現にここへ来る途中でも、うまく刑事をまけたかどうかわかりません」

「それじゃア……」

「いや、ここまで尾行《つけ》られた所で、私の手落ちじゃない」博士はぶりぶりして叫び出した「彼《あれ》にも言い分の有ろうわけがない。私は彼と約束した通り、彼の指図に従いました。彼の指定した時に現金を受取って、彼の云った通りにして貴方を訪問したのです。娘が彼の手中に陥ちたのは、私の責任だと思うから、私は完全に約束を履行した。この以上は、彼が彼の約束を守るべきじゃありませんか」こう云って博士は心配《しんぱい》そうに「娘を連れて来ましょうかしら？」

「さア、どうかそうしたいものですな」

「……貴方は彼と御会いになったんでしょう」

「私！　いやどうしまして。有村はただ貴方を待ち受けてもらいたい、三時前に召使を残らず外へ出してもらいたい、貴方が来てから自分が帰るまで断じて人を入れないようにしてもらいたいと申込んで来ただけです。そしてもしこの三条を承諾が出来なければ、『巴里の反響』へ広告して、その旨を知せてもらいたいと頼んで来ました。しかし、私は有村の仕事をするのが面白いものですから、喜んで一切引受ました」

「それで結局どうなる事でしょう？」

博士はこう呻《う》めいた。それからポケットから紙幣を出して、卓子の上で二十万円ずつ二つに分けた。二人は黙って坐っていた。時々博士は耳を側《そばだ》てて戸の方を見た、鈴の音がしたのではないか？鈴子が来たのではないか？……博士の苦痛は一分毎に増して行った。老いた皺の刻まれた顔には、激しい悩みの色が現われた。手島弁護士も、張り切った心持ちで、殆んど心臓の疼くのを覚えた。

とうとう弁護士は、その冷静を失った。突然立ち上ると、

「もう来やしない……待つのは無駄だ！　来ようというのは狂気の沙汰だ。無論私共は正直で裏

切の出来ない人間だから、有村は二人を信用したには相違ないが、危険は到る所にある」

博士は、がっかり挫折《くずお》れて、両手で紙幣を押えてまた唸り出した。

「ああ来ないかなア！　来て呉れさえすれア、鈴子を返して呉れれア私はこれをみんなやってもいい」

戸が開いた。

「下条さん、半分で結構です」

何者か閾《しきい》に立《たっ》ている――立派な五分もすかさない服装をした若い男だ。博士は直ぐに、古道具屋の店先きで自分に話しかけた男だと知った。博士はその男に跳《おど》りかかって、

「鈴子は？　娘をどこへやった？」

有村は、落付いて、キチンと戸を閉めた、そして徐《しず》かに手袋のボタンを脱《はず》しながら、弁護士へ言った。

「いや、手島さん、貴方が私の権利を擁護して下すった御親切に対しては御礼の申しようも御座いません。御厚意は一生忘れません」

手島弁護士は言葉の出しようを知らなかった。

「だが貴下はベルを鳴らしませんでしたね、……私は戸の開くのを……」

と私語《ささや》いた。

「いや」と有村は遮って、「鈴や戸というものは、音を立てずに役目を済ますべきものです。がそれよりも私が御約束通りやって来たのが大事な問題じゃありますまいか？」

「娘は？　鈴子は？　娘はどうした！」

博士は呶鳴った。

「ははア、ひどく御急ぎですなア」有村は一層落付いて「まア落付いていらっしゃいまし、御嬢さんはすぐ入らっしゃいます」

有村は、部屋をあっちこっちしていたが、いかにも心底から感服したような調子で、

「下条さん、こう申しては失礼ですが、貴方がここまで御出でになった御手際は鮮かに拝見いたしました。自働車さえあんな馬鹿々々しい目に逢わなけれア、江川町で御目にかかれたし、手島さんに御迷惑をかけずにすんだんでしたが、まアしかしこれも仕方が御座いますまい」

こう云いながら、有村は卓上の紙幣を見付けると、叫び出した。

「やア、チャーンと揃っていますね……無駄に時間を潰さずに……御免を蒙って私が……」

「ですが」手島弁護士は机の前へ立ち塞がって「下条さんのお嬢さんはここにいらっしゃらんじゃないか」

「それで?」

「だから、鈴子さんの出席が必要条件ではないかと云うのです」

「ええ、わかりました、よくわかりました」と有村は笑いかけて「有村龍雄自分免許の正直者になってしまいました。人質を返さずに二十万円頂戴する、そう思われても一言も御座いません。手島さん、私もひどく誤解されたものですね。しかし、運命が、私に一種特別の、何んと云いましょうか、その任務を授けたのですからね、疑の雲が私の正直を包み隠すのが当然でしょうがね……私のような正直な、素直な人間が……だが手島さん、剣呑だと御思いなさるなら、窓を開けて御呼びなさい。探偵が一打《ダース》ばかり表に張り込んでいますよ」

「ほんとうですか?」

有村龍雄は自分で鎧戸を開けて「下条さんはうまく蟹丸先生をまいたかナ……云った通りだ。居る居る、奴さん居るぞ」

「そんな事が」と博士は叫んだ。「断じて居るわけがない、私が断言する」

「私を裏切しないと仰有るんでしょう。それア私も御疑いはいたしません、しかし奴さん達も怜悧《りこう》ですからネ。御覧なさい、ホー降旗先生も居るぞ。……栗田警部に神村課長か」

手島弁護士は呆然として有村の顔を見た。何んという度胸だろう。まるで子供の遊んでいるのを楽しんででもいるように、のんきににこにこして居る。若い、輪廓の美しい顔には、一点の曇もない。

手島弁護士は、探偵の姿よりも、こののんきな無造作な態度を見て却って安心した。そして紙幣を積んだ机の前を離れた。

有村は、紙幣束を一ツ一ツ取り上げて、一方から一万円ずつ、二万円を取除けた。そしてそれを弁護士の前へ押しやって、

「下条さんと、私の手数料です、どうぞお収めを、いろいろ御心配をかけました」

「いや、それには及びません」

弁護士は手を振った。

「何んと仰っしゃる！　こんなに御手数をかけてるじゃありませんか」

「それや貴方が、私がその労をとるのがどんなに愉快だったか御存じないからだ」

「有村龍雄からは、一文もとらないという御心でしょう」と有村は吐息をついて、

「致し方が御座いません、悪名を謳われているんですから」

こう云ったが、その紙幣を博士の方へ差出して、

「下条さん！　失礼ですが、この愉快な会合の記念に、これは貴下へ献呈いたします。ほんの心ばかりですが、御嬢さんの御婚礼の御祝いです」

下条博士は手早く紙幣は攫み取ったがその贈られた理由に対しては抗議した。

「娘はまだ結婚しない」

「貴下の同意がなけれア結婚は出来ますまい。しかし御嬢さんには、死ぬほど思っている人が有ります」

「どうしてそんな事がわかるものか」

「若い御嬢さんというものは、御父様の同意を得なくっても美しい夢を見るものです。幸いな事には、有村龍雄という天才が有りましてね、その心の美しい秘密を、机の抽斗から見付けました」

「その外に何を見付けたんです」手島弁護士は好奇心に眼を輝して「正直の所、私は、どういうわけであの机が貴下の注意の目的となったか、それを知りたくって堪らない」

「歴史上の理由ですよ、手島さん。下条さんの御意見と違って、机には富籤札の外別に宝物がはいってはいませんでした。富籤札だってはいっていると知ってたわけじゃない、机は早くから捜していました。あの机は椂《いちい》と桃心木で作ったもので、ナポレオンの情婦のマリー・ワレウスカの布引《ぬのびき》の別荘にあったものです。その抽斗の上に『仏国皇帝ナポレオン一世陛下に捧ぐ　陛下の最も忠良なる臣下マンシオン』と書いてあって、その下には、ナポレオンがナイフの尖端《さき》で『マリーよ、卿《おんみ》の物』と刻んだ字がある。ナポレオンは、後で皇后ジョセフィンのためにこの机のうつしを造らせた。暫く丸山の博物館に陳列されて、現在は狩戸の博物館にあるのはこの不出来な模造品《うつし》です、真物《ほんもの》は私の蒐集品中にあるわけです」

下条博士は溜息を吐いた。

「なんだ馬鹿々々しい、そうと知ったらあの時古道具屋で喜んで譲ったんだに」

有村は笑って、

「そうでしょうとも。そうすれア二三号の五一四番も全部《そっくり》御手にはいるんでしたねえ」

「それに、汝《おまえ》さんも私の娘を誘拐《かどわか》そうなんという了簡は起さなかったろう」

「拐《かどわか》しですって！　下条さんそれア違っている。御嬢さんは拐されたんじゃありません」

「娘が拐されたんじゃないって！」

「どういたしまして、誘拐という事は暴力を意味しております。所が御嬢さんは、自分の意志で人質になったのです」

「自分の意志だって！」

博士は、泡を食って、こう叫んだ。

「それ処じゃない。むしろ進んでと云ってもいい。何故って、鈴子さんのような慧敏《かしこ》い娘さんで、おまけに心の底に人に言えない熱情を秘《かく》している人は、滅多に仕度金を作る機会を逸するものじゃありません。御嬢さんに、貴下の頑固《いっこく》を和げるには、それより他に方法がないという事を説き付けるには、何の造作も無い事でした」

手島弁護士はひどく面白がって口を挿《い》れた。

「しかしその話が運ぶまでには骨が折れたでしょうな。私にはどうしても鈴子さんが見ず知らずの貴下が話しかけるままにしていたとは思えません」

「いや、私がやったんじゃありません。私はまだ鈴子さんに御目にかかったことすらない。私の知合《しりあい》の婦人が交渉の衝に当って呉れました」

「自動車に乗った金髪の美人でしょうな？」

「その通りです。学校の近所の会見で、一切万端すぐ纏まってしまいました。それから鈴子さんは新しく出来た御友達と一緒に外国へ行って、白耳義《ベルギー》、和蘭《オランダ》あたりを愉快に遊んで居られました。若い娘さんには随分ためになることです。いずれ詳しい事は鈴子さんが御話しなさるでしょう」

入口の鈴が鳴った。続けて三つ、ついで、また一つ鳴った。

「サ、来ました」有村は弁護士の方を向いて「手島さん、恐れ入りますが……」

手島は走って行って戸を開いた。

＊

若い婦人が二人はいって来た。一人は下条博士の腕に身を投げかけた。一人は有村へ行った、丈の高いすらりと姿の整った人で、顔が青ざめている、黄金色《こがねいろ》の艶のある房々した髪を真中から二つに分けてみずらのように垂れている。黒地の着物に、五重の頸飾の外、何一つ飾りを付けていないが、それでも犯し難い品位と高い教養のあるのが窺われる。

有村は、その婦人と二言三言話して、鈴子へ会釈した。

「御嬢さん、何んとも申しわけが御座いません。飛んだ御迷惑をかけました。しかし、御旅行中は御不快ではなかったで御座いましょう」

「不快ですって！　いいえ、御父様の事さえ無けれアもっと面白かったろうと存じますわ」

「それア何よりでした。じゃアも一度御父様へ接吻なさいまし、そしていい機会ですから、従兄の方の事を話して御しまいなさい、こんないい機会《おり》はまたとあるものじゃありませんよ」

「従兄ですって？……何に仰有るんです？……わかりませんわわたし……」

「オヤ、そうですか……従兄の律雄さんの事ですよ……そら貴女が手紙を大事に蔵った青年《ひと》があるでしょう……」

鈴子は真赤になって、どぎまぎしたが、有村の忠告に従って、また博士の腕に身を投げかけた。

有村は、とろけるような眼付きをして、嬉しげに二人の様子を見ながら、

「善い事をすれアきっと酬いがある！　何んといういじらしいことだろう！　これが有村お前の作った幸福だぞ！　この二人に後々までお前は祝福されるぞ、お前の名はこの人達の子から孫まで、孫からその孫まで大事にされるぞ……」有村は窓の方へ振向いて「蟹丸先生まだいらっしゃるかな！　このいじらしい様子を見せたら、先生どんなに喜ぶだろう！　オヤ、居ないぞ。ホウ誰れも居ないぞ！　どこかへ行ったな。ヤ、形勢が悪くなったぞ……門へはいったかも知れない、それとも玄関へ踏み込んだかな、階子段《はしご》へ来てるかも知れないぞ」

下条博士は思わず立ち上った。人質の鈴子は無事で戻った。敵の就縛は取りも直さず二十万円の恢復である。本能的に博士は二足三足戸の方へ……と、有村は、何気なさそうにそれを遮って、

「下条さんどこへ入らっしゃる？　私を庇護《かば》って下さるんですか？　恐縮ですな、まアどうか御心配なく。それに先生達は私よりも困っています」有村は静かに独語のように言葉を継いだ。「先

生達の知っている事は知れたものだ。下条さんが居るという事は知っていよう、御嬢さんが居るという事も、知らない婦人と一緒にはいったので、知っていよう、が、私がここにいようとは思いも寄るまい。先生達が、今朝方地下室から屋根まで検査した所へどうして私が入っていると思うものか。いや、せいぜい飛んで来るのを押えようと待っている位のものだ。御気の毒様なわけだ。……知らない婦人が私の使者だという事に気が付いて、人質の受渡しを委せられていると察すればともかく。……そうしたら出口で縛る準備をしているだろう」

　玄関の鈴が鳴った。博士は立上った。

　有村は峻《けわ》しい身振りで博士を止めた。眉の辺に犯し難い決心を示して、鋭い断乎とした調子で、

「そこへ御止りなさい！　御嬢さんの事も考えて分別しなさるがいい、もし……手島さん、貴下からは言質を取ってある」

　博士は立往生をした。弁護士も動けなかった。

　有村は少しも倉皇《あわて》た様子がなく、帽子を取り上げた。ちょっとした塵が附いていたのを、上衣の袖口で払って、

「手島さん、今後何か御役に立つようでしたら御遠慮なく……鈴子さん、どうぞ律雄様へ宜敷《よろし》く」叮嚀に会釈しながら重《おも》そうな時計を引出して「下条さん、丁度今四時十八分前です。四時へ十四分にこの家を御出なさい。私の命令です。一分でも早くてはいけません。御わかりですか」

「けれども警官は無理に踏込んで来る」

と手島弁護士は堪りかねて口を容れた。

「手島さん、貴下は法律を御忘れですね。蟹丸は決して仏蘭西人の家屋の神聖を侵しはしません。大丈夫今一度札を切る時間があります。いや、御免下さい、貴下方があんまり顛倒していらっしゃるものですからツイ串戯《じょうだん》を云いましたんで、決して貴下方を侮辱する気では御座いません」

　有村は時計をポケットに納めた、それから戸を開けて、金髪美人の方へ向いて、「さア行きまし

ょうか」

一足退いて通しておいて、叮嚀に鈴子へ会釈して外へ出て、戸を締めた。内の三人は、玄関で有村が大きな声で、「今日は蟹丸さん、御変りがありませんか。どうぞ奥さんへよろしく、近い内に御伺いいたしますと仰って下さい……蟹丸さん左様なら！」というのを聞いた。

鈴がまた鳴った。激しく、けたたましく鳴った。次いで玄関で戸を打つ音、がやがや罵る声がした。

「四時十五分前だ」博士はつぶやいた。数秒後、博士は大胆に立ち上って、次の部室へはいった……いない、有村龍雄も、金髪美人もいない。

「御父様！　いけません！　お待ちなさいってば！」

鈴子は叫んだ。

「待て？　気でも狂ったか！　あんな畜生に遠慮がいるものか！　二十万円をどうする」

戸を開いた。

蟹丸が飛び込んだ。

「女はどこです。……有村は」

「居た居た、……今ここに居た」

蟹丸は凱歌を揚げた。

「しめたッ！……屋敷はすっかり取り捲いている」

手島弁護士は、

「召使の出入口は？」

「召使の出入口は庭へ出る、庭には出口が一つしかない。表口は十人の見張りを付けてある」

「だが、有村は表口からはいって来ませんでした、出たのもあの口ではないようだが」

「それじゃどの口です」蟹丸は冷笑《あざわら》って、

「飛んででも来ましたか」

蟹丸は窓掛《カーテン》を引いた。厨《くりや》へ行く長廊下が残らず見えた。蟹丸は飛んで行ったが、台所口は二重錠が下りていた。

窓を開けて、探偵を一人呼んで、

「何んにも見かけないか」

「見かけません」

「それじゃ、畜生下にいる、どっかの隅へ隠れているぞ、……人間なら逃げられアしない……オイ、有村、小僧、今度は逃さないぞ」

晩七時頃になっても、何の消息もないのに驚いて刑事総長土井重蔵が自分で倉田町へやって来た。張込でいる刑事に二つ三つ質問して、手島弁護士事務所へはいった。部室へはいると、二本の脚が敷物の上でばたばたしていた。その脚の持主の胴体は煙突へ塞がっていた。

「オーイ……オーイ……」

と苦しそうな声がする、と、煙突の上の方からも、

「オーイ……オーイ……」

と返答した。

総長は笑った。

「オイ、蟹丸君、煙突を掃除してるのか?」

蟹丸は煙突から脱け出して来た。手も顔も真黒になって、人相がわからなくなっている。眼ばかり光らして、

「彼奴等を捜しています」と、呶鳴った。

「誰々だ、彼奴等とは?」

「有村です……龍雄と同伴《つれ》の女です」

「だって煙突に隠れちゃ居ないだろう」

蟹丸は起ち上って、真黒な手で土井の上衣の袖を攫んで、また呶鳴った。

「総長！　それじゃアどこにいると仰しゃるんです。どこかに隠れてるに相違ない。彼奴等だって、貴官《あなた》や私と同じ人間じゃありませんか、消えてしまうわけがない」

「そうさ。けれども逃げたじゃないか」

「どこへ？　どこへ？　家は包囲したし、屋根にも監視人《みはり》が居ます」

「隣家《となり》はどうした？」

「通路がありません」

「階上の床は？」

「借家人は私がみな知っていますが、何んにも見も聞きもしないそうです」

「確かにみな知っているのか？」

「一人残らず。門番が証人です。それに念のために各階とも一人ずつ監視人を置きました」

「それじゃア見付らなけアならない」

「それアこっちの云う事です。こっちの云う事です。見付けなけれアなりません、見付けます、今夜捕縛《あげ》なけれア明朝捕縛《つかまえ》ます……今夜ここで明します……今夜ここで」

何んと云ったたって二人共ここに隠れています。どこへ行けるもんですか。御安心を願います、今夜
　蟹丸は、実際その夜を明かした。その次の夜も、またその次の夜も。そして、三日三夜経過《たっ》たが、出没自在な有村も、その同伴の美人も見付からない、のみならず、手掛りの端緒《はし》さえも見付からなかった。

　それで蟹丸ははじめ通り「二人が逃げたという証跡が上らない以上は、ここに居るに相違ない」と云い張った。腹の底のどん底では、確信が少しぐらついたかも知れないが、どうしても前説を翻さない。一箇の男と一箇の女とが、お伽噺の鬼じゃあるまいし、消えて無くなるわけがない。蟹丸

はこう思って、撓《たゆ》まず、倦まず、捜索を続けた……壁の間へ煉瓦で囲った隠れ場所に潜んで居るものでも発見しようとするように。

青色金剛石《ブリュウダイヤモンド》事件

一千九百十一年三月二十七日の夜、ナポレオン三世時代に伯林《ベルリン》駐剳《ちゅうさつ》仏国大使であった陸軍大将大戸里《おおとり》男爵は、丸太町百十三番地なる、六ケ月前に兄から譲られた屋敷の一室で、安楽椅子に凭れて楽々と寝ていた。御附きの女は、声高に小説を読んで聞かせていた。妹の大善尼《だいぜんに》は寝床を温めて寝かす仕度をしていた。

その晩に限って大善尼は、尼院《コンベント》へ帰って、住職の尼さんのお伽をする事になっていた。十一時になると、

「武藤さん、仕度が出来ましたから、妾《わたし》は帰りますよ」

「畏《かしこ》まりました、どうぞ」と御附の女は答えた。

「それからネ、今夜は料理番がいませんし、邸には貴女と下男だけですから、気を付けて下さいよ」

「男爵様の事なら、どうぞ御心配なさいませんように、妾は御次の間へ寝《ふせ》りまして、戸は毎時《いつ》ものように明けておきましょう」

大善尼は出て行った。一分後、下男の長蔵《ちょうぞう》がもう御用は御座いませんかと聞きに来た。老男爵は目を開いて、自分で答えた。

「毎時《いつ》もの通りでよろしい。お前の寝室の電鈴《ベル》がよく鳴るかどうか見ておけ。もし夜中にそれが鳴ったら、下りて来て、すぐ医者へ行くんだ」

「まだ御身体を御心配遊ばしていらっしゃるんで御座いますか」

「どうもよくない……。気分がよくないようだ。オイ、浅子、どこまで読んだっけ」

「もう御寝《おやす》み遊ばしませんか」

「いや、もう少し起きていよう。それに手伝ってもらわなきゃア寝られない」

二十分後、老男爵は、武藤浅子の小説を読むのを聞きながら、コクリコクリとやり出した。浅子は爪立てて、そっと部屋を出た。

その時刻、下男の長蔵は、戸締をしていた。第一階の窓の鎧戸を、例《いつ》ものように、叮嚀に閉めた。台所の庭へ通ずる戸の閂《かんぬき》を下ろした。玄関の広間では、二重戸を閉めた上に、両扉を繋ぐ鎖を堅く張った。それから第三階の屋根裏の自分の部屋へ帰って、長蔵はぐっすり寝込んだ。

小一時間も経つと、突然《だしぬけ》に、長蔵は床から飛び出した。電鈴が鳴っていた。かなり長く、大概《おおよそ》七秒か八秒位、続けて、リンリンと鳴った。

「よし来た」と長蔵は睡気を振り落すように「また御前《ごぜん》が御悪いのかな」

こう云いながら長蔵は手早く着物を着て、階子段を駆け下りて、男爵の寝室《ねま》の前へ留まると、習慣となっているので、戸を叩いた。返辞がない。中へはいった。

「オヤ、燈《あかり》がないぞ。何だって燈を消したんだろう」

長蔵はこう呟いたが、急に声を潜めて、

「浅子さん……」

返辞がない。

「浅子さん、居ませんか……どうしたんです、男爵様が御悪いんですか」

闃《げき》として、闇と沈黙とが続いた。何とも知れぬ暗黒が人に迫る。

長蔵は二足進んだ。椅子が足へ触れた、探《さぐ》ってみると顚倒《ひっくりか》えっている。手を伸ばしてみると、床の上へまだころがっているものがある……小卓子《こづくえ》、煖炉《ストーブ》の衝立などがある。ひどく驚いて、長蔵は壁の方へ後退りして、電気鍵《スウィッチ》を探索った。探り当てて捻った。

部屋の真中、卓子と鏡張の衣裳簞笥の間に大戸里男爵の身体が転がっていた。

「ヤッ！」長蔵は叫んだ。「大変だ！」

長蔵は為《な》す所を知らなかった。立ちすくんだまま散らばった部屋の中を見廻した。椅子が顛倒えっている、水晶の大きな燭台が粉微塵に砕けている。置時計が煖炉の前敷の大理石の上に放り出されている。すべて、猛烈な恐しい格闘の名残を示している。小さな鋼鉄の小剣の欛《つか》が身体の側で光っている。刃は碧血《へきけつ》に塗《まみ》れている。血に染まったハンケチが床からだらりと垂れている。

長蔵は、ワッと声を立てた……死骸がすっと伸びた、と見ると、すぐ縮んだ……二三度びくびくと痙《う》動《ご》いた。

長蔵は屈んで見た。血は頸の小さな傷口から噴き出して、絨氈《じゅうたん》へ潦《にわたずみ》を作《な》している。男爵の顔にはまだ恐慌の色が残っている。

「人殺しだ！　人殺しだ！」

長蔵は気抜けしたように云ったが、も一人殺されていはしないかと思うと、慄え上った。腰元が隣室に寝ているじゃないか。男爵の加害者が、浅子を殺しはしないか。戸を押し開けた。誰れも居ない。長蔵は、浅子が担ぎ去られたか、犯罪の発生する前に外へ出たか、どっちか一つに相違ないと考えた。

男爵の部屋へ帰ると、長蔵の目は用簞笥の上へ落ちたが、それは破れていないのみならず、なお不思議なことは、卓子の上に金貨が一攫みあって、鍵束もある。紙入れもある。男爵が毎晩置く通りにある。長蔵は紙入を取り上げて中を検《あら》ためた。紙幣がはいっている。数えると百円紙幣が十三枚あった。

魔が差した、本能的に、機械的に、考えるともなく考えぬともなく、長蔵はその紙幣を抜き取って、ヂャケツの隠《かくし》袋へ入れると、部屋を飛び出し、階子段を駆け下り、玄関の閂を外し、鎖を解いて、また戸を閉めて、前庭へ逃げ出した。

長蔵は根が正直な男であった。門を閉めて外へ出て、新鮮な空気に触れ、雨で顔を冷されると、気が付いて立ち止まった。自分が犯した罪を考えると、それが男爵殺害と結び付いて、重罪の嫌疑を蒙るのは知れた事だ。

馬車が通った。長蔵は馭者を呼止めて、

「オイ、兄弟！　警察へ行って、おまわりを連て来て呉れ！　人殺があるんだい」

馭者は鞭を揚げて馬を飛ばせた。長蔵は家へはいろうとしたが、はいれなかった。外へ出て戸を締めたが、外からは開けられない。呼鈴《ベル》を鳴らしても無駄なのは知れている。家には男爵の死骸の他は人が居ない。長蔵は、仕方なしに綺麗な生垣を境に村田町に沿うた前庭をあっちこっちと迂路《うろ》ついていた。

小一時間ばかり経つと、巡査がやって来た。長蔵は事件の顚末を話して、十三枚の紙幣を渡した。即刻錠前屋が呼び寄せられて玄関の戸が開けられた。巡査は真先きに階段を駆け上ったが、部屋の様を一目見ると、

「オイ、部屋の中は滅茶苦茶に散らばっていると云ったじゃないか」

長蔵は閾に釘付けにされた、道具が残らず元の場所へ復《かえ》っている。小卓子は窓の際にちゃんと立ち、椅子は起き、置時計は煖炉棚《マントルピース》の上に載かっている。燭台の砕れは綺麗に掃除されて砕片《かけ》一つない。

呆れて大口を開いて、長蔵は叫んだ。

「死骸……男爵様……」

「それだ、その被害者はどこに居る」

長蔵は寝台の側へ寄った。大きな敷布を引き寄せると、前伯林駐剳仏国大使大将大戸里男爵が寝ておる。上には名誉大綬章を飾った大将の正服が掛けてある。死顔は穏かになって、眼は睡ったよ

うに閉じていた。

「誰か来たに相違ない」

長蔵は叫んだ。

「どこから?」

「それアわかりませんが、何しろ私が居ない間に、誰か入ったに違いがありません、ここに薄刃の小剣が落ちていたし、血まみれのハンケチが引かかっていたんだが……みんな失くなっています。みんな持って行きアがったナ、ちゃんと片付けていらア」

「それア誰れだ?」

「人殺奴《ひとごろし》でさア」

「だって戸が残らず締っていたじゃあないか?」

「ここに居たんでしょう」

「それじゃアまだここに居なけれアならない、お前は家の前を離れなかったと云うじゃアないか?」

長蔵は考えながら、ゆっくりと、

「そうですねえ……そういうわけですねえ……門からあんまり遠くは行かなかったしと……それにしても……」

「ええと、誰れだと云ったっけな、男爵閣下と一緒にここに居たのは?」

「武藤浅子ッて腰元です」

「その女はどうなった?」

「へいその、寝床がちゃんとなっているのを見ると、大善尼様が御帰りになったあとで遊びに出たものでしょう。驚くにも当りませんよ、何しろ若くって、おまけに美しいんですから」

「しかし、どうして出られる?」

「戸からです」

「お前戸を閉めてから、門を下して、鎖を繋《か》けたと云うじゃないか?」

「ちょっと後ですから、その間に出たんでしょう」

「それでは、お前は、その女が出たあとでこの事件が起ったと云うんだな?」

「左様です」

二人は家中残る隈なく探索した、が、殺人犯は見付らない。どうして逃げた、いつ逃げた、現場へ忍び込んで証拠を堙滅したのは、犯人自分か、共犯者か、巡査はこの問題を考えたが、わからなかった。

朝七時に、警察医が現場に来た、八時になると刑事総長も来た。予審判事、検事、書記等も臨検した。巡査、刑事巡査、新聞記者、男爵の甥、親戚などで邸内は混雑した。

係官は家中を残る隈なく捜索してみた。長蔵の記憶通りに屍体の位置を研究してみた、尼院から駆付けた大善尼から前後の事情を聞いてみたが、何にも手懸りが見当らなかった。

大善尼は何よりも浅子の行方の不明なのに愕《おどろ》いた。浅子は十二日前に雇い入れたが、自分に任せられた病人を打棄《うっちゃ》って、夜夜中一人で外出するような女だとは思われないと云った。

「そんなに堅い女なら」と検事は浅子を非難した「こんな事変があるのだから、とっくに帰らなければならぬわけだ。だからどうしても問題はあと戻りして、その女はどうなったかという事になる」

長蔵は横合から、

「私の考えを申しますと、犯人が拐《さら》って行ったと思います」

この解釈は一応当然《もっとも》に聞える。土井総長は、

「拐われた? どうもそうだろうと私も思う」

「そんな事があるものか」と云う声が人込の中からした。――「全然事実と反対だ、捜索の結果

の証跡とはまるで反対だ」

その声は、嗄れて、抑揚がぶっきら棒である。それは、蟹丸警視であった。蟹丸でなければ、こんな無遠慮な、上官をやり込めるようなものの云い方をするものがない。

「ヤア蟹丸君、君か」と土井総長は叫んだ、「今まで見えなかったじゃないか」

「いいえ、二時間前から来て居りました」

「それじゃア、君も二十三号の五百十四番札、倉田町の秘密、金髪美人、有村龍雄以外の事件にも興味を持っているんだね?」

「ヘッヘッ」と蟹丸は苦笑いして、「私はまだこの事件と有村とは少しも関係がないとは云いは致しませんがな……しかしあの富籤一件は閑話休題として、一つこの事件を探《しら》べさせて下さいませんか」

蟹丸警視はその探偵の方法が一派流を作るほどの大探偵ではない、ヨーロッパの犯罪史にその名を止めるほどの大探偵ではない、名探偵デューパン、ルコック、シャーロック・ホームズのような天才の光輝を欠いておるが、普通の探偵としては最上の資格を有しておる、洞察力もあり、叡智もあり、堅忍で、少しは直覚力をも有している。中にも彼の特長は、他人の意見などに軽々しく動かされないことである。それだから有村龍雄が得意の奇策を弄しても、誤魔化されたり、ぶち破《こ》わされたりせずに働いて行く。

それはとにかく、この朝蟹丸警視がやった仕事は、目醒しいもので、そのおかげで事件の真相が明瞭《はっきり》わかったのであった。

「まず初めに」と蟹丸は調査を開始した、「長蔵、お前に訊くが、一つここの点を間違なく返答してもらいたい。最初見た時顛倒えったり、散かったりしていた道具は二度目に見た時元の通の場所にちゃんと復っていたのか?」

「確かに」

「そうすると、その道具は、その置き場所を知っているものでなければ復せないわけである」

この意見はそこに集まった人々を首肯《うなずか》せた。蟹丸はまた訊問を続けた。

「長蔵、も一つ。お前は電鈴の音で覚めたと云うが、お前の考えでは、お前を呼んだのは誰だ?」

「勿論男爵様です」

「よし。しかし男爵が電鈴を鳴らしたのはどういう時だったと思う?」

「組打をなすったあとでしょう……御臨終の間際だと思います」

「そんなはずはない。男爵は電鈴の鈕《ボタン》から二間以上も離れた所に仆《たお》れて死んでいたと云うではないか?」

「それでは組打しながらお鳴らしなすったんでしょう」

「そんなはずはない。電鈴は引っきりなしに、七秒か八秒位、続いて鳴ったと云うじゃないか。犯人がそんな事をさせておくと思うか?」

「それでは組打の始まる前でしょう」

「そんなはずはない。電鈴の鳴ってからお前が部室へはいるまでは、せいぜい三分間しか経過っていない。だから、もし男爵が組打前に電鈴を鳴らしたものとすれば、格闘も、殺害も、死際の苦痛も、犯人の逃亡も、たった三分間に起ったわけだ。私は繰返して云う、それは不可能だ」

「それにしても」と検事は口を容れて、「誰か鳴らしたものがある。もし男爵でないとすれば、何者だ?」

蟹丸はきまっておるという顔付で、

「加害者です」

「何のために?」

「何のためか知りません。しかし、その者が鳴らしたという事は、その者が電鈴が下男の寝室へ通じているという事を知っていたという事を証する。さア、この家の者でなければ誰れが、こんな事を知っているんだ」

嫌疑の範囲がだんだん狭くなってきた。鋭い、明確な、論理的な質問で、蟹丸は問題の真相を明かにした。蟹丸はその質問の趣意のある所を隠そうとはしなかったから検事が、

「結局一口に言えば、君は武藤浅子を嫌疑者だと云うんだね?」

「イヤ、嫌疑者じゃない、加害者です」

「浅子が共犯だと云うんだね?」

「陸軍大将大戸里男爵を殺害したものと認めます」

「オイ、オイ、証拠は?……」

「この髪の毛です。私は被害者の右の手から見付けましたが、爪でもって肉に喰い込んでおりました」

蟹丸は髪を出して見せた。明色の、黄金色の糸筋のような、輝いた髪であった。

長蔵は呆れて「これア全く浅子さんの髪だ。間違いがない」と云ったが、また、

「それに、何か有ったぞ、そうだ、あの小剣はあの女のものだ……あれでいつも本の紙を切っていたッけ」

長蔵の一言で皆黙ってしまった。罪を犯したものが女であるということが、一層惨酷《むごたら》しさを増した。検事は、

「それでは、暫く男爵はその女に殺されたものとしよう。しかし、兇行後その女がどの道を、どうして抜け出たか、長蔵が出た後で帰って来て、室内を整頓して警官が来る前にどうして逃げ出したかという事を明かにしなければならぬ。蟹丸君、君はこの問題に関して何か意見がないか」

「ありません」

「それでは……」

蟹丸は当惑したような顔付きで、暫く考えていたが、とうとう口を切った。

「私の云える事は、この事件には富籤事件の遺口と同じ所がある。言ってみれば隠身術とでも名づくべき現象があるという事です。武藤浅子という女がこの邸へ現れたり隠れたりするのは、丁度有村龍雄が金髪美人を連れて手島弁護士事務所へ現れて消えたのと同様です」

「それで……？」

「それで私はこういう不可思議な現象が二つも発生するという事を怪しまずには居られません。第一、武藤浅子という女が大善尼に雇われたのは十二日前であるが、これが、丁度あの金髪美人が私の手から脱けた日の翌日に当ります。第二に、金髪美人の髪は、私は男爵の手から見付けたこの髪と同じような濃い黄金色の金属性の光沢を有《も》っています」

「それでは、君の意見では、武藤浅子は？」

「即ち金髪美人に外ならない」

「だから、この事件を企らんだのは有村だと云うんだね？」

「そうです」

この時大声を揚げて笑ったものがある。刑事総長の土井重蔵が腹を抱えて笑っていた。

「一にも有村、二にも有村だ。何でも有村、どこでも有村だ」

蟹丸は、

「出る幕にはきっと出ます」

と憤然《ぷりぷり》しながら答えた。

「それで、出る幕には出る理由があるに相違ないが」と土井は冷笑気味に「今度の幕ではその理由が曖昧のようだね。用箪笥が壊れてもいなけりゃア、紙入が紛失《なくな》りもしない、机の上には金貨さえ転がっている」

「御尤もです、だが例の金剛石《ダイヤモンド》はどうなりました？」

「何に！　金剛石？」

「あの青色金剛石です」と蟹丸は勝誇ったように「仏蘭西の王冠を飾ったことのある金剛石です。阿部侯爵が手に入れて、女優の春邊礼子に呉《や》ったのを、女優が死んだ時、礼子に熱くなっていた大戸里男爵が記念のつもりで買い取った金剛石です。私のような巴里ッ子は、こういういきさつのあった物品《もの》を忘れは致しません」

「して見ると」と検事が話を引取って「もし金剛石が見えなければ、有村が顔を出したという事が明かになるわけだ。その金剛石はどこだろう？」

「男爵様の左手の指にあります」と長蔵が教えて「男爵は左手の指から御離しなすった事が御座いません」

「それは私がとっくに検《しら》べた」と蟹丸は宣言でもするように云いながら死骸に近寄って「貴下等《あなたがた》も御覧の通り、石入らずの金の指環しかありません」

「掌《てのひら》を御覧なさい」と長蔵が云った。蟹丸は掌を開いた。指環の頭は内向きになっていて、見よ！　青色金剛石が、燦爛として光っている。

「畜生！」と蟹丸は呻いた。「俺の力でアわからない」

「有村が気の毒だ」と土井総長は横合から「もう嫌疑を解いてやり給え」

蟹丸は黙り込んだが考えて、峻しい声で「私の力でわからない時に限って、私は有村を疑います」

奇怪なる殺人事件中明かになったことは以上の曖昧な、連絡のない、辻褄の合わない手がかりに過ぎなかった、そのあとは五里霧中であった。

武藤浅子の行動は金髪美人の行動と同じく全く不可解である、男爵を殺害しておきながらその指環にある仏国の王冠を装った金剛石を盗まずに逃げ去った金髪の不思議な婦人の身元もわからない。犯罪が喚起した好奇心は、犯罪を尋常以上のものとして、世間を焦慮《いらだた》せた。

＊

大戸里男爵の相続人は遺産を整理するにこの大きな広告のおかげを蒙った、彼等は家財道具を競売する前にその家の内、犯罪のあった部屋で、その展覧をやった。家財道具は新物でその趣味も区々《まちまち》であった、こまごましたものは何の美術的価値もない、ただ、寝室の真中、薔薇色の天鵞絨《ビロード》をかけた台の上の硝子《ガラス》の蓋《おおい》の中で、青色金剛石が刑事二人に衛られて爛《らん》として星のように燦《きら》めいていた。

金剛石は形の大きい、純粋なものであった。その色は何んとも形容の出来ない美しい青色で、譬《たとえ》ば澄み渡る水に醺《ひた》る初夏の空の如く、新に洗ったリンネルのようであった。見物はほれぼれと金剛石を見とれたが、気味が悪そうな目付をして部屋の中、死骸の横たわった所、血染の絨氈を引っ剝がした床板などを見まわすのであった。わけても厚い壁を不思議そうに眺めて、どうして加害者が逃げたろう、煖炉の煙突《チムネー》が円軸で廻転するのではあるまいか、壁が弾機《ばね》仕掛でがんどう返しになるのではあるまいかと想像した。抜穴、隧道《トンネル》があって、人の知らない所、墓場なり、穴倉なりへ通ずるのではあるまいかと想像した。

＊

金剛石は翌年一月十三日ホテル金竜館で競売に附せられた。競売場に充てられた部室は人の山を築き、値段は狂気の如くせり上った。

巴里第一流の貴女、縉紳《しんしん》はみなそこへ集まった。買わんとするもの、買える位の金があると世間に思わせたい者――株式仲買、美術家、各階級の貴夫人、内閣大臣二人それに伊太利《イタリー》の中音《テノル》歌手《かしゅ》、流竄《るざん》中の某国王なども交っていた。国王は自分の信用を恢復するために、いかにも落着いた様子をして、四辺に響き渡るような声で、十万円までせり上げた。伊太利の歌手《シンガー》は直ぐ十四万円までせり上げた、国立劇場の某女優は、それに二万五千円附け足した。

しかし、二十万円までせり上ると、財布の軽い連中はみな振り落されて、競争が段々緩くなって来た。二十五万円という呼値が出ると、競争者はたった二人になった。金鉱王と呼ばれた成金の旗頭伊庭栄蔵《いばえいぞう》と、金剛石やその他の宝石の蒐集でその名を世界に知られた黒澤伯爵夫人の二人だけ残った。

「二十六万円――二十七万円――七万五千円――八万円」競売人は煽《おだ》てるように二人の顔を見ながら叫んだ。「二十八万円が伯爵夫人の呼値！　二十八万円からもう御座いませんか」競売人の槌は金鉱王を励ますように動いた。

「三十万円！」と金鉱王は叫んだ。

声が杜絶《とだ》えた。室中の眼は一斉に伯爵夫人に向いた。莞爾《にっこり》笑っているが、ほうっと染めた美しい顔に気の立っているのを隠しかねて、伯爵夫人は前にある椅子に凭れて立っていた。伯爵夫人も、その部室に居るものもみな、これで競争が終局に近いた事を覚った、五億の巨財を擁して、その好奇心の躍るに任せている金鉱王の勝利に終るべきは誰人にも火を睹《み》るよりも明かであった。それにも拘らず、

「三十五万円！」と伯爵夫人は叫んだ。

再び声が杜絶えた。室中の眼が今度は金鉱王に向って、当然出ずべき一声を待った。重々しい押しつぶすような声がかかるに違いない。

が、声が出なかった。伊庭は与り知らないもののように、右の手に持った紙片に目を走らしていた、左の手にはその封筒を握り占めていた。

「三十五万円！」と競売人は叫んだ。「さア、さア、もう一声、ありませんか」その手中の槌は伊庭を挑むように躍った。

誰れも声をかけない。

「さアもう一声！　さア」

伊庭は身動きもしなかった。声がない。槌はカチンと机に落ちた。

「四十万円！」と伊庭は、槌の音で現《うつつ》に返ったように、躍り上って叫んだ。

が、遅かった。金剛石は売れてしまった。友人は伊庭を取りまいた。何事が起ったのだ？　何故もっと早く声をかけなかったのか？

伊庭は笑って、

「何事だって？　自分でもわからない。ちょっと外の事へ気を取られたのさ」

「可笑《おか》しいじゃないか」

「いや本当だ、手紙を受取ったのでね」

「そんな事で……？」

「気を取られたのかって？　いや、ついちょっと」

蟹丸警視も群衆の中に居て、指環の売れるのを見て居った。門番へ近寄って、

「伊庭さんへ手紙を届けたのは君か？」

「へい」

「誰れが持って来た？」

「婦人の方です」

「どこに居るその女は？」

「どこにって？　ついそこに……あすこに居ます、厚いヴェールを被って」

「出かけているのか？」

「へい」

蟹丸は戸口を目がけて飛び出すと、その婦人が階段を下りるのが見えた。あとを追うと、門で一群の人で蟹丸は途を塞がれた、外へ出た時は、もう女の姿が見えなかった。

蟹丸は競売室へ帰って伊庭に名乗りかけて、その手紙の事を尋ねた。伊庭はその手紙を見せた。手紙は鉛筆の走りがきで「青色金剛石は禍《わざわい》の種なり。殷鑒《いんかん》大戸里男爵にあり」とあった。伊庭の知らない手蹟であった。

青色金剛石に附き纏わる出来事は、以上に止まらなかった。大戸里男爵の殺害と登竜館の出来事とで名高くなった青色金剛石は、六ケ月後にその評判の極端に達した。夏、黒澤伯爵夫人が清水《きよみず》の舞台から飛ぶ思いで買った金剛石が盗まれた。

それは八月十日の夕暮の事であった。麦斯計湾《ビスケー》へ臨んだ黒澤伯爵の稲村の別荘へ巴里から来た逗留客が、晩餐過ぎ客間へ集まっていた。世間話にも飽きた後、音楽の所望があったので、伯爵夫人はピアノの前へ坐った。夫人は青色金剛石を箝《は》めた指環を始め三箇《つ》の指環を脱いで、ピアノの傍にある小卓子の上に置いて、夏の海岸に避暑している人々を喜ばせるような短い涼しい曲を二つ三つ弾じた。

一時間後、伯爵は、従兄二人と伯爵夫人の親友の森村夫人とまず寝室へはいった。あとには伯爵夫人と墺国《おうこく》領事ブライエヘン氏夫妻とが残っていた。

三人は夜おそくなるまで話していた。寝ようという時、伯爵夫人は、大きな卓子の上の大型の華ランプの心を下げた。領事もピアノの傍のランプを消した。それが同時であったので、部室がほんのちょっとであるが暗くなって、三人は闇の裡に立った。領事が蠟燭を点けたので、三人はめいめい寝室へはいった。

伯爵夫人は寝室へはいるや否や、指環を忘れた事を思い出した。電鈴を押すと御気に入の小間使のお類《るい》が入って来た。

「類かい。妾ね指環を客間のピアノの小卓子の上へ忘れてきたから、持って来てお呉れ。煖炉棚の上へ置くんだよ」

「かしこまりました」

お類は吩咐《いいつけ》られた通りにした。伯爵夫人は数を検めて見なかった、お類も数に気が付かなかったが、朝、伯爵夫人は指環が一つ、青色金剛石を箝めたのが紛失なっているのを知った。

夫人は伯爵にその話をした。二人は直ぐ同じ結論に達した――お類に嫌疑を掛けようもない、盗んだものはブライエヘン領事に外ならない。

伯爵は警察へ訴えた。警察では、会議を開いて、極々秘密に、厳重に領事夫妻の行動を監視して、領事が指環を郵送したり、売ったりするのを妨げるようにした。別荘は昼となく夜となく、刑事に包囲された。

それでも何事もなく二週間すぎた。夏期休暇も終りに近づいたので、ブライエヘン領事は巴里へ帰らなければならないと云い出した。その日、領事に対する正式の告発があって、刑事巡査が公式の取調べをなし、領事の行李《こうり》を捜索した。すると、領事の手提袋の中から歯磨粉の罎《びん》が出て、その中から指環が出た。

領事夫人は気絶した。領事は捕縛された。

領事ブライエヘン氏は、どうして指環が自分の手提袋の中にあるのか、説明が出来ない。黒澤伯爵が自分に対する復仇《ふくきゅう》のためにとった手段に相違ないと云った。

「伯爵は夫人を虐待して、みじめな思いをさせている。自分は夫人と様々な話をして、熱心に離婚を勧告した。伯爵はそれを知って、指環を自分の袋へ入れておいて仇を討とうとしたに相違ない」と弁明した。

伯爵夫妻は、その告訴を主張した。双方水掛論であって、これと云う証拠がない。どっちの衡《はかり》にも、寸毫も重さが加わらない。世間の噂、推測、探査の一月は失敗に終った。すこしも確《しっか》りした証拠が挙らない。

その申し立てを正当ならしむる証拠を発見し得ないのに当惑して、伯爵夫妻は、この疑獄の真相を明かにする手腕のある探偵を派遣してもらう事にして、巴里の警視庁へ願書を送った。警視庁では蟹丸警視を派遣した。

蟹丸警視は四日間というもの別荘のあたりを調査した。公園を徘徊したり、召使と話をしたり、自動車の運転手と会ったり、植木屋、近所の郵便局員を訪ねたり、ブライエヘン氏の部屋、伯の従兄の部屋、森村夫人の部屋を調べたりした。そして、ある日の朝、伯爵家へ何んとも云わずに飄然として去ってしまった。

一週間後、伯爵夫妻は一通の電報を受とった。

「明金曜日午後五時英国街の日本喫茶店にて待つ。蟹丸」

＊

金曜日の午後五時一分も間違なく、伯爵夫妻の自動車は、英国街日本喫茶店の前に駐まった。蟹丸警視は戸外で待っておったが、一言も説明せずに、喫茶店の第一階へ二人を導いた。その一室で、伯爵夫妻は、二人の先客があるのを見た。蟹丸は伯爵夫妻へ紹介した。

「下条博士です、御承知でしょうが、有村龍雄のために四十万円の札を御とられなすった方です。この方は大戸里礼造さんです。大戸里男爵の甥御で、法定相続者です」

四人は椅子に督《つ》いた。数分後、もう一人来た。それは、刑事総長土井であった。

土井はどっちかと云えば不機嫌らしい顔付きで、四人へ会釈すると、

「オイ、何んだい蟹丸君。本局で君の電報を受けとったが、本気かネ」

「本気ですとも、一時間たたないうちに、私が骨を折った結果が明かになります。それであなたの御出席が是非とも必要だと信じましたのです」

「それでこれが、あの戸外《そと》に戸田と降旗が居るのもそのためかネ」

「そうです」と蟹丸は昂然と胸を反せた。

「それでどうするんだ。誰が捕縛するのか。えらい芝居がかりだね。オイ蟹丸君、言う事がある

なら聞いておこう」

蟹丸はちょっと躊躇したが、やがて聴き人《て》を説き伏せようと努めるような調子で、

「第一に私は、ブライエヘン氏が指環の盗難一件に何の関係もないという事を言っておきたいと思います」

「フン」と土井は鼻であしらって「それだけの事かア……本文は」

伯爵も訊いた――「それだけですか貴方が骨を折って見付けて下すったのは」

「いや、伯爵。盗難があってから二日あとで、貴下の御客の中三人が、自動車で遊びに出て、来栖《くるす》に下りた事がありましょう。その時、二人は古戦場を見に行きましたが、一人は、郵便局へ駆け付けて、小包を発送しました。小包は規則通り包装してあって、百円の保険が付ていました」

黒澤伯は遮って、

「それが何んで不思議でしょう」

「いや、段々御聞になれば妙だとお考えなさるでしょう。この小包の発送者は、本名を名乗らずに、有田と名乗って居ります。受取人は巴里の村田と云うものですが、同人はその小包即ち指環を受取った日の夕方住所を変じてしまいました」

「それア私の従兄じゃないでしょうね?」と伯爵は訊ねた。

「そうじゃ御座いません」

「それじゃア森村さんですか?」と伯爵夫人が訊ねた。

「左様です」

伯爵夫人は喫驚して、

「貴方は私の友達を御疑いなさるんですか?」と叫んだ。

「ちょっと御尋ね致しますが」と蟹丸は落付いて「森村夫人は青色金剛石の競売場に居りましたろうか?」

「ええ、ですけれども別の部屋に居りました。一緒じゃありませんでした」

「指環を御求めになるように御すすめしたでしょう」

伯爵夫人は記憶を喚び起して、

「そうですねえ……そうそう一番さきに指環の話をしたのはあの女《かた》だったと思いますよ」

「その御言葉を控えます」と蟹丸はノートを拡げながら、「指環の話をして、それを買うように御すすめしたのは確かに森村夫人ですね」

「けれども……あの女がそんな事を……」

「いや、そう仰いますが、森村夫人は貴女のほんの御知合というだけで、御昵懇《ごじっこん》の間柄では御座いますまい。昨年の冬からの御近付きに過ぎますまい。さアそれで、私はあの婦人が貴女へ話した事は皆な虚構《つくりごと》だという事を証明致します。あの婦人の経歴も、親戚関係も虚構です。森村文子というのは貴女がお逢いなさる前にはこの世に無かった人間で、また現在もこの世に居りません」

「それで！」と土井はじれったそうに「その次は」

「その次は？」と蟹丸は鸚鵡《おうむ》返しに不平らしく云って土井の顔を見た。

「そうだ、その次は？……なるほど面白そうな話だが、それが事件と何の関係があるんだ。森村夫人が指環を盗んだとすれア、どうしてそれがブライエヘン領事の歯磨の中にあったんだ。ええ蟹丸君。骨を折って青色金剛石を盗めア誰だって蔵しておく。どうだね御返事は？」

「私ですか、有りません。しかし森村夫人が御答えするでしょう」

「それじゃア居るのか？」

「居ると云えば居ります。簡単に云えばこういう訳です。三日前、私が読みつけの新聞を読んでいると、その人事往来欄に鳥追《とりおい》町の暮雨来《ぼうらい》ホテルに森村夫人が宿泊しているとありました。その晩早速鳥追町へ出掛けて暮雨来ホテルに行って番頭に尋ねると、その人相が、私の探している森村夫人らしいのです。所が、森村夫人なるものは、とうに巴里に出発している、宿帳を調べると、巴里の凝瀬町《こりぜ》三番地とあります。そこで私は、水曜日の晩その所書きの所を尋ねて、そこに住んでいるのは森村夫人なんという身分のあるものでなく、宝石仲買をしている森村という女が居ることを知りました。その女は水曜日の前日帰ったばかりだということでした。私は、そこで昨日偽名を用いてその女を訪ねて、宝石を買いたいと云う人へ紹介すると申し込んでおきました。つまり今日ここで最初の取引をするために会うことになっているのです」

「それじゃその女を待っているんだね?」

「五時半という約束です」

「確かかね」

「黒澤伯の別荘の森村夫人かと仰有るんですか? これア確実な証拠を握って居ります……ちょっと、降旗の合図だ」

呼子の笛がピーッと響いた。蟹丸警部はそそくさと立ち上った。

「一分も猶予が出来ません。伯爵御夫婦は隣室へ御立ち下さい、大戸里さんも、下条博士、貴方もどうぞ。戸は開けておきましょう、私が合図をしたら、御三人共御出で下さい。総長、貴方は御残り下さるでしょうな」

「他人がはいって来はしないか」

「決して参りません。主人に申し付けておきましたから、金髪の女の外一切二階へは上って来ません」

「金髪の女だって? どういうわけだ」

「金髪の女です、総長! 有村龍雄の友人で同類の金髪婦人です。今に、のっぴきならない証拠を突き付け、隣室の三人の証人の居る前でぎゅうぎゅう云わせて御目にかけます」

蟹丸は窓から外方《そと》を覗《うかが》って、

「来た、来た、……家へはいったぞ。もう逃れないぞ。降旗と戸田が戸口の番をしているんだから。……総長！　金髪婦人は袋の鼠です」

＊

その時、一人の婦人が閾へ現われた。丈の高い、瘠せた、蒼白い顔で、燿《かがや》くばかりの金髪の女である。

蟹丸は、湧き上る嬉しさに、言葉も出ない。見よ、変幻不思議な金髪美人が、自分の目前に立っている。有村龍雄糞を喰え。いい気味だ！　が、蟹丸はまた、その勝利が余りに容易《たやす》く占められたので、眼前の金髪美人が、有村龍雄独特の手段によって、するりと消えてしまいはしないかとも思い惑った。

金髪婦人は、その場の様子の啻《ただ》ならぬに、驚いた色を隠しもせずに立っていた。

「逃げるなこれア、消えてしまうぞ」と蟹丸は独言を云ったが、不意に、女と戸口との間に立ち塞がった。女は、驚いて、身を返して出て行こうとする。

「奥様、御帰りなさる理由はないじゃありませんか」

こう叫んだ蟹丸の声は上ずっていた。

「だって……」

「駄目だ。出ちゃいかん」

蒼白《まっさお》になって、婦人は椅子の上へ仆れかかって、

「何の御用です」

蟹丸は勝った。金髪美人を捉まえた。心を静めながら、

「昨日貴女へ御話しした宝石を買いたいと云う人を御紹介いたします……御約束の品を御持ちでしょうな」

「いいえ、いいえ、知りません……忘れました」

「ははアそうですか。貴女は、貴女の知合の方が有色金剛石を持って来るからと御話しなすったじゃありませんか。私が戯談《じょうだん》半分に『青色金剛石に似た品を』と云うと、貴女は、丁度そのままの品があると云ったじゃありませんか？」

女は沈黙した。持っていた小さな信玄袋が手から落ちた。女は手速《てばや》くそれを拾い上げて、慥《しか》と胸に抱いた。手がわなわなと慄えている。

「もし」と蟹丸は女へ一歩近寄って「森村夫人、貴女は私を御信用なさらないようだが、私が信ずべき人物である証拠を御目にかけましょう」

蟹丸は皮肉な口調で云いながら、紙入の中から小さな紙包を摘み出してそれを拡げた。

「まず第一に、ここに、故大戸里男爵が手の中に握っていた武藤浅子の髪の毛を御目にかける。私は、下条博士を訪問して、この髪が博士の令嬢を誘拐した女の髪の色と同一であることを確めた。貴女の髪と同じ色だ」

森村夫人は、呆然とした顔をして蟹丸を見詰めた。まるで何を云っているのかちっとも解らない様子である。

蟹丸はなお続けた……

「第二に、香水を二瓶御目にかける。御覧の通り空であるし、ペーパーもないが、残っている香気は、下条博士の令嬢の証言によれば、令嬢を誘拐した金髪美人の身に付けておったものと同一である。そして」と蟹丸はちょっと息を吐いて、

「一瓶は、森村夫人が黒澤伯の別荘に滞在中寝起きした部屋にあったものであるし、一つは、森村夫人が暮雨来館の部屋へ捨てて来たものである」

「まア何を仰有るんです、貴下は？　金髪美人だの、黒澤伯の別荘だのって！」

「最後に」と蟹丸は、断乎たる口調で「ここに四枚の紙がある、これには、大戸里男爵に使われておった武藤浅子の手蹟、青色金剛石が競売に附せられた時伊庭栄蔵に書付を送った婦人の手蹟、

黒澤伯の別荘に滞在した森村夫人の手蹟、それから第四に、森村さん貴女の手蹟、貴女が暮雨来ホテルの番頭に巴里の宿所を書いて渡した手蹟がある。さ、どうぞこの四枚を御比べ下さい。四枚とも同じ手では御座いますまいか」

「貴下は気狂《きちがい》です。気狂です。これがどうしたと云うのです」

「外でもない」と蟹丸は憤然として叫んだ。「有村龍雄の友人で仲間の金髪美人というのは御前だと云うのだ」

蟹丸は隣室の戸を押し開けて、下条博士の肩を押えて、女の前へ立たせた。

「下条さん、貴下の御嬢さんを誘拐した女、貴下が手島弁護士の事務所で御会いになった女じゃありませんか?」

「違います」

居合せた人は残らず一種の驚愕を感じた。蟹丸は、たじたじと後へ退った。

「違う? そんなはずはない。ようく御覧下さい」

「どうも違います。この女《かた》は、金髪美人と同じに色は白いが、しかし、少しも似ていません」

「信ずるわけにはいかん。こんな間違いがあろうはずがない。……大戸里さん。武藤浅子じゃありませんか?」

「私は、伯父の邸で武藤浅子を見ましたが、……この女《ひと》じゃない」

「この女は、森村夫人でもありません」と、黒澤伯爵も云った。

これが最後の打撃であった。首をうなだれ、目をきょろきょろさせて立往生をしていた蟹丸は、よろよろと仆れかかった。一切の骨折《ほねおり》が水の泡となった。計画がすっかり崩れてしまった。

土井総長は立ち上った。

「森村さん、何んとも申しわけが御座いません。私共の間違いで、飛んだ人違いを致しましたが、これは、どうぞ、この場限り御忘れを願いたいもので御座います。しかし、一つ失礼ながら、私共が、御不審に存じますのは、貴女が、ここに御出でになってから、そわそわして御出でになった、あの妙な御様子ですが」

「いいえ、私は恐しかったんで御座います。この袋の中には、百万フランからの宝石がはいっているんじゃありませんか。貴下の御友達の御様子ったらまるで……」

「しかし、貴女が始終御留守だということは?」

「当前《あたりまえ》じゃ御座いませんか。私の商売柄始終旅行しております」

土井総長がまた一言もなく凹《へこ》んでしまった。蟹丸の方へ振り向いて、

「蟹丸君、君は前後の思慮もなく勝手に詮議立てをしたね。この女に対する君の今の挙動というものは、実に見苦しかった。後で役所で詳しい説明を聞こう」

会見はこれで終った。蟹丸が悄然として将《まさ》にその場を辞し去らんとする時、思いも寄らない珍事が湧き上った。

森村夫人は、蟹丸へ近寄って、

「貴方が蟹丸さんと仰有るんですか?」

「左様です」

「それでは、この手紙は、貴下へ参ったので御座いましょう。私は、今朝この手紙を受取りました。御覧の通り、宛名は森村方蟹丸十蔵《じゅうぞう》様として御座います。私は、貴下の御名前を別なように覚えておりましたので、初めは悪戯かと思いましたが、差出人は、何しろこの約束を知っている人に相違ないと思って持参致しました」

一種の直覚によって、蟹丸は、その手紙を知った。引ったくって、裂き捨てようと思ったが、上長官の前で、そうも出来なかった。仕方なく、蟹丸は封を切った。手紙は次の文言を記してあった

——蟹丸は、ふるえながら、漸く聞えるほどの小声でそれを読んだ。

「昔々、ある所に、一人の金髪美人と、有村龍雄と、蟹丸十蔵とがあったとサ、所が、高慢な蟹

丸は、美しい金髪美人をいじめようと思い、えらい有村龍雄は、それを止めようと思ったとサ。そこで、えらい有村龍雄は、金髪美人を黒澤伯爵夫人の御友達にしようと思って、正直な宝石商人で、髪が金色で、顔が白い森村という女と同じ名にしたとサ。そうして、有村は、もしあの高慢な蟹丸が金髪美人を蹤《つ》けた時、正直な宝石商人の影に隠してしまったら、大変都合がいいだろう」と考えた。この考はほんとうに気の利いた用心であった。蟹丸が読みつけの新聞へちょっと投書し、真実《ほんと》の金髪美人に暮雨来ホテルへわざと香水の瓶を忘れさせ、真実の金髪美人にホテルの宿帳に記名させた所が、蟹丸は、まんと手品に引っかかったとサ。

蟹丸君、どうだい。僕は、詳しく君に話して聞かせたい。君は滑稽の趣を解するから、大いに嬉しがるだろうと思う。いや、実に面白い物語だ。実際僕は腹を抱えて笑ったが、御かげで気分がさっぱりした。

重ねて君に謝意を表する。土井君へも宜しく。

有村龍雄」

＊

「畜生！　みんな知って居やがる」と蟹丸は唸った、笑う所の騒ぎではない。

「己《おれ》れが、何人《だれ》にも云わない事まで知っている。総長！　野郎奴どうして私が貴官に来て戴いた事を知っていたでしょう。どうして己れがはじめの香水瓶を見付けたことを知ったんだろう。どうして覚りやがったろう！」

蟹丸は地団太を踏みつつ髪を掻きむしった。土井も気の毒になって、

「オイ、蟹丸君、そうやきもきするな。この次ぎにはうまくやるさ」

こう云って、総長は、森村夫人と連れ立って出て行った。

＊

蟹丸は、くり返し、くり返し有村の手紙を読んでいる間に、黒澤伯、大戸里氏、下条博士の三人は、向うの隅で熱心に何か相談していたが、十分ばかりすると、黒澤伯は、蟹丸の側へ寄って来てこう云った。

「蟹丸さん。御骨折は有り難いが、結局吾々は一歩も前へ進まないわけですね」

「申し訳がありません。しかし、私の探索は、この事件の主人公は金髪美人で、有村龍雄がそれを操っているという事実を証明しました。これは確かに光明に近づく階段です」

「いや、吾々にとっては、不思議の雲が一層深くなったようです。金髪美人は、金剛石を盗むために、殺人罪を犯して居りながら、それを盗まない。そして盗んだと思うと、今度は、人の持物の中へ入れている。どうしてもわからない」

「ではどうすればいいと仰有るんです」

「どうもするには及びません。誰れか他の……」

「何んと仰有る?」

伯爵は躊躇した。すると、伯爵夫人が横合から露骨に云った……

「私はそう思いますの、有村龍雄と戦って、有村に泣言を言わせる事の出来るのは、一人、たった一人しかあるまいと思いますの。蟹丸さん、私共はシャーロック・ホームズを呼んで、援《たす》けてもらったらと存じますが、御心持を悪くなさるような事は御座いませんか」

蟹丸は度胆を抜かれた。

「いいえ……いいえ……だが……よくわかりませんが……」

「それはこういうわけさ」と黒澤伯が引き取って「私共が、云わば気味が悪くなって来た。そこで、下条さんも、大戸里さんも同じ意見を持って居られるから、例の英国の名探偵を呼ぼうという事に一決したのだ」

「いや、御尤です。御尤です。老蟹丸はぼけて、有村龍雄と戦うに足りません。しかし、問題は、シャーロック・ホームズがもっとうまく行くかどうかという事です。私は、そうありたいと希望します。いや、私もホームズには敬服して居りますので。が、どうも……」

「どうも、ホームズも成功しなかろうと云うのかね？」

「そうです。私の考えでは、ホームズと有村との戦いは、ただ一つの結果、即ちホームズの敗戦に終りましょう」

「万一の場合には、ホームズを助けてもらえようか？」

「畏りました。私の出来る限りホームズへ助力いたしましょう」

「ホームズの住所を御存じかな？」

「存じて居ります。ベーカー街二百十九番地です」

＊

その晩、黒澤伯爵夫妻はブライエヘン氏に対する告訴を取り下げて、連名の手紙をホームズに発した。

ホームズ戦端を開く

「何を差上げましょう」

「何んでも見繕ろって呉れ」と有村龍雄は自分の食物に何の好き嫌いもない人のような声で云った。「何んでもいい、但し、肉と酒はいけないよ」

ボーイは、侮蔑笑《さげすみわらい》をしながら立ち去った。私は、

「君は相変らず菜食主義を守っているのかね？」と聞いた。

「以前よりは一層厳しく守っているよ」

「趣味からかい、信仰からかい、それとも習慣からかい？」

「健康のためさ」

「そして断じて規則は破らないのかね？」

「いいや、……他所《よそ》で食事をして偏人らしく見える時は破るさ」

私共――有村龍雄と、作者たる私とは、狩戸《かりと》町のとあるささやかな料理店で晩餐を取っておった。

こう云うと、諸君は怪しむかも知れない。御前《おまえ》は、有村龍雄の仲間かと、しかし、そうではない。私は、有村の友人である。偶然の機会から知合になったが、有村龍雄は、個人としては、実に親切で、男気があって、上品で、快活で申し分のない友人である。のみならず、有村は、博学多才、機智湧くが如く、談話に長じている。一日語合《かたりあ》っておっても飽きる事がない。否、それでも却って時の過《た》つ事の早いのを憾《うら》ませる位の談話家《はなして》である。加うるに、六歳にして鳥居伯爵家に伝わった皇后の頸飾を盗んで以来、三百有余の犯罪は、みな各々一個のローマンスである。それを上手に、目の前に人物が活躍するように話すのを聞けば、何人も、その面白さに酔わされないものはあるまい。

私は、下手ながら文章を書き得るので、有村は、私のために、いつも自分の冒険談を談《かた》って聞かせる。私は、いつも忠実にそれを写し出して、読者に見せるのである。私と、有村との関係は、要するに、シャーロック・ホームズと、その忠実なる記録者ワトソンとの関係に過ぎない。但し、私はワトソンがホームズに払うより以上の敬意を有村に払っている。

さて、話は前へ戻るが、その晩、有村は、例よりも上機嫌で、盛んに談じていた。折々交える穏かな皮肉が、今夜は殊に軽く、自然に湧いて来る。その様子を見ていると、私も自然に誘われて、何んとなく生きているのが、楽しくてたまらなくなる。私がそう云うと、

「そうだとも」と有村は会心の笑を洩らして「この頃は何事も、何を見ても愉快だよ。まるで生命が不尽の宝の如《よう》に身体の中で湧き立っている。どうかすると、面白さに釣り込まれて、うかうか

し過ぎアしないかしらと思う位だ」

「どうもそうらしいよ」

「宝は尽きずサ、ネ、僕の頭脳を労し、身体を労しても、僕の力と、青春とを天風の吹き払うに任せても、そのあとへは、結局更に大いなる、更に若々しい力が満ちて来る。実際の僕の生活は豊富だ。僕はただ希望さえあれば——ね、そうだろう——忽ち何者にでもなれる、雄弁家、大工業家、政治家、何んにでも成れる資格がある。いや、そんな考えが頭にはいった事も未《まだ》ないがね、僕は有村龍雄だ、有村龍雄で足れりサ、僕は歴史中の人物で、僕と比べるに足るものを求めた。その生活がより充実し、より緊張した人物を求めた、が、ないね。……ナポレオン？　そうだ、あの男ならば……しかし、ナポレオンにしても、晩年、仏国内で転戦した時代、欧洲を挙げて彼を圧倒せんとし、戦う度毎に、自ら、これが最後の戦争かと疑っておった時代の心持だね。僕の心持ちと比するに足るのは」

有村は真面目であろうか、戯談か、調子が次第に熱を帯びてきた。

「一切のものが、みな危険の二字で掩われてサ。不断の危険の感触！　危険を呼吸する事空気の如く、危険が周囲に吹き荒み、唸りたけり、待ち伏せし、接近するのを感じつつ、暴風雨の中に自若として居る心持！　断じて畏縮しない気の張りよう！　君なんどには迚《とて》もわかるまい。これに似た感じを求むれば、ただ一つある、運転手が、暗夜自動車を駆っている時の気持ちだ。しかし、疾駆は、一日と続かない、僕のは生涯永続する！」

「恐しく叙情的なんだね。しかし、そう昂奮しているのを見ると、何か理由があるようだね」

有村はにっこり笑った。

「君は仲々鋭い心理解剖家だ。君の云う通り、多少の理由がある」

有村は水をコップに注いで、ぐっと一呑みして、「君は今日のタム新聞を見なかったかい」

「見ない」

「シャーロック・ホームズが今日の午後海峡を渡る事になっておった。六時には巴里へ着いている」

「ウン、先生がかい。何の用で?」

「イヤ、黒澤伯、大戸里男《だん》の甥、下条博士、この三人の費用で、ちょっと漫遊という形サ、一同狩戸町停車場で落合って、蟹丸と会見する手筈になっている。六人で丁度会議の最中だろうよ」

私は非常な好奇心に駆られたが、進んで有村一身の行動に関しては、何事をも尋ねなかった。それに、その時は、有村の名が少なくとも公には青色金剛石事件と関連して世間に謡われておらなかった。私はじっとして待っていた。有村は言葉を継いで、

「タムには、蟹丸訪問記事も出ている。これによると、僕の友人だという金髪美人が、大戸里男爵を殺害したという事になっているし、黒澤夫人から金剛石を盗もうとしたという事になっている。これで、当然、蟹丸は、僕がこの二個《ふたつ》の犯罪を教唆したものだとして罪を鳴らしている」

私は、ゾッとした、真実であろうか。窃盗の習慣、生活の様式、事件の進行がこの人間を駆って遂に人を殺させたのであろうか。私は有村の顔を見た。彼はいかにも平静である。その眼は素直に私の眼と合った。

私は有村の手を見た——綺麗な型の、美術家の手である。血に染まった手ではない。

「蟹丸は狂《ふ》れているな」と私は呟いた。

有村は抗議した——

「そんな事はない。決してない。蟹丸は仲々鋭い所がある、時々慧敏《けいびん》な所を見せる」

「慧敏!」

「そうさ、見給え、今度の訪問談なんぞは、傑作じゃないか。第一に、英国から敵手が来る事を報告して、僕には用心をさせ、ホームズの仕事を困難ならしめている。第二に自分が漕ぎ付けた点を明瞭にして、ホームズは蟹丸の発見に頼《よ》らなければならぬようにしている。仲々の古武者《ふるつわもの》だよ」

「それでは君は、二人の敵手を有するわけじゃないか。しかも名だたる敵手を」

「一人は論外さ」

「一人は？」

「ホームズかね。僕には立ち優った敵手サ。しかし僕の喜ぶ所もまたそこだ。僕が景気附いているのもそのためなんだ。何故と云って、まず第一に、僕の虚栄心の問題がある。世間ではそう思うだろう。有村龍雄は、英国の名探偵を労わすほどの技倆だと。第二に、僕の愉快を考えて見給え、僕のような好戦家がホームズを相手に戦うという事を、いいかい、僕は渾身の力を絞り出さなければならないのだ。僕は、先生を知っているがね、どうして一歩も退く男じゃない」

「敏腕家なんだね」

「辣腕《らつわん》だね。探偵としては、あれに匹敵するものが居ない、古往今来居らなかったかも知れないよ。しかし、一つ僕に有利な地歩がある、と云うのは、ホームズは攻勢を採らなければならないが、私は守勢にある。僕の方がやりいいわけだ、それに……」有村は微笑しながら、「それに僕はホームズの戦術を知り抜いておるが、ホームズは僕を知らない。僕は、予め二三の詭計を弄して、ホームズにちょっと考えさせてやろうと思っている」

有村は食卓を指で軽く叩きながら、愉快で堪らないという様子で、短い文句をちょいちょいひねり出す。

「有村龍雄対シャーロック・ホームズ！　仏国対英国！　トラファルガーの復讐だ！　御気の毒な次第だなア、ホームズ先生真逆《まさか》僕が戦備を整えているとは御存じあるまい――有村龍雄が武装してるとは……」

有村は、突然話を中止《やめ》た。はげしく咳をして、ナプキンで顔を隠した。

「どうしたんだい？　パン屑かい。水を飲んだらいいじゃないか」

「いや、そうじゃない、そうじゃない」

「どうしたんだ?」

「空気を欲しい」

「窓を開けようか」

「いや、外へ出よう、……迅《はや》く、帽子と外套を取って呉れ給え、……行こう」

「だが、一体どうしたというんだ?」

「今二人入って来たろう。あの内の高い方を見給え、……僕の左側に居て呉れ給え、出る時あの男に見付からんように」

「君の後に坐っている奴か?」

「ウン、……まア外へ出た方がいいようだ……理由は外で話す……」

「誰れだいあれア」

「シャーロック・ホームズだ」

有村は昂奮を抑えようとして激しく努力した。まるでそれを恥ずるように。ナプキンを置いて、水を一杯飲むと、すっかり平生の有村になって、笑いながら、

「少し妙だったろう。僕は仲々昂奮しない方なんだが、この邂逅《めぐりあい》だろう……」

「何がそんなに気掛りなんだ。そうすっかり変装していれア、誰だって感付きアしないじゃないか。僕自身だって、君と会う度びに、別の人じゃないかと思う位だ」

「あの」と力を入れて、有村は「あの男なら看破する。あの男は一度しか僕を見ないがね、それでも僕は一生涯見られていたように思った。あの男は、何時でも変えられる僕の外形を見たのじゃアない。僕という人間その物を見たのだ……それに、……それに……僕は不意を打たれたんだ。いかにも奇遇だ!　しかもこんな小料理屋でさ」

「わかった、じゃア出ようか?」

「いいや……いいや」

「どうかしようという計画でもあるのかい？」

「一番いいのは正直に名乗り上げる事だ……ホームズを信頼して」

「戯談じゃアないぜ」

「いや真実だ……、それに先生どれだけ御承知か、ちょっと鎌をかけて見るのも悪くない……あア先生が僕の頸を見、肩を見ているのがよくわかる。先生考えているな、思い出そうとしている……」

有村は考え込んだ。私は、その眉辺《びへん》に意地悪そうな微笑の浮ぶのを見た。やがて、その場合ののっぴきならない必要よりも、むしろ出来心にそそられたらしく、突然《いきなり》立ち上ると、踵でくるりと後を向いた。そうしていかにも愉快そうに、

「いかにも奇遇じゃありませんか、全く思いも寄らん事でした……。私の友人を御紹介致します……」

一二秒二人の英人は、呆気にとられた。と、ホームズは、本能的に身構えした。有村に飛びかかろうとする姿勢を執った。有村は頭を掉《ふ》って、

「それじゃ気まずいじゃありませんか……面白味は別としても……」

ホームズは、助けを探すように、右左を見まわした。

「駄目ですよ……それに第一、貴君はまだ私に手を下す権利を持ってはいらっしゃらんじゃありませんか。ね、ここは一つ遊戯という態度で行こうじゃありませんか」

この場に臨んで、遊戯的態度を採るというのも妙なものであった。しかしながら、ホームズも、それが最も賢いやり方だと思ったらしい。ホームズは立ち上って、冷然としてその同伴者《つれ》を紹介した――。

「ワトソン君、私の友人で助手です……有村龍雄さんだ」

ワトソンの呆れ返った顔付に、私共は吹き出した、眼《まなこ》と口とを大きく開いたので、顔を横様に二

条の凹地《くぼ》が出来たようだ。顔の皮膚は引っ釣って、林檎のように光っている。

「ワトソン君、君は、驚いているんだね、こんな事は世界中で最も自然な出来事の一つじゃないか」とホームズは皮肉な調子で極め付けた。

ワトソンは呻くように、

「何、何故《な》捕縛しないのだ?」

「ワトソン君、この紳士が、僕と戸口との間に立っているのが、君には見えないのか、戸口までは二歩しかない。僕が指一本でも動かせア、あの方は外へ出られるだろう」

「それではこうしましょう」

と、云いながら、有村は、食卓を廻って、戸口と自分との間にホームズが立つようにした、ワトソンは、この勇気を讃美してもいいかと問うようにホームズの顔を覗いた。ホームズは何んの表情も示さなかった。が、暫くすると、

「ボーイ」と呼んだ。

ボーイが来ると、

「ウイスキイと曹達《ソウダ》水を四つずつ」

平和が成立した……次ぎの開戦命令があるまでは。直ぐ、四人は一つの食卓を囲んで、静かに談《はなし》をした。

*

有村が幾日位滞在する積りかと訊くと、ホームズは、直ぐ話を本筋へ運んで行った――

「有村さん、それは貴君次第ですよ」

「なるほど」と有村は笑いながら、「私次第ならば、今夜の船で英国へ御帰りなすっちゃアいかがです」

「今夜は早過ぎましょう。しかし一週間か、十日内にはと思って居ります」

「そんなに御急ぎなんですか?」

「大変忙しいものですからね。例の英清《えいしん》銀行の強盗事件、エクククレストン夫人の誘拐事件なんぞがあるでしょう。……有村さん、いかがです、一週間で足りましょうか?」

「十分でしょう、貴方が富札事件と大戸里男爵事件と青色金剛石事件との関係を見付けさえすれば。私は私で、その間に十分用心をしましょう、貴方が二事件を解決して、それを利用して私の安全を危地に陥れるまでには」

「私も一週間か十日かに利用すべき点を発見しましょう」

「そうすると、十一日目に私が捕縛されるわけですね?」

「遅くとも、十日目には」

有村は考え込んだが、頭を掉って、

「それア御無理じゃありませんか、御無理でしょう?」

「無理ですって? そう、しかし、可能です、だから確実です。無論事件が数ケ月前に起った事だから、必要な調査をやるわけには行かない。しかし、私は、蟹丸氏が下した結論の外に、事件に関する一切の新聞記事と、一切の証拠と、それから自分のちょっとした考えとを有っています」

有村は謙遜な態度で、

「失礼かも知れませんが、大体どういう御意見を御持ちか、伺いたいものですな」

この二人が同一の食卓に、臂《ひじ》を交えて坐し、厳粛に、熱狂せずに、何か難問題でも解決するような態度で話し合っているのを見ると、実に面白い。話の中には、微妙な皮肉が交じるが、これは通人たり、本職たる二人が、御互に面白がって味《あじわ》っている。

ホームズは、ゆっくりパイプに煙草を詰めて、火を点けながら、

「私の思うのでは、この一件は、ちょっと見たよりも、遥かに簡単な組立てですね、私は、一件

と云ったが、私の意見では、ただ一件しかないわけです。大戸里男爵の死亡、指環の紛失と――それから例の二十三号五百十四番札とは、一見別々らしいが、実は、所謂金髪美人という謎の各方面に現われたものに過ぎない。そこで、私の思うには、私の為すべき事は、この同一事件の三方面を連結する環、換言すれば、三事件の遂行方法が同一であるという特殊の事実の発見にある。蟹丸君は、少し判断を誤まって、この同一点を、隠身方法、人目に触れずに出入する力に求めた。しかし、この奇蹟では、私には満足が出来ません」

「それで？」

「それで、私の見る所では」と、ホームズは断乎とした調子で、

「三事件に共通の特色は、従来人の注意を脱れては来たが、貴君が、予め撰択した舞台の上でなければ狂言をやらないという明白な、確実な意向である。これは、明かに普通の予定以上であって、むしろ成功不成功は、これに懸っている事を示すものである」

「実例を承わるわけにはいきませんか？」

「御安い御用です。貴方が下条博士と争った時から話を初めると、貴方は、明白に、予め手島弁護士の事務所を以て、会見の場所、必然欠くべからざる場所とした。貴君にとってあすこほど安全な場所が無かったように見える。そこで、貴君は、金髪美人を同伴して、殆んど公開とも云うべき会見を下条博士と試みた」

ホームズは、煙草を詰め代えて、また話を続けた――

「青色金剛石事件に就いて云ってみると、貴君は、大戸里男爵がそれを所有して居った時、始終それを覗っておったかというに、そうでない。男爵が兄の家へ移ると、六ケ月後に、武藤浅子が舞台に現われて来た。そうして第一回の計劃が行われた――所が、貴君は失敗した。そうして、世間の大騒ぎをする間に、金竜館で例の競売があった。競売は自由だったか、最高の呼値のものが、確実に青色金剛石を手に入れたかと云うにそうではなかった。伊庭栄蔵氏が手に入れようという一刹

那、一人の婦人が伊庭氏の手に一通の脅威状を投じて、金剛石は黒澤伯爵夫人の手に落ちた。黒澤伯爵夫人もまた同一の婦人に使嗾《そそのか》されておった。所で、金剛石が、直ぐ紛失したかと云うと、そうでなかった。貴君は、便宜を有たなかった。そこで、暫く計画の進行が中断しておった。所が、黒澤伯は別荘へ移った。これを貴君は待っていたのです。金剛石はすぐ失くなった」

「ブライエヘン氏の歯磨粉からすぐ出ましたよ」と有村は抗議した。「不思議だなア」

「オイ、オイ」ホームズは拳で食卓を叩きながら、「戯談を云っちゃいけません。馬鹿ならそれで誤魔化せようが、この僕はその手は喰いません」

「ではどうだと仰有るんです？」

ホームズは、自分の言葉の効果を強めようとするように、暫く黙っていたが、

「歯磨粉から出た金剛石は贋造品だ。真物は貴君が持っている」

有村は、暫く口を開かなかったが、やがてホームズの顔を見詰めて、

「ウーン、貴君は偉い方だ」

こう云って有村は、また続けて云った、

「一切が明白になって、真相を暴露されました。この事件に首を突込んだ検事だって、特種記者だって、一人として、真相の半ばにも達し得ませんでした。貴君の洞察と論理とは、敬服の外ありません」

「何に《なア》」と、ホームズは、有村ほどの人間に褒められたので多少得意の色を現わしながら、「要する所は少しの思索ですよ」

「要する所は、いかに思索するかという事ですよ、しかし、それと知っているものは殆んどありませんね。さて、それで、推測の範囲が限定されたし、基礎は明かになったが……？」

「よろしい、それで、私のなすべき事は、三事件が倉田町二十五番地、丸太町百十三番地とこれから、黒澤伯の別荘を択んで遂行された理由の発見である。一切の秘密はその内にある。その他は

子供の遊戯だ。御同見でしょう」

「同見です?」

「それならば、有村さん、私が十日内に私の仕事を終わると云ったのは正しいわけじゃありませんか」

「十日間に、そうですねえ、秘密は一切解決されましょうよ」

「そして、貴君が捕縛されましょう」

「違います」

「違う?」

「私が捕縛されると云うには、何か連続した非常な事情がなければなりません、例えば、まア、悪運の連続とでも云うようなものですねえ、所が私はその可能を認めません」

「有村さん、いかなる事情もいかなる悪運もこの成就し得ないことも、人間の意志と不撓《ふとう》で成就しましょうよ」

「ホームズさん、敵手の意志と不撓とが、その計画に対して超え難い障害物を築かないものならばですね」

「有村さん、超え難い障害物なんて云うものは存在しませんよ」

二人は炯々《けいけい》たる眼と眼を見合せた。戦い開かれんとして剣尖相鳴《けんせんあいな》るの趣きである。

「面白い!」

有村は叫んだ。

「とうとう好敵手を得た。シャーロック・ホームズという敵手を得た。愉快なゲームが出来る――十日ですね? ホームズさん」

「十日内です。今日は日曜だから、来週の水曜には一切終局を告げましょう」

「それで私は錠と鍵との下に屈するんですね」

「些《すこ》しも疑いがありません」

「イヤ、面白い。私はこれまで平静な生活《くらし》を楽んでいたが、それがまるで一変するわけだ……天気のあとには雨が来る……イヤ、笑いごとじゃない。どれ御暇乞《おいとまごい》を致しましょう」

有村は立ち上った。私も立ち上った。ホームズも立ち上った。双方とも、撃剣道場で、憎悪の念はないが、死ぬまで闘わなければならぬ運命にある相手同志のように、叮嚀な会釈をした。

有村は私の腕を把《と》って、一歩外へ出ると、

「オイ、どうだったい。面白い晩餐だったじゃないか。僕の伝記の中で特筆大書するに値いするね」

有村は、後手に戸を閉めると、ちょっと小陰へ寄って、

「煙草は？」

「吸わない、無論君も吸わないだろう」

「吸わない」

こう云いながら、有村は、蠟マッチで紙巻煙草へ火を点ずると、それを振りまわして、二三度闇中に火の輪を描いた。と、見ると、彼は、忽ちその煙草を投げ棄て、街を横ぎると、合図で呼び出されたと見えて、闇の中から出て来た二人の姿と一緒になった。有村は、何か二言三言その姿へ耳語《ささや》くと、また私の所へ帰って来た。

「オイ君、僕はここで失敬する。あの執念深いホームズの進路を断っておかなければアならない。有村未だ閉口《へこ》まずだ。ジュピターの神かけて、吾輩が如何《いかん》の人間だかを先生に御目にかけよう。——左様なら——」

有村は、闇の中へ消えてしまった。

仏国第一の盗賊、博学多才の紳士、都雅風流の才子、温籍親切な友人有村龍雄と、英国第一流の探偵、シャーロック・ホームズとの会見は、斯くの如くにして終った。しかし、それは私の知って

いる範囲内では終ったのであって、有村が私に別れを告げてから、その夜中に続いて両者の間に激烈な戦があった。私は、それをここに読者諸君に報道するのを光栄とする。

ホームズの行動

有村が私に別れを告げると殆んど同時に、ホームズも懐中時計を出して見て、立ち上った。

「九時前二十分か。九時に、僕は伯爵夫妻と停車場で合う事になっている」

「出掛《でかけ》よう」

ワトソンはこう叫んで立ち上ったが、その拍子にウイスキイのコップを二つころがした。

二人は外へ出た。

「ワトソン君、後を見ちゃいかん。二人は後をつけられてるかも知れない、つけられてるなら、尾けられても尾けられなくっても平気だという風を見せてやろう……ワトソン君、君はどう思う、有村があの料理店に居たのはどういうわけだ？」

ワトソンは、少しも躊躇せずに、

「飯を食いに来たのさ」

「ワトソン君、君と仕事をするに従ってすればするほど君の不断の進歩がわかる。えらいよ、君は」

ワトソンはこの皮肉に、闇の中で赤くなった。ホームズは言葉を続けた……

「なるほど、飯を食いに行ったんだ、が、それと同時に、僕が、蟹丸と会った時云った言葉通りに黒澤伯へ逢いに行くかどうかを確めるために来たのだ。だから僕は、有村を失望させないように、黒澤伯へ会いに行こう。しかし、有村に先きんずるか否かの問題が急だ、断じて行くまい」

「へい」とワトソンは途方に暮れた。

「オイ、ワトソン君、この通りを真直に行ってね、馬車を雇い給え。それから、ぐるぐるどこでも歩行き廻って、夜更けてから宿へ行って、残してある手荷物を受取ったら、全速力で栄利勢《えりせい》館へ行き給え」

「栄利勢館へ行ったらどうするんだ？」

「部室を借り給え、寝床へ着いたら、正直な人のようによく睡り給え。あとはまた指図をする」

ワトソンは、自分に任せられた任務の重きを誇りつつホームズと別れた。

ホームズは、停車場へ着くと、切符を買って、黒澤伯と申合せた如く、網安《あみやす》行きの急行列車へ乗組《のりこ》んだ。それには、黒澤伯夫妻が既に乗組んで待っていた。

ホームズは軽く会釈して、パイプに火を点ずると、外廊に立ったまま、悠々として吸いはじめた。

汽車は出発した。十分経過《たっ》と、ホームズは、車内へはいって、伯爵夫人の側へ坐ってこう聞いた。

「例の指環を御持ちで御座いますか？」

「持って居ります」

「ちょっと拝見致したいものですが」

手に取ってそれを見ながら、ホームズは、

「私の考えた通り、これは贋造品だ」

「贋造ですって？」

「左様です、金剛石屑を集めて、高熱で処理する新法がありますがこれで作ったものです」

「まア。ですけれど、私の金剛石は真物ですわ」

「左様、貴女のものは真物ですが、これは貴女のものでは御座いません」

「じゃア、私のものはどこに御座いましょう？」

「有村龍雄の手にあります」

「これは？」

「これは、真物の代りです、有村が掏《す》り代えてブライエヘン氏の歯磨粉の中へ入れておいたのです」

「では摸造品《つくりもの》なんですね？」

「確かにそうです」

伯爵夫人は、呆然として言葉も無かったが、伯爵はなおホームズの言葉を信じかねて、指環を引っくり返して、ためつすがめつした。やがて伯爵夫人は、なお断念《あきら》めかねた口調で、

「だって、そんなはずがないじゃありませんか。なぜ盗みっ切りにしてしまわなかったんでしょう。どうして盗んだんでしょう」

「この点こそ私が明かにしようと思っている所です」

「別荘ですか？」

「いや、私は暮田《くれた》で下りて巴里へ帰ります。有村と私が戦う場所は巴里の外にはありません。有村の手段も、私の手段も、究竟《つまり》は甲乙がないのですが、私が巴里市外に居ると有村に思わせておくだけが私の勝目ですから」

「でも……」

「いや、夫人、私が別荘へ行くと行かないとは、何の相違もないわけです。つまり、貴女の目的は、金剛石じゃア御座いませんか」

「そうですわ」

「では、御心配には及びません。二三月以前の事ですが、私はこれ以上の難問題を引受けて、雑作なく解決しました。シャーロック・ホームズが引受けたと云えば、金剛石はきっと戻ります」

伯爵は、汽車の速力が緩かになった。ホームズは贋造品をポケットに収めて汽車の窓を開いた。

「危険《あぶ》ない！　戸が違う、戸が！」

「有村が、もし私をつけて来れア、これで私を見失うでしょう。左様なら」

＊

十五分後、ホームズは巴里行きの列車へ飛乗って、十二時少し前に巴里へ着いた。停車場《ステーション》へ下りると、すぐ附属料理店へ駆け込んで、裏口へ抜けると、馬車へ飛び乗った。

「倉田町へ行け！」

誰れも自分の跡を附けるものが無いのを確めると、ホームズは倉田町の尽端《はずれ》で馬車を乗り捨てて、手島弁護士の住宅と、その両隣を綿密に検査した、そして、その見取図を作ると、また馬車へ飛び乗った。

「丸太町へ行け！」

ホームズは、丸太町と本田町との十字街《よつつじ》で馬車を乗り捨てると、丸太町百十三番へ行って、大戸里男爵殺害事件のあった建物の前で、また綿密にその構造を検査した。その両隣その前面の庭の広さなどをも調べて手帳へ書き留めた。

街上には行人が全く絶えて、四列に植えられた並木が、深い暗を作っている。処々に立った瓦斯《ガス》燈のみが、暗を破ろうともがきまわるように、折々火影《ほかげ》をゆらめかす。その薄青白い光線の中で、ホームズは、大戸里男爵家の門柱に、「貸家」とある札を読んで、前庭に通じている二条の小径を見た、空屋の窓を見た。

「ウン、男爵が殺されてから、誰れも借家人《かりて》が無いんだな。ちょっと這入って、下検分が出来るといいんだがなア」

この考えが頭に浮ぶと同時に、ホームズはそれを実行しようと思った。しかしどうしよう。門は高く聳えて、越ゆるを許さない。ポケットからいつも持っておる懐中電燈と合鍵とを取り出した。

門の前まで行くと、ホームズは、片方《かたっぽう》の扉が半開きになっているので驚愕《おどろ》いた。ホームズは後で扉が締まらないようにしておいて、前庭へ辷り込んだ、が、三歩と進まない内に、ぴたと立止まった。見よ！　灯影が、ちらちらと二階の窓を来往する。

や？　灯影は次の窓へ、その次ぎの窓へと移って行く。人影らしいものが、壁にちらちらする。灯影は二階を下りて、やや長い部室から部室へと移って歩行く。

「全体何者だろう。午前一時という大戸里男爵が殺された空屋をあるくというのは？　何物だろう」

ホームズはこう考えると、その灯影、人影が一道の光明のように感じた。

その何者であるかを究める方法はただ一つしかない、ホームズ自身が忍び込むより外はない。ホームズは猶予せずに進んだ、しかし、その者は、ホームズが瓦斯燈が投げた光帯を横ぎるとき、ホームズを見付けたに相違ない、その証拠には、室内の火影が忽然として消え失せた。

ホームズは、玄関の戸を、ソット押してみると、これも同じく開いておる。闃《しん》として何の物音も無いので、ホームズは、暗の中へ突き進んだ。沈黙、暗黒が、依然として空屋を包んでおる。

玄関傍の一室へはいったホームズは、窓際へ行くと、硝子越しに人影を見付けた。正しくあの人影、外の出口から脱出したものに相違ない。見ると、前庭の藪影を辷るが如くに歩行いている。

「畜生！　逃がすものか」

ホームズは階段を飛び下りて、前庭へ跳り出て、その人影の退路を遮るために、門の方へ飛んだ。何物も見えないと思ったのはほんの瞬間、ホームズは、藪陰に一際黒い影があって、窃《ひそか》に動くのを見た。

ホームズは考えた――此奴《こいっ》何故逃げられるものを逃げずにおるか、ホームズの行動を探るために留まっておるのであろうか？

「とにかく有村じゃない！　有村はもっと悧口だ。彼奴の仲間に相違ない」

こう考えて、ホームズは、敢然と立ったまま相手の様子を窺った。しかし、相手も動かない。ホームズは、何事もせずにべんべんとして居る事の出来ない性分である。彼はソッとピストルの働くのを確め、短刀を鞘走らせて真直に敵に向った。

鋭い音がした。闇の男はピストルを放った。ホームズは、藪へ突進した。相手は身をかわす暇が無かった。ホームズはその男に飛び蒐《かか》った。

死物狂いの格闘が始まった。ホームズは、相手が短刀を抜こうとしておるのに気が付いた。ホームズは、自分の勝利に帰するという確信と、有村の仲間を一気に取って抑えようという熱心とに刺激されて、力が身体中に湧き上るのを感じた。相手を投げ仆し、渾身の力を振ってそれを抑え付け、鷲の爪のような五指でその咽喉を扼して、ホームズは、片手を外して懐中電燈を探り出し、ボタンを押して相手の顔を照した……

「ワトソン」

ホームズは愕然として叫んだ。

「ホームズ君!」と絞め殺されるような声が唸った。

＊

両人《ふたり》は、一言も交さず、暫くの間呆れた目と目を見合せた。暗を破って、自動車の警笛が鳴る。空屋の前面の並木の葉が風にそよいだ。ホームズはなおワトソンの咽喉を締め付けて、動かさなかった。

が、憤怒の情を抑え付けて、ホームズは不意にワトソンを引き起した、そしてよろよろと倒れかかる肩先を攫えて怒鳴り付けた――

「ここで何をしていた? それを云え! 返事を! 何の用があったんだ! 藪へ隠れて僕を見張れと誰れが云った?」

「君を見張るって？」とワトソンは唸いた。「君だとは知らなかったんだ」

「それじゃどうした！　どうしてここに居るんだ？　僕は寝ていろと云ったはずだ」

「僕も寐ていたんだ」

「睡り給えと云ったはずだ」

「そうしたんだ」

「起きてる用がないはずだ」

「君の手紙が……」

「何の手紙だ？」

「市内用達が持って来た君の手紙さ」

「僕の手紙だって？　君は狂《ふ》れたな」

「まったく君の手紙だ」

「それはどこにある？」

ワトソンは、一葉の紙片を出した。懐中電燈の光りでホームズはそれを読んで驚いた。

「直ぐ起きて、全速力で丸太町へ行き給え。家は空いている。はいって検査して、正確な見取図を作って呉れ給え。それから寐てもいい……ホームズ」

「僕は、一生懸命部室々々を測っておると、前庭に人影が見えたろう。僕は考えた……」

「そいつを攫えようとか？……それア大出来だ！　だがね、ワトソン君」とホームズはワトソンを扶けて歩行きながら、「この次ぎに僕の手紙を受取った時にア、それが偽手紙かどうかという事を確め給え」

「じゃ、あれア君の手紙じゃないのか」と漸く真相を知ったワトソンは尋ねた。

「そうじゃないとも。いや運が悪いんだ」

「誰れが書いたんだろう」

「有村龍雄さ」

「だって、何が目的だろう」

「それアわからない、それには僕も面喰ってるんだ。あの畜生何んだって君の安眠を妨害したんだろう。僕にするならわかっている。しかし君を……何の益もないわけだが」

「気がかりだねえ、ホテルへ帰ろうじゃないか」

「そうだ」

二人は門まで来た。先きに立ったワトソンは、貫抜《かんぬき》を押してみて、

「オヤ、君が締めたのかい」

「締めはしない。僕は半開きにしておいた」

「しかし……」

ホームズは自分で押してみた。次いで、全力を挙げて打付《ぶっつ》かった。

「畜生！　錠が下りている！」

門を揺ぶってみたが、すぐ努力が何の効もないことを知った。両手をだらりと下げると、

「まるで五里霧中だ。奴の仕事に相違ない。奴め、僕が暮田で下りてここへ来ると睨んで、ちょっと計ったんだな。それに」とワトソンの方を向いて「先生僕の憂囚を慰めにわざわざ君をよこしたんだよ。つまりこうして一日潰させた上、自分の技倆《うで》を示そうというのだ」

「では、僕等は有村の捕虜なんだね」

「君はまるで判に押したような言い方をするね。シャーロック・ホームズ及びワトソンは有村龍雄の捕虜となれりか。いや、仕事の幸先《さいさ》きがいい……」

手がホームズの肩に触れた。ワトソンの手であった。

「ホームズ君、あれを見給え！　あの燈影《あかり》を！」

いかにも燈影だ！　第一階の窓の内に燈影が揺《うご》いている。

二人は各々が出た入口から駆け込んだ。そして燈影のある部室へ、同時に飛び込んだ。

蠟燭の燃えさしが床板に立てられていて、その傍には、手籠がある。内からはシャンペンの瓶、鶏《とり》の脚、パン等が首を出している。

ホームズは噴き出した。

「素敵だ！　有村が晩飯を寄したんだ。まるで御伽噺の御城だ、魔法城だ！　オイ、ワトソン君、そんな不景気な顔《つら》はよし給え。素敵に面白いじゃないか？」

「ほんとうに君は面白いのかい」とワトソンは腹立しげに呻いた。

「ほんとうにかって？」ホームズは少し附景気《つけけいき》らしく「ほんとうだとも、僕の一生にこれほど面白いことはなかったよ。道化劇の上乗なるものじゃないか、これ、有村という奴は、大した作者だよ。君を翻弄した手際なんては、鮮かなものさ。この御馳走の席を、僕は全世界の黄金を挙げて来ても譲らない。ワトソン君！　君は僕までもふさがせるよ。僕は人を見損《みそこな》ったのか知ら。君はほんとうに不幸中にあって泰然たる底《てい》の高貴な性格を欠いているのかなア？　何をそんなにふさぐんだい。今、君は、僕の短剣を咽喉に受けて仆れるか、僕が君の短剣を受ける……か考えているんだな、不信の友よ！」

ホームズは、滑稽と皮肉とを以て、悄気《しょげ》返ったワトソンの気を引き立てた。そして、強いて鶏の脚を噛らせ、シャンペンを飲ませた。しかし、蠟燭が尽きて、壁を枕に二人が床へ横になると、この場の滑稽さ加減が始めてほんとうに二人にわかった。二人の夢は哀れなものであった。

朝、起きるとワトソンは、節々が痛んで、寒気がした。

「さア出よう！」ホームズは浮かぬ顔付きをして促した。

「出る！　どうして？」

「人が通る所を通ってさ、門を通るんだ」

「錠が下りてるじゃないか」

「それを開けるのだ」

「誰れが？」

「あの通りを巡査が二人歩行いているだろう。あれを呼び給え」

「しかし……」

「何がしかしだい……」

「屈辱じゃないか……シャーロック・ホームズとワトソンの二人が有村龍雄に締め込み喰ったと聞いたら世間で何んと云うだろう？」

「詮方なしさ。勝手に笑うがいい」とホームズは眉をびりびりさせながら「しかし、ここにいつまで居られるものか、どうだい？」

「だって君は外の手段を採ってみないじゃないか」

「断じてしない」

「けれども、昨夜の食物を持って来たものは、出るにも入るにも庭を通りはしなかった。だから、どこかに出口があるに相違ないよ。それを検べようじゃないか。巡査なんぞを呼ばずに」

「御尤もなわけだ。しかし君はその一を知ってその二を知らないというものだ。君は、巴里中の警官が六ケ月間その出口を探していたということを忘れている。その上、僕も昨晩君が寐ている間に家根裏から地下室まで探してみた。ワトソン君、有村という奴は、吾々がこれまで遭遇した覚えのない男だ。奴は、跡へ塵一本残しておきアしない」

＊

二人は十一時に救い出された……そして近所の警察へ引っぱられた。そこで係官は厳重に二人を調べ上げた上、いかにも悪叮嚀《わるていねい》な口調で、

「御二人の御不運に対しては、小官は筆紙に尽し難いほど御同情致します。どうぞ我々仏蘭西人

の御待遇《おもてなし》を悪く御取り下さらんように。いや。いかにも御気の毒な一夜を御過しなすったわけで、有村の奴も、御二人に対して、怪《け》しからん失礼を致しました」

二人は馬車を駆って、栄利勢館へ帰った。ワトソンが帳場へ行って、自分の部室の鍵を呉れと云うと、宿帳を検べていた番頭は、頓驚《とんきょう》な声を出して、

「今朝部室を御空けになったじゃありませんか！」

「何んだって？　どうして部室をあけたんだ」

「御友達に御手紙を御持たせなすってです」

「何んだ、御友達？」

「へえ、貴方様の御手紙を御持ちなすった方で……ここに御座います、貴方様の御名刺が封入して御座いました」

ワトソンは手紙を受取った。名刺は確かに自分のもの、手蹟も自分に相違ない。

「人を愚にするな……」ワトソンは呟いた「また例の手だ」と云って、直ぐ気遣わし気に「荷物はどうしたろう」

「へえ、御友達が御持ちになりました」

「えッ！……それじゃ渡してやったのか？」

「確かに。御名刺を信じまして、へえ」

「ウン、そうか、そうか」

二人は外へ出て極楽街を、だまって、のそのそと歩行いた。麗《うらら》かな秋の日が、世界有数の華麗な町に、温い光を浴せている。空気は軟かで、軽く澄んでいた。楼西《ろうさい》橋まで行くと、ホームズは煙管《パイプ》へ火を点じて、また踵を返した。

「ホームズ君、僕には君がわからない、よく平気で居られるね。彼奴は君を嘲笑し、愚弄している、それだのに君は一言も云わない！」

ホームズは立ち止まって、云った。「僕は、君の名刺の事を考えているんだ」

「それで?」

「それでだ、いいかえ、ここに人あって、吾々と互角の戦いをなさんがために、君と僕の手蹟の見本を探り出し、君の名刺を手に入れたとして見給え。どうだ、君はその男は、用意周到、思慮に富み、決意が牢《かた》く、一定の方法と組織とを有しているとは思わないか?」

「と云うと君は……」

「と云うのは、ワトソン君、吾々は、堅固に武装し、十分に準備を整えた敵と戦わなければならぬという事だ。そしてそれを破らなければならぬというのだ……僕のような人間を相手に取ろうという奴だ……それにね、ワトソン君」とホームズは笑いながら、「誰れだって、第一着手から成功しやしないよ」

＊

午後六時、『巴里の反響』の夕刊は、下のような記事を掲げた。曰く――

「今朝第十六警察管長成田警視は、有村龍雄のために、故大戸里男爵邸に閉じ籠められて一夜を明かしたるシャーロック・ホームズ及びワトソンの二氏を救い出したり。

二人はまたその手荷物の行衛《ゆくえ》を失いて、これを有村龍雄の所為に皈《き》したり。

有村龍雄はこの度は二人にここに少しの教訓を与うるを以て満足するものなるがなお同人を駆りて一層重大なる方法を採るに至らしむる事なからんよう二氏に熱望すと云う」

＊

「フン」とホームズは新聞をもみ付けて、

「子供の悪戯《いたずら》だ、が、これが有村の弱点だ……奴は余りに子供じみている。見物を気にし過ぎる」

「それで君はまだ平気でいるのかい」

「平気だよ」とホームズは怒鳴り付けた。「怒れアどうなるんだ？　僕は僕の約束を履行するだけの事じゃないか、十日以内という」

有村の詭計

どんなに、外界の事情より超越し得る性格の人物でも――ホームズの如きはいかなる不運も些《さ》の痕跡を止め得ない男である――時としては再び戦争の機会に面するに、退いてその力を養わなければならぬ事がある。

前の事件のあった翌日の事、

「僕は今日休養しよう」

「僕は！」

「君か、君は行って服やシャツなんどの必要品を買って来て呉れ給え。その間僕は休養する」

「それじゃア休み給え。僕が番をしよう」

ワトソンは戦線の先頭に置かれた番兵のようにこう云って、胸を張り、肩を聳かし、鋭い眼をして二人が宿泊《とま》っているホテルの一室を見廻わした。

「よし、じゃ番を頼む。僕はその間に新たに作戦計画を立てよう。ねえワトソン君、僕等は有村を見損じておった。振り出しから踏み直さなければアならない」

「しかし、時日が許すかしら？」

「九日ある。それでも必要な時日よりは五日間多いのだ」

＊

ホームズは、その日の午後、喫烟と昼寝で過した。翌日の朝まで何もしなかった。

翌朝、

「戦備が出来たよ、ワトソン君。出陣しよう。出陣しよう」

「出陣しよう」とワトソンは勇気凛々として「僕は武者振いがする」

ホームズは、まず三種の会見をやった。第一に手島弁護士を訪ねて、その事務所を綿密に調査した。次ぎに、下条鈴子を訪れて金髪美人に関して詳細に聞き取った。第三に、大戸里男が殺されてから尼院《あまでら》へ帰っていた大善尼を訪問した。

二人はかなり歩行いた。丸太町の大戸里家の両隣を訪問し、そこから倉田町へ行った。二十五番地の建物の前面を探べながら、ホームズは、

「どう考えても、これ等の建物にはみな抜穴があるに相違ない――しかし、それが見付からない……」

始めて、ワトソンは心の底でホームズの全能に疑いを挟んだ。何んだって、喋舌《しゃべ》ってばかりいて、ちっとも働かないのだろう？

「何んだって」とホームズはワトソンの口には出さない頭の中の疑問に答えて、「あの有村の畜生にかかっちゃァ、連続した仕事が出来ないからさ。正確な事実から真相を帰納するなんてわけにはいかない、まず直覚でそれを極めて、後からそれが事実に適合するかどうかを検する外はない」

「けれども抜穴は……」

「それがどうしたんだ。仮りにそれを知った所で、それがどうなるんだ。それが有村と戦う武器になるのかい？」

「とにかく、どうしたって戦わな……」ワトソンは言葉を終らない間に、吃驚《びっくり》した声を揚げて側へ飛び退いた。何物か、二人の側と落下した――砂を詰めた袋、二人に重傷を負わすに足るものである。

ホームズは上を見上げた。第五階の露台に籠を吊って、四五人の左官が働いている。

「畜生目、危険《あぶな》い目に逢わせアがる。下手《へた》人足奴が。もう三尺違えア、頭へ来る所だ。まるで……」

ホームズは、言葉を切って、家の内へ躍り込んで、階段を駆け上り、第四階の呼鈴を鳴らして、遮る下男を突き退けて、露台へ出た。一人も居ない。

「今までここに居た職人はどこへ行ったんだ?」と下男へ尋ねた。

「たった今帰りました」

「どっちから?」

「へえ、召使いの出入口から」

露台から覗くと、自転車へ乗ったものが二人、家から出て行った。

「彼等は古くから仕事に来ていたのか?」

「いいえ、今朝から参りました。新しく来た職人で御座います」

ホームズは下へ降りてワトソンと一緒になった。

二人とも沈み切って帰路に就いた。第二日は、空しくこれで暮れた。

＊

翌日も二人は前日と同一の方法を採った、二人は丸太町のロハ台へ腰を下した。

「ホームズ君、何を待つんだ。有村が出て来るのかい?」

「そうじゃない」

「金髪美人かい？」

「そうじゃない」

「じゃア何んだろう？」

「何かちょっとした出来事が起りアしないか見ているんだ、手懸りにするようなちょっとした事が」

「それで何事もなかったら」

「この場合には、何か僕の心に起るに相違ない。吾々の前路を輝かす火花か何かが」

その朝の単調を破った出来事は、ひどく面白くないものであった。一人の紳士が乗馬道を通って来たが、その馬が横へ逸して、ホームズとワトソンが座っているロハ台を蹴飛して、烈しくホームズの肩を打った。

「チョッ、もう一尺違えば、肩が打ち折れる所だった」

馬上の人は、馬を乗り鎮めようと焦心《あせっ》ていた。ホームズはピストルを引き出して、覘《ねら》いを定めた。しかし、ワトソンが素早《いちはや》くその腕を抑えた。

「ホームズ君、気でも狂《ちが》ったか。どうしたんだ。オイ、あの紳士をどうするんだ？」

「放せ、ワトソン君、放し給え」

二人がもつれ合っている間に紳士は馬を乗り鎮めて、疾駆し去った。その影が遠くなると、ワトソンは腕を放して、

「さア打ち給え」と勝ち誇った調子で云った。

「オイ、間抜け。あれが有村の手下だという事がわからないのか？」

ホームズは憤怒に身をわななかしていた。ワトソンはおどおどして、

「何んだって？　あの紳士が……」

「有村の手下だと云うんだよ、昨日砂袋を落した奴同様さ」

「そんな事はない！」

「あろうが無かろうが、証拠を得る方法があったのだ」

「あの紳士を殺してかい？」

「馬から下すだけだ。君というものが無けれア、有村の手下が生捕れたんだ。どうだ君の間抜けさ加減がわかったか？」

＊

その日の午後も不愉快に過ぎた。ホームズとワトソンとは一言も交わさなかった。午後の五時、二人が倉田町通りをぶらぶらしていると、三人の若い職人が、腕を組み合って、唄を謡いながらやって来た。そうして、二人に打《ぶ》っ突《つか》ったまま行き過ぎようとした。むしゃくしゃしていたホームズは、三人を突き戻した。と、組打ちが始まった。ホームズは拳を固めて一人の胸板を叩き付け、一人の顔を擲《は》り飛ばした。それで二人は避易《へきえき》して、も一人を引っぱって逃げ出した。

「あア、これでやっと溜飲が下った……筋が少し固まっている……ちょっとはええてこれで……」

が、ホームズはワトソンが壁に凭《よ》りかかっているのを見た。

「オイ、大将、どうした。蒼白だぜ顔が」

ワトソンは腕を指して、見ると、だらりと垂れている。

「どうしたんだろう……腕が痛むんだ」

「腕が痛い？……ひどくかい？」

「ああ……かなり……右の方だ！」

ワトソンはそれを動かそうとしたが、動かない。ホームズはそれに触ってみた。始めはそっとやってみたが、次いで手荒く触って「どうだ、どれ位痛むんだ？」

その痛さたるや堪らなかった。ホームズの肩へ縋って近所の薬屋まで行くと、気絶してしまうほど痛かった。

薬剤師先生とその助手とは出来るだけの事をしたが、腕が折れたので、今は外科医と手術と入院の外に方法がなかった。ワトソンは服を脱がせられると、ウンウン呻り出した。

「よし、よし」とホームズはワトソンの腕を持ち上げて「大将少し我慢しろ、なアに五六週間もすれア、折れた事なんざア忘れてしまうよ。敵《かたき》は打ってやる。ね、わかったろう、あの畜生だ……みんな有村のさせた業だ。僕は君に誓って云う、ね、もし……」

不意に、ホームズは言葉を切って、ワトソンの腕を落した。ワトソンは烈しく苦痛の声を絞ってまた気絶した、ホームズは額を打って叫んだ。

「ワトソン、わかったよ！……だが果して……？」

ホームズはじーっと立って、空《くう》を見詰めていたが、「ウン、そうだ……一切明瞭だ。……いや、少し考えればわかる事だった。……オイ、ワトソン、喜んで呉れ、わかったぞ！」

そして、ワトソンを薬舗《くすりや》へ投《ほ》っぽり出して、町へ出ると、二十五番地へ向った。

戸口の上、右側へ寄った石へ、「建築師、志田、一千八百七十五年」と刻んであった。

同じ文字が二十五番地にもあった。しかし、丸太町の大戸里男爵家には何んとあるだろう。

ホームズは通りかかった馬車を呼んで「丸太町百十三番地へ行け！　急げ、出来るだけ速くだ！」

馬車の上へ突立《つった》ち上って、酒手をはずんで馭者を激励した。

「速く！　もっと速く！」

ホームズは激しい期待に心臓の痛むのを覚えた。真相を捕えたろうかどうか。丸太町の屋敷がそれを確める唯一の証拠である。迅く！　迅く！　ホームズは心で馬を鞭打った。

戸口の石に、ホームズは、「建築師、志田、一千八百七十四年」の文字を明かに読んだ。

*

この昂奮の反動は非常に激しかった。馬車に帰ると、ホームズは嬉しさに身を顫わして馬車の内へ打ち伏していた。闇中遂に一道の光明を見た！　翁鬱《おううつ》たる森林の入り乱れたる小路の中に、敵の辿った道を発見した！

ホームズは、電話局へはいって、黒澤伯の別荘へ繋いでもらった。伯爵夫人が自身電話口へ出た。

「もしもし……夫人で在《い》らっしゃいますか？」

「ホームズさんですか……事件はどうなりました？」

「うまく進みました。ちょっと伺いたいのですが……もしもし……」

「はいはい」

「別荘は何年に建ちましたでしょう？」

「三十年前に一度焼けましてね、今のは再建です」

「建築師は何者です？　何年です？」

「玄関の戸の上に刻んでありますがね、『建築師志田隆吉、一千八百七十七年』とありますよ」

「有難う御座います、左様なら！」

「左様なら」

ホームズは呟きながら局を出た……「志田……志田隆吉……何んだか覚えがあるようだ……」

ホームズは、図書室へはいって、近代人名辞書を繰って、志田隆吉の条「志田隆吉、一千八百四十年出生、ローマ大賞牌受領、レヂオンドノール受領、建築学に関する二三の名著あり云々」とあるのを書き取った。

ホームズはそれから薬舗へ、そこからワトソンが移された病院へ行った。ワトソンは苦痛の床に横わって、熱に苦しみ、少しく精神朦朧としておった。

「勝った、勝った！」とホームズは叫んだ。「とうとう手懸りを発見した！」

「どんな手懸？」

「僕を成功の域に導く手懸だ！　もう大丈夫だ！　いいかワトソン、僕は、金髪美人の三大冒険を連結する秘密の鎖を発見した。この三大冒険が起った三軒の家を有村が選定したのは何故だと思う？」

「何故だろう？」

「それはこういうんだ。三軒共同じ建築師が建てたものだ。それは雑作なくわかるはずだった、と君は言うだろう。全く雑作がない。それが却って、何人も思い及ばなかった理由だ！」

「君の外は誰れもだね」

「そうだ！　その建築師が同一の設計をやって、見た所いかにも奇蹟らしくって、その実雑作もない簡単な事件を企む基を与えたのだ」

「運だね」

「時は今だ。僕はじっとして居られない、……今日は四日目だ」

「そうだ十日のうちの四日目だ」

「しかし、これから先き六日ある……」

ホームズは座に落付いて居れなかった。平生の沈着に似合わず、そわそわしてばかりおった。

「ねえ、ワトソン君、僕は今外で考えたがね、あの浮浪漢奴《ごろつきめ》等が、君のと同様、僕の腕を折ったとしたらどうだったろう。君はどうなると思う？」

ワトソンは恐しさにぶるぶると慄えた。

ホームズは言葉を継いで、

「されば吾々の教訓にしようじゃないか。わかったろうワトソン君、吾々が公然《まるで》、身体を露出《むきだし》にして、有村と戦おうとしたのが大いなる錯誤《あやまり》だった。幸いに事件は君にばかり落ちたので、思いの外悪くはならなかったが……」

「そして僕は腕を折られて後送されたのか」とワトソンは呻めいて訴えた。

「どうして、二人とも同じ目にあったかも知れないさ。しかし、もうどじは踏まない。白日、行動を監視されたからこそ負けたんだが、陰で、自由に一人で働けア、敵にどんな力があろうが、勝目は僕の方にある」

「蟹丸が僕の代りに助力して呉れるんだろう」

「真平《まっぴら》だ。僕が、有村がそこに居る、それが有村の隠家だ、有村を捕縛するにはこうするんだと云う日には、蟹丸を呼びもしようが、それまでは一人で働こう。一人に限る」

ホームズは病床に近寄って、ワトソンの肩へ手を置いた——悪い方の肩へ——そしてしんみり情の籠った調子で、

「大事にし給え。これからの君の仕事は、有村の手下を二三人釣っておけばいいのだ。彼奴等は僕の出るのを待ったり、君の様子を聞いたりして暇を潰させられるだろう。ね、大事な仕事だよ」

「有り難う」とワトソンも心から「僕は出来るだけの事をする。君は帰っては来ないんだね?」

「なんで帰るもんか」とホームズは冷かに云った。

「そうだ……帰らないのがほんとうだ。僕は一人でどうでもするよ。ホームズ君、一つだけ御願いがある、水を呉れ給えな」

「水!」

「ああ、咽が乾いて仕方がないんだ、この熱だからねえ……」

「ああ、よし、ちょっと待ち給え」

ホームズは瓶をかぢゃかぢゃ云わせていたが、煙草の箱を見付けると、パイプへ詰めて火を点けて、そして、ワトソンの嘆願を聞かないもののように、すっと部屋を出た。ワトソンは、手の届かない水挿を欲しそうに見詰めていた。

「志田先生は御宅で御座いますか?」

その家の戸を開けた下男は、その男を注視した。家は鞠子《まりこ》通と月輪《つきわ》町との十字街の一角を占めた堂々たる建物である。その玄関に立ったのは、痩せぎすの胡麻塩頭の、薄髯の伸びた、七つ下りのフロックコートを着た男である。下男は、相手相応の軽蔑した口調で、

「先生は御宅かも知れませんし、御留守かも知れません。場合に寄りますからな。御名刺は?」

男は、名刺を持っていなかったが、紹介状を持っておった。下男が引っ込むと、志田先生は来客を通せと云った。

男は、建物の一翼にある大きな円形の部室へ案内されたが、見ると、壁一面にぎっしり本が積んである。

「貴方が捨田《すてだ》さんですか?」と建築家が尋ねた。

「左様で御座います」

「私の秘書役が、病気で来られない、それで、彼《あ》れが私の指図を受けてやっていた目録殊に独逸《ドイツ》書の目録調製を続行するために、貴方を寄したと手紙に書いてあるが、貴方はそういう仕事に経験を御持ちかな」

「はい、長らくやって居りました」と捨田は強い独逸訛りのある仏蘭語《フランスご》で答えた。

これで相談はわけがなく纏まった。志田氏は新しい秘書と一緒に直ぐ仕事に取りかかった。

シャーロック・ホームズは、長駆して敵陣に跳り入ったのである。

有村の監視を脱れ、志田隆吉が令嬢の鶴子と住んでいる家へはいるために、名探偵は、暗中に没

し去って、四十八時間というもの、智嚢を絞り、いろいろな人に逢い、様々な手蔓を辿って、漸く志田氏への紹介状を得た。

彼《か》れが、その四十八時間に集め得た事項はこうであった――健康が傾いて、休養の志のある志田は、事業界から退いて、長年苦心して蒐集した建築に関する書籍堆裡《たいり》に没頭して暮している。彼れは、この埃深い古本を調べる外に、人生に何の興味をも有っていない。

令嬢の鶴子は、世間から変り物扱いにされている。三百六十五日家に――父とは別の部室だが――閉じ籠もって、決して外へ出ない。

「これだけだ」と、志田博士の口授を書取りながら、ホームズは考えた「これだけだが、しかしこれでも目的に達する第一歩だ。難問題の一つはこれで解決を付けなければならぬ」ホームズは、この志田博士が有村龍雄の仲間か否か。三軒の建物に関する書類が存しているかどうか。その書類は、有村龍雄及びその仲間の住家に関して何等かの新光明を齎らすかどうか、という問題を、志田氏の書斎で解決せんとした。

志田氏が、有村龍雄の仲間！　このレヂオンドノールの受領者たる老博士が強盗の同類！　この仮定は信じ難い。それに、仮りに同類であるとした所で、三十年以上前有村龍雄がまだほんの子供であった時分に、志田博士が有村のために抜穴を前以て作っておくわけがない。

しかし、それはとにかく、ホームズはその手懸りを緊握した。その驚くべき直覚力で、ホームズは志田博士の邸内に一種不思議な空気が漂うていることを覚った。

翌日の朝になっても、ホームズは何も有益なものを発見しなかった。午後二時に、書斎へ本を取りに来た時、初めて令嬢鶴子を見た。鶴子は三十前後の、髪の黒い、色の浅黒い、落付いた物静かな挙止《ものごし》の女であって、家に閉じ籠もってばかり暮らす女に特有な、冷淡な風がある。二言三言父博士と言葉を交わして、ホームズの方を見向きもせずに書斎から出て行った。

それだけで、午後はまた単調に過ぎた。五時頃、志田博士は外へ出掛けた。ホームズは一人円形書斎を繞《めぐ》っている、中二階に残って居った。夕暗が部室を掩うてきたので、ホームズは自分も帰り仕度をしていると、木の軋《きし》む音がして、何者か部室へはいった気配がした。思わずホームズは声を立てようとした、夕暗の中から人影が現われて、自分に近く、露台の上に立っている。

人間か、幽霊か、いつ、どこから来たのであろう？　ホームズが怪しむひまもなく、その影はするすると動いて露台から下りると部室へはいって書類戸棚へ近寄った。中二階との仕切りになっている壁掛絨氈の陰に蹲踞《うずくま》って、ホームズはその男が為す様子を窺った。男は、書類戸棚の戸を開けて、中の古い書類を掻き交ぜて、何か熱心に捜している。全体何を捜すのか？

と、不意に戸が開いて、志田鶴子が後の人に何か云いながら、足早にはいって来た。

「それじゃ御出掛けにならないの、御父様。じゃ、私灯を点けますから……待っていらっしゃい……暗いから、そこで動かずにいらしゃいまし」

＊

影の男は戸棚の戸を締めて、広い窓の朝貌形《あさがおがた》の陰に隠れて、窓掛けを左右から引いた。どうして鶴子はそれを見ないのだろう？　どうしてその音を聞かないだろう？　鶴子は落付いて電燈を撚《ひ》ねると、一足後へ下って父博士を通した。

父子《ふたり》は並んで座った。鶴子は持って来た本を開いて読み出した。

「御父様、御父様の秘書官はもう帰りましたか？」

「ああ……帰ったろう」

「御役に立っていますか？」と鶴子は尋ねた。本物の秘書が病気で、捨田が代りに来た事を知らぬらしい。

「十分だ……十分だ」

志田博士はコクリコクリと座睡《いねむ》りした。

一分飛んだ。令嬢はなお読み続けている。と、窓掛けが動いて、隠れた男は壁に沿うて辷り出して入口の方へ行った。博士の背後、鶴子の正面を通ったが、電燈の光で、ホームズはその顔を明かに見た。

有村龍雄である！

有村の一挙一動は悉く鶴子に見えないわけはないのに、鶴子は身動きもせずに読んでいる。有村は戸口へ近づいて、手が戸の把手《ハンドル》に届くと見えた時、その上衣が戸の側の机に引っ懸って、ばさりと本の落つる音がした。志田博士はキョトンとして目を睜《あ》いた。その時、有村龍雄は、素早く身をかわしたかと思うと、満面に微笑を湛え、シルクハットを手にして博士の前へ立っていた。

「やア、槙村さん！」と博士は嬉し気に叫んだ。「貴君が来るなんて、何という風の吹きまわしだろう」

「先生や御嬢さんに御目にかかりたくって伺いました」

「いつ帰って御出《おいで》だ？」

「昨日帰って参りました」

「久し振りで晩飯を食べて行きなさらんか」

「有難う御座いますが、友人と晩飯を共にする約束が御座いますので……」

「じゃア、明日御出でなさい。鶴子、明日槙村さんに来てもらうようになさい。槙村さん！　私は昨日も貴君の事を考えておったよ……」

「真実《ほんとう》で御座いますか？」

「ほんとうとも。私はあの戸棚の中の古い書類を整理しておった所が、あの見積書が目に付いた」

「どれでしょう？」

「そら、丸太町の建物のさ」

「先生はあんな反古《ほご》をまだ御蔵《おしま》いなすっていらっしゃるんですか。なんだってまた……」

三人は話しながら、広い廊下で書斎と続いている小ぢんまりとした応接間へはいって行った。

「有村だろうか？」と、ホームズは疑い出した。

一切の証拠は、有村に相違ないが、が同時に全く別人らしくもある、ある点は有村龍雄その儘であるが、またある点では全く別個の特色、姿、顔付、顔色を有している。

燕尾服を着、白ネキタイをかけた立派な紳士と見えるこの男は、面白そうに何か話しては老博士を笑わせ、鶴子の沈んだ顔に微笑を浮べさせる。鶴子の笑顔《わらい》が、この男の話の報酬で、男はそれを得るのが何よりの楽しみらしく見える。男が興に乗じて、面白そうな声を高めると、鶴子の顔が喜悦に輝いて来る。

「フン、恋中だな」とホームズは考えた。「しかし、鶴子とこの槙村と共通の点がどこにある？あれが有村龍雄だと知っているだろうか？」

ホームズは、身動きもせずに三人の話を一語も洩らさず聞き取った。七時になると、ホームズは用心に用心して中二階を下り、三人に見られないように部屋を抜け出した。

外へ出ると、門には自動車も馬車も待っていないのを確めて、横町へはいったホームズは、持って来た外套を着、帽子の型を変え、シャッキリと反身《そりみ》になって、元のホームズに帰って、志田家の玄関に目を注いで潜んでいた。

有村龍雄はすぐ出て来た。君府《きみふ》通から倫敦《ろんどん》通の方へ向って、巴里市の中心方面へ歩行いて行く。ホームズは半町ほど間隔を置いて跡をつけた。

ホームズは愉快で堪らない。敵の跡をつける！　その敵に一度は跡をつけられたが、今は却って自分が跡をつける。云わば、ホームズは目に見えない綱を以て、敵を自分の眼に縛ったも同然である。この人込の中で、ホームズは神出鬼没の有村を捉えて、目の正月をしているのだ。

しかし、不思議な出来事が直ぐ目に付いた。有村と自分との間に、玉ころがし時にかぶる染分の絹帽《シルクハット》を被った丈の高い男が二人左側の人道を、鳥打帽を被った男が二人右の人道を、煙草を吹かしながら歩行いている。

偶然かも知れないとホームズは思ったが、有村が煙草屋へはいった時、左右四人が同時に足を駐め有村が店を出ると、四人はまたあるき出したので、ホームズは驚いた。

「これア変だ！」ホームズは考えた。「有村はつけられているんだな」

有村龍雄をつけているものがあるという考《かんがえ》、ホームズの快楽――生れて始めて出会《でっく》わした不撓の敵手《あいて》をただ一人で取り挫《ひし》ぐという快楽を他人が横取りするかも知れないという考えが、ホームズの劫《ごう》を煮やした。しかし、つけられているのは一点の疑いもない。四人は有村と歩調を合せながら、他人に覚られまいと努めるのが明瞭《ありあり》と見える。

「蟹丸が、何んにも知らないふりをしたのかな？ 俺を愚弄しているのかな」

ホームズは四人の内の一人へ近寄ろうとしたが、丁度四辻へ出て人足が繁くなったので、有村の姿を見失うまいと足を早めた。町の角を曲ると丁度、有村は料理店匈牙利《ハンガリー》館の階段へ一足踏み掛けた所であった。料理店の戸が開いておったので、ホームズは遊歩道のロハ台に腰を下ろして、有村が花で美しく飾り立てた食卓に座るのを見た。食卓には燕尾服を着た三人の紳士と、美々しく装った二人の貴婦人がいて、有村を懇《ねんご》ろに迎えた。

四人の男はと見ると、近所の珈琲店で奏しているボヘミア音楽の聴衆の中へ交ってしまっている。が、不思議な事には、四人が四人共、有村よりはむしろ自分の周囲の群集に興味を感じているように、綿密にそれに注意している。

不意に鳥打帽子の一人が、紙巻烟草を摘み出して、絹帽にフロックコートの男に火を乞うた。紳士は、葉巻から火を貸したが、ホームズは、二人が、火の貸し借り以上何か話をしているのだと感付いた。間も無く、その紳士は、匈牙利館の階段を上って、広間を一瞥すると、真直に有村の傍へ寄って、何か耳語いて、その身近の食卓に座を占めた。ホームズは、この男が丸太町でホームズに馬を乗りかけた紳士に外ならぬのを見て取った。

謎はこれで解けた。有村は、跡をつけられる所か、四人のものはその手下で、首領を保護しているのである。四人は護衛兵である、衛星である。一旦首領に緩急があれは、手下があって、直ちに警戒し、直ちに防禦する。

ホームズは思わずゾッとした。「この男に手を下せるであろうか?」と考えた。「この種の組織を有し、あの男を首領と仰ぐ以上、その力は無限である」

ホームズは、ノートブックを引きちぎって、鉛筆で手早く二三言認めると、小型の封筒に封入して、ベンチの傍に寝転んでいた十五ばかりの子供に、

「オイ、馬車へ乗って行って、この手紙を吉里町《よしざと》の瑞西館《すいっつる》という酒場《バァ》の帳場へ届けて呉れないか、これア駄賃だよ」

こう云って、二円金貨を渡すと、子供は喜んで飛んで行った。

ホームズの失敗

三十分ほど過ぎた。群集は段々殖えてきた。ホームズは折々有村の姿を見るだけである。その時、何者かホームズに近寄って、

「ホームズさん、どんな御用です?」と耳語いたものがある。

「蟹丸君ですか?」

「そうです。御手紙を拝見しました。何事です?」

「奴があすこに居る」

「何んと仰ったんです?」

「あすこだ……料理店の中だ。少し右へ寄って見給え……見えましたか?」

「見えません」

「そら左側の婦人のコップへ何か注いでいる！」

「あれア有村じゃありません」

「いや、有村です」

「違いましょう……いや待てよ……ウウン、そうかも知れないぞ……ああ、畜生、まるであの男だ」

蟹丸は呟いたが「他の人間は何者でしょう、仲間ですか？」

「いや、あれの側に坐っているのが、栗原夫人で、も一人は倉知公爵夫人だ。それと向い合って居るのは駐英西班牙《スペイン》大使だ」

蟹丸は入口へ向って一足踏み出した。しかしホームズはそれを引き止めて、

「無茶をしちゃいけない。貴君は一人じゃないか」

「彼奴だってそうでさア」

「いや、この人込の中に護衛兵が居る……それに中にも一人居る」

「けれども、咽喉を押え付けて、彼奴の名を呼べばいいじゃありませんか、客もボーイもみな私の味方になる……」

「いや、五六人の探偵が居た方がいいと思うんだが」

「それではあの有村の友人の名誉を汚す事になるでしょう。ね、ホームズさん、他に手段がないでしょう」

蟹丸の云う所は有理《もっとも》である、ホームズもそう感じた。この場合攻撃を開始して、特殊の事情を利用するより外手段がない。それでホームズは、蟹丸に、

「では出来るだけ見付からんように仕給え」

と云って、自分は有村の姿を見失わないようにして新聞売場の陰へ辷り込んだ。

蟹丸は、真直に前面を見詰め、ポケットへ手を突込んで、町を横切った。そして、料理店の前面《まえ》の歩道へ行くと、いきなりぐるりと身を転じて階段へ飛び上った。

どこからともなく、鋭い号笛《よびこ》が鳴った……と思うと、蟹丸は給仕長に打突《つきあた》った。給仕長は戸口を要して料理店内の歓楽を乱すような風態だと睨んだものを突き戻す時のように、荒々しく蟹丸を押し返した。蟹丸はたじたじと後へ退った。と同時に、フロックコートの紳士が出て来て蟹丸の肩を持って、給仕長と激烈な争論を始めた。給仕長も、紳士も、蟹丸を押えて、一人は押し入れようとする、一人は押し戻そうとする。蟹丸は憤然として、死力を尽して焦心《あせっ》たが、とうとう階段の下まで押し落されてしまった。

すぐ、人だかりがした。騒擾に気が付いて、駆付けた二人の巡査は、群集を割って通ろうとしたが、不思議な抵抗力があって、どうしても通れない。二人は群集の中で揉まれ抜いた。

不意に、まるで魔法にかかったように道が開いた。給仕長は、自分の誤解を覚って、平蜘蛛のように恐れ入った。フロックコートの紳士は助力を中止した。群集は散ってしまった。巡査は通って行った。蟹丸は六人の客の居る食卓を目駆けて飛び込んだ。たった五人しか居ない！　周囲を見まわしたが、表戸の外入口がない。

「ここに居ったものはどこへ行った？」と蟹丸は呆気にとられた五人へ怒鳴った。

「六人居たはずだ！　も一人はどうした？」

「新村博士？」

「いや、有村龍雄だ！」

ボーイが一人進み寄って、

「あの紳士なら中二階へ御上りになりました」

蟹丸は階段を飛び上った。中二階は小さな部室に分れておって、一室毎に大通りへの出口がある。

「もう無駄だ」蟹丸は絶望の吐息を吐いた。「彼奴もうよっぽど逃げたろう！」

＊

有村はそんなに遠くは行かなかった、せいぜい一町ばかり先きを、有名な監獄のある蓮田と的場《まとば》の辻との間を通う二階付き乗合馬車に乗っていた。絹帽を被った丈の高い奴二人は馭者台に立って話をしていた。二階の、階段の側に、小柄な老人がコクリコクリと座睡りしていた。それがホームズである。

ホームズは、馬車の動揺につれて首を左右に揺りながら、腹の中で「ワトソンに今の俺れを見せたら、どんなにか自慢するだろう！　フン、初めから見え透いている、あの号笛が、ピーッと来た時から、蟹丸の敗けときまっていたんだ。料理店の周囲を警戒するより外もう手の出しようが無かったのだ。あの野郎はしかしとにかく人生に熱を加えるわい」

馬車が的場に付くと、ホームズは上からのしかかって、有村が馬車から下り際に、護衛へ、「江島へ」と耳語いたのを聴き取った。

「江島か、会合の合図だな。そこへ罷り出よう。先生は自動車だな。よし、この二人の奴さんをつけてやろう」

二人の奴さんは、徒歩で江島公園へ行った。そして、公園傍、砂原町四十番地の間口の狭い建物の戸を鳴らして、中へはいった。

ホームズは人通りの少ない町の角の木陰に身を潜めて家の様子を伺った。

第一階の窓を二つ内から開けて、絹帽の男が鎧戸を締めた。

十分ばかりすると、一人の紳士がやって来て同じ戸から中へはいった。と、直ぐあとからまた一人やって来た。最後に自動車が門前へ止まって、中から二人降りた。有村龍雄と、外套を着て厚い面帕《ヴェール》を垂れた女である。

「金髪美人だな」とホームズは自動車を目送しながら考えた。そして、暫く時間を置いてから、建物へ忍び寄り、窓縁へ攀じ上って鎧戸の隙間から室内を覗き込んだ。

有村は、暖炉に凭りかかって、興奮した様子で何か云っている。他のものはその前に半円陣を作って熱心に聴いている。ホームズはフロックコートの紳士と、給仕長とを認めた。金髪美人だけは椅子に坐ってホームズに背を向けていた。

「緊急会議を開いているんだな」とホームズは考えた。「今夜の椿事で恐慌を起して討議の必要を感じたんだ。ああ一網にばさりとやりたいもんだなア」

仲間の一人が動いたので、ホームズは暗に隠れた。フロックコートの紳士と給仕長とは家を出た。次いで二階の部室に火が灯って、誰れか鎧戸を開《あけ》た。一階は真暗になった。

「有村と女は第一階へ残ったんだな」ホームズは呟いた。「手下二人は二階に住んでいるのか」

ホームズはその夜暁方まで監視して居った。朝、四時、町を通った巡査に事情を話して自分の代《かわり》に張番を頼んでおいて、自分は蟹丸の宿所を訪問した。

「蟹丸さん、また攫まえましたよ」

「有村龍雄をですか?」

「そうです」

二人は連れ立って警視庁へ行った。総監に会って巡査を六人借りて砂原町へ帰って来た。

「何かあったかね」と張番の巡査へ聞いた。

「何事も御座いません」

蟹丸は家のまわりへ巡査を配置して家へ踏み込んだ。警官の侵入に驚いた門番は、第一階には一人も店子《たなこ》が居ないと云った。

「何んだって、借家人が居ない?」と蟹丸は怒鳴った。

「はい、二階に重野さん御兄弟が居らっしゃるばかりで御座います……近いうちに田舎から来る御親戚があるそうで、一階へ部室を御貸りになりましたが……」

「それは夫婦者だろう?」

「左様で御座います」

「昨夜その重野と一緒に来はしなかったか?」

「御出でになったかも知れませんが……私は睡って居りましたから……いや御出でにはなりますまい、鍵は私が預って居りますが、昨晩は御求めになりませんでしたから……」

その鍵で蟹丸は廊下の両側の戸を開けた。第一階にはたった二つしか部室がなくって、どっちも空いておる。

「不思議だ!」とホームズは叫んだ。「二人は慥《たし》かにここに居たんだ」

蟹丸は皮肉った。「だが、只今は居りませんな」

「二階へ行きましょう、二階に居るかも知れません」

「二階には重野という紳士が居るそうですよ」

「重野という紳士を尋問しましょう」

一同二階へ上った。蟹丸が呼鈴をならすと、シャツを着た男が顔を出した、有村の護衛に相違ない、それが、癇癪声を振り立てて、

「オイ、何者だ、何をがやがや騒ぎまわるんだ。何んで人の寐ている邪魔をするんだ?」と怒鳴ったが、すぐどぎまぎして言葉を切って「やア、夢じゃないか、何んだ、蟹丸君じゃないか。何事が出来たんだ?」

どっという笑声が起った。蟹丸は腹を抱えて、ころげんばかりに笑った。

「君だったのか、重野君」と蟹丸は笑いの中から「こんな話は始めてだ、重野君が有村の同類はよかったね……重野君! ブラザアはどうした?」

「オイ、英蔵! 起きないか。蟹丸君の御来訪だ!」

も一人奥から出て来た。その姿を見ると、蟹丸はまた一きわはしゃぎ出して、

「いや、長生きはすべきものだ！　こんな芝居は始めてだ。蟹丸も幸福な男だ、友ありわざわざ英国から来てこんな芝居を見せて呉れる」

そしてホームズの方へ向いて鹿爪らしく、

「ホームズさん、警視重野敏一君を御紹介致します。警視庁内の腕利きです……こちらは重野英蔵君、指紋課長です」

ホームズは辛うじて自分の感情を抑えた。この二人が有村の部下だと主張した所で何の用ぞ。前夜確かに自分の目で睨んだは睨んだが、確証があるわけではない、またそんな事で時間を空費して居られない。

びりびりと張り切れるほど神経を緊張し、しっかり拳を握り締めて、ホームズは勝誇った蟹丸の前に、憤怒と失望の色を現わすまいと努めた。そして、叮嚀に重野兄弟に挨拶して、悠々と下へ降りた。

玄関の広間へ下りると、ホームズは地下室への通路と見える少《ちい》さな扉の前で赤い少さな石を見付けた。柘榴《ざくろ》石である。

門外へ出て、ホームズは玄関の上を見ると、「建築師志田隆吉、一千八百七十七年」という文字を読んだ。四十二番地にも同じ文字が刻まれてある。

「相変らず抜穴か」ホームズは考えた。「四十番地と四十二番地とには抜穴があるんだな。どうして気が付かなかったろう？　いや、巡査と一所に動かずにここに居るんだった」

その巡査の方へ向いて、四十二番地の建物を指して「僕が居ない間に、あの戸から二人出て行ったろう？」

「ええ、男と女と」

ホームズは蟹丸の腕を取って、ちょっと傍へ寄って、「蟹丸さん、貴君は随分面白かった御様子だから、怒ってはいないだろうね」

「イヤ、怒るもんですか」

「有り難う。だが、こんな戯談をいつまでも続けさせてはおかれない、もう方を付けなければならないと思いますがね」

「仰有る通りですなア」

「今日は七日目だ。で、もう三日あとには、是が非でも私はロンドンへ帰らなければなりません」

「ははア、なるほど」

「それで、きっと帰ります。が、どうか火曜日の晩にも一度御出張を煩わしたい」

「またこういう探検をやるんですか?」と蟹丸はひやかした。

「同じようなものでしょう」

「それで結局どうなりましょう?」

「有村を捕縛するのです」

「そう御思いですか?」

「名誉にかけて誓います」

ホームズはそこで別れを告げて、近所のホテルへ行って、朝飯を食って休息した。それから砂原町へ行って、門番へ二十円金貨を攫ませ、重野兄弟が不在なのを確め、家主は春町某というものだという事を聞き、蠟燭を持って、その前で柘榴石を拾った地下室への戸を開けた。

下まで降りると、また一つ同じ大きさの柘榴石を見付けた。

「思った通り、これが通路だな。どれ、合鍵がきくかどうかためしてみよう。占めた!」

ホームズは地下室の戸を開けて、中へはいった――「どれ、この葡萄酒箱を検めよう。待てよ、塵埃《ほこり》を掻き交ぜたあとがあるぞ。や、足跡がある!」

ゴゾゴソと物音がしたので、ホームズは耳を聳《た》てた。手早く戸を閉めて、蠟燭を吹き消すと、麦酒《ビール》箱の陰へ身を隠した。二三秒すると、部室の隅の葡萄酒箱がひとりでするすると動く、と、壁に大きな入口が出来て、パッと提燈《ランターン》の光が差した。人の腕が出た。人がはって来た。

その男は、何か落し物でも探すように、身を屈めて、幾度も塵埃の中を掻きまわしていたが、何か拾い上げて、左手《ゆんで》に持っていた小さなボール箱へ入れた。それから、自分の足跡も、有村のも、金髪美人のも、叮嚀に掻き消して、葡萄酒箱へと進み寄った。

と、忽ちわっと叫んで打ち倒れた。ホームズが後から飛び掛ったのである。一分もたたずに男はすっかり参ってしまって、床上に捻じ伏せられて、忽ち手足を縛り上げられた。

ホームズは男の持っていた提燈を手にして突立った。

「幾ら出せばいいんだ……御前の知っている事を聞くには？」

男は、ホームズを見上げて、冷然として笑っている。ホームズは、買収も脅迫も役にたたない事を知った。そこで、その男のポケットを捜《さぐ》ったが、出たものは一束の鍵とハンケチと、小さなボール箱であった。その箱を開けると、ホームズが先きに拾った柘榴石と同じものが一ダースばかりはいっている。

この男をどうしよう。仲間が来るまで待っていて警官へ引き渡そうか？　が、しかし、それが有村に対して何の用をかなす？

ホームズは決しかねていたが、ボール箱を一瞥すると、直ぐ方針が定まった――箱には花輪町、宝石商鳴海《なるみ》商店とかいてある。

ホームズはその男はそのままにしておこうと決めて、葡萄酒箱を元へ戻し、地下室の戸を締めて、家を出た。それから電信局へ寄って、志田博士へ今日は行けないと断わって、花輪町の宝石店へはいった。

「奥様が、これを届けるようにという事でした。ここで御買いなすった細工についておったものだとか仰有いました」

ホームズは正しく急所を衝いた。宝石屋が「畏りました。奥様から電話で御座いまして、直ぐ御自分で御出でになるという事で御座いました」

*

午後、五時頃、物陰にかくれていたホームズは、厚い面帕《ヴェール》を垂れた婦人が店へはいるのを見た。その様子がいかにも怪しい。店へ近寄って窓越しに窺うと、婦人は柘榴石を嵌めた古い型のブローチを出して番頭と何か云っている。と、間もなく出て来た。そして二つ三つ買物をすると、小館町《こだて》の方へ向って、ホームズの知らない横町へはいった。暮れてからも、ホームズはあとをつけた、そして、女が五階の建物へはいった時、ホームズは門番に見付からないようにしてそのあとへ続いた。女は三階のとある部室の前へ止って、中へはいった。二分の後、ホームズは運を天に任せて、地下室の男から奪った鍵を一つ一つはめてみた。四つ目で、ぴたりと錠にはまった。中へはいると、空間《あきま》のように部室には何もない。そして、奥に連なる幾つかの部室は、みな戸が開いている。奥から来るランプの光を便りに抜足、差足して奥へ進むと、ホームズは、応接室の次ぎの寝室で、女が帽子を脱いで、背中をこっちへ向けて天鵝絨のガウンに着替えているのを見た。

女は、着物を着替えると、煖炉の側へ寄って、電鈴を押した。すると、煖炉の右の羽目板が一枚するすると動いて、大きな穴が開いた。穴が出入りが出来る位になると、女はランプを持って、中へはいって、見えなくなった。

その仕掛けは簡単なものである。ホームズもその通りにして、大胆に手捜《てさぐ》りながら中へはいった。不意に、何か顔へ打っ突かったものがある！ マッチを擦って見ると、身《からだ》は金属製の衣紋棹《えもんざお》にかかった着物で一杯になった押入れの中に居た。その中を押しわけて戸口へ出ると、彼は立ち止まった。戸の前に垂れた壁掛絨氈の、毛のやつれの間から、火光がちらちらと差している。

ホームズは覗いて見た。

見よ！ 金髪美人が、そこに、手の届く所に居る。

彼女は、ランプを吹き消して、電燈を撚《ひね》った。パッと点った火光《ひかり》の下で、ホームズは始めてその顔を見た。思わずはっとした。今まであとをつけたり、外されたりして、辛うじて追究した婦人は、志田鶴子である。志田鶴子が、大戸里男爵の殺害者だ。青色金剛石の盗人だ。志田鶴子が有村龍雄の同類だ！

「いや、俺れは世界一の間抜けだわい」ホームズは考えた。「有村の同類は色が白いし、鶴子は色が浅黒いというので、二人を同じだとは夢にも思い及ばなかったなんぞは態《ざま》がない。大戸里男を殺し、青色金剛石を盗んでからも、金髪美人が金髪で居ると思ったなんぞは吾れながら滑稽だ！」

ホームズは部室の一部分を覗いた。華麗な婦人室で、立派な窓掛け、洒落れた小道具で飾ってある。桃心木の背附長椅子が窓際に置いてある。

鶴子は、それへ腰を下ろしたが、両手で顔を抑えて、じっと俯向いていた。と、ホームズはシクシクと泣いているのに気が付いた。大粒な泣《なみだ》が、青ざめた頬を伝ってはほうり落ちて、膝の上、天鵞絨の服に玉をなす、不尽の泉から湧くように、限りもなく流れ落つる。

不意に戸が開いて、有村龍雄がはいって来た。

二人は、一言も言わずに、暫くの間だまって顔を見合せた。やがて、有村は、鶴子の側に跪《ひざまず》いて、顔を鶴子の胸に押し付け、両手で鶴子を抱いた、その仕草には限りのない優しさと哀れみの情が籠っている。二人は動かない、優しい沈黙が二人の心を結び付けた。鶴子の涙はだんだん少なくなった。

「僕は心からそう思っている。どうか貴女を幸福にしたいと欲《ねが》っている」

「妾は幸福ですわ」

「だって、貴女は泣いていたじゃないか。貴女の涙を見ると僕の胸は掻きむしられるようだ」

鶴子は、吾知らず、龍雄のすかす声に和げられて、有村の云う事に耳をかたむけた。微笑が顔に浮んだ、が、何んという悲しげな笑いだろう！　有村は嘆願するように、

「憂鬱《ふさい》ではいけない、貴女はふさぐ理由がない、権利がない！」

鶴子は真白な、しなやかな手を見せて、厳かに、「槇村さん、この手がある間は、ふさぎますわ」

「何故何故」

「人の命を取ったんですもの」

槇村は叫んだ。「いけない、そんな事は考えちゃアいけない。過去は過去じゃないか」

そう云って、槇村はその白い手に接吻《キッス》した。鶴子はだまって、嬉しさを目に湛えて槇村の顔を見た。接吻の一つ一つが、恐しい昔の記憶を拭い去るかと見えた。

「槇村さん、妾を愛して下さるでしょう。ね、妾ほど貴方を愛したものはありませんわ。貴君の御気に入るようにと思って、こんな事をしたんですもの、今もってしているし、これからだってするわ。貴君の言葉だけではない、貴方が口へ出さない希望通りにだってしてしまいますわ。妾は本能も良心も咎める事をしたでしょう。それもみんな貴君のためだと思うし、貴君の希望だと思ったからだわ。やれと云えば、明日にもどんな事だって……」

「ああ、何んだって僕は貴女を、こんな恐しい生活へ捲き込んだろう。僕は五年前に貴女が愛して呉れた槇村敏一で通すべきものだった――別人としての僕を知らせるんじゃなかった」

鶴子は声をひそめて耳語いた。

「妾はその別人をも愛します。妾は何んにも悔いては居はしないわ」

「いや、貴女は悔いている、昔の公明な生活を慕っている」

「何んにも慕って居はしない、貴君さえ居て下されば」鶴子は熱情をこめて「妾の眼が貴君を見ると、罪も、恐れもありアしない。貴君の愛がみんなそれを拭って呉れますわ」

「だけれど、鶴子、僕の生活は乱暴で狂気染みた生活だ、僕の欲《ねが》う通りの時間をいつでも貴女に割くというわけには……」

鶴子は色を変えて「何に、それは？　また危険な事でもあって？　聞かして、早く！」

「いやまだ大した事ではないが、しかし……」

「しかし、どうしたの？」

「彼奴が、吾々をつけて居るのだ」

「ホームズが？」

「そうだ。匈牙利館で蟹丸をけしかけたのもホームズ、砂原町で巡査二人に張番させたのもホームズだ。その証拠には蟹丸が今朝あの家を捜索した時、ホームズも一緒に来ておった。それに……」

「それにどうしたの？」

「それに、まだある、手下が一人居なくなった、十郎が」

「門番ですか」

「あア」

「だって、あれならば妾が今朝砂原町へ妾のブローチから落ちた柘榴石を拾いにやりましたわ」

「それに相違はなかろうが、ホームズはそれを捉えたのだ」

「いいえ、違いますわ、柘榴石はちゃんと鳴海へ届いていたんですもの」

「では、十郎はそれからどうなったろう？」

「槙村さん、妾気味が悪いわ」

「何も恐れる事はないが、しかし大事の場合だ。彼奴がどこまで知っているか、どこに隠れているか、それがわからない。彼奴の恐しいのは単独行動を取った時だ。一人だと何の手懸も残さないのだ」

「それで貴君はどうなさるの？」

「十分用心するだけの事さ。僕は早くからそら例の隠家ね、あすこへ引越そうと思っておったが、ホームズが出たので、必要が急になった。ホームズのような男がつけると、終局までつけずにおかないという事を覚悟しなければならない。それで、僕はちゃんと準備をした。引越は明後日、水曜日にやろうと思う。大抵午《ひる》までにすむだろう。午後二時には、一切古巣の跡を拭ってしまえる。それまでは……」

「どうするの？」

「御互いに逢えないよ。それから、貴女は誰れとも逢わないようにしなけれアいけない。外へ出てもいけない。僕は、自分の事は何んにも心配はないが、貴女が関係するとなれア何事も心配だ」

「だっていくらホームズでも妾に手出しは出来ませんわ」

「いやそうじゃない。彼の男に不可能という事がない、僕は妙に不安を感じている。昨日だって、御父様の古い書類を捜しに来た時、も少しで御父様に見付かる所だった。あれだって危険の内だ。危険は到る所にある。敵は陰にかくれて、だんだん近づいている。敵は僕を監視している。僕の周囲に網を張っている。そんな気がする。僕の直覚の力だ、間違いはない」

「そういうわけなら、妾の涙の事なんぞ気にせずに、しっかりやって頂戴。妾も気を慥かに持って、危険がなくなるのを待って居ますわ」

鶴子は長い接吻を槙村に与えて、戸の外へ送り出した。ホームズは二人の声が遠くなり幽かになるのを聞いた。

ホームズは大胆に二人のあとを追うた。廊下の尽端《はずれ》まで行って、階段を下ろうとする時、下から話声が聞えた、それで方向を変えて廻って左の廊下の方へ行くと、自然に階段がある。それを下りた所の部室の飾付、格好の見覚えがあるので、ホームズはひどく驚いた。戸が半開きになっているので、はいって見ると、それは志田博士の書斎である。

「占めた！　えらい！」ホームズは思わず声を立てた。「これで一切がわかった。鶴子、即ち金髪美人の居間は隣りの家の床へ通じているんだ。そしてその家の玄関は、鞠子通りへ向わずに、きっと月輪町へ向いているんだな。巧妙《うま》い！　鶴子はこの手で以て、外出嫌いという評判を立てながら、有村と会いに出たんだな。昨晩、有村がこの部室へひょっこり出たのもこれでわかった、すると、この部室と隣の建物との間には、も一つ抜穴があるに相違ない」ホームズは結論を下した。「も一軒、『建築師、志田隆吉』があるに相違ない。どれ、この機会を利用して、あの戸棚の中の書類を調べて、抜穴のある建物一切の番地を調べよう」

ホームズは中二階へ上って、窓掛の陰に身を隠して、暫く忍んでいた。下男が来て、電燈を消して行った。一時間の後、ホームズは懐中電燈を転じて、戸棚へ進みよった。ホームズの察《み》た通り、中には一杯古い書類、設計書、工費見積書、計算書があって、その奥には、年代順に並べた元帳がある。ホームズは近い年代のを取り出して索引の「はの部」を見た。六十三頁とある。六十三頁を見ると、

「砂原町四十番地。春町氏所有家屋」とあって、その下に詳しくその設計が書いてある。そしてなお、「槙村敏一設計書参照」と記してある。

「これだ。この槙村先生の設計書が御入用なんだ。それを見れア、槙村先生現在の御住宅がわかろうというもんだ」

その槙村敏一設計書類はすぐ見付かった。十五頁ばかりのもので、砂原町四十番地春町氏の貸家の設計書を始めとして、倉田町二十五番地渡辺氏の貸家、丸太町百十三番地大戸里男爵邸、黒澤伯爵別荘等の設計書が揃っていて、その外十一軒槙村敏一の手になった建物の設計書がある。

ホームズは、この十一軒の所書きを写しながら「槙村敏一事《こと》有村龍雄はこの十一軒の内に居るに相違ない。狐はその巣を発《あば》かれたりか」

ホームズは、書類を元のようにしまい込んで、書斎の窓を開いて前庭へ飛び下りた。そして外から音のしないように締めて志田邸を出た。

誘拐

自分のホテルへ帰ると、ホームズは、例《いつも》の癖の煙管《キセル》に火を点じて、室内が朦々と曇るまで烟の雲を吹きながら、槙村敏一事有村龍雄の書類が齎らした結果を研究した。翌朝八時に、ホームズは花崎町の蟹丸の私宅宛に速達便で下の手紙を送った……

「今朝御訪問の上、重要なる関係犯人を御引き渡し致し度しと存じ候。いかなる御事情ありとも今日より明朝即ち水曜日の朝十二時まで御在宿願上《ねがいあげ》候。なお三十人ほどの人数を御用意下され度く候」

＊

それから外へ出て、人の善さそうな、少し足らない所のある運転手の乗っている辻待自動車を拾い、鞠子通りへ行って、志田博士邸の前面一丁ばかりの所へ留まらせた。

「頭巾を目深にかぶるんだ。寒いからな。そして、少し長くなるが俺れの帰るのを待って居れ。一時半ばかり過ぎたら、機関を動かして、俺れが乗ったら、真直に花崎町まで行くんだぞ」

志田家の玄関へかかった時、ホームズはちょっと躊躇した。有村龍雄が移転の準備を終ったという時、今更金髪美人を捉えるというのは手緩《てぬる》い沙汰ではなかろうか。それよりはむしろ建物の所在控えを便りに有村の住宅を捜し出した方が得策ではあるまいか？

「なアに、金髪美人を捕えてしまえア、有村の生殺与奪の権は俺れの手中にある」

それで、ホームズは志田家の呼鈴を鳴らした。

例の如く書斎へはいって見ると、老博士は捨田の来るのを待っていた。ホームズの捨田は、何喰わぬ顔をして、暫く老博士の指図通り仕事をした。そして、何か鶴子の居間へ行く口実を探していると、鶴子が書斎へはいって来て、博士へ朝の挨拶をすまして、応接間で手紙を書き出した。ホームズは自分の座った所から、鶴子の姿を見ていた。鶴子は、机へ俯向きになって忙しげにペンを動かしているが、折々溜息を吐いては考え込んだ。ホームズは、暫くすると、本を一冊持って立ち上り、

「ア、これだ、御嬢さんが見付かったら持って来いと仰有ったのは」

こう云って、ホームズは応接へはいって、博士の方から鶴子が見えないように、鶴子の前へ立った。

「私が、御父様の秘書の捨田で御座います」

「オヤ、御父様は秘書を御代えなすったの?」と鶴子は身動きもせずに反問した。

「左様で御座います。それで、貴嬢《あなた》に御話し致したい事が御座います」

「御座りなさい。すぐ済みます」

鶴子は手紙に二言三言かき加《そ》えて、署名して封筒《エンベロープ》へ入れると、紙類を傍へ押し寄せた。それから卓上電話器を取り上げ、裁縫屋へ繋がせて、旅行服を早く作ってもらいたいと催促した。ホームズの方へ向くと、

「さ、伺いましょう、しかし、父の前ではいけませんのですか?」

「いけません。いけない所ではない、声を御立てにならないように御願いいたしたい位です。博士の御耳には入れたくはないのです」

「何のために?」

「御嬢さま、貴女のためです」

「妾は父へ聞かされないような話は致しません」

「これだけは御許しなさらなければなりません」

二人は立ち上って、睨み合った。

「御話しなさい」

立ちながら、ホームズは、

「私が二三の重要な点について不正確であっても、それは御寛恕《ごかんじょ》を願わなければなりません、全体において、私の言う所に誤りはないのです」

「無駄は御止し下さい。事実は?」

不意打を食って、ホームズは鶴子が固く自ら禦《まも》っているのを感じた。

「よろしい、要領を申上げましょう。五年前に、御尊父は槙村敏一という者に御逢いになった、この者は自分で、請負師とか、建築師とか名乗って居りました。とにかく、博士はこの青年が御気に召して、御自分の健康が長く業務にたずさわるのを許さないので、その槙村なるものに、得意先から依頼されて、約を果さない建築中、この青年の技倆で完成されるものを御任せなすった」

ホームズは言葉を切って顔を見た。鶴子は少し青くなったが、それでも驚くべき沈着を以て答えた。

「貴君の云う事に就ては、妾は少しも存じません。それに妾には、それが少しも面白くないのです」

「イヤ、御嬢さん、私同様貴女も御承知でいらっしゃるが、槙村敏一の本名が有村龍雄だと申上げたら、面白いと仰有るでしょう」

鶴子は噴き出した。

「まア馬鹿々々しい有村龍雄ですって? 槙村敏一さんが有村龍雄ですって」

「只今申上げました通りです、しかし、私が打ち割って申上げなければ御承認にならないならば、私はこういう事を附け加えましょう。有村は、その計画を遂行するために、この邸内で、友人、イヤ友人以上の、盲目的に熱情を捧げる同類を得たのです」

鶴子は立ち上った、しかし些の動揺をも示さなかった。そしてホームズを驚かすほどの非凡な自制力を示しながら、

「貴君が妾にそういう振舞をなさる理由がわかりません。また知ろうとも存じません。で御座いますから、もう二言と仰有らずに、ここから御帰り下さいまし」

「御嬢さん、私は、いつまでも御邪魔しようという意志は毛頭御座いません」ホームズは鶴子同様冷静に「ただ私はこの家を一人では出ないと決心して居ります」

「それで、誰れが貴君の御供をするのです?」

「貴女です」

「妾が!」

「左様です。二人はここを出なければなりません。貴女は一言も仰有らず、少しも抵抗せずに御同伴なさい」

この場の奇怪なる光景よ。両々相対して、全然冷静な態度であった。二人の態度に依って、二人の音調によって判断すれば、二人は意見を異にする所があって、慇懃な言葉で討論でもしているようにしか見えない。強固な意志を有する敵同士が必死の決闘をしているとは思われない。

広い廊下の向うでは、志田博士は円形の書斎で物憂そうに本を弄《いじ》っているのが見える。

鶴子は、ちょっと肩をゆすぶってまた座った。ホームズは時計を取り出して、

「丁度十時半です。五分たったら出掛けましょう」

「もし妾が不承知なら?」

「御不承知なら、御尊父へ申上げましょう――」

「何を!」

「真相を。私は槙村敏一の別方面の生活とその同類の二重生活を申上げましょう」

「同類のですって?」

「左様、謂う所の金髪美人、一度は金髪だった婦人の事を」

「どんな証拠を御見せになる?」

「私は砂原町へ御供して、有村龍雄が工事を監督中に四十番地と四十二番地との間へ作った抜道、貴女方二人が昨晩通行した抜道を御目にかけましょう」

「次ぎは?」

「次ぎに私は倉田町の手島弁護士事務所まで博士を御連れ申します。二人は蟹丸を晦《くら》まして貴女が有村と一所に下りた階段を下りて、二人で、事務所の隣家で、その玄関が倉田町へは向かずに初汐町へ向いている建物との間の抜道を調べます」

「その次ぎは?」

「次ぎは、私は博士を黒澤伯爵の別荘へ御案内致します。有村が別荘を再建した時の模様を御承知の博士には、有村が部下に作らせた抜道を御発見なさるに何の雑作もありますまい。博士はこの抜道こそ、金髪美人が暖炉から夜黒澤夫人の居間へはいって青色金剛石を盗み、二週間後、ブライエヘン氏の部室へ忍び込んで青色金剛石をその歯磨粉の中へ隠した抜道だということを御承知になるでしょう」

「その次ぎは?」

「次ぎには」とホームズは一層厳粛に「博士を丸太町百十三番地へ御案内致します。そして、二人で、大戸里男爵がどうして殺——」

「御止めなさい!」と鶴子は突然失望の声を顫わせて「いけません——貴君は妾が——? 妾に罪を——?」

「大戸里男爵の命を縮めたのは貴女だ」

「違います、違います。それは非道《ひど》すぎる」

「貴女が男爵の命を縮めたのだ。貴女は、武藤浅子と偽名し、青色金剛石を盗む所存《つもり》で男爵家に雇われ、男爵の命を縮めたのだ」

鶴子はすっかり崩折《くずおれ》て、嘆願するように呟いた……「止して下さい！　どうぞ……。そんなに詳しく御承知なら、男爵は妾が殺したのでないという事も御存じのはずです」

「私は、貴女から手を出して殺したとは云わない、男爵は大善尼でなければ緩和《なだめ》る事の出来ない狂的発作を有っておった。それは大善尼が親しく話した事です。大善尼の帰ったあとで、男爵は貴女に躍りかかったに相違ない。それで、貴女は正当防禦として男爵と組合っている間に男爵を刺したのだ。男爵が仆れると、貴女は自分の仕た事に気が顚倒して、一旦呼鈴を鳴らしたが、逃げ出した、取るために忍び込んだ金剛石をも取らず。しかし、すぐ貴女は有村の部下を連れて帰って来て、男爵家の下僕《しもべ》が外へ出た間に、男爵を寝床へねかし、室内を取り片付けた、……が、しかしなお金剛石は盗み得なかった。これが事件の顚末です。であるから、私は繰り返し云う、貴女から男爵を殺したのではない。しかし、男爵を殺したのは貴女のその手だ」

鶴子は、机の上で、繊《ほそ》い、白い、しなやかな指を組み合せたまま、暫くじっとしていたが、やがて、指を解いて、悲痛な顔を振り上げて尋ねた――。

「それをみな父へ仰有ろうと云うんですか？」

「左様です。そして私は、一々証人を有する事をも申上げます。下条鈴子は金髪美人を見知って居ましょう、大善尼は武藤浅子を見知って居ましょうし、黒澤伯爵夫人は森村夫人を見知って居りましょう。これをみな博士に申上げます」

「云えるなら云って御覧なさい！」非常な危険に面しながら、鶴子は勇気を恢復して、自若として云った。

ホームズは立ち上って、書斎の方へ一足踏み出した。鶴子は呼び留めた。

「もし、貴君」

鶴子は思い返した、そして落付払って、

「貴君はシャーロック・ホームズさんですね？」

「左様です」

「妾をどうなさろうと仰有るんです？」

「どうするって？　私は、有村龍雄と腕競べをしているが、是非、私が勝利者とならなければならない。その結末が近づいているから、私は貴女を人質にとって、敵の死命を制したいと思う。貴女は、だから、私と同行しなければなりません、私は貴女を私の友人に預けておきます。そして私の目的が達すれば貴女はすぐに自由の身になるでしょう」

「それだけですか？」

「それだけです。私は御国の警察官ではないから、法律上の権利がないのです」

鶴子は観念したらしい。が、ちょっとの猶予を乞うた。鶴子は瞑目沈思した、ホームズは立ってそれを見下ろしていた、鶴子は冷然として迫り来る危険を関知しないもののように見える。

「この女は」ホームズは考えた。「危険の渦中にあるとは信じないのか知らん。信じないかも知れないぞ、有村が保護すると思って。有村が居さえすれば、何事も危険でないと思っているんだな。有村は在らざる所なく、錯《あやま》る事なしか……」

「御嬢さん」と急に声を高めて「五分と申上げましたが、三十分経過《たち》ましたよ」

「ちょっと部室へ行って、持って来たいものがありますが？」

「御都合によっては、月輪町で待って居りましょうかな。私は門番の十郎とは莫逆《ばくぎゃく》の友ですからね」

「ああ、それも知っているんですね……」

鶴子はありありと失望の色を浮べた。

「まだまだ沢山知って居ります」

「わかりました。では召使を呼びましょう」

下男が帽子と外套を持って来た、ホームズは、

「貴女は、博士へ二人が出掛ける理由を云わなければならない、その理由は、必要に応じては、
二三日留守をする事をも予想するものでなけれアならない」

「それは無用です、妾は直ぐ帰って来ますから」

「有村を信じ切って居らっしゃるんですね」

「盲信して居ります」

「有村の為す所はみな正しく、有村の望む所はみな遂げられるんですね。有村の一言一動は悉く
讃美し、有村のためなら、何事でもしようと言うんですね?」

「妾は有村を愛して居ります」と鶴子は情熱に声を顫わして云った。

「それで有村が貴女を救うと信じているんですか?」

鶴子は肩を揺《ゆす》ぶった、そして、博士へ、

「御父様、捨田様を盗んで行きますよ。国立図書室へ行くんですの」

「御昼に帰って来るかい?」

「帰れましょう……ひょっとしたら帰らないかも知れませんが、御心配には及びませんよ」

こう云って、ホームズの方を向いて、凛とした声で、

「よろしゅう御座います」

「気をもませるような事はなさいますまいな」ホームズは耳語いた。

「眼を塞いで参ります」

「もし逃げたら、私は声を揚げて人を呼ぶ。次ぎに来るものは、捕縛、監獄です。金髪美人に対
する警戒があるという事を御忘れなさるな」

「妾は名誉にかけて、逃走を企てないことを誓います」

「貴女を信じます。さア出掛けましょう」

二人は外へ出た。

*

自動車は向きを転《か》えて待っていた。頭巾を真深に被って、外套の襟を立てた運転手の後姿が見える。二人が近付いた時、ホームズは発動機の鳴るのを聞いた。何事も命じた通りに運んでいる。ホームズは昇降口を開いて鶴子を乗せ、自分はその側へ座った。

自動車は運転し始めた。そして直ぐに大通りへ出て、堀川町から尾張町を疾走した。

ホームズは計画を立てていた……

「蟹丸は家に居る……この女はあれに任せよう……何者か打明けたものかしら？ いや、それでは蟹丸は真直に警察へ送ってしまうだろう。それでは打ち毀《こわ》しだ。一人になったら、槙村の書類に従って、有村狩りに着手しよう。今夜か、遅くとも明朝は、予定通り蟹丸を訪問して、有村とその同類を引き渡そう」目的物は掌中に帰した、前途に何等の障害もない、ホームズは揉み手をして独り悦に入っていた。が、ふと気が付いて、

「御嬢さん、無暗に満足の情を現わして、申訳がありません。しかし、骨の折れた仕事でしたから、私はこの成功を特に愉快に思うのです」

「正当な成功ですから、貴君は喜ぶ権利を御有ちでいらっしゃいますわ」

「恐縮です。しかし、変だぞ、どこへ行くんだろう。運転手はわからないのかしら？」

こう云う時、自動車は既に仁礼《にれい》門から市外へ出ておった。何事だ！ 何はともあれ花崎町は市外ではない。

ホームズは風除けの硝子を下げて、

「オヤ、運転手！ 道が違うぞ！ 花崎町だ！」

運転手は返事をしない。ホームズはまた大声で、

「花崎町へ行けと云うんだ！」

運転手は知らぬ振りをして居る。

「オイ、運転手、耳が無いか？……この道は違うぞ……花崎町だ！　聞えないのか？……元へ返れ、間抜奴！」

なお返事がない。ホームズは疑心を起して、鶴子の顔を見た、変な微笑が唇辺《くちびる》に漂うている。

「何が可笑いのだ」ホームズは怒鳴り立てた。

「いいえ何んでもありませんわ」

ホームズは突然妙な疑惑に打たれた。中腰になって、運転手をためつすがめつした。肩がすこし優しくって、挙動が敏捷だ……冷汗が額に泌み出た、手がわなわなと慄える、恐しい確信が次第に心を掩うた。運転手は有村龍雄だ！

鶴子は冷笑を湛えて、

「ね、ホームズさん、遠乗りもちょっと妙じゃありませんか？」

「乙ですね、まったく乙ですよ」とホームズは返答したが、ホームズはこれまでの生涯で、その声に顫いを帯《お》ばしめまい、身体に溢れている憤怒の情を示すまいとして、これほど、努力した事がない。しかし、一分後、ホームズは、この努力の反動に駆られてしまった、忿怒と憎悪の洪水は意志の堤防を決潰《けっかい》してしまった。ホームズはピストルを取り出して鶴子を覘《ねら》い、

「有村！　直ぐ止めなけれア、この女を打つぞ」

「御忠告申し上げるが、後脳を貫こうと思うなら、頬を覘い給え」有村は顧みもせずに云った。

「あんまり速くしてはいやですよ、槙村さん。道が悪いんですから、妾はほんとうに臆病なんですもの」

鶴子はにこにこしながら、前途にごろごろしている石っころを見ていた。

「止めさせろ！　止めろと云え！」とホームズは我を忘れて怒鳴った。「それでなけれア、……俺の前には不可能という事がないぞ！」

ピストルの筒先きが、鶴子の髪へ触れた。

「まア槙村さんったら随分向う見ずだわ、この速力ではきっと引っくり返るわ」鶴子はピストルを気にもかけずに呟いた。

ホームズはピストルを納めて、戸の把手に手をかけて、無謀と知りながらも飛下りようとした。

「危険い！　ホームズさん」鶴子が止めた。「後ろから自動車が来ますよ」

ホームズは振り返った。一台の自動車が彼等のあとをつけている、大型の物凄い格好の、血色に赤く塗った車体で、四人の男が乗っている。

「吁《ああ》、すっかり塞がった、我慢するより仕方がないか」

ホームズは、胸で腕を拱いて、運命に見離された時首を挽《た》れてこれに服す偉人のように昂々として、服従の意を示した。そして、自動車が塞奴《せいぬ》河を渡り、須礼野《すれの》市を突きぬけ、竜以《りゅうい》市を電奔する間、身動きもせずに寂然として、怒りを忘れ悶《もだえ》を捨てて、ホームズは只管《ひたすら》いかなる奇蹟によって有村が運転手台に座ったかを解決しようと努めた。朝、大通りで拾いあげた運転手が有村の配下で、この目的のために予め大通りに居ったとは、どうしても信じられない。が、それに拘らず、有村が運転手台に居る以上、何等かの方法で警告を受けたに違いない、しかも、ホームズが鶴子に話しかけてからでなければばならない、とは云うものの、その時以後、ホームズと鶴子とはただの一秒も離れずに居る。

忽然、ホームズは鶴子の裁縫屋《したてや》の電話を思い出した。これで、一切は明瞭になった。ホームズが博士の書記として会見を求めた時、その用件を述べる前に、鶴子は危険を嗅ぎ付け、ホームズの本名目的を推測し、落付いて、自然に、やりかけた仕事を続けでもするようにして、出入の商人へ話をすると偽って有村の助けを求めたのだ。その方法は鶴子と有村との間に予め定めてあったものに違いがない。

ホームズは、有村がどうして来たかという事をも、自動車が発動機を動かして待っていた理由をも推理することが出来る、運転手は買収したものに相違ないのだ。これらの問題は解するに難くはない、しかし、ホームズが忿怒を忘るるばかりに興味を感じた事は、あの一瞬時の光景であった、その時、人を恋いしていたとは云え、高が一箇の女が、その神経を抑え、その本能を制し、その顔色をも変えず、眼の表情にも現わさず、落付払ってシャーロック・ホームズほどの老武者を一杯食わした。

こういう同盟者を持った男、不思議な力によって女を鼓舞して、かかる大胆不敵の行動をなさせる男に対して、いかなる手段を採るべきか？　ホームズは考えざるを得なかった。

自動車は塞奴河を過《わた》り、聖日耳曼《さんぜるまん》の坂を登った。しかし間もなく自動車はその速力を緩め、後の車が追い付くと、二車《ふたつ》は相並んで駐った。

「ホームズ先生！」と有村は叮嚀なような皮肉な口調で「誠に恐縮ですが車を御変え下さいませんか？　この車は緩くって役に立ちませんから」

「畏りました」とホームズも叮嚀に答えるより仕方がなかった、もう撰択の自由がない。

「それから、この頭巾を御着け下さい、全速力で飛ばしますから。御ついでにこのサンドウィッチを差上げておきましょう、いや、実際いつ晩餐を差上げられるか、ちょっとわかりませんから」

後から来た車の四人は降車した。その中の一人が、風除眼鏡《かぜよけ》を外した時、ホームズはこれが匈牙利館のフロックコートの紳士であることを知った。有村はその男に指図した――

「その自動車はあの運転手へ返して呉れ、奴は金田町の角の居酒家で待っているから、もう五百円払って呉れ。ああ、忘れていた、君の眼鏡をホームズさんに貸して上げ給え」

有村は鶴子に何か二言三言云って、赤自動車の運転台に座を占め、ホームズをその側に、手下を一人その後ろに座らせて駆け出した。

有村が全速力で飛ばすと云ったのは嘘ではなかった。踏み出しから車は宙を飛んだ。前面の地物は、まるで不思議な力に引き寄せられた自動車へ向って来て、忽ち地獄へ呑まれるように後へ消えてしまう。

ホームズと有村とは一語をも交わさなかった。頭上には白楊の葉がまるで大濤《おおなみ》のように唸っている。行手の町々、満塔《まんとう》町、鈴無《すずなし》町、芸陽《げいよう》町を魔物の如く通り過ぎた。鶴岡町、百済町、鴻巣町を突破して、中条町、振旗《ふりはた》町を突き抜けた。と、自動車は、塞奴河の岸に沿うて疾駆していた。河辺には小さな荷物波止場があって、そこには、頑丈な構造の発動機ヨットが、煙筒《けむだし》から黒煙を吐いて淀泊しておった。

自動車はそこで駐まった。二時間に百哩を走ったのである。

＊

緑色の水兵服を着た男がヨットから出て来て金モール入りの帽子へちょっと手を触れた。

「船長、うまく行ったな、電報を見たかね」

「拝見しました」

「金竜号の用意は？」

「出来ております」

「それでは、ホームズさん……」

ホームズは四辺を見まわした。見ると、河添の珈琲店《カフェー》の前に一群の人が立って金竜号を見ていた。で、ちょっと躊躇したが、人が駆け付ける前に押え付けられて、船底に押し込められる事を悟って、声を立てるでもなく、観念して有村の後へついて、踏板を渡って船長室へはいった。

船長室は、寛やかで、一点の汚塵《ちり》をも止めず、羽目板のワニスの色鮮かに、真鍮金具はきらきらと光っていた。

有村は、戸を締めると、荒々しく、

「君はどこまで知っているんだ?」

「残らず」

「残らず? 詳しく云い給え」

有村の声にはこれまでホームズに話しかけた時の慇懃な、皮肉な所が無くなって代りに、命令するに慣れ、服従を強いるに慣れた人間の傲然たる調子を含んで響き渡った。

二人は今や敵として、互に頭から足先まで見上げ見下ろした。

有村は、声に憤りを含んで、

「君は度々僕の邪魔をした。僕は、君の掛けた係蹄《わな》を避けるために無用の時間を費やすのが五月蝿《うるさく》って堪らない。そこで君に申し渡しておくが、君に対する僕の態度は一に君の返答いかんによる。一体どこまで君は知っているんだ?」

「一切残らず知っている」

有村はむしゃくしゃするのを自ら制して、

「その知っている事を云ってみようか。君は、僕が槙村敏一という名で志田博士が建てた家十五軒へ手入れをした事を知っている」

「そうだ」

「十五軒の内四軒は知っている」

「そうだ」

「あとの十一軒の所書を持っている」

「そうだ」

「その所書は昨夕志田博士の家で見たに相違ない」

「そうだ」

「そこで君は、その十一軒の内に僕の住居と、僕の部下の住居とが在るに相違ないと推定して、蟹丸に十一軒を包囲して僕の退路を塞げと教えたろう」

「違う」

「どういうわけだ？」

「俺は一人で働いている、そして、一人で戦おうと決心しているという事だ」

「それでは、君を手中のものにしている以上、僕は何も恐るる所がない」

「俺が、御前の手中に在る間は、何も恐るる所はなかろう」

「というのは、僕の手中に留まらないと云うのか？」

「慥にそうだ」

有村は、ホームズへ進み寄って、優しくその肩へ手を掛けて、

「君、聞き給え。僕は君と議論をする気はない、そして、君は、御不運にも、僕に戯談を云う地位に居ない。この事件の結末をつけようじゃないか」

「結末よしつけよう」

「君は、名誉にかけて、この船が英国へ着くまで、逃亡を企てないという事を誓い給え」

「僕は名誉にかけて、僕の有ゆる力を以て、逃亡を企てるという事を誓っておく」とホームズは平然として答えた。

「止し給え！　僕の一言で君は手も足も出なくなることは、君も先刻御承知の事だ。ここに居る人間は僕に盲従する。僕の合図次第、奴等は君の頸へ鎖をかけもする……」

「鎖は破れますよ」

「十浬沖で君を海中へ投げ込みもする……」

「僕は泳ぎを知っています」

「えらい！」有村は哄笑して「神よ免《ゆる》させ給え！　僕は癇癪を起したんだ。先生御勘弁なすって

下さい。……さア、結末を付けましょう。君は、僕と僕の友人の安全を期するために必要な処置をする事を許して下さるだろうね」

「御随意に、どんな処置なりと。しかし無駄骨だろう」

「よし、だが、ほんとうに構いませんか?」

「それア君の義務だ」

「では、始めよう」

有村は戸を開けて船長と乗組員とを呼んだ。乗組員はホームズを船長の椅子に縛り付けた。

「それでよし」と有村はホームズに向って「こういう事情の下にあるので、誠に已むを得ません、どうぞ悪《あし》からず」

乗組員は戸外へ退いた、有村は船長へ「船長、船員を一人ホームズさんへ付けて御用を伺わせ給え。それから君もここに居て御退屈を慰めて上げ給え。十分御叮嚀にしなけれアいけない。ホームズさんは捕虜じゃない、賓客だ。……時計は何時だい?」

「二時五分過ぎております」

有村は自分の時計と、船長室の壁に掛った時計を見て、

「二時五分過ぎ?……合っている。サザンプトン港までは何時間かかるだろう?」

「急がなければ九時間はかかります」

「十一時間かかるようにし給え。サザンプトンを真夜中に出発して朝の九時にアヴル港に着く汽船がある。それがサザンプトンを出発する前に英国へ着いてはならない。解ったかね。よし、も一度云おう、いいか、この紳士にその汽船で仏蘭西に帰られては、吾々は非常に危険な事になる、だから、明朝一時前にサザンプトンに着いてはならないのだ」

「畏りました」

「先生、左様なら!」有村はホームズの方を向いて「また来年御目にかかります、この世でかあ

の世でか」

「明朝と云おうじゃないか」とホームズは上機嫌で返答した。

数分後、ホームズは自動車が疾走し去る音と、金竜号の汽罐が動き出すのを聞いた。ヨットは錨を上げた。三時に、船は塞奴の河口を離れて英吉利《イギリス》海峡へ差しかかった。その時分、ホームズは縛られたまま、船長の椅子によって熟睡していた。

＊

翌日、第十日、最終《さいしゅう》の日に『巴里の反響』は下のような珍聞を報じた……

「有村龍雄は昨日英国の探偵シャーロック・ホームズ氏に対して追放の命令を発したり。命令は正午発表せられ、同時に実行せられたるが、ホームズ氏は今朝一時サザンプトンに上陸したり」

有村龍雄の捕縛

水曜日の朝八時、呉羽《くれは》町に引越荷車が十二台並んでいた。呉羽町八番地の第五階に住んでいた龍田兵一郎が引っ越そうというのである。所が、不思議な暗合で——というのはこの二人の紳士が知合いではなかったから——も一人、八番地の第六階と、七番地と九番地の第六階とを借りていた古道具屋の重村という人もまた同じ日に外国の支店へ古代の家具、古道具類を送る事になっていた。

所が、近所の人々が不思議に思った事は、十二台の引越車に、一つも運送屋の名も町名もない事と、その人足が一人も近所の居酒屋なんぞへ寄り付かぬ事であった。人足は真面目に働いて、十一時には大方片付いて、あとには、古新聞やら襤褸《ぼろ》切れしか残っていなかった。

龍田兵一郎というのは、気の利いた顔付の若い男で、最新流行の服を着けていたが、柄に似合わない太いステッキを持っている所を見ると、大分腕力が発達しているらしく見える。彼は、町へ出ると、町角のロハ台へ進み寄って腰を下した。そこには卑しい女中風の身装《みなり》をした若い顔の綺麗な女が座って新聞を読んでいた。わきには子供が一人砂を掘って遊んでいた。

すぐ、龍田は女の方を振り向かずに、

「蟹丸は？」

「今朝九時に出かけました」

「どこへ？」

「警視庁へで御座います」

「一人で？」

「そうで御座います」

「昨晩電報は？」

「参りません」

「相変らず御前を信用しているのか？」

「そうで御座います、蟹丸の奥様の手助けを致しますので……奥様は旦那様のなさる事はみな妾に話して聞かせます……今朝も伺っておりました」

「よし。別の命令を受けるまでは、毎朝十一時にここへ御出で！」

龍田は立ち上って、鯛船町の料理屋へはいって約《つつ》ましやかな朝飯、卵二個、野菜を少しに果物を食べた。それから呉羽町へ帰って門番へ、

「階上《うえ》をちょっと見て来るよ。鍵は帰りに渡そう」

五階へ上ると、もと書斎にして使っておった部室を検べていたが、暖炉の煙筒の側の瓦斯管へ手をかけたと思うと、その真鍮の嘴管《くちばし》を捻じ外して、漏斗《じょうご》形の道具を差し込んで、吹き上げた。幽かな口笛の音が返答のしるしに鳴った。それを聞くと龍田は瓦斯管へ口を寄せて小声で、

「重村、誰れも居ないか？」

「居りません」

「上ってもいいか？」

「宜しゅう御座います」

龍田は嘴を元へ捻じ返しながら、

「進歩はどこで止まるだろう？　現代は、実に生活を愉快にする発明に富んでいる。全く面白い……殊に僕のように人生の遊戯を知っていると……」

こう云いながら、龍田は暖炉の側の大理石板へ手を触れると、板は自然と側へ辷って、上の鏡がするすると下る、と見る、その鏡の跡は、がらんと口を吐《あ》いて、暖炉が梯子になっている。

龍田は、第六階へ上って行くと、暖炉が同じ仕掛けで開いていて、重村がそこで待っていた。

「ここもしっかり片付いたかね？」

「残らず片付きました」

「あれ等は？」

「みな行ってしまいました、三人だけ張番をして居ります」

「行って見よう」

二人は同じ仕掛けで、第七階の下男部室へ昇って行った。そこには三人の人間が居た。窓から外を見ている一人に、龍田は、

「変った事は？」

「御座いません」

「町は無事かね？」

「変りはありません」

「十分ばかりすれば、私は出かけるが、御前達も一所に来い。その間にもし何か町で少しでも可

笑いと思う事があったら知らせて呉れ」

「畏りました」

「重村、御前忘れずに人足共に呼鈴の線へ触らないように云ったろうね」

「云いました」

「それでよし」

二人は第五階へ帰った。そして、龍田は暖炉の抜穴を元へ戻しながら、いかにも愉快そうに、

「重村！　俺はこの仕掛を発見《みつ》けた時の世間の奴の顔を見たいよ、この警鈴、網のような電線に、通話管、抜穴、がんどう返しの壁……まるでパントマイムの大道具じゃないか」

「有村龍雄の絶世の広告ですね」

「しかし、残しておくのは惜しいものだよ。また新規蒔直しをやらなけれアならないからなア、いや、無論新しい設計だがね、……ホームズの態はどうだ！」

「帰って来はしませんでしょうね」

「どうして帰れるものか。夜中にサザンプトンを出《た》つ船はたった一隻しかない。アヴルから八時に出る汽車はただ一度しかない。夜中の汽船に乗り損ないア、――無論俺れが船長へ命じたから乗り損っているが、ニューハヴェンからデエプを通っても今夜でなけれア巴里へ着けやしない」

「もし帰って来たら！」

「ホームズは断じて中途で止しはしない。帰って来るには相違ないが、しかし時既に遅しさ。俺達はここに居ない」

「志田の御嬢さんは？」

「一時間すれば逢う事になっている」

「博士の御宅で？」

「いや、彼女は暫く、暴風《ストーム》が止んで、僕がもっとよく保護の出来るまで家へは帰らないさ。だが、

重村御前急がなけれアいかん。船へ荷物を積むには大分手間が取れるだろうから、波止場へ行ってるがいい」

「どうでしょう、確かにつけられてはいませんかしら」

「誰れに？　ホームズの外に僕の恐しいものはない」

重村は出て行った。龍田は、くるりと五階を一廻りして、古手紙を拾い棄てたが、白墨《チョーク》の端を見付けると、食堂の黒い壁紙の上に、大きな円形を描いて、紀念牌風に、

紳士盗賊
有村龍雄は
二十世紀の
初　　頭
五　年　間
ここに住めり

と書いた。この戯談には、有村自身も少なからず面白くなった、そして、それを見ながら愉快気に口笛を吹いて、

「さアこれで後代の歴史家への置土産が出来た。どれア御暇致そうか。今頃はホームズさん、どこにどうして御座ろうやら、急ぎ給えホームズさん。三分経てば、僕はここに居ない、そして君の敗戦は確実なるものの如しか、……もう二分だ！　待たせるなア。そらもう一分。どうですやって来ませんか。よし僕は、君の敗戦と、僕の勝利を宣言する……さらば吾が有村龍雄の王国よ。吾は

再び汝を見ざるべし。さらば、吾が支配せる五階六階の五十五室よ。さらば……」

鈴の音が、忽ち有村の抒情的気分を破った。短促《たんそく》な、鋭い鈴の音が二度鳴って、二度切れて、また続いた。正しく警鈴。

何事だろう？　不意に危険が起ったのか？　蟹丸か？　否断じて。

有村は食堂から書斎へ逃げ込もうとしたが、まず振り返って窓から覗いた。町には人影もない。敵は既に家内へ踏み込んだのか？　有村は耳を傾けて入り交った物音を聞き分けようとした。が、忽ち書斎に飛び込んだ、閾を超えようとする時、玄関の戸に鍵を差し込む音がした。

「南無《なむ》三！」有村は呟いた「時間が無い。家は包囲されたかも知れないぞ……勝手口の階段も駄目か……が、幸い暖炉には……」

手早く大理石板へ手をかけた。動かない！　渾身の力を絞った。動かない！

その時、有村は、玄関の戸が開いて、誰れか入いって来たのを感じた。

「畜生！　万事休するぞ、この弾機《ばね》が動かなければ……」

全身の力を振り絞ったが、少しも動かない、少しも！　数分前に動いた弾機が、何たる不運ぞ、秋毫《すこし》も動かない！

有村は、物狂わしく獅噛《しが》み付いた、が大理石はびくともしない。畜生！　この馬鹿々々しい邪魔物で、有村は進退谷《きわ》まるのか？　有村は、拳を振って大理石を打った。怒りに任せてなぐり付けた。

「おや、有村さん、何か御望み通りに運ばないのですか？」

有村は振返って、愕然とした。シャーロック・ホームズが面前に立っている。

＊

シャーロック・ホームズだ！　有村はその顔を見つめた、残酷《むごたら》しい物を見るように目をぱちぱちさせながら見た。ホームズが巴里に居る！　前日自分が英国へ運送したホームズが、面前に立っている、勝誇って、自由に！　有村龍雄の意志に反してこの不可能な奇蹟が行われたとすれば、自然の法則が一変して、不合理不健全なものが勝利を得るわけである。ホームズが面と向き合って居る！

さて、ホームズの方は、皮肉を言うのが自分の番だという顔で、有村が慣用した慇懃を極めた態度を以て、

「有村さん、御承知置きを願いたい、私は、この瞬間から、貴下が大戸里男爵家で私に明かさせた夜の事を忘れ、私の友人のワトソンの不幸を忘れ、貴下の命令で椅子に縛られていた不愉快な航海を忘れてしまいます。この一瞬は一切を拭い去りました。私は何事も忘れてしまいます。私は酬いを享《う》けました、十分に享けました」

有村は一語も発しない！　ホームズはまた、

「貴方も御同感じゃありませんか？」

ホームズは執念深く言張った。まるで賛成を求めるように、また一種の受取を請求するように言い張った。

ちょっと反省して、有村は、

「推測する所、貴下の現在の行動には重大な動機があるでしょう」

「極めて重大な動機です」

「貴下が私の船長と乗組員の手から脱出したという事実は吾々の戦争では、第二義の出来事です。しかし、貴下がここに、私の前に、ただ一人で、有村龍雄の前に、たった一人で居るという事実は、私に、貴下の復讐が間然する所がないと思わせる」

「全く、間然する所がない」

「この家は……？」

「包囲した」

「両隣は？」

「包囲した」

「この階上《うえ》は？」

「重村氏の借りた部室は検べてしまった」

「それで……？」

「それで、君は捉《つか》まったのだ、すっかり捉まったのだ」

有村は始めて、ホームズが自動車上で感じたと同じ感じを経験した、同じような忿怒《いかり》、同じような反抗、と、一切が無駄と悟った時の、事情の力の前に彼を稽首《けいしゅ》せしめる諦めの情を感じた。双方の力は互角である。双方とも、敗北を以て一時の災難とする外仕方がない。

「負けました」

有村はぶっきら棒に云い放った。

＊

ホームズはこの白状が嬉しそうであった。二人は沈黙した。やがて、有村は夙《と》うに自れに帰って、笑いながら、

「しかし私は悲しみませんよ。戦えば必ず勝つのも厭《あ》きますからね。いつでも腕を伸して相手の胸を突けば済んだものだが、今度は貴下にやられました」有村は心の底から面白そうに笑って「何しろ面白い狂言です……有村龍雄が係蹄《わな》に陥ちた！　どうして逃げるだろう？……係蹄に係った！……何んという冒険だろう……ああ、ホームズさん、私は貴下にこの壮大な情緒の御礼を申上げなければなりません。これが私の言うライフです」

有村は、身の内に湧き上る抑え難い面白さを鎮めるように両手で、ぼんのくぼを抑えた、その様子は丁度子供が我慢が出来ないほど嬉しがっているようだ。

やがて、ホームズへ進み寄って、

「さて、貴下は何の御用でここに入らっしゃるんです？」

「何の用でとは？」

「そうじゃありませんか、蟹丸は巡査と一所に外に居る。何故はいって来ないのです」

「私が頼んでおいたから」

「それで承知しましたか？」

「私は特別な場合に使うためにに呼んでおいたのだ。それに蟹丸は龍田兵一郎は有村の仲間の一人だと思っている」

「それでは、私は先きの質問を言い変えますが、何故一人で御出でになりました？」

「君に話したい事があるのだ」

「ははア、私に話がある！」

そう思うと有村は堪らなく面白くなった。世の中には行為よりも言葉の方が面白い事が幾何《いくら》もある。

「ホームズさん。椅子が無いので御気の毒様ですが、この古箱へ御掛け下さいませんか、それとも窓縁にしましょうか？　麦酒を一杯差上げましょう、白にしましょうか、黒にしましょうか……とにかく御掛け下さい、さ、どうぞ」

「御構いなく、話と云うのは……」

「承わりましょう」

「絮《くど》くは申上げない。私が仏蘭西に滞在する目的は貴下の捕縛を遂行するためではない。私が、貴下を追窮したのは、他に私の目的を遂げる方法がないからだ」

「それは？」

「青色金剛石を取り返すためだ」

「青色金剛石が御用ですって！」

「そうだ。ブライエヘン氏の歯磨粉の中にあったのは真物ではないからだ」

「なるほど。真物は金髪美人が郵便で送りましたっけねえ。私はその通りの模造品を作らせました。それにあの時分は黒澤伯爵夫人の他の宝石も覘っていた都合もあるし、墺国領事に嫌疑がかかっておったから、金髪美人は、自分へ嫌疑が来ない内にその模造品を領事の荷物の中へ入れたのでしたねえ」

「そして君はその真物を持っている」

「その通りです」

「その真物が欲しいのだ」

「いけません。御気の毒様」

「私はそれを黒澤伯爵夫人に約束した。是非それを取りたいのだ」

「私の手にあるものを、どうして御取りになるのです！」

「君の手にあるから取りたいと云うのだ」

「私がそれを貴下へ返さなければならないと云うのですね」

「左様だ」

「義侠的に？」

「君から買おうと思う」

有村はからからと笑い出した。

「貴下の国はどこかという事は誰れでもすぐわかる。これを商業上の事務扱いにするのは面白い」

「商業上の事務に相違ない」

「それでどんな代価を御払いなさる？」

「志田鶴子の釈放だ」

「鶴子の釈放ですって！　だが、私はまだ鶴子が捕縛されたとは承わって居りませんが」

「蟹丸に必要な指図を与えさえすればいい。君の保護から放れさえすれば、捉《つかま》えるのはわけがない」

有村はまた吹き出した。

「仰いましたね。だが、貴下はまだ貴下のものでないもので買おうと仰る。志田鶴子は安全です、何の心配もありません。何か他のものを戴きましょう」

ホームズはたじろいだ、すっかり当惑して、少しく赤面した、が、荒々しく有村の肩へ手を掛けて、

「しかし、もし私が君へ……」

「私の自由をですか？」

「いや……しかし、待てよ、蟹丸と相談するためにここを出たらと……」

「私には熟考の時間を御与えなさるんですね？」

「そうだ」

「さア、しかし、一人残ってどうしよう？　この弾機の畜生め動きアがらん」

忌々《いまいま》しげに云って、また大理石を押した。

有村は、驚喜の声を嚙み殺した。こん度は、大理石の大板が一指弾の下にするりと動いた。安全、逃亡が自由になる。そうなれば、何のためにホームズの条件に服従しようぞ？

有村は、いかさま返辞を考えている様子をして、室内を歩行きまわっていた。が、今度は逆にホームズの肩を押えて、

「考えてみましたが、私は自分勝手に私一人で解決しようと思います」

「しかし……」

「いや、私は何方《どなた》の助けをも藉《か》りません」

「蟹丸が君を押えれば、それで万事休するだろう。二度とは離すまい」

「どうだか」

「おい、狂気の沙汰だ。出口と云う出口はみな塞がれてるんだ」

「一つ残っております」

「どれが？」

「私の択び次第どれでも」

「空言《むだ》だ。君の捕縛は済んだも同じ事だ」

「まだすみませんよ」

「それで……」

「それで青色金剛石は私が頂戴しておきます」

ホームズは時計を取り出した。

「三時まで十分ある。三時が打ったら蟹丸を呼ぶがどうだ」

「それでは十分間話が出来ますね。面白く過そうじゃありませんか、ねえホームズさん。それで一つ伺いたいが、貴下はどうして私の所書と、私の名の龍田兵一郎が御わかりになりました？」

ホームズは有村の上機嫌なのに、少なからず不安を感じた、そしてその顔を見まもりながら、請わるるままに説明した。

「僕は君の所書を金髪美人から聞いた」

「鶴子から？　そんなはずがない」

「いや真実だ。君も覚えていよう。昨日の朝、僕が自動車で連れ出そうとした時、あの女は裁縫屋へ電話をかけた」

「ええかけました」

「いいか、僕はあとでその裁縫屋は君だと知った。それで昨晩船の中で、これは僕の自慢の一つだが、記憶の力で、君の電話の番号の御了《おしま》いが七三だという事を思い出した、僕は十一軒の家の所書を持っているから、今朝十一時に巴里へ着くと電話局で調べて、龍田兵一郎君の名と所書とを発見した。名と所書が分ったので、直ちに蟹丸君に助力を依頼した」

「えらい！　素敵だ！　ホームズさん、私は貴下に深厚の敬意を表します。だが、私がまだわからないのは、貴下がアヴルで汽車に乗った事です。一体貴下はどうして金竜号を御逃げになったのです？」

「僕は逃げはしない」

「それでも……」

「君は一時前にサザンプトンに着くなと船長に命じたろう。所が、僕は十二時に上陸したからアヴル行きの船に間に合った」

「船長が俺れを誤魔化した？　そんなはずはない」

「君を誤魔化しはしない」

「そんならどうして……？」

「誤魔化したのは時計だ」

「船長の時計？」

「そうだ、僕は船長の時計を一時間進ませておいたのだ」

「どうして？」

「時計を進ませるには、竜頭をまわすより外に方法がないじゃないか。二人で話をしている間に、僕は船長が面白がって夢中になるような話をして聞かせた――可哀想に、先生何んにも知らずに居たんだ」

「うまい、うまい。面白い術《て》だ、僕も覚えておこう。だが、船室の掛時計は？」

「掛時計はちょっと骨が折れた、それ僕は足を縛られていたろう。しかし、僕へ付けられた水夫が、船長が甲板へ行く度んびに少しずつ針を動かして呉れたのだ」

「水夫が？　嘘だ。君は、あの水夫が……」

「奴は、自分のする事が大変な事だという事を知らなかったんだ。俺は、奴にどうあっても一番でロンドンへ行かなけれアならないと云ったんだ、すると奴はとうとう説き落されて……」

「報酬として……」

「報酬としてはちょっとした贈物だ……それをあの正直者が君へ送ろうと思っている」

「どんな贈物です？」

「なアに詰らないものさ」

「だが、何んだろう？」

「青色金剛石さ」

「青色金剛石？」

「そうだ。例の模造品だ。君が真物と掏り代えた品物だ。黒澤夫人が僕に托《あず》けておいたのだ」

有村は、腹を抱えて笑い出した。苦しくなって、眼には涙が浮ぶほど笑い顚《ころ》げた。

「ああ、面白い、面白い。あの模造品が水夫の手へ帰るなんざア面白い。船長の時計！　掛時計の針！」

ホームズは、有村との争いが、今までになく激しくなるのを感じた。彼はその恐ろしい直覚力《インチュイション》を以て、こう笑っておる底で、有村がその不屈の精神と渾身の力を集中しているのを悟った。

有村はじわじわと寄って来た。ホームズはあとじさりしながら、何の気もなさそうに上衣のポケットへ手を入れた。

「有村君、もう三時だ」

「もう三時ですって。情けないなア……こんな面白い話をしているんだに！」

「返事を待っているんだ」

「返事ですって？　御戯談でしょう。貴下はえらい札を御望みだが、ゲームはこれで御了いです、さ、私は自由を賭ける！」

「でなけれア青色金剛石を」

「よろしい……貴下の親だ。さ、どう出る？」

「僕はキングと出よう」と叫んでホームズはピストルを発射《はな》した。

「俺れの手はこれだ」と叫んで、ホームズに拳をひらめかした。

ホームズは天井を覗って、蟹丸を呼ぶために発射したのである、この場の仕儀呼ぶより外仕方がなかった。有村の拳は強くホームズを打った。たじたじとなるのを見すまして、有村は一飛びに暖炉へ寄った、大理石板は動いた……が、遅かった。戸が開いて、

「有村！　神妙にしろ、動くと……」

有村が考えたよりも確かに近くに立っていた蟹丸は、ピストルの筒先を据えて戸口に現われた。蟹丸の後ろには、十人、二十人みな逞しげな命知らずの顔を並べて、苟《いやしく》も抵抗すれば、犬ころのように打ち挫《ひし》ごうと構えている。

有村はそれを抑え付けるような身振りをして、

「手を引け！　降参する」

そして胸に手を組み合せた。

＊

続いて一種恍惚の状態が室を襲うた。家具も窓掛もないガランとした部室で、有村龍雄の声は、山彦のように響き渡った――

「降参する！」

この声はまるで嘘のようである。巡査等は、踏み込んだ瞬間、壁板や床板が開いて、有村が忽然

姿を隠すとばかり思っていた。しかるに、今降参した。降参した。

蟹丸は進み出た。そして非道く昂奮しながら、威厳を装い、徐《おもむ》ろに手を有村の肩へかけて、無限の満足を以て、

「龍雄、縄にかかれ！」

「ブルルル」と有村は慄えて「蟹丸君脅かしっこなしだよ。恐ろしく厳格《おっかな》い顔をしてるじゃないか。まるで、友人の墓に臨んで演説でもしているようだぜ。おい、その葬式顔《づら》はよせよ」

「縄にかかれ」

「ひどく面喰っているようじゃないか、君は。法律の名において、その忠実なる手足刑事部長蟹丸極悪有村龍雄を縛すか。正に歴史的事件だ。えらい、蟹丸君、君の前途は洋々たりだ」

こう云って、有村は手を差出して手錠を受けた。

手錠は粛然として穿められた。刑事等は、平生手荒く仕付けている上に、有村に対しては烈しく憎んでいるにも係らず、みな遠慮深く、恭《うやうや》しく、まるで、勿体ないものにでも触るようにして手錠をはめた。

「有村も可哀い想だなア」と有村は他人事のように吐息を吐きながら「御前がこうなった姿を見たら、友達等は何んと云うだろう」

有村は拳をしっかり合せて、腕に渾身の力を籠めた。額の青筋が見る見るふくれ上った。錠の鎖が手へ喰い込んだ。

「さア、いいか！」

鎖はばらりと切れて、二つに裂けた。有村は、

「おい、別の錠だ、これでは足らないぞ」と叫んだ。

刑事等は二箇《ふたつ》穿めた。

「これでいい。御手前達はいくら用心したって、し過ぎるという事はない」

こう云いながら、刑事を頤で数えて、

「何人居るんだ、御前達は？　二十五人？　三十人？　大分居るな、三十人じゃどうもならん。せめて十五人位だったら……」

こう云った有村の身辺には、一種の犯し難い風があった。丁度名優が、興に乗じて拘泥する所なく得意の役を演ずるような風があった。ホームズは、美しい光景を見る人のように、飽かず有村の様子を見て居った。そして、法律という犯し難い力を背負って立っている三十人と、手錠を穿められた一人との争いが、互角であるとしか思われない、双方丁度いい相手だと思った。

「ねえ、先生！」有村はホームズの方へ向き直って「これは貴方の仕事だ。貴方の御庇《おかげ》で、有村龍雄は地下牢の湿った藁を腐らせに参ります。ね、白状なさい、貴方の良心は不安を覚え、後悔の苦痛を感じていると！」

ホームズは、思わず、

「機会が有ったじゃないか」と云わぬばかりに肩をゆすぶった。

「どうして、どうして」と有村はその表情に答えて「青色金剛石を返したらと仰有るんでしょう？　しかし、真平です。あれではもう散々骨を折って来ています。私はあれを高く踏んでいます。ね、来月、私が貴方をロンドンで御訪ねした節に、詳しくその理由を申上げますがね……だが、来月ロンドンにいらっしゃいますか？　維也納《ウインナ》で御目にかかりましょうか？　それとも聖彼得堡《セント・ペテルブルグ》で？」

有村は驚いて、話を切った。鈴の音がちりんちりんと響く。今度は警鈴ではない、窓の間にあって、まだ移さずにある電話の鈴だ。

電話！　この恐しい機会《とき》に自ら係蹄へ陥るのは何者だろう？　有村は、さながらその機械を微塵に壊して、自分に話しかけた者の声を揉み潰そうとするように焦った。しかし、蟹丸が自分でこの受話器をとって耳にあてた。

「ああ、もしもし……四千八百七十三番です、……そうです」

素早く、権威を持った態度で、ホームズは蟹丸を押し退けた。そして受話器を耳にあてると共に、送話口へハンケチを押し込んで、声を誤魔化すようにした。

そして、有村の顔をじろりと見た。二人が見交わした眼色は、二人とも同じ考えに打たれた事を示した。その想像の結果までも、二人が、洞察した事を示した。電話をかけたのは金髪美人である。彼女は龍田兵一郎と、否、槙村敏一にかけている積りで、シャーロック・ホームズに秘密を洩らさんとしているのである。

ホームズは繰り返して、

「もしもし」

ちょっと途切れて、ホームズが、

「そうだよ、僕だよ、槙村だ」

戯曲《ドラマ》は悲劇的要素を帯びて、立地《たちどころ》に出来上った。大きな有村、不敵な有村が、今は、恐惑《きょうわく》の情を隠そうともせず、死人の如く青ざめて、その話を聞こう、推当《あて》ようと焦《あ》せった。

「ああそうだ、もうすっかり片付いて、僕は丁度貴下の所へ、約束の所へ、行こうとしていた所だ。約束の場所へ。……どこって？　おや、貴女は今どこに居るの？……それが一番いいじゃないか」

ホームズは行き悩んで、言葉を択んでいたが、言葉を切った。正しく、自分では余り口を開かずに相手をおびき出そうと努めている。それに蟹丸が居るという事も話の進行の邪魔をした——有村は？　ああ奇蹟《ミラクル》！　奇蹟が起ってその恐しい線を切って呉れないか。有村は全心を捧げてその不思議の下るのを望んだ。

ホームズは話を次いだ。

「もし、もし、聞えますか？……こっちの方も大変具合がわるい……漸く聞き取れる位だ……そう聞えましたか？　それでね……考えてみるとね、……ええ家へ帰って居た方がよかろうと思うがね……いいや、少しも危険な事はない……あれは英国に居るじゃないか……サザンプトンから電報を受取ったがね！」

その言葉の皮肉さ加減！　ホームズは言語に尽し難い満足の情を以てこの言葉を云った。そしてまた話を次いだ。

「それでね、すぐ家へ帰って御出でなさい。僕はすぐ行くから」

これで話を切った。

「蟹丸君、三人ばかり貸して戴きたい」

「金髪美人のためでしょうな？」

「左様」

「貴下は、何者か、どこに居るか御存じですか？」

「知って居ります」

「有り難い！　えらい捕物だ。彼女《あいつ》と有村を……一日の仕事には余る位だ。降旗、二人連れてホームズさんと御同道し給え」

ホームズは、三人の刑事を従えて出かけた。

終局は終《つい》に来た。金髪美人もまたホームズの手中に陥ちんとする！　恐しい執念深さと、運の廻り合せとは、ホームズに勝利の光栄を、有村に償い難い災禍《デザスター》を齎らした。

「ホームズさん！」

ホームズは立ち止った。

「何んだ、有村君？」

有村は最後の打撃で全く挫折したかと見えた。額は皺が刻まれて、冷汗がにじんでいる。がっかりした風を見せて、顔色が曇っている。しかし、自分で気を引き立てて、いかにも無頓着に、

「御覧の通り、運命は僕に背《そむ》いてしまいました。つい先刻は、僕を暖炉から逃げるのを妨げて貴下の手に売《わた》した。今はまた、電話を使って、貴下に金髪美人という贈物をした。私は、運命の命令に従います」

「と云うと……」

「と云うのは、も一度談判を開始したいのです」

ホームズは蟹丸を小傍へ呼んで、有村とちょっと話をさせてもらいたいと頼んだものの、断じて否とは云わせないという調子を含んでいた。蟹丸が首肯《うなずく》のを見て、有村の側へ寄った。重要な会話が開始《ひら》かれた。短い簡勁《かんけい》な言葉で始まった。

「希望は？」

「志田鶴子の自由です」

「価格は承知だね？」

「承知です」

「承認するんだな？」

「貴下の条件はみな承認します」

「え」ホームズは驚いて叫んだ。「だって……たった今君は拒否したじゃないか……君自身の場合さえも……」

「ホームズさん、それは私単身《ひとり》の問題でした。しかし今は女を連坐《まきぞい》にしています。御承知の通り、仏蘭西人は一種妙な思想をもって居ります、そして、その男の名前が、有村龍雄という盗賊であるからと云って、別に異った行動をとるというわけがありません。いや全く反対です」

有村はいかにも率直にこう云った。ホームズは幽かに首肯《うなず》いた。

「金剛石はどこだ？」

「私のステッキ、そう、あすこの、煖炉の隅にあります。片手であの握りを持って、片手で鉄の環を捻じって御覧なさい」

ホームズはステッキを取って、環を捻じた。握《にぎり》の中には油漆喰が詰めてあって、その中に金剛石がある。

ホームズはそれを検めた。青色金剛石に相違ない。

「有村君！　志田博士の令嬢は御構いなしだ」

「現在の如く、将来もでしょうな？　貴下の事が気がかりだという事は御座いませんな？」

「誰にも気がかりはない」

「どんな事が起っても？」

「どんな事が起ろうとも。僕はあの女の名も所も忘れてしまった」

「有り難う。ではいずれまた、近いうちに御目にかかります。ね、ホームズさん、そうじゃありませんか？」

「きっと逢えるだろうと思う」

ホームズと蟹丸との間には烈しい押問答が始まった、が、ホームズは少し言葉を荒らげて、きっぱりと切ってしまった――

「蟹丸さん、私は遺憾ながら貴方と御同意が出来ない。それに今貴方を説服する時間もない。一時間内に英国へ帰らなければならないから」

「しかし……金髪美人は？」

「私はそんな人間は知りません」

「だって今まで……」

「あとは貴方の腕だ。僕は君のために有村を捕えたじゃないか、青色金剛石もここにある、黒澤伯爵夫人へ渡して呉れ給え。これでもう君はこぼす事はなかろうじゃないか」

「しかし金髪美人は？」

「見付け給え」

ホームズは帽子を被って、忙しげに出て行った、まるで、一旦仕事が済めば愚図々々する用はないという風に。

*

「先生！　左様なら！」と有村は後から呼びかけた「道中御無事で、御友情は忘れません。ワトソン君へもどうぞよろしく！」

有村は一言も返辞を得なかったので、くつくつ笑いながら、

「あれが、英国流の暇乞いという奴だ。あの島国人は仏蘭西人には附者《つきもの》の堂々たる礼儀というものがない。ねい、蟹丸君、これが仏蘭西人の引っ込みだったらどうだろう。嘸《さぞ》御叮嚀な御挨拶か何かの衣に裹《つつ》んで、勝利をほのめかす事だろうね、……おや！　蟹丸君！　君は何をしているんだ。ウン、捜索か。御気の毒だが何んにもないよ。紙片一つ残っちゃいない。書類は一切安全な場所へ運んじゃったんだ」

「何んでわかるもんか」

有村は、刑事二人に押えられ、外の刑事に取巻かれて、だまって捜索の模様を見て居ったが、二十分もすると、溜息と一所《とも》に、

「いい加減にしないか、蟹丸君、そんな遣方じゃいつ御了いになるかわかりアしない」

「そんなに早く行きたいのか?」と蟹丸も負けてはいない。

「そうだ、行かなけれアならないようだ、大事な人に逢う約束があるんだ」

「警視庁でかね?」

「いや、町でだ」

「オヤ、オヤ、何時にさ?」

「二時に」

「もう三時過ぎたぜ」

「そうか、それじゃア少し遅くなったな、俺は約束が遅くなるほどいやな事がない」

「いやでもあろうが、五分ばかり待って呉れ」

「もう一分でもいやだ！」

「大分駄々をこねアがるな……いますぐ……」

「喋舌らずに早くやれよ。……何んだ、その戸棚もか？　それア空だよ」

「それでも何か手紙があるぞ」

「古い書出しだ」

「いや、リボンで結えた束だ」

「赤いリボンじゃないか？　ねえ、蟹丸君、後生だ、解かずにおいて呉れ！」

「女の手紙だな？」

「そうだ！」

「身分のある女だな？」

「まアそうだ」

「名は？」

「蟹丸夫人よ」

「洒落れて居やがらア」と蟹丸は気取った調子で云った。

その時、他の部室の捜索隊が帰って来て、何者をも発見しないと報告した。有村は笑い出して、

「無いのが当然だ！　蟹丸君、君は僕の知友名簿か、僕がカイゼルと親類だという証拠でも見付かると思っていたのか？　それよりも君はこの部室の仕掛を調べたらよかろう。一例を云えば、それその瓦斯管は実は通話管だ。煖炉の中は階段さ。この壁には、その通り穴があるだろう。見給え、

この蜘蛛の巣のような針金を。オイ、蟹丸君、ちょっとその鈕を押して呉れ給え」

蟹丸は、云われた通り押してみた。

「何か音が聞えたかい?」

「聞えない」

「バアだ。俺れも聞えはしないがね、しかし君はそれで以て、俺れの飛行船の船長に出発の準備を命じて呉れたんだ。大きに御苦労様!」

「オイ」丁度家宅捜索を終えた蟹丸は、「ふざけるな。さア行こう」

蟹丸は、部下を従えて歩行《ある》き出した。有村は寸歩も動かない。護送係りは、後から押した、無効《だめ》だ。

「オイ」蟹丸は眉間をぴりぴりさせて「歩行かないと云うのか?」

「というわけでもない」

「では何故……」

「先き次第だ!」

「なに次第だと?」

「どこへ行くのか、行先次第だ」

「知れていらア、警視庁だ」

「それじゃア動かない。僕は警視庁に何にも用がない」

「気狂い!」

「大事な人に逢う約束があると云ったんじゃなかったかなア」

「有村!」

「オイ、蟹丸君! 金髪美人は、僕の身体を心配しているに相違ないんだ。君は僕がそれを待ち焦がれさせるなんて、そんな無情な事が出来ると思うかい? こんな事は紳士のふるまいでない」

蟹丸はこの揶揄《からかい》に気を腐らした。

「有村！　増長するのもいい加減にしろ！　ついて来い」

「駄目だよ。僕は約束がある、約束は守らなけれア……」

「もう一度云ってみろ！」

「動かない！」

蟹丸は合図をした。二人の刑事は有村を扛《か》き上げた、が、すぐ、わっと叫んで有村を落した——両手で、刑事の胸へ長い針を突っ込んだのである。

忿怒に任せて、外の刑事は有村に飛びかかって、滅茶苦茶に擲《なぐ》った。拳が一つ、ぐわんと盆の窪へあたると、ばたりと床へ仆れた。

「こら、傷でも付けたらどうする！」と蟹丸は声を荒げて「俺れの迷惑を考えろ！」

そう云って蟹丸は扶け起そうと有村の上へ俯しかがんだが、有村に息があるのを見ると、部下に命じて頭と脚とを擡《もた》げさせて、自分では尻に手をかけながら、

「そろそろと、静かに……動かしちゃいかん。馬鹿！　殺したらどうする！　オイ、有村気分はどうだ？」

有村は幽かに眼を開いて、

「苦しい、動かさないようにして呉れ、……擲《なぐ》らせるという法はないじゃないか」

「黙れ、汝が悪いのだ……強情を張りアがるからだ」と云ったが、蟹丸も持てあました。「だが痛くアないか？」

階段の下り口へ来ると有村は呻吟《うな》り出した。

「蟹丸君、エレヴェーターへ。……骨がまるで折れるようだ」

「よし、いい思い付きだ！」と蟹丸は賛成して「それに階段は馬鹿に狭い……迚《とて》も通れない……」

蟹丸はエレヴェーターを押えた。刑事等はおっかなびっくりで有村を座らせた。蟹丸はその側へ

座を占めて、

「早く下へ行け！　門番部室の傍で待っているんだぞ！　わかったな？」

蟹丸は戸を閉じたが、閉じも終らない内に怒鳴り出した。エレヴェーターは、綱の切れた風船のように上へ飛び上った。有村のからから笑う声が中から洩れた。

「畜生！」蟹丸は吠え出した、そして真闇な中で把手を模索《さぐ》ったが見付からないので、

「六階へ行け、六階の戸口の番をしろ」と怒鳴った。

刑事は上へ飛び上った。が、不思議な事には、エレヴェーターは六階の出口でも止まらずに、真直に屋根を突きぬけるほどの勢で刑事の見る前をすーっと通って、七階の屋根裏の部室で止まった。三人の手下が待って居て、エレヴェーターの戸を開けた。一人は有村を扶け出し二人は、狼狽し切って、手足の動かしようも忘れた蟹丸へ飛びかかって押え付けた。

「僕の云った通りだろう、蟹丸君！　風船の仕度が出来ていたんだ、君の御かげだ。この次ぎには、あまり同情しないようにしなけれアいけないぜ。それから、何よりも、有村龍雄は、相当の理由がなければ君等の手には乗らないという事を覚えておくがいい。左様なら！」

この時、エレヴェーターの戸はもう閉まって、蟹丸を乗せたまま、下の方へ矢の如く下って行った。門番部室の前で中から躍り出た蟹丸は、刑事を従え、中庭を横ぎって、勝手口へと急いだ。第七階へ通ずる道はこれ一つしか無い。

勝手口の階段は、長い、曲りくねった、左右に幾つもの部室がある細い通路であったが、その行き止りに、半開きになった戸があった、躍り込んで見ると、第七階の部室である。それから、また別の戸があって、それを下りると、また同じような、幾曲りの細い狭い階段を経て、見知らぬ家へ出た。中庭を横ぎって外へ出ると、そこは飛騨町である。これで蟹丸は始めて、二軒の建物は、背中合せになっておって、双方を通ずる抜穴が、下男部室を中心にして出来ておったのを覚った。

蟹丸は飛騨町六番地の門番部室へ行って、名刺を出して、

「男が四人ここから出はしなかったか？」

「出ました、四階と五階の下男が、友達二人と出かけました」

「四階と五階に居るのは何んと云う者だ？」

「堀田様と云う方が御二人と、その従弟の古川さん御兄弟ですが……今朝御引越しになりました。下男が二人残って居りましたが、それが今丁度出て行きました」

門番部室の椅子へぐたりと仆れて、蟹丸は、

「えらい獲物を逃がした！　あの畜生奴等、みんなここに巣を喰って居やがったんだナ」

＊

四十分後、二人の紳士が自動車を狩戸町の停車場へ乗り付けて、カレー行き急行列車へ急いだ、赤帽が荷物を持ってついて行った。

一人は腕を繃帯で釣っているが、顔が青ざめて、目が窪んでいる。一人は上機嫌らしい。

「さ、急ごう、ワトソン君。……ああ、僕はこの十日間の事は終生忘れない！」

「僕も忘れられない」

「面白い戦争だったねえ！」

「赫々《かくかく》たるものだったねえ」

「所々で惜しい失敗を演じたが、しかし大した事じゃないと云うものだ」

「君には大した事じゃないだろうが！」

「そして、とうとう最後の勝利を得た！　有村の捕縛！　青色金剛石の恢復！」

「僕は腕を挫いたよ、しかし」

「この位成功すれア、腕位何んでもないよ！」

「私の腕ですからね」

「君のだからさ。いいか、ワトソン君、君があの薬店で、英雄の如く苦悶していた時に、僕は闇中に僕を導いた光明を発見したんだ。僕のだったら、どうなったと思う、今頃は？」

駅夫は汽車の戸を締めながら、

「皆さん御乗り下さい！」

赤帽は空席を見付けて、担いで来た荷物を棚へ上げた。ホームズはワトソンを扶けて乗り込んだ。そして、五十銭銀貨を摘み出して、

「オイ、これを取って呉れ！」

「ホームズさん、有り難う御座います」

ホームズは顔を挙げた――有村龍雄だ！

「汝《おまえ》は……汝は……」ホームズは愕然として叫んだ。

ワトソンも、へどもどしながら、夢を打ち払うような手つきで、

「汝は！……汝は！　汝は捕縛されたんじゃないか。ホームズ君がそう云った。ホームズ君が出た時、蟹丸と刑事三十人で汝を降参させたんだぞ」

有村はむっとした様子で腕を拱いて、

「それで君は、僕が見送りもせずに君等を出発《たた》せるような男だと思ったのか？　今後も長くと云って、あんなに厚い友情を結んだあとで？　そんな事はいかにも失礼千万だ。君はどう思う？」

車掌の笛がピーイッと鳴った。

「しかし、僕は君を宥《ゆる》して上げる。……みんな御座いますか、ホームズさん？　煙草は？……マッチは？……そうですか……夕刊は？　それには捕縛の顚末が出て居ります、先生、貴下の御手柄も。左様なら。御近付きになったのが、何より嬉しゅう御座います。……もし何か今後私の出来る事が御座いますなら、何卒御遠慮なく」

プラットホームへ跳び下りて戸を締めながら、

「左様なら！」と有村はハンケチを振って叫んだ。「左様なら！　こちらからも御手紙を差上げますが、貴下からもどうぞ！　ワトソンさんの折れた腕の経過を聞かせて下さい。時々御二人の御様子を知らせて下さい。絵葉書で、巴里有村で、結構届きます。左様なら！　また直き御目にかかります」

春日燈籠

清風草堂主人（安成貞雄）

新小説予告

清風草堂主人

シャーロック・ホームズ（堀田三郎）は英国探偵小説界の泰斗コナン・ドイルのペンが産んだ名探偵である。渠《かれ》の前には秘密の存在が許されない。渠の眼光の徹する処、いかなる曖昧、複雑、奇怪、神秘なる事件も忽ちその真相を暴露されてしまう。渠の直覚、推理は殆ど人間以上である。

アルセン・リュ－パン（有村龍雄）は仏国探偵小説界の覇王モ－リス・ルブランの頭から生れた大盗賊である。渠の前には防禦が一切無効である。渠の手腕の揮わるる処、いかなる堅牢、精緻、厳重なる金庫、監獄も些《さ》の安全を保障しない。

この探偵とこの盗賊とが巴里《パリー》に会し二人の美人を中心として互いに技倆を戦わした事件を描けるものがこの作である。正にこれ探偵術の国際争闘。英人気質と仏蘭西《フランス》気質との興味ある対照を見よ。

一

素人探偵堀田三郎と助手兼記録係の和田とは、堀田の居間の煖炉《ストーブ》の左右へ座を占めて居った。堀田は、煙管《パイプ》の煙草の尽きたのを見ると、吹殻を煖炉の中へ叩き落し、煙草を詰め替えて、火を点けた。そして、寛《ひろ》く開いた寝衣《ねまき》の裾を膝のあたりへ引き寄せて、縷々とそれが天井へ舞い上るのを見ながら一心に紫の煙を輪に吹いていた。

和田は堀田を見守っていた。煖炉の前の敷布に寝て、眼を大きく開いて、主人の一挙一動を見守る犬のように堀田を見守った。堀田が何か言い出すだろうか？　今見ている夢の秘境を啓《ひら》いて、和田を冥想の国へ入れて呉れるだろうか？

堀田は依然《やはり》沈黙を続けている。

和田は思い切って、

「つまらないねえ。事件が一つもありやしない」

堀田は段々深い沈黙に沈むばかりである、そして紫の輪はだんだん形をなして来る。人間は、その頭が、全く物を考えない時、下らない事が旨く行けば、それに無限の満足を感ずるものである。和田は、堀田が煙が輪の形をなすので一方ならず自分の器用なのを感心しているのに気が付かない。失望して、和田は立ち上って窓際へ寄った。退屈そうに立並んだ家々は悲しげな窓を、淋しい通りに向けている。暗い空からは、腹立たしげに雨が降りそそぐ。

見ていると、郵便配達が向うからやって来て、戸を叩いた。すぐ、下男が、二通の書留郵便を持ってはいって来た。

堀田が一通の封を切って読んでいるのを見て、和田は、

「何か大変嬉しそうだね」

「この手紙さ。ひどく面白そうな注文だ。君は、事件が無いってこぼしていたが、ここに一つある。読んで見給え」

和田は手紙を取り上げて読んだ。

「拝啓。貴下の御助手と御検分とを仰がんがために唐突ながら一書を呈し候。小生は重大なる盗難に罹り候いしが、今日までの所、一切の捜索は空《くう》に帰すべき模様に御座候。別封を以て、事件の顚末を記載せる新聞紙若干枚御送附申上げ候間それに就いて一切御承知相成り度く候。貴下においてもし一臂の御力を御貸し下され候わば、何卒小生の邸宅の一室に御逗留下され度く、なおまた同封の小切手に貴下が必要ありと思惟せらるる金額御自由に御記入を願い上げ候。

もし御来臨の栄を賜わり候わば、その旨予め御一電なし下され度く候。

巴里森本町十八番地
伯爵　荒木田勝男
堀田様　侍史」

「こいつア丁度いい所へ来た。ちょっと巴里へ行くなんぞア洒落てるじゃないか。この前金髪美人の一件で有村龍雄と闘ってから、まだ一度も行かないんだから、こんな用で行くのは面白かろう」

こう云って堀田は、小切手を裂き捨てて、次の手紙を開いた。と、忌々《いまいま》しそうな身振りをして、眉を顰《ひそ》めたが、読み終ると、くしゃくしゃに揉み付けて、床へ投げ出した。和田は目を丸くして、

「どうしたんだい？」

と訊ねながら、それを拾い上げて、引き解《ほぐ》して読んだ――

「粛啓。先生は小生が貴下に対する讃美の念と、先生の名声に関する配慮とを御承知の事と存じ候。しからば、小生の忠告を容れられ、先生が御助力を乞われたる事件に対して全然御関係なきよ

う願上げ候。先生の干渉は、多大の損害を及ぼし、先生の御努力は気の毒なる結果を齎《もたら》すに止まるべく、しかして先生は公然その敗北を承認せざるべからざるに至るべく候。

小生は先生のためにかくの如き屈辱を避けんと痛心致し居るが故に、相互の友情の名において、先生が静かにその炉辺に留まられん事切望に勝《た》えず候。

和田氏へも小生より宜しく申出でたりと御伝え下され度候。


有村龍雄」

「有村龍雄！」と和田は繰返した。

二

堀田は拳でドンと机を打って、

「ああ執拗《しつっこ》い畜生だ。人を馬鹿にして、おれを子供扱いにしやアがる！　おれが公然敗北を承認しなければならぬだって？　青色金剛石を吐き出させたのはおれじゃないか？」

「奴《やっこ》さん、君を恐れているんだね」

「馬鹿ア言い給え。有村龍雄は決して物を恐れない。その証拠には、僕に戦《たたかい》を挑んでいるじゃないか」

「それにしても、彼奴《きゃつ》はどうして荒木田伯の手紙の事を知ったろう？」

「僕にわかるものか。君は妙な事を聞くんだね」

「僕は考えたんだ……そう思ったんだ」

「何んと？　僕が卜者《うらないしゃ》だとでもか？」

「そうじゃないが、僕は君が不思議な術を使うのを見ているからさ」

「不思議な術なんぞを使えるものがあるものか。僕だって出来アしない。僕は筋を立てて、推理して、結論を作るのだ。しかし、当推量《あてずいりょう》をやりはしない。当推量するのは馬鹿だけだ」

和田は擲《ぶ》たれた犬のように小さくなった。そして、馬鹿になるのを恐れて、堀田がぶりぶりしながら室内を大股にあるく理由《わけ》を推量しまいとした。しかし、堀田が鈴《ベル》を押して下男を呼んで、旅行鞄を命ずると、和田は、それが目前の事実である以上、筋を立てて推理して、堀田が旅行しようとするのだと結論しても差支ないと考えた。これと同じ心理的経過によって、和田はまた大丈夫間違う虞《おそ》れがないという調子で、

「堀田君、巴里へ行くんだね」

「その通りだ」

「堀田君、僕も行こう」

「そうか」と堀田は足を停めて「君は彼奴が恐くはないのかい?」

「何が恐しいもんか。君が居るじゃないか」

「違いない。君はいい男だ。彼奴へ、無謀にも吾々に対抗するのは見損いだという事を見せてやろう。早く、和田君、停車場へ来給え」

「伯爵の云った新聞を待たないかい?」

「何の役に立つものか」

「電報を打とうか?」

「いらない。有村龍雄は僕の行くのを知るだろう。僕は知られたくない。今度は、和田君、用心して闘わなけれアならない」

ドヴアからカレーへ渡って、カレーから汽車へ乗ると三時間堀田はぐっすり寝た。巴里で下りると、改札掛へ切符を渡して町へ出た。

「和田君、上天気だ。巴里は僕等を歓迎するために、晴着を着けたのだ」

「何んという群衆《ひと》だろう」

「その方が都合がいい。見付けられる心配がなくていい。こういう人込の中では誰れも僕等を見付け得まい」

「堀田さんでいらっしゃいましょうね」

堀田は驚いて立ち止まった。名を知って呼びかけるのは、抑《そ》も何者だ。

三

堀田と並んで、一人の婦人というよりは娘が歩行《ある》いていた。その思い切って質素ななりが、その瑞々《みずみず》しい顔付きを一際美しく見せる。その表情には悲しげな、心配そうな色がある。その娘は復尋《また》ねた。

「貴方は確か堀田さんでいらっしゃいますね？」

堀田は、ひどく当惑したのと、警戒のためとで、口を開かない。娘は三度《みたび》尋ねた。

「妾《わたし》は堀田さんと御話している積りですが」

「拙者に何の御用です？」堀田はこの遭逢を訝《あや》しみながら厳しく反問した。

娘は堀田の前に立ち塞がって、

「堀田様、御聞き下さいまし、大事な事で御座いますから。貴方は森本町へ御出でになるんで御座いましょう」

「それがどうしたのです？」

「存じて居ります……存じて居ります……森本町十八番地でしょう。ね、貴方、いけません！行《いら》しっては可《い》けません……貴方はきっと御後悔なさいます、受合いです。理由が御座いますもの」

堀田は娘を押し退けようとした。娘は頑張った。

「御願いです。強情を御張りなすっちゃアいけません。ああどう云ったらいいだろう……見て御覧なさい、妾の眼の底を御覧なさい！　誠実です！　虚偽《いつわり》がありますか」

物狂おしげに、娘はその眼を挙げた、美しい、凛とした、澄んだ、霊魂《たましい》をそのまま見せる眼である。和田は心に首肯《うなず》いて、「貴女はいかにも誠実ですね」と云った。

「そうで御座いますとも」と娘は和田の方へ向き直って、縋り着くように、

「妾をお信じ下さいまし」

「御嬢さん、私は固く貴女を信じます」

「まア、ほんとうに有り難う御座います。貴方の御友達も妾を信じて下さいましょうね？　そんな気がします……まア嬉しい！　それで安心いたしました……ああいい事を考え付きました。御聞きなさい、堀田さん。二十分ばかりでカレー行きの汽車が御座います……それに御乗りなさるがよう御座います……早く、こっちへいらっしゃい、もうそんなに時間が御座いません」

娘は堀田を引張りにかかった。堀田は、娘の腕を攫《つかま》えて、出来るだけ優しくしようとしたらしい声で、

「御嬢さん、貴女の御希望に副《そ》う事が出来なくっても、御腹立ちでは困ります。私は遣りかけた仕事から手を引かん男です」

「情願《どうぞ》、御願いです！　嘆願です！……ああ、貴方が少しでも御存じなら……」

堀田は娘を押し退けて、ずんずん歩行き出した。

和田は後さがりに続きながら、

「失望なさるには及びません……堀田がうまくやりますよ……堀田は失敗《しくじっ》た事がありません」

こう云って、和田は堀田に追付こうと駈け出した。

堀田三郎
対
有村龍雄

この文句が、大きな黒い字に現わされて、町の角を曲った二人の眼を打った。

四

二人はそれに寄って見た——サンドウィッチマンの一列が単縦列をなして歩行いている。長い金環《かなわ》のついた杖を杖《つ》き、歩調に合せて、一斉にがちゃんがちゃんと鳴らして行く。前の板には、先きの文字があるが、背《うしろ》の板には、

堀田有村の大競争
大　探　偵
英国選手の到着
森本町の疑獄を
闡明せんとす
詳　細　は
《巴里の反響》
を　見　よ

堀田は、逞しい腕を攫み上げて、人も広告も一緒に挫《ひし》ぎ潰さんばかりの態度で、人足に近寄った。町の両側には、次第に人が集まって、笑ったり、ふざけたりする。

むらむらと湧き上る忿怒を抑えて、堀田は人足へ、

「いつ雇われたんだ、お前は？」

「今朝」

「いつから歩行き出したんだ？」

「一時間前からでがす」

「しかし、その板は用意してあったろう？」

「仰有る通りでがす、へい。今朝広目屋《ひろめや》へ行った時にアちゃんと出来ておりましたんで」

見よ、有村龍雄は堀田が挑戦に応ずることを予知しておったのだ。いや、それ所ではない、挑戦状を書いた時有村は既に堀田と戦わんことを希望しておったのだ、今一度《ひとたび》剣を較《かく》せんとする意向を示したものである。何のために？　いかなる動機が有村に戦いを挑ましめたのだろう？

堀田はちょっと躊躇した。かかる傲岸な態度を示す以上、有村は勝利の確信があるに相違ない、殺急にも挑戦に応じたのは陥穽《おとしあな》に陥るものではなかったか？　しかし、渾身の力を振い起して、

「来給え、和田君。オイ、森本町十八番だ！」

と叫んで、額に紐のような筋を立てて拳闘場へ上るような身振りで、来合せた馬車へ跳び乗った。

…………………

森本町には贅沢な、立派な住宅が立ち並んでいる。その裏は天門公園になっている。十八番地の邸宅というのは、あるが中でも一番立派な建物で、その豪奢華麗な様式は、美術家にして百万長者たる人物の住家らしい。家の前には広い前栽があって、左右両側は召使の部室になっている。家の後も庭になって、その植込の樹は公園の樹木と枝を交えている。

二人の英人は門で呼鈴《ベル》を押し、前栽を横ぎって玄関へ懸ると、下男が二人を奥の小ぢんまりとし

た応接室に導いた。

二人は椅子にかかると、室内を装飾した高価な品々を一渡り目早く見廻した。

「中々立派な品々だ」と和田は小声で「趣味と云い配置と云い……こんな骨董を駆り集める時間があるのから推理すると、いい年輩の人物に相違ない……五十位か……」

和田はその言葉を終る遑《いとま》がなかった、戸が開いて、荒木田伯がはいって来た、後には夫人が続いて。

五

和田の推理とはまるで反対で、二人は当世風に装うた若い、美しい好一対《こういっつい》の夫婦《めおと》で、言葉遣も挙止《ふるまい》もひどく快活である。二人とも堀田の来たのをひどく喜んで、

「まア御親切に、遠路の処をよう御出で下さいました。貴方が御出で下すったので、私共は却ってこんな事件が起ったのが嬉しい位で御座います……」

「仏蘭西人という奴は、恐しい愛嬌がいいんだなア！」と独創的な観察をなす機会を逸した事のない和田は、こう考えた。

「しかし、時これ金です、堀田さんは猶更のことですから、すぐ要点を申上げましょう。貴方はあの事件をどう御思いなさいます？　満足な結果が得られる望みが御座いましょうか」

「満足な結果を得るには、私はまずどんな事件かそれを承わらなければなりません」

「御存じではないのですか？」

「存じません。その事件を一伍一什《いちぶしじゅう》、少しも省略せずに御説明を願いましょうか。どんな事件です？」

「盗難です」

「いつあったのです?」

「土曜日でした」と伯爵は「土曜日の晩か、日曜の朝でしょう」

「六日以前ですな、それでは。さ、どうぞそのあとを」

「まずこういう事を申上げておく、私も家内も、自分の地位に比べては、外へ出る事は滅多にありません。子供の教育やら、来客の接待やら、室内の装飾やらが、私共の生活の全部なのです、そして、夜分はまるで――まアまるでと云っていいでしょう――ここで過します、この部室で。これは家内の居間ですが、ここへ少しばかり御覧の通り骨董を集めております。所で、先週の土曜の晩、十一時に私が自分で、電燈を切って、私も家内も寝室へはいりました」

「寝間はどこに御座います?」

「この隣の間です、あの戸がそれです。翌朝、日曜に、私は夙《はや》く起きました。静子――家内――はまだ寝て居りましたので、私は、目を醒させまいと思いまして、出来るだけ静かにこの部室へやって来ました。イヤ御想像下さい、前夜閉めておいたのに、窓が開いておるのを見た時の驚愕《おどろき》を」

「御召使のものでも……?」

「私共が起きて呼ぶ前には、一人もはいるものがありません。それに私は用心して、広間へ出る戸に閂《かんぬき》を下しておきます。だから、窓は外部《そと》から開けられたものに相違ない。私はその上その証拠を見付けました――右側の上から二枚目の、鎹《かけがね》の隣の硝子《ガラス》板が切り破られておりました」

「それで窓は?」

「窓は御覧の通り開けると露台へ出られるようになっておるが、露台には石の欄干《てすり》が附いております。この部室は二階ですから、窓から庭も、庭と天門公園を隔てておる柵が見えます。ですから、犯人は確かに天門公園から柵に梯子をかけて忍び込んで露台に上ったものに相違ありません」

「相違ないと仰有るんですね?」

六

伯爵は確信のある調子で、

「柵の両側の柔かい土に、梯子の端で出来た凹《へこ》みが二つあったし、露台の下にも同じ凹みが二つありました。それから欄干にも幽かな擦り傷が二つ附いていたが、確かに梯子の端で出来たものです」

「天門公園の門は夜は閉めるんではありませんか?」

「閉めるかって? 閉りません。それに十四番に家が一軒建っているので、はいるに造作がありません」

堀田はちょっと考えたが、また訊いた。

「それでは盗難の方を承りましょう。私共が居るこの部室で起ったと仰有いましたね?」

「そうです。この部室です、あの十二世紀の聖母の像とこの浮彫銀の聖龕《せいがん》の間に小さな春日燈籠がありました。それが紛失したのです」

「それだけで御座いますか?」

「それだけです」

「へえー……それでその春日燈籠と仰有るのはどんな品でしょう?」

「それは、日本の奈良の春日神社の廻廊に吊してある燈籠です。私が前年日本へ遊びに行《いっ》た時に求めて来たものです。高さが十二吋《インチ》位、胴は正六角形で、径《さしわたし》が六吋位で、青銅で出来ておって、中には油入があって、植物性の油を容れて、藺《い》の燈心で火を点すようになっております」

「そうすっかり承わった所で、大した高価な品では御座いませんな?」

「ええ燈籠だけならば。しかし、紛失《なくな》った品の胴には、古い宝玉やら、金製のキメラ（獅頭、羊身、竜尾の怪物）やら、紅宝石《ルビー》、緑宝石《エメラルド》などを納《い》れて置いてあったのです」

「どういうわけで、その中へ御納れになったのです?」

「さア、そう仰有られると、どういう気で納れたか自分でもちょっとわかりませんが、まア云わばちょっと面白い位だったろうと思います」

「御夫婦の外は誰れもそれを知ったものが無いのですね?」

「一人も知りません」

「勿論、盗人を除けばですね」と堀田はそれを駁して「その中の品がなければ、泥棒も春日燈籠を盗むに骨を折るわけがない」

「なるほど。しかし、泥棒がどうしてそれを知ったのでしょう、われわれがその中へ宝石を入れたのは、ほんの気紛れなんですのに」

「そんな気紛れの思付きが、他のものにも起るかも知れませんね……例えば召使であるとか、……それか客人とか……。しかし、それはそれとして、あとを承わりましょう。警察へ御訴えなすったでしょうな?」

「ええ。それで検事も臨検しましたし、大きな新聞の探偵もやって来ました。しかし、手紙で申上げたように、解決の手懸りが少しもありそうもないのです」

堀田は、立ち上って、窓へ寄って、窓框《まどがまち》、露台、欄干を検査した、廓大鏡《かくだいきょう》を仮りて石欄干の外側へ出来た擦り傷を調べた、それから伯爵に、下へ下りて見たいと云った。

四人連れで外へ出ると、堀田は庭の籐椅子へ腰を下して、ぼんやりと建物の屋根を眺めていた。暫くすると、不意に立ち上って、露台の真下へ進み寄った。そこには、梯子の端で出来た凹みを、堀田が来るまで保存するために、小さな木箱が二つ伏せてあった。堀田は箱を除けると、脊をまん円《まる》にして蹲踞《しゃがん》で、寸法をとった。それから柵の両側の凹みの寸法をとった。

堀田のした事はそれきりであった。

七

四人は伯爵夫人の居間へ帰った。

堀田は暫く黙って考え込んでおったが、こう云い出した――

「伯爵、私は、貴下のお話を承わるより早く、この事件が、余りと云えば簡単明白なのに驚いて居りました。梯子を使って、窓硝子を切り破って、品物を摘んで行ってしまうなんて、そう易々《やすやす》と事が運ぶものじゃアありません。それでは、あまりに簡単です、あまりに明白です」

「それでは貴下の考えでは……？」

「私の考えではこうです、春日燈籠の盗難は有村龍雄の指図によって行われたものです」

「有村龍雄ですって？」と伯爵は驚いた、「しかし、有村自身が現場に臨んだわけでもなく、外から忍び込んだものがあるわけでもありません……恐らく召使が屋根裏から、私が庭で見た雨樋《とい》伝いに露台へ辷り下りたものでしょう」

「しかし」伯爵は少し機嫌を損じたらしく、

「何にか証拠がありますか？」

「有村が居れば、空手で帰る気遣いがありません」

「空手ですって？　それじゃア燈籠はどうしたんです？」

「燈籠位を持った所で、ここにある、この金剛石《ダイヤモンド》を嵌《は》めた嗅煙草入だとか、その古代蛋白石の頸飾を失敬する邪魔にはなりますまい。二度手を動かせば済むわけですからな。これを持って行かないのは即ちそれをやる有村がここに居らなかった証拠じゃありませんか」

「なるほど。しかし、それにしても欄干の痕は？」

「虚構《つくりもの》です、鑢紙《やすりがみ》で付けた傷です。御覧の通りです、私が庭で見付けました」

堀田はポケットから小さな紙片《かみきれ》を出して卓子《テーブル》の上へ置いた。

「梯子の端の痕は？」

「狂言です。嫌疑をそらすための芝居です。露台の下の凹みと、柵の両側の凹みの寸法を比較《くらべ》て御覧なさい。なるほど型は同じですが、その距離が違います。露台の下の凹みの距離は九吋だのに、柵の内側の凹みの距離は十一吋ある」

「それで、貴下の結論は？」

「私の結論はこうです、凹みの大きさが同じなので見ると、この凹みは梯子の梃《てこ》の恰好に切った棒切で拵えたものに相違ない」

「そうすると、棒切があれば一番の証拠になるわけですね」

「それはここにあります」堀田はまたポケットから三四吋の四角な木切を取し出して、

「庭の月桂樹の陰で見付けました」

八

伯爵はへこんでしまった。堀田が伯爵家の門をくぐってから僅か四十分に過ぎないのに、検事も、探偵も完全な証拠だと信じておったものが、一つも残らず、跡形もなく打ち毀《こわ》されてしまった。そして、真相、全然異った真相が、一層確実なものを基礎として顕われて来た。堀田三郎の推理力によって顕われて来た。

「家の召使に嫌疑を懸るとなると、大変な事で御座いますね、堀田さん」と伯爵夫人はいかにも思い惑った様子で「男も女も永々《ながなが》居りますが、一人だって、私共の目を掠めるようなものは無いので御座いますが……」

「召使が御夫婦の目を掠めたのでないならば、この手紙がどうして伯爵の御手紙と同じ日に同じ便で私の手へ届いたのでしょう?」

こう云って堀田は、有村龍雄の手紙を取り出した。

伯爵夫人は呆気に取られて、

「有村龍雄ですって!……どうして知ったんでしょう?」

「御手紙の事は誰れへも仰有りはなさいませんでしたろうな?」

「言いません」と伯爵が質問を引き受けて「あれはあの前晩、二人で飯を食べて居った時思い付いたのです」

「そこに召使いは居りませんでしたかしら」

「居ったのは娘二人だけでした。いやその時は、房子も花子も居なかった、ね、静子?」

伯爵夫人はちょっと首をかしげて、

「え、二人とも先生の部室へ行ったあとでした」

「先生と仰有るのは?」

「家庭教師です、田辺秋子という女《かた》です」

「その女《ひと》も御夫婦と御一緒に食事をするんじゃ御座いませんか?」

「いや、先生は自分の部室で食べる事になって居ります」

和田はこの時思いついて、

「堀田君への御手紙は郵便で御出しになったのでしょう」

「その通りです」

「出しに行ったのは誰れでしょう」

「富蔵という僕《しもべ》ですが、それはもう家に二十年から使われている男です」と伯爵はその正直を保証するように「その方面を探索した所で、結局時間潰《ひま》しに終りましょうよ」

「探索に費した時間は、決して無駄とは云われません」と和田は昂然として答えた。

これで第一回の質問が終った。堀田と和田とは二人に宛がわれた部室へ引き取った。

一時間後、晩餐の卓に列った時、堀田は房子と花子とを見た、伯爵家の愛娘だけあって、二人似の綺麗な子で、姉は八つ、妹は六つ位であった。

食卓の話は頗る間が抜けたものであった。伯爵夫妻が気軽に話しかけるのに、堀田は気むずかしげな調子で碌々《ろくろく》返事もしないので、夫妻は話をしない方がましだと思って口を噤んでしまった。

珈琲《コーヒー》が出た。堀田はそれを飲んで、立ち上ると、そこへ召使が電話の伝言の写しを持って来た。読むと、

「私の誠実なる讃嘆を受けて戴きたい。貴下が、短時間に収めた結果の目覚しさに、私は眩惑する位である。全く驚嘆する。

有村　龍雄」

九

堀田は、この伝言を見ると、忌々しげな表情を隠しきれなかった。それを伯爵に見せながら、

「いかがです、これで、御邸の壁に耳目がある事を御信じでしょう?」

「これア不思議だ。どうもわからない」

と伯爵は呆気にとられて呟いた。

「御同様私にもわかりません。ただしかしこれだけはわかる、ここであった事は一つ残らず有村

に知れるし、言った事はみんな有村の耳へはいるという事だけはわかります」

＊

その晩、和田は、義務を果してしまって、寝るより外に用のない人のような軽々とした気持ちで床へはいった。そして、枕へ頭が就くが早いか、ぐッすり眠ったが、嬉しい夢を見た。それは和田一人だけで有村を追駆けて、今一息で捕縛しようとする夢であった。その追跡が、いかにも真実《まこと》らしい感じがして、眼が覚めた。

床《ベッド》に触っているものがある。何者だ？　和田は枕下のピストルを摑んで、

「有村、動いてみろ、命が無いぞ！」

「しっかり仕給え、オイ大将、しっかりしろよ」

「ハロー、堀田君、君か？　用があるのかい？」

「君の眼に用があるんだ。起き給え……」

堀田は和田を窓際へ引張って行って、

「あすこを見給え……柵の向うだ」

「公園の中かい？」

「そうだ。見えるものがあるだろう？」

「見えないよ、何んにも」

「よく見給え。も一度、見えるはずだ」

「ウン、見える。人らしい……や、二人だぞ」

「その通りだ、柵に倚《よ》りかかっている。……そら、動き出した……ぐずぐずしてはいられない」

盲捜りに欄干の支柱を便りに、階段を下りて、二人は戸口が裏庭へ開かれる部室を探しあてた。硝子戸越しに覗くと、人影が二つ、まだもとの所に居る。

「変だぞ?」と堀田は、身を引き緊めて、

「家の中で音がするようだ」

「家の中で? そんな事があるもんか。皆寝静まっている」

「だが……聴き給え」

その時、幽《かすか》な口笛が、柵の辺から起った。そして、家から漏れるらしい燈光《あかり》が庭へ差した。

「伯爵夫婦が電燈を点けたに相違ない」と堀田は小声で「この上の部室が夫婦の寝間だ」

「それでは、僕等が聞いたのは、その音だ。きっと二人で柵の方を見張っているんだろう」

また口笛が、はじめよりももっと低く響いた。

「どうも妙だ。わからない」堀田は当惑した調子で云った。

「全く変だね。僕にもわからない」

堀田はカチャリと鍵を廻し、閂を外して、そっと戸を開けた。

三度口笛が、こんどは少し太くって、調子が異っている。二人の頭の上では、物音がもっと高くなって、もっと忙《せわ》しくなった。

「どうもあの音は、夫人の居間の露台らしいぞ」と呟きつ、堀田は硝子戸の間から顔を出したが、ハッと息を殺して引込んだ。和田も次いで覗いて見た。すぐその傍に、壁に寄せかけて、欄干へ梯子がかかっている。

「畜生!」堀田は小声で叫んだ。「誰れか夫人の居間に居るぞ。聞えたのはそれだ。早く、梯子を外してしまえ!」

一〇

二人が、出るより早く、真黒な影がするすると梯子を辷り落ちた。梯子が宙に浮いて、その男は、公園の柵際の、仲間の待っている方へ駆け出した。堀田と和田は戸外へ突進した。二人が、柵際まで追い詰めると、男は梯子を柵にたてかけていた。柵外からピストルの音が二発響いた。

「打《や》られたか?」と堀田が叫んだ。

「いや」と和田は答えながら、躍りかかってその男を捉え、投げ仆《たお》そうと争った。その男はぐるりと振り返って、片手で和田を防いだ、そして、片手でナイフを振りあげて胸部にぐすりと、柄《つか》も通れと打ち込んだ。和田は、ウンと呻ると、たじたじとなって、ばたりと仆れた。

「畜生!」堀田は吼えた。「野郎共和田をやったな! 仇は打つぞ!」

堀田は和田を芝生に寝かしておいて、梯子に飛びかかった。が遅かった、男はそれを伝わって、柵外へ跳び下り、仲間と一緒に公園の植込みの間を逃げて行くのが見える。

「和田君、和田君、深くはなかろう、どうだ、浅いんだろう?」

邸の戸が開いた。伯爵を真先きに、手燭を持った男の召使が四五人ばらばらと現われた。

「どうしたんです?」伯爵は叫んだ。「和田さんが負傷したんですか?」

「何んでもありません、ほんの擦り傷です」と堀田は、自分でもそう信じようと努めながら答えた。

和田の胸からは血がだくだく流れ出てその顔は土色になっていた。二十分後、駆け付けた医者は、ナイフの先端が、心臓へ二分五厘という所まで貫通していると云った。

「二分五厘! 和田も運の強い男だなア」堀田は妙に羨ましそうな声で云った。

「運が強いとは……運が強いとは……」と医師が不平そうに呟いた。

「何アに、先生頑丈だから、すぐ癒りまさア」

「六週間の就床と二箇月の快復期が経てばですね」

「それだけで？」

「左様、余病を併発しなければ」

「余病なんぞが出てたまるものか」

こう確信して、堀田は伯爵夫人の居間へ帰った。今度は、怪しの客が前と同じような用心をしなかった、彼れは公然《おおっぴら》に、金剛石を嵌めた嗅煙草入、蛋白石の頸飾をはじめ盗人の懐にはいりそうなものには残らず手を掛けた。

窓は開けたまま、窓硝子が一枚物の見事に切り抜かれてあった。夜明を待って邸の内外を検すると、梯子は十四番地に工事中の建物から持って来たのだとわかった、盗人もそこからはいって来たものに相違ない。

「これで見ると」と伯爵は、皮肉な調子で「これは春日燈籠のやり口そのままを繰り返したものですね」

「そうです、もし吾々が警察官が云った第一のやり口というのを承認すれば」

「ではまだ貴方はそれを承認するのを拒むんですか。この第二の盗難は、第一の盗難に対する貴方の意見を変更し得ないんですか？」

「どうしまして、反対です。却って私の意見を確めます」

二

「へえ、そんなもんですか。しかしここに昨晩の盗賊は、外から忍び込んだというのっぴきならぬ証拠があるではありませんか、これでも貴方は春日燈籠を盗んだのは家内のものだという意見を固執なさるんですか?」

「何んでもこの邸の内の者です」

「それではどういう説明を……?」

「どうもこうも説明は致しません、私は、表面だけはいかにも似通った二箇の事件の存在を認めるばかりです、そして別々に衡《はかり》にかけて、それを結合する連鎖を発見しようと思うばかりです」

堀田の確信がいかにも深そうで、その行動がいかにも確実な動機に基いているらしいので、伯爵は譲歩して、

「いや、わかりました。しかしとにかくこの事件を警察へ訴えましょう」

「いや、御止しなすって」堀田は叫んだ。

「どうぞそれ丈は御止しなすって。私は警官というものは、用のある時でなければ御免を蒙っております」

「でも、あのピストルが……」

「ピストルなんぞは何んでもありません!」

「御友人が……」

「友人はただ負傷しただけです……医師に口止めすれば事が済みます……警察に対する全責任は私が引受けます」

＊

その後二日間は、何事もなくて過ぎた、その間堀田は故殺事件が、自分の目前で起って、しかも自分がそれを未然に防止することが出来なかったのに焦れて、綿密に、一生懸命にその捜索方針を続けた。堀田はまず邸内、庭園を隅から隅まで、倦まず撓《たゆ》まず捜索した。それから召使と話をした。台所、廏の隅までも査《しら》べて見た。そして、疑問を解くべき光明を与うる手掛りを得たわけではないが、なお意気阻喪しなかった。

「今に手品の種を攫えて見せる」こう堀田は考えた。「きっとこの邸内で見付けて見せる、有村の同類が、この邸内に居るに相違ない。塵ほどでも変った事があってみろ、それを手繰って本道へ出て見せる」堀田が探しておったこの変った事が思いも寄らず、先方から湧いて来た。

丁度三日目に、夫人の居間の上の、子供の教室に宛てられている部室へ入ると、妹娘の花子がそこに居た。花子は鋏を捜していた。

「御覧なさい」と花子は堀田の顔を見ると、くるくると可愛い目を誇らしげに輝かして「妾もあんな紙を拵えましたわ、貴方がこの間の晩受取ったような」

「この間の晩ですって？」

「そら、晩の御飯がすんでからですわ。貴方切ぬきを貼った紙を受取ったでしょう、そら、電話の紙を、ねえ。妾もそれを拵えたわ」

こう云ったまま花子は出て行った。他の人には、この言葉が、何の意味もないほんの子供のいたずらとしか見えないのである。堀田も別に気にも留めずに、部室の検査を続けていた、が、不意にその言葉の中に一種の意味を発見して、花子の後を追って、階段の降口で呼び止めた。

「嬢っちゃん、あなたも切抜きを貼った紙を御拵えなすったの？」

花子は自慢らしく、

「ええ、妾も字を切りぬいて貼り付けたわ」

「そんな面白い遊戯《こと》を誰に教ったの？」

「先生だわ……妾達の。妾先生がしていらっしゃるのを見たのよ。先生は新聞から字を切って貼り付けていらしってよ」

「それで先生はそれをどうしました」

「電報だの、手紙だのを拵えて出すんだわ」

一二

堀田は、この無邪気な打明話にひどく思い惑って、教室へ帰って来た。そして、そこにある椅子へ腰を卸して、その話から抽き出し得べき結論を作ろうと頭を絞った。

ふと見ると、教室の煖炉棚《マントルピース》の上に古新聞が一束ある、堀田はそれを拡げて見た。そこここに文字を綺麗に切抜いたあとがある。鋏のまにまに切抜いた字の前後の字を読めば、切抜かれた字が、大概あてが付くが、しかしそれは花子が切ったものらしい。花子達の先生の切った新聞もその一束の中にあるだろうとは思われるが、どれをどれと見分けよう術《すべ》も無い。

器械的に、堀田はそこの机の上やら、棚の上などに積み重ねてある花子の教科書を開いて見ていた。

丁度、棚の隅に積重ねた習字帖の下に、字母《アルファベット》を絵解にした彩色本があって、その中の一頁《ページ》に字を切り抜いた穴がある。それを見ると堀田は思わず、

「ヤッ！　これは？」と喜びの声を立てた。そしてそれを査べ出した。その頁には一週の日が書いてある――日曜日、月曜日、火曜日という風に字を並べて、その側《かたわら》にそれぞれ子供の記憶を助け

るような絵が描いてある。そして土曜日という字が抜けている。

春日燈籠は土曜日の夜盗まれたのではないか。

堀田は、いつも秘密の結び目を、攫み当てた時に感ずる一種微妙の満足を覚えた。この真相を攫んだという感じ、確実だという感じはこれまで一度も違った事がない。

堀田は忙しく、熱心に他の頁を繰って見た。二三頁目にまた一つ喜びの種が発見《みつか》った。

その頁には字母の華文字が、数字と一所に並んでいる。

文字は九つ、数字は三つ綺麗に切りぬいてある。

堀田はそれを字母順に手帖に書き留めた、そして次のような結果を得た。

CDEHNOPRZ-237

「フーン、これはちょっと見ただけではわからないぞ」

これだけの文字を残らず並べ替えて、その結合せによって、一語なり二語なりを作り上げられるだろうか?

堀田は、様々並べかえ、置き替え、組み合せて見たが、出来る言葉も、出来る言葉もみなものにならなかった、が、次第々々にただ一つだけ、幾度となくペン先へ生《な》ってるように現われて来た。そしてとうとうそれが本物らしく思われて来た――その言葉ならば、事実に適合し、一般の事情に照応しそうに思われて来た。

その一頁には字母が二十六字しかない以上、それを切り抜いてある言葉に綴り合せるとなると、どうしても足りない字が出来るわけである。そうすると、その足りない字は他の頁から切り取って補ったものと見なければならぬ。この条件の下にあって、九つの文字の中で出来得る一語を作って、余った文字をそのままにして置けば次のような順序になる。

REPONDZ-CH-237

一三

最先の一語はすぐわかった、Repondez「答えよ」という言葉である。Eが一つ足らないが、これはこの頁に一つしかないのが前に一度使われたから、他の頁から切り抜いて埋め合せたに相違ない。

残った二字は237という数字と共に受信者へ送った発信者の所書の一部を形成《なす》ものであろう。つまり今まで見付った文字から推して、発信者は、日取を土曜に決定した。返事はCH237へ呉れと受信者へ通じたものであるという事がわかる。

CH237という字は郵便局の私書函の番号か、それともCHという二字がある言語の一部であろう。堀田は、それを補うべき文字の切抜を発見する事もやと、他の頁を繰って見たが、一つも切り抜のあとがない。堀田は、それで、現に攫んだ説明で満足するより外なかった。

そこへ花子が帰って来た。

「面白かった?」

「大変面白う御座いましたよ、御嬢さん。もっとほかの紙を持っていらっしゃいませんか?……何か切抜いて私に下さるものがありませんか?」

「紙?……もうないの……それに先生がいけないと仰有ったんですもの」

「先生が?」

「ええ、妾先生に叱られたわ」

「おや、どうしてです」

「妾があなたに御話したのがいけないんですって……先生はそう仰有ったの、貴女は自分の御好きな人の事を、他人の叔父さんに仰有っちゃアいけませんって」

「なアに、私へなら御話してもいいんですよ、御嬢さん」

花子は、堀田にこう云われたのが嬉しかったと見えて、自分の上衣にピン留めにしたヂック製の可愛らしいカバンから細紐を一本、ボタンを三つ、角砂糖を二つ取り出した、そして終に四角な紙切を引き出して、堀田へ差出した。

「サア、貴方に上げましょう」

見ると八千二百七十九番という馬車の番号札である。

「これはどこから持っていらしたの?」

「先生の御金《おあし》入から落ちたの」

「いつ?」

「日曜日にね、先生と御一緒に御寺へ行った時よ、御寺で誰れか御金を集めに来たの、そうすると先生が御金を御出しになったの、その時落ちたんだわ」

「わかりました! さ、それでは私が先生に叱られない法を教えて上げましょうね。先生に、私に逢ったという事を仰有らなければいいんですよ」

*

堀田は伯爵を尋ねて、この先生の事を訊いた。

伯爵は驚いて――

「田辺秋子が!……そう御考えなさるんですか?……いや、そんなことはありません」

「御邸へ雇われてからどれほどになります?」

「来てから一年にしかなりませんが、私はあんな落着た女《ひと》を見た事もなければア、信用を置ける人を見た事もありません」

「私がここへ来てからその女へ会わないのはどうしたものでしょう」

「二日間留守でした」

「只今は？」

「帰るとすぐ御友人の病床へついて居ります。いや、第一流の看護婦です。優しくって、綿密で。」

和田は大変喜んで居られたようです」

「へえ！」

堀田はその後和田の負傷後の経過を聞かずにいたのである。

一四

堀田はちょっと考えて、また訊いた。

「それから日曜の朝外出しましたろうか？」

「盗難のあった翌日にですか？」

「左様です」

伯爵は夫人を呼んで、堀田の質問を繰返した。夫人は、

「ええ、先生は、いつものように十一時の祈禱会へ子供を連れて行って下さいました」と答えた。

「そうですか、その前には？」

「その前ですって？　外出はしませんでした……ええと、ちょっと御待ちなさいまし……何しろあの泥棒で妾はすっかり気が顚倒して居りましたものですから……そうそう前の晩に、日曜の朝外出したいと妾に断ったようでした……何んでも巴里を通って独逸《ドイツ》とかへ行く従妹を見送りに行くんだと云ったように思いますよ。ですが、あの女《かた》へ嫌疑を御掛けなさるんじゃ御座いますまいね？」

「大丈夫です。しかし、ちょっと会いたいと思いますが」

こう云って堀田は夫人に教えられて和田の病室へ行ってみた。病院の看護婦が被るような長い灰色のリンネルの寛袍《ガウン》を着た女が和田の枕上に屈んで薬を飲ませていた。足音で振返った時、堀田はそれが中央停車場の前で堀田を呼び止めた娘である事を認めた。

＊

堀田の方から説明を求めもしなければ秋子の方から説明をしもしなかった。秋子は、優しく微笑んだ。その凛とした美しい眼には一点の疚《やま》しさも見えない。堀田は言葉をかけよう、ものを言おうと思ったが、秋子の端然自若たる様子を見ると口を噤んでしまった。それを見ると秋子はまたその務めを続けた――堀田の驚き呆れた目の前を淑やかに歩行いて、薬瓶を置き変えたり、綳帯を巻いたりした、そして、また堀田の方を見てにっこり笑った。

堀田はぐるりと踵を返して、下へ下りると、伯爵の自動車が前庭に在るのを見て、それに乗った。運転手が、

「どちらへ?」

「馬場町へ」

馬場町は、花子が堀田へ呉れた馬車の番号札の裏にある乗合馬車会社のある町である。

行って見ると、日曜の朝八千二百七十九号へ乗っていた重五郎という馭者は居なかった。堀田は自動車を帰して待っていると、重五郎が馬を代えに帰って来た。

問われるままに、日曜の朝天門公園の近所で、黒ずくめの質素な服装《じみなり》をした、厚い大きな面帕《ベール》をかけた若い婦人を乗せた覚えがある、その婦人はひどくそわそわしておったようだったと答えた。

「その女は何か包んだものを持ってはいなかったか?」

「へえ、持って居りました、こう円形の帽子入れのようなものを」

「それでお前はその女をどこまで乗せて行ったんだい?」

「聖天《しょうてん》の広小路の側の照音《てるね》の並木街《あべにゅー》まで行きましたが、十分位待って、また天門公園へ帰りました」

「照音街へ行けば、お前その家がわかるかね?」

「わかる処じゃありません。御出でになりますか?」

「よし、行ってもらおうか、まず大和田河岸三十六番地へ寄って呉れ」

一五

大和田河岸の警察本署へ行くと、運よく警視の蟹丸が居た。

「蟹丸君、御手隙ですか?」

「事件次第だ。有村の事でなら、手が塞がっている、とまア申上げておこう」

「有村の事なんだがね」

「それじゃ御免を蒙ろう」

「何んだって? 君は諦めた……」

「僕は不可能な事は諦める。あんな不釣合な争闘にはもううんざりした。負けるのはこちらと定《き》まっているのだからなア。卑怯とでも、御笑草とでも、御好きなように仰有るがいい……僕はもう知らない。有村は僕等よりは強いのだから、とどのつまりは諦めるよりほかはないのだ」

「私は諦めアしない」

「君も終いには僕等同様諦めさせられるサ」

「それにしても、見るだけなら満更面白くない事もなかろうじゃないか」

「それアそうだ」と蟹丸は人の好い返答をして「そして、君はまた負けてみたいと見えるね。さ、行こう」

蟹丸と堀田はまた馬車へ乗った。照音街の、秋子がはいったという家の手前の向う側の小さな珈琲店の前で馬車を駐めさせて、二人は歩道に並べた卓子に坐った。燈光《あかり》が点き初めた。

「給仕！　ペンとインキ」

堀田はちょっと書付を作って、また給仕を呼んだ――

「これを向うの家の門番へ持って行って呉れ。門の所に居て鳥打を被って、煙草を吹かしているのがそうだ」

門番は急ぎ足でやって来た。そして、蟹丸が警視だと名乗ったあとで、堀田は、日曜の朝黒の着物を着た若い女が来はしなかったかと訊いた。

「黒い着物を着た？　ええ、九時頃に来ました。三階へ上ったのが確かその女です」

「度々見掛ける事があるかね？」

「へえ、この頃は繁々やって参ります、この二週間ほどは毎日やって来ます」

「日曜日からは？」

「たった一度ぎりです……今日を入れませんと」

「何んだって！　今日来た？」

「今来ております」

「今来ている？」

「へえ、十分ばかり前にやって来ました。馬車は聖天の広小路に待って居ります。門の所で擦れ違いました」

「それでその三階に居るのは何者だ？」

「三階には二人借家人が居ります、仕立屋の蓮田という女と、一月前に古田という名で以て道具附きの二間を借りた紳士と居ります」

「どういうわけで古田という名前と云うんだ?」

「どうも偽名らしいと思われる節がありますんで。嬶《かかあ》がその部室の世話をしておりますが、その持っている品に、二つと同じ名字をかいたものがありません」

「それで、その男はどうして暮しているんだ?」

「それがです、毎日のように外へ出ております。時とすると三日位帰って参りません」

「土曜日の晩には帰っていたろうか?」

「土曜日の晩ですか?……待ってください、考えますから……左様ですな、土曜日の晩帰って来てからちっとも出掛けません」

「その男はどんな男だ?」

「さア、何んと云ったらいいでしょう、猫の目のように変りますんで。高くなったり、低くなったり、肥ったり、やせたり……色が白いのかと思えば黒くなったり致します。私はいつでも見違える位で御座います」

堀田と蟹丸は互に眼と眼を見合せた。

「あいつだ」蟹丸は呟いた。「有村に相違ない」

一六

暫くの間、老探偵蟹丸は、興奮して総身わなわなと顫え、思わず吐息を吐いて、拳を握り締めた。堀田も、克制力が強いとはいうものの、やはり胸の躍るを覚えた。

「御覧なさい」門番が云った「あの婦人が出て来ました」

門番の云った通り、秋子が門へ現われた、そして広小路を横ぎった。

「オヤ、古田さんも出ましたぜ」

「古田？　どれだ？」

「あの、包み物を抱えた紳士です」

「だが、あの娘を送りもしないじゃないか、娘が一人で馬車へ乗《のろ》うとするのに」

「へえ、そうなんで。二人一緒にあるいた例《ためし》がありません」

堀田と蟹丸はツト立ち上った。街燈の光りで、二人は、広小路を娘と反対の方向へ歩行いて行く姿を有村だと見届けた。

「どっちを尾《つ》けるんだ、君は？」

と蟹丸が訊いた。

「奴さ、勿論！　大物じゃないか」

「それじゃ、僕はあの若い女を尾けよう」と蟹丸が提議した。

「いけない、いけない」堀田は、この事件を寸毫《すこし》も蟹丸へ啓《しめ》すまいと、素早く引き留めた。「あの女に用があれば僕はいつでも見付けられる……僕を一人ぼっちにしちゃア困る」

＊

少許《すこし》の間隔を置いて、折々の通行人と、所々の新聞売場《きおすく》を小楯に、堀田と蟹丸の二人は有村の跡を尾けた。随分と造作のない尾行であった、と云うのは、有村が、傍目も触らずに、颯々《さっさ》と歩行いて行く。右の脚を少し攣《つ》っているが、それがまたほんの軽微《すこし》で、物を観察《み》るように馴らした眼でなければ気が付かない位である。

「跛《びっこ》のふりをして居やがる」と蟹丸が見付けた。そして、「嗟乎《ああ》、巡査を二三人見付けて、奴に攫み掛らせたらなア！　奴の事《こ》った、また見失わないとも限らない」

だが、照音門を通るまで巡査が一人も眼に入らなかった。一旦城外へ出れば、応援を得らるる希望が全くないのだ。

「別れよう」堀田が言い出した。「人通がなくなった」

二人は雄豪《ゆーごー》の大通にかかっていた。両側の歩道を、別々に、並木の蔭を縫うて進んだ。

二人はこうして二十分ばかりも尾けたが、やがて有村は左へ折れて塞奴河《せーぬ》に沿うて進んで、少し行くと、提防を河端へ下りた。そこに四五分居たが、その間堀田と蟹丸は、有村が夕暗の中で何をしているのか見分がつかなかった。

ややあって、有村は堤防を上って、もと来た道を引っ返した。二人はとある門口の柱の蔭に身を隠して有村をやり過した。有村は、曩《さき》の包を抱えていない。

そして、有村が通り過ぎると、また一人、怪しい姿が、とある家の小蔭から現われて、そっと並木の蔭へ隠れた。

堀田は小声で――

「あの男も奴を尾けているらしいぞ」

「そうだろう、僕は、来る時分に、あいつを見たような気がする」

二人は、また尾行を継続《つづ》けたが、この男が一枚加わったので、紛糾《こんがらが》って来た。

有村は、同じ道を通って、照音門を入り、聖天の広小路の家へ帰った。

一七

堀田と蟹丸が近寄ると、前の門番が門を締めかけていた。蟹丸は、

「帰ったのを見たろうな?」と訊いた。

「へい、私は丁度階段の瓦斯《ガス》を消して居りました。あの人は門を下ろしました」

「あれ一人か、他に誰も居ないのか?」

「誰も居りません、召使を置きませんし……飯もここでは食べません」

「ここには裏階段がありはせんか?」

「御座いません」

蟹丸は堀田を顧みて、

「僕は、有村の部室の前に張込んでいよう、君は森岡町の警察へ行って署長を引張って来て呉れ給え、それが上策だ。ちょっと手紙を書こう」

堀田は反対した。

「その間に逃げ出したとしたら?」

「だって僕が附いて居れア……」

「一人立《だち》では、君と奴との戦が覚束《おぼつか》ないね」

「といって、この家へ踏み込むわけにはいかない。権利を附与されていない、殊に夜中じゃァ」

堀田は馬鹿々々しげに肩をゆすぶって、

「何アに一旦有村を縛ってしまえば、誰れが有村を縛った手段の違法呼わりをするもんか。それに、一応は呼鈴を鳴らせるじゃないか、鳴らした上で、どうなるか見よう」

二人は階段を登った。登ると、左に二重がある。蟹丸は呼鈴を鳴らした。音がない。また鳴らした。人の気配もない。

「はいろう」堀田が小声で云った。

「よし、来給え」

と云うものの、二人は狐疑《こぎ》して、進めなかった。断乎たる手段を執らんとする以前に逡巡する人の如く、二人は恐れて手を下せなかった。二人は不意にこう思った、有村がそこに居るはずがない、こう二人の近くに、一つ擲《なぐ》ればめりめりと破れるような薄い板戸一つ隔てたきりの所に居るはずがない。二人とも有村の人と為《な》りを知り過ぎる位知っている、悪魔そのままの男が、不意を打たれるようなへまを演ずるはずがない。断じてない。そこには居ない。逃げたに相違ない、隣の家からか、家根からか、それでなければ予め設けておいた逃口から逃げたに相違ない。二人が手を下すべきものは、有村龍雄の影法師ばかりとなった。

二人はゾッとした。何んとも知れぬ幽な物音が、部室の中から起って、寂寞を破った。二人は、やはり有村が居る、確に居ると感じた。二人との間に薄い板戸一枚を置いて、そこに居る、二人の足音を聞き、呼鈴を聞いたのだ。

二人はどうすればいいのだ。進むにも退くにも道がない。悲劇を見るより外はない。二人とも老練で、もとより冷静沈着な役者であるが、この場に臨んで、その演ずる役目に対《むか》えば、心悸昂進して、鼓動が聞えるように思った。

蟹丸は黙って堀田と目で相談した、そして拳で激しく戸を打った。

今度は跫音が聞える、身を隠そうともしないものの跫音である。

蟹丸は戸をゆすぶった。堀田は猛然と肩を戸に打付《ぶっつ》けて、打ち破った。二人とも室内へ踏み込んだ。

一八

二人は踏み込んだが、立ち止まった、奥の部室でドンとピストルの音がした、続いてまた一発、と思うとドシンと人の仆れる音がした。

二人が進み入ると、件《くだん》の男は煖炉棚の方へ顔を向けて僵《たお》れていた。ビクビクと断末魔の痙攣を起したかと見ると、バタリとピストルが手から落ちた。

蟹丸は屈んで死人の顔を捻じ向けた。満面血を浴びて頰と後頭部の銃傷からは鮮血がだくだくと迸《ほとばし》っていた。

「人相がはっきりわからない」

「一つ確だ」堀田は「彼奴じゃない」

「どうしてわかるんだ。君は検《しら》べもしないじゃないか」

堀田はせせら笑って、

「有村龍雄が自殺する人間だと御考えなさいますかね、君は？」

「だが、外では、確かにあれだと信じていたじゃないか」

「それア信じていたさ、そう信じたかったからね。此奴《こいつ》ひどく人を惑わしやアがる」

「それじゃ有村の同類の一人だろう」

「有村の同類に自殺する奴は一人もない」

「では此奴は何んだ？」

二人は屍体を捜索した、堀田は一つのポケットから紙入を見付けた、蟹丸は別のポケットから金貨を二三枚見付けた。シャツにも上衣にも何の商標もない。荷物——大きな箱が一つと袋が二つ——には手掛りになりそうなものがはいってない。煖炉棚の上に新聞が一束ある、蟹丸が拡げて見ると、春日燈籠紛失の記事のあるものだけである。

一時間の後、堀田と蟹丸はその家を出たが、二人が踏み込んで自殺を遂行させた風来人に就ては、二人は初めと同じく何の知る所もなかった。

何者だ？　何故自殺したのか？　春日燈籠の紛失とどんな関係があるのか？　この男が塞奴河まで行ったときそのあとを追けたのは一体何者だ。これ等は紛糾《こんがら》がった疑問として残った——みな不思議な秘密である。

堀田はむしゃくしゃしながら寝床へはいった。朝眼が覚めると、速達便でこういう手紙を受取った。

「有村龍雄は謹んで、古田なる人物として悲惨の最期を遂げたる事を御通知申し上げ候、送葬の儀は六月二十五日木曜公費を以て相営み申すべく候間何卒御会葬の栄を賜わり度く候頓首」

＊

一九

「見給え、和田君」堀田は有村の手紙を和田の枕上《まくらもと》で振りまわしながら「忌々しい奴だ、彼奴の眼が始終俺を見詰めているような気がする、こいつが一番邪魔だ。俺が腹のどん底で考えた事までも彼奴に知れてしまう。俺はまるで役者だ、一々舞台監督の指図通りに歩行いたり、人の極《き》めた通りに喋舌ったりしているのと択ぶ所がない。そうだろう和田君！」

その和田君が熱が四十度と四十度三分の間を往来している病人の、ぐっすり寝込んでいたのでなければ、無論わかったろう。しかし、和田がわかろうとわかるまいと、てんから堀田は問題にしない。

「意気沮喪しないためには、渾身の勇気と智慧を振り起さなけれアならんぞ。幸いこの嘲笑は、俺にとっては全力を振い起させる刺戟の針だ。痛みが和んで、自尊の傷が癒れば、俺はいつでも、『小僧勝手に笑うがいい、晩《おそ》かれ早かれ、お前はお前の手で売《わた》されるんだ』とこう云ってやる。ね、そうじゃないか、和田君、彼奴《あいつ》が田辺秋子と秘密に通信していることを俺に教えて呉れたのは、有村自身のあの電報だったじゃないか。君はもう忘れちゃったんだね」

堀田は室内を行きつ戻りつ、和田の目の覚めるのもかまわず、どしどし足音を立てながら、

「だが、風向が悪くなるかも知れない、前後は少しは暗くはなったが、それでも道筋が段々わかってきたような気がする。まず門出に、古田先生の身の上がすぐわかろうというものだ。俺は蟹丸と塞奴の岸の古田が包を投げ込んだ所で会合する約束をしておいた。包が上れア古田の身の上も、目的も洗い浚いさらけ出される。その後は、田辺秋子女史と俺とで片付けるだけのことだ。大した相手じゃないだろう、え、和田君。君はそう思わないか、俺が絵本の文句を解釈して、CとHとがどんな意味を含んでいるかということを発見するのは手間の取れることじゃあるまい。秘密は一切あれにあるんだ。ね、和田君」

この時、秋子がはいって来た。そして堀田を見ると、手を振って、

「堀田様、もし貴方が御病人を御起しになろうものなら、妾は本当に怒りますよ。和田様の安眠を妨げるのは非道《ひど》いと思いますわ妾、御医者さんは絶対に静粛にしなければいけないと仰有いましたわ」

堀田は一語も発せず、驚嘆して秋子を見た、はじめての時のように、秋子の解し難い冷静な態度を見た。

「まア、何故そんなに妾を御覧なさるの、堀田様。……貴方はいつでも御腹《おなか》の底で何か考えていらっしゃるようですね。何んでしょう。何卒聞かせて下さいませんか」

秋子はいかにも晴々した顔で、一点の疚しさもない眼で、微笑を湛えた唇で、そのしなやかな身振で、両手を組み合せて、少し前屈みになって、堀田に訊いた。そのわだかまりのない調子は、むしろこの英人を怒らしめる位に人なつこかった。堀田は一歩《ひとあし》秋子に進み寄って、低い声で、

「古田は昨日自殺しましたぜ」

二〇

秋子は、何の事かわからないらしく、「古田は昨日自殺しました？」と鸚鵡《おうむ》返しに訊いた。そして御定《おきま》り通り、秋子の顔には何んの変化も見えない、嘘を吐《つ》いたというような気色が露ほどもない。

「貴女は聞いたでしょう」堀田は忌々しげに「それでなければ、貴女は少くとも喫驚《びっくり》するはずだ……ああ、貴女は僕が思ったより御怜悧《おりこう》でいらっしゃる。だが、何故知らないふりをなさるんだ？」

堀田は予め手近の卓子の上に置いた絵解本を取って、切抜のある頁を開いて、「この切抜いた文字はどう排列《なら》べればいいのか教えて下さいませんか？」堀田は秋子へ突き付けて「春日燈籠が紛失する四日前に貴女が古田へ送った書付の意味を知りたいから」

「排列方《ならべかた》ですって？　古田ですって？　春日燈籠の紛失ですって？」

秋子は、ゆっくりと、丁度その意味を考えるようにくり返した。

堀田は頑強に、

「サ、ここに貴女が使った文字がある……この頁にある。貴女は古田へ何と云ってやったのです？」

「文字？　私が使った？　何んと云ってやった？」

だしぬけに吹き出して、

「わかった、わかりましたわ、私が盗賊《どろぼう》の仲間なんですね。春日燈籠を盗んだのは古田というものので、それが自殺したんですね。そして私がその人の友達なんですね。まア面白い、ほんとうに面白い御話ですわ」

「それじゃ、昨日照音町の家の二階へ行ったのは誰に会うためです？」

「誰って、私の仕立屋の蓮田さんですわ！　貴方は仕立屋とその御友達の古田と同じ人だと仰有るんですか？」

堀田は、これまでの確信にも拘らず、危ぶみ出した。恐怖、喜悦、心配などの感情を装うて人を煙《けむ》にまくのは出来ないことではない、けれども無関心、面白さ、かけかまいのない笑いはそうは行くものでない。

しかし、堀田はまた云った。

「も一言。貴方はどういうわけで前晩停車場で僕に話し掛けたのです？　盗難事件に関係せずにすぐ帰れと頼んだのはどういうわけです？」

「まア、堀田さん、貴方は随分物好きでいらっしゃいますわね」秋子はいかにも自然な調子で笑いながら「その罰に、私は何んにも話して上げますまい、それから、私が薬剤師へ行って来る間、御病人の番をなさるんですよ――すぐ拵えなければならない処方があるんですの、どれ大急ぎで行って来ましょう」

秋子は出て行った。

「俺はすっかり瞞着《ごまか》されちゃった」堀田は呟いた「俺はあの女から引出す所か、俺の方で種をわっちゃった」

堀田は以前金髪美人事件で有村龍雄と戦った時、金髪美人志田鶴子を鞠問《きくもん》した事を想い出した。鶴子は、これが若い女かと思われるほどに落着いて堀田に対《むか》った。秋子も、鶴子と同じような沈着冷静な態度で堀田と応酬する。堀田は、再び、有村に庇護《かば》われ、直《じか》に有村の感化の下にあれば、危険の真只中にあっても、不思議な落着を見せる人間に面と向き合ったなと思った。

二二

「堀田君！　堀田君」

和田の声が、堀田を回想の国から呼び返した。堀田は寝台へ寄って行って、屈みつ、

「何だい、大将、気分でも悪いのかい？」

和田は唇を動かしたがものを云えない。やっとのことで、切れ切れに、

「いーや、堀田君……彼《あ》の女《ひと》じゃーない……そんなはずがなーい」

「何んだってそんな愚にもつかないことを云うんだい？　確かに彼の女《おんな》だよ。俺がわれを忘れて馬鹿らしい真似をするのは有村に訓練された人間に対う時に限るんだ……彼の女は絵解本のことを一切合切《いっさいがっさい》知っているんだよ。有村は一時間とたたない間に今の話を聞くだろう。一時間とたたない間？　俺は何を云ってるんだ？　今現にじゃないか！　薬剤師、大事な処方か、ウン聞いて呆れらア！」

和田の事なんぞはすっかり忘れてしまって、堀田は病室から跳び出した。そして松島町へ出ると、秋子が薬剤店へはいるのが見えた。堀田は小蔭に身を隠した。

十分ばかりすると、秋子は白い紙に包んだ薬瓶を二三本持って店を出て来た。しかし、通へ出ると、秋子へ尾いている乞食らしい男が、媚るような様子で何か言いかけて、帽子を差出した。秋子は立ち止まって、小銭を呉れて、歩行き出した。

「あの男へ物を言ったな」堀田は独言《ひとりごと》った。

これは、推定と云うよりは直覚であったが、しかしその戦略を変更させるほど有力であった。秋子を見捨てて、堀田はその偽乞食の跡を尾けた。

二人は、一方が他の後に尾いたまま、聖天の広小路へ来た。乞食は古田の住んだ家の周囲を迂路《うろ》ついて、時々二階の窓を見上げたり、家へ出入りする人を眺めたりしていた。

一時間ばかりすると、乞食は仁礼《にれい》町行きの電車の二階へ上った。堀田もあとから尾いて行って、その後へすこし離れて、坐った。二人の間には読んでいる新聞で顔は見えないが紳士が一人坐っている。

城門（巴里は町の周囲に城壁を繞《めぐ》らしている）まで行くと、紳士は新聞を畳んだ。見ると蟹丸である。蟹丸は、前の男を指して、堀田の耳へ口を寄せて、

「此奴ア昨夜の男だ、古田を尾けた奴だ、此奴ア一時間もあの辺を迂路ついて居やがった」

「何か古田の事で新しい事は？」

「有る、今朝奴宛で手紙が一本届いた」

「今朝？　それでは昨日かいたものが古田の死んだのを知らない前に出したものに相違ない」

「そうだ。手紙は今検事の手にあるが、その文句はすっかり知っている『先方は譲歩しない、何から何まで、第一の品もあとの件もみな要求する。応じなければ，先方は行動する』とこうだ、そして署名はない。君の見る通り、この文句は僕等には何の用もない」

「蟹丸君、僕の意見は全然君と違う。君と反対に僕は非常に面白いと思うがね」

「それアまたどうして？」

二三

「いやなアにただ僕一個人の理由さ」堀田はその同役を扱ういつもの手で、膠《にべ》もなく云った。

電車は別荘町の終点で停まった。乞食は電車を下りて徐《しずか》に歩行いて行く。

堀田の尾ける距離が余り近いので、蟹丸は喫驚して、

「奴が振り返ろうものなら、僕等はあがってしまうよ」

「大丈夫、振り返りアしない」

「そんな事がどうしてわかるんだ？」

「彼奴は有村の輩下だ、有村の輩下があんな風にポケットへ手を突込んで、悠然と歩行くのは、第一に、自分が尾けられていると知っている証拠だ、第二に、それを平気でいるという証拠だ」

「それでも、随分僕等も厳しく追っているぜ」

「そんな事を。奴は望み次第二人の手から脱けられるんだ、奴はそう信じているのさ」

「オイ、オイ、君は僕を責めるんだね。よし、あすこに、珈琲店《カフェー》の前に自転車巡査が二人居る、あれを呼んで、この先生の御供をさせて、先生どうすれば僕等の手から脱けるか御手元を拝見しようじゃないか」

「先生そんな事では驚かないね、恐らく。オイ、先生の方が巡査を呼んでるじゃないか」

「南無三《なむ》！　大将の仲間だナ」

全くその通りで、乞食は珈琲店の前で、自転車へ乗ろうとしている巡査へ進み寄って、何か二言三言話しかけたかと思うと、珈琲店の壁へ立てかけてある自転車へひらりと飛び乗って、二人の巡査と一緒にスーッと乗り出した。

堀田は、からからと笑い出して、

「あれだ！　僕が何んと云ったっけ。御覧の通りの始末だ。蟹丸君の配下もあの通りだ。有村奴中々味をやる。自転車巡査へ金轡《かなぐつわ》を喰わせておきアがる。先生いやに落着いていると言ったろう僕が」

「それがどうしたんだ」蟹丸は腹立しげに呶鳴った「俺はどうすれアいいと云うんだ。御笑いなさるのは造作が無かろうさ」

「オイ、オイ、そうむきに成り給うな。仇はいくらも打てる。差当り援兵が必要だ」

「降旗警部が仁礼門で僕を待っている」

「結構々々。それを連れて、二人で僕と一緒になって呉れ給え」

蟹丸は仁礼門へ向った。堀田は自転車の轍跡《あと》を尾けた。自転車はグルーヴタイヤなので、轍の跡がはっきりと街路の塵に印せられている。堀田は、すぐその跡が塞奴河の堤防へ向っていることを発見した。三人は前夜古田と同じ方向に進んでいるのである。堀田はそれについて蟹丸と一緒にかくれた門へ来た。少し進むと轍の跡が入り乱れている。自転車がそこで止まった証拠である。その地点のすぐ前方堤防の下の河中へ、長い洲が突き出ていて、その突端《とっぱな》に古いボートが一隻繋いである。

これが、前夜古田が包みを投げ込んだ、というよりは沈めておいた所である。堀田はだらだら坂を降りて行けば、河床の傾斜がごく緩慢なのと、折から干潮なのとで、何の造作もなく包みを引き上げられる――三人のものが先きに拾ってしまわなかったとすれば。

「いやいや」堀田が独言《ひとりご》った。「彼奴共にその時間がない……せいぜいで十五分だ。だが、それにしても、何んだってこっちへ来たんだろう」

古ボートに一人の男が乗って、釣を垂れていた。堀田は訊いた。

「オイ、君は自転車に乗った三人連れを見なかったかい?」

二三

釣を垂れている男は頭を掉《ふ》った。

堀田は、それでも執拗《しつこ》く追かけて、

「三人連れの男だよ……自転車へ乗った。お前の居る所からたった三四間《けん》の所で止まって居るんだ」

釣を垂れている男は釣竿を小脇に抱えて、ポケットから手帳を取り出した。そして何か書き付けると、それを引き裂いて堀田へ差出した。

堀田はぞっとした。一見で、堀田はその手に持っている紙片の真中に、秋子の絵解本から切り抜いた文字を見た……

CDEHNOPRZEO―237

＊

どんより曇った日が塞奴河の上に懸っている、その男は、依然として釣を垂れている――縁の広い麦稈帽《むぎわらぼう》に顔を隠して、背広服とチョッキはその傍に脱ぎ捨ててある。じーっとして綸《いと》に気を取られているらしい、眼は緩い流れにひょっこひょっこと躍る浮標《うき》を見詰めている。

略《ほ》ぼ一分たった、厳かにして恐ろしい一分であった。

「彼奴《あいつ》かしら？」堀田は考えた、胸の底には重い固りのような鬼胎《おそれ》がある。

やがて、真相が現われた。

「彼奴だ、彼奴だ、平気な態度で、何事が起ろうとも少しも恐ろしいとも思わず、こうして坐って居るのは彼奴の他にはない。それに絵解本の事は、彼奴以外誰が知っていよう？　秋子が通知したに相違ない」

不意に、堀田は、吾れ知らず、いつかしらポケットのピストルに手を掛けて、眼を男の背中、頸の下あたりへ注いでいるのに気が付いた。

一つ動けば、芝居は大詰めだ――引金がカチと落つれば、ここに居る神出鬼没の冒険家の生命は煙と散って、みじめな最期を遂げるわけだ。

釣を垂れている男は身動《みじろぎ》もしない。

堀田は、一発どんとやりたいという烈しい熱望《のぞみ》で、むずむずしながらピストルを握り締めたが、しかし打つことは堀田本来の性情が許さない恐ろしい行為である。打てば、死は必定、万事ここに休する。

「ああ、奴め立たないかなア、立って、かかって来ないかなア」堀田は自問自答《ひとりご》った。「かかって来さえすれア、咎は奴にある……もう一秒だ……打ってしまえッ!」

が、足音が堀田を振り返らせた、堀田は蟹丸が刑事の一団を引率してやって来るのを見た。

と、堀田は、思案を変えて、身を屈めると、一躍《ひととび》にボートに跳び乗った、その勢いで舫索《もやいづな》がぷつりと断《き》れて、ゆらゆらとする船底に、堀田は釣する男を押え付けた。

二四

「何ッ!」取っ組みながら有村は呶鳴った。「サ、どうする? どうなるんだこれで? 二人の中一人がへたばったとして、残ったものに何の得がある? お前は俺をどうしようもないだろうし、俺にも手の出しようがない。このまま舟に乗っていようか、馬鹿の二幅対《ふくつい》見たように!」

二挺の櫂は、舟のぐらつく機《はずみ》を喰って辷り落ちてしまった。ボートは流れ出した。岸からは激励と呪詛と憂慮とが交った叫び声が湧き上る。有村はまた続けて云う――

「篦棒奴《べらぼうめ》、何んという態《ざま》だ、これア、君は無神経になったのか?……いい年をして何んの事った馬鹿々々しい。まるで大きな子供じゃないか。恥かしいとは思わないか?」

こう云いながら有村は跳ね起きて、堀田の手からすり脱けた。

カーッと興奮上《のぼせ》った堀田は、もう最後の手段だと決心して、ポケットへ手を入れた。が、ギリギりと無念の歯嚙《はがみ》をした。有村がいつかそのピストルを盗《と》っている。

それから舟底へ膝を突いて、堀田は、上半身水へのめり込んで、櫂を拾い上げようとした、岸へ舟を漕ぎ戻そうという気である。それと見て取った有村は、同じく片方の櫂へ死物狂いに手を伸ばした――中流へ漕ぎ出そうという気だ。

「御手に入ろうと……入るまいと同じこったぞ、この俺様には。それを掴まえたら、俺はこのピストルで使い場をなくするだけの事だ！……だが、吾々は、人生にあっては、骨を折るのはこっちだ、決定《きめ》るのは運命だ。そーら御覧じゃい、堀田さん！　運命の神様は旧友有村を加護して下さるんだ！……万歳！　流れは吾に幸いすだ！」

全くだ、ボートは沖へ流れ出す。

「危険《あぶな》い！」有村が叫んだ。

岸で何者かピストルで覘《ねら》っている。

有村は頸を縮《すく》めた。ドンと来た、舟縁近くパッと水煙が立った。有村はからからと笑って、

「助けて呉れ！　蟹丸だ！……オイ蟹丸君無法だぜそれア。正当防禦以外に打つ権利をどこで拾ったい？　この可哀相な有村が理窟を忘れるほどに君を怒らせたのかい？　ハロー！　また打つぞ！　オイ、閉口垂《へこた》れ！　気を付けろ、俺の先生を打つぞその態じゃア！」

有村は、堀田を楯に取って、舟中に立ち上って、蟹丸と真向きになった。

「サア来い、もう恐くはないぞ……オイ蟹丸君、ここだ、ここを覘い給え、僕の心臓を……もう少し上だ。……左へ。そらまた外れた……下手糞奴！　もう一発か？……ヘイ、慄えているねお前さんは？　サ、しっかりしろ。……一、二の三ッ！　打てッ！　外れた！　措《お》きアがれ！　御上じゃア玩弄《おもちゃ》のピストルを宛行《あてが》うのか？」

有村は、長い、大型の、平ぺったいピストルを引き出して、覘も定めず打《ぶ》っ放した。

蟹丸は狼狽《あわ》て帽子の手を挙げた。弾丸《たま》が帽子を貫通した。

「どうだい蟹丸君！　これの方がよっぽど上等だ。敬礼しろ、これは吾が畏友堀田三郎先生のピストルだ！」

こう叫んで、有村は、蟹丸の脚下へピストルを放り出した。

二五

堀田は讃嘆の微笑の唇頭《しんとう》に上るを禁じ得なかった。何んたる豊富な生活！　何んたる青春の華かなる喜《よろこび》！　享楽を恣《ほしいまま》にして飽く事を知らないその姿！　さながら危険の感覚が肉体の快楽を与えるかと思われる、さながらこの男の生存の目的は危険を索《もと》めてやがてそれを龕燈《がんどう》返しに安全にして楽む外の事はないのかと思われた。

この間に、塞奴の両岸には、次第に人が集まった。蟹丸とその部下とは岸伝いに流るる舟を追った。舟は中流に漂って、流れのまにまにゆるゆると河下へ下る。その結果は？　見えている――避け難き、命の定まった捕縛である。

「先生、御白状なさい」有村は堀田の方へ振り向いて「トラスヴァルの黄金全部を持って来ても、その席を譲る気がないという事を。貴方は特等席にいらっしゃるんだ。だが、まず何よりも先きに、序曲《プロローグ》をと……それが済めば中の幕をみなとばしてすぐ大詰めを演《や》りましょう、有村龍雄の捕縛か逃亡かという所を。それでね、先生、白《せりふ》の曖昧を避けるために、しかと予め諾否の御返答を承わっておきたい事が御座います。それでは、この事件に関係することを御中止《おやめ》なさい。今ならまだ時間があるから、貴方の与えた損害を恢復するのは私にとって難事じゃありませんが、遅くなれア、私の力に及ばない。御承知ですね？」

「ノウ！」

有村の顔に電光が走った。この執念深さは有村を焦燥《いらだた》せた。また言葉を継いで、

「僕は主張する。僕自身のためよりも貴方のために主張する、何故というのは貴方が第一番にこの御せっかいを後悔する事になるからだ。も一度。承知ですか、不承知ですか？」

「ノウ！」

有村は船底にうずくまって、板子を一枚引きめくって、五六分ごそごそと、何かしら堀田へ見えない仕事をした。それから立ち上ると、堀田の傍へ腰を卸してこう云った――

「先生、僕の思うに、貴方も僕も同一の目的を以て岸へ来たものでしょう、古田が捨てた包みを拾い上げようとして、ね、そうじゃありませんか？　僕は、二三の友人と落合う約束をして、あすこへ来て居ったのです。それで、御覧の通りの服装で、河底を一捜索しようという時、友人が、貴方の来た事を知らせて呉れました。が、失礼ですが、僕は敢て驚きもしませんでした、というのは、正直の所、殆んど一時間毎に貴方の捜索の進み方の報告を受けて居りましたからね。いや造作もないことでしたよ報告は。何んでも森本町で僕に関係のある事が持ち上れア、直ぐに僕に通知するんで、僕は不残《のこらず》承知していました。こういうわけですから、貴方も御承知……」

有村は言葉を断った。有村の動かした板子が少し持上って、河水がぶくぶくと浸入している。

「ちェ、畜生！　どうしたんだろう、この古舟奴底に隙があると見えるナ。先生、貴方は恐かア御座いませんか？」

堀田は肩をゆすぶった。有村はまた続けた――

二六

有村はまた言葉を継いだ――

「それで、貴方も御承知の通りの事情の下にあって、その上貴方が飽までも闘争を続けようとなさる事を前以て承知しておりましたから、貴方が熱すれば熱するほど、僕はつとめてそれを避けて来ました。そして腕ずくよりも、頭の力で雌雄を決したいと思っておりました、切札はみんな僕の手にあると信じておりましたからね。それで、今度の勝敗の結果は、出来るだけ広く世間に知れるようにしたい、今度貴方が敗けたとなれば、僕に対抗させるために、二度とあなたを仏蘭西へ呼ぶ物好きがなくなろうと云うものです。それでですね、先生、貴方は……」

有村はまた言葉を断った、そして右手を翳して河岸を眺めながら、

「やア大変だぞ、先生達軍艦用のカッターを卸したぞ。五分内に追付くに相違ない、追付かれれば万事休すだ。ね、堀田さん、一つ御忠告致しますが、僕へ飛蒐《とびかか》って、手足を縛《くく》って、僕を母国の法律の手に御売《おわた》しなさい……いかがです?……その前に難破しようものなら、二人は遺言状を作るより外の事は出来ませんぜ。そうなれア貴方は虻蜂《あぶはち》取《と》らず所じゃアありません。さ、いかがです?」

二人の眼はハタと合った。まるで白刃が相触るる趣である。今度は堀田に有村のした事がわかった。――有村は船底に穴を穿ったのである。

そして水は滾々《こんこん》として侵入する、もう靴の踵を浸している、足の甲に上った。二人身動《みじろ》ぎもしない。

水は踝《くるぶし》に及んだ。堀田は煙草入れを取出して、煙草を巻いて火を点じた。紫の煙が川風に靡く。

有村はまたさきの話を続けた――

「それでですね、先生、僕がこう申上げるのは、貴方の面前に立てば、僕は無力になるということを白状するのに外ならないのです。僕が、いつでも僕の勝利の確保された闘争だけに応戦するのは、取りもなおさず僕が劣ると云うと同じです、堀田三郎その人だけが僕の恐れる敵であって、その人が僕の進路に立つ間は、僕は不安を覚えるということを承認するのと同様です。先生、これが

僕がこう運命が貴方と御話しすることを許して呉れた時に、貴方に申上げたいと思っておった事なんです。ただ僕はこの話を、二人とも足を濯《すす》ぎながらしなければならないのを遺憾に存じます——全く威厳を欠いておりますからね、この仕儀じゃア。……いや、足を濯ぐ所じゃない。腰湯を使っているんですね、これア」

いかにも、水は二人が腰を下した横木に及んで、短艇《ボート》は次第々々に沈んで行く。

堀田は泰然と坐ったまま、紙巻煙草を咬えて、空を眺めているかと思われた。危険の真只中に坐し、群衆に取巻かれ、巡査の群に追跡せられながら、相変らず自若として諧謔を弄している男の面前で、どうして心の落着かぬ様を顔に現わせよう。二人の様子は、

「何んだい、何んだって世間の奴等はこんな屁のようなことで騒ぎまわるんだ！　土左衛門《どざえもん》の出来るのは毎日のこった、珍しくも可笑《おか》しくもないじゃないか？　大騒ぎをしなけれアならんことかい」と云ってでもいるように思われた。

二七

河岸ではだんだん群衆が殖えてくる、騒ぎは益々大きくなる。船の中では、一人は喋舌り続け、一人は黙り込んでいる、二人とも、無頓着の仮面の底に、各々の自負心が火花を散らして戦っている。

ここ数分、二人は沈むに相違ない。

「肝腎なのは」と有村がまた言い出した。「先生、貴方と僕とが、法律の執行者が到着する前に沈むか後に沈むかということを知る事です。一切はそれ次第です、というのは、難破するのがもう見えていますからね。先生、私共が遺言状を作るべき厳粛な時が迫って来ましたぜ。僕は一切の財産

を、英吉利《イギリス》帝国の市民シャーロック・ホームズに遺します……だが、奴さん達恐ろしく早くやって来るなア、あの法律の執行者連は。可哀い奴さ、奴さん達を見るのは実に愉快だ！　櫂《オール》の調子の合い加減ったら！　オイ君か降旗警部！　えらい！　軍艦のカッターは全くえらい思い付きだったねえ。僕は、君を上官へ推薦しようよ降旗君！……オヤ、君は勲章を欲しかア無いのかね？　真面目だねえ君は！……それから御同僚の手塚君はどこに居るんだい？　ははア、左岸に居るんだね、あの人込みの中に……それじゃアいずれだね、僕は難破を免れても、左岸へ出れア手塚君に拾われるし、右岸へ上れア蟹丸君に攫まるわけなんだね。苦しい板挟みだなア……」

丁度船が渦流《うずまき》に差しかかった。ボートはぐるぐる旋廻した。堀田は止むを得ず櫂座《ローロック》に縋り付いた。

「先生」有村が云った。「上衣を御脱ぎなすってはいかがでしょう。その方が泳ぐに楽だろうと存じますが。御脱ぎにならん？　それでは僕もまた着直しましょう」

有村は上衣を着て、堀田と同じように釦《ボタン》を堅くかけて、溜息を吐きつつ、

「貴方は何んというえらい方でしょう。それだけに、貴方が、全力を尽してはいらっしゃるだろうが、結局無駄骨になることに執念く関係していらっしゃるのが、いかにも御気の毒ですねえ。いや、全く貴方は高貴な才能を溝へ捨てていらっしゃるんだ」

「有村君」堀田はとうとう沈黙を破って「君はあまり余計喋舌り過ぎる、そして打明けすぎ、気紛れ過ぎて失策する」

「これアえらい侮辱ですねえ」

「君はそんなことで以て、自分では御承知であるまいが、一分前に、僕が必要な種を供給して呉れた」

「何んですって！　貴方は種が御入用だったんですって、そう仰有らなかったじゃアありませんか」

「僕は君からも他の人からも貰おうとは思わない。三時間後に、僕はこの謎の解案を荒木田伯夫

妻に輸《いた》せよう、これが君の同情に対する僕の唯一の……」

言葉が終らないうちに、ボートは不意に傾いて、二人を水中に叩き込んだ。

二八

二人を水中に叩き込んだボートは、転覆《ひっくりかえ》って、竜骨《キール》を空ざまに、すぐ水面へ浮び上った。両岸からわッと叫び声が立ったが、すぐ不安の沈黙が続いた、と、どっと喊声が揚った――難破船の一人が浮び出た。

堀田三郎である。

美事な泳ぎ手で、堀田は降旗のボートを目掛けて抜手を切った。

「堀田さん確《しっか》り！」降旗は励ました。「そこだ！　そこだ！……真直に！……有村はあとで探しまさア……なアにもう袋の鼠でさア奴ア……もう一息です堀田さん！……御攫みなさい！」

堀田は巡査が投て呉れた綱を攫えた。だが、巡査が堀田を引っ張り上げていると、後から堀田を呼ぶ声が聞えた――

「そうですとも、先生！　先生は御解決なさるでしょう。僕はまだ先生が解決していないのに驚いている位ですぜ。所でそれからどうなるでしょう。貴方にとって何の御役に立つでしょう？　結局貴方が負けるだけのことじゃアありませんか？」

楽々とボートの腹に跨って、有村龍雄は、厳粛な態度で、その聴衆に首肯させようと力《つと》めるように、演説を続けた――

「御わかりになりませんか、先生、問題の底には、何んにもないことが、絶対に空虚なことが？……貴方は紳士として御気の毒な地位に居るんですぜ……」

降旗は有村を覘って、

「龍雄！　降参しろ！」

「君はたちが悪いよ、降旗君、人の話へ横槍を入れるなんて。僕はこう言うと思って……」

「龍雄！　降参しろ！」

「オイ、オイ、よし給え降旗君、人間降参するのは危険な時だけだ！　幾ら君でも、どの顔で我輩が危地に居るなんて云うんだ」

「よし！　これが最後だ！　有村！　降参しないか？」

「降旗警部閣下、閣下だっても、我輩を殺す気なんざア毛頭もないんで御座いましょう、せいぜいの所で、我輩の逃げるのを御心配のあまり、傷を着けようというんで御座いましょう。しからばだ、ね、万一錯誤《あやまっ》て、その傷が致命傷だったらどうなさる、え？　その期に及んで臍《ほぞ》を噬《か》んでも追付かないぜ、老耄《おいぼれ》さん、これまでの履歴が台なしだぜ、大将！」

ドンとピストルの音が、河面に響き渡った。

有村はよろよろとした、ちょっとはボートにかじり付いていたが、手を放して水に没した。

二九

塞奴河中で以上の事件の起ったのは丁度午後三時であった。堀田はボートの中で有村に宣言した通り、六時に一分も違えず、仁礼門の近所の旅舎《やどや》の主人から借りた馬鹿に短いズボンと馬鹿に窮屈な上衣を着、鳥打帽を被り、絹縁《きぬべり》のついたシャツを着けて、森本町の荒木田伯邸へやって来た。そして、夫人の居間に通ると、伯爵夫妻へ逢いたいと云った。

伯爵夫妻が来てみると、堀田は部屋の中をあちこちしていた、その身に適わない着物を着ている可笑しさ、案山子《かかし》その儘で、夫妻は込み上げてくる笑いを抑えるのに骨が折れた。ひどく考え込んだ様子をしていて、前こごみになって、堀田は、窓から戸へ、戸から窓へ、同じ歩数《あしかず》で、同じ方向に、自働器械のように歩行いていた。

ひょっと立ち止って、小さい紙片を拾い上げ、それを機械的に検《あらた》めてまたあるき出した。

とうとう二人の前に立ち止って、こう訊いた。

「先生は居りますか?」

「居りますよ、庭に子供と一所に」

「伯爵、これが私共の最後の会談ですから、私は田辺秋子さんにもこの席へ列《つらな》ってもらいたいと思います」

「それじゃア貴方はどうしても……?」

「伯爵、もう少し御待ち下さい。真相は、私が出来る限り正確に貴下方の前に展げる事実の中から自然に浮び上ります」

「よろしい。静子、お前……?」

伯爵夫人は立ち上った、そして、一分と措かず田辺秋子を伴れて帰って来た。秋子は、平常《いつも》より少し青ざめて、卓子に寄凭《よっかか》って、何故呼ばれたか理由を訊こうともせずに立っていた。

堀田は秋子を見ないもののようであった、そして、突如《だしぬけ》に伯爵の方へ向いて、返答を許さないような断乎たる調子でその陳述を始めた。

「数日間に亙る捜索の結果、現に起った事件は多少私の考えを変更させましたが、とにかく私は、私が最初から言明した事、即ち春日燈籠はこの邸内に居住する何人かが盗んだものであるという事を繰返して申上げる」

「その名は?」

「存じて居ります」

「その証拠？」

「私の握っている証拠は、犯人の口を閉ずるに十分です」

「犯人が口を塞いだだけでは十分ではありません。犯人が返却しなければ……」

「春日燈籠？　それは私の手の中にあります」

「蛋白石の頸飾は？　嗅煙草入は？」

「蛋白石の頸飾も、嗅煙草入も、一口に云えば、二度目に盗まれたものは一切私の手の中にあります」

堀田は、その勝利を報告するに、このぶっきら棒の切口上《きりこうじょう》を用いるのが好きである。

言うまでもなく、伯爵と夫人とは、唖然としたらしく、沈黙の好奇心を以て堀田を見た、これがまた堀田にとって何よりの賞讃である。

堀田は次いで、この三日間にやった事を詳細に亙って開陳した、どうして絵解本を発見したか、その絵解本の中には何があったかという事を説き、それから古田が塞奴の河岸へ行った事、古田の自殺を述べ、最後に、堀田が、現にやって来た有村との格闘と、ボートの顚覆、有村の行方不明とを語った。

堀田が語り終ると、伯爵は声をひそめて、

「さア、あとに残っていることは、貴方が犯人の名を打明けるだけです、誰れを罪人だと仰有るんです？」

「私は、この文字を絵解本から切り抜いて、それによって有村龍雄と通信した人間を罪人だとします」

「どうして貴方は、その人間の受信者が有村龍雄だと知ったんです？」

「有村の口から聞きました」

三〇

「有村自身の口から聞きました」

と云って堀田は濡れて揉《もみ》くちゃになった紙片を取出した。それはボートで有村がノートブックから引き裂いた紙片で、文句を書いて堀田に見せたものである。

「それから御注意を願いますが」と堀田は有難いという声で「何《な》にも有村がこれを私に寄して打明けなければならぬような羽目になったわけではありません。云わば有村の子供じみた遺口が、私に所要の智識を与えたのです」

「どんな智識です？」伯爵尋ねた。「私にはわかりませんが」

堀田は文字と数字とを鉛筆で別の紙に写した。

CDEHNOPRZEO–237

「それで？」伯爵は云った。「これは今貴方が秋子さんの絵解本から見付けたと云って見せた文字と同じじゃありませんか？」

「違います。もし貴方が私がやった通りこの文字を何度も繰返して御覧なすったら、この方には前よりも二文字多いというが御わかりになりましょう、EとOとが」

「なるほど、それで？」

「このEとOとを、Repondezという言葉の後へ残ったCとHとの傍へ置いて見ますと、それで出来べき文字はECHOという語だという事が御わかりになりましょう」

「で、その意味は！」

「それはECHO de France（仏蘭西の反響）、即ち有村の機関で、有村が常に公衆に対する通信用としている新聞を意味しております。全文を訳しますと、『仏蘭西の反響』の愁訴欄二百三十七番へ返事せよという意味になります。これが私が長い間発見するに苦心し、有村が御苦労千万にも私に教えて呉れた鍵で御座います。私は丁度今『仏蘭西の反響』社から帰って参りました所です」

「そこでどんなものを御発見なすった?」

「有村龍雄とそれから……その同類との関係の一伍一什を発見して来ました」

こう言って堀田は第四頁目を開いた七枚の新聞を展げて次の文句を指摘した。
一、有、竜、婦人嘆保護。五四〇。
二、五四〇、説明を待つ。あ、り。
三、あ、り。敵の支配下にあり、滅。
四、五四〇。住所を報ぜよ、捜索せん。
五、あ、り。森本町。
六、五四〇。公園午後三時、菫。
七、承知、土、公園に、日、朝。
「貴方は一伍一什と仰有るんですか、これで!」と伯爵は叫んだ。

「何んと仰有います、云うまでも御座いませんとも。貴方だってよく御注意なすったら、やはり私と同じに御考えなさいましょう」

堀田は次いで説明した。

三二

堀田は落着いた調子で説明し出した――

「第一に、ある婦人が、五四〇と名乗って有村龍雄へ保護を嘆願したのです。有村はこれに答えてその説明を求めました。その婦人は敵、即ち疑いもなく古田の支配の下にある、もし誰か救助者がなければ身の破滅だと答えました。有村は多少疑惑の念を抱いておって、未知の人と会見する事を憚り、捜索するから住所を報ぜよと提議しました。婦人は四日間躊躇して——日附を御覧下さい——とうとう事件の切迫と古田の脅迫のために、その住所が森本町であることを明《あか》しました。翌日、有村は午後三時に天門公園へ行って会見するから、合印として菫の花束を持って来いと広告しました。ここで、この新聞紙上の通信が八日間中断して居ります、つまり有村とその婦人とは最早新聞紙を介して通信する必要を見なくなった証拠です、二人は会見して直接に通信して居ったのです。謀策は既に成っておりました、即ち、古田の要求を満足させるために、その婦人は春日燈籠を盗むという事とし、残る所はその日取を定めるだけとなりました。用心のために、文字を切り抜いて、それを貼り付けて通信しておった婦人は、土曜日と定め、『「仏蘭西の反響」二三七へ返答せよ』と附加えました。これが即ち私が絵解本から発見した文字です。そこで有村は土曜日と決定た事は承知した、日曜の朝公園に居ると広告しました。日曜の朝、盗難が生じたのです」

「なるほど、一切解けました」と伯爵は感心して「話は完結しましたね」

堀田はまた続けた——

「それで盗難が生じたのです。その婦人は日曜の朝外出して、仕遂げた旨を有村に告げ、春日燈籠は古田へ届けました。事件は有村の予想通りに運びました。警察は、開いた窓、地面と露台へ残った梯子の痕に迷わされて、窃盗説を承認しました。その婦人は安心して居りました」

「いかにも」伯爵は云った。「御説明は理論上間然する所がないと認めます。しかし、二度目の窃盗……」

「二度目の盗難は最初の奴に煽動《おだて》られたものです。新聞が春日燈籠紛失の模様を書き立てると、何者か、再襲して、最初《はじめ》に攫《さら》われなかったものを残らず手に入れようと考えたのです。そして、二度目のは、見せかけの盗賊ではなく、純粋《ほんとう》の盗心を抱いて、梯子その他を準備した本物だったのです」

「有村ですね無論……?」

「いや、有村はそんな愚を演じません。有村は非常に立派な理由がなければ人を銃撃《うち》は致しません」

「それじゃア何者でしょう?」

三二

「疑いもなく古田です、古田が自分が脅迫している婦人に知らせずにやったのです。ここへ忍び込んで、私に追窮されて、和田を傷《きず》つけたのは古田です」

「真実《ほんとう》にそう御思いですか?」

「確《かた》く信じます。現に昨日古田へその同類の一人から、手紙が届きましたが、これによるとこの同類と有村とは、この邸から盗まれた品物の取戻しに付いて交渉談判が開かれておるのがわかります。有村は、「第一の品」即ち春日燈籠から「第二の仕事の品」まで、一切を要求しております。それのみならず、有村は古田の行動を監視し、昨晩古田が塞奴河へ行った時などは、有村の手下が、蟹丸や私と同様に古田の跡を尾けました」

「どういうわけで古田は塞奴河の岸へ行ったんでしょう?」

「私の捜索の進行を警告されたからです……」

「警告? 誰れに?」

「他ではありません、春日燈籠の発見のために、その冒険の発見を惹き起すことを心配した婦人です。それで、その婦人に警告されて、古田は自分を危地に陥《おとしい》るると思わるる品物一切を引纏めた上小包にして、危険が去り次第、いつでも引き上げられる所へ沈めました。古田が、蟹丸と私に追跡されたのはその帰り途で、それに他の犯罪のために良心を責められた点もありましょうが、古田は頭脳《あたま》を失って、自殺したのです」

「だが、小包には何がはいっていましたろう?」

「春日燈籠とその他貴方の品がはいっておりました」

「それじゃみんな貴方の手にあるんですね?」

「有村の行方が不明になると直ぐ私は有村のために陥された水難を利用して、古田が小包を沈めておいた地点を捜索した所が、貴方の盗難品が残らずリンネルと油紙で包んであるのを発見しました。ここに御座います」

こう云いながら堀田は卓子の下からその包を引きずり出して卓子へ載せた。

一言も発せずに、伯爵は紐を断って、リンネルを引き裂き、春日燈籠を引き出し、火床の扉を開いて見た。中にはちゃんと紅宝石と緑宝石とを鏤《ちりば》めた黄金のキメラがある。手も触れてない。

＊

この場の初めから、堀田の言う所は、一見いかにもあたり前の事実を手短に述べたに過ぎないが、その実一語毎に堀田は秋子に対して正式の、直截な、拒否し難い求刑を浴せかけたのであって、一種の悲壮な、普通《ただ》ならぬ光景であった。その光景は、田辺秋子の極端な沈黙によって静かながら物凄い空気を醸《かも》した。

長い、酷烈な証拠陳述の間、秋子は眉一筋動かさず、顔の色をも変えず、自若としてその静粛な態度を保っていた。一体何を考えているのだろう? それのみならず、否でも応でも返事をしなければならない羽目になった時、自ら弁護して、堀田が巧妙に造り上げた鉄牢を破らなければならない時、何んと云う申開きをするだろう。

今やその時が来た。が、秋子は依然として啞《おし》のようだ。

「仰有い、秋子さん、仰有い！」と伯爵は叫んだ。

二三

秋子は黙って居る。

伯爵は強いて、

「ね、一語、それで明りが立つ……一言申開きをなさい、さすれば私は貴女を信ずる」と云った。

秋子はその一言をも言い出さない。

伯爵は焦々《じりじり》した足取で、室内を歩行きまわったが、堀田の方へ向き返って、

「ね、堀田さん、私は真実だと信じようとは思いません。世間には到底有り得べからざる犯罪がある。これもそれだ。これは私の知っている事実、私が一年間見ている事実と全然相容れない」

こう言いながら、堀田の肩へ手をかけて、

「だが、堀田さん、貴方は絶対に錯誤《あやまり》で無いと云うのですか?」

堀田は、不意を打たれて直ちに防禦し得ない人のように、思わずたじろいだ。だが、微笑を含んで、

「私が罪を擬している人の外には、春日燈籠の中に高価な宝石が納れてあるという事を知っているものがありません。その人間は、この邸に勤めているおかげで知っているのです」

「私はそれを信じようとは思いません」

「その人へ訊いて御覧なさい」

そう言われると、秋子に盲信を置くの余りそれは伯爵がやらなかったことである。今や、証言を拒むのは許さるべくもない形勢となった。

伯爵は秋子に進み寄って、その眼をひたと見詰めつつ、

「秋子さん、貴女だったのか？　貴女が春日燈籠を盗ったのか？　貴女が有村と通信して泥棒の手引きをしたのか？」

秋子ははじめて答えた。

「伯爵様、左様で御座います」

秋子は頭《こうべ》を俛《た》れもしない。その顔には恥辱も困惑も恐怖もない。

「そんな事があるもんか？」伯爵は呆れて「私はどうしてもそう信じなかったが……貴女を疑うなんという事は夢にも思わなかった……どうしてそんな事をしたのだ、え、秋子さん？」

秋子は云った。

「私は堀田さんが仰有る通りに致しました。土曜日の晩に私はこの奥様の御居間へはいりまして、春日燈籠を盗って、朝、それを持って行きました……あの男へ……」

「いや、違う！」と伯爵は反対した。「貴女の云った事は出来ようわけがない」

「出来ないと仰有いますと、どういうわけで御座いましょう？」

「何故って、私が見た時は、朝この部室の戸が締っていたからだ」

秋子は真赤になって、私《ひそか》に堀田の顔を見た――あたかも助言を求めるように。

堀田はまた、伯爵の反駁よりも、秋子の困惑に打たれたかと見えた。それでは、秋子が申開きを立て得ないのか？　堀田が春日燈籠の紛失を明かにした説明を確むべき秋子の自告の中には一事実を検覈《けんかく》すればすぐ明白となるべき虚偽を交えておったのか？

伯爵は続け様に、

「繰り返して云うが、戸は錠が下りておった。私は確言する、閂は私が前夜見た通りであった。

もし貴女が云うように、その戸を通ってここへはいったものとすれば、誰れか内からこの奥の居間からか、私共の寝室からか開けたものがあるに相違ない。しかし、この二つの部室には外に人が居ない……私と静子との外に居ない」

堀田は急に面を伏せた。そして両手で顔を隠した。真赤になっている。

三四

不意に電光で打たれたように、堀田は頭がぐるぐると廻るのを覚えた、心臓は不安の鼓動を搏つ。前後一切の事情がはじめてその目前に一幅の絵巻の如く現われた、疑問の雲が名残りなく晴れた。

秋子が冤枉《むじつ》の罪を着たのである！

秋子は無罪である。これ正に確実なる事実である、そして、堀田がこの若い美人に対して嫌疑をかけて以来常に一種の落付かぬ心地を覚えたのは、正しくそのためである。今や真相が明白になった。確かである。一弾指すれば、立地《たちどころ》に、拒否し難い証拠が目前に現われよう。

堀田は頭を擡《あ》げた、そして、二三秒の後、出来るだけ自然な態度を装うて、伯爵夫人の方へ眼を向けた。

伯爵夫人は顔色青ざめて、眼には隠し切れない惑乱の色が漂うている。隠そうとあせりながら隠し終せぬ手はぶるぶると顫えている。

「もう一秒だ」と堀田は考えた。「そしたら彼女《かれ》は自ら押え切れずに秘密を洩らすに相違ない」

堀田は、つと伯爵と夫人との間に身体を容れて、自分の落度のために二人の上に落ちかかる危険を打ち払おうとした。しかし、伯爵の顔を見ると、堀田は魂が氷るかとばかりぞっとした。堀田を眩暈《くらま》したと同じ啓示が、伯爵の眼にも映じたのである。堀田と同じ考えが伯爵の頭の中にも湧き出でた。伯爵も真相を覚った。明かに見た。

秋子は必死となって、押し迫る真理に抵抗せんとした――

「伯爵様、仰有る通りで御座います、私の思い違いで御座いました。実際の事を申上げますと、私はこの戸からはいったのでは御座いません。私は玄関から庭へ出まして、梯子を藉《か》りて……」

その努力は人間以上の献身的な真心から出たものである……が、甲斐のない努力であった。その言葉は真実らしく聞えない。その声は確実性を失って、秋子はもう澄清《すん》だ眼光《まなざし》と真摯な態度を保ち得なくなった。頭を俛れてた、敗北した。

＊

沈黙は物凄いばかり、伯爵夫人は、苦痛と恐怖で顔色を鉛にして控えていた。伯爵は、その幸福の破滅を信ずることを避けようと努めるもののように心の底で戦っているかと思われた。

とうとう、しかし、伯爵は口火を切った――

「仰有い！　言開きをなさい！」

「もう何んにも申上げることが御座いません」と伯爵夫人は少し嗄れた低い声で云った、その顔は失望のために歪んでいる。

「それでは……先生は……」

「先生は私を救って下さいました……私を気の毒がって……私を愛しているので……そして自分で罪を着て下さいました」

「救った？　何から、何者から？」

「あの男からで御座います」

「古田か？」

「はい。あの男は私を脅迫したので御座います……あれとは御友達の所で逢ったので御座いますが、どういう迷かその言葉に聞き惚れました、いいえ、いいえ、貴夫の御宥しを蒙る事の出来ないような不仕鱒は致しません……ただ手紙を二本書いただけで御座います……買い戻しました……貴夫が御存じの通りで御座います……どうぞ御宥し下さいまし、私は生きた心地も御座いませんでした」

三五

「お前！　お前！　静子！」

伯爵は拳を振り上げた、擲りもし、殺しもしかねまじき勢いであった。が、ぐたりと腕を下げて、切れ切れに、

「静子お前が……お前が！……そんな事がお前！」

手短に、口早く、静子は断腸的なしかし月並な物語をした、古田の醜悪な性格を知った時の静子の恐怖、その後悔、その狂乱を打明けた、そしてまた秋子の立派な行いも物語った、秋子は夫人の絶望の様子を推して、慰め賺《すか》してその秘密を打ち明けさせ、有村へ訴えてその助けを藉り、古田の爪から夫人を救うために春日燈籠泥棒事件を仕組んだのであるという事をも白状した。

「静子！　お前は！」伯爵はこう云うばかり、急に年を取ったように身体を曲げて、わなわなと慄えながら、「どうしてお前がまア……？」

＊

その日の夜、仏蘭西のカレーを出で、英国のドヴアへ向う倫敦《ロンドン》号が、油のような海面を辷っていた。夜は闇く静かである。穏かな、深い靄《もや》が海を包んで、船の燈を赤く、青く、黄にぼかしている。

乗船客の大部分は船室やら、喫煙室やらへはいってしまったが、船に強い、引込嫌いの人々だけは、甲板の上を逍遥したり、厚い毛布にくるまって、大きな揺椅子へ横になったりしていた。所々に、ぽっと赤く光るのは煙草の火である。そして、そよそよと吹く風に渡って、夜の静寂を破るのを恐れるような、かすかな話声がする。

落着いた足取りで、甲板の上を行き戻りしていた船客が、ベンチの上に横になっていた女が少し身動きしたのを見ると、その前に立ち止まって、

「私は貴女が睡っていらっしゃるのかと思っていましたよ、秋子さん」

「いいえ、堀田さん。私睡くは御座いませんの、私考えていましたわ」

「何を御考えです？　そう御訊きしちゃア失礼かも知れませんが」

「私、荒木田様の奥様のことを考えて居りましたの、まアどんなにか御辛いんでしょう！　もう一生破滅ですわねえ」

「満更そうでもありませんよ、全く」と堀田は熱心に云った。「夫人の落度は、一生忘れられないようなものじゃアありませんよ。伯爵は直き忘れてしまいますよあの辛さを。私共が発つ時、伯爵はもう夫人をそんなに酷い目では見ませんでしたよ」

「そうかも知れません……けれど、御忘れなさるには、随分長くかかる事でしょう……その間奥様は御苦みなさるんですわ」

「貴女は奥様が御好きなんですか？」

「ええ、それアもう。そればっかりで、私は恐しさに慄えていながらも笑っていられましたし、貴方の御眼を避けたいと思う時でも貴方と面と対《むか》い合っていられました」

「それでは貴女は夫人と分れるのが辛かったんですね？」

「ほんとうに辛う御座いました。私には親戚も御友達も御座いません……私はただ奥様の……」

「御友達はすぐ出来ます」堀田は少し憤《むっ》然とした調子で「私はこう御約束をする……私は関係《ひき》も

有っているし……勢力も有っている……確かに貴女は貴女の地位を悲観するような事はない」

「そうでも御座いましょう、けれども、荒木田様の奥様がそこに居らっしゃいませんもの……」

二人は、それっきりで、言語《ことば》を交さなかった。堀田は、甲板の上を二三度往き返りしたが、やがて道連れの側へ腰を下した。

霧が少し晴れかかって、空でも雲が散じかけて来た。星がその間から瞬きしている。

堀田はインバネスのポケットから煙管を取り出して、煙草を詰めて、燐寸《マッチ》を擦った。四本擦ったが、風のために吹き消されて火が点かない。一本もなくなったので、立ち上って、二三歩先きの紳士へ近寄った――

「誠に恐縮ですが、何卒火を一つ」

その紳士は蠟燐寸の箱を出して、それを擦った。パッと明るくなった。その光で堀田は有村を見た。

三六

堀田が、ほんのちょいと、殆んど人に知れない位い身体を動かさなかったならば、有村は、自分が乗船している事が堀田にわからないと思ったかも知れない、それほど堀田の自制力が強かった、そして、堀田は、極めて自然な態度で、その敵手《あいて》に手を差し出して、

「いかがです、有村君、御機嫌は?」

「えらい!」有村は叫んだ。「えらい!」堀田の自制力は有村の口からこの讃辞を引き出した。

「えらい?……何が!」

「何がですって?……貴君は、私が塞奴河中に陥《はま》ったのを目撃したあとで、ここで、幽霊のよう

に現れているのを御覧なすった、それでいて、吾々仏蘭西人が英国気質の特色と云っている自重心、奇蹟的な自重心のせいで、貴方はちっとも驚いた様子を御見せにならない、アッとも、オヤとも仰有らない。えらい！　全くです、繰返して申上げますが、全くえらい！」

「別に讃められる事もないさ。君が船から落ちた具合で、僕は君が任意に離れたので、ピストルで撃たれたのでないという事を知っていた」

「それで貴方は私がどうなったかも検べずに御帰りなすったんですね？」

「君がどうなった？　知れているじゃアないか。五百の人間が塞奴河岸四分の三哩を監視している、君が死の手を免れたとしても、捕縛されるに決定っている」

「でも拙者は現にここに居りますぜ」

「有村君、世界に何事も以て驚かすに足らない人間が二人ある、一人は僕、一人は君だ」

これで平和は成立した。

よしんば堀田が予定通り有村に対する計画を遂行し得なかったとしても、有村が依然として堀田の手に合わない敵として存するとしても、また、戦闘行為中、有村が堀田に対して優勢の地歩を占めてきたにしても、とにかく堀田はその不撓不屈《ふとうふくつ》の勇気を以て、春日燈籠を回復している。無論、世間の評判という点から見れば、堀田の収めた結果はしかし赫々《かくかく》たるものではないに違いない。収めた結果は、堀田をしてその発表を秘密に附すべく余儀なくせしめた。どうして春日燈籠を取り戻したかという事も、罪人の名をも一切秘密に附せざるを得なかった。しかし、有村と堀田、盗賊と探偵との間には、公平に云って、勝敗がない。二人は共に同等の勝利を要求し得る。二人の面目は立っている。

それで、二人はお互にその真価を知り合った戦士が、暫く武器を伏せて礼譲を以て応酬するように慇懃に談《かた》り合った。

堀田が尋ねるままに、有村はその逃亡の模様を物語った。

三七

堀田が尋ねるままに、有村はその逃亡の模様を物語った。

「簡単至極なものでした」と有村は語り出した。「はじめ春日燈籠を引き上げるために塞奴の岸に集合した時から、私の仲間は、あの騒ぎの間岸で番をして居りました。それで、私は顚覆したボートの下に半時間ばかり隠れていて、蟹丸や降旗が岸沿いに私の屍体を捜索している隙を見て、私はまたボートへ這い上りました。私の仲間は私を発動機船に曳き上げて、五百の見物の呆れた顔を後にして逃げ出しました」

「うまい！」堀田は叫んだ。「鮮かな手際だ！　それで、君は英国に用でも有るんですか？」

「ええ、ちょっと用があるのです……いや、すっかり忘れていましたが……伯爵は……？」

「伯爵は何にもかも承知だ」

「ね、先生、私が何と申上げましたっけ？　今となっては取返しの付かない始末となったじゃアありませんか。いっそ私一人で始末をつけた方がよくは御座いませんでしたろうか？　私の方はもう一日か二日で、春日燈籠もその他の品物も古田の手から回復《とりかえ》して、伯爵家に送り返す手筈でした、そうすればあの二人は平和に幸福に日を送れたんでしょう。所がその代りに……」

「所が、その代りに」堀田は不平らしく「僕がすっかり捏《こ》ね返して、君が保護しておった平和な家庭を滅茶々々にした、と云うのだろう」

「さ。そうです、保護と云うのも変ですがね。だが、一体人間というものは始終泥坊をしたり、詐欺をやったり、危害を加えたりしか出来ないものなんでしょうか？」

「それじゃア君でも善行をすることがあるんだね？」

「閑暇《ひま》がありますとね。それに、面白う御座んさア。私はそう思いましたね、今度の競技は実に奇妙だと。この度は、私が人の急に趨《おもむ》いたり、保護したりする勇士で、貴方が失望と涙とを齎す悪人だったんですからねえ」

「そうだ。その通りだ」堀田は飽くまでも知らぬ顔をして「荒木田家は打毀《うちこわ》されて田辺秋子は泣いている」

「あの女《ひと》はあの邸には居られまい……蟹丸は結局秋子を発見して……その筋を辿って伯爵夫人へ溯って行くに相違ない」

「一々御尤もだよ。だけれどそれは誰れのせいだい?」と堀田は皮肉った。

*

二人の前を二人の男が通り過ぎた。それを見ると堀田は有村へ言いかけた。

「この二人連れの紳士が誰だが知っているかね」

その声の調子が少し変っている。

「一人は船長のようですね」

「も一人は?」

「存じませんね」

「星野義一君だ。星野君は英国の探偵局長だ」

「へい、それアいい具合だ! 御紹介を願えませんか? 仏蘭西の探偵局長の土井君は僕の親友の一人ですから、星野様にも一つ土井君同様御懇意を願いたいんですが」

二人の紳士がまたその前を通った。

「さ、僕が君の言う通りにするとしたら……?」

と云いながら堀田は立上った。

堀田は有村の手首を捉えて、鋼鉄の如き力を以て締め付けた。

三八

「何んだってそんなに惨《むご》く御締めなさるんです先生？　いつでも御同伴《おとも》いたしますよ」

いかにも、有村は、些《すこ》しも抵抗《あらがわ》ずに、堀田の曳きずるに任せた。二人の紳士は、ずっと向うの方へ行っている。

堀田は歩武《あし》を早めた。爪が有村の肉に喰い込んだ。

「来い！　来い！」堀田は一切を出来るだけ早く解決しようと焦りながら、息を喘ませて云った。

「来い！　疾《はや》くだ！」

が、すぐ立ち止った、田辺秋子が二人の後へ尾いて来る。

「何をしているんだ、秋子さん？　貴方は来るには及ばない」

返辞をしたのは有村である――

「先生、恐れ入りますが御覧下さいませんか、秋子さんは自分の意志で尾いて来るのじゃありません。私は、貴方が私を攫むのと同じ力で田辺さんの手首を引張っているんです」

「何故だ！」

「何故ですって？　さア、私は田辺さんも御紹介して戴きたいと存じます。春日燈籠事件の田辺さんの持役は、私の役よりも重う御座います。有村龍雄の同類兼古田の同類として、田辺さんも荒木田伯爵夫人の冒険を陳述しなけれアなりますまい……これア慥《たし》かに巡査に受けまさア。そして、その法《て》で以て、貴方は御親切な御干渉《おせっかい》を大詰めまで運ぶわけでさア、ねえ大先生！」

堀田は無言で有村の手首を放した。有村も秋子の手を放した。

三人は、数秒間、互に顔を見合せて、凝《じ》っと立ち竦んだ。やがて堀田は自分の椅子へ帰って腰を下した。有村も、秋子も各自の席に復した。

＊

長い間、沈黙が三人を支配した。やがて有村が口を切った――

「ねえ先生、二人は何をやっても、迚《とて》も同じ天幕《テント》の下には住めませんねえ。貴方は溝渠の向う側に立っていらっしゃるし、私はこっち側に居る。二人は、首肯《うなずき》合ったり、握手したり、言葉を交したりはされますが、溝渠は依然として二人を隔てている。貴方は常に探偵堀田三郎、私は常に盗賊有村龍雄だ。そして、堀田三郎はあるいは自発的に、あるいは合理的に、探偵としての本能の命ずるままに行動して、盗賊を駆り立て、もし出来得べくんば押えようとする。有村は終始一貫して、盗賊の精神を守り、探偵の手を外して、もし出来れば探偵を嘲笑します。それで、この度は笑えます。ははは、は、は、はアアアア」

有村は冷酷な、憎さ気な、骨身に沁むような声を揚げて傍若無人に笑った……が、突然真面目な態度に返って、秋子の方へ向き直ると、

「田辺さん、御安心なさい、どんなどんづまりまで落ちようと、私は貴嬢《あなた》を売るようなことは致しません。有村龍雄は断じて人を売りません、彼が好きな人、感服している人は猶更です。それで、貴嬢の御許しを願わなければならないが、私は貴嬢という可愛らしい、凛々しい方が好きでもあり、感服もして居ります」

有村は紙入から名刺を出して、二つに折り裂いて、半分を秋子へ差出し、情の籠った、敬虔な声で、

「もし堀田三郎氏が御成功なさらなかったらば、田辺さん、住村夫人を御訪ね下さい――住所はすぐわかりましょう――そしてこの名刺を御出しなすって、『なつかしき思出』と仰有いまし。そ

うすれば住村夫人は姉のような情愛を以て貴嬢を迎えます」

「有難う御座います」と秋子は名刺を胸のポケットに納めて「明日早速伺いましょう」

「さて、先生！」と有村は重荷を下したように、満足の調子で「貴方もお寝みなさいまし。靄で船足が遅くなりましたので、まだ微睡する位の時間は御座います」

有村はウンーと伸びをして、ごろりと横になった。

＊

雲が裂けて月が現われた。清しい光が空と海とに満ち渡った。旅客が、続々と甲板へ出て来て、月光の中を逍遥《さまよ》うた。星野義一氏は二人の紳士と同伴《いっしょ》にぶらぶらしている、堀田はそれも英国探偵局の探偵であることを認めた。

ベンチの上には有村が睡っていた……。

大宝窟王　前篇

三津木春影

序

仏蘭西《フランス》の有名な探偵小説家にモリス・ルブランという人がある。この人は本書の所謂「隼白鉄光《はやしろてっこう》」という同一の巨盗を主人公として、他に五六種の異なった事件を書いている。著者はよほど感情の優雅な人と見えて、篇中には沢山の血腥い事件も出て来るが、その強盗自身には決して殺人《ひとごろし》をさせない。「己《おれ》は元来血を流す事が嫌いだ……己は紳士強盗だ」とその主人公が揚言している。そのくせその内容が変化に富み、波瀾に富み、意外から意外に移り、読者をして思を塞《つ》め、胸を躍らせて巻を措く能わざらしむる手腕は真に豪《えら》いものである。この点は訳者の趣味にも合っている。予は探偵小説は翻訳していながらも、近来流行の兇悪無惨な、罪悪その物だけを下等な筆で描写した本は嫌いである。

いつの世にも史外史伝というような物は面白い。十七世紀頃、仏国に鉄仮面という怪事件が起って、今日までもその秘密が闡明《せんめい》されずに伝説として残っている。それは貴人と思われる一人の囚人が、鉄製の仮面《めん》を被せられたまま孤島の牢獄に送られ、終世黙々として死んでしまった不思議の事件である。本書「大宝窟王」はそのような史伝に聯絡を保っている。大宝窟王とは果して何人を指すか。鉄仮面の秘密の扉が二十世紀の今日、本書によって開かれるかどうか。

それが読者の前に提出された面白い問題である。

大正元年十二月　　三津木春影

一　彼は生きているか……短剣はどうした、短剣は？………

黎子《れいこ》はふと眼が醒めた。耳を欹《そばだ》てると、どこからともなく怪しの物音が二度ばかり聞えて来る。ハテ、寂然《しん》と寐鎮《ねしず》まった真夜中に何の音であろう。……だが、漠然《ぼんやり》としていて何の音とも判断がつかぬ。この大きな田舎邸《やしき》の壁の中から響くのか。それとも邸園の真暗な繁みの奥から聞えるのか……。

で、彼女は密《そっ》と寐台を放れて窓を明けて見た。外には蒼白い月光が、静な芝生や藪の上に流れている。それを囲んで古い廃れた僧院の截形《きりがた》の円柱や、毀れた拱門《アーチ》や、潰れた廊、欠けた支壁なぞが悲しげな輪廓をところどころに描いている。夜の微風が樹立の露わな枝の間を音もなく辷り抜け、灌木の芽生《めばえ》の嫩葉《わかば》を戦《そよ》がして、物の面を柔かに吹き徘徊《さまよ》うた。

不意にまた同じ物音が響いてくる……どうやら下の二階の左手、即ち建物の左翼にある居間の辺から起るらしい。一体黎子は割合に胆力の据った方であるが、そこは女だけに気味が悪い。で、寐衣《ねまき》の上に寛《ゆる》い外衣《うわぎ》を纏ってマッチを取った。時しも境の扉《と》を開放《あけはな》っておいた隣の室《へや》から、

「黎子さん……黎子さん……」

と呼吸《いき》も絶々《たえだえ》に呼わる繊細《かぼそ》い声が聞えるので、その方へ行こうとすると、従妹《いとこ》の蓉子《ようこ》が蹌踉《よろめ》くように入って来て腕に縋った。

「ああ、黎子さん……貴女も聞いて……？」

「ええ……じゃ貴女も睡らなかったのね」

「たしか犬の声で眼が醒めたんだわ……今しがた……けれどももう吠《な》いていないのね……今何時でしょう」

「四時頃よ」

「アレ……確かに誰か客間を歩いているわ！」

「大丈夫ですよ。叔父様が階下《した》にいらっしゃるから」

「だから心配なのよ。御父様の御居間は書斎のお隣りなんですもの」

「それに秋場さんも居るから……」

「だってあの人、あっちの端れの方で……とても聞えやしませんわ」

と言いつつ窓際へ歩み寄った蓉子は、忽ち叫ぼうとするのを噛殺して、

「御覧なさい！……男が……噴水の傍を！……」

なるほど一人の男が小脇に何やら大きな物を抱えて、それが足の邪魔になるのを堪え、堪え、古い礼拝堂の方へ駆けて行く。やがて曲者の影は土塀に開いた小さな耳門《くぐり》の蔭に消えてしまった。その扉は開けてあったに違いない。

「客間から出てきたのだわ」

と蓉子が囁いた。

「いいえ、客間からだとすると、もっと右手の方へ現われなくてはならないはずよ……でなければ……」

と言いさして、二人とも同時に気が付いたと見え、試みに窓から瞰下《みおろ》すと、案の定、一挺の梯子が階下の二階へ掛けてある。一条の微光が石の露台へ射した。と、またもや一人の曲者、同じく何やら抱えたのが、露台の欄干《てすり》を跨いで今しも梯子を伝い降り、前のと同じ道を取って姿を消した。

「呼びましょう、黎子さん……私もう堪らない……お父様を呼びましょう……」

と、蓉子は膝を突いたきり昏倒せんばかりに怯えているのを、黎子は下手に呼立てて同類が残って居ては藪蛇だと気を落着けて、壁に仕掛けてある伝鈴の電気釦《ボタン》を強く押した。階上《うえ》の従僕《しもべ》共の寐間で、リ、リ、リン、リン……とそれが強く突刺すように響き渡る。

二人は待った。夜の寂然《しん》としたのが、何とも言えず恐しい。風も吹止んで庭の樹の葉も死んだように黙してしまった。

「どうしましょう……私恐くて恐くて！……」

と、蓉子は顫声で言ったその時、階下の深い闇の中から遽《にわか》に人の取組合《とっくみあ》うような音が聞えて来た。続いて器物の転覆《ひっくりか》える音、罵る声、叫ぶ声、最後に殺されでもしたような物凄い、身の毛の竦立《よだ》つ許り荒らかな人の唸声がする……。

黎子は泣叫ぶ蓉子に取り縋られながら廊下を一飛び、それから階段を転び降りて、大きな客間へ一足駆け込むと同時に、二人ともハタと敷居際に釘付けにされたように立止った。眼前三歩と離れぬ所に一人の真黒な男が、電気角燈を持って突立って居るではないか。曲者は角燈を静に振向けて、キラキラと眩惑《めまい》のするような強い光を颯《さっ》と浴びせかけ、顫え上った二令嬢の蒼白い顔をじッと眺めていたが、面の憎いほど悠々と落着き払って、紙片《かみきれ》で絨氈《じゅうたん》の上の足跡を拭き消して露台に出た。そこでまた振返ってちょっと帽子を取り、二人に丁寧に頭を下げると、そのまま見えなくなった。

蓉子は真先に父の寝室に続いた隣の小さな書斎へ駆け付けて見た。が、そこへ入るか入らぬにアッと吃驚《びっくり》した。というのは斜《ななめ》な月の光で見ると、二人の男が死んだようになって、床に俯伏しに倒れているのだ。

「お父様！……お父様！……ああ真実《ほんとう》にお父様だ……どうなすったの、お父様！」

と、彼女はその一方の体に取付いて声を限りに呼び立てた。

暫時《しばらく》すると渥美伯爵は漸く正気付いて体を動かした。そして途切れ途切れの声で「心配することはない……己はどこも怪我をせぬ……が、彼《あ》れは生きているか……短剣はどうした、短剣は……？」

二人の従僕は手燭を点して馳せつけた。黎子がも一人の倒れた男の顔を覗いて見ると、それは伯爵の家令秋場塚三であった。頸首《えりくび》の辺から一条の血潮が流れ出で、顔は蒼白《あおざ》めて全く死人の相を呈している。

黎子は衝《つ》と立ち上った。客間へ戻ると見ると壁の戦勝記念標に懸けてある一挺の鉄砲を取るより早く露台へ走り出た。曲者が梯子の最頂《うえ》の段へ片足をかけてからまだ五十秒とは経っていない。邸園を透して見れば果して彼奴《きゃつ》、今しも古い僧院の裾を廻って逃げるところである。黎子は素速く鉄砲を肩へあて、的《ねら》いを定《つ》けて曳金を引くと、ドンと一発！　曲者はバッタリと倒れた。

「占め！　占め！　もうこっちの者だ、私が降りて参りましょう」

と一人の従僕が勇み立つ。

「アレ曲者はまた起上ったじゃないか……下川、お前は階段を降りて行って、塀の耳門へ真直ぐに駆けておいで。逃途《にげみち》はあれより他はないから」

下川は急いで出て行った。が、彼が邸園へ行きつかぬ前に、曲者は再び倒れた。それを見た黎子は他の従僕真喜《まき》を呼び、露台から曲者を見逃さぬように注意しておいて自分は雄々しくも弾丸《たま》を籠め換え、蓉子等の止めるのも聴かず下へ降りて行った。

やがて僧院の方へ急ぎ行く彼女の姿が見えた。真喜は上から大声に「曲者は本院の裏手へ匍《は》って参りますよ、もうここからは見えません……御嬢様、御用心なすっていらっしゃい……」

黎子は曲者の退路を断つと見えて本院について曲って行った。間もなくその後影は真喜に見えなくなった。五六分経っても帰る姿が見えないので、漸く気懸りになった。で、階段へ廻らずに、本院から眼を放さぬようにしながら梯子を伝い降りて、曲者の最後の姿を見掛けた所へ駆けつけると、三十歩ばかりあなたに下川と一所に曲者を捜索中の黎子が眼についた。

「どうなさいました」

「不思議だ、さっぱり解らない。耳門も閉まっている。けれどもこの境内を免れるはずがないから、何と言ってももうこっちのものさ」

と、下川が答える。

百姓の親子が鉄砲の音に驚いて飛んで来た。彼等の住居は右手の遥か端れにあるけれども、やはり土塀の境内だ。しかし二人とも誰にも遭わないそうだ。

「勿論遭うはずがない。曲者は境内のどこかの穴の中にでも隠れて居るんだろう」

と真喜が言った。

そこで一同が改めて猟《か》り出しに掛った。藪という藪は端から叩き廻り、円柱の裾に絡みついている蔓草まで引剝《ひっぱ》いで見た。礼拝堂の扉は残らず錠が掛ってあるし、一枚の窓硝子《ガラス》も壊れた跡がない。僧院の周囲は無論、古い建物の隅から隅まで捜索した。が、猫の子一疋出て来ない。ただ一つ手に入った物がある。黎子に撃たれて曲者が倒れた辺に、自動車の運転士の冠る、非常に柔かな水牛皮の帽子が一つ落ちていた。この他には何の手懸りもない。

二　鮮血淋漓たる胸部の傷……即死、即死、確に致命傷………

薄原分署の久米井警部は、朝の六時にこの強盗殺人犯の急訴に接すると直さま部下を引連れて現場に出張した。その前に泥府《でぃふ》の係官に向けその顚末を急報し、強盗の首領が僧院境内に潜伏の形跡あるを以て急遽逮捕の必要ある事、証拠品としては帽子一個、他に犯罪用の短剣が一刀《ひとふり》発見された事を附加えた。

同十時、二台の雇《やとい》馬車がダラダラ坂を現場の方へ疾駆した。一台の古風な低輪の有蓋馬車の方には検事と、検視監と、書記とが乗り、他の見窄《みすぼら》しい軽馬車には二名の新聞記者が乗っていた。一名は留安《るあん》市の留安日報記者、一名は巴里《パリ》の某大新聞記者であった。

坂を降りると古い別荘が見え出した。――これは嘗《かつ》てはこの音布留《おとふる》村の方丈の僧院で聖月院《せいげついん》と称されたものであった。それが革命戦争の兵火に罹《かか》って毀損されたのをその後渥美伯爵が土地ぐるみ買受けてもうかれこれ二十年も持っている。建物は時計塔の立った本院が一つ、その左右に出張った両翼が各一つ、その周囲にはいずれも石の高欄づきの階段が取附けてある。そこからは邸園の土塀のあなた、高い諾曼《のるまん》の北海岸の断崖に終る一帯の丘陵を越えて、英国海峡の青藍色の水平線が、丸毛《まるけ》村と波良磯《はらいそ》村との間に微《ほの》見えるのである。ここに伯爵は優しく美しい令嬢の蓉子と、二年前両親に同時に死なれ不幸な孤児《みなしご》となった姪の真保場《まほば》黎子と共に住まって居る。別荘の生活は、至極平和に規則正しく過ぎた。附近の者が時々訪ねて来るし、夏は伯爵が殆ど毎日のように令嬢たちを泥府へ遊びに連れて行った。伯爵は丈が高く容貌《かおつき》が厳《いか》く、頭髪《かみのけ》はもう霜を混えていた。財産は随分富んだ方で、自分で万事を処理し、広い地面の面倒は家令の秋場塚三と一所に見た。

さて検視監は現場へ着くや否や、まず久米井警部の詳細の報告を徴した。犯人の逮捕は緊要であるけれども、まだその運びになっていない。しかし邸園の出口々々は厳重に固められてあるから、蟻の匍い出る隙間もないはずだ。一同は階下にある大広間と食堂とを検分して、二階の客間へ移った。客間は整然として一糸紊《みだ》れず、器物も装飾も平生と毫《すこ》も変りがない。爪の痕さえ認められない。左右の壁には模様を画き出した華麗な大きな普蘭《フレミッシュ》派の掛毛氈が掛ってい、（普蘭派とは十六七世紀頃盛なりし画派の称）、窓と対合《むきあ》った壁には神話を題材とした同じ大きさの組枠に入れた四個の美事な絵が吊るしてある。これは画聖留弁《るうべん》（十六世紀の半ばより十七世紀の前半にかけて生きたる独逸《ドイツ》の大画家）の筆になる世界に有名な絵であって、伯爵が掛毛氈と共に、その母方の叔父、西班牙《スペイン》の帆張《ほはり》侯爵から伝えられたものである。

検視監の鴨田比留男は口を開いて、

「もし犯罪の動機が強盗にあるとしても、とにかくこの客間を的《ねら》ったのでないことは確じゃね」

「そうは言われません！」と検事が反対した。この検事は沈黙家《むっつりや》の方だが、口を開くときっと検視監に反対する。「私の考えでは、犯人の第一目的は、世界に知れ渡ったこれらの名絵《めいが》や掛毛氈を竊《ぬす》み出すにあったろうと思うのです」

「と致すと、その時間がなかったのですな」

「それは調べるに従って追々解りましょう」

この時渥美伯爵が医師と連立って入って来た。伯爵は昨夜の自分の災難を知らず顔に機嫌好く両係官を迎えて、兇行発見以来閉じた儘でおいた書斎の扉を開けた。ここは一見して客間と違い大混乱を極めている。二脚の椅子は転覆り、一脚の卓子《テーブル》は微塵に壊れ、置時計、紙挟み、文具箱などが床に振り落されて、方々に散乱した手帖の紙片には血糊がべっとりと付いている。

医師は死体を覆うた敷布を取り除けた。秋場家令は平生《ふだん》の天鵞絨《ビロード》の襲衣《かさねぎ》で、釘を打った長靴を穿き、片手を下にして仰向けに長まっていた。胸飾《ネクタイ》を取り、襟飾《カラー》を外し、血に染みた襯衣《シャツ》を脱がせると、胸部に当って見るだに凄き大きな傷が一箇所鮮血淋漓として現われた。

「即死ですな。致命傷です、短剣で一突きやられてその儘逝ったのです」

と、医師が鑑定する。

「ああ、客間の炉棚の上に、皮帽子と列《なら》んであったあの短剣じゃね」

と検視監は首肯《うなず》いた。

「そうです、あれはここに落ちておったのです」と伯爵が言った。「姪の黎子が御承知の通り鉄砲を撃掛けたのですが、あの短剣はその鉄砲と一所に戦勝記念標の上に掛けてあったのです。運転士の帽子は、あれは確かに犯人の物ですなあ」

検視監はなお室内を仔細に検分し、医師にも様々《いろいろ》質問したが、それが済むと伯爵に昨夜の顚末を訊ねた。

「いや、私《わし》は秋場に起されたのです。何かしら怪しい物音が耳に響いていたせいか、悪い夢を見続けておりますとな、不意に揺起されたので眼を開くと、秋場が手燭を持ってこの昼間の通りの服装《なり》で寝台の傍に立っていますわい……この男は時々夜更かしをする癖がありますのじゃ……で、何事じゃと訊くと、容易ならぬ顔をして低声《こごえ》に、客間に誰か入っていますという。なるほど私にも物音が聞える。そこで私も起き上って密《そっ》と扉をあけてこの室へ入って参った。が、それと同時にその境の扉がこっちへバタンと開けられて、一人の曲者が客間から突進して参ってな、突然《いきなり》私の眉間をグワンと一つ喰わしました。どうも話が概略だけしか申上げられんが、実際また曲者を見ると、擲《なぐ》られたのと殆ど同時であったので、詳しい事なぞ知る間もありませんのじゃ……え、それからですか……何も知りません……私は気絶してしもうたので……初めて正気に復して見ると、秋場はこの通り無慙に殺されておりましたのじゃ」

と、なお曲者の人相は毫も認められなんだ事、自分が仇敵《かたき》を持つ覚えのない事、秋場は二十年来の奉公人で、正直無類の模範的の家令である事、家財は一物も竊まれたらしい形跡はないにも係らず、例の二人の令嬢が何をか重い物を抱え行く二名の党類を目撃した事などを物語った。

令嬢達は直ぐに客間へ召喚された。蓉子はまだ蒼白めて顫えて物も言われずに居るが、黎子の方はもう大分元気を恢復して、顔色も沢々《つやつや》しく、大きな褐色《とびいろ》の眼の中に金色の光を閃めかせながら、問われる儘に前夜の始末を判然《はっきり》々々と答えるのであった。

「すると貴女は確にその事実を認めるのですな」

「ハイ、確でございます、邸園を横ぎって逃げました二名の者は、何物かを運び出して参ったに相違ございませぬ」

「三番目の犯人は？」

「この室から空手で出て行きました」

「その風体が少しは御解りであったかな」

「角燈の光を向けられましたので眼が眩みましたけれども、丈が高くて肥っておったとだけは申上げられます」

「貴女にもそう見えましたか」

と、検視監は蓉子に尋ねる。

「ハイ……いえ、アノ……」と蓉子は考え考え「私はまた中丈《ちゅうぜい》で痩せぎすの方ではなかったかと思われまするの」

検視監は微笑《わら》い出した。同一物に対するこのような意見の相違には慣れている。

「すると我々は、丈が高くて低くて肥えていて痩せていた一人の男を捜索すると共に何かこの客間から家財を持出した二人の男を追及しなければならない……この客間には何にも損失物はないそうですが」

彼は戯談《じょうだん》が好きな上に、仲々の野心家で、一般公衆の前で犯人の捜索方針を商議する事を避けるような度量の狭い検視監ではない。さればこそ今客間に一パイ押寄せた有象無象《うぞうむぞう》共を一人も追出さないのだ。二名の新聞記者の後から百姓の親子が入って来た。親子に続いて庭師夫婦が覗きに来た。夫婦に次いで従僕共が集った。従僕共に混って、泥府から検視監等を送ってきた馬車の二名の御者もやって来た。

三　二個所許りに血の塊が………もう黒ずんで固まっている………

検視監は訊問を続けてゆく。

「なお三番目の奴が消失《きえう》せた筋道について調べねばなりませんが……ええと、これが貴女が御撃ちになった鉄砲ですか」

「ハイ。その曲者は僧院の左手に荊棘《いばら》に埋れました墓石がございますが、そこまで行き着いたのでございます」

と黎子が答える。

「しかしまた起ち上ったそうですな」

「漸く半分ばかり身を擡《もた》げました。で、従僕の下川が直ぐに飛降りて耳門を固めに参り、私も続いて参りました。後には真喜がここから見張って居りました」

「すると貴女のお説によると、怪我をした曲者は、従僕が耳門を固めて居ったから左の方へ逃げることが出来ない、と言うてあの芝生を突切った形跡がないから右の方へも逃げたはずがない。さア、そうすると曲者は我々の眼前の比較的狭い場所に現在でも隠れて居らねばならぬ理窟になりますな」

黎子も、下川も、真喜も首肯いた。

「捜索区域は極めて狭少です。四時間前から始めた通りの捜索を更に継続すればいいのです」

と検事は流眄《ながしめ》をしながら斯く叫んだ。

「いや、まさか、少しは手懸りがつくでしょう」と、言いながら検視監は炉棚の上の皮帽子を取上げて左見右見《とみこうみ》して商店の名を調べていたが、久米井警部を頤《あご》で麾《さしまね》いて囁いた。「貴君《あなた》の部下にこの帽子を持たせて直ぐに泥府へ急行させての、泥府の波礼田《はれた》町に鞠田《まりた》という帽子店があるじゃろうから、そこへ行ってこれを売った客にもしや覚えがありはせぬか調べさせて下さらんか」

検事の言った通り捜査区域は建物と建物との間に限られている。左方の壁と、家と対合《むかいあい》との壁とで作った一つの角がある。その角を境として右手は芝生を限りに、つまり間を距《へだ》てて建っていることの有名な中世紀の僧院の建物の間の四角形の地域を猟りさえすれば好いのである。

蹂躙《ふみにじ》られた草の上に直き曲者の跡が解った。二ケ所ばかりに血の塊がもう黒ずんでこびりついている。僧院の角を他方《むこう》へ曲ると、そこは一面に松葉が零《こぼ》れているから最早《もう》足跡も何も認められないが、それにしても曲者はどうして黎子と、二人の従僕との目を眩ますことが出来たろう。この辺には藪が少しばかりと、墓石が五六基立っているばかりだ。手分をして藪を分け、墓石の下を捜っても何の怪しい跡もない。そこで検視監は鍵を預かっている庭師に命じて礼拝堂の扉を開かせた。これは全部石造の神廟であって、精巧緻密な彫刻で埋められ、真に諾曼峩斯式《ゴシック》の驚くべき代表的建物として往昔非常に尊崇されたものであった。しかし内部は割合に素朴であって、大理石の祭壇の外には格別の装飾物もない。従て隠れ場所もありようがない。耳《のみ》ならず、第一この中へ鍵を持たずに入られる道理がないのである。

一同はそこを出て、最後に土塀の耳門へ来た。これは僧院の遺跡を見物に来る人々の出入口である。耳門の外には一筋の往来が走っている。試みに検視監が屈んで見ると、塵埃《ほこり》の上に二条の太い護謨《ゴム》のタイヤの跡がついている。二人の従僕は忽ち憶い出した事がある。それは黎子の発砲してから間もなく、自動車の走るような音を聞いた事である。

「ハハア、やはり曲者はここから同類に合して逃げたのじゃな」

と検視監が言った。

「そんなはずがございません！」と下川が頑張って「御嬢様と真喜とが未だ曲者の姿を認めている間に、私はこの耳門に張番をして居りましたから、ここから逃げられる道理はございません」

「すればどこかにまだ居るはずではないか、内か外かに……」

「確かにこの内に隠れています」

検視監は肩を聳かして、多少気難しい顔をして伯爵邸の方へ戻って行った。どうも解らない事件だ、不思議にもほどがある。何にも竊《と》られていない強盗殺人事件で、犯人が行衛不明ときている……。

もう正午《ひる》は夙《と》くに過ぎていたので、伯爵は出張係官と二名の新聞記者とに小食《おやつ》を出した。皆な沈黙《だんまり》で食事を終ると、検視監は再び客間に入って行ったが、この時泥府へ派遣された久米井警部の部下が帰ってきた。

「鞠田帽子店は直ぐに見付かりました。この帽子は馬車の御者に売ったのだそうであります」

「御者に？」と検視監は少し案外な顔をする。

「ハイ、一人の御者が店前《みせさき》に馬車を止めて、御客様が御入用なのだが、自転車運転士の被る帽子で、黄色の水牛皮製のがあるかと訊ねますので、この帽子がただ一つ売残ってありましたのを渡しますと、大きさも調べずに価段《ねだん》を払って大急ぎでまた馬車を駆けさせたそうであります」

「どのような馬車であったろう」

「低輪の有蓋馬車だそうであります」

「それはいつのことであったか」

「いつのことと仰有《おっしゃ》って……なに、今朝の八時でした」

「今朝の？　何じゃいそれは！　君は何の事を話して居らるるのじゃ」

「この帽子を売ったのは今朝の八時であったと申すのであります」

「しかしそのようなはずがないではないか。この帽子は昨夜の曲者が邸園に落して行ったものですぞ。今朝の八時に新しゅう店から買うた帽子を、昨夜の強盗が被って参った……」

「帽子屋の言うのでは確に今朝売った品だそうであります」

皆な訳が解らなくなった。検視監も途方に暮れたが、頻りに考えている中に、突然光明に撲《う》たれたように気色を変えて、

「御者を、今朝我々を乗せて来た御者を捕えるのじゃ、あの低輪の幌馬車の方の奴を！　直ぐに彼奴《あいつ》を捕えて呉れ！」

警部と巡査とは直ちに馬車小舎へ走って行ったが、間もなく警部だけが帰って来た。

「御者はどうなすった」

「彼奴、飯を食いたいと申すので勝手で喰わせてやりますと……」

「喰わせてやると……」

「出て行きましたそうで」

「馬車に乗ってかの」

「いや、貴君方の御帰りをお待ちする間に、由比村の親戚を訪ねて来ようと申して、従僕から自

転車を借りて出かけたそうであります。これが彼奴の帽子と外套とです」

「では何も被らずに出かけたのかな」

「いや、懐中《かくし》から帽子を出して被って行ったそうであります」

「帽子を？」

「ハイ、黄色の皮帽子であったとか申します」

「黄色の皮帽子？　ハテ、それはここにあるではないですか……」

「そうですな。しかし、彼奴の被って行ったのもこれと酷似《そっくり》であったそうです」

検事は傍から薄ら笑いをして、

「実に滑稽だ！　実に面白い！　帽子が二つあるんですな……あの唯一の証拠物件であった真物《ほんもの》の方は御者の頭に乗って飛んで行ってしまった！　貴君の手にあるのはそりゃ贋物ですな！　ふム、これは一杯マンマと喰わされましたなア！」

実際喰わされたのである。係官を運んで来た御者が同類とは誰が気付こう。その同類が昨夜落して行ったのと同じ帽子を今朝買って来て、巧みに擦り換えて行こうとは誰が思おう！

「御者を捕えるんじゃ、御者を！　久米井警部、君等が二名で馬で追掛けて呉れ……」

と、検視監は騒ぎ立てる。

「もう遥かに逃げ延びたでしょう」と検事が口を出した。

「いや、どこまで逃げ延びても追跡せねばならぬ」

「それは私も同感です。しかしここにそれ以上に御警戒なさらんけりゃならぬ事がありますぞ。御者の残して参ったというこの外套の懐中の中から、今このような紙片を見付け出したのですが、御読みになりますか」

と、四折りになった一枚の紙片を差出すのを、検視監が開いて読み下せば、

「令嬢よ、覚悟をしろ、お前のために首領が死にでもしたら、きっと仇を討つぞ」

一同はまたも顔色を変えた。

「曲者から予戒礼《よかいれい》を敷かれたな!」と検事は呟いた。

検視監は家族の方を向いて、

「いや、伯爵吃驚なさることはない、令嬢方も御心配御無用じゃ、このような威嚇《おどし》文句が何になりましょう、警察官が警戒して居りますぞ。我々は出来る限りの注意を取って一刻も早く御安心をさせ申そう。そこで、諸君のことであるが……」と新聞記者を顧み「諸君にはよほど慎重な態度をとって頂かねばならぬ。新聞記者が既にこういう審問の場所まで来られるのを我々が黙認したのはよほど好意を表した次第なので、それが諸君の筆法によっては……」

と言いかけたが、ふと何をか思い付いたらしく言葉を切った。そして二名の新聞記者の顔をじッと見比べ出した。

四　怪しき贋新聞記者………附け髭を取れば若き学生………

やがて検視監はその一人の方へ進み寄って、

「君はどちらの社の方ですか」

「留安日報社です。私は司法記者です」

「司法省の認可証をお持ちかの」

「持っています」と、差出したのは真物である。

「宜しい。貴君は?」と他の一人の方へ向く。

「僕ですか」

「そう、君はどちらの社です」

「いや、僕は幾つもの新聞へ書くので……方々の新聞へ……」

「認可証は？」

「持っていません」

「ほオ！　それは怪しからん！」

「僕は一定の社の在勤記者ではありません。遊軍です、臨時の通信員です。時に応じて通信を甲社へも送れば乙社へも送ります。それを掲載するとせぬとはその社の随意です」

「すると、何と言わるる方か。また何ぞ書類でもお持ちか」

「僕の姓名《なまえ》は御聞きになる必要がないでしょう。書類なぞは一枚も持っていません」

「では君の職業を証明すべき書類はお持ちがないと言わるるのじゃね」

「僕には職業というものはないんです」

「しかし君は偽ってここへ入って来られたのじゃろう、そして予審に関する秘密までも聴かれたのじゃろう、その上まだ姓名をも匿そうとしてもそれは黙許するわけに参らぬのじゃ」

「検視監閣下、では僕も理窟を捏《こ》ねるです。僕がここへ入って来る時に、閣下は一言の御咎めもなかったでしょう。だから僕も態々《わざわざ》御断わりをしなかったんです。それに予審の秘密々々と仰有るけれども、僕には解らないんです、ここへは誰でも来たんじゃありませんか……現に共犯者が一人混っていたじゃありませんか！」

　この記者は悠《ゆっ》くりと物静かに、相当の礼譲を籠めた調子で話して行く。まだ極くの青年で、痩ぎすで恐しく丈が高く、服装《みなり》は短表衣《ジャケツ》に黒いズボン、どちらも莫迦《ばか》に小さく、微塵も流行の装飾気《しゃれっけ》なぞない。顔色がまた女のように淡紅色《ときいろ》で、額が広く、その上に短く刈った頭髪《かみ》が冠さり、鼻下にはチョッピリとした髭が生えている。澄んだ眼がいかにも賢そうな光を宿して、何者の前でも少しも狼狽《まごつ》いたり取乱したりする風がなく絶えず愉快そうに微笑んでいる。

鴨田検視監はさもさも疑ぐり深い眼付をすると、それと察して二名の警官が青年の前に立ち塞がった。青年は事もなげに、

「検視監閣下、確的《てっきり》僕を共犯者と御認めのようですね。しかしもし僕が共犯者だったら今頃こんな処で愚図々々して居やしません、先刻《さっき》の同類のように逃出しますよ」

「いや戯談は言われるな！　全体は何という姓名じゃ」

「三井谷散史《みいたにさんじ》です」

「身分は？」

「巴里の工業学校の四年生です」

検視監は眼を円くして、

「何、何、工業学校の四年生……」

「そうです。詳しく申上げれば巴里、本城町、二十三番地にある工業高校の……」

「コレコレ、私を愚弄しては不可《いかぬ》！　戯《ふざ》け過ぎてはいかぬ！」

「けれども閣下、貴君が意外《いかん》に思うのを僕は意外に思うのです。僕が工業学校の四年生であるという事は事実で奈何とも致方がないんです。ああこの髭ですな。御安心なさい、髭は髭だが附髭ですから」

と、忽ち鼻下の髭を取って棄てると、三井谷の顔は一層若く、一層淡紅色を呈し、紛れもない学生の姿となった。彼は子供のように真白な歯列《はなみ》を見せて嬉々として笑いながら、

「これでお解りですか。もっと証明が要りますか。では、父から僕によこした手紙の封筒を御眼にかけましょう、ソレ『巴里工業学校寄宿舎内三井谷散史殿』としてございましょう」

それを信じたか信じないか知らぬが、とにかく検視監は厳格な顔をして、

「ここへは何に来られたのか」

「ここへですか……それは……自分を教育するために来ました」

「なに、教育のため！　教育のためならば学校というものが建っている。例えば君の工業学校もそうじゃ」

「閣下は御忘れですか。今日は四月の二十三日で復活祭（耶蘇《やそ》の復活を記念するための祭）の休日の中日ではありませんか」

「で……?」

「で、僕の好き自由に休日を過ごしているのです」

「君のお父様は……」

「父は国端れの青波州《せいば》に住んでいます。父からこっちの北海岸へ機会《おり》があったら旅行せよと勧められていたのです」

「附髭をつけてかの」

「いえいえ、附髭は僕が考えたんです。僕等は学校の余暇には不思議な冒険譚や探偵奇譚を沢山読みます。そして人物が変装したり何かして活動するところを読みまして、色々な恐しい錯綜《こみい》った事件なぞを想像して面白がっていましたが、そんなことに自然に感化されて附髭なぞを覚えたのです。それに僕は普通《あたりまえ》では書生ッポに見られるものですから、容体ぶって巴里の新聞記者に化けたんです。もっともそれは、この辺を一週間も平凡な旅行をした挙句、何にも不思議な事件に遭遇《でっくわ》さないもんですから失望《がっかり》していますと、昨夜です、留安日報の記者をしているこの友達に会って、ふと音布留村の聖月院の強盗殺人事件を聞いたものですから、雀躍《こおどり》して飛んで来た訳でした」

三井谷散史の話し振りは正直で、卒直で、少しも技巧の跡がなく、聴いている中に自然に惹き込まれずには居られない。さすがの鴨田検視監もまだ迂散臭《うさんくさ》そうな眼付はしているものの、幾分興味を催したらしく、前よりは優しい口調で、

「それで君はここへ参って果して満足したかの」

「大満足です！　非常に僕は面白く思います」

「君が夢想しているような、錯綜した不可思議な事件かの」

「そうです、非常に刺激的の事件です。何と言っても、暗い陰影《かげ》の中から凡有《あらゆ》る事実が飛出して来てそいつが一所に集まって、段々に事件の真相を形作って行くのを見て居るほど愉快なことはないんです」

「事件の真相！　ほオ、若いだけに君はなかなか突飛じゃ！　すると今度の事件の真相も君には少しは解釈出来そうに思わるるかの」

「否《いい》え、そうじゃありません！」と三井谷は笑い出して「ただ……僕には一つの意見を形作ることが出来ないでもないと思う点が二つ三つあるのです。それからその他の諸点でも非常に大切な断定を下されるばかりになっているのが……」

「なるほど、益々怪しからん事になって参ったの。到々君から真相が聞かれるかな！　真実《まったく》のところは、困ったことにの、私にはまだ何にも解っておらんのじゃ」

「それはまだ熟考する余裕がお有りにならんからです。大事件は必ず熟考してみなけりゃなりません。事実というものは表面だけ見ていたんでは何の説明も与えてくれません」

「すると君には、我々が今まで確めた事実が何か真相を語っていると思わるるかの」

「貴君にはそう思われませんですか」

「私には解らぬ。……すればまず訊ねるが、この室へ犯人が強盗に入った目的は何であろう……」

「僕にはチャンと解っています」

「豪い！　ここの御主人よりも君の方が詳しいわけじゃ。では、犯人の姓名を御訊ねしたらば？」

「それも知っています」

居合した者は皆吃驚した。検事と新聞記者とは椅子を進ませた。伯爵と二人の令嬢も、青年が余りに落着き払って返答しているので、思わず真面目に耳を傾ける。

「犯人の姓名を存じていると言われるのか」

「そうです」

「すると潜伏の場所も多分は御存知じゃろう」

「知っています」

検視監は手を揉み合せながら、

「何という幸福《しあわせ》な事じゃろう！　君のお蔭で私も出世が出来るじゃろう。どうも驚くべき秘密じゃが……それを今お話しが願われようか」

「ハイ、今御話ししようと思えば出来ますが……否、御差支えがなければ一二時間の中に致しましょう……とにかく閣下の御調べが終ってから」

「否々《いやいや》、何卒《どうぞ》今ここで直ぐに打明けて頂きたいものじゃが……」

と迫られて、三井谷が何か話し出そうとする折しも、今まで三井谷の顔を穴の明くほど見詰めていた黎子が、この時何と思ったか衝と検視監の前に進み出た。

五　同時に二個所より炎々たる火災………妖魔の業か鬼神の業………

「アノ、検視監様……」

と黎子は改めて呼びかけた。

彼女はしばし躊躇しながらなお青年の顔を打瞻《うちまも》っていたが、

「はア、何ですか……」

「アノ、検視監様からこの方に訊ねて頂きたいことがございますが……それは、この方昨日、あの土塀の耳門の前の往来をブラブラ御歩きになっていましたが、その理由《わけ》を承わりとうございますので……」

思いがけない打撃に遭って青年は度胆を挫《ひし》がれた。

「御嬢様、僕がですか？　僕が？　昨日僕の姿を御覧になったと言われるのですか」

黎子は思案有りげに青年の顔から眼を放さず、

「ハイ、午後の四時頃私は土塀の外の森の中を散歩しておりますと、あの道を御通りになった一人の若い方が丁度貴君ぐらいのお丈《た》けで、御服装《おみなり》も同じで、御髭の具合も今お棄てになったあれと似寄っていて……それに確に人に見られるのを憚かるような風がありましたのでございます」

「それが僕だと仰有るのですか」

「いいえ、少し漠然した記憶でございますから、キッパリと貴君とは申上げられませんけれども……けれども私にも……もしそうでございませんでしたら、不思議なくらい似寄った方なので……」

検視監も迷い出した。今一名の共犯者のために一杯喰わされたばかりだのに、またこの自称学生にしてやられるのか。青年の挙動や陳述はまさかに嘘らしくも思われぬが、しかし人は外貌《みかけ》によらぬものである！

「三井谷君、君の意見はどうなんじゃ」

「閣下、令嬢の思い違いです。昨日の午後四時頃には僕は布良部《ふらべ》町に居ました。僕でなかった証明はその一事実で沢山でございましょう」

「しかしそれが事実であるや否やは調査の上ならでは断定出来ぬ事じゃね。久米井警部、貴君《あんた》の部下にこの青年を監視させて下さい」

三井谷はそれを聞くと非常に困惑《こま》った顔色をした。

「長く留めおかれるのですか」

「布良部町から報告の参るまで」

「閣下、では御願いですが大至急に間違いのないように調査させて下さい……」

「何故じゃ」

「僕の父はもう年老《としと》っています。日頃僕を非常に頼りにしていますし、僕も出来るだけは父に孝行しているつもりですから……そんなことを聞くと父が心配するんです」

と、段々哀願的になる。それが却って検視監の心証を害した。が、検視監は穏かに、

「今夜か……遅くも明日までには解決が附くじゃろう」

午後の日はもう長《た》けていた。検視監は係官以外の者の現場への出入を厳禁しておいて、再び僧院の方へ戻り、境内を幾つもに区分して、朝から捜索し尽した個所を、更に綿密に規則的に忍耐して捜索した。が、黄昏時《たそがれ》まで掛っても依然として何の効果も挙がらない。その頃には事件を耳にした都鄙《とひ》各新聞社の記者連中がもう三十何名か押寄せて来た。

「新聞記者諸君、様々の事実から帰納してみると、犯人は確かに我々の手の届く範囲内即ちこの境内に潜伏していなければなりません。しかしそれは道理上の断定であって事実は御承知の如く、今朝からの大捜索が悉く無効に終りました。で、やはり彼は当僧院から逃出したものに相違ありますまい。従て逮捕の地はどこか当院以外の地であろうと思われます」

と、こう検視監は記者連に告げた。

そして警官を境内の要所々々に配置して、夜中の厳戒を命じ、なお例の客間と僧院全部とを見廻った後、検事と共に泥府へ引還《ひきかえ》した。

＊

夜となった。犯罪の現場なる書斎は閉鎖せねばならぬので、秋場家令の死体は別室へ移された。死体の傍には二人の令嬢と、近所の細君とが御通夜をする事になった。階下の古い説教所の長椅子《ベンチ》の上には三井谷散史が睡った。これには村の駐在所の巡査が一人大きな眼をあいて付いている。外

には警部、巡査、百姓父子、村民等十四五名が建物の中と、塀の内側に哨兵の役を勤めた。

十一時までは寂寞《ひっそり》として何事も起らなかった。が、十一時を十分ばかり過ぎた頃、ドンと一発、銃声が家の裏手から響いた。

「詭計《はかりごと》だ、用心しろ！」と久米井警部は叫んだ。

「ここには二人だけ残って……加沼と……それから君、星井……二人だけ残って余《あと》は皆銃音《つつおと》のした方角へ行ってみろ！」

一同はドヤドヤと家を周《めぐ》って左手の方へ出て見た。衝と暗《やみ》に消えた一人物がある。と思うと遥か彼方の境内の向う端でドンと一発闇を劈《つんざ》く二度目の銃声に、ソラとまたもやそっちへ隊伍を組んで駆けて行く。所が驚くべし、果物畑の周囲《まわり》の墻《かき》に行き着いた頃、境内の百姓家の右手に当って忽ち一道の火炎がヒラヒラと立ちのぼった。と同時に、何事ぞ、その近所にもまた一ケ所、太い火柱が真紅になって燃え上がった。焼けるのは納屋であるらしい。

「畜生《ちくしょう》奴等《めら》！　とうとう火をくっ付けおった。それ追掛ろ！　まだ遠くは行かぬはずだ！」

と、警部は怒鳴り散らしているが、風向きで見ると火は本館に燃えつきそうである。何より先きに火事を消さねばならない。伯爵も火元に駆け附け、莫大の御礼をするからと言って立騒ぐので、村民共はそれに励まされて一生懸命に消防に熱中した。火の消えたのは午前二時頃で、勿論犯人の影さえ認められない。

「仕方がないから夜が明けてから捜索しよう、昼間になれば証跡が挙がるに違いないから、その上で探偵するんだ」

と警部が言うと、伯爵は首を傾けて、

「しかし納屋なぞへ火をつけたのは怪《おか》しいですなア」

「その理由を御話し致しますから御一所に御出で下さい」

と連れ立って僧院の方へ来ると、警部は、

「加沼！……星井！」

と叫《よ》んでみた。

返事がない。無いのも道理、両巡査とも細縄《ほそびき》で縛られ、眼隠しをされ、猿轡《さるぐつわ》を穿められて、真暗な地面に倒されていた。

「伯爵、我々はまるで子供のように詭《だま》されました」

「何故ですか」

「あの銃声と、あの火事です……あれは総て我々の勢力を分けるためでした。あの間に二人の巡査を縛って巧く仕事をして行ったのです」

「仕事とは？」

「勿論、怪我をした首領を運び出して行ったのです」

「確かにそうじゃろうか！」

「確です。十分ばかし前にふとそう気付きましてな、失敗《しま》ったと思うたが、もう手遅れでした、実に残念です！」と警部は口惜しそうに地団駄を踏みながら「しかし不思議です、実に奇怪千万です、一体どこから彼奴等は出入りしたでしょう。どの方面へ運び去ったでしょう。昨日終日我々があんなに隅から隅まで探索した以上、苟《いやし》くも鉄砲傷を負うた人間が潜伏して居られる場所は、当境内には断じてないはずです。それがもし有りとすれば人間業じゃない、鬼神の業です、妖魔の業です！」

久米井警部が驚愕したのはこればかりではなかった。夜が明けてから、階下の説教所へ行って見ると、昨日の怪新聞記者三井谷散史は影も形もない、警固の巡査は椅子の上に腰を曲げて睡りこけて居た。その傍には水壜と水呑が二つあって、一つの水呑の底には白い粉がこびりついていた。調べてみると、三井谷が催眠剤《ねむりぐすり》を巡査に用いて窓から逃走したのが解った。しかもその窓は地上一丈近くの高い壁についている。これで見ると、彼は椅子の上に睡りこけた巡査の背中を踏台にして出て行ったのである。

＊

奇怪、奇怪！　ああ彼《か》れ三井谷は果して新聞記者か、学生か、善人か、悪人か？

六　秘密手術料一万円………寺堂医学博士の行衛………

しかるにその翌日、巴里の巴城《はじょう》民報に、突如として左の記事が掲載された。これはまた何という不思議の事だろう。

●医学博士誘拐さる
▲寺堂医学博士の奇禍
▲自動車の行衛はいずこ

本紙朝刊編輯〆切に際し吾人は奇怪なる一つの報導に接したり、余りに唐突不可思議の事件なればその真偽のいかんは記者にも未だ遽《にわか》に保証し難けれどもとにかく伝うる儘を記載せんに、昨夜の事なり、外科医として刀圭《とうけい》界に重きをなす医学博士寺堂万亀夫《てらどうまきお》氏は、夫人及び令嬢同伴にて仏蘭西座に観劇に赴きしに「椿姫」の第三幕目の始まらんとする十時頃に至り、二名の従者を伴いたる一人の紳士突然博士の座席に入り来り博士の耳に口を寄せ低声《こごえ》にて（しかし夫人には聞えたる由）極めて緊急を要すべき事件ありてお迎えに参りたり、即時御出張を賜わらんやと言うにぞ、博士は貴下は誰人ぞと問いしに、拙者は警視庁第一方面監察警視大門儀頼《おおかどぎらい》なるが小泉総監に代りて博士の許までお迎いに参りたりという、博士はなお詳細を問わんとせしが紳士は口を開かせず只今何事をも述ぶる能わず、ただ重大なる一個の失錯を演じたれば世人に知られぬよう秘密に処理せんと欲するなり、今より御苦労を願いても芝居の閉《は》ねざる中に直ちに御連れ戻し致すべしとの懇請に博士も黙し難く、紳士と同行劇場を立出でしが、その儘芝居の閉場に到るも博士は立ち戻らざるより夫人は初めて驚き、急遽警視庁に赴きしに何ぞ豈《はか》らん大門警視は昼間より庁内に執務し居りて決して外出せず、仏蘭西座に到りしは全くの贋者と判明せしかば警視庁にても容易ならずとなし、直ちに捜索に従事せしところ、博士は劇場前より一台の自動車に乗せられ市内今古留戸《こんこるど》の方面に疾走したりとのみにてその他は一切不明に属し博士の行衛は全く五里霧中となりたりと。

なお本件につきては本社は全力を挙げて探訪中なればその詳報は順次読者の眼に触るるならん。

この信憑し難い記事が、その日の同紙正午版になると不幸にも事実となって記載された。のみならず左の如き驚くべき記事が報導された。

●寺堂博士と記者との会見

▲怪事件はひとまず終決せり

▲されど想像はこれからなり

誘拐されたる寺堂博士は今朝九時自動車にて市内喜連《きつれ》町七十八番地に運び返されたり、該自動車は博士を降ろすや否や全速力にていずくともなく疾走し去れり、喜連町七十八番地は即ち博士の私立病院にして、博士は毎朝一定の時刻に出勤して臨床手術を施すを常とせり、記者は早くもその動静を探訪せしかば今朝真魁《まっさきがけ》に刺《し》を通じて博士に面会を求めしに、折柄博士は刑事課長と密談中なりしが、案外に快く記者を引見して記者の質問に答えられたり、その問答の大

要を記さんに、

博「予は非常の尊敬を受けて極めて丁重に取扱われたり、予を連れ行きたる三人の者ほど愉快なる人物に予は今まで会いたることなし、彼等は皆礼譲を弁《わきま》え居り、快活にて話振りなども至極気軽く、旅行中の予の観察よりすれば少くも彼等は軽蔑すべき人物に非ずと思えり」

記「旅行は何時間ほどお掛りになりしや」

博「往復略《ほ》ぼ八時間なりき」

記「何のために先生を誘拐し行きしにや」

博「それは大至急の手術を要する患者を診察させんためなりき」

記「手術の結果は良好なりしか」

博「予後は危険なるやも知れず、当病院の患者なぞならば予は断じて全快を保証すれども……かの患者は……あのようの有様にては覚束《おぼつか》なし……」

記「病人には不向きの場所にてもあるにや」

博「極めて不向きなり……宿屋の一室なれば……殊に絶対に看護を受くるを得ざる境遇にあり」

記「どうすれば助かる御見込にや」

博「助かるとすれば奇蹟なり……尤も患者の体質は非常に強健なる方なり」

記「その奇怪なる患者につきてはこれ以上お話は願われざるや」

博「遺憾ながらお話しする事能わず、第一に予は秘密を守るべき宣誓をなしたり、第二に手術料として一万円を贈られたり、もし秘密を守らぬ場合にはこの金は取上げらるるやも知れず」

記「そは御戯談ならん、それとも先生は真実にその言葉を信じ給うや」

博「予は確信し居れり、彼等の異常なる熱心を見れば左様思わざるを得ず」

以上は博士と記者との間に交されたる会話の要領なり、しかして本社の精探する所によれば、刑事課長もこの問答以上の精密なる事実を未だ博士の口より引き出すを得ず甚だ困却し居れり。
ああ博士が診察せし患者は何者ぞや、いかなる手術が施されたるや、自動車の旅行先きは何地《いずち》なりしや、依然として秘密は暗黒の裡に封鎖さる。されば事件の真相に到達するはなお遼遠の事と思いて可なり。吁《ああ》、世にも不思議の事なるかな。

寺堂博士の誘拐事件を以て、巴城民報の記者は不可解としたけれども、多少観察眼の鋭敏な読者は、この事件が前日起った音布留村の聖月院の強盗殺人事件と一脈の聯絡がありはせぬかと訝《あやし》んだ。吁、負傷した犯人の消失、外科の名医の誘拐——どうしても関係がありそうである。

裁判官の調査が進捗するに従ってこの想像は益々確証されてきた。贋御者となって自転車で逃走した犯人の行衛を探偵すると、彼は音布留村から約十哩《マイル》を距てた有毛《あるけ》の森に落延び、附近の溝の中へ自転車を放棄して遠からぬ石崎村へ行った形跡がある。しかもそこから次のような電報を打った。

事態急、即刻活動を要す、第十四号国道を経て幹部諸君を急派せよ。

という文言で、宛名は「巴里、軽部町郵便局四十五号留置、は、て、く氏」とあった。

この電報に接すると、巴里在住の党類は猛然活動を開始し、同夜十時、その幹部四五名を電文の指示に従い第十四号国道を経て急行させた。これは有毛の森の裾を繞《めぐ》って泥府に終る国道である。この間に音布留村の同類は銃声と火事とで警固の警官連を狼狽させ、その隙に乗じて首領を竊み出し、いずくかの宿屋へ担ぎ入れた。それから外科医の到着となり、手術を終えたのは午前の二時であった。

これまでは一点の疑念を挟む余地がない。巴里から特派された刑事課長蟹丸潤蔵《かにまるじゅんぞう》と、刑事課の警視成原寅夫《なりはらとらお》とが本須村、城根《じょうね》村、鳳仙《ほうせん》村等を順次に調べて来たところによれば、前夜一台の自動車が、それ等の地を過《よ》ぎったそうだ。泥府から音布留村への道も同様である。自動車の轍《わだち》の跡は聖月院の手前一哩半の所で消えているが、少くも数多《あまた》の人の足跡の邸園の土塀と僧院との間についている。それに蟹丸刑事課長の発見した所によると、耳門の閂《かんぬき》は無理に取り除けられた形跡があったのである。

これで残らず解った。ただ残った問題は寺堂博士の談話中にある宿屋の所在地であるが、これとても老練敏腕な蟹丸刑事課長にとっては朝飯前の仕事だ。課長は久米井警部の一隊を指揮して、附近の宿屋という宿屋を調査して怪我人の宿泊の有無を探訪した。が、どうも解らない。一哩から一哩半、一哩半から二哩、三哩と次第に捜査区域の直径を拡大したけれども、瀕死の怪我人がどこにも居そうに思われぬ。

課長は弥々《いよいよ》決心して、明日曜日に自身聖月院を調べるために、土曜日の夜は僧院の中に泊った。翌朝になると、巡査の一隊が昨夜土塀の前の往来で一人の怪しい黒影を見掛けたことが解った。ハテ、共犯者が後の様子を見届けにやって来たのだろうか。それとも未だに彼等の首領が院《てら》の中、もしくは附近に潜伏している証拠だろうか。

その夜になると課長は巡査等を百姓家の方に廻し、自分と成原警視との二人で土塀の外、耳門の傍に哨戒した。

十二時少し前頃、果して一人の怪しき奴が森から現われた。曲者は課長等の張番して居るとも知らず、二人の間を通って耳門から邸園の中へ入り込んだ。そして僧院の遺蹟をあちこちと徘徊い、あるいは地上に屈んで見たり、あるいは円柱へ攀《よ》じ登ったり、あるいは熟《じっ》と一ケ所に立止って黙考したり色々な真似をしていたが、三時間ばかりもそうしていると再び耳門から外へ現われた。網を張っていた蟹丸課長が、ムンズと襟飾を摑えると、成原警視が胴へ組付いた。が、案外にも曲者は何の抵抗もせず、素直に腕を縛られて僧院の中へ引き立てられた。しかしいざ訊問となると、曲者は何の返答もしない、ただ鴨田検視監の来着を待ってお答えしましょうとばかりで口を開かぬので、止むを得ず二階の寝台の脚へ括りつけて、課長等はその隣室へ寝る事とした。

月曜日の九時、鴨田検視監が出張したので、縛《なわ》を解いて例の客間へ連れて行って見ると驚いた!

曲者は別人ならぬ贋新聞記者の三井谷散史だったのである！
さても解しがたき彼の挙動……ああ彼はいよいよ悪人であろうか。

七　稀代の素人名探偵………恐るべき天才的の観察眼………

青年の姿を見ると検視監は
「おお、三井谷君ではないか！」と非常に歓ばしげに両手を差出して「これは望外な幸福じゃ！　ここでまた素人名探偵に遭おうとは思わんじゃった！　しかもその処分権を我々が握ろうとは、真に意外の儲け物じゃ！……ああ、課長さん、この仁《じん》を御紹介申そう、これは三井谷散史という仁で、巴里工業学校の四年生じゃ」
蟹丸課長は少し驚いた。その面前へ立って三井谷は丁寧に頭を下げたが、やおら検視監に向って
「閣下は僕の身上をうまく探り当てられたと見えますね」
「残らず探り当てたよ！　まず君は、黎子嬢が土塀の外で君の姿を見掛けたと云った時間には、確かに布良部町に居られた事が解った。じゃから黎子嬢の見掛けたのは、君に酷似の犯人であったので、此奴《こいつ》は遠からず逮捕して御目に掛けよう。第二に君が巴里工業学校の第四年生三井谷散史と名乗るのも偽りではのうて誠にその人じゃ。それに勤勉方正、学術操行共に優等で一校の模範生であることも解った。君の厳君《ちち》は三井谷弁理《べんり》と言われて、田舎に住んで居られるが、もう忰《せがれ》には目が無うての、朝から晩まで君の事を自慢して居らるる仁じゃ。それで君も月に一回ずつ帰京して厳君《ちちぎみ》に事《つか》えている事も解った」
「そうしますと……」
「だから君は放免じゃ」

「絶対的に放免して下さるんですか」

「絶対的に……いや、それには条件が一つある。君も大抵は解っておるじゃろう。いかに本官といえども催眠剤を巡査に用いたり、窓から逃げ出したり、夜陰に乗じて濫《みだり》に他人の家宅へ侵入して捕縛されたり致したものを容易に放免するわけには参らぬではないか。そうじゃ、何か償いをしてもらわねば、なかなか釈《ゆる》すわけには参らんな」

「どんな事をすればいいんですか」

「そうじゃな、先日《こないだ》話しかけて邪魔された話の続きをして頂こう。あれから二日間自由に飛び廻ったら、君の事じゃから随分といろいろ新事実を探って来られたことじゃろうと思う」

という言葉を聞いて、蟹丸課長がいかにも馬鹿々々しいといった風をして退出しようとすると、検視監は手を挙げて制止して、

「いやいや、まアそこに居なされ、……まア辛棒して聴きなされ、この仁は若いけれども充分聴く価値《ねうち》は有りますぞ。三井谷君は私の聞いた所によれば、学校でも大評判の観察眼の天才で、どのような事でも見逃さぬそうじゃ、それであの校の学生なぞは、三井谷君を仰いで、失礼な申分じゃが、蟹丸さん、貴君の競敵、また英国の名探偵保村俊郎《ほむらしゅんろう》氏の好敵手とまで尊敬して居るそうじゃ」

「なるほど豪いもんですなア！」

と課長は皮肉らしく言った。

「そうですとも、あの学校の学生の一人が私に手紙を寄《よこ》しましての、その中にも『三井谷君がその所信を披瀝する場合には、閣下は当然それを御信用あってしかるべく、同君の所説は即ち直ちに確乎たる真理を表明するものに御座候』云々というような文句がありました。そこで三井谷君、君の友人の手紙を事実において証明する機会は今を措いては為《な》さそうじゃが、どうぞ、事件の真理を詳しく話して下さらんか、ああ？」

三井谷は微笑いながら聴いていたが、

「閣下、そりゃ惨酷というものです。僕等の探偵などは謂わば面白半分にやって居るんです。それを真面目に戯弄《からか》うのは酷いです。この上御笑いになろうッたってそうは行きません」

「すると、何にも知らぬと言わるるのか」

「まア白状すればそうなんです。そりゃふとしたことから二つや三つは詳しい事も探り出しましたけれども、それでもって知ったか振りをするでもありません。そんな事は閣下等も当然御存知のはずですから」

「例えば？」

「例えば、強盗の目的なぞです」

「ああ、勿論君はその目的を御存知じゃろう喃《のう》」

「知っています。実際を言えば僕が第一に研究したのはその問題です。それが一番容易な問題でしたからね」

「一番容易であった、真実《ほんと》かの」

「勿論です。つまり推理の問題ですからね」

「単に推理だけかの」

「それだけです」

「で、君の推理はどのようであったのじゃろう」

「要点だけを摘めばこうなんです。……まず一面においては何物か竊み出されたという事は事実ですね。二人の令嬢が何か重たい荷物を運び出す犯人の姿を目撃したというその陳述が二人ともビタッと合っているのでこれは証明出来ます」

「そう、何物か竊み出された」

「所が他の方面においてはです、紛失した物が一つもない。これは現に戸主たる渥美伯爵が明言していますから確かです」

「そう、紛失した物が一つもない」

「するとこの二つの前提からして、自然にこういう一つの断案に到達します。……それは、何物か竊み出されたのにも係らず、何物も紛失していないという事実を許す以上は、竊み出された物と寸分違わぬ品物が、原物の代りとして以前《もと》の場所にチャンと差換えられてなくてはならぬはずではありますまいか。この論理はあるいは事実のために壊されるかも知れません、が、事実を詳細に吟味するまでは、この証拠を保持しているのがまず当然だろうと思います」

「当然である……当然である」

検視監は少なからず興味を惹起してこう呟いた。

「ところで、この室で強盗の目を惹くようなものは果して何でしょう。見廻すとここに二つの貴重品があります。一つは掛毛氈です。しかしこれは擦り換えるわけにはゆかない、こんな古い掛毛氈を模造することは不可能ですから、仮令《たとえ》擦り換えても直き贋物と解ります。すると後に残ったのは四枚の留弁の名画です」

「なに、何と言われるか！」

「あの壁に掛けてある四枚の名画は贋物だと言うのです」

「そのようなはずがあるものか！」

「断然贋物です」

「いや、そんな莫迦な道理がない！」

「それでは御聴きなさい。ザッと一年ばかり前の事ですが、船山薇白《びはく》と名乗る一人の青年画家が、当聖月院へ来て留弁の名画を模写したいと申込んだ事があります。伯爵が早速許されたものですから、画家は五ケ月間というもの朝から晩まで精出して、到々四枚ながら模写し終えましたが、西班牙の帆張侯爵から伯爵に伝わった名画の原物の代りに、ここに掛っている四枚の絵は実にその時の船山なる者の手に成った贋物である事です」

「その証拠は何ですか」

「格別証拠と言ってありません。贋物だから贋物と言うほかはないのです。別段この画を調べてみるにも当らないほど確かです」

検視監と課長とは隠し切れない驚愕《おどろき》の眼を見合せた。課長も最《も》う退出しようとはしなかった。そしてこの上は伯爵の意見を徴するより外はないということに同意した。一介の青書生は二人の老練な専門家を向うへ廻して到々勝利を占めたのである。が、三井谷はそんな些細な功で満足したらしくもなく、相変らず微笑みながら静かに伯爵の来るのを待っていた。

伯爵が入って来た。検視監は今までの三井谷の推理の順序を詳しく説き、一年前に青年画家が模写に来た事、壁の名画はその時の贋物であるという三井谷の論断を一応話してから、

「……という次第ですから、願くは伯爵が御自身で一つこの絵の真偽を御鑑定下さると都合が宜しいのです」

伯爵は内心の当惑を押隠そうとするらしく、学生と検視監との顔を互《かた》みに眺めていたが、敢て画の方へは近寄ろうともせず、

「なるべくは秘密に附しておきたいと思うたのであるが、そう曝露しては止むを得ません、実はこの四枚の絵は贋物ですわい」

「ほオー、それは以前から御存知でしたか」

「先夜の事件の翌朝気が附きました」

「何故有りの儘に御話しが願われませんでしたか」

「それは持主としての拙者が、絵が擦り換えられているという事を、敢て急いで発表する必要もないと思うたからで」

「しかし、真物を取戻そうとなさるには、真相を発表なさるのが唯一の途ではありませんか」

「拙者の考えでは、他に、も少し賢い方法があると思います」

「どのような方法ですか」

「秘密を世間にも曝さず、また犯人等を驚かすこともせずに、絵を買戻す方法です。ああいう絵は竊んでも取扱いに困るに違いないですからな」

「ではどのようにして犯人に意志を御通しになるのですか」

伯爵は黙って居る。と、三井谷が代って、

「無論新聞広告の方法を御取りになる御意《おつもり》でしょう。巴城民報その他の大新聞の『百事欄』に『例の名画買い戻す』とさえ広告すれば訳はありません」

伯爵は首肯いた。専門家はまたしてやられた。検視監は益《ますます》感服して、

「なるほど三井谷君の言うことは能《よ》く適中するわい！　いよいよ、こりゃ莫迦にはならぬ書生さんじゃ！　何という賢い眼を有《も》って居らるるのじゃろう！　この塩梅で行ったら、蟹丸課長や私なぞの仕事はなくなってしまうじゃろう喃！」

「いえ、この方面の問題はそれほど面倒じゃありません」

「すると残りの問題が面倒かの。おお、そうそう、初めて君に会うた時から君はもう万事を呑込んで居られるようであった。ええと……犯人の姓名を存じているとか言われたっけな」

「そう申ました」

「では家令を殺したのは何者じゃろう。犯人の生死はどうじゃろう。生きているとすればどこに隠れているじゃろう」

「閣下、我々……と言うよりは閣下ですね、閣下は少し誤解をなすって居られますよ。殺人犯人と梯子を駆降りて逃げ出した奴とは全く別人ですよ」

「なに、何と言われるか！　別人……あの伯爵が書斎で見掛けて格闘した奴、令嬢がたが客間で遭遇《でお》うた奴、黎子嬢に撃たれた奴、我々が百方捜索中の奴――彼奴が秋場家令を殺した犯人でないと言われるのか！」

「そうです」

「するとその犯人は令嬢がたの起出る前に逃失せたはずじゃ、君はその証跡でも見付けられたかの」

「何も見付けません」

「不思議じゃねえ、どうも私には解らぬ……とにかく犯人は何者かの」

「秋場家令を殺したのは……」と云いかけて三井谷は口を噤んだ。

八　意外の下手人………観察が悉く適中している………

秘密を漏らしかけた三井谷が急に話を途切ったので、余の者は思わずその顔を眺めたが、彼は些《ちょっ》と思案の末、直ぐ言葉を続けて、

「しかしそれよりも先きに、第一、僕が犯人を確認しましたまでの順序をお話しした方がいいようです……それを略しては話が非常に不思議に聞えるばかりだろうと思います——その実些とも不思議ではないんですが——まずここに一つ最も大切な事で、しかも皆様が御見落しになったことがあります。家令の秋場さんですね、家令はなぜ殺された時に、昼間の通りの服装をしていましたでしょう。チョッキから、襟飾《カラー》から、ネクタイから、何から何まで整然《きちん》と着けて、長靴まで穿いていたではありませんか。しかるに殺された時間はと言えば、夜中の四時でしたよ」

「私もそれが奇態じゃと思うたから伯爵にお訊ねした所、秋場家令は時々夜更しをする癖があると言われるのじゃ」

と検視監が言った。

「ところが従僕たちの言うのは反対です。あの晩家令は宵の口から寐てしまったそうです。仮り

に夜更しをしたとしましても、それならば何故寝台の上の蒲団を敷いて、さも寝たように見せかけたのでしょう。また睡っていたとしましたならば、怪しい物音を聞いた時に、なぜ急いで手近の物を引掛けずに、頭から足の端まで整然と丁寧に着込んだのでしょう。あの日僕は、皆様が食事をなすっている最中に、家令の寝室を調べて見ました。すると寝台の裾に上草履《スリッパ》が一足ありました。あんな重い長靴などを態々穿かずとも、上草履をちょっと穿きさえすれば訳は無いじゃありませんか」

「そこまでは私も、ツイな……」

「そこまで行くと話が随分不合理じゃありませんか。それにこういう事を耳にしてから尚更ら僕は疑い出したのです。それは今お話しした例の名画を模写して行った画家の船山ですね、それを伯爵に紹介したのは秋場家令だということです」

「と……?」

「と、その事実から今一歩を進めば、秋場家令と船山とが共犯者であったという断定に達するじゃありませんか。僕はその一歩を研究したのです」

「どう研究なすった」

「まず具体的の証拠を挙げるとですね、やはり家令の居間で僕は一つの発見をやりました。家令の使っていた吸取紙をふと見ると、その一ケ所に写っている文字は『巴里、軽部町郵便局四十五号留置、は、て、く氏』と朧げながら読まれました。ところがその翌日、かの贋御者になった同類が、石崎村から打った電報の宛名もそれと全く同様であったでしょう。これが具体的の証拠です。秋場家令が、名画を竊んだ強盗犯人等と連累者であったことは既早《もはや》疑う余地がありません」

「同意します。共謀者であったことは証認します。が、その結果……」

「その結果、家令を殺した下手人は逃出した曲者ではないという断定を得ます。なぜなれば曲者と家令とは同類でしたからねえ」

「なるほど、それから？」

「閣下、伯爵が客間で正気に復した時に初めて言われた言葉を覚えておいでですか。その言葉は黎子嬢も証認しましょうし、また裁判記録にはチャンと載っていますから、御記憶でしょうが『心配することはない……己はどこも怪我をせぬ……が、彼れは生きているか、秋場は？……短剣はどうした、短剣は？……』と言われたのです。これを伯爵の後の陳述と比較して頂きたいです。伯爵はその場の光景を物語られた中、『一人の曲者が客間から突進して参って、突然私の眉間をグワンと一つ喰わしました……』という御言葉がありましょう。どうして、一撃の下に昏倒された伯爵が、正気付くと同時に、秋場家令が短剣で刺されていたことを御存知であったでしょう」

三井谷は我と提出したこの質問に誰かの返事あるのを待っていない。煩々《くどくど》しい注釈を避けて、急いで自ら返事するように、卒直にドンドン切込んで行く。

「ですから、三人の曲者を客間へ手引したのは、彼秋場家令その人であるという事がいわれます。で、家令は犯人の中の首領と共に客間へ入って居ると、その時隣の書斎で急に物音が聞え出したので、家令は扉を開けて見ると、失敗った、伯爵が来掛るところなので、彼は忽ち短剣を押取《おっと》って伯爵に突っ掛ったのです。伯爵はそれを捩ぎ奪ってしまった、そして家令の胸を一突き突くと同時に、続いて飛込んで来た首領のためにグワンと喰わされて昏倒したのです。それから五六分経って、令嬢がたが初めて客間でこの曲者を見掛けた、と、こういう順序に違いありません」

検視監と刑事課長とは再び眼を見合せた。蟹丸課長はさも困乱《こま》ったらしく頭を振っている。

「伯爵、この仁の話はこりゃ真実でござろうか」

と検視監が容易ならぬ顔付をして訊いた。

伯爵は黙って居る。

「さあ伯爵、黙っていらしっては誤解を招きます……どうぞ御打明け下さい」

「今の話は悉く適中していますわい」

と伯爵は判然と澄んだ声音で答えた。

「では閣下はなぜ警察の方針を御迷わせなすったろう。閣下の御処置は、生命の危害に対する正当防禦として法律上に是認さるべきものではありませんか」

「秋場は二十年の久しい間拙者に事《つか》えて呉れました。拙者も彼を信用していましたからなあ。あるいは誘惑の結果が何かは知らぬが、たとえ拙者に裏切り致したとした所で、過去の功蹟に顧みて、拙者は余り彼の罪悪を世間に知らしたくないのですわ」

「それは閣下としては不愉快でいらっしゃるでしょう。けれども罪悪を陰蔽なさるという権利は……」

「彼はもう死にましたからなあ。死ということが彼にとっては充分の刑罰であったです」

「しかし彼の罪蹟の知れました今日は、もう御話し下すっても差支えございますまい」

「ここに彼が同類へ送った手紙の下書が二通あります。これは彼の死後直ぐに拙者が彼の紙入の中から発見致したものです」

「家令が共犯者となった動機は何でしょう」

「それは泥府の春部町十八番地を御訊ねになれば解る。そこに山浪浦江という婦人があるが、秋場は二年ほど以前からこの婦人と懇意になったので、つまりこの婦人から絶えず金を無心されるのが、つい彼を駆って悪徒の群に投じさせたのでしょう」

こうして万事が次第に闡明された。闇中に突破した悲劇が漸々明光《あかるみ》の中へ浮び上って来た。

伯爵は語り終ると出て行った。

九　世界の巨盗？　隼白鉄光………確かにここに隠れている………

「さあ続きを聞こう」

検視監が三井谷を促した。

「僕の知っているだけの事は残らずもう申上げました」

「けれども逃出した犯人は、あの怪我人はどうしたのじゃ」

「あの事なら貴君もよく御承知のはずです……貴君があの草の上の足跡を跟《と》めて僧院の方まで……」

「知ってる、それは知ってる……が、その後同類が参って運んで行ったはずじゃ。私の知りたいと思うのは例の宿屋についての証拠じゃが……」

三井谷は吹出して、

「宿屋ですか！　宿屋なんてな出鱈目ですよ！　捜索の方針を迷わせるための策略です。その手に乗って貴君がたは血眼で駆け廻ったんだから、どうしても悪人の方が一枚上手ですねえ」

「しかし寺堂博士の言うには……」

「だから博士の言う事を迂《うっ》かり信じては間違ってるというのです。博士は誘拐されたところについて、ほんの漠然とした報告だけしきゃしていないじゃありませんか。犯人の身上が危くなりそうな具体的な話は悉く避けているじゃありませんか……そのくせある宿屋へ連れて行かれたなんて、宿屋というものへその筋の注意を向けようとしたのは、皆犯人から教えられた策略ですよ……博士が貴君がたに話したことは、ありゃ皆な犯人から強制手段で威嚇《おどか》されて、こう報告せよと口写しにされた事をその通りに話していたんです。博士だって妻子がありますからねえ、下手に秘密を洩らして可愛い家族までも復讐の目に遇わせるには忍びないんでしょう。だから真実《もっとも》らしく教わった通りの報告をして澄ましていたんです」

「有りもしない宿屋へ行ったと報告させられたんじゃね」

「その結果貴君がたは非常に大切な地点から、眼を外らさなければならなくなったのです。大切な地点というのですか……それはつまり首領が潜伏して居る秘密の場所です。首領は鉄砲傷を受けてから、獣が穴の中へ引込むように、巧に跡を暗ましてある意外の所に埋《も》ぐり込んで、重傷のためにそこから出られなくているに違いないのです」

「その潜伏個所はどこであろう」

「この古い僧院の遺跡の中です」

「ここには遺跡というほどの物もないではないですか。壁がちっとばかりと……壊れた円柱が五六本と有るばかりで……」

「その隠れそうもない処へ隠れたのが豪いのです！　ここをお捜しにならなくては、断じて他に隼白鉄光を発見する場所はありません」

「隼白鉄光！」

と、検視監は飛上って叫んだ。

一種の壮厳な沈黙がしばらく室内を領した。ただその仏国のみならず、欧洲の天地を震撼させている大盗賊の姓名「隼白鉄光」が恐しい音響を引いて沈黙の中を流れるのであった。かの忽然として闇中に明滅した神変不思議の敵、数日間に渉って大捜索を試みた犯人が果して隼白鉄光であろうか。隼白鉄光！　ああ、首尾能く逮捕したる以上、検視監の昇進と名誉とはそも幾何《いくばく》ぞや！

蟹丸課長も眉を動かさずに考え込んでいる。三井谷はその方へ向って、

「課長さんは僕の意見に御同意でしょうか」

「勿論同意です！」

「今度の事件はやはり鉄光が自身出馬したに違いありませんね」

「断じて違いがない！　仕事の形跡を見ると彼奴の判を押したほど確である。鉄光の駆引は他の平凡な奴等の駆引とは全然《まったく》違っている。貴君も大きな眼をお開きなさる必要がありますぞ」

「貴君もそう思わるるのか……貴君も……」

と検視監は一人で呟いて吐息《ためいき》をする。

「そう思うのが当然です……」

と散史は声を励まして、

「ここにこういう事実があるのです。彼等の同類が交換する電信の略字には何とありましょう、『は、て、く』即ち隼白鉄光の頭文字を取ったものじゃありませんか」

「ああ、君はどのような物でも見落さぬ！　君は実に天才です。専門家の蟹丸も君の前には全く頭が上がらない！」

と、賞讃しながら差出す課長の手を、三井谷はさすがに喜悦《よろこび》に面を熱《ほて》らしながら握った、そして三人は露台に出て、眼下の僧院を見おろした。

「すると彼はこの境内に居るのじゃね」

と検視監が呟《ささや》くと、

「確にここに居るのです」と三井谷は屹然《きっぱり》と言った。「撃たれた時以来ここに居るのです。理論上からも実際上からも、彼が黎子嬢と二人の従僕との眼に触れずに、あの場合ここを逃出すことは不可能であったのです」

「その証拠は何ですか」

「彼の同類が証拠を示しています。あの事件の朝、一人の同類が贋御者となって貴君をここへ運んで来たでしょう……」

「それは帽子を取戻すためであったろう、帽子から足がつくと不可《いけない》と思うて」

「それもそうですが、第一の目的は負傷した首領がどこにどのような容体で隠れて居るかを検分するために来たのです」

「それで隠れ場所を見付けたろうか」

「無論見付けたと思います。耳《のみ》ならず、首領の容体が非常に悪いのを見て驚いた余り軽卒にも例の『令嬢よ、お前のために首領が死にでもしたら、きっと仇を討つぞ』というような威し文句を認めて憤怒《いかり》を洩らして行ったのです」

「しかしその後輩下《てした》共が鉄光を運び出しはすまいか」

「いつですか。警官たちは一分間でもこの境内を去らなかったではありませんか。どこへ運び出したとお思いなんですか。仮りに一歩を譲って運び出したとした所でですね、瀕死の怪我人をものの五六丁と動かせますか。もし五六丁の範囲内であったら、先日《こないだ》の大捜索の時にきっと見付かっていなければならぬはずです。ですから鉄光は確かにこの内に居ます。どこか安全な個所に隠れていますす。同類共が火事を起してその騒ぎに紛れて寺堂博士を連れ込んだのも、この境内の隠れ場所に相違ないのです」

「それならばどのようにして生きているのじゃろう。生きて居るには食物も要れば飲水《のみみず》も要る」

「それは僕にも言うことが出来ません……そこまではまだ調べがつきません……しかし境内に潜伏して居ることだけは確かであると断言が出来ます」

斯く言いながら三井谷は、片手を斜に下に伸ばして僧院を指し、空に輪を画いたが、段々その輪の大きさを縮めて行って終に一点に止まった。検視監と刑事課長とは一心にそれを凝視《みつ》めた。二人とも学生の確乎たる証明に動かされて、もう胸が慄えるばかり熱心に自信を抱くようになった。ああ、理論から言っても、実際上から観察しても、隼白鉄光が境内に居るのは炳乎《へいこ》として火を視るよりも瞭然《あきらか》である。

噫《ああ》、希代の強盗の巨魁！……欧洲の天地を震撼させた隼白鉄光が今や地下のいずくかの暗い隠れ場所に轗軻《かんか》孤独、気炎奄々《きそくえんえん》として横わって居る。そう思うと一種の悲劇的の感動が胸に浸み入るのであった。検視監は声を潜めて三井谷に、

「もし死んだらどうなるじゃろう喃」

「もし死んだらば……死んだという事が同類に知れ渡ったらば、その時は黎子嬢の身上を警戒せねばなりません。復讎はきっと酷く来るに違いないです」

一〇　一躍して社会注目の焦点………名探偵の好敵手………

三井谷は休暇が今日で終るので、鴨田検視監がもっと引留めて今後の相談相手にしたかったのを無理に振切って僧院を立去った。泥府に出てそこから汽車に乗り、巴里へ帰ったのが午後五時、それから学校へ帰ったのは八時であった。

蟹丸刑事課長はなお僧院内を捜索したけれども、依然隠れ場所が発見出来ないので、同じくその日の夜行列車で一旦巴里へ引還した。役所へ帰ってみると、一封の手紙が彼を待っていた。


謹啓、本日巴里停車場《ステーション》へ降りましてからなお余暇がありましたので、少し許り探偵材料を集めてみました。御参考のために御報知申上ます。

隼白鉄光は一年以前から当巴里市に江見原晩幽《えみはらばんゆう》という偽名で滞在して居ました。この名はしばしばこの交際社会や各新聞の遊猟記事中に出ている名ですから御存知でいらっしゃることと思います。彼は大旅行家で、また数十日に渉って不在な事があります。その時は彼の言草によれば亜弗利加《アフリカ》で象を狩ったり、西比刺亜《アラビア》で熊を猟ったりするのだそうであります。その職業は誰も知りませぬが、何か有るには違いないと思われています。現住所は丸戸町三十六番地です。

この住所は軽部町郵便局に近い事を御注意願います。四月二十三日の木曜日、即ち聖月院の兇変の前日以来、江見原晩幽の消息は杳として聞えません。末筆ながら本日の御厚情に対しては深く御礼申上げまする。早々。

三井谷散史

二伸、この事実を発見するに就いて僕が非常に骨を折ったとでも思召《おぼしめ》し下すっては恐入ります。実は発見の動機は訳のない事で、かの兇変の朝、鴨田検視監が聖月院の二三の人物を訊問最中、僕は密かに例の犯人の落して行った皮帽子を調べたのであります。それはまだ贋御者が擦り換えて行かぬ前でありましたから、僕がそれによって苦もなく犯人の姓名住所を知る手懸りを得たのは当然のことでございましょう。

翌朝蟹丸刑事課長は丸戸町三十六番地へ行ってみた。門番に命じて各室の扉を開かせて調べてみると、調度装飾非常に贅沢を極めている住居であったが、煖炉の中に灰燼《はい》が残っているばかりで、何一つ証拠物とてはない。聞けば早くも四日以前に二名の同類が来て、凡有《あらゆ》る書類手紙類を焼き尽して立ち去ったそうである。

が、課長が今や立出でんとする時、あたかも一人の郵便脚夫が一封の手紙を配達して来た。没収して見るとそれは江見原へ宛てた物であるので、同日午後検事立会の上開封して見ると、手紙は亜米利加《アメリカ》の消印を捺され、英語で次のような文句が認めてあった。

拝啓。先日貴下の代理人に一応御返事申上げおき候え共、念のため更に手紙を以て御確答申上げおき候。例の渥美伯爵邸の四枚の名画弥々御手に入り候わば、予定通り御手配りあってしかるべく候。なお余の物も御成功の見込これ有候わば御附加えあってはいかが。尤もこの方は御成功のほどいかがかと小生には掛念致され候。小生儀不意の急用出来《しゅったい》致し候故欧洲に渡航致す事に相成候、あるいはこの手紙と同時位に巴里に到着致すべく候か。ともかく倉戸旅館《ホテル》にて御面会を得べくと楽み居り候。敬具。

春倉聯二

その同日、蟹丸課長は倉戸旅館に警官を派遣して網を張らさせておくと、果して春倉聯二なる米国人を逮捕することが出来た。そして隼白鉄光の連累者の嫌疑の下にこれを収監した。

＊

かくの如くにして、僅に二十四時間以内に一大謀計の乱麻は悉く快断された。これ皆十八歳の一介の学生が供給した証拠物の贈物《たまもの》である。二十四時間前には、紛糾錯雑していた事が今は悉く明瞭になり、簡単となった。同類が首領を救わんとする計画は美事に阻碍され、致命傷を負うた瀕死の大盗隼白鉄光の逮捕は確実となった。共犯者の聯合は攪乱され、巴里における彼の住所と偽名とは探知せられ、推敲苦心の余に成った最も巧妙な彼の大功業は、初めてその完成以前に曝露発覚されたのである。

社会はあるいは驚き、あるいは讃嘆し、あるいは好奇心に搏たれて、到る処喧々囂々《けんけんごうごう》の声に満ち渡った。留安市の新聞では真先に青年素人探偵三井谷散史の初陣の手柄を詳述し、口を極めて彼の愛すべき人格と、簡朴の儀容と、落着いた確認力とを紙上で賞讃した。それと同時に司直の府にある鴨田検視監、刑事課の職を奉ずる蟹丸課長の探偵方針上の軽忽《けいこつ》疎漏《そろう》を攻撃した。それに依って読者の心は一層啓蒙せられた。三井谷の演じた役柄が後光を射して彼等の目に映った。勝利の栄冠はひとりこの嘴《くちばし》の黄ろい学生の頭上にばかり冠せられた。三井谷は忽ち英雄の如く祭り上げられた。心酔した幾十万の読者は初めて眼を開いて、この学生の身上の凡有る事を知ろうと努めた。機を見るに鋭敏なる巴里の大小数十の新聞社からは、探訪記者が盛んに工業学校へと押掛けた。そして寄宿舎の賄方や小使等にまでとり入って、三井谷の一挙一動の末に至るまで探り尽して紙上に書き立てた。社会は初めて彼が一校の麒麟児《きりんじ》なることを知った。推理観察の天才である事を知った。そうして世界の名探偵保村俊郎の好敵手として学生間に大なる未来を嘱望されている事をも知った。

一一　ああ、令嬢は殺されたろうか………不思議の紙片！………

一方巴里においては鴨田検視監等は、倉戸旅館から引致した春倉聯二の素性をどうしても探る事が出来ない。まして鉄光と同類なるや否やの確証を挙げる事も失敗に帰した。春倉はどんな訊問に対しても一言の返答をせず、頑然として口を噤んでいる。それに彼の手蹟を徴した所が、課長が没収してきた手紙の手蹟とは全然違っている。春倉聯二なる一米国人が、小鞄一個と、紙幣の満ちた紙入とを携えて倉戸旅館に投宿した。……ただそれだけの事実を知るに過ぎなかった。

また一方泥府にあっては、検視監はせっかく三井谷が見付けて呉れた現位置に座ったきりで、それから一歩も前進する事が出来ない。総てが秘密で、総てが暗晦《くらやみ》であること犯罪発見当日と毫も変りがない。鉄光は一体僧院の那辺に隠れて居るのか。四枚の名画はどうなったか。暗夜自動車でどこかに運搬されたのは事実であるが、さてどの道を通ってどこへ運搬されたのだろう。

自動車の通った跡だけはその後判然した。音布留村から西南に道を取って、寧良《なら》村、江留尾《えるび》町や馬頭町等を過ぎ、幸手《さって》町で汽船の渡舟《わたし》で聖野《せいぬ》河を南に渡ったらしい。が、なお詳細に調べた所によると、自動車は無蓋のものであったそうだ。幌のない自動車に乗せたあの四つの大きな画の包みが、汽船の船夫に気付かれぬというはずはない。果してしからば名画の行衛はどうなったのであろう。沢山の問題が眼前に横わっていながら検視監にはそれを解決する事が出来ない。彼は毎日のように部下に命じて聖月院を捜索させる。彼自身もまた殆ど毎日泥府の根拠地から出張しては指揮しているが、彼の捜索と、鉄光が院内に潜伏して居るという事実との間には大なる一個の溝渠《みぞ》が横わっている。我が尊敬すべき検視監閣下にはどうしてもこの溝渠を超す事が出来ないのだ。で、自然また三井谷散史を担ぎ出さない訳には行かなくなった。沃霧を消散する唯一の人は今三井谷より外にはない。彼が去って以来沃霧は益々晦冥《かいめい》濃厚となった。なぜ彼は事件に手を出さぬのか。ここまで漕ぎつけた以上、もう成功するのは一歩ではないか。そう考えた新聞記者団はまた学校へ突貫して、学期試験前の勉強に忙しい三井谷に種々の手段で面会を求め、現下の形勢を説いて彼の出馬を熱心に勧告した。三井谷は笑いながら試験に落第するのは可厭《いや》だからと頻に断ったが、しかし鉄光逮捕の名誉を思うとさすがに青春の功名心が燃え盛らぬではなかった。で、とうとう試験終了後六月六日の土曜日を以て一番列車で泥府へ向うことを約束した。

＊

記者団が筆を揃えて待設けた六月六日が来た。彼等は停車場に三井谷を襲撃して現場へ同行しようとしたが、彼は断然それを謝絶して一人で汽車に乗った。汽車が動き出すと連日の勉強疲労《づかれ》が一時に出てグッスリと熟睡した。停車場に止まる毎に昏々《うとうと》と薄目を開ける。と、種々の乗客が出たり入ったりするのが霧の如く幻の如く見えるがその儘また睡ってしまう。漸く判然と眼醒めたのは留安市の塔影が遥かに前方に見え出した頃であった。見廻すと車室には誰も乗っていない。ふと気付くと、自分の睡っていた窓際の海老茶色の腰掛覆に、何やら書いた一枚の大な紙片が針《ピン》で留められてある。何心なく読んでみると左の文字である。

> 何人も自己の業務を専心に励むべし。汝は汝の学業に勉励せよ。しからざれば思わざる災厄頭上に落ち来らん。

「ハハハ、やってるわい！」と彼は手を拍って笑い、「これで見ると敵の形勢は益々振わぬと見えるな。こんな威し文句を書くなどは、あの贋御者よりもなお拙い遣り方だぞ。まさかにこりゃ鉄光の腹じゃあるまいテ」と独り首肯いていた。

留安停車場に着くと停車時間中をプラットホームへ降りて散歩をした。今しも構内新聞雑誌店の前を通り掛けたが、突然閃乎《きらり》と彼の眼が光った。そして立止って店前《みせさき》に現われている留安日報を読んでいる中に、思わず顔色が颯と変った。こういう大事件が彼の目に触れたのだ。

●果然復讐来る

音布留村聖月院内渥美伯爵邸に昨夜深更三名の悪漢闖入し、伯爵令嬢蓉子を縛して猿轡を穿め、伯爵の姪真保場黎子をその場より誘拐し去りたり。邸宅より二三町が間は血痕斑々として草を染め、なお附近にて同じく血染の衿巻一本発見せられたり。不幸なる黎子嬢は恐らくは殺害せられたるならんと信ぜらる。

（泥府電話）

＊

泥府に着くまで三井谷は凝然として眉毛一つ動かさなかった。両肘を膝について体を二つに折り、両手で顔を覆うたまま深い深い沈思に耽っていた。

泥府から馬車で聖月院に着くと、検視監が待っていて、弥々新聞記事が確められた。三井谷は直に、

「記事以外の詳しい事を御存知でしょう」と問うた。

「いや、私も今着いたばかりなのじゃ」

と検視監は答えた。

その時久米井警部が入って来て、一枚の皺苦茶になった紙の切端を検視監に渡した。それは衿巻

の落ちていた直ぐ近所にあったものだそうだ。検視監は受取って眺めながら、

「どうもこんな紙片は余り探偵上の役に立ちそうにも思われぬ」

と三井谷に渡した。

三井谷は打ち返し打ち返し、それを眺めている。まことに不思議な紙片で、数字と、点々と、変妙な訳の解らぬ記号だけしか書いてない。図に現わすと、上図のようなものである。

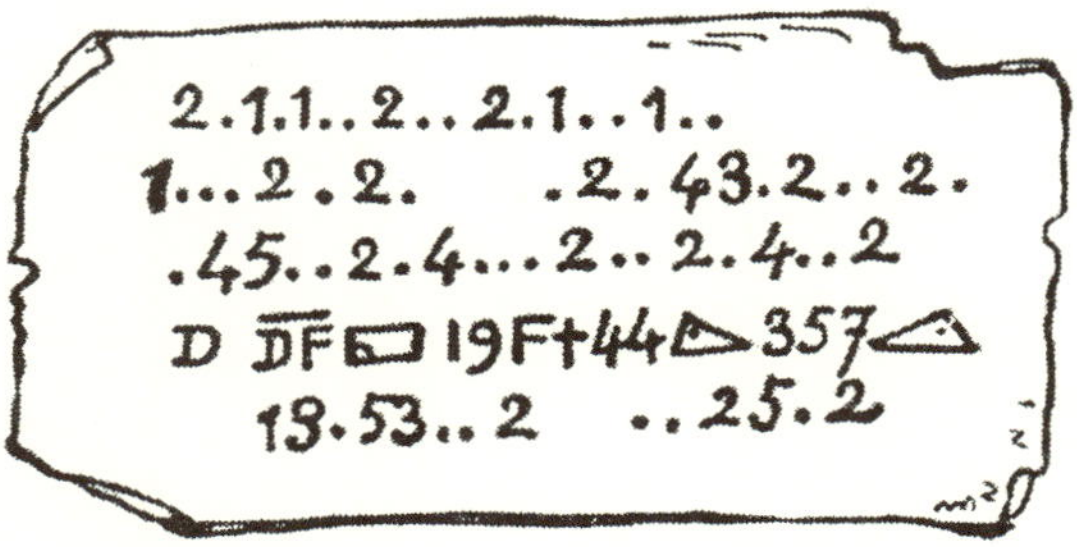

一二　行詰りは断崖絶壁……屍体は未だ発見されぬ……

同日夕刻六時、鴨田検視監はその日の用事を終えて、書記の降矢温《ふりやゆたか》と泥府に帰ろうと馬車が来るのを待っていた。検視監はいかにも不安げに、神経の焦立っているように見えたが、ふと三井谷が今朝以来姿を見せぬのに気付いて、書類の鞄を降矢書記に渡しおき、一人で僧院の方へ引還した。見ると三井谷は僧院の傍の松葉の一面に零れた地面の上に俯伏しになり、片腕の上に額を載せて居睡でもしているような恰好をしているのである。

「そんな処に何を考えておらるるのじゃ」

「僕は朝から黙考しているんです……え、もう考える時機は過ぎて実行の時機ですって？……しかし僕の方針は違います。僕は最初に考えて事件の一般の筋道を立て、それからそれに適合《あてはま》るような合理的で論理的な仮想を想像して行きます。しかして最後に事実を調べてそれが前の仮想に適合るかどうかを見るのです」

「そりゃ不思議じゃ、普通の探偵法とはまるで反対じゃ」

「鉄光のような敵に対しては普通の方法では失敗します。事実々々と仰有るけれど、事実がどうですか。怜悧《りこう》な犯人になったらその筋の眼を眩ますように事実を拵え上げて巧く案配しておく事も出来るじゃありませんか」

「けれども鉄光は、同類が黎子嬢に復讐したところで見ると、もう死んだに違いないのじゃ」

「鉄光は死んでも同類は残っています。あのような首領の輩下《てした》になると、各々一方の旗頭になる伎倆がありますからねえ」

検視監は青年の腕を握って引立てながら、

「そんな事はどうでもよい。それよりも重大な事があるのじゃ。蟹丸課長は他に緊急な用件が出来ての、ここ数日はこちらへ参られんじゃろう。一方、渥美伯爵は英国の保村大探偵へ電報を打った所から、大探偵は来週ここへ出向いて来て探偵に従事するそうじゃ。どうじゃろ君、その間に我々がすっかり活動しておいて、弥々彼等が乗込んだ時に、お気の毒じゃがお待ちする余裕が無かったで、もう事件は残らず落着しましたと挨拶したらどんなもんじゃろう。月桂冠は間違いなく我々が戴くことになるではないか」

「そうですね、それも面白いですね」と三井谷は笑いを圧し殺しながら「それではまず一つ、昨夜の事件についてお調べになったことを伺おうではありませんか」

「それはこういう次第である。この頃は薄原分署の久米井警部が残して行った巡査が四名で当院を警固しているが、所が昨夜の十一時頃であった、警部から使者が参っての、急用が出来したが四名とも直様《すぐさま》分署へ帰れという命令の手紙を齎《もたら》したのじゃ。で巡査等は何事かと思うて駈足で帰署して見たのじゃ……」

と、なお検視監の言う所を聞くと、巡査等は帰署して見ると何者かに騙《たばか》られたのが解ったので、大急ぎで警部諸共聖月院へ引還したが、その一時間ばかりの不在《るす》の間に、三名の兇漢が、百姓家の梯子を伯爵邸の三階に掛け、窓硝子を切って忍入ったのだ。そしてまず蓉子嬢を縛して猿轡をはめ、気絶するを見て、直にその隣室に躍入って、黎子嬢を攫《さら》って逃出した。獰猛な二疋の番犬はいつの間にか毒殺されていた。通路は確に耳門を潜ったのだが、どんな方法でそこを出入したのか毫も解らない。院から約半哩の所に森があって、その中に大樫が一本ある。その根本まで運んで行って、曲者共は令嬢を殺したらしい形跡があるのだそうだ……。

「殺す目的ならばなぜ令嬢の寝間で直ぐやッつけなかったでしょう」

「それは私にも解らぬ。攫い出してから気が変って殺したのじゃろう。あの衿巻は黎子嬢の足でも縛したもので、あれが落ちていた所で見ると令嬢は抵抗して足の搦めを解いたらしい。そんな関係から、あの大樫の下で一思いに殺されたのではあるまいかと思う」

「殺されたとすると死体はどうなったでしょう」

「死体はまだ発見出来ぬが、これは大して驚く事でもない。今日大樫の下の道を踉めて行くと、波良磯村のお寺のある丘陵《おか》へ出た。丘陵の向側は即ち海に臨んだ見るも恐しい断崖絶壁であるから、あるいは一日二日中に波で磯浜へ死体が打上げられぬとも限らぬと思うのじゃ」

「確かそんなことでしょう。すると総てが辻褄が合いますね」

「総てが合うておる。やはり今も言うた通り、鉄光が死んだので、輩下共が黎子嬢を殺しに来たのじゃ……それはそうと鉄光の後始末はどうしたのじゃろう」

「どうしたんでしょうね」

「どうしたんじゃろう。多分は輩下共が黎子嬢を攫った時に、首領の死骸も運び出して行ったんではあるまいかの。しかし運び出したという証拠はどこにある？　何もない、実に不思議じゃ。死んでおるにせよ、生きておるにせよ、当院内に居るという証拠はあるが、出たという証拠は一つも見当らぬ。黎子嬢の殺害事件は何の問題をも解決しておらぬ。反対に事件が益々複雑になって来おった。今までの二ケ月間、当聖月院内には果して何が起っておったか。もし我々がこの謎を解決せぬ場合には、あの先生たちに先を越されねばならぬわけじゃ」

「保村探偵たちはいつ来るんです」

「次の水曜日……か、火曜日には多分来るじゃろう……」

三井谷は心中で何か計算しているらしかったが、やがて検視監に向って、今日は木曜日であるから、これから活動を始め、彼等の来着に先立って月曜日の午前十時を期して必ず如上《じょじょう》の問題を解決すべきことを約束した。

検視監はそれで安心して、欣々として泥府への帰途についた。一方三井谷は直ぐに伯爵の自転車を駆って、南の方江留尾町、幸手町等、賊の自動車が先夜疾走したと思われる方へ乗り出した。

一三　粉砕また粉砕……彫像の傑作を片ッ端から撃ち砕く………

三井谷の意見では敵の最大弱点を衝いて、それから発見の端緒《いとぐち》を得ようとするにあるのだ。弱点とは即ち四枚の名画の事で、あの大幅《たいふく》を人目に掛らず運搬し処分し得られる道理がない。仮令今直ぐにその隠し場所が衝き留められなくとも、運搬した筋道ぐらいは解るに違いない。自動車に乗せたのは疑いないとして、幸手町に着く前に他の幌のある自動車へ移し乗せたのではあるまいか。そして幸手町の上流か下流かで聖野河を渡ったろう。所で下流のもう英国海峡へ出口の所には矢井洲《やいず》町の渡船場《わたしば》があるけれども、これは交通頻繁な場所だから彼等にとっては危険だ。すると上流には麻入《まいり》町の渡船場がある。この方は淋しいからこれを選んだかも知れぬ。

三四十浬を乗切って、その真夜中に三井谷は麻入町の河岸に添うた宿屋を叩き起して泊まった。

翌朝渡船場へ行って旅客簿を繰ってもらい、去る四月二十三日の木曜日の朝、自動車が通過したか否かを調べたけれども解らない。どうも見掛けなかったとの事に断念《あきら》めて、下流の矢井洲町へ去ろうとする時、ふと宿屋の番頭の口から、この町の仙太という二輪馬車の馭者が、その朝何か荷物を馬車から伝馬船へ移したという事を聞き込み、夕刻まで掛って漸く仙太をある居酒屋に捜索《さが》しあて、金を摑ませて訊き質すと、

「へエ、四月の二十三日、覚えていやすとも……その朝自動車の旦那たちが五時にあすこの四辻で待っていろと言いますんで、馬車の用意をして待っていますとね旦那、真四角な大きな平ったい包みを四つ馬車へ移しやしたよ。その中の一人の旦那が私《わっし》と一所にあすこの渡船場まで行きましてね、それから包みを伝馬船へまた移しやした」

「何だか君の話しぶりは、前からその旦那たちを知ってでもいたようだねえ」

「そりゃそうでさ、まアまア知ってると云っても好うがさ。私を雇うことが……ええとそれで六遍目でがすからなア」

三井谷は吃驚した。

「六遍え!……していつ頃から?」

「いつ頃からッて、その朝まで続けて毎朝でさ。けれども運んだ荷物は違いやすよ……何だか大きな石の塊みたような物でげしてね……いや、新聞紙で包んだ少し小ちゃな細長いのもありましたっけ。それをまた旦那がたの大事がる塩梅ッたら、どんなドエライ宝物かと思われるくらいでしてね、此方等《こちとら》にゃ指でも触れさしやアしやせん!……オヤ、旦那どうなさりやした、莫迦にお顔色が悪く御成りですぜ」

「いや何でもない……室が蒸暑い故だろう……いやどうも有難う……」

と漸く外へ蹌踉《よろめ》き出たが、秘密を巧く探偵し得た喜悦《よろこび》とその驚駭《おどろき》とで眩惑《めまい》がしそうである。そこで直にこの町を出で波良磯村へ来て、懇意な小学校の校長と一所に村長の宅に泊り、翌朝聖月院へ帰って来た。

帰ると自分に宛てた一封の手紙がある。披《ひら》いて見ると、ただ次のような数語が書いてあるばかり。

……

再び汝に警告す。沈黙を守れ。しからざれば…………………………


「フム、こりゃあ少し険呑になってきたな、気を付けないと彼奴等の言う通り……」

と呟きながら僧院の壊れ掛った入口の石段に腰掛けて瞑目沈思して居ると、そこへ検視監がやって来た。

「おお、三井谷君、その後何ぞ面白い堀出物でも見当ったかの」

「閣下、今度の事件は鉄光の潜伏場所ばかりが問題じゃありませんね。問題は遥にそれ以上です……え、その理由ですか……それはまず、先日蟹丸課長が春倉聯二という米国人から江見原晩幽即ち隼白鉄光に宛てた手紙を没収しましたねえ……あれです……あの手紙の文句の中にどうしても僕の解らぬ個所があったのです。それは、例の名画が手に入ったらば予定通り手配をせよという注文の次に『なお余の物も御成功の見込これ有候わば御附加えあり候てはいかが、尤もこの方は御成功のほどいかがかと掛念致され候』云々という文句がある、それなんです」

と立上って歩き出す。

「そう、私も覚えている」

「この『余の物』というのが怪しいです。聖月院の中で、四枚の名画と掛毛氈とを除いて、他に貴重品というのは何でしょう。何にもありません。宝石でしょうか。宝石はここには余りなく、有っても上等な物ではありません。しかし鉄光ほどの伎倆《うで》の男が、所謂『余の物』がいかなる品であるにせよ、それを竊り損うなんてことが有るべき事でしょうか。こう掛念される所で見ると非常に困難な仕事でなくてはなりません。が、遣って出来ないほどの事ではないのでしょう。鉄光が眼を掛けた以上逃した例《ためし》はありませんからねえ」

「所が失敗《しくじ》っている。他に何も紛失しておらぬ」

「所が失敗っていません。他に何か紛失したものがあります」

「左様さ、あの名画と……否々、何もあるはずがない……」

「名画と他に……あの画と同様の方法で贋物を擦り換えて行った物が有るに相違ありません、耳《のみ》ならず名画より数層倍貴重な、珍奇な、容易に手に入り難いものなんです」

「では何じゃろう喃。これ三井谷君、そう私を焦らすものではないよ……」

こう話しながら二人は今しも礼拝堂の傍を歩いていたが、三井谷は突然立ち止って、

「閣下は真実にそれを知りたく思われるのですか」

「勿論ですわ」

三井谷は手に一本の瘤のある太い杖を携えていたが、矢庭にそれを振上げると見ると、礼拝堂の玄関を飾っていた数個の彫像の中の一つを発矢《はっし》と一撃、物の見事に粉砕してしまった。

「やや、これ、気でも狂うたか！」と検視監は粉砕された彫像の片《かけら》を避けて三井谷の傍に駆寄り
「気でも狂うたか！　この老聖徒は非常に貴重な細工じゃのに……」

「貴重な細工ですか？」

と、今度は隣の『処女マリア』の像を一撃の下に転覆えす。

検視監は三井谷の胴に組付いて、

「これ、どうしたものじゃ、と、途法もない乱暴をしおって……」

と止める中にも、孔子様が地面へ叩き落されて微塵に踏み躙《にじ》られる。耗糟《かいばおけ》で産湯をつかっている『聖母と基督《キリスト》』の像がガラガラと潰れ落ちる……

「その上動くと撃つぞ！」

いつの間にか、渥美伯爵が飛出して来たのだ。伯爵は短銃《ピストル》の曳金を上げてこう叫んだ。三井谷はカラカラと笑って、

「そうですとも、御撃ちなさい！　ここにある彫像を皆お撃ちなさい！……ああ些《ちょっ》とお待ちなさい……この、両手で頭を支えている奴が……」

と一撃されて『洗礼の約翰《バプテズマヨハネ》』がまたもや木葉微塵と乱れ散る。

「おお、け、怪しからぬ奴じゃ！」と憤怒に燃えた伯爵は短銃の銃口《つつぐち》を差向けて、

「この幾つもの傑作を破壊《こわ》すとは、ナ、ナ、ナ、何たる……」と口が利かれない。

「伯爵、皆贋物です」

「何？　何という！」

と検視監は叫びながらも伯爵に飛掛って危い短銃を握《も》ぎ取った。

「贋物です贋物です！」と三井谷は繰返しながら「これらの中は紙の果《み》です、石膏です！」

「莫迦なことを！……そのようなはずがあるものか！」

「空洞《うつろ》の石膏です！……こんな物は屁でもないものです！」

伯爵は初めて腰を曲めて、一つの肖像の砕片《かけら》を拾い取った。

「閣下、熟《よ》く御覧なさい！　古い石のようには見せ掛けてありますが、皆な汚れた、旧臭《ふるくさ》い、黴の生えた石膏細工でしょう！……伯爵閣下の貴重な美術細工の残骸は皆これなんです……これは一年以前にやはり青年画家の船山薇白が巧んで、この頃になって実行された仕事です！」と、三井谷は更に検視監の腕を摑んで「閣下は一体どうお考えです。実に素的じゃありませんか。実に偉大じゃありませんか。痛快じゃありませんか。礼拝堂が一石々々運び出されて行くんです！　彫像という彫像は残らずどこかへ飛んで行ってしまって、その代りに漆喰の聖人だの基督なんぞが威張り返っていたのは滑稽じゃありませんか！　空前絶後という美術の全盛時代に出来た傑作が一つも残らず没収されましたぜ！　つまり、礼拝堂その物が竊み出されたんです！　実に堂々たるもんじゃありませんか！　閣下、どうお考えです」

「三井谷君、君は少し彼の力に迷わされ過ぎていはせぬか」

「いえ、迷わされちゃいません。あれほどの人物に対してはこの位の讃辞は当然です。僕等は凡て優秀抜群のものを賞讃します。ところで彼奴ときては万物の頭上を高く高く翱翔《こうしょう》しています。彼の飛翔《とびかた》には想像力が満ちています。威力が満ちています。権能と自由とが満ちています。それを思うと僕は一種の戦慄を感ぜぬわけには行きません」

「可哀相に、その豪い先生も死んでしもうた」と、検視監は嗤笑《せせらわら》って「生きておったらば巴里のノートルダムの高い塔をも竊み出したかも知れぬものを喃」

三井谷は肩を聳かした。

「笑い事じゃないです……彼奴は死んだからって貴君の眼を転《ひっ》くり返すくらいの大仕事はやりますぜ」

「いや、いや、嗤うたわけではない。実を申すとの、これからあれを検分しようという時だから、さすがに私も胸が悸《ど》きつくのじゃ……まさかに輩下共が死骸は運んで行きおったろう喃」

「それに、私の姪に撃たれたのは彼に相違ないという事にいつの間にか定《き》まってしまったですからなア」

と、伯爵も口を挟んだ。

「無論彼奴です、もう御疑念には及びません。黎子嬢に撃たれて僧院の壁際で倒れたのも、令嬢の眼前で起き上ってまた倒れたのも、堂の方へ匍って行ってもう一度起とうとしたのも皆彼奴です。……この最後に起とうとした行動は実に奇蹟ですが、それは直き御説明致します。……とにかく一生懸命に匍匐してこの石の隠所《かくれが》へ行き着いたのです……それがつまり彼奴の墳墓になってしまったのです」

こう言いながら三井谷は杖の端で礼拝堂の閾《しきみ》をコツコツと叩いた。

「何？　何じゃと？」と、検視監は驚いて「彼の墳墓じゃと？……でもこの中へはどこからも入り込む隙が無いではないか」

「何と仰有ってもここです……そこです」

と、コツコツ叩き廻る。

「けれどもこの辺はもう普《あまね》く捜索したのじゃ」

「仕方が足りなかったのです」

「私は能う礼拝堂を存じておるが、ここには決して隠れそうな場所はない」

と、伯爵も言い張った。

「いや、閣下確にございます。もし御疑いならば、念のため波良磯村の役場へいらしって御調べなされればお解りになります。あの役場にはこの音布留村の教区に関する十八世紀頃の書類が残らず保管してございます。それ等の書類の中に、この聖月院の礼拝堂の下に一個の土窖《つちむろ》のある事が明記してございます。土窖は恐らく羅馬《ローマ》教時代の昔に出来たもので、その真上にこの現在の僧院が建てられたものだろうと思われます」

「鉄光はどうしてそのような詳しい事を知ったろう」

と、検視監が訊ねた。

「それは簡単に解ったでしょう。つまり礼拝堂その物を竊み出そうと企てて仕事を始めてから自然に悟ったものでしょう」

「ソレ、ソレ、またそのような大袈裟な事を言われる！　礼拝堂が全部竊み出せるものか。見給え、この一側なぞは一石だって動いていはせぬではないか」

「そりゃ金目の物ばかり取って行ったからです。刻んだ大理石とか、肖像とか、名画とか、その他小柱から、拱門《アーチ》の彫鏤《かざり》から貴重という貴重の物は残らず運んでしまったんでしょう。誰が骨折って基礎《どだい》まで持って行く馬鹿があるもんですか」

「だからじゃ、既に基礎が残っている以上、鉄光がその下にある土窖へ潜り込み得られる道理がないと思うのじゃ」

今し方従僕を呼びに行った伯爵は、この時礼拝堂の鍵を持って帰って来た。伯爵はそれで堂の扉を明けた。三人は続いて入って行った。

一四　地下室の腐爛屍体………顔は大石に圧しつぶされた………

薄暗い、黴臭い匂いのする礼拝堂をあちらこちらと調べ廻っていた三井谷は、やがて、

「地面の敷石は想像したとおり手を付けませんでしたね。しかしこの高い祭壇は何で出来ているかと言えば、他の物ではない、鋳物です、漆喰出来です。そりゃ一見して解ります。ところで普通土窖へ降りる梯子は祭壇の前面から掛って、その下を斜めに奥へ下がっているものです」

「と、要するに……?」

「要するに鉄光は、嘗《かつ》てこの祭壇の宝物を竊もうと企てた時に偶然に土窖の所在《ありか》を知ったのでしょう」

伯爵は従僕に一挺の鶴嘴《つるはし》を持って来させた。三井谷はそれを受取って、力任せにグワンと一撃、またグワンと一撃、鋭く重たい刃を当てる。すると漆喰はバラバラと四辺《あたり》に散乱する。それをあちこちに打払い打払い滅多撃ちに撃ちのめす。

「ほオほオ、これはこれは、どうなることやら!……早く内部《なか》が見たいものじゃ!」

と、検視監は体を乗出させる。

「ほんとですね、僕だってそうです」

と言う散史の顔は苦悶で真蒼になっている。

益々劇《はげ》しく打下ろす中に、今まで何の手応もなかった鶴嘴の刃が、突然固い物に衝突《ぶつか》って跳ね返った。がらがらがらと何やら内部へ墜落する音が聞える。熟視すれば鶴嘴の当ったのは一個の大石

で、それが悽《すさま》じい音をして床下へ転落した後の裂目《われめ》へ、祭壇上に残った物がゴロゴロと重なり合って墜ちて行く。三井谷が腰を屈めて覗いて見ると、その額へ冷たい一陣の湿った風がピューと吹きつけた。彼はマッチを擦って裂目の上からそこここと照して見ながら、

「梯子がある梯子がある。しかも思ったより深く斜に掛っている。ソレ、底のあっちの右手の方に、梯子の一番終いの段が見えましょう」

「よほど深いかの」

「一間《けん》半か、二間ですね……梯子の段と段との間が長いんです……中に抜けた所なんかが有るようです」

「どうも輩下共が、この穴蔵から鉄光の屍体を運び出して行ったとは信じられませんテ。あの警部等の居なかった僅少《ちょっと》の間に……それに一方では黎子嬢を揚《さら》って行くという仕事もあったんだから、どうも……それに何でもかでも運んで行くというほどの必要もなし……」と、検視監は思案したが

「いやいや、私はどこまでも屍体がここにあると思う」

従僕がまた別に一挺の梯子を担いで来た。三井谷はそれを裂目から徐々《そろそろ》と繰り下げ、底に落ち積もった砕片の間をあちこちと動かして漸《やっ》とその先端《さき》を地面に固定させた。そして上の方を両手で確乎《しっか》と抑えて、

「検視監閣下、お降りになりますか」

検視監は思い切ったという風で手燭を片手に降りて行く。続いて渥美伯、最後に三井谷が梯子の一番上の段へ足を掛けた。

器械的に勘定したのだが、梯子の段は総てで十八あった。土窖の中は黒暗々として冥府《よみ》の世界の如く、手燭の黄い焔は濃い闇に包まれて、いとも朦朧と頼りなげに瞬くのであった。が、いよいよ底へ降り立つと同時に、一種の不快《いや》な胸のムカ付くような劇しい悪臭がムッと鼻へ来た。と、思うと不意に肩を摑まえた手がある。その手はブルブル顫えていた。

「どうなすったんです」

「ミ、ミ、ミ、三井谷君！……ミ、ミ、ミ、三井谷君！……」

と、戦慄声《がたがた》を出すのは鴨田検視監だが、どうもすっかり怖気《おじけ》づいてしまって口が利かれない。

「鴨田さん、確乎《しっかり》おしなさい！」

「ミ、ミ、ミ、三井谷君……ソ、ソ、そこに居る、そこに居る……」

「はア？」

「ソ、ソ、そこに……あの祭壇から転がり落ちた大石なア、あの下にナ、ナ、何か居るんじゃ……私が今石を押して見るとの……押して見ると、ソノ……手に触った物があるんじゃ……その怖さと言うたら……その怖さと言うたら！……」

「どの辺です」

「こっちの方じゃ……あのムカムカする悪臭が解らぬのか……ソレ、見い……ミ、見給え！……」

と、手燭を持ち直して怯々《おずおず》と及び腰をしながら差出した。その光で覗えば、実《げ》にも実にも、地面の上に俯《へた》ばって闇に包まれている一個人間の死骸！

「おお！」

さすがの三井谷も慄然として唸るばかり。

三人は急いで覗いて見ると、死骸というのは半裸体の男で、痩せさらばいて、所々ボロボロに破れ朽ちた服の間からは、溶けかけた蠟のような青味がかった肉が微見《ほのみ》えて、不気味とも怖しとも言わん方ない有様であるが、それにもまして最も醜悪なのは死人の頭である。三井谷が慄然《ぎょっ》として唸ったのもそれを見たからだ。何でも今の大石が巧くその上に落下したと見えて、頭蓋骨は微塵に粉砕されて、紅黒《あかくろ》い脳漿が飛出し、顔も滅茶々々に潰れて、目やら鼻やら区別がつかない。

三井谷は長い梯子を四飛びばかりに土窖から飛上って、日光の射している明い外の空気の中へ出た。

検視監と伯爵とが漸々後から匍い上って見ると、彼は両手を犇《ひし》と顔に当てて地面に俯伏しになっていた。

検視監はその肩を叩いて、

「私は君に御礼を言わねばならぬ。隠匿所《かくれが》が発見出来たのも君の御蔭じゃが、それにつれて私は二つの事実を知る事が出来た。いずれも君のお話の通りピタリと適中《おう》ておる。一つは君が最始《さいしょ》から言われていた通り、黎子嬢に撃たれた曲者は彼隼白鉄光であったという事じゃ。他の一つは、彼が江見原晩幽ちゅう変名で巴里に住んでいたという、これも君のお説じゃが、それがやはり事実であった。と言うのは、私が今死骸の服を調べて見たら、上着の襟の裏に『え、ば』という二つの頭文字が縫いこんで有った。こりゃ確な証拠じゃろうと私は思う、が、君の意見はどうじゃろう」

三井谷は身動きもせぬ。

「伯爵が今馬で築土《つくど》医師を迎えにやられたから、直きに検視もあるじゃろが、私の見る所では、あの死骸は少くも一週間以前に死んだものじゃ。あの腐爛の様子で見ると、どうしても……コレ、三井谷君、君は聴いて居なさらないのじゃないか……」

「聴いています、聴いています」

「私の言うとる事は確乎とした理由に基いておるので、例えば……」

と、検視監は滔々として説明を試みて行くが、相手は相変らず一向聴いている様子もない。そのうちに伯爵が戻って来たので、検視監も独台詞《ひとりせりふ》を漸く止めた。伯爵は二通の手紙を持って来た。その一通は伯自身に宛てたもので、それに依ると英国の名探偵保村俊郎氏は弥々明日到着するそうである。

「豪儀、々々!」と、検視監は得意そうに「では従うて蟹丸刑事課長も見えるでしょう。面白い面白い」

「この一通は、鴨田さん、貴君へ参ったものです」

と、伯爵が手紙を渡す。それを読み終ると、

「ますます面白い。これではせっかく二人が遣ッて来られても格別大した仕事もあるまい。三井谷君、泥府からのこの手紙に依ると喃、ツイ今朝の事じゃが、漁夫《りょうし》共が海岸の巌《いわ》の上に一人の若い美人の死骸を見付けたそうじゃ」

三井谷は矗然《すっく》と起上った。

「何ですッて、死骸が……」

「しかも美人のじゃ……死骸は散々に毀損されておっての、見るも無惨なばかりで、人相も解らぬそうじゃ。が、ただ手懸りとなるのは右腕に一本の金の腕輪を篏《は》めておる。それが水脹《みずぶく》れの皮膚の中に喰入ってはおるが細い腕輪で紅宝玉《ルビー》が二つ篏め込んであると書いてある。所であの黎子嬢だねえ、あの方がやはり平生右腕に、紅宝玉が二つ入った金の細い腕輪を篏めておられたそうじゃ。伯爵、このような次第じゃから、御気の毒ですがこれは定《てっ》きり黎子嬢の死骸じゃと思います。つまり悪漢《わるもの》共に海へ投込まれたのが大浪のために漸く打上げられたのでござろう。三井谷君、君はどう思わるる」

「格別何も意見は……何も……そうですね、御覧の通り皆な関係があります……どれだって一つ除いて好いという事実はありません。順々に起って来る色々な事実は、随分矛盾しているようでもあり、また切れ切れのようでもありますけれども、やはり僕が最初から抱いていた想像を確めるばかりです。その点では皆一致しております」

「どうも私には解らぬ」

「なに、直きお解りになるです。事件の総ての真相を他日お話しすると御約束しておいたじゃありませんか」

「しかし私の考えでは……」

「まア、もう少し御辛棒なさい。なにも僕に口説く必要はないんです。今日は好い天気じゃあり

ませんか。ちッと散歩に出て煙草でも召上って、気を霽々《はればれ》となすっていらっしゃい。僕は四時には帰って来ます。学校の方は……まア関《かま》わんとしましょう、夜行ででも帰りましょう」

こう言って散史は聖月院を出て、泥府に行くべく自転車に跨って乗出した。

泥府に着くと、「北海新聞」という新聞社の前で自転車を降り、二週間以前からの新聞の綴込を借りて長い間閲覧した。新聞社を出ると、今度は東方に六七哩距れた商業地の妙見《みょうけん》町へ行って市長に会い、僧庵長を訪ね、警察へ行って何事をか調査した。寺院の大時計が三時を打つ頃漸く仕事を終えた。

彼は大満足で音布留村への帰途に着いた。二つの踏子《ペダル》をば同等な、力の籠もった拍子で互みに踏みながら自転車を疾駆させる。海の潮風が快く顔を吹く。それを一パイに吸い込んで若い胸を脹らませながら、時々我れを忘れて万歳々々と大声を挙げる。実際自分の追及している目的、その努力を飾る成功の栄冠を思えば、我れながら雀躍《こおどり》せずには居られない。

音布留村は早や目前に現れた。全速力の自転車は、僧院へ向う長い坂を軽快に走って行く。間もなく並樹路にさし掛った。左右の大木は旋転々々、活動写真のように三井谷の後に消えて行く。暫時《しばし》走っている中に、彼は突然「やッ！」と叫んだ。自分の直ぐの行手に当って一本の太い綱が、道を横断して魔術のように樹から樹へ颯と張られたのだ。

アナヤと思うて飛降りようとしたが遅かった。勢付いた自転車は忽ち綱へ衝突して転覆し、散史は喘《はず》みを喰って五六尺かなたへドウとばかりに投げ飛ばされた。真に天祐なる哉、もう一寸右へ寄ったならば、そこに在る大きな石に頭を打付けて、無慙の即死を遂げるところであった。

暫時は投げ飛ばされたまま昏倒していたが、漸く起ち上った。頬と言わず、手と言わず擦り傷だらけで、脛頭からは皮がダラリと剝げている。全身がヒリヒリ痛むのを我慢して四辺を調べて見ると、右側に小さな藪がある。曲者はその中に逃げ込んだらしい。張り渡された綱を解いて行くと、左側の綱の端を結んだ一本の大木の幹に、一葉の紙片が糸で吊下げてある。手に取って見ると、次のような文句が書いてあった。……

汝に警告する事これにて三度《みた》びなるぞ、これを最後の警告となす。

一五　不思議なる暗号手紙………検視監と三井谷の秘密研究………

聖月院へ帰ると、三井谷は従僕に何やら二つ三つ聞訊《ききただ》してから、階下《した》の右手の一番端の室に居る鴨田検視監の許へ行った。検視監は事件の終局するまでそこを探偵本部と定めて詰めているのであった。折しも卓子を中に書記と相対して書物《かきもの》の最中であったが、青年の姿を見ると眼配《めくばせ》で書記を去らせて、

「おお、どうなされたのじゃ、君の手は血塗《ちみど》ろではないか！」

「何でもないです。ただ、今並樹路で突然《だしぬけ》にこの綱を張り渡されたものですから、自転車から墜落《おっこっ》たんです。しかし御注意しておきますが、この綱は当院のものですよ。ほん二十分前まで洗濯所の外で洗物を乾しておいたものなんだそうです」

「まさか！」

「いや、検視監閣下、僕は何奴かに跟《つ》け的《ねら》われていますね。しかも当院の中央で僕の挙動を見、僕の言葉を聞き、絶えず僕の働くのを注意して、僕の意志をそのまま悟っている奴があるに違いないのです」

「そりゃ真実じゃろうか」

「確にそうです。鏡に掛けて見る如しです。其奴《そいっ》を発見なさるのは閣下の御役目ですね、そしてそんなに難しくはないでしょう。僕は……早く仕事を済ませて御約束の説明を御聞かせしたいんですが……とにかく敵が予期したより早く探偵を終えましたよ。従って彼奴等が最後の決心をしたの

は事実です。僕の周囲には渦紋《うずまき》が段々狭《せ》まって来ます。危険が迫りかかっています。確かにそう感じます」

「そのような莫迦な事が有ろうかい……」

「まア今に御覧なさい！　所で現在《いま》は一刻も猶予がなりません。第一に御訊ねしたいのは、あの久米井警部が拾って閣下に御渡した例の変挺《へんてこ》な暗号紙片ですねえ、あの事について閣下は誰かにお話しなさいましたか」

「否、誰にも話さぬよ。しかしあれがそのように価値の有るものかな」

「非常に大切なものです。そりゃ僕の偶《ふ》とした考えです。考えだけで、実際は格別確証のあるわけではありませんが。……今日まであの暗号を読み解く事が出来ませんでしたものねえ……」

と言い掛けたが、不意に検視監の手を突《つッ》ついて低声《こごえ》に、

「少し黙っていらッしゃい……誰か立聴きをしていますから……外に……」

折しも礫《こいし》の軋る音。三井谷は窓際へ立ち寄って体を乗り出した。

「誰も居ない……が、芝生の椽《ふち》に踏付けた跡がある……靴跡を調べれば直ぐに解るだろう……」

と、窓を閉めてまた腰を掛け、

「御覧なさい、敵はもう常套手段では手緩《てぬる》いと思うて肉迫して来ましたから……やはり危機の切迫してきたのを悟ったのですねえ……ですから速く研究してしまいましょう。でないとどんな邪魔が入るか解りませんから」

そう言いながら三井谷は、検視監から受取ったかの暗号紙片を卓子の上に披《ひろ》げ、

「僕はまずこういう観察を下しました。それはこの暗号は残らず数字と、それからポツポツの点とから出来ていますが、総てで五行ある中、四行目だけは全く別な記号ですから後廻として、初めの三行と最後の一行とを御覧なさい。その中の数字はどれも5よりは多くはないでしょう。ですから僕は考えたんですが、これは仏蘭西語の五つの母音を指したので（註に曰く——日本のアイウエ

オの如し、即ち仏蘭西語のアルハベット二十六文字中のa《アー》、e《エー》、i《イー》、o《オー》、u《ユー》の五文字なり）1は一番目のaを指し、2は二番目のeを指すといった風に順々にその五文字へ当て篏てたのではないでしょうか。で、その四行だけを僕の説に従って文字に直してみればこうなります」

と、紙の切端へ書いて見せる。

また言葉をついで、

「こんな物が出来上りましたけれど、御覧の通りこれじゃまだ薩張《さっぱ》り解りません。しかしこの秘密を解くのは非常に優しくもあり、同時に非常に困難でもあるのです。数字が母音を示す以上、その間の点々は子音（二十六字中、五つの母音を除きたる他の総ての音）を示すものと思うてよいならば楽です。けれどもそれが至極平易に見えて、さてそれだけでは余りに漠然としていて実に難しく……」

「そう、確に難しい」

「が、ともかくも試しに解いて見ましょう。この二行目を御覧なさい。中央が少し切れていて前と後とに別れておりますね。この後の方はたしかに一字を形作っているように見えます。そこでこの母音の間に点々の数だけ子音の挟まる字を、辞書を残らず繰って見ますと、僅《たっ》た一字しかありません。それはdemoiselles《デュモアゼル》（令嬢）という字です」

「ああ、それこそ蓉子嬢と黎子嬢の二人を指すのじゃ」

「まずそうでしょうね」

「その他に解ったとこは無いじゃろか」

「そうですね、この最後の行の初の方ですね、それを見ますと、初めにai《アーイー》と母音が二つ続いていい、次に点が一つあってまたui《ユーイー》と母音が二つ続いています。これをやはり前と同様辞書で調べて見ますると、ai《アーイー》とui《ユーイー》との間に入るべき子音はg《ジェー》一字だけです。するとaiguiとなります。既に冒頭《はじめ》がこう定まって見ますると、その次に二つの子音があって、終りにeのついている字は仏蘭西語の中にはaiguille《エギール》（針）という字より他には有ません」

「なるほど。なるほど」

「もう一つ、やはり最後の行の終りの方を見ますと、冒頭に点々の子音が二つあって次にeu《エーユー》と母音が二つ続いて、また子音の点があって、e《エー》で終っております。で、これも辞書を残らず繰りましたところが、二つの子音で始まってこの記号に当て篏まる字を三つ見付けました。それはfreuve《フリエーブ》（河）とpreuve《プリユーブ》（証拠）creuse《クリユース》（空《うつろ》）との三字です。しかし初めの二字は、今解釈しました「針」という字と、意味の上でどうしても聯絡しません。ですから、最後のcreuse《クリユース》（空）こそこれに適応する字ではないかと思うのであります」

「すると『空の針』という意味となるのじゃね。『空針』！　なるほど！　これだけでは何の事やら解らぬが、しかし恐らく君のこの解釈は正当であろう。……が、さてそう読み解けたところで……」

「読み解けたところで、これだけでは役に立ちません」と、三井谷は考え考え「……今は役に立ちませんが……いずれこれが端緒となって全体が解る日がありましょう……ともかくもこの『空針』という二字の中には色々な意味が含まれているに違いありません。それよりも怪しいのは暗号の認めてある材料、即ちこの紙じゃありませんか……今でもこんな質《きめ》の粗い紙が出来るんでしょうか。そしてこんな象牙色をした……この折目はどうです……こんな耗《す》り切れた折目で……それからこれを御覧なさい、裏にはこんな赤い封蠟の跡がポツポツあるじゃありませんか……どうも……」

と、なおも仔細に調べて行こうとする折柄、扉を排して入って来た者があるので話の腰を折られた。

　案内の叩音《ノック》もなく突然入り来った人物は抑《そ》も何者ぞ。

一六　検視監室の大格闘……三井谷散史の大負傷……

二人の眼前《めのまえ》に今しもヌッと現われたのは、別人ならぬ検視監の書記降矢温であって、思も設けぬ検事総長の来着を報じたのであった。

検視監は立ち上って、

「なに、検事総長閣下が御越しだ？　何か急用かな？　どの室に閣下を御通し申したのじゃ」

「いえ、閣下は自動車から御降りになりません。只今この音布留村を御通り掛りになりましたので、ちょっと閣下に門前まで御出でを願いたいそうで、何か御話が御有りになるそうでございます」

「訝《おか》しいのう……が、行ってみよう。三井谷君、ちょっと失礼します、直き戻って来るから……」

と、検視監は慌てて出て行った。その後姿を見送った降矢書記、弥々検視監の跫音が遠のいたのを聞き澄ますと、扉をパンと閉めて錠を卸し、鍵をば自分の懐中に収めた。

「どうしたんです！」と、三井谷は愕然として「なぜ閉め込んでしまうんです！」

「こうしておけば安心して話が出来るからよ」

この室には入口の扉の外に、隣室へ通う扉がもう一つある。散史はその方へ驀進した。解った、当院内の共犯者は降矢であった。現在検視監の書記の降矢が敵の同類だったのだ！

降矢は嘲《せせ》ら笑って、

「オイ、若先生、指を痛めんようにするが好いぜ。その扉の鍵も先刻ここに在りだ」

と、自分の懐中を叩いて見せる。

「扉を閉めたって、窓という物が有らア！」

「オット、そう巧くは行かない」

と、書記は短銃を手にして窓の扉へピタリと背を押付けて見構えた。

これで退路は悉く遮断された。もう奈何ともする事が出来ぬ。止むなくんば即ちこの野獣的の大胆を以て肉迫して来た悪人と格闘するのみである。三井谷は一大決心を抱いて腕を組んだ。

「好し……所で愚図々々しちゃア居られないぞ」と、降矢は懐中時計を出して見て、

「御目出度い鴨田の大将、ノコノコと門へ出て見るさ。勿論検事総長の影も形もありゃアしない、そこで首を傾げながら帰って来る。それがザッと四分はかかるナ。己がこの窓から飛降りるのが一分、それから僧院の方の耳門を潜って外に待っている自動自転車へ乗って逃出せばそれでいいのだ。後三分か。好し、それだけありゃあ充分だ」

降矢という男は醜悪《ぶざま》な一種奇体な格好をした男で、脚長蜻蛉《とんぼ》のような恐しく長い両脚の上に、蜘蛛の体のような円々と脹らんだ胴体が乗っかって、おまけに薪の棒のような太い両腕がくッ付いている。顔ときたら可厭《いや》にコチコチと骨張って、その上に低い小さな、尖った額が鎮座しているが、それがいかにも片意地な頑固額に見えるのである。

三井谷はどう頑張っても我れながら、少し脚が顫えて、ともすると蹌踉めきそうなので、仕方がなしに椅子へドッカと腰を下ろし、

「何でも言ってみろ。一体どうするつもりなんだ。何が望みなんだ」

「暗号の紙片さ。己は三日というもの骨折って捜し廻ったぜ」

「僕は持ってやしない」

「虚《うそ》を吐《つ》くな。己が今入って来た時に慌てて懐中《かくし》へ収《しま》い込んだのを見届けたぞ」

「それから何が望みだ」

「それから、貴様は少しお喋べりを止せ。どうも貴様に邪魔されて堪らない。柄にない事は断念《あきら》めて些と学校の勉強でもしろ。己たちもこの上我慢はしきれないからナ」

と、ズッと寄って来る。手にした短銃は依然彼の頭を的っている。その声は洞然として一語々々に力が籠もり、その眼光は厳然として鋭く、その微笑は惨酷であった。

三井谷は思わず慄然《ぞっ》とした。それも無理はない。学窓にのみ暮してきた彼紅顔の一青年が、突如としてかかる危険に遭遇したのだもの！　思えば彼は、盲目的な不可抗力に激励された深讐綿々《しんしゅう》たる敵の面前に引出されたのだ。

「それから何だ」

と悪怯《わるび》れぬつもりで言うのだが、どうも憶して心細い。

「それからか？　もう何にも注文はない……貴様の自由だ……己たちの方でも忘れてやろう」

双方言葉が途切れた。と、降矢は一歩進んで、

「もう一分しきゃ残らない。ここが覚悟をする時だぜ。さアどうだ、馬鹿な真似はもう止せ……何と言っても己たちの方が強い、いつだって、どこに居たって我々が強者だ……なア、早くしろ、あの紙片を早く寄せ……」

三井谷はもう畏縮してばかり居なかった。蒼白い、怯えた顔色《かおつき》こそしておれ、確乎と気を落着けて、微塵になった神経の最中《まんなか》に頭脳を透明に保とうとした。短銃の小さな黒い銃口は目前五六寸の所に我が額を睨んでいる。指が曲がったのは言わずと知れた弾金《ひきがね》に懸かったのであろう。総ての運命はここ一瞬間に決するのだ……。

「さア紙片を寄せ」と、降矢は繰返して「もし寄こさぬ時は……」と近づいて来る。

その刹那、三井谷は「さア、遣ろう」

と、紙入を取出して彼の面前に突き出した。彼は引奪《ひったく》るように摑み取って、

「素的、素的！　これで漸く気が落着いた。貴様は確かに話せるよ……随分可煩《うるさ》い奴《やっこ》さんじゃアあるけれど、しかし常識には富んでいるねえ。いずれ仲間にも吹聴しておこう、所で時間が来たな。じゃ、サヨナラ！」

降矢は短銃を収って、窓の扉を明けた。折しも廊下を急ぎ来る人の跫音。

「サヨナラ！」と、もう一度言って「険呑、険呑、整然丁度《ちょっきり》にうまく行った」と、喜んで窓から出ようとしたが、彼はふと気が付いて足を止めた。そして大急ぎで三井谷の渡した紙入を調べて見たが、

「畜生、マンマと騙しおったな！」と、忌々しそうに歯を剝き出し「紙片が入っておらんわ……大欺騙奴《おおかたりめ》！……」

と、猛然飛び懸った折こそあれ、二発の銃声が室を震撼させて鳴り渡った。散史が手早く自分の短銃を出して撃っ放したのだ。

「オット、的《ねら》いが外れたよ！　手が顫えているじゃないか……憶病者が、怯々《びくびく》しているくせにしやら臭い……」

二人は忽ちムンズと引組んで、一所に床へドウと倒れた。入口の扉は続けさまに割れんばかりに叩かれている。暫時は上になり下になりして火花を散らして揉み合ったが、繊細い三井谷は次第に腕が萎えてとうとう組敷かれた。チェ、残念、万事窮す！　鋭く小刀《ナイフ》を摑んだ敵の右手が挙がると見ると、猛然落下した。右の肩先から背中へ掛けてグサと一突き！　痛みが肩に徹して、鮮血颯と逆《ほとば》しる。三井谷はその儘昏絶しかかった。

何奴かチョッキの内側の懐中を搔き捜って暗号紙片を奪い去る様子。……それも段々朦朧となった。次第に垂れる瞼の下から微に夢ともなく現《うつつ》ともなく見えるのは、窓越しに外へ飛び降りる一人の男の影である……。

＊

翌日の諸新聞紙はまた逸早くも聖月院の事件を報道した。礼拝堂床下の土窖、その中に隼白鉄光の死骸を発見した事、真保場黎子嬢の死骸も海岸に発見された事、三井谷散史が、意外にも鴨田

検視監の書記と化けていた鉄光の同類降矢温に切り付けられて半殺の目に遭った事……そういう詳報を掲げると共に、二つの驚くべき新事実を載せて読者を驚倒させた。それは蟹丸刑事課長の行衛不明になった事と、英国の名探偵保村俊郎が、白日倫敦《ロンドン》の最中《まんなか》において、今や特《まさ》に仏国へ渡るべく堂波《ドーバー》海峡行きの列車に乗らんとする一刹那、忽然何者かに誘拐せられた事とである。

これを以て見ると、暫時の間稀代の麒麟児三井谷散史という一介の青年学生のために蹂躪潰乱させられたかの観があった鉄光の残党等は、今や奮然隊伍を整えて対抗運動を開始したと見える。しかも彼等は着々奇功を奏して、縦横席捲、変幻出没、一団の沃雲を捲いて凄じくも殺到し来らんとしつつある。鉄光の二大強敵であった保村名探偵と蟹丸刑事課長とは蹴散らされた。三井谷散史は匕首《ひしゅ》一閃の下に半死の病体となった、凡庸警察は殆ど施す術を知らない。ああ、落日粛条《らくじつしょうじょう》、今のところ馬を陣頭に進めてこの跳梁跋扈《ちょうりょうばっこ》の強敵に当らんほどの勇者は一人も無い。

一七　突然起る背後の声………眼光炯々として凄味ある偉漢………

巴里の露仙《ろせん》町の小さな公園に添うた静かな街の南側に、伊佐美純介という若い弁護士が住んでいる。三井谷の負傷してから五六週間後の事である。ある夕暮伊佐美弁護士は、遊びに出掛けた家族の留守居をして一人我室に籠もって居た。時は七月十四日の前日、非常に蒸暑い晩で、一暴風雨《ひとあらし》漸く暴《あ》れ止んだばかりである。彼は露台《バルコニー》に通ずる硝子扉を開け放し、読書用のランプを点け、安楽椅子に凭れて、今朝からまだ手に取る暇のなかった二三種の新聞を読み始めた。

どの新聞にも近頃隼白鉄光に関する記事の掲載されぬはない。殊に憐れむべき三井谷散史が残虐なる災難に遭ってからは、毎朝の読者の眼は一層聖月院事件に集注された。新聞の三面の冒頭の欄を永久に占領するのはもうその記事より他にはない。社会の感情がかほどまでに興奮激励された事も珍しい。急転直下に展開して行く大事件の続出、意外から意外に奔注する奇怪の激湍、それを聞きそれを眺める百万の読者は、日毎に呆然自失すると共に日毎に無限の好奇心の満足を覚えるのであった。鴨田検視監は芝居で言えば第二流所の謂わば補《すけ》の役割を振られて居るのであるが、それをまた感心に神妙に演じている。その検視監がかねての人気取の主義に従って、彼の記憶すべき三日の間に自分の忠告者なる青年学生三井谷散史が行うた冒険の秘密を、悉く新聞記者に物語ったので、公衆は縦横無尽にその途方もない想像を逞しゅうして楽む事が出来た。刑法学者も、犯罪専門の研究者も、小説家も、戯曲家も、退職の裁判官も、刑事も、未来の保村俊郎も、誰も彼も、それぞれ本事件に対する自分の名論卓説を組立てて、新聞社の有難迷惑も何も御関《おかま》いなく、山鳥の尾の長々とした文章を投書するのであった。

実際また、事件の真相は一から十まで余す所なく天下万衆に知れ渡ったと言っても好い。今将《は》た何の秘密が残っていよう。社会は負傷した隼白鉄光が、傷を包んで一人逃避し、終に惨憺たる白骨と化した隠匿所を知っている。その事実は明々白々である。かの寺堂医学博士はその後も職業上の秘密を楯に取って、誘拐事件の真相を発表せぬ理由を弁疏《べんそ》専ら努めていたが、密にその親友に自白した所によれば、博士が巴里の劇場から自動車で連れて行かれたのは、全く音布留村聖月院床下の土窖であって、輩下共の紹介によると、彼の外科手術を施した患者は確に隼白鉄光と言ったそうだ。それは打明けられた博士の親友が間もなくまた他人《ひと》に漏らした所からパッと世間に知れ渡った。その後江見原晩幽なる者の死骸がその同じ土窖で発見された。そしてこの江見原なる者は裁判官の検断した所によっても明白なるが如く、即ち隼白鉄光に外ならない事が証明された今日、黎子嬢に狙撃されて土窖中に果敢《はか》ない死様を遂げたのは鉄光その人であることが最早寸分の疑念を挟む余地が無い。斯くの如くにして鉄光は死んだ。また黎子嬢の死体もその右腕の腕輪によって確証された。さらば事件はこれでひとまず終局を告げたのであろうか。

否々、事件は決して幕になっていない。誰もそうとは信じていない。何故なればそれは三井谷の明言する所で明かである。いかなる点で終局を告げていないかは誰も知らないが、ともかくも彼の言葉によれば秘密が残存しているに違いない。そしてその秘密を闡明《せんめい》して最後の凱歌《かちどき》を挙げる唯一人は即ち彼三井谷であると信じている。

だから、読者が初めに、三井谷の負傷に関する泥府からの報告を、非常な杞憂を以て待受けていた心持ちは容易に想像が出来る。渥美伯爵は二名の専門医を患者に附添わせた。最初の数日間の容態は最も危険であって、殆ど恢復の見込みがないとまで思われた。しかし二三日過ぎるに従って漸次良好な経過を現わしてきて、恢復の見込みが立った。読者はその報道に接する毎に高潮な一喜一憂の感に撲たれたが、実に緊張し切った彼等の神経には、些細な変化さえ異常な興奮を与えた。人々は、電報に接して倉皇《そうこう》として悲しき愛児の許に急行した三井谷の老父の心事を想うては貰い泣きの涙に咽び、昼夜衣帯も解かず病床に看護の労を執る伯爵令嬢蓉子の潔《きよ》らかな熱愛の情に感動しては賞讃し合うた。

患者は血気の青年だけに、日を経《ふ》るに従うて予想外に速く全快に向った。とうとう世間が聖月院事件の秘密を知る日も近づいた！　三井谷が鴨田検視監に約束した事件の真相も日ならず語られるであろう。鉄光の残党降矢温が匕首《あいくち》を揮ってまでもその発言を妨害した彼の最後の断案の言葉も知れるであろう！　その他暗黒に鎖されて警察力の接近し難い秘密郷に残ったその事、かの事が残りなく曝露せられるであろう。鉄光の不思議な共犯者として今なお参手《さんて》監獄に禁錮されている春倉聯二、彼に関する確報も、三井谷が平癒して再び活動の人となった以上、望まれぬ事ではない。兇悪無慙な贋書記の降矢温は、かの兇行後いずくに潜み何を画策しているのだろう。

三井谷が健康を恢復したについては、世間はまた行衛不明になった蟹丸刑事課長と誘拐された保村大探偵との消息を聞き得るものと楽んだ。全く以上の二怪事件の如き事が現世において有り得べき事だろうか。英仏両国の名探偵が、殆ど同時に忽焉《こつえん》として影を滅して、杳としてその運命が解らないとは天下の奇蹟である。今を去る五週間以前、蟹丸刑事課長はある日毎時《いつも》の通り役所に出勤した。がそのまま帰宅しない。翌日も戻らない。爾来三十有余日に及んでいる。また倫敦ではその翌日の事である。保村大探偵は午後八時に停車場へ向け馬車を駆ろうとした。彼はやおら馬車の中へ腰を落着ける間もなく翻然《ひらり》とまた飛降りようとした。多分は何等かの危険を直覚したのだろう。が、遅かった。突如として二人の曲者が馬車へ躍り上ると見るや、猛鷲《もうしゅう》の小禽《ことり》を攫うよりも敏速に大探偵を攫って、いずくともなく逃げ去った。周囲には現在八九人の者もこれを目撃したが、アレヨアレヨと叫ぶのみで手を下す余裕がなかったのである。ただそれきりだ。それ切りで生死のほども不明である。

三井谷はまた例の暗号紙片について完全な解釈を下すだろうと思われている。降矢書記が兇刃を閃かしてまでも奪い返さんとしたかの紙片に、絶大な秘密が包まれていなくて何としよう。あの不思議な数字と、不思議な点、それと夜昼睨めくらをして、我こそこの神秘の謎を美事解釈しようという者が数限りもなく現われた。「空針」！　僅《たっ》たこの二文字がどれだけ人の心を惑乱させることか！　あの、いつどこで出来たかも解らない一片の紙の切端の中に、どれだけの不透明な疑問が含まれていることだろう！　ああ空針！　これは畢竟二つの無意味の文字を列べたに過ぎないものか。それとも鉄光畢生の大冒険を懸けて、乾坤一擲《けんこんいってき》の運命を賭したほどの緊要な内容が包まれているものか。一人として知る者がない。

しかし人々がこれ等総ての秘密を知る日も遠くはあるまい。新聞紙は頻りに三井谷散史が巴里へ還る日の近付いた事を報道している。争闘は新たに開始せられんとす。戦雲暗憺として殺気磅礴《ほうはく》たる態《かたち》である。怨恨《うらみ》に燃ゆる三井谷の心火は、今度こそは彼を駆って敵営を粉砕せしめぬでは止まぬであろう。

伊佐美弁護士が、七月十三日の新聞を取上げた時は、実に聖月院事件はそういう切迫した情態の下にあった。彼は読んで行く中に、ふと大きな活字で組まれた「三井谷散史」の姓名に特別に目を惹かれた。巴城民報は実に左の如き予告を掲載しているのである。

●三井谷君と本紙
三井谷散史君は弥々負傷恢復したるを以て、本社の勧誘に従い真先にその談話を掲載する事を約されたり、明火曜日の我が巴城民報は、警察当局者が未だ知らざるに先立って奇々怪々なる聖月院事件の真相を残らず読者に発表すべし。

ああ、この人物は何者ぞや。

弁護士の眼は素早く自分の短銃を掻き捜した。

て見れば、いつの間にやら自分の傍に一人物が突立って居る。しかも見も知らぬ男である。

突然背後からこう声を掛けた者がある。弁護士は不意を撃たれて椅子から跳ね返った。振り向い

「伊佐美君、君はどう思う？　実に面白くなってきたじゃないか、ねえ」

一八　墓場の中から抜出した……死せる隼白鉄光の出現………

見知らぬ男が突然闖入して来たのに驚いて、伊佐美弁護士はその身辺を警戒したが、しかし落着いて能く見れば客の様子が格別危険人物とも思われぬので、ホッと安心の吐息を洩らしながら閾際へ進み出た。

客というのはまだ壮年の人物、骨格の逞しい偉丈夫で、頭髪は長く麗わしく、黄褐色の頤髯《あごひげ》は左右に分れ、服装《みなり》は丁度英国の僧侶を思わせるような暗黒な色気を着けている。そしてその故にや全体の風丰《ふうぼう》峻厳荘重の赴きを具えて、視るに従って自ら威敬の念を起させるのである。

「貴君は誰方《どなた》ですか」

と、弁護士は訊いた。答えが無い。で、畳みかけて、

「誰方ですか？　どこから入っていらっしったのですか？　何の御用ですか？」

客は熟と弁護士の顔を見詰めながら、

「我輩を知らないかね」

「知りません……いや、知りません！」

「ハハハ、知らないとは奇体だねえ！……能く記憶を掻き捜して見給え……君の友人の一人だろう……尤も少し毛色の変った友人じゃあるが……それだからッて……」

伊佐美は衝《つ》と客の腕を捉えて、

「嘘を仰有い！……嘘を仰有い！……貴君は……友人なぞじゃない……私は貴君のような方とは……」

「でも君はたッた今まで我輩のことばかり思い詰めていたではないか」

と笑って言う。

ああ、その笑顔！　その嬉々として霽《は》れやかな笑顔！……それを見ると弁護士は初めて一種の戦慄を感じた。けれど、まさか……。

「否、々」と彼は恐怖の顔色をしながらまだ頑固に、「そんなはずがない……そんなはずが有りません……」

「はずがない、と言うのは我輩が死んだからか？　つまり幽霊なんて物は有るはずのものじゃないという訳だね」と、また呵々《からから》と笑って「我輩はこれで死ぬような人間に見えるだろうか？　タカが一婦人に背中を撃たれて、それで斃《まい》ってしまうような弱虫と君も思うかね。そう思うて居るとすると見損なってるのだ！　あんな些細な事でヘタばるような我輩なものか！」

「ではやはり貴君だったのか！」と、主人はなお半信半疑で吃ってこう言いながらも、非常に胸を波立たせて「貴君だったですか！……けれども、どう見ても貴君とは思われない……」

客はいとも気軽そうに、

「そうして見ると我輩も初めて気楽というものだね。我輩が正体を現わしたのはまだ君一人の前だけだが、その君がこう見違えるようではこの後誰に遇うても的《あ》てられる心配はなくなったわい、ねえ、このように正体を現わしても……」

不思議、不思議、客の声音は次第に変って来た。いや声音ばかりじゃない、眼付が変った、顔の表情が変った、態度が変った……何もかも全然《すっかり》変った。伊佐美弁護士は、偽りの外貌を透して今こそ判然と客の正体を認識する事が出来たのであった。

「隼白鉄光君ですか!」

と愕然として呟くと、

「そうさ、我輩だよ、隼白鉄光だよ!」と言いながら椅子から立ち上り「我輩は土窖の中で死んだと噂されたんだがねえ、その唯一無純の隼白鉄光が墓場の中から抜け出て来たわけさ。しかも御覧の如く元気旺盛で、活動の血が撥《は》ち切れるばかりに漲っているね。今までも我輩はこの世の中を思う存分に天の恩恵を受けて渡って来た、我輩独特の特権を享受して横行闊歩して来た。が、今後《これから》とても一層幸福に、一層自由にこの人生を楽もうと思うているんじゃ」

今度は弁護士が笑い出した。

「なるほど、確に貴君だ、去年御目にかかった時よりは非常に元気がお宜しいように見える……まず御目出度う」

と言うのは、去年ある事件で伊佐美弁護士が鉄光の相談を受けた事があるのだ。その時は大将よほど失意の最中と見えて、蒼い顔をして意気沮喪の体だった。

「止し給え、そんな話はもう古い事だ」

「たッた一年前じゃないですか」

「いや、十年も前さ。隼白鉄光の年は他人の十倍ずつの勘定に当るのだ」

弁護士は敢て争わずに、話題を変えて、

「ここへはどうして入って来られたです」

「なぜ。どうして入って来たと思う？　無論扉を開けて来たのさ。入って来たが誰も居なさらんから、そこで客間を通ってこの露台からここへ現れたような次第さ」

「それはそうでしょうが、室々の鍵は……」

「ハハハ、君も御存知の通り、鉄光に取っては扉というものは決して存在していない。我輩は君の室が少し入用だから真直に入って来たまでだ」

「御入用ならば御存分に御使い下さい。私は退きましょうか」

「いやいや、その御遠慮には及ばぬ！　今夜は一つ面白い事を御目に掛けましょう」

「誰方か御待ち受けなんですか」

「実は一人待ち受ける者があってね、十時に君の家に来てくれと申込んであるんだが……」と、懐中時計を見て「もう十時だナ。電報を受取ったとしたらば、ソロソロやって来る時刻だが……」

と、言っている中に、玄関の呼鈴がリンリンと鳴り渡る。

「その方じゃないですか」

と立とうとするのを鉄光は止めて、

「君はまア今言うた通りに静止《じっ》として居られい。我輩が行くから」

と、扉を排してサッサと出て行った。

ああ、天下万衆一人もその死を疑う者がなかった彼鉄光が、意外にも忽然として眼前に現出した。怪英雄の末路として弔《ともら》われた暗黒な土窖の中の腐肉爛屍が、斯くも健全に、斯くも血色鮮かに、斯くも潑溂たる活動力に満ちて現世に飛出そうとは、神の奇蹟か、悪魔の手品か、殆ど茫然として言う所を知らない。そして彼は今宵大胆にも無断で友人の家を指定して、何者と会見せんと欲するのだろう。いかなる光景を眼前に活躍させせんとするのだろう。悲劇か？　喜劇か？　鉄光自身の口から「面白い物を見せる」と明言する以上、必ず何等か活目に値する奇抜な会見に違いない。

こう思って伊佐美弁護士は、燃ゆるような好奇心を抑えながら待ち受けた。

一九　爛々たる四個の眼光………隼白鉄光と三井谷の会見………

やがて鉄光は戻って来た。そして身を開いて一人の背の高い、瘦ぎすな、顔色の真蒼な青年を室内へ請じ入れた。

青年が入ったのを見ると、彼は手を挙げて残らずの電燈のスウィッチを捻った。その間深くも押黙って一語も喋らない。かつ稍《や》や厳粛な態度を保持している。それを見る主人の弁護士は少しく不安を感じ出した。さて晃々《こうこう》たる電燈の光が洪水の如く室内に漲り渡った中で、二人の珍客は互に相対して突っ立ったまま、深い刺し貫くような眼光を交わした。その出来るだけ爛々と煌《きらめ》かせた四個の眼光のみは互に相手の全精神の奥底までも透徹せずんば止まずといった概が有る。

この壮重な沈黙は傍観者にとっては何かしら非常に感動すべき光景であった。しかし新来の客は果して何者であろう。

伊佐美弁護士は暫時見詰めているうちに、客の容貌が近頃新聞紙上に掲載された一個の人物の写真を次第に髣髴させてきた。で、もしや……と気付いた折しも、鉄光は向き直って、

「伊佐美君、御紹介するがこの方が評判の三井谷散史君だ」と言って、三井谷にも主人を紹介してから「さて三井谷君、第一に君に感謝する事がある。それは我輩が手紙で願うた要求を容れて、例の事件の真相を発表する事を、ともかくも今夜の会見以後に君が延期せられた事だ。それから第二には快く今夜の会見を承諾された事だ」

三井谷は微笑みながら、

「貴君の命令に対しては、これでも特に礼譲を尽したつもりです。僕へ宛てて下すったあの嚇し

文句の手紙では、貴君は僕を的うというよりもむしろ僕の父を的っているようですからねえ」

「まア待ち給え」と、鉄光も笑いながら「我々はだねえ、出来得るだけの最良の方法を執って、我々だけに許された活動の手段を利用しなければならないのだ。君は君自身の安危ということについては割合に無関心じゃね。それは曩日《いつか》の経験で解った——曩日の経験というのは、君が我輩の輩下の降矢の要求を峻拒したことだ。残っているのは君の厳君じゃ……君はお父様に対しては非常な孝行者だねえ……そこを見込んで我輩が少しばかり糸を操ってみたのだ」

「その糸に巧く釣られて今夜ここへやって来たんです」

と三井谷も首肯いて見せる。

弁護士は眼付で二人に椅子を勧めると、対《むか》い合って腰掛けたが、鉄光は毎時の癖で気軽な、少し戯けた気味のある調子で、

「いずれにしてもだね、三井谷君、君が我輩の感謝を嘉納出来ないと言われるならば、せめて謝罪の意だけは了察して呉れ給え」

「謝罪ですッて！　へえ、何の事です」

「他でもない、降矢の奴が君に惨酷な無礼を加えた事さ」

「ああ、その事ですか。実を言うとあれには僕も少し驚きましたよ。毎時の隼白君の執る手段とは違いますからねえ。短剣で……」

「盟《ちか》って言うが、あの事だけは我輩夢にも知らぬ事であった。一体降矢はまだ新しい党員でね、事件の関係上この頃引入れた者なのだ。つまり聖月院事件の担任検視監の書記を味方にしておけば何かにつけて都合がいいからねえ」

「そんな都合のいい事が世の中にあるもんですか！」

「全く降矢は特に君と接近する機会が多かっただけに、我々にとっては都合の好い男であった。ただ困るのは非常に熱心過ぎて……エテ新参者《しんざんもの》はこの、どうかして早く自分の功を認めてもらいた

いという心から、血気に逸《はや》る事をやッつけて迷惑するんだが……彼もその野心に駆られてその結果君に非常な危害を加えるような事に立ち至った。してその自分一存でやったその蛮行為が我々のためになるかと言えば、決してなっておらん」

「なに、そんなに御気に掛けるには及びません、ほんの些細な災難です」

「いや、そうじゃないそうじゃない、我輩は非常に御気の毒に思うておる。で、降矢をも厳重に懲罰しました。が、一面からまた彼のために弁護すれば、君の探偵の歩が意外に速く喰い込んで来るので、先生面喰って、ツイ常識を失したものと解釈さるるのだ。実際また君においてもだ、もう数時間も活動の手を控えて居られたら、あのような災難には遇われなかったろうと思われる……」

「そして、きっと、蟹丸刑事課長や、保村大探偵と同様な運命に陥ったでしょうものをねえ、ハハハハ！」

「そうそう、正にそうかも知れぬ、ハハハ！」と、鉄光も大笑いをしながら「そうなれば、君の負傷のために我輩がこのように気を配る憂目も見んで済むところであった。いや、全くのところが我輩はあれから今日までその事ばかりに屈托して居った。そして今夜君に会うてみると、そのような真蒼な顔色をして居られるので、一層悔悟の情に撲たれるのだ。君は我輩を赦して呉れるだろうか」

「貴君が無条件で今夜、貴君の身を僕の手に任したというその信頼の証拠が、罪を償うて余りありでしょう。実際蟹丸刑事課長の部下を、今夜僕が一所にここへ連れて来ようと思えば訳のない事でしたからね！……その危険を冒して貴君が単独でここへ来られたというのは即ち僕を信頼なされたからでしょう。それで沢山です、帳消しです」

三井谷は真面目でこんな事を言うて居るのだろうか。傍聴している伊佐美弁護士は少なからず心配し出した。こういう特色のある傑物同志の間に開始せられんとする闘争は、単純な頭脳ではちょっと解釈されそうもない。

鉄光はと見ると、こう揶揄《やゆ》せられても格別顔色を変えるでもない。相変らずの戦術上に立っている。相変らずの狡猾そうな温柔を示している。しかし彼も今度はよほど変った敵に衝突《ぶつか》ったものだ！　一体、敵という言葉が穏当な言葉だろうか。青年の物言う調子にも、その顔付にも敵なぞという気は微塵もなさそうだ。誠に落着いている。それが、自分の内心の激動を強いて抑圧しているような表面の落着き方ではない。心憎いほど泰然自若《たいぜんじじゃく》としているのだ。儀容は礼譲に叶うていてしかも軽薄追従の所がない。毎時も微笑を湛えているが甚しく戯言《ふざけ》た真似もしない。いずれから見ても世界の巨盗隼白鉄光に対して劃然たるコントラストを現わしている。さすがの鉄光もよくよく視れば、主人の弁護士と同様に、この不思議な青年三井谷に対して一種の困惑を感じているらしい。

確かにこの観察は誤っていない。少女《おとめ》のような滑かな若々しい頬を持った、そしていかにも無邪気な愛くるしい眼付をした、この一個脆弱な青年の前に立って、鉄光は鈍《おそ》くも平生の自信力を失うている。心の乱れた様子が先刻から幾度びとなく弁護士の眼に映る。彼は躊躇逡巡した。毎時の通り露骨に攻撃を加えなかった。とかく生柔《なまやさ》しい言をいって徒らに時を過ごしていた。

その間に彼は何をか欲しているらしく見えた。何をか求め、何をか待受けているらしく見えた。何であろう？　何を目指しているのだろう？

とかくする間にまたもや玄関の鈴《ベル》が慌しく響《な》り渡った。鉄光は前と同じく自分で駆け出して行ったが、手に一封の手紙を持って入って来た。

「ちょっと失礼」

こう言って手紙を開封すると、中から一片《ひとひら》の電報が現われた。それを読んでいるうちに……見る見る彼の顔色が輝き出して、顳顬《こめかみ》の静脈が太く波立って来た。再び彼は弁護士の前に闘技者たるの形相を現わしたのだ。自信力の燃ゆるが如き支配者、事件の征服者、人類の王たる形相を現わして来た。

このように遽に彼を興奮させた電報は、何事の大事件を彼に急報して来たのだろう。

二〇　鉄光の要求、三井谷の拒絶……講和談判は破裂せん……

鉄光は今しも電報を卓子の上に披げて、拳骨を固めてトントンとその上を叩きながら叫んだ。

「さて、三井谷君、弥々君と我輩との問題になった！」

三井谷は静かに謹聴の態度を取った。鉄光は、断然たる中に少し峻厳な威圧的の気分のある口調で喋り出した。

「互にもう仮面を剝《ぬ》ごうではないか……君はどう思う……そして偽善的の礼儀なぞは止そうじゃないか。我々両人は仇敵なんだ。御互に相手の心の奥底までも見抜いている同志なんだ。我々は敵対行為を取る人間共なんだ。だから、仇敵としてここに講和する必要があるんだ」

「講和をする？」

と、三井谷は驚いて叫んだ。

「そうさ、講和談判じゃ。我輩はコノ講和という言葉は濫《みだり》に使わない。しかし今の場合は反覆してそれを云う。言うまいと思うて非常に苦悶するけれども、どうも残念ながら、言わねばならぬ破目になったんだ。敵に対して我輩がこういう弱い音を吹くのは臍の緒切って初めてじゃが仕方がない。しかし断っておくが、最初のまた最後である。だからその覚悟で最も慎重に聞いてもらいたい。我輩今夜は、君から約束の言葉を受取らんでは決してこの家を去らない。もし徒らに去るならば、即ち戦争開始の意味である」

三井谷は層一層の驚愕に撲たれてきた。が、非常に率直に、

「だって僕はそんな意《つもり》で来たんじゃないのです……怪《おか》しいですねえ！　僕の予想したのとは全然反しているんです！……そうだ、僕はまさか、貴君はこんな方じゃないと思った！……何だってそ

んなに腹を立てるんです？　なぜそんなに威嚇し捲くるんです？　境遇上、反対行為を取るからそれで仇同士だと言うんですか？……敵ですか？……なぜ敵でしょう？」

鉄光は少し狼狽の態であったが、唸りながら相手の顔へ押しかかるようにして、

「まア聴き給え、無暗に人の挙足を取る場合じゃない。実際問題なんだ。積極的の、もう争論の余地のない現実問題なんだ。その事実というのはの、過去の十年間において我輩はまだ君のような豪い敵に遭遇したことがない。刑事課長の蟹丸潤蔵や、英国の保村俊郎などは子供のように翻弄してやったが、一朝君に遭遇《でお》うてからは、さすがの我輩防禦の地位に立たねばならなかった。もっと露骨に白状すれば、退却せねばならなかった。今、こうして対い合っていても、我輩自分を戦敗者と見ねばならぬという事は能う知っておる。それは君も知っているはずじゃ。三井谷散史は隼白鉄光を打破った。我輩の策戦計略は見事裏を掻かれた。我輩が暗闇の中に秘めておこうと思う物を、君は残らず明るい白日の光に曝露してしまった。君は我輩を窘《くるし》めておる。我輩の進路を阻害しておる。もう我輩も我慢がならん……降矢も君にこの事を話したが、君は聴かれなかった。で、今度は我輩直接に君に申入れる。我輩は飽くまで明言する。だから君も確かりと胸の奥に刻《しっ》みつけておいてもらいたい。我輩もう一刻も我慢がならん！」

三井谷は幾度びも首肯いて、

「それはそうかも知れません。それでどうなさるお意《つもり》です」

「曰く平和さ！　君は君、我輩は我輩で各々自分の職分の中に引籠もって、敢て他を冒さんようにするのだ」

「つまりこういう御希望ですね。……貴君は傍から邪魔をされずに相変らず強盗を働きたい。僕は僕で温和《おとな》しく学校の寄宿舎へ帰る……」

「学校へか……そりゃどこへ行こうと君の随意でよい……そこまでは干渉せん……とにかく我々に平和を与えるのだ……我々の仕事を引掻き廻しに来ぬことだ……」

「しかし貴君がたの仕事にもう僕が手を出せるものですか！」

鉄光はギュッと相手の腕を握って、

「知らぬ振は止し給え。君は充分知っているはずだ！　現在こうしている間も君は、我輩が極秘としておる秘密を握っておる。その秘密を君がいかように解釈しようと、そりゃ君の自由である。が、社会へ発表する権利は断じて無い」

「確かに僕が知ってると思うのですか」

「確かに君は総てを知っておる。毎日、毎日、いや、毎時間、我輩は君の思想の跡を跟《つ》け的《ねら》い、君の探偵の進行方法を追いかけておった。既に降矢が君を突き刺した時において、君は危くそれ等の秘密を語ろうとしていたではないか。ただその後発表を延期したというのは、厳君に災害の及ぶことを心配しておったからだ。しかしもうその秘密はこの新聞へ発表されることに約束が出来た。文章も最《も》う脱稿しているはずだ。一時間と出ないうちに活字に組むことも出来るようになっておろう。即ち明朝の新聞に現われる手筈になっておるのじゃ」

「その通りです」

鉄光はまた立ち上って、片手を劇しく振り廻しながら怒鳴った。

「そいつが発表されることは断じてならん！」

「いや、発表されるです！」

と、三井谷も立ち上った。

到頭二人は対抗を開始した。伊佐美弁護士は、思わず胸板を叩かれたような感じがした。二人が取組合でも始めたように愕然《びくり》とした。蒼白かった三井谷の顔は、突如として勢力の熱に燃え盛った。一団の新しい感情が彼の心内に点火せられた如く見える。胆力、自信力、好戦の感情、冒険的狂熱が彼の青春の胸を焼いた。もしそれ鉄光に至っては、その爛々たる鋭き眼眸《がんぼう》の閃きの裡に、決闘家が終に不倶戴天《ふぐたいてん》の仇敵の剣に邂逅《めぐりお》うたような満悦の光を見られるのである。

ああ、この闘争はいかに発展して火花を散らすだろう。……伊佐美弁護士は胸を躍らさずにはいられない。

二一　形勢刻々に険悪………鉄光の恐しき狂憤怒号………

鉄光は急付《せきつ》いた調子で、

「原稿はもう植字の方へ廻してあるのか」

「未だです」

「ではそこにあるのか……君が持っているのか」

「御心配には及びません！　どうして僕が持ってるものですか！」

「すると……」

「三面のある編輯助手の手に密封のまま渡っています。もし僕が今夜の十二時までに社へ行けば格別、さもなければ差支えないものとして直ぐに組込む手筈になっているのです」

「ああ、猾《ずる》い奴め！　何という抜目のない遣り方だろう！」

鉄光の憤怒は見る見る物凄いばかりに加わった。勝ち誇った三井谷は呵々《からから》と笑いながら嘲り顔をした。

「黙れ！　小輩《こわっぱ》のくせに生意気千万な！」と、鉄光は唸り出した。「貴様は我輩がどういう人間であるかという事を忘れているんだろう……そして我輩の考え次第に依っては……オヤ、まだ笑ってるな、畜生！」

二人とも深い深い沈黙に陥った。が、鉄光はやがてツカツカと進み寄って、きっと三井谷の顔を睥睨《へいげい》しながら、

「さア、これから真直に巴城民報社へ行け！……」

「いやだ」

「行って原稿を引き裂いてしまえ！……」

「いやだ」

「編輯長に会って……」

「いやだ」

「間違っていたと言え！……」

「いやだ」

「そして別の原稿を新しく書くんだ。現在世間の奴等が信じている通りに聖月院事件を書いて発表するんだ」

「いやだ」

鉄光は弁護士の机の上にあった一本の鉄の定木を取るよと見ると、ポッキリと真二つに折ってしまった。物凄いほど顔色を真蒼にさせて、額から滴り落ちる玉の汗を拭いた。今まで自分の希望を拒絶された覚えのない彼は、この一青年の頑固な峻拒に遇うて殆ど狂うばかりに憤《いか》り立ったのである。

で、今度は両手を三井谷の肩にかけ、一語々々に千鈞の重みを籠めて、

「コレ、三井谷、何でもかでも我輩の命令する通りにするんじゃ。つまりこういうのじゃ……近頃諸方面の証拠によって断定すれば、隼白鉄光の死んだという事は一点の疑いを容れざる事であると発表するのだ、是非ともそう発表せい。我輩は今の場合、どうしても死んだと思われていねば都合の悪い関係がある。だから何事を措いてもその事だけは発表せねばならぬ。もし貴様が命令に背く時は……」

「背く時は……？」

「貴様の親父が、蟹丸や保村と同様に誘拐の憂目を見るばかりじゃ」

三井谷は莞爾《にっこ》と笑った。

「コラ、笑うな……返答をせい！」

「じゃ返答しましょう……非常に御気の毒ですけれども、僕は事実を発表する約束をしたんです。だから発表せんけりゃならないです」

「今言うて聞かせた通りに原稿を造り変えろ！」

「いや、どこまでも事実を述べねばなりません」と、彼は少しも悪怯《わるび》れず、「貴君にはこういう我々の心持ちはお解りがないかも知れませんが、事実を有りのままに、しかも堂々と述べ立てるという事は必要でもあるし、また無上の愉快を感ずる事でもあるのです。事件の真相は、コレ、僕のこの頭の中に潜んでいます。この頭で以て僕はそれを推察したり、またそれを発見したりしたんです。だからその真相はやはり入った通りに、赤裸々のままでこの頭から流れ出るんです。ドクドクと波を立って喜び勇んで流れ出るんです。従て原稿は僕の書いた通りに印刷されます。一旦新聞に掲載された以上世間は初めて鉄光がまだ存命である事を知るんです。なぜ鉄光が死んだと見せかけているかという理由も知るんです。そうです、世間は真相を知って居らねばなりません」と、滔々と述立てた末に、更に落着き払って「そして僕の父も貴君がたに誘拐されるようなヘマはやりません」

またもや二人は、睨め交わしたまま言葉を切って、御互に油断なく相手を監視し合った。形勢益々険悪である。剣鞘《けんしょう》の払われるのも間もあるまい。山雨《さんう》来らんとして風楼に満つ。彼等の深い沈黙は即ち甕さざれば止まざる、深讐の闘争の前徴である。ただ両者の中、先鞭を着けるは誰だろう。

鉄光はやがて歯を剝き出してこう言った。

「我輩の要求が拒絶さるる暁にはじゃ、予め断っておくが、我輩の部下の者が二人、電報の命令に接し次第、今夜の午前三時に貴様の親父の家へ闖入するはずになっておるぞ。そして親父を攫うて、蟹丸と保村との幽閉されている所へ同じように護送する計劃が立っておるのじゃ」

三井谷はプッと吹出した。

「ハハハ、大悪盗《おおどろぼう》のくせに、僕がそんな用心ぐらいして居るだろうと気が付かないのかなア。じゃ僕が父を相変らず田舎の淋しい家へ送り返したとでも思っているんですね。随分人を馬鹿にしてるなア。ハハハ！」と、無造作に笑い笑い「鉄光君、君の最大欠点を僕が指摘してみようか。いいかね、それは、君が自分の計画は何でも遂げられると己惚《うぬぼ》れている事なんだ。君は最後の勝利はいつでも自分が握られると自信しているんでしょう。……所が豈計《あにはか》らんや、君の遣り遂げる位のことは、少し怜悧な者ならば、気もなく遣り遂げられるんだ。耳《のみ》ならず、君の計画なんぞは一堪りもなく蹂躙することが出来るんだ。現に君は僕に負けたと白状したじゃないですか。実に滑稽の極みですねえ！……」

実にキビキビとして気持が快《い》いほど遣り込める。こう大言《ほざ》きながら散史は、両手をズボンの懐中に突っ込んだまま、室内をあちこちと歩き出した。子供が籠の鳥を戯弄《からか》うような塩梅に気楽に力味《りきみ》返っている。全く、今こそ彼は復讐をしているのだ。しかも世界の巨盗を前に控えて、最も猛烈な復讐を浴びせかけているのだ。

彼はなお続ける。——

「鉄光君、僕の父はもう青波州にゃ居ないよ。仏蘭西の中は中だけれど、ズット別な方角のある大きな市《まち》の中央に、二十人ばかりの友人に護衛されて住んでいるんだ。この護衛の人々はこの事件が終るまでは一刻も父から目を放さないはずになっているのだ。もう少し詳しく教えて上げようか。実は大きな市というのは世尾田町です。その町にある海軍武器庫のある書記の家に居るんです。しかし御断わりしておきますがねえ、この武器庫は夜になると門が残らず閉じるんだ。おまけに昼間だっても、その筋の役人だけしきゃ出入を許されていないんで、それも案内者がなくては一切様子が知れんという場所ですぜ。その境内に父は居るんです」

と、鉄光の前まで行くと立ち止まって、子供同士でベッカッコをするように変挺《へんてこ》に顔を歪めて戯弄《からか》った。

「どうです、大将」

暫時の間は鉄光は身動きもせずに立っていた。顔面の一片の筋肉さえ微動せぬ。彼は果して何を考えているのだろう？　どんな手段を執ろうと決心しているのだろう？　彼の熾烈なる覇気と驕慢とを知る者は、かかる場合に彼が執るべき唯一の解決法をまた知っている。それは即ち敵をして影も止めず塵滅せしむる事である。彼の指は見ているうちに変に引曲《ひんま》がり始めた。恐らく刹那を出でまい……瞬く間に彼は相手に飛掛って、その首を引き扭《ねじ》るかも知れない。

「どうです、大将」

と三井谷は泰然として、またこう言った。

鉄光は卓子の上にあった先刻の電報を取上げた。それを差出して意外にも物静かに、

「チョビ助、これを読んでみろ」

二二　胸を劈《つんざ》く大打撃………父の命は鉄光に握られた………

鉄光が落着き払って電報を差出したのに、三井谷も我にもなく急に真面目顔をしてそれを披いて一読したが、不審そうに瞼を挙げて、

「こりゃ何の事です……僕にゃ解らない……」

「少くもこの五字だけは解るだろう……」と、欄外の仮名を指して「この五文字さ……つまり電報の発信局さ……何とあるえ……セオダマチとあるだろう……」

「そうです……そうです……」と、散史は吃りながら「そうです……そりゃ解りました……世尾

田町……それがどうしたんです」

「どうしたんだと？　本文はスラスラと読めるじゃないか……。

ニモツ、シユビヨク、ツミダセル、三ニンツイテユク、八ジマデニゴメイレイヲマツハズ、バンジノヨウイ、ヨテイドオリスム

とあるだろう。どこか解らんところでもあるのか。『ニモツ』という字か？　ハハハ、これを『三井谷弁理』と書き変えたらどうだ。まだ分らぬか？　仕事の遺口が解らぬというのか？　それとも、二十人もの護衛を附せられている君の父を、武器庫から攫い出せると思うのが奇蹟だというのか？　ハハハ、そんな事は朝飯前の仕事じゃないか。い、ろ、はを書くより容易《たやすい》じゃないか。とにかく『荷物』が首尾よく積み出される用意が整うたというのは事実だから仕方がない。さア、チヨビ助、こうなったらどうする？」

三井谷は懸命に心を緊張《はりつ》め、出来るだけ元気を出して平気を装うと努めるらしかったが、伊佐美弁護士が視ていると、唇が顫えて、頤が変にピクピクしだした。そして両の眼は空しくある一個所を見詰めようと、悶《もが》いているらしい。その有様が傍の視る眼も憫《いじら》しいほどである。彼は二言、三言何やら呟き、そのまま沈黙《おしだま》ったと思うと、不意にもう堪え切れなくなったと見え、両手を犇《ひし》と額に押当てて、オイオイと人目も関わず劇しく咽び泣きに泣きだした。

「ああ、お父様！……お父様！……」

鉄光の誇りから言ったら、これは満足すべき敵の全敗である。しかしこれほどの打撃を与えようとは彼も意外であったろう。それに若い三井谷の愁嘆には何の虚飾もない極めて自然だ、極めて感動させられるところがある。鉄光は今更少し当惑の顔付をした。こんなはずじゃなかった、こんなに手痛くやっ附けんでも好かったといった風で、帽子を取上げて出掛けようとしたが、扉口まで行くとまた立ち止まり、躊躇《もじもじ》していたが、やがて徐り徐りと一歩ずつ帰って来た。

柔い啜泣きの音は、丁度悲哀《かなしみ》に撲たれた頑是《がんぜ》ない子供の慟哭のように、静かな室内に響き渡る。

三井谷の両の肩は断腸の思いに波立った。熱い涙はホロホロと額を覆うた指の股から滴り落ちる。鉄光は相手に触れないほどに、散史の上に屈み込んだ。そして痛ましい響きの籠った調子で言い出した。勝利者がこういう場合によくやるような傲慢の愛憐ではない。真底から憐《いたわ》るような声で、

「もう泣くな泣くな。このような打撃は当然《あたりまえ》の事だ。誰でも、お前のように血気に任せて争闘の中へ飛び込む時には、こういう酷い目に遇うものだ。そういう猪武者の足下には、毎時も酷薄非道の運命が口を開いて待ち受けておる……我々戦士の運命はどうしてもそれに接しなきゃならぬ。しかし出来るだけ勇気を出してそれに堪えるのが男じゃ」と、いよいよ声を柔《やさし》くして「お前の言うた通りだよ、我々は決して敵同士ではない。それは己も以前から知っている……そもそもの最初《はじめ》から己はお前を珍らしい才物だと思うていた……何となく一種の、同情と言おうか……賞讃と言おうか……とにかくそういう心持を抱いてかげながらお前の活動振りを見ていたのだ。で、これからお前に話しようと思うのもつまりそのためで、お前を惜めばこそ言うのである。……だが、己のいう事を聞いて腹を立てては不可《いかぬ》よ。お前を怒らせるのは気の毒で仕方がないからなア……と、いうて黙っては済まされぬから言うが、お前は己に敵対するのを止めたらどうだ……己は虚栄心からそういうのではないよ……お前を軽蔑《みくび》っているからでもないのだ……だが、まア考えて見給え……お前は己に抵抗《はむか》うにはまだ余りに弱すぎる……彼我の間隔が余りに甚過《ひどす》ぎる……お前は知るまいが……否、誰もこの鉄光がどれほど莫大の資本を持っているかという事を残らずは知らないが……例えばだ、徒らにお前が解《ほど》こうと焦っているあの『空針』の秘密じゃね、ちょっとまア想像しても見給え、あれが実に驚くべき無限の宝であるかも知れないではないか……もしくは、世人の眼に触れない、異常な、奇怪な匿場所であるかも知れないではないか……あるいはその両方を兼ねていないとも限らんではないか……とにかくその大秘密の中から己が引抜いている人間以上の力を考えて見給え！　それにお前は、己の胸の中に潜んでいる資本というものを残らずは知らないだろう……つまり我輩の総ての意志じゃ、総ての想像じゃ。その意志あるがため、想像あるがために己はドシドシ成功し

て行く。己の全生涯は……生れ落ちるから直ぐと言ってもいいが……常に同一な目的に向って突進しているのだ。自分の一度《ひと》び《た》希望したことを必ず実現するために、いや、天地間に有るべからざる事をも自分の力で完全に創造するほどの意気込で突進しているのだ……また、事実己は美事に創造することが出来た。どうだ、己がそのような力を持っていると解ったら、お前はどうするつもりじゃ？　お前が、自分では勝利を確《しっ》かりと掌中に摑んだと思うその瞬間に、もうその勝利はスポリと抜けて行くではないか……じゃから己に対しては、お前の考えの及ばぬ事が幾らもある……極く些細な事で……例えば一粒の砂のような微少な物をも、己はお前に知られずに有るべき場所へ置くことが出来るからなア……だから悪い事は言わぬ、己に抵抗うのはキッパリと断念せい……さもないと時々心にもなくお前を窘《くるし》めねばならぬことも起って来るのだが、それが己には辛いのじゃ」と、相手の額に手を加えてやって「なア、煩《くど》いようじゃが、断念せい。お前はまだ子供だ、このままで行くと酷い目に遇うて暮すばかりだ。自然惨酷な係締《わな》へも陥らねばならぬ。そのような係締がもう一歩という所で、既にお前の足許に口を開いていぬとも限らぬではないか」

三井谷は顔を覆うた両手を漸く放した。もう泣いてはいなかった。して見ると、鉄光の言うことを聴いていたのだろうか。何だか無関心の状態《ありさま》で居たのを見ると、それも疑わしい。

二三分間はじッと沈黙して考えていた。これから採らんとする決断を熟慮しているようにも見える。背かんか、従わんかの判断、来るべき機会の便、不便の勘定、その利害得失の決定が漸く付いたと見えて顔を挙げた。

「では、もし僕が原稿の文章を変えて、貴君が死んだと嘘をついて、一旦発表した上は決してそれを反駁しなかったらば、父を釈《ゆる》して呉れますか」

「盟《ちか》って釈してやる。お前の親父様は己の部下が自動車である田舎の町へ移すことになっているんだが、もし明日の朝の新聞に出ているお前の寄稿が、今夜己の注文した通りであったらば、七時頃電報をうって親父様を襲わぬように命令してやろう」

「そんならいいです。僕は貴君のいいつけた通りにします」と、言い終ると彼は衝と立ち上った。もう敗戦の士がこの上談話を交える望みもないと言ったように、帽子を摑み、主人と鉄光とに辞儀をして、急いで出て行った。鉄光はその後姿をじっと見送っていたが、玄関の扉が閉まった音を聞くと、しみじみと、

「ああ、可哀相な子供じゃ！」

と呟いた。

二三　驚くべし令嬢は共犯者………絶大なる怪事件………

翌朝八時、伊佐美弁護士は起出るが早いか、貪るような眼付をして巴城民報を披《ひら》いて見た。有った、有った、有った！　三井谷の寄稿は殆ど三面全紙を埋めて掲載されてある。彼は胸を躍らしながら読み始めたが、一節々々と息をも継がず読み行くに従って、彼の眼は円く拡がり、頰は熱《のぼ》せて紅を潮し、新聞を持つ手は怪しくも打顫えるのであった。

いや、独り伊佐美弁護士ばかりじゃない。警抜なる観察、大胆なる論断、確乎たる真理の発見、それを行《や》るに整々として一糸紊れざる大記述と、若々しけれども光彩陸離たる大文章とを以てしているこの破天荒《はてんこう》の記事に接した世界民衆は、一様に電気にでも撲たれたように驚倒した。ああ意外！　ああ奇怪！　真にこれ奇警極りなき一個の絶大なる怪事件である。

●聖月院事件の真相

三井谷散史

僕をして聖月院事件の悲劇の真相を組立てしむるまでには、数多《あまた》の心理的経過もあり、発見

もあれども、この短い文章の中で僕はそれ等の詳細に渉って説明する事を避ける。そういう帰納、推理、解剖等に属する仕事は余り興味もなくかつ極めて平凡なものである。だから僕はここにはただ二個の主要な観念を発表するだけで満足しようと思う。で、それ等の観念と、それに依て生じてくる二個の大問題とを解釈する上には、勢い、相次で起った種々の事件を順序よく新たに配列して、冒頭より客観的に記述し説明せねばならぬのである。

読者諸君の中には、それ等の事件中の二三は未だ充分確証せられたるにも非ず、僕が徒らに揣摩《しま》臆測を逞うしたるものであると言われる方があるかも知れない。一応無理もない事である。しかしながら僕自身の見る所を以てすれば僕の理論はやっぱり数多の厳格に確証された事実の上にその根拠を据えている。だから仮令《たとえ》論証されない事件が混っていようとも、それは架空の話ではない他の者と同様に事実から厳重に引抜いてきた論理上の結果である。渓川《たにがわ》の流れはしばしば砂礫の河床の下に隠れて見えなくなる。けれども、再び三度び処々に現れて蒼空を映し行く水は依然として元の流れである……。

まず第一に僕が面を対《つ》き合せた謎は（細事に渉っての問題ではない、全体から見て）こうである。彼隼白鉄光は重傷を受けた身にも係らず、暗い土窖の中で、看護人もなく、医薬もなく、滋養物もなくして何故に五六週間の久しい間生命を保つ事が出来たろうか？

読者よ、僕をして暫く事件の発端に遡らしめ給え。去る四月十六日の火曜日、午前四時頃、隼白鉄光は聖月院内で近頃珍しい大強盗を行うていた。その最中、図らずも渥美伯爵家令嬢等のために驚かされて、彼は癈院の方へ逃出したのであるが、その途中で背後から鉄砲丸《だま》を喰ったのである。傷ましくも彼は一人で匍匐して脱れんとするけれども、再び打ち倒れた。されども屈せず礼拝堂まで達せんと頻りに努める。礼拝堂の中に一個の土窖のある事は、予て偶然の事から知っていたのである。もし首尾よくその中に隠れおおせなば生命の助からぬ事もあるまい。で、懸命にその方へ匍い近づいて、最早一二間の手前という処まで達すると、端なくもその時人の跫音を聞きつけた。彼は周章狼狽して身を隠さんとする時、速くも眼前に立ち現われた一人物がある、それは即ち真保場黎子嬢である。

これが実に事件の初幕の上った光景である。

偖《さ》て二人の間にはいかなる事があったろう？　これは事件の結果が我々に種々の緊要な証拠《てい》を供給してくれたので、それ等より推測すれば容易である。令嬢の足下には一個の負傷者が気息奄々《きそくえんえん》として横って居る。二分間を出でずして彼は他の従僕等に捕えられるかも知れない。彼を撃ったのは何人ぞ？　即ち黎子嬢自身ではないか。この場に処する嬢の態度はいかん。

もしこの曲者が真に伯爵の家令秋場塚三を殺害した者であったらば、彼女は傍観して曲者を運命の手に委したろう、しかしながら曲者は口疾《くちばや》に、秋場家令は正当防禦上、令嬢の叔父渥美伯爵が手に掛けたのであると物語る。なるほどそうかも知れない。いや、あの場の形勢がそうと信じられる。で、令嬢は曲者の言葉を信用する。そこで彼女は何をしたらいいだろう。

誰も二人を見ていない。従僕の下川は耳門を監視している。も一人の真喜は客間の窓から瞰下しているので、蔭に居る二人の姿は眼に入らない。こういう時になおかつ黎子嬢は、自分の手で撃った哀れな負傷者を見棄てるだろうか。

否、々、彼女はかかる時における世の多くの優しき女性と同じく、湧然として我にもなき哀憐の情に撲たれた。で、鉄光の言うがまにまにその手巾《ハンケチ》を引裂いて傷所の仮繃帯を手早く済ます。これは地に曳いた血潮の跡を跟けられるのを防ぐためである。鉄光は彼女に鍵を渡す。それを受取って礼拝堂の扉を開け、負傷者を扶けて内に入らせてしまうと、外から鍵をかけて急いでそこを立去る。そこへ真喜が降りて来る。

その時直ぐか、または遅くも二三十分内に礼拝堂を捜索したならば、鉄光は多分は捕縛されたに違いない。しかし彼等はそこまでは気付かない。その間に鉄光は漸く元気を恢復して敷石を挙げ、梯子を伝うて土窖の中に降りてしまった。その間といっても殆ど六時間の長い猶予があった。六時間後に初めて人々は礼拝堂の中を捜索したが、まだ土窖には気付かなかった。かくの如くにして鉄光は救われた。誰に救われたかと言えば、即ち危く彼を撃ち殺さんとした一令嬢のためにまた命を取留めてもらったのである。

爾来黎子嬢は、即ち鉄光の共犯者となったのである。嬢がそれを望む望まぬに係らず、結果はそうなってしまった。最早嬢は彼を見棄てることが出来ざる耳ならず、進んでその看護を継続せねばならぬ破目に立ち至った。さもなければ負傷者は、嬢が自身で送り込んでやった暗い地中で命を殞《おと》すに定《きま》っている。だから彼女は看護を続けて行く。

既に形勢は以上の通りである。たとえ繊弱《かよわ》い女性の本能から強迫されて行っているにもせよ、ともかくも継続して行かねばならない。況んや黎子嬢は珍しく奇智に富んでいる確かりした婦人である。彼女は凡有る物を予想し凡有る物を先廻りして占領する才がある。で、検視監から曲者の人相を訊かれた時、虚偽の陳述をしたのも彼女である。（これについて黎子嬢と蓉子嬢との陳述が齟齬していた事は読者諸君も当時の新聞で御記憶でしょう）彼女は庭に落ちていた自動車運転士の被る帽子を改めたに違いない。それには鉄光一味の者と目指される証拠となるべき標《しるし》がついていた。暫時すると馬車の御者と変装して、検視監を載せて来た鉄光の徒党があった。それへ真の帽子を渡して贋物と擦り変えさせたのもまた彼女である。またかの名高い威嚇《おどし》文句の手紙「令嬢よ、覚悟をしろ、お前のために首領が死にでもしたら、きっと仇を打つぞ」という文言も諸君の記憶の中に在るだろう。これは贋御者の残した外套の懐中に発見されたのであるが、焉《いずく》んぞ知らん、これもまた黎子嬢が、自分が鉄光を援けつつある疑いを避けんがために親《みずか》ら認めたものならんとは！

また新聞記者を装うて聖月院に入込んだ僕が、検視監の前に立って犯罪に対する意見を述べ、将にその急所に至らんとした時、突如進み出でその陳述を防害したのも彼女である。彼女は兇行の前日僕の姿を僧院の塀外に見掛けたという虚偽の申立をなして疑心暗鬼に満たれされていた検視監の心を驚かすと共に、僕の口を緘してしまった。その結果僕は一夜を廃院内に拘禁されねばならなくなった。彼女の機智は真に驚くべきではないか。

最後に僕は断言する。それより四十日間の久しきに渉って鉄光を養うたものは即ち黎子嬢である。彼のために薬剤を運んだのも（その処方箋は由比村の薬剤師を調べれば確証が挙がる）、彼を看護したのも、繃帯を巻き変えたのも、その他万般の世話を尽して終に彼を恢復せしめたのも彼女である。

これで聖月院事件に関する二個の大疑問の中、その初めの一個は解釈された訳である。隼白鉄光は警察官等が日夜狂奔捜索した廃院の、その地下二間とは距れぬ暗中に潜んで、以上の如く最も安全に生を保っていたのである。

彼が生きているのは最早確実となった。僕はこれから第二の疑問の研究に取掛ろう。

二四　恐しき恋の執着力………驚くべき三井谷の明察………

鉄光は既に全く健康を恢復した。再び潑溂たる意気を持ち再び自由の天地に翱翔し得るようになった。世界に瀰漫《びまん》する大徒党の首領として、全智全能、行く所として靡《なび》かざるなく、欲する所として得られざるなき昔日の王位に登攀した。その鉄光にして何故になお苦心焦慮して、警察当局者の前にも、社会公衆の前にも、自己の死亡を装わんと努めるのであろう。

その努力に対して絶えず衝突するのは即ち僕である。依て僕は彼の死亡を装う理由を解明するに最も都合の好《よ》き地位に在る。まず我々はかの真保場黎子嬢が絶世の美人であるという事を記憶せねばならぬ。嬢が誘拐された当時、その肖像が各新聞紙上に掲載されたが、写真版などではその嬋妍《せんけん》たる美貌の百分の一だも髣髴する事が出来ぬ。さて鉄光はこの可憐なる乙女を五六週間の間毎日眺めて暮すうちに、もう彼女が傍に居ない時は何となく一種の寂寥を感ずるようになった。そして傍に居る間はその美しい容貌《かんばせ》に眼を奪われ、その温雅な風采に心を蕩《とろ》かされ、俯向いて薬を勧める彼女の冷たい香のある息を吸い繃帯を巻く彼女の温い皮膚に触れ、恍惚として乙女の優しい看護の愛に浸った。感謝は恋情と変り、賞讃は進んで愛慕となった。黎子嬢は彼の救世主であるとともに、彼の眼《まなこ》の喜悦であり、孤独の時間の夢の主であり、光明であり、希望であり、真の生命《いのち》であった。

しかしながら嬢は巨盗鉄光の愛の手に触れるを潔しとしない、否、却て立腹するのは当然の理である。負傷者の傷が快癒に向うに従って、彼女が土窖を訪う度数は次第に少くなった。もし全く本復したならば、もう彼女の懐い顔を見る事も出来なくなる事だろう……ああ、恋の力は怪傑鉄光の如き者をも盲目《めしい》にする。健康になったのは嬉しい。しかし恋する女と別れるのは辛い。情緒纏綿《てんめん》として、懊悩煩悶の末、彼は終に一個の恐るべき決心を抱くようになった。で、弥々土窖を出ずるや、諸般の事情を整え、六月六日の土曜日を以て、その輩下と共に嬢を伯爵邸から誘拐し去った。

誘拐しただけでは仕事は済んでいない。恋のために女を誘拐したという事を世間に知られてはならない。自分と令嬢とに対するあらゆる捜索、あらゆる推測、あらゆる希望を断切ってしまわなくてはならない。それには自分が死なねばならない。令嬢も生きていては面白くない。ここにおいてか黎子嬢が曩《さき》に偽り認めて世間を驚かした「令嬢よ、覚悟をしろ、お前のために首領が死にでもしたら、きっと仇を討つぞ」という文句を役立たせる時が来た。

彼はこの文句を利用して、実に驚くべき巧妙な、大仕掛の欺偽《さぎ》を計画した。

自分が死んだろうと推測させるだけでは不充分である。是非共その確死を証明しなければならない。果然彼は僕に眼をつけた。僕が聖月院を極力探偵しつつあるという事を知った。僕が秘密の土窖のある事を嗅付けるだろうという事も予想した。自然僕がその調査に従事するであろうという事も見抜いていた。いよいよ僕が土窖を明けた時、それが空虚《から》であったら何の役にも立たない。

土窖は空虚にはしておけない。

同時に、黎子嬢の死体が海岸へでも打上げられなければ、嬢の死んだという事を世間へ信じさせるわけに行かない。

だから、令嬢の死骸は是非とも浪打際へ打上げられねばならない。

実に難事業である。大計画である。こういう障害はちょっと切り抜けられそうもない。が、鉄光は美事にこれを突破した。

彼が予想した通り、僕は礼拝堂の下に土窖のある事に気付いた。で、検視監等と共に梯子を伝うて下って行って見た。果して、鉄光の死骸はそこに横っていた！

鉄光の死を確信していた人々ならばこれがためにマンマと瞞着されたろう。が、僕はその場で直ぐに疑い出した。第一は直覚力で、第二には理論上でその贋物である事を観破した。だから彼のせっかくの奸計も全然失敗に帰したのである。僕はその場で感付いたが、僕が鶴嘴で堀り落とした一個の大石は非常に巧妙にそこに案配されてあったので、即ちちょっと触っただけでも直ぐに転落する。しかも間違いなく、贋物の鉄光の死骸の上に落ちて、その頭を柘榴のように粉砕し、その人相を識別し能わざるようにするように仕掛けられてあったのである。

それより半時間を経ると、僕はまた一新事実の報知に接した。それは真保場黎子嬢の死骸が泥府附近の海岸に打上げられたという事である。……黎子嬢と断定を出来ないが、腕輪の酷似した点から多分そうだろうと思われるという報道であった。これとても単に漠然たる想像に過ぎない。何故ならばその死骸もまた腐爛して人相を見別《みわ》けられなかったのである。

で、僕は憶い出した事がある。それより数日以前、何心なく北海新聞を見ると、妙見町に滞留していた一組の米国人の若夫婦が、毒薬を仰いで自殺を遂げ、その死骸が一晩の中に消失してしまったという記事が出ていた。それを憶い出したから、僕は早速妙見町へ急行して取調べたところ、夫婦情死は事実であった。ただ死骸が突然消失せたという事は嘘で、実は男の兄と称する者と、女の兄と称する者とが二人で来て正式の手続を済まして死骸を引取った事が解った。この兄と称する二人の男は言うまでもなく、隼白鉄光一味の者である。

ここにおいてか、彼の計画は初めて立証されたではないか。何故に彼は自分の死亡を装い、なお残党をして黎子嬢を殺させたという噂を撒布《ふりま》いたのだろう？　それは彼が恋に陥ちたからだ、そしてそれを世間に知られたくないと苦心したからだ。しかしてその目的を達するためには彼は猛然としていかなる手段ををも辞さなかった。情死した二個の死骸を、癈院の土窖と海岸とに態々遺棄して、自分と令嬢との死骸と信ぜしめようとまで大胆不敵な騙《かた》り方を実行した。実際こうすれば彼の将来は安全である。最早何者も彼を邪魔する者もない。何者も彼の奸計を観破する者もない。

所がここに油断のならぬ者が三人ある。天下万衆を欺き得てもこの三人を瞞着することは出来ない。三人とは誰ぞ？　一人は蟹丸刑事課長である。課長の到着はその時間までも解っている。第二は保村俊郎である。保村大探偵は今や将に海峡を渡って仏国に来り援わんとしている。しかして第三は、犯罪の現場にある僕である。この三人を除かねば鉄光は枕を高く安眠する事が出来ない。で、彼は蟹丸課長を誘拐した。保村俊郎を勾引《かどわか》した。かくいう僕をば降矢をして刺させたのは即ちその目的であった。

ただ一点、なお不思議な個所がある。それは鉄光が例の「空針」に関する暗号紙片を、非常に猛烈な勢いで僕の手から奪い去らんとした理由である。仮令今にして僕からあの紙片を奪い去るとも、僕の脳頭《あたま》の奥に判然と彫りつけられた五行の暗号の数字記号等まで消すわけにはゆかないではないか。そのくらいな理を悟らぬほどの鉄光でもあるまい。しからば果して何故であろう？　あるいは暗号数字よりも、それが認められてある紙片その物が僕の手に在るのを懼《おそ》れるのだろうか？　それとも他に何等かの証拠を残すものとして憂慮した結果に出でたものだろうか。

その疑問は暫く措き、とにもかくにも聖月院事件の真相は断じて僕が以上に説いた如くである。冒頭にも述べた如く、この中の二三の事件は僕の想像からきたものであると疑う人があるかも知れないが、事実を根拠として論理的に類推した事柄には必ず相当の価値がなくてはならぬ。諸君が首肯せらるると否とは、今後立証せらるべき幾多の事実に俟《ま》つ事としよう。

＊

三井谷散史――前夜鉄光のために威圧され、父の誘拐を悲んで敵の言《ことば》に聴く事を約した彼は、やはり青年の鬱憤を抑制することが出来ずに、断然この発表を敢てしたものと見える。余りに奇、余りに怪、結構余りに整然とし過ぎている観があるけれども、しかも彼の論理と、推定と、観察とには厳然たる根柢のあるのを奈何せん。
しかしこの記事の掲載された夕刻、更に新しい一悲報が夕刊新聞によって全国に伝播《でんぱ》せられた。それは三井谷の老父が誘拐されたという事である。散史はその日の午後三時に、世尾田町からの電報によってその事実を知った。

二五　大胆なる失恋の告白………その裏面に籠るは何？………

若い三井谷に対する打撃は余りに苛酷暴戻《ぼうれい》であった。彼は茫然として殆ど為す所を知らなかった。彼は前夜鉄光に威嚇された時には一時服従しようとも思ったが、しかし悪を忌み、秘密を憎む念と、社会に対する一種の名誉心とは抑えんとして抑うる能わず、断然その挙に出でたのである。それに、まさかに父が誘拐されようとは思わなかった。というのは、父の保護については飽くまでも慎重綿密な注意を取ってあるので、世尾田町の二十人の友人等は単に父の身辺を警戒するのみならず、深くその起居、出入、運動なぞにまで注意し、決して一人では外出させず、他処《よそ》から来る手紙なぞも、予め開封して調べた上でなくては決して渡さないまでに心を配った。これで危険なはずはない。鉄光がそれを冒して誘拐するというのは、単に脅嚇《おびやかす》に過ぎない。そうして真相発表の時期を延期させる手段であったのだ。

そう高をくくっていた彼にとってはこの報知は実に青天の霹靂であった。自分は鉄光に対抗するだけの力がない。さりとて父を見棄てるわけにはなお行かない。その日は彼は一日中嘆いたり悶えたりしていたが、夕方になって漸く思案が決まった。自分で世尾田町へ行って見るより外はない。親ら様子を調べて善後策を講ずるよりほか方法がない。

で、直様世尾田町（英国海峡へ突出した岬の一市）へ電報を打った。そして聖良停車場《せいらステーション》へ駈け付けたのは夜の九時少し前であった。間もなく彼は西方へ向って疾駆する諾曼線《ノルマンデー》の列車の一室に在った。

半時間ばかり経つと、さきほど停車場で買って来た巴城民報を何心なく披いて見た。すると図らずもそれに、次のような鉄光の手紙が載っていた。明かに今朝の三井谷の寄稿に対して答えたものである。

巴城民報編輯長足下

今朝の貴紙に現われたる三井谷散史君の発表は総て事実なり。真保場黎子嬢は生存し居れり。予は令嬢を愛する者なり。されど嬢は予の愛に報い居らず。誠に屈辱の至りなれども事実なれば詮方なからん。三井谷君の調査の精細緻密なるには驚くの外なし。言々句々肯綮《こうけい》に当りて予が首肯する事のみ。これにてもはや何等の秘密も、何等の謎も残りおらざる観あり。されど予は云わん、残りなく解決されたりとせば、偖ていかがせんとかする。

予は今惨酷なる精神上の負傷のために心の奥底まで害《そこな》われて血を流しつつあり。この上我が秘密の希望を悪意ある公衆に知らしむる事を好まざるなり。予は平和を欲す。黎子嬢の愛を求むるために暫時平和の日を送り、彼女が長き間叔父の伯爵及び従妹の蓉子嬢等より受けし数々の恥辱と不幸との回想《おもい》を洗いやらざるべからず。……これは余り世間に知れ渡らざりし事実なれども、彼女が孤児となりて伯爵家に養われて居りし境遇を知らば思い半ばに過ぐるものあらん。嬢はこの忌わしき過去を忘れ去るべし。嬢の欲するところ、たとえ世界中に比類なき宝石を得るにありとも、または普通人間の到底達し得べからざるほどの宝物をその手に収めんと欲するにありとも、予は必ずその目的物を彼女の膝下に横うべし。彼女は幸福の生涯に入り、予を愛する人となるならん。

予は縦令《たとえ》この愛に成功したりとも、切に平和を希望して止まざる者なり。予は出来得る限りの大度寛量《たいどかんりょう》を以て、予に抵抗することは即ち容易ならざる結果に陥るべきことを敵に警告せり。かく警告しながら空しく鉄腕を横えて敵に勝利の月桂冠を譲りし所以のものは、また平和を欲するの希望より出でしに外ならず。

なお例の春倉聯二君の問題につき一言せざるべからず。実は同君は米国の大富豪呉井《くれい》家の秘書役という歴々の人物なり。同君は主人より欧洲にて手に入る限りの古美術品を蒐集せんことを命ぜられおる者なるが、不幸にして予の友人江見原晩幽と関係することとなれり。江見原晩幽とは即ち隼白鉄光の事にして、隼白鉄光とは即ち予の儀に外ならず。斯くの如き関係より同君は、渥美某という紳士が留弁の名画を四幅所持し居れるが、近頃それを売放たんとの心組ある事を知れり。但し価格は未定なるも、持主の希望する一条件は、自家の体面上、原物と同様なる偽筆の画を作りて元の場所に掲げおきたき由。なお予の友人晩幽君は渥美氏を勧誘してその礼拝堂をも売却さする事としたりき。この相談は誠直なる晩幽君と、名門の生れにして度量寛闊なる渥美氏との間に極めて円満に行われしが、晩幽君が伯爵にその代価を支払わずいつの間にか真物の名画と、礼拝堂の彫刻物とを運び去りし後に至りて、三井谷君の観破するところとなり、春倉君は無辜《むじつ》の罪に座し捕われて獄に下されたり。されば残りおる仕事はただ不幸なる同君を救い出すにあるのみ。なお最後に江見原晩幽君のために祝福すべき事あり、そは同君が例の名画及び彫刻物を売り付けて米国の呉井氏より五千万円を支払われたる事なり。読者諸君以ていかんとなす。晩幽君はこれにて些か惨酷なる社会に対する溜飲を下げたるものに非ずや。

三井谷はこの手紙を見詰めながら、丁度例の暗号紙片の記号を調べた時のように、一字々々精細にその意味を吟味してみた。まずこういう寄稿をした鉄光の主旨を考えてみる。その主旨は直ぐ解った。鉄光という奴は時々こういう奇抜な面白い投書をするが、決して漠然としてやっているのではない。きっと差迫った目的があってやるのである。何等かの理由無しには筆を取らない男である。その理由は、見ていると遅かれ速かれ必ず具体的の結果となって出現する。

さらばこの特別な手紙の目的は何であろう？　彼奴が自分の恋を自白し、失恋を白状しているその心持の裏に隠れた理由は何であろう？　そういう女に関する事なぞを発表して、それから何かの利益を得ようとするのだろうか？　それとも春倉聯二の身上の説明からか？　で無ければ単に皮肉を述べたと思われるその行と行との間、一句と一句との間に何か不思議な眼に見えない意味が含まれているのだろうか？

彼は真暗な平野を駛《は》する夜汽車の車室の片隅に一人蹲《うずく》まったまま、過ぎ行く停車場の混雑にも、出入の乗客にも目を呉れず、ただ一心に新聞を見詰めていた。読めば読むほど懐疑の念に捉われる。この寄稿は鉄光が自分を目指して書いたんじゃないか。自分をあらぬ方向に引き迷わすための策略じゃないかとも思えば思われる。彼は初めて恐しくなり出した。真向に襲って来る攻撃ならば避ける術《すべ》もあろうが、どうやら今度はそうでないらしい。曖昧な、変幻出没の側面攻撃に遭遇ったら堪まらない。と、それにつれて想い出されるのは、自分の正直な懐しい慈愛の深い老父の身上である。老父は自分の一旦の失策から敵に誘拐されて、今頃はいかなる憂目を見て居られる事であろう。そう思うと悔恨の情に堪えない。憐憫の念《おもい》は腸《はらわた》を断つばかり。ああ、生若い小僧の身が空拳を揮って、世界の怪盗鉄光の向うに廻るのは、竜車《りゅうしゃ》に抵抗う蟷螂よりもなお狂気《きちがい》染みた沙汰じゃあるまいか。勝敗の決は自ら解っているんじゃないか。鉄光はもう一挙に自分を蹴散らす策が成就しているんじゃないか。……

三井谷には我が乗る汽車がだんだん自分を暗い、湿ぽい土の底へでも引摺りこんで行くように思われた。……

二六　覚えのない我が写真……父は巧みなるワナにかかった……

しかしこの悲観は長くは続かなかった。翌朝の六時に弥々世尾田町停車場に汽車が止まった時は、数時間の熟睡ですッかり新鮮な鋭気を恢復して、再び自信力の強い青年となっていた。

昇降場《プラットホーム》には、予て懇意な古山といって、今度も父を托しておいた海軍武庫の書記が、十三四歳になる多摩子《こ》という娘を連れて迎えに出ていてくれた。

「一体どうしました」

と、散史はその顔を見るなり第一にこう叫んだ。

好人物《おひとよし》の古山は、面目なげに嘆息を吐いて唸るばかりなので、散史はこれを近所の珈琲《コーヒー》店へ誘って行って珈琲を命じながら、率直にそれからそれと訊き出した。とかく相手の話が岐路《わきみち》へ外れそうなのを注意し注意し、真相を窮めようとするのだが、どうも纏まった事が解らない。

「しかし父は確かに引攫《ひっさら》って行かれたんですか、僕にはどうしても嘘らしく思われますがねえ」

「全く不可能の事に違いない。けれども実際行衛知れずにおなんなすったんだからねえ」

「いつからですか」

「さア、それが解らないのです」

「ヘエ！」

「いや、ともかくも昨日の朝の六時頃でした、毎時《いつも》の通り階下《した》へ降りていらっしゃらないから、お室の扉を開くとどうでしょう、影も形もない！」

「しかし一昨日《おととい》は居たんですか」

「居らしったとも。一昨日は少し疲労《くたび》れたとか仰有ってね、一日御引籠りだったから、此娘《これ》が……」と、娘を指して「此娘が十二時に御昼《おひる》飯を、夕方の七時頃に御夕飯を持って行って上げたのです」

「すると攫われたのは、一昨日の夕刻の七時から、昨日の朝の六時までの間ですね」

「そうです。何でも一昨晩の中に違いないですがな、ただ……」

「ただ、何ですか」

「不思議なのは誰でも夜になってから武庫を立出《たちで》る事が出来ないはずだから」

「で、父も出るはずがないと仰有るんですか」

「到底不可能な事です！　私は勿論、御依頼を受けてある我々同士がですねえ、総出て軍港中を捜索したけれども一向御見えにならない」

「ではやっぱり攫い出されたんでしょう」

「不可能です。出口々々は厳重に固めてありますからなア」

三井谷は少し考えてから、

「それからどうなさいました」

「で、私は直様本部へ駆つけて、当直士官に急報したです」

「当直士官は直ぐ貴君の御宅へ参りましたか」

「来ました。なお警察からも来ましてね、昨日午前中掛って捜索したけれども、やはり何の手懸りもないので、そこで初めて貴君へ電報を上げたような次第です」

「寐台は乱れていましたろうか」

「整然《きちん》となっていましたよ」

「室の様子はどうでしたでしょう」

「これも毎時の通り片附いていたんです。烟草《たばこ》も、烟管《パイプ》も在るべき処に在り、本などは読み掛けのままで残っていました。本の中には枝折《しおり》の代りに、こんな貴君の写真までも挟んであったんです」

「ドレ、どんな写真です」

古山が渡した一葉の写真を見ると吃驚した。ほんとに自分の写真じゃないか……両手を懐中に突込んで芝生の上に立っている姿で、背影には樹立やら癈院の角隅やらが映っている。

古山はそれを渡してから、

「これは多分最近に貴君が御老人に送られた御写真でしょう。裏を御覧なさい、日附が書いてある。四月三日。それから写真師の名がR、V。町が里尾《りお》……とあるんですが、多分里尾倉町の事でしょう」

裏を返して見ると、なるほど、
四、三――里尾――R、V撮影――三井谷散史
と、しかも自分の手蹟で書いてある。

彼は暫時じっと黙って考えていたが、

「父はこの写真を以前に貴君に御目に掛けなかったでしょうね」

「いや、ツイ御見せがなかった……それで昨日初めてこれを本の間で発見した時は実は意外に思いましてなア……御老人は口さえ開けば貴君の御噂さばかりしていらしった位であるのに、なぜこの御写真を御見せがなかったろうと不審に思うた位です」

三井谷はまた黙り返ってしまった。今度は長いこと物を言わない。

「私は町に少し用事があるんだが……何なら御一所に」

と、古山は一人で呟いている。

三井谷はまだ黙っている。写真をあっちこっちに引繰り返して、何か発見しようと焦る風であったが、やがて、

「ちょっと御訊ねしますが、この市《まち》の近所に里尾何とかいう名のついた宿屋でも有りませんでしょうか」

「里尾……そうそう、里尾山館という宿屋があります」

「どの位離れていますか」

「ざっと一里ばかりです」

「倫場《りんば》町のことですか」

「そうです。どうしてお解りですか」

「なに、写真の裏にあるR、Vの二字が『りんば』から取ったのじゃないかと思ったんです。こう解ってみると段々解釈が付きます。きっとその里尾山館というのが、鉄光の同類共の拠っている根拠地でしょう。それから父へ聯絡をつけたに違いないのです」

「飛んでもない事です！　御老人は一切何者とも御面会なさらなかったのですぜ」

「そりゃ直接には誰にも会わなんだでしょう。けれども何か一つ仲に立つ者があったでしょうと思います」

「どのような証拠があってそう仰有るのですか」

「この写真が証拠です」

「こりゃ貴君の御写真じゃありませんか！」

「そうです、僕のです。しかし僕が父に送ったんじゃありません。僕はこんな自分の写真が有る事さえ知りません。これは多分僕が聖月院に居る時に、知らぬ間に鴨田検視監の書記が撮ったんでしょう、ソラ、例の鉄光の同類で書記に化けていた降矢という奴の事を御聞きでしたろう」

「それが……？」

「それがつまり一種の通券《パッス》になったんです。彼奴等はこの写真でもって僕の父を安心させて、すっかり父の信用を得たんです」

「そう仰有るが、では誰がこれを私の官宅へ持って来たんでしょう」

「そこまではまだ解りませんが、とにかく父は係締《わな》に引掛ったんです。この写真を見せて安心させておいて、それから僕が近所の里尾山館で父に会いたいとか何とか言っていると告げたんでしょう」

「どうも私には信じられないなア！　どうしてそういうことが確かめられますか」

「なに、理由は簡単です。写真の裏へ僕の偽筆で書いたんですね。『四、三』とあるのは貴君の解釈なすった四月三日の日附ではなく、倫場町四丁目三番地という事でしょう。で、何にも知らぬ父がそこへ出掛けて行くと忽ち取摑まってしまったろうと思うんです」

「四丁目三番地……なるほど確にそうです……的中《あた》っています」と古山は呆れ返り、

「恐らく貴君の言わるる通りでしょう……しかし、夜の間に抜け出られたという事が解りませんな」

「昼間出て行ったんでしょう、指定の場所へは夜になるのを待って行ったとしましても」

「ですが、一昨日は一日お室に籠もってお居ででしたよ」

「とにかく確める方法はただ一つあります。古山さん、武庫へ行って一昨日の午後の門衛に当っていた者を調べて下さい。そうすれば解ります……何卒早くなすって下さい、早く帰っていらっしゃるならば、ここに御待ちしていても関いません」

「どこへか御出でのつもりですか」

「次の汽車で帰ろうと思います」

「えッ……まだ調べも附かぬ中に帰るんですか！」

「いえ、調べはもう附きました。知ろうと思った事は残らず解りましたから、一時間の中に世尾田町を立とうと思います」

古山は立ち上った。非常に困ったような、合点の行かぬような顔をして散史の顔を眺めていたが、意を決して帽子を取り、

「多摩子、お前も行きたいか」

「いや、もう少し御訊ねしたい事がありますから、多摩子さんは残して下さいませんか」と三井谷は少女を引留めた。「それに特別に多摩子さんに聞きたいこともあるんです。僕はまだ幼《ちっちゃ》い子供の頃によく多摩子さんは知っていました」

で、古山は急いで珈琲店を出て行った。後には散史と多摩子とが残った。

数分間は二人とも黙っていた。一人の給仕が入って来て、不用のコップを下げ、卓子の上を綺麗にしてまた出て行った。するとその後姿を見送った青年の眼と、少女の眼とがピタリと合った。三井谷は我手を少女の柔い手の上に静かに重ねて、じっとその愛らしい顔を見詰め出した。

二七　少女の悔悟の涙……三井谷散史の変装旅行……

三井谷からじっと見詰められた多摩子は、やはりその若々しい顔を見返したが、それも二三秒の

間で、どういうものか息の塞まりそうな、心の乱れた顔付をして、眩しそうに傍を向いたが、突然青年の手から振り解いた両手を顔に当てて、シクシクと泣き出した。

三井谷は暫時は泣くがままに任せていたが、少し涙のおさまった頃をはかって物柔かに、

「ねえ、多摩子さん、こんな間違いを仕出かしたのは君だろう、ね、仲に立ったのは君だろう？写真を僕の父に渡したのも君の仕業だろう、そうじゃないかえ？　君は悪い奴等の手引をして父を引張り出しておきながら、父は一昨日一日室に居たなんて嘘を告げたのだろう……」

少女は何の返事もしない。

「なぜ君はそんな心得違いのことをしたの？　お銭《あし》か何か貰ったんだね……リボンでもお買いなんて……呉れたんだろう……え？」

と言いながら、少女の両手を優しく押し開いてその顔をあげさせた。見れば哀れな小さな顔は涙に濡れ浸っている。――人眼を惹きつける愛らしさはあるが、どことなく落着きのない、蓮葉な、気の変り易そうな当世風の顔、こういう少女が得て心弱くも誘惑に陥り易いものである。

「ね、多摩子さん……」と三井谷は賺《すか》すがように「過去《すぎさ》ったことはどう思ったたって仕方がない。僕もそれについては格別何にも言わん……どうしてこんな事になったのかそれさえも訊ねないつもりだ……けれどもね、これからの捜索の方針に入要な事だけは話してもらわねばならないよ……何か手懸りになりそうな事を摑まえてあるの？……悪者どもの何か標《しるし》でも持っていない？……彼奴等はどういう風にして父を連れ出したんだろう」

少女は言下に答えた。

「自動車に乗せたんですわ……話の中に、自動車、自動車という言葉を幾度びも私聞いてよ……」

「どっちの道へ連れて行ったろう」

「それは知りませんわ！」

「君の眼前で他に何か喋らなかったの……何か手懸になることを喋りそうなものだね」

「否え、何にも……あ、御待ちなさいな……そうそう、ただこんな事を言ったわ――もう愚図々々しちゃ居られん……首領《かしら》が明日の朝の八時に電話をかける約束だからって……」

「どこへ電話をかけるのだ」

「どこですかねえ……私、忘れてしまったのよ……」

「だって憶い出したら解るだろう……一生懸命憶い出して御覧……多分、どこかの町の名なんだろう」

「そうだわ……町の名なんですの……何でも彦何とか言ったようだわ……」

「彦……彦川町かえ」

「いいえ」

「じゃ、彦……彦出町かえ」

「いいえ、そうでもないの」

「困ったなア！　彦……彦……ああ、じゃもしや彦矢町じゃないか」

「ああそう……彦矢町……確にそうでしたわ……」

と、聞きも終らず散史はスックと突っ立ち上った。そして最う帰って来るはずの古山の事も思わず、多摩子の事も打忘れ、若干《いくらか》の銀貨をそこへ放り出すが早いか、眼を円くして呆れ返っている少女を残して、疾風の如く往来へ飛出し、韋駄天走りに停車場へ駆け附けた。

跳ね返るような勢いで窓口へ飛び付いて、

「切符、切符……彦矢町……彦矢行きの切符です」

「河北《かほく》線をお通りですか、それとも……」

と、切符売りが訊ねようとするのを、

「そうです、そうです……何線でも一番短い線がいいんです……正午《ひる》までに着きましょうか」

「正午までに？　到底《とて》も到底も！」

「じゃ夕刻までには？　寝る頃までには？」

「着きません。お急ぎならば却て巴里へお廻りになった方が早いですよ……巴里行きの急行が九時です……もう間に合いますかな……」

辛くも間に合った。プラットホームへ駆けつけると、危く列車が動き出そうとする所であった。「あああ、険呑、々々……」と、三井谷は手を擦り合せながら「己は世尾田には三時間足らずしか居なかったぞ。しかしこの三時間が非常に役に立ったテ」

思えば多摩子のためには飛んだ酷い目に遇わされる事となったのだが、しかしどこまでもというほどに少女を憎む心は起らなんだ。ああいう意志の弱い、気の変り易い、ともすると大変な裏切りをやらかす女の子は、また非常に正直に真面目になるものである。つまり悪にも染めば善にも染まる。既にあの子の吃驚した瞳の中にも、自分の所業を後悔する色と、それを白状した喜悦の色とを見る事が出来た。まさかに己までも騙したんじゃあるまい。して見ると、やはり父が幽閉されているのは彦矢町に相違あるまい。鉄光が巴里から電話をかけたのはその本営に極った。

巴里へ着くと彼は出来るだけ用心して自分の跡を晦ます事に苦心した。思えば今が大切の場合である。自分はここに初めて父の行衛を捜索すべく間違いのない本道に立ったのだ。少し油断をしたら、またどんな岐路へ外れないとも限らぬ。

彼は一人の学校友達の家へ出掛けて行った。が、三十分も経て再び立出でたところを見ると、全然《すっかり》姿が変っていて学生の三井谷とはどうしても受取れない。まず打見たところは三十格好の英国人、服は褐色の弁慶縞の揃い、半ズボンの下に羊毛の靴下を長く穿き、鳥撃帽を被り、顔を浅黒く巧みに染めて、紅い鬘《かつら》で胡魔化した容貌、それに画家の使う鞄を肩にかけ、一台の自転車にヒラリと跨って、西南に走る折礼安《おるれあん》線の汽車に乗るべく阿須戸《あすど》停車場へ駆けつけるその風采は、まずどう見ても写生旅行中の英国青年画家といったかたちだ。

その夜は目的地の少し手前の石凪《いしなぎ》という町で態と泊り、翌朝は黎明《よあけ》頃からまた自転車を駆って、いよいよ彦矢へ着いたのは午前七時であった。町へ入ると郵便局へ行って巴里までの長距離電話を申し込んだ。そして順番の来るのを待つ間にそれとなく局員にカマをかけて訊いてみると、二日以前の丁度今と同時刻頃に、やはり巴里へ電話を掛けた者のある事が解った。その掛けたのは自動車用の服を着た男であったそうだ。まず証拠が一つ挙がった。彼は分時の猶予もなく、町中を駆け廻って探偵に着手した。

午後になるとまたこういう確証が手に入った。それは二三日前、一台の青塗の自動車が都留《つうる》道に添うて福渡《ふくわた》村と、彦矢とを過《よぎ》り、町を越えて森の裾に止った。なお十時には、この辺に見掛けぬ一人の男が一台の二輪馬車を駆って自動車の傍に止まり、やがて福折《ふくおり》の谷を越して南方へ去ったが、自動車は反対の方向に回転し、北の方石凪町の方へ疾駆したという事である。

その二輪馬車は近頃修繕したままと見え、まだ白木の柱が混っていたとの事に、それを目標《めじるし》として三井谷は百方捜索すると、漸くその持主を見附け出す事が出来た。が、持主の言う所は格別の手懸りにもならなかった。ただ一人の見知らぬ男が来て馬車と馬を借りて行ったが、翌日またその男が返しに来た、とそれだけの事である。

夕刻になるとまたこういう新事実が一つ解った。曩の青塗りの自動車は、石凪を通り越すと間もなく方向を折礼安の方に取った、即ち巴里の方に取ったという事である。

総てこれ等の証跡から帰納して考えると、父は余り遠方へは運ばれていないらしい。で無いとすると、父を自動車に掻き載せた敵は、ただ彦矢から電話をかけるためにのみ態々西北の海岸の世尾田町から三百哩の内地を横ぎって仏国中央部のここに来り、また鋭角を画いて巴里の方へ突破した事になるが、誰がそんな馬鹿げた大袈裟な真似をしよう。

この彦矢町附近で自動車が鋭角を画いて回転したという事実は、断々乎として、父を予ての指定地に送り込む目的に出たものである。

「所でその指定の場所というのはきっと手の届く近さに違いない」と、散史はもう希望と期待とでゾクゾクするほど悦びながら「父はもう己の救い出すのを首を長くして待ってるだろう、遠くてここから五里から六里……そうだ、もう近い、己の現在吸っている空気を、やっぱり父も吸っているのだ！」

二八　珍らしや父の手紙………散史の手に入りしは全く天祐………

　大体の形勢が斯く定まったので、彼はその夜から猛烈な活動を開始した。まず参謀本部の精密な地図を頼りにして、彦矢を中心とした近村を数個に区分し、その一つ一つを片端から巡回して、商店で訊ねたり、百姓を取摑まえたり、小学校の先生を訪問したり、饒舌《おしゃべり》らしい神さんに当ってみたり、その他村長さん、牧師さん、別当、工夫、郵便夫、有りと凡有る人物《ひと》にぶっ附かって手懸を得ようと努めた。一日も早く捜索してしまわねば何やら取返しのつかぬ大事になりそうに思われてならない。それに救出《すくいだ》すのは豈啻《あにただ》に自分の父のみならんや。蟹丸刑事課長も居る、保村大探偵も居る、可憐な黎子嬢も居る、その他鉄光の徒党のために誘拐され幽閉されている者は決して少い数ではあるまい。それ等を合せて救出さねばならぬ。憫むべき現在の彼等にとっては自分は唯一の救主である。そう思うと彼の任俠的の精神は炎々として燃え上った。彼等幾多の犠牲の苦悩呻吟している所へ達するのは、即ち鉄光の要塞へ達する事である。今まで何人も透視する事の出来なかった隠家、そこには彼が全世界から竊んで来た凡有る宝物を貯蔵してあるに違いないが、父の捜索が動機となって、図らずもその大宝窟へ達する事が出来るとは何たる幸福であろう。

　こうして散史は二週間に渡って探偵を続行した。しかし十四日間の努力が何の役にも立たない。さすがの彼の熱火もだんだん下火になりかけて来た。自信力が一日々々と撼《ぐら》つき出した。肉を殺《そ》ぎ、骨を削る苦心惨憺の思いをして、一歩々々と絶望の淵へ陥ちて行くのは堪まらない。自分は鈍才、到底鉄光の敵ではないのだろうか。それとも見当外れの道を嗅ぎ廻っているのだろうか、と、またしてもソロソロ悲観が頭を擡上《もちあ》げる。

なお幾日々々と、単調な失望な日が続いた。新聞で見ると、渥美伯爵と令嬢蓉子とは聖月院を去って、尼須《にす》市に移転したそうだ。また彼の春倉聯二は鉄光の新聞への寄稿が基となって、証拠不充分の廉で放免となったそうだ。

三井谷は本営を変えてみた。二日間は猿江町に、他の二日間は江東《えとう》町に移って極力界隈を捜索したが、依然として不成功に終った。

ああ、ああ断念するよりほか仕方がない。というのは、鉄光等常用のそれではなく、駅々の貸自動車であったかも知れない。そして人目を眩ますために駅から駅と車を変えて、今頃は及びも附かぬ遠方へ運び去られているかも知れない。

彼は断然巴里へ引還して計画を立て直そうかと決心した。丁度その時、ある月曜日の朝であったが、巴里から彼の宿屋に宛て一封の封書が届いた。切手が張ってないので不足税を支払わせられたが、熟々《つくづく》その表書を見るに及んで、彼は想いがけぬ喜悦に撲たれて胸を躍らせた。封を切ろうか、切るまいか、切って失望させられるんじゃないか、と思うと自然に手紙を持つ手が顫える。こんな事が有り得べき事か？　例の敵の計略じゃあるまいか。

でも思い切って開封して見ると、やはり父からの手紙で、御家流の古臭い癖のある字までが正真正銘の父の手に違いがない。さてその文句は――

我が愛しき忰よ。この手紙が其方《そなた》の許に首尾よく着くべきか否や甚だ疑わしけれども、とにかく認むることとせり。

父は誘拐されし日の夜は一晩中自動車に載せられて走り、翌朝に至り更に馬車に移されぬ。両眼は眼隠されたればいずくへ向けいずくを走りしやも弁えず。かくて終にこの古城の中に幽閉されしが、その建て方と、城園に生うる草木の形などより察するに、あるいは我国の中央部ならんかとも思わる。我が住む室は二階の一間にて、二個の窓あり。その一方の窓は殆ど地上より匍い上りたる蔓草の葉にて覆われたり。午後に至れば時を定めて城園内の散歩だけは許されあり。されど見張はなかなかに厳重なり。

父はこの手紙を天祐に任せて認めつつあり、認め終らば一つの小石に結び付けおかん。かくしておかばいつかは番人の目を竊みて高塀の外に投げ出す機会もあるべし、そして心有る近所の農夫の手にでも拾われて、其方の手に届く事もあらんかと儚《はか》なき事を頼みとす。

されど父の起臥《おきふし》につきては決して心を痛むること勿《なか》れ。父は至極丁寧に優遇せられつつあり。

其方を最も愛しく思う老父は、我が事より其方に一方ならぬ心配を与うることを思いて悲みに堪えず。

父より

散史は直ぐに消印へ目を留めた。消印は「印東州《いんとう》、久慈局《くじ》」とあった。

印東州！　何だ、己が数週間汗水を滴らして捜し廻った州じゃないか！

二九　昏睡した研屋の老爺……千丈の鉄壁よりも厚き鉄光の深謀……

三井谷は早速毎時も放した事のない懐中案内書を披げて見た。久慈という所は餌葉《えば》郡にある……

そこも同じく歩き廻ったところだ。

と、すると、自分の姿はもう大分人々の眼に付いているかも知れぬ。こう考えたから彼は巴里以来の英国の画家《えかき》の変装を止め、今度は労働者と早変りをして久慈へ行って見た。久慈という処は大街道を放れた淋しい一つの村であった。こんな田舎なら、父の手紙を拾って郵便箱へ入れて呉れた人を捜し出すのも難しくはなかろう。

と、まず見込みをつけて、色々な人に聞いてみた。が、皆な変な顔をして知らぬという者ばかり。最後に村長の家へ出掛けて行った。見ると正直な親切そうな老人なので、事情を明白《あからさま》に打明けると、村長は暫時考えていたが、やがてポンと膝を叩いて、

「その手紙の消印がこの水曜日だと仰有るのじゃね？　ハハア、するとそうだ……確かにあれだ……いや、それなら一つ持ッてこいの証拠が有りますわい。何でも先週の土曜日の朝でしたかな、この村に「研安《ときやす》、々々」と呼ばれている安蔵と申す爺様の研屋が有りますのじゃ。毎日々々、研屋、々々！と近所近在を廻っている奴でござるがの、其奴と村端れでその朝偶《ちょい》と遭遇《でお》うたところ、いつになく私を引留めましての、旦那様つかぬ事を御訊ねするようでがすが、切手の貼ってない手紙というものも、他のと同じようにどこへでも届きましょうか、と申すゆえ、そりゃ行く事は行くが、先方へ行って不足税ちゅうものを倍額取らるるじゃで、なるべくならば切手を貼って出すがよいぞ、とこう申した事が有りますのじゃ」

「その安蔵という爺様はどこに住んで居りますでしょう」

「なに、爺様なら直ぐそこに独りで暮らして居りますわい……あの坂上の……教会の庭のツイ向う隣りにある汚い小舎みたような家ですが……何なら直ぐ御案内致しましょうか」

親切な村長に導かれて行って見ると、なるほど、高い樹に囲まれた果樹園の中央に一軒ポツリと孤立した茅屋《ぼうおく》がある。二人が果樹園へ入って行くと、その姿に驚いてか、三羽の鵲《かささぎ》がパタパタと烈しい皷翼《はばたき》をして舞い出した。が、その舞い立った跡を見ると番犬を繋いでおく犬小舎の上に今まで止っていたらしいのだ。しかし二人が近付いて行っても、真中に寝ている紅毛の番犬は身動きもしなければ、吠えもしない。

散史は吃驚して走り寄った。犬は四肢《よつあし》を棒のように硬張《こわば》らせて死んでいるではないか。

二人は急いで小舎の中へ行って見た。扉は開け放しのままなので、入って見ると、床の低い、湿

っぽい室の壁際に藁の蓆が敷いてあって、その上にすっかり衣服《きもの》を着込んだままで、一人の爺様が打臥《うつぶ》しになって居る。

「おお、安蔵爺さんではないか！　やっぱり死んでいるんじゃないか！」

爺様の手は氷のように冷たい。顔も物凄いほど真蒼である。が、胸へ触ってみると、心臓の鼓動は非常に微弱で間遠ではあるが打っている。それに格別傷らしいところも見当らぬ。

村長と三井谷とは一生懸命爺様を蘇生《よびい》けようと骨折ったが、どうも思わしくないので、散史は医者の家を教わって駆けて行った。医者は直ぐに来てくれて手当を施したけれども、やはり験が見えそうもない。しかし爺様は苦しそうな様子はなく、丁度睡ってでもいるようであるが、その睡りかたが自然ではない。いつか催眠術にでもかかったか、さもなければ麻酔剤でも飲まされて昏々として生死の境にあるといった形である。

仕方がないから三井谷一人残る事にして、村長と医者とは一旦引取った。が、その晩の夜中頃から爺様の呼吸が稍や判然したように思われた。全体に少しずつ朦朧たる意識から醒めかかった風がある。

翌朝になると、弥々確かりしてきて起き上った。彼の順当の官能が再び働き出した。そして毎時のように物を喰ったり、飲んだり、動き廻ったりした。が、その日一日は物を言わない。三井谷が何を問いかけても返事をしない。しないのではない出来ないのだ。手足は働き出しても脳髄だけはまだ昏酔から醒めないのだ。

その翌日になると、爺様初めて口を開いた。

「貴君は一体人の家で何をしていらっしゃるのだね」

と途法もない事を聞く。爺様初めて自分の傍に見た事もない若者が居るのに魂消《たま》げたらしい。

こういう塩梅で彼はだんだんに能力を恢復して来た。話もすれば、計画も立てるけれども、散史があんな風に睡りに付いた直ぐ前の状態を質問すると、爺様ケロリとして少しも憶い出せない。

それが恍《とぼ》けているんじゃない、真から底から憶い出せぬらしい。この金曜日を境としてその以前の事は残らず忘れてしまったのだ。丁度滔々と流れていた彼の一生の流れが、突然に罅隙《さけめ》へ陥ち込んだようなものである。金曜日の事だけは覚えている。朝何をした、夕方何をした、町へ行って何を買った……皆な記憶に残っている。昼飯を喰った居酒屋までも覚えてる。が、それっきりだ……それっきり後は無茶苦茶だ。

考えてみれば恐しい事である。秘密の真相はツイこの爺様の二つの瞳の裏に隠れている。その両つの瞳は、我子の救いを待っている散史の老父を閉じ籠めた高い塀を見て来たんじゃないか。また秘密の真相はこの爺様の手の裡にも隠れている。この皺苦茶の手で爺様は父の手紙を拾い上げたんじゃないか。また爺様の酔い腐れた頭の奥にも潜んでいる。その頭の中には、鉄光が大芝居を演《や》っているその舞台が解っているのだ。広い全世界の中のその秘密の一個所をチャンと知っているんじゃないか。それだのに……ツイ眼前にあるその手から、頭から、眼の中からまだ秘密の真相を引ずり出せないとは何たる胴慾《どうよく》の事だろう。

ああ、この手を下すにも下し得ざる恐るべき障害に対しては、三井谷の苦心も努力も木葉微塵に打砕かれてしまった！　ああ、沈黙と忘却とで打建てたこの大障害！　どこまでそれが彼れ鉄光の特性を発揮していることだろう！　三井谷老人が投げ文の手段で外界と交通を計ろうというそんな企てを美事に洞察するのは鉄光を措いて世界にまたと有るものじゃない。それを拾った唯一の証人を、たとえ一時的にせよ、こういう昏酔の状態に陥らせた悽《すご》い腕を、鉄光の他に誰に求めようぞ。まさかにその手紙が三井谷の手に首尾よく届いて、彼が密にその城廓附近で活動していようとは思わぬだろうが、油断は大敵、かりそめの通掛りの旅人へ、研屋の口から伝わらぬものでもないと、忽ちその漏洩を非常手段で防いだ遣り口！　こうしておいたが最後、なにほど古城の壁の中に一囚人が救いを求めて呻吟しつつありとも、金輪際知る人もなくなるわけである！

ああ、百丈、千丈の鉄壁よりも厚い、堅固なこの鉄光の施した障害を、独力空拳の三井谷はどうして打破るつもりだろう。

三〇　おお、あれこそは古城の塀……しかもその名は鉄針城……

彼は百方苦慮焦心した。研屋の爺様は到底あの容体では喋ることは出来ない。……が、ただここに僅に頼りとする最後の一手段がある。それはどの町の市場へ爺様が出掛けて行ったか。帰途《かえり》はどの途をとったかという事を調べる事である。その途の当りがつきさえすれば、沿道を捜索して古城の在所《ありか》を見付け出されぬ事もあるまい……。

で、毎日のように宿屋を出て安蔵の小屋を訪れるのだが、用心に用心をして、相手を驚かさぬよう、また自分も敵に見付からぬようと警戒おさおさ怠りない。が、終いにはパッタリ爺様を見舞わぬようにした。土地の者に聞いてみると、毎週の金曜日は降幡《ふりはた》と言ってこの村から四五里距れた町に市が立つそうだ。その町へは広い大街道を通っても行かれるし、また真直に村の近路をとっても行かれる。

金曜日が来ると、散史は例の変装で大街道を進んで行った。が、どちらを眺めても、高塀で囲んだらしい建物も見えねば、古い城址らしいものも眼に入らぬ。

降幡の町へ入ると、聞いた通り市が立っていて大分賑かだが、見物する気も出ないので、とある料理店で昼飯を済まして、さて引返そうと立出るところへ、意《おも》いがけぬ安蔵爺さんが手車を押しながら「研屋でござい！　鋏、小刀研ぎ！」と皺枯れ声で呼わりながら廻って来た。そして散史の姿にも気付かず、料理屋の前を通って行くので、三井谷は見え隠れに跟いて行く事にした。

爺様は二度ばかり車を止めて、十二三挺の小刀《ナイフ》を研いだ。それぞれ頼まれた家へ渡して研賃を受取ると、今度は大街道を距れて一本の里道へ入り込んだ。これは黒林を越して餌葉郡の方へ行く路らしい。

散史はなおもその後を跟けて行ったが、十分と歩かぬ中に忽ち気が付いたことがある。爺様を跟けて行くのは自分一人じゃない。もう一人怪しい奴が見え隠れに進んで行く事が解った。其奴《そやつ》は爺様と散史との間に立って歩いて行くが、爺様が憩《やす》めば憩む、動けば動く、絶えずその挙動にばかり気を取られているので、後に三井谷が歩いて来るとは夢にも知らぬ様子である。

「ハハア、どうしても爺様的われているな……爺様が城の前で止まるか止まらぬか、それが彼奴等の心配の種だと見えるわい」

そう思った散史の胸は高く動悸が打ち出した。何だか間もなく目的が達せられるような気がする。

こうして、爺様と、曲者と、三井谷の三人は、高低迂曲した田舎路を一丁々と進んで黒林の町へ着いた。ここで爺様は一時間ばかり仕事をしたが、それが済むと一筋の川岸へ出て向岸へ橋を渡った。

が、意外にも例の怪しの奴は橋を渡らない。川岸に立ってずッと爺様の後姿を見送ったが、林の向うへいよいよその影が隠れたのを確と見定めると、クルリと踵を返して右手の方の野路へ進み出した。

三井谷はどちらを追おうかとしばらく躊躇した。が、直ぐに決心して怪しの男を跟けることにした。

「いよいよ安蔵が他の方角へ行ってしまったので、彼奴安心したのだ。で、帰りかけているんだ……したが一体どこへ帰るんだろう？　城へ帰るんじゃないか？」

ああ、もう目的に手が届きかけたぞ。そう思うと一種の胸を引締められるような悶えと言おうか、喜悦と言おうか、とにかく変な感情が全身を震わせる。

やがて怪しの男は川岸に鬱蒼と繁った微暗《うすぐら》い林の中へ突き進んだ。が、暫くするとまた遠方の明い途に立ち現れた。後から望むと、その途は長く地平線の方へ連なっている。

で、三井谷も林を潜って漸く向うの途へ抜け出られたが、オヤオヤ、いつの間にか男の影を見失なった。どこへ行ったろう……と、キョロキョロ見廻す彼の眼へ、意外も意外、一個焼きつくように映ったものがある。

「ああ、有った！」

と、思わず咽喉の塞がりそうな叫声を挙げた。そして夢中になって、一躍《ひとと》びに元の林の中へ飛び戻って身を隠しながら、繁茂した樹下の枝の間から彼方《むこう》を眺めやった。見よ見よ！　右手の方に当って、一定の距離に大きな保壁で支えられた高い高い一廓の塁壁が、気味悪くも、悪魔のような古い妖黒な面を晒してスッと聳えているではないか。

これだ！　これに違いなし！　この壁の中に父は幽閉されているのだ！　ああ、とうとう鉄光の牢屋を見付け出した。

彼は数分間というもの、藪の中に立ち竦んだように屈み込んで、射透すばかりの鋭い眼光を城の方へ向けていたが、ソロソロと四肢で匍うような格好をして林を潜り出で、右手の方の稍や小高い丘の頂へ登って見た。城の塀はまだ高くて大分邪魔になるけれども、それでも中の本城の屋根だけは眺める事が出来た。古い路易《ルイ》十三世頃の屋根であって、その中央に一つの尖塔が突っ立ち、その周囲に非常に細い鐘楼が幾つも建っている。

三井谷は喘《はや》る心を押し鎮めて、今日はこれだけで引返そうと決心した。暴虎馮河《ぼうこひょうが》の勇を揮ってもいけない。落着いて熟慮を廻らしてから、これで充分という攻撃の方法を取らねばならない。鉄光はもう掌中のものだ。今は三井谷にとっては、格闘の時間と手段とを選ぶべき時機となった。

彼は戻りかけた。

前の橋の傍まで行くと、田舎娘が二人、牛乳の鑵を下げて来るのに遇ったので、念のため訊ねてみた。

「あの、林の向うにある古い城ね、あれは何という城ですか」

「あれかね、ありゃ鉄針城というだわね」

何心なく聞いたのが、この答えを聞くとハッとして呼吸を止めた。

「なに、鉄針城……鉄針城……アノ鉄の針……針……して、ここは何という州なの？　印東州かね？」

「いいえ、印東州ちゅうのは川の向う岸までだわね……こちらは空也州《くうや》というだわね」

三井谷の頭の中には電光がピカリと閃いた。鉄針城！　空也州！　空針か！　さてこそ暗号の謎が解けかかった！　ああ、今度という今度こそ、断々乎として間違いなく勝利を得たぞ。

彼はそのまま黙って田舎娘に背を向けた。そして酔漢《よっぱらい》のように蹌踉《ふら》つく足を踏み占め踏み占め、宿屋の方へ帰って行く……。

＊

訳者曰く――頁《ページ》の都合上これを以て前篇の終りとするのを遺憾とする。三井谷が解釈した暗号文字は果してこの城に当て箝《は》まるべきものであろうか。彼の老父は果してこの城に幽閉されているであろうか。蟹丸刑事課長、保村大探偵の行衛はいかん。更に鉄光に見込まれた美人黎子の運命はいかん。これら興味ある諸問題、その他三井谷と鉄光とが火花を散らしての空前なる大活劇、世に恐しくも凄じきその戦闘振り、散史が弥々仏国海軍の力を借りてその水雷艇隊の出動の下に稀代の大宝窟探検に向い、さしもに頑強不屈なる巨盗の首領彼れ隼白鉄光を追討するという、一時欧羅巴《ヨーロッパ》の天地を聳動《しょうどう》せしめた痛絶快絶の大事件、その熱烈火の如きまた光彩絢爛たる大活劇は本叢書の第二篇において説くであろう。

大宝窟王　後篇

三津木春影

一　鉄針城の持主は誰？………三井谷散史の夜襲計画………

巨盗隼白鉄光《はやしろてっこう》のために我が老父が幽閉されている鉄針城を、苦心惨憺たる大捜索の結果、漸く発見し当てた三井谷散史《みいたにさんじ》は、直ぐにこう決心した。

「やっぱり己《おれ》は独力で活動しよう。警察の力を藉《か》りるのは、よく考えてみるとこの際大に危険千万だ。突然《だしぬけ》に頼まれた警察官よりも、何と言っても前からその局に当っている己の方が、間違いのない推定を下されるというものだ。それに警察は仕事が鈍《のろ》くて不可《いかん》。そのくせ軽忽《けいこつ》だ。例によって根掘り葉掘り、下調査《したしらべ》なぞで暇取っているうちには、鉄光ほどの奴がいつの間にか嗅ぎつけて、風を喰って逃げ失せぬとも限らぬ。そうなった日には親父の運命だってどうなるか解らない……」

で、翌朝は八時に鞄を下げ出して、かねて滞在していた久慈《くじ》町の近郊の宿屋を引払い、手近の鬱蒼《こんもり》とした森へ入った。そこで今までの労働者の服を脱ぎ捨て、再び、巴里《パリ》を出掛けに装《や》ったような英国風の青年画家に化《な》り済まして餌葉《えば》町という、この界隈切っての大きな町の一人の公証人の許へ出掛けて行った。

「私はこの辺の田舎が非常に気に入りました。ついてはもし適当な家さえ手に入ったらば、家族を呼び寄せてしばらく住んでみたいと思うのですが、いかがでしょう、どこか御心当りはありますまいか」

こう白々しく申込んだ。

公証人はそれを真面目に受けて、あれこれと方々の明屋《あき》敷を告げて呉れる。その帳面に散史は眼を通す振りをしながら、

「実はちょっと聞き込んだのですが、あの空也《くうや》洲の河岸の鉄針城ですね、あの古い奴が明いてい

るとかいう噂ですが、真実でしょうか」

「ああ、そうです、鉄針城……なるほどあれはもう五年ほど以前から、私の訴訟依頼人の一人の手に属しているのですが、あれは貴君《あなた》売物ではありませんよ」

「すると持主が住んでいるのですか」

「住んでいました。持主というよりはその御母様《おっかさん》の方が主に住んでいたんですが、何しろああいう古い城で、どうも陰気臭いと申すので昨年わきへ越してしもうたのです」

「では、現在では明き屋ですか」

「いや、伊太利《イタリー》の方が入っています。つまり持主から夏の間だけ借りましたので」

「何という人ですか」

「古谷男爵というのです」

「ヘエ、古谷男爵！　それは未だ若い人じゃありませんか、どちらかと言えば厳《いかっ》い顔付をした……」

「その辺は解りかねます……と申すのは持主が直接に男爵と貸借の交渉をやりましたのでな、公証役場には格別正式な書類もないというような次第です」

「ですが、貴君は男爵を御存知ないのですか」

「知りません。一体男爵は城から出た事が殆ど有りません……人の話では、どうかすると夜に限って自動車で出掛ける事があるそうですがな、買物は一切年寄った料理人《コック》が足すそうで、これがまた誰とも口をきかぬという、イヤ、まことに風変りの人たちです」

「その持主の方は城を売るつもりはないでしょうか」

「まず有りますまい。あれは謂わば歴史の箔のついた城でしてな、純粋の路易《ルイ》十三世式の建築で出来ておりますから、持主も非常に気に入っています。ですから気の変らぬ限りは容易に手放すまいと思うのです」

「持主の方の御姓名《おなまえ》と御住所《おところ》とが伺えましょうか」

「谷崎良英《りょうえい》と申す方で、住所は巴里、追手町三十四番地です」

「そうですか。有難う……どうも御邪魔でした」

公証人の許を辞した散史は、直様近い停車場《ステーション》から汽車に乗って巴里へ引き還した。それから翌日は追手町三十四番地を捜して三度ばかり不在《るす》を喰った後、漸《やっ》と四回目に城の持主に面会が出来た。谷崎良英というのは打見たところ三十ばかりの年輩、至極樸直《ぼくちょく》そうな愉快な人相をしている。散散史は何となく安心した。で、迂廻して論旨に近づくような警戒した話し振りを避け、冒頭《のっけ》から心の底を打割って、自分の身分と、現在の境遇と、着手し掛けている運動の内容とを極めて卒直に、明白に打明けてしまった。そして最後に、

「……という次第で私は種々な証拠から見まして、親父が他の保村探偵や何ぞと一所に、貴君の鉄針城に幽閉されているに違いないと思います。で、今日御伺いしましたのは、古谷男爵という者について、貴君が御存知でいらッしゃる事柄を御話し願いたいと思ったのでございます」

「所が私も余り能《よ》くは存じませんよ。男爵には去年の冬門戸加留路《モントカルロ》で初めて会ったのですが、偶《ふ》と私があの城の持主であると聞き込んで、そこで夏中借りたいからと申し込まれただけなんです」

「まだ若い方でしょうね……」

「若いです。眼が表情のある綺麗な眼でね、髪が沢々《つやつや》して……」

「頤髯《あごひげ》がありましょう」

「有ります。両方へこう岐《わか》れて襟飾《カラー》の上に垂れています。その襟飾は坊様か何ぞのように後の方で結んである奴です。……そうそう、ちょっと見ると英国の牧師といった風采ですね」

「ではやっぱり彼奴《きゃつ》に違いない」と、散史は独語《ひとりごと》。「どうしても彼奴だ。話の模様が、いつか見た彼奴そっくりだ」

「え、何ですッて！……すると……？」

「ええ、貴君の城を借りている古谷という男爵……は、的《てっ》きり隼白鉄光に相違ないのです」

良英は散史の話に大分吊込まれた。彼も新聞で見たのか、今度の鉄光の大仕事や、三井谷との対陣振りも知っていた。で、手を打ちながら、

「はア、すると鉄針城が有名になるな！　いや、三井谷さん、実を申すとねえ、もうあの城には母も居らんしする事ですから、折があったら売りたい売りたいと始終そう思っていたところです。ですから古谷男爵が鉄光であったって関いません。この事件が済んだら直きに買手が付くでしょう。ただ……」

「ただ……何ですか」

「念のため御忠告しておきますが、これは非常に用心して掛らんと失敗しますぞ。それから充分成算の立つまでは警察に知らせるのはまア禁物ですね。考えて御覧なさい、万一男爵が鉄光でなかったらどうします」

散史は自分の計画を話してみた。つまり自分が単身夜に紛れて城に近付き、土塀を攀《よ》じて、城園の中を偵察するのである……。

「ま、ま、お待ちなさい」と、良英は話を遮って「あの高い塀がそんなに楽々と攀じ越されるもんじゃない。あすこには私たちが残して行った二疋の獰猛な番犬が居ます。貴君が忍び込もうならば直ぐに吠えつかれますぜ」

「なアに……そしたら毒薬を呉れてしまいさえすれば……」

「なるほど、それも好いでしょう。しかし幸いに番犬は退治たとしたところで、偖《さ》てどうなさる？　城の中へはどうして入り込みますか。扉《と》という扉は素晴しく重いものですぜ。窓という窓には残らず閂《かんぬき》が掛けてあります。それから仮りに中へ忍び込めたとして、偖て誰が案内に立ちますか。あの城の室数ときたら無慮八十間から有りますからねえ」

「それはそうでしょう。けれども、なに訳はないんです、二階の窓が二つ付いている室へさえ侵

入すれば……」

「ハハハ、それは私も知っています、我々が蔦部屋という奴です。しかし貴君にはその在り場所がお解りですか。階段も一つじゃありませんよ。都合三つあります。そして廊下と来たらまるで迷宮のように縦横に走っています。その手掛りなり進み方なりを教えよと仰有れば教えても差上げますが、到底《とて》も無駄です、不案内の方ではやっぱり迷ってしまいます」

「じゃ、御一所に行って下すったら」

と、散史は笑いながら言う。

「それがね、合憎《あいにく》、田舎にいる母の方へ行く約束になっていますからねえ……」

「そうですか。じゃ仕方がありません、予定通り独力でやッつけるばかりです」

散史は例の定宿《じょうやど》とする友人の下宿へ帰って来た。そして偵察の準備に着手した。その日の夕刻、弥々《いよいよ》目的地へ出発しようとしていると、そこへ谷崎が訪ねて来た。

「私が御案内した方が好かりそうですか」

「そりゃ、そうして下さるに越した事は有りません」

「じゃ御一所に出掛ける事にしましょう。何だか偵察に出掛けるなんて、無暗に面白くなってしまったんです。全く面白そうですねえ。それに私は元来がそんな事件の中へ弥次馬に飛び込むのが好きでしてねえ……まア好き嫌いはとにかくです、私が出掛ければ幾分御力に成ろうというものです。御覧なさい、まず手初めにこんなものを御眼に掛けましょう」

と、差出したのは一個の大きな鍵であるが、すっかり赤錆びている処は大分古物らしい。

「これでどこを開けるのですか」

と、散史が訊ねる。

「小さな裏門です。裏門というのは御承知の二つの保壁の間にあるやつで、もう百年も二百年もツイぞ開けた事がありますまい。私も忘れていて、今の男爵にそんな門のある事を話しもしませんでした。この門は丁度森の縁のところにくッ付いているので、内からそれを開ければ直ぐ野続きです」

「ところが敵はその門を能く知っています」と散史は急いで打ち消した。「さきほどお話ししましたが、研屋の爺様を跟《つ》けた曲者、其奴《そいつ》が城へ消え込んだのは確にその裏門からです。さア……考えてみると仲々これは大仕事ですね。しかし勝利は結局こっちのものです。一つ大《おおい》にやッ付けましょう。ただ貴君の仰有る通り用心して掛らんと飛んだ失敗を招きますからねえ！」

と、勢込んで策戦計画を商議する。

二　鉄針城の夜襲強行………幻の如き怪漢の黒影………

それから二日経ての事、三四人の怪しげな服装をした旅商人《たびあきんど》とも付かず、浮浪漢《ごろつき》とも付かぬ者共が、一疋のもう半分死に掛ったような瘦馬に荷馬車を牽《ひ》かせて、黒林の方へ旅して行った。村端れに一軒の古い住み荒れた馬車小舎がある。馬方は村人の許可《ゆるし》を得て、その廏へ馬を連れ込んだが、馬方というのは即ち谷崎良英その人で、他の若い三人は三井谷散史とその学友とである。

彼等はそこに三日間滞留して、密《ひそか》に古城の周囲を徘徊しながら、月の無い、偵察に屈強という晩の来るのを待受けていた。散史は一度裏門の傍まで近寄って見た。良英の言った通り、裏門は非常に密接した二つの保壁の間にあって、殆ど荆棘《いばら》の藪と石壁との陰に沈み込んで隠れている。

到々第四日目の晩となると、月のある空が一面に濃い真黒な密雲に鎖されて、四辺《あたり》が朦朧たる夢の景色。今宵こそ僥倖《しあわせ》好しと、一同は弥々偵察を決行する事にした。なに、巧く行きそうもなければ小舎へ引上げるまでである。

四人は密《こっ》そりと足音を忍ばせて小さな林を過《よ》ぎった。それを越すと、散史は身を抜んでて藪を潜り、荊棘で手足を引掻かれるのも厭わず、徐々《そろそろ》と身を浮かせ、四辺に気を配りつつ手を伸ばして、裏門の鍵穴へ用意の鍵を挿し込んだ。そして静かに捻ってみた。

ああ、扉が楽々と明いてくれれば好いが……向う側に閂でも掛けてあってはお終いである……。二つ三つ捻ってグッと押してみた。と、案外にも扉はギーともパタンとも言わずいと滑かに向うへ明いた。それに連れて体が自然に城園の中に辷り込む。

「三井谷さん……うまく行きましたね、お待ちなさいよ」と、良英が忍び声で言って、二人の学生に向い「貴君がたはこの扉のところに張番していて下さい。そうでないと退路が安全でない。何か異変が有ったら口笛を合図としましょう」

偕て散史の手を引いて鬱蒼として暗い樹立の中へ入って行く。暫時《しばらく》行くと樹立が尽きて眼前に広い芝生が現われ出る。折しも空の密雲が一所途切れて月光が細く射し初《そ》めた。瞬間にまた元の暗闇となったが、その刹那に城を望む事が出来た。尖った数多の屋根が、中央の細く鋭く聳えた楼《やぐら》を囲繞《とりま》いていた。鉄針城というのは多分その形状から附けた名だろう。窓という窓には灯が一つもついていない。満城闃寂《げきせき》として何の物音もしない。

不意に良英は散史の腕を握り締めて、

「叱《シッ》、静に！」

「どうしたんです」

「犬がやって来た……ソラ、あすこへ……御覧なさい……」

耳を欹《た》てると、いかにも犬の物凄い唸り声がウーウーと聞える。良英はピューと一声低く口笛を吹いた。と、二疋の真白な大犬が飛んで来て、旧主を忘れぬものと見え、温和《おとな》しく足許に絡み付いた。

「コラコラ、静にせい……ここへ寐ておれ……そうそう……好い子だ好い子だ……ここにチャンとして居るんだぞ……」

と、犬をあやしておいて、散史に、

「ささ進みましょう。段々面白くなってくる」

「道は間違いありませぬか」

「大丈夫、もう本城は直きそこです」

「するとどうしたら好いでしょう」

「確か、あの左手の入口の露台《バルコニー》に具合の悪い扉があるはずです。外から開くようになっていると思いました」

やがてそこまで辿って来ると、果して扉がある。押し試みると難なく開いた。内に硝子《ガラス》扉が一側有るのを、良英は予て用意の金剛石で裁《き》り明けた。一人ずつソロリソロリと入って行く。今や二人は城中の人となったのだ。一道の廊下が城の左翼を両分している。彼等はその廊下の端に立ったのである。

良英は散史を顧みて、

「この室はつまり廊下の端れに出るようになっています。これを通り抜けると彫刻の詰まった大広間でしてね、その大広間の隅に一つの階段がある。それを登れば貴君の御父様の居らッしゃる室の近くへ出られるんです」

と、二三歩進んで、また振向いて闇を透かし見ながら、

「三井谷さん、貴君、私に就いて歩いていますか」

「歩いてます……歩いてます」

「いや、歩いていやせんじゃないですか……どうしたんです」

と、戻って来て散史の手を取ってみれば、その手は氷のように冷たい。耳《のみ》ならず、散史は床に蹲《つくば》ってしまっている。

「どうおしなんだろう……急に体の具合でも悪くなったんですか」

「何でもないです……直きに快《よく》なります……」

「けれど、一体どう具合が悪いのです」

「恐いんです……」

「恐い！」

「そうです、何だか恐いんです……」と、散史は正直に告白する。「神経がどうかなってるんですね……いつもはこういう時はなるべく神経を圧しつけ圧しつけするのですけれど……今夜はどうしたんでしょうね……この寂然《ひっそり》としているのが堪まらなく恐いんです……聖月院で刺された以来こんな憶病になってしまいました……しかし御心配下さらんでも宜しい……直きに快くなります……ああ、もう快くなりかけました……」

と、懸命に立ち上り、蹌踉《ふら》つく足を踏みしめ踏みしめ、良英に引張られて室を出る。二人は傍にいる互の足音さえも聞えぬほどに注意して、忍び忍びに摺り足して行った。

所が大広間に一歩踏み込んでみると、暗闇のはずの室一パイに、何となく夢のような微光が漲り渡っている。

「ハテナ、この薄明りは何だろう……」

と、良英が不審そうに呟きながら隅々を見廻すと、読めたり、階段の上り口の傍に一脚の小さな卓子《テーブル》が据えてあって、その上に用心のためのラムプが点されてあるその光であったのだ。ラムプの黄い光は、こなたの室隅にある大きな鉢植えの棕梠《しゅろ》の葉をほのほのと照した。

「止まって！」

と、良英が急に囁いた。

ラムプの傍に一人の男の黒影が見える。

それは鉄砲を担いだ夜番の男であった！

三　危険なる二囚人の救出……二井谷老父と黎子嬢……

意《おも》い掛けぬ夜番の男の突っ立って居るのを見て散史は愕然《ぎょっ》とした。彼奴、我々の姿を見たろうか？　いや、見たに相違ない。少くも何か怪しと見て取ったのだ。さもなくて、アレ、あんな風に鉄砲を上げて身構えるものか。

散史は思わず身を屈めて床に突ッ伏し、棕梠の植った大きな鉢の蔭に小さくなって隠れた。動悸がドンドン波打っている。

室内が再び寂然と鎮まり返った。それに何の怪しい影も動かぬのに安心したのか、夜番の男は漸く鉄砲を肩から降ろした。が、まだ油断なく頭をあちこちに向けて様子を覗っている。

不気味な時間が十分……二十分と過ぎた。また雲切れがしたと見え、一条の光線が窓硝子から内へ射し込んだ。ところがその光線が絶えず動いている。月の動くに連れ一寸々々とこっちへ射して来る。この分ではものの十五分も経たぬうちに、散史の頭を正面《まとも》にパッと照すだろう。

大粒な冷汗が額からポタポタと流れて、顫える掌の上へ滴り落ちる。もう心配で心配で堪まらない。いっそ起ち上って一目散に逃げ出そうか……と、散史はよほど腰を浮かしかけたが、いや待て、己一人じゃない、谷崎が居るから単独行動も取られない……と、初めて気付いて連れを見廻すと、驚いた、良英は室の隅の暗闇を匍い匍い、いつの間にか階段の麓の方へ肉迫して行っている。あるいは恐怖の眼に黒い幻影《まぼろし》を見ているのかも知らぬが、どうも良英が彫刻や植木鉢の蔭を忍び忍びに進んでいるらしい。しかももう夜番の男と相距る僅に数歩の所まで前進している様子。

「一体どういう量見なんだろう。夜番の目を掠めるつもりなのか知ら。一人で二階へ行って皆なを救い出すという度胸かな。しかしあの関門が破れることか」

と、種々に思い廻らしているうちに、良英の姿が見えなくなった。沈黙は弥々濃く重く頭上を圧している。段々恐しさが加わって来る。何か起るに相違ない……どうも何か異常な事件が突発しそうな気分である。

不意に一個の黒影が猛然夜番の男の上に躍り掛った。同時にラムプが消えて真の闇となった。と、ドタン、バタンと人の格闘する音が聞え出す……散史はハッと跳ね上った。微な月光を透して見れば、両個の黒影が床の上で組んず解《ほぐ》れつ取組合っている。彼は我を忘れて匐行《いざ》りながら近付いて、なお能く見定めようとした。折しも荒らかな一声の唸声と嘆息とが聞えたが、一つの黒影が矢庭に衝《つっ》と起ち上って、彼の腕を捉えた。

「さア早く!……この間に早く!」

と急き立てるのは別人ならぬ谷崎である。

散史は何が何やら解らねど、引摺られる儘に跟いて行くと、一つの高い階段を登った。登り切ると、そこは廊下の端で一個の衝立が立っている。

「これから右へ曲るんです。そして左側の四番目の室がそれです」

と、良英が囁く。

間もなくその室の前へ来た。予想通り囚人《めしゅうど》の居るここらの扉には厳重に錠が下りている。こいつを音せぬように扭《ね》じ切る面倒さとその心配と言ったらない。しかし三四十分も骨折っているうちに、どうやら目的を達する事が出来た。

散史は躍る胸を押し鎮めながら扉を明け、摺り足で室内へ入って寝台の傍へ近寄って行った。老人はスヤスヤと睡っている。

「御父様《おとっさん》……御父様……」と、静かに揺り起して「私です……散史です……それに、も一人連れがありますが……決して御心配なく……お助けに上ったんですから、早く起きて下さい……あ、物を仰有っちゃいけません……」

老父は夢を見た人のように狼狽《どぎまぎ》して、それでも心の嬉しさは隠すに由なく、顫える手でどうやらこうやら身支度をして室を出掛けたが、その出掛けに小声で、

「しかし城に幽閉されているのは己ばかりじゃないぞ……」

「はア……他にも誰か居るんですか……蟹丸刑事課長ですか……それとも英国の保村大探偵……」

「いやいや……どうもそういう人たちは見掛けなかった」

「じゃ誰ですか」

「一人の若い令嬢じゃ」

「ああ、きっとそれが真保場黎子嬢です、例の、ソラ、鉄光が聖月院から浚《さら》い出した……」

「それかどうかは知らぬがの……時々城園の中を散歩しているのを遠くから見掛けた事があるんじゃ、この室の窓から……すると己の姿を見ると、その令嬢が何か下から合図をするらしいのじゃ」

「どの室に幽閉されて居るか御存知ですか」

「それは知っておる。やはりこの廊下の右側の三番目の室らしい」

「ああ、それなら薔薇《しょうび》の間という処です」と良英が呟いた。「あすこのは折り扉ですから、開けるのに余り難儀でもありますまい」

三人はその室の前へ進んで行った。案の如く扉は訳もなく開いた。で、三井谷の老人が内へ入って令嬢を連れ出す事とした。

稍や十分も経つと、老人は令嬢を伴って廊下へ現れた。そして息子に、

「お前の言うた通りだった……真保場黎子さんと仰有る方であった……」

古い城の廊下に、得ならぬ芳香がパッと漂うた。闇の中に咲き残った夕顔の花のような白い顔が軽く動いたのは、黎子が散史等に感謝の辞儀をしたのであろう。

四人は黙々として階段を下りて行った。降り尽すと、良英は身を屈めて床に倒れている例の夜番

の男の顔を覗き込んだが、また歩き出して玄関の方へ三人を導きながら、

「死んではおりません……多分息を吹き返すでしょう」

「ああそうですか……」

と、散史はホッと安心の息を吐いた。

「いや、あいにく小刀《ナイフ》の刃が折れたものですからな、刺しは刺したが致命傷とまで行かなかったのです。幸運《しあわせ》な奴だ。なアに此奴《こいつ》等はちっと酷い目に遇わせてやる方が薬です」

外へ出ると番犬が温和しく待っていた。裏門には二人の学生が気遣いながら警戒していた。一同がこうして城を立ち去ったのは午前の四時、黎明《あかつき》近く星影の白く薄れ初めようという頃であった。

四　鉄針城の大捜索……現れ出でたる花環と恋文……

これでまず鉄光との第一戦に勝利を占めた訳であるが、しかし散史はこれだけでは満足出来ない。老父と黎子とを引連れて一旦村端れの馬車小舎に帰り、そこを引き払って更に宿屋へ移ってから、漸く二人の落着いたのを見計って、城中の人数やら、鉄光の消息やらを訊ねてみた。

老父と黎子との云う所でみると、鉄光は三四日距《お》きにどこからか城へ巡って来るが、必ず夜に紛れて自動車で乗込み、また夜明け前に出発してしまう。来る度びに二人の室を別々に訪問するが、その待遇法は頗る丁寧親切で慇懃を極めたものだと言う。この点については二人とも口を極めて、鉄光が文明的の紳士の礼法を知っている事を賞讃した。鉄光は昨夜は城に居なかったのである。

城中に、鉄光の他に一人の婆様が居る。これは財政から勝手から家事一切を見る役目で、なお二名の男が順番に黎子等の監視に当っていた。彼等は決して口は聞かなかったが、いずれも柔順な者共で、囚人等に無礼を加えるような事は嘗《かつ》てしなかったそうである。

散史は委細を聞き終ってから、

「すると総てで仲間は二名ですね……いや、婆様まで入れると三名か……袋の鼠が三疋……好し、直様やつけたら巧く行くだろう……」

と、時を移さず自転車に打ち跨《の》り、餌葉町の警察署へ乗り付け、鉄針城の事件の理由《いわれ》を忙《せわ》しく物語って、警官の出張を促した。警察署では名だたる隼白鉄光の巣窟、捨て措けずとなして、警部一名、巡査八名が厳重に身支度に及んで黒林に出張した。その中二名は黎子等の宿屋の警戒に当る。二名は裏門を固める。残りの四名は良英と散史とに案内されて、城の大手の門から侵入した。が、時既に遅し、城門も入口の扉も颯《さっ》と開かれてあった。近所の一農夫の言に依れば、たった一時間以前に一台の自動車が城を出ていずくともなく疾駆し去ったそうだ。

それから城内の大捜索に着手したが、全く何にもならなかった。空屋のように空洞《がらん》とした中に、二三枚の着物、古帽子、破れ靴、その他勝手道具が二三点残っているに過ぎなかった。これを見ると彼等党類共は、いつでも風を食って逃げ去られるように暮していたに相違ない。

殊に良英と散史とを驚かしたのは、負傷したはずの夜番の男の影も形も無い事である。大広間は綺麗瀟洒《さっぱり》としていて、前夜の格闘の名残なぞはどこを捜しても見当らぬ。少くも血の痕ぐらいが床の敷物を汚していそうなものであるのに、それさえ無い。

要するにこういう状態から観察して見ると、彼鉄光が時々当鉄針城へ立ち廻るという事の証拠が甚だ薄弱となってくる。で、大騒ぎをさせられた警察官は多少立腹の気味で、あるいは三井谷父子、黎子嬢、谷崎良英等が虚偽の申立てをしたのではないかと疑り出したのであるが、偶と最後に、黎子の幽閉されていた室の隣室から、有力な証拠を発見する事が出来たので、その疑念も初めて霽《は》れた。証拠というのは何であるかと言えば、「隼白鉄光」の名刺を挿した美事な花環が、五つ六つ出て来た事である。宿屋から警官に護衛せられて先刻城に着いていた黎子は、これを見せられると、

「まア……これ等の花環は鉄光が私に贈ったものでございますけれども……アノ、私は……以前《もと》

から憎い憎いと思うている奴でございますから、皆な突っ返してやったのでございますよ」

と、顔を赧《あか》めながら言った。なるほど花環は美人の懐しい息をも掛けられずに冷たい室へ捨てられて、情《つれ》なき人を怨み顔に素枯れている。……その花環の一つには一封の鉄光の手紙が結び付けてあった。黎子に訊くと、それだけは覚えがないと言うので、その日の午後、管轄地の検視監立合の席で開封して見ると、幾枚も幾枚もの書簡紙が悉く叶わぬ恋の怨み恨みの繰り言《つら》で、あるいは哀訴し、あるいは懇願し、あるいは未来の希望を述べ、あるいは威嚇の言葉を用い、情緒纏綿《てんめん》、縷々として尽きざる狂熱の文字《もんじ》を並べたものであった。

そして最後はこう結んである。

……黎子嬢よ、予は来る火曜日の夜いつもの如く御身を訪れ候べし、それまでによくよく思案を廻らし給え、もしそれ予に至りてはもはやこの上辛棒なり兼ね候、予は既に万事を決心いたし居り候。

この手紙の中にある火曜日の夜というのは、即ち散史と良英とが黎子を鉄針城の囚房裡から救い出した当夜である。

ああ、危うかりし哉!

＊

読者は容易に想像が下されるであろう。実にこの鉄針城事件の意外な新報知が世界の隅々に行き渡った時、社会万衆の驚駭《おどろき》と熱心との一大爆発のいかに悽《すさま》じかりし事よ!　ああ、真保場黎子嬢が自由の身となった!　怪盗隼白鉄光が脆くも恋に陥ちて、悶々徒に思いを焦がし胸を焼いたかの絶世の美人が救われた!　彼鉄光がその独特の奸譎《かんけつ》の戦略を行わんとする殺伐の最中において、一脈の香風多恨の情懐を揺がしたかの麗人は、終に猛鷲の爪を脱れたとよ！　三井谷弁理《べんり》老人は、鉄光がその恋の目的を達するまでの休戦の人質として、無法にも誘拐し去ったものであるが、これも恙なく息子の手に帰る事が出来た！　ああ、これ等二人の囚人は悪魔の手から放された！　そして「空針」の秘密は世間に曝露されてしまった！

社会の万衆は例によりて孰《いず》れもこの事件に多大の興味を繋いだ。読売の書生さん達は、競ってこの敗戦の強盗を主題とした俗謡を作って、巷々《まちまち》を歌い流した。曰く「鉄光の恋」……曰く「鬼の涙」……曰く「失恋の怪盗」……曰く何、曰く何……どれもこれも鉄光を嘲笑したものでないのはない。賑かな広小路や、縁日の人の盛り場などは、節と文句の面白いこの際物の読売で、毎夜々々人の山を築くようであった。

黎子も誘拐された以来の生活について、多くの人から種々の質問を浴びせ掛けられた。彼女はなるべく遠慮して内輪に内輪にと物語っていたが、しかしどんなに遠慮して話しても、その談話《はなし》の一語々々が、鉄光の失恋を証拠立てぬものはない。況んや鉄針城で発見された彼の怨みの恋文や素枯れたかの花環がそれを証するをや！　ああ、さしも光輝赫々《かくかく》たりし彼れ鉄光も、今や四面嗤笑《ししょう》軽侮の中に立った。彼れはその栄光の座から無惨に引き摺り降ろされたのである。

こうして三井谷散史はまたもや一般社会からの崇拝人物となった。実に彼は万事を予想し、万物の上に明い光りを投げたではないか。黎子が検視監鴨田比留男の前に陳述した証言は、細い末端に至るまでも残らず散史の想像した仮想を確めることとなった。真理という物は凡有《あらゆ》る諸点で彼が予め下した判決に服従したかの観があった。鉄光もかくてはこの抜群なる天才的の君主の前に跪《ひざまず》かねばなるまいか……。

五　結婚式と祝賀会………意外の結果は青天の霹靂………

散史は父に勧めて、故郷の青波《せいは》の田舎へ引込む前に、どこか温暖《あたたか》な地でしばらく静養させる事にした。あれかこれかと考えた末、丁度幸い、渥美伯爵と令嬢蓉子とが避寒の準備のために泥須《にす》という市《まち》へ移って居るのを想い付き、そこで自分で父と黎子とを送ってその市へ旅行した。二日ばかり経つと、巴里の谷崎良英も母を連れて同じ処へやって来た。三井谷は谷崎を伯爵父子に紹介した。こうして図からずも温い南の海岸町に大一座が落ち合った。彼等は伯爵の別荘を囲繞《とりま》いて、毎日会合しながら今までの惨苦を忘れて楽しく打ち興じ合った。伯爵は万一を慮って、五六人の壮漢を雇って日夜彼等の身辺を護衛させたのであった。

十月になると早々、散史は再び以前《もと》の学生に復《かえ》って、中絶した学業を続けるために巴里の工業学校へ帰って行った。今度の生活は至極静穏に開けた。以前のように後から後からと続出する事件に煩わされる心配もなくなった。実際もう何の事件が起る価値が有ろうぞ。戦闘は終決を告げた形ではないか。

鉄光に至っては、彼とても最も明瞭にこの形勢を観て取ったに相違ない。もう既往の事実に柔順《おとな》しく服従するより外はないと感じたに相違ない。それは、彼のために誘拐されていた蟹丸刑事課長と、英国の大探偵保村俊郎とが、ある日突然再現したのでも解る。しかし彼等がこの地球上の実際生活の中へ舞い戻って来た、その戻り方に至っては何等の光彩もなければ何等の眩惑もない。仏蘭西《フランス》の南海岸の尾振《おふる》という町の、阜頭に臨んで警察署が建っている。その警察署の前の水際に、彼等二人は猿轡《さるぐつわ》を穿められ、手足を縛られたままグーグーと熟睡して居った。それをば一人の紙屑買が初めて発見したのである。

彼等は警察の手厚い保護を受けたが、しばらくは、夢現《ゆめうつつ》の境に彷徨《さまよ》うているらしかった。漸く人心地がついて、遭難の顚末を物語ったのは凡そ一週間後であった。――それも多くは蟹丸課長が喋ったので、保村大探偵に至っては物悽いほど黙りかえって頑固に口を噤んでいた――その話によれば、彼等は竜海丸という一艘の快走船《ヨット》に乗せられて、亜弗利加《アフリカ》海岸を周航したそうである。その航海は彼等にとって甚だ愉快でもあれば、また教えられる事も多かった。それで船中では非常に自由に寛大に優遇されたが、ただ港々へ着いて船員が上陸する間だけは、船艙の底深く幽閉されていたとの事である。

尾振の海岸、しかも警察署前の阜頭に、いつしか船から移されて横えられていた前後の事情については、二人とも何の記憶も持っていない。多分は麻酔剤でも飲ませられ、それ以前から既に三四日も寝続けていたのであろう。

この有力なる二四人を解放したという事は、鉄光が自己の敗戦に対する最後の告白である。最早戦闘力を失くしたるが故に、かく無条件で容易に釈放したものに相違ない。

更にここになお一層、鉄光の敗戦をして明白ならしめた一事件が生じた。それは谷崎良英と真保場黎子との婚約が成立した事である。この二人は海岸に転地して、新しき土地に新らしき団欒《まどい》のなかに睦み合う間に、いつしか熱烈なる相思の仲となってしまった。良英は黎子の愁わしげの美しさを愛した。黎子は人生の運命に傷いてより、貪るばかり保護者を求めていた時であるから、献身的に我身を救い出してくれた良英の男らしき気力と元気とには、乙女子のうら恥かしくも無限の愛慕を感ずるようになったのであった。

結婚の日は多少不安の心持を以て迎えられぬでもなかった。鉄光は新たに攻撃を開始せぬものであろうか。あのように思いを掛けた女が、無惨々々《むざむざ》と取り返しのつかぬ他人の手活けの花となるのを、指を咬《くわ》えて眺めて居られるだろうか。果然、二度も三度も、怪しげの奴等が別荘の周囲を徘徊し出した。ある夜なぞは一人の曲者が良英の散歩帰りを突き当った。

「酔漢《よっぱらい》でげす、真平《まっぴら》御免ねえ……」

こう謝《あや》罪まりながら曲者は手早く短銃《ピストル》を取り出して一発食わせたまま、韋駄天のように逃げ去った。弾丸《たま》は危く良英の帽子を撃ち貫いただけで、体に別状はなかった。が、とうとう結婚式は首尾よく予定の日の予定の時刻に行われた。真保場黎子嬢は目出度く谷崎夫人黎子となった。

運命はどこまで三井谷のために微笑むのか。こう目出度く幾千代かけて似合いの新夫婦が出来上ったのも、源《もと》はといえばやはり散史の賜物である。しかして結果は散史の大勝利である。さあ三井谷の崇拝者は静止《じっ》としていられない。

「鉄光敗戦、怨敵退散だ、宜しく凱旋将軍三井谷散史その人の紀念のために一大祝賀会を開かずんばあるべからず。なア諸君、以ていかんとなすやだ」

「賛成、々々、大賛成！」

反響は大波のように湧き返った。口から口へ、新聞から新聞へと伝えられて、一週間と経たぬ間に、祝賀会の切符は六七百枚も売れ尽きた。

弥々当日となると、会場にあてた青年会館を指して馳せ集る馬車自動車は雲のよう。彩旗は旭日に輝き、歓声は天に冲する勢いであった。しかしこの光栄ある会場その物は割合に粗朴な和気藹々《わきあいあい》たるものであった。それはつまり学生三井谷散史その人が今日の主賓であるからである。この一介の紅顔の美少年が壇上に現われただけで、さしもに熱狂せる会衆も鳴りを鎮めて沈黙した。散史は毎時《いつも》の通り敬粛な態度で徐々《しずしず》と壇上に進んだが、さすがに意外に盛大な今日の歓迎に遇うては稍や驚いたような形であった。わけても自分の功績が世の最も有名な探偵のそれよりも偉大であるとの激賞の辞《ことば》に対しては、少しく当惑した……が、少なからず感動はさせられた。

散史は子供のように顔を赧めながら、簡単に二言三言きょうの歓迎を感謝する旨と賞讃を光栄に思う旨とを述べて直ぐに引き下がった。簡単な挨拶ではあったが、彼の言葉を聞いただけで会衆はすっかり満足した。また散史にとっても――理性に富んだ克己心の強い彼にとっても、これは終生忘るべからざる一大歓喜の時であったのである。彼は行き会う知人という知人に微笑を向けた。学友と愉快に物語った。谷崎を強く握手した。渥美伯爵に何度も御辞儀をして、そして得意満面の老父を導いて会場内を押し歩いた。

が、暫時経って未だ宴会の終らぬうちに、突然室の一方に啻《ただ》ならぬ喧噪の声が起って、人々が何となく動揺し始めた。誰やら突っ立ち上って盛に身振りをしながら、一枚の新聞紙を打ち振っている。散史は何だろう……と怪しみながらコップを置いて眺めていると、やがて場内再び静粛に帰して、人々もそれぞれ席に戻ったが、しかし一種の好奇的の刺激が食卓の端から端まで感染した。先きの新聞紙が手から手へと渡された。それを披いて或るページの何等かの記事を読む毎に、人々は驚いた顔付をして、

「ほオ！　ほオ！……」

と感嘆の叫声を漏らした。

「読み給え！　読み給え！」

と、向側の客は焦《もど》かしげに叫ぶ。そしてまたもや喧々《がやがや》とテーブルを立ちかける。

この光景《ありさま》を見た三井谷弁理老人は、折柄新聞紙を振り廻している人からそれを受け取って、我児の手に渡した。

「読み給え！　読んでくれ給え、三井谷君！」

会衆はますます声を振り立てて叫ぶ。

と、また喚く者がある。

「叱《しっ》、謹聴、々々！　今読みかけているところだ、謹聴、々々！」

散史は今しも満堂の聴衆に対《むか》って立ち上った。そして父の渡した新聞紙に目を注いだ。一体どんな記事が載っていて皆ながこのように騒ぐのだろう……と、ズーと披見して行くうちに、彼の視線は図らずも、その下へ青鉛筆で太い線を引かれた大活字の一個の題目に衝突《ぶっつか》った。彼はまず片手を

挙げて会衆を鎮めておいて、やおら咳一咳、明瞭《はっきり》と澄んだ高い響のある声で、文芸院の一員にして史学の泰斗たる文学博士真柴早苗氏が、該新聞に寄せたる一文章を読み上げ始めた。彼は音吐《おんと》朗々として勢好く読み出したが、一節々々と進むに従うて、怪しくもその調子は次第に打沈み、その音声はしばしば破れ皺枯れるのであった。それも無理もあるまい。これは実に驚絶愕絶、人をして思わず昏迷せしむる所の記事である。彼三井谷散史の今日までの総ての努力を微塵に破砕したるものである。かの暗号「空針」に関する凡有る意見を根柢から覆没せしむるものである。そして隼白鉄光に対する彼の争闘が一場の虚栄に過ぎなかった事を立証するものである。

博士の寄書は実に次の如きものである。

六　仏国王室累代の秘密……聞け『空針』の大秘密………

記者足下。

過ぐる紀元千六百七十六年（今年は西暦千九百十三年なれば今より二百三十余年前なり）の三月十七日の事なるが突然世上に「空針の秘密」と題する小冊子出版せられたり。しかしてその題目の傍に割註して「総ての秘密は初めて公表さる——朝廷の蒙を啓くため百部を印刷す」と書かれたり。

この小冊子の著者の姓名は今日に至るもなお知る事能わざれどもとにかく未だ水々しき青年にして服装も立派なる人物なりき。この不思議の著者は同日午前九時朝廷に到り主なる大官等に該出版物を寄贈し始めいたりしが同十時漸くその四冊を分配し終りし時あたかも近衛の一大尉が不意に来って彼を捕縛し王路易十四世の御居間に連れ行きて既に分配せられたる四冊の行衛を捜索したり。既にして百部の冊子悉く集めらるるやその数を改めて勘定したる上厳密に内容を検定し王親《みずか》らその中の一部を残しおき給い他は残らず王の手によって火中に投ぜられおわんぬ。

かくて王は大尉に命じ給いて著者を仙場《せんば》典獄の許に連れ行かしめたり。典獄はこれを最初浜根《ひんね》監獄に投じたりしが次には聖丸《せいまる》島の寨《とりで》へと移しぬ。この囚人こそ疑いもなくかの有名なる「鉄仮面」の本人にてあるなれ。（訳者曰く――鉄仮面の伝説は仏蘭西の歴史上の秘密として有名なるものなるが今その大略を述ぶれば、今より二百五十年ほど以前体附きの好き人品気高そうなる一囚人非常なる秘密を以て聖まるげりて島の城へ送られたるがその途中にて鉄の仮面を被せられ終生取外すなからん事を厳命せられたり。かくてこの正体の知れぬ囚人は三十年間ばかりその島に幽閉され後再び巴里の牢獄に移され爾来なお三十年間生息し居りて終に獄中に死亡し秘密に葬られたるが島に幽閉中巡視に来りし某公爵の如きはこの囚人に向って慇懃なる敬意を表したる事あり。またその禁錮の室は宮殿の如く美麗なりしと。ある時囚人は何やらん銀の皿に字を認めて窓より投下したり。これを拾いし一漁夫は無学の者にて字を読む能わざりしかば後にてそれと知りし長官は非常に安堵したりという。時の宰相しゃみらーはその臨終にのぞみ己が女婿より鉄仮面の何人なるかを問われたれどもこの事は国家の秘密に属することなれば口外しがたしとのみにて瞑目し秘密は依然として封鎖されしままに残るという）偖てその冊子の秘密はもし近衛のその士官がなかりせばこの出来事によって未来永劫煙滅に帰せしめらるる所なりしならん。しかるに士官は幸か不幸か王と著者との会見の場所に居合せたり。しかして王が何心なくその背を向け給いたる一瞬間に乗じ今や暖炉の中に投げ棄てられて一片の灰燼に帰せんとするかの百冊の冊子中より僅かに一冊だけを引き抜きて手早く懐中に押隠しぬ。それより六ケ月後図らずもこの大尉は巴里を少しく西北に距る甲斐塚《かいづか》町と万頭《まんどう》町との間の道路に死骸となりて見出されたり。下手人は大尉の衣服を残らず掠奪し去りたれどもその右の長靴の中に一個の宝石の隠されある事に気付かざりき。こは非常に高価なる最上等のダイヤモンドにして後に至って初めて発見せられしなり。

なお彼の書類の中より明かに彼れの手蹟にて認めし一葉の紙片が現われたり。その文句を検するに彼が暖炉の中より救い出したる冊子の全内容にまでは言及し居らざれども初めの数章の概略だけは認めてありき。そは古来英国の朝廷に伝わり来りし一個の大秘密に関係したる事なりき。古来英王室に伝わりしものにはあれどこの秘密はその後王冠が彼の暗愚なる波理《ヘンリー》六世（十五世紀後半）より要克《ヨーク》の侯爵えどわーどの頭上に移ると共に一旦いずくへか隠れ去りたる観ありたり。（訳者曰く――英国史を繙く者は熟知する所なるが、波理六世の摂政職なる要克の公爵りちゃーどは王位を奪わんがために波理に対して弓をひきここに西暦千四百五十五年の有名なる薔薇戦争となり互に一勝一敗あり公爵は戦場にて殺されしもその後を嗣ぎたるえどわーどは王を破りて終に自ら僭王となり波理は十二年間漂浪の末に殺されたり）しかれどもその後仏蘭西の王ちゃーるす七世は（所謂仏蘭西の戦勝王と呼ばるる王にして十五世紀の後半に生く）じゃんぬ・だるくのために（有名なる仏蘭西の烈婦、当時仏国の領土はなお英国民のために蹂躙し尽されいたりしをちゃーるす七世奮闘能く英軍を駆逐し、じゃんぬ・だるくは王軍に投じて善戦しおるれあんの領地をば恢復せしが芳紀二十歳にして英軍のために焼き殺さる）再びその秘密を知る事となり、爾来国家的の大秘密となり、君主より君主へその都度新しき秘密の手紙となって伝えられたり。薨去《こうきょ》したる君主の枕頭には必ず「仏蘭西の王に与う」と上書されたるその密書が残りていぬ。

しかしてこの大秘密とは何ぞや？　そは即ち宏大無辺なる一大宝庫の存在とその場所とを説明なしたるものに外ならず。その宝庫は君主に属し年を重ぬるに従ってその容積を増大して来りたるものなり。さて小冊子の出版せられしより百十四年以後のことあたかも寺院に（タンプル獄とて有名なるもの）幽閉せられつつありし仏蘭西の路易第十六世王（紀元千七百五十四年より同九十三年に生く。同年一月仏蘭西革命党のために絞首台上の露と消ゆ）は、ある日警衛の

任に当りたる士官の一人を傍に招いて問い給うよう、

「士官よ、其方《そち》の先祖はもしや朕《ちん》の祖王路易第十四世大王の許に大尉として事《つか》えし者にては非ざるや」

「仰せのごとくに候」

「誠にしかるか、さらば其方は充分信頼するに足る者ならん……充分信頼するに……」

と言い掛けたまいて躊躇あらせ給うを士官はそれと察しまいらせしにや、

「陛下を裏切し奉る者と御掛念ばしし給うならん。ああ、神かけて臣は左様なる不忠者にては候わず……」

「さらば聴け」

と懐中より一小冊子を取出し、その終りの方の一枚のページの隅を割き取り給いしが急に御心を変じ給いしにや、

「否、写し取ることにすべし……」

とて一枚の白紙を取り寄せその隅を三角形に割き放ちたまいてのちそれをば先きの小冊子より取りたるページの一片の上に重ね、点と、数字と、物の形とより成る五行の暗号らしき物を写し取り給い、印刷したるページの一片の方は焼き棄てられ、写し取りたる紙片をば四つに畳み、赤蠟にて密封のうえ士官に渡し給いて、

「士官よ、朕は遠からず世を去るべし。朕が亡き後、其方はこれなる紙片を我が女王に渡し、申し伝うべし、

――女王陛下よ、こは故王陛下より女王陛下及び王子殿下にとて遺され給いしものなり――と
「もし合点参らせ給わぬ時は……?」

「斯く附け加うべし――こは空針の秘密に関わるものにて候ぞ――斯く言わば女王は必ず首肯《うなず》くべし」

王は残りなく伝言を済まさせたまうや衝とかの小冊子をば暖炉の火中に投じ入れ給いき。

一月二十一日、王は絞首台上に尊き御命を縮め給いぬ。

士官は王命を畏《かし》こみいかで一日もはやくそを果さばやと念じたりしが王妃まりあ・あんとあねっと陛下が（千七百五十三年——同九十三年。同じく革命軍に捕えられ処刑さる）牢獄を各処に移され居たまいしかば心焦りながらもその機会を捉うるに由なかりしが漸く数ケ月を経てよりある日辛うじて巧みなる詭計を用い御前に伺候する事叶いければ、

「陛下よ、故王陛下より陛下と王子殿下とに御紀念《おんかたみ》の物候ぞ」

とてかの密封の紙片を渡し参らせしに女王陛下はいと満足に思《おぼ》されたまい牢番の隙を窺いて夙《と》く封じ目を裂きたまいけるが現われ出でたるは不思議の暗号めきし記号文字なぞのみなれば初めは甚《いた》く驚かれたる御風情なりしかどやがてハタと御胸を打ちて御了解遊ばされたる如く痛ましき微笑をさえ浮め給いつるが、その時士官は、

「何故にかくも遅かりしや……」

と士官を怨み給うごとき王妃の御独語《おんひとりごと》をば微《ほのか》に耳にしつ。

陛下はいずくにこの危き密書を匿さばやと案じ煩い給う御気色なりしがついに祈禱書を開きたまい表紙の柔皮《なめしがわ》とその覆いの羊皮紙との間にある秘密の匿場所《かくしばしょ》に件の紙片を挿入れ給いき。

「何故にかくも遅かりしや……」

王妃は再びかく呟き給いたり。

げに、これなる不思議の紙片のために王妃の命が救われたまうものとせばそは余りに遅く王妃の御手に入りしものなるかな。いかにとなれば、王妃は越えて十月十六日、終に痛ましくも断頭台上に故王の御後を追いたまいしなればなり。

七　嗚呼「空針の秘密王」………散史の驚愕、会衆の熱狂………

真柴博士の寄稿は縷々綿々としてなお続いている。

それを読む散史の新聞を持つ手はブルブルと打ち顫え、声は益々沈んで途切れ勝ちになって来た。

路易十六世王及び女王陛下の間に密書の使命を果してその奇怪なる悲劇を目撃したるかの士官は、爾来心を籠めて我家に伝わる古文書類を検閲するうちゆくりなくも祖先の手録を発見したり。その時より彼は余暇の総てを専心この不可思議なる問題の解決に注ぎ尽しぬ。彼れは凡有る羅典《ラテン》の書を渉猟し仏国は勿論その諸隣邦の記録を残りなく研究しあるいは寺院を順次歴訪して計算簿記録書条文等の意義を闡解しぬ。かくの如き多年の辛酸努力の結果ついに幾歳月の間に分離散乱したる引証関説を若干発見するの端緒を得たり。

例えば「がりつく戦争におけるしいざあの註釈」と言えるその書の第三巻には敵将の一人敗戦してしいざあの面前に引出されたる時その命乞いの賠償として空針の秘密を物語りたりとあり。ちゃーるす・ぜ・しんぷる王（仏蘭西の王、紀元八百七十九年――九百二十九年有名なる慓悍《ひょうかん》族諾曼《ノルマン》と平和条約を結びし王）が北方の蛮族との間に結びたる条約文中には羅々《ロロ》と称する族長の姓名あり。その姓名の上には種々の位階資格等が記入ありて中に「空針の秘密王」という言葉が見ゆ。

「さきそん種族の歴史」（今の英国人の祖）を見れば、その中にういりあむ征服王《コンケラー》（英国の王、紀元千二十七年――同八十七年）の軍旗の竿の先端は、細く尖りたる鋼鉄にて出来、針の如く一孔を穿ちありたりとあり。

烈女じゃんぬ・だるくは捕えられて訊問に遇いたる際その中に、彼女がなお仏国王に語らんと欲する一大秘密を抱きおる旨を曖昧に語りたり。それにつき審判官は首肯して曰く「しかり我等は汝の語らんと欲することを知る。さればこそ汝を死罪に処せねばならぬなれ」と。ある史家の言う所に拠れば仏蘭西の路易第十一世王（紀元千四百二十三年——同八十三年）及び英国の波理第四世王（紀元千三百六十七年——千四百十三年）等はしばしばその盟《ちか》いの言葉の中に「空針の秘密を盟いとして云々」との語を挿み賜いし由。

仏蘭西の王ふらんしす一世王（紀元千四百九十四年——千五百四十七年）はある時演説の中に下の言葉を挿み賜いたり。「仏蘭西の王は代々ある秘密を継承す。その秘密たるやしばしば一国の財政問題を決定し、時に各都市の運命を左右するに足る」云々と。

偖《さ》て予は以上種々の史上の実例を引用したり。これ等の引例、鉄仮面に関する伝説、かの近衛の大尉、その子孫等の話を、実は予は今日偶然にもある書籍の中に発見する凡有《あらゆ》る事を得たりき。そは同じく大尉の子孫によりて著述せられしものにして草色の表紙を持ち、発行年月は紀元千八百十五年六月、即ちあたかもうぉーたーるー大戦争の前後の頃に係る。時正に兵馬倥偬《こうそう》の秋なりしかば、かかる秘密も世人の顧みる所とならず、落葉に埋るる渓水《たにみず》のごとく、潜みて今日に伝わりしならむ。

さるにてもこの草色の表紙持ちたる書の価値はいかにぞや。何の値も無し。恐らく世人は斯く言うならめ。恐らく信憑し難きものとして一笑に附し去るならめ。予もまた偶然にも先きに説きたる「しいざあの註釈」を繙き、その指定のページを抜き見ぬまではしかく冷評せし者の一人なりき。しかれども予は何心なく該書を披見せり。しかしてかの草色表紙の書籍に引用せられし実例が、「しいざあの註釈」に歴然として記載しあるを発見せし時の予が驚駭は幾何《いくばく》なりしぞや！　曰くちゃーるす王と北方蛮族との条約文中の「空針の秘密王」と言える文字、曰くういりあむ征服王の軍旗の竿の形状、曰くじゃんぬ・だるくの証言——凡ての事実は同じく悉く該書に含まれたり。

最後になお、この千八百十五年の草色表紙の書の著者によりて語られたる詳細なる一事件あり。那翁《ナポレオン》生存時代に、この著者は那翁の旗下に属する一士官たりしが、ある日の戦争に彼の乗馬が斃れにければ、彼は止むを得ず徒歩にて夕闇の戦場を彷徨し、図らずも一城の城門に辿りつきたり。よりて案内を乞いしに一人の老武士出で来りて彼を迎え入れしが、老翁との何心なき物語の間にこの城は空也川の岸辺に立ちて鉄針城と呼ばるる事を知りぬ。初めて城を築きしは路易第十四世王にして、鉄針城とは同王の名《なづ》け給いし所、しかして同王の特別の御指揮に基き、小楼と、針の形したる尖塔もて城の外観を飾りし事も知りぬ。その築城の年月は紀元千六百八十年なりとよ。

ああ、紀元千六百八十年！　こは予がこの寄稿の冒頭に述べたる如く、不思議なる小冊子が初めて出版せられ、鉄仮面の囚人が幽閉せられし年の翌年には非ずや！　ここに至りて万事は解決せられぬ。路易第十四世王は国家の一大秘密が的確に発見せらるるを懼《おそ》れ、多くの穿鑿家の眼を他に転ぜしめんがために、一城を築きてこれを鉄針城とは名け給いしなり。空也川の岸に、鋭き針のごとく尖りたる塔を持ちし鉄針城しかして国王に属する鉄針城……空也川岸の鉄針城……空針……ああ、かくの如き明瞭なる暗示を与えられて、誰かなお未だこの城がかの古来の大秘密「空針」の潜伏場所なりと信ぜざる者あらんや。国王の苦肉の策は奏功せり。国民は最早「空針」の秘密の鍵を握りたる如く安堵して、敢てその真相を追及なさんとはせざりき。図らざりき、星霜幾変遷、二世紀余の遠きを距つる二十世紀の今日に至りて果然、我が三井谷散史君がその同じき係締《わな》に陥らんとは。鉄針城は路易第十四世王が、国家的大秘密に対する穿鑿家の眼《まなこ》を他に転ぜしめんための傀儡《かいらい》に過ぎざりしちょう予が推定は当り来れり。これ予が特に本稿を草して貴紙に寄する所以なり。読者よ、一考せられよ、彼隼白鉄光が古谷男爵なる偽名の下に空也川岸の鉄針城を借り入れし目的はいかん。また鉄光が、三井谷君が必然捜索に向いてしかも成功すべきを予想しながら、黎子嬢と三井谷君の父君とをそこに幽閉せし真意はいかん。これ皆三井谷君を鉄針城に誘《おび》き寄せん策略なりしなり。三井谷君にして一朝鉄針城なるものの存在を知らんか、彼青年探偵家は最早安心して「空針」に対する追究を放棄するなるべし。従って鉄光はその希望の如く休戦を得べし平和を得べし。即ち路易第十四世王によりて案出せられし歴史的の係締は、鉄光によりて最も有力に利用せられたるものと謂《いつ》べし。かるが故に必然の結果として吾人は下の如き断定に到達す。――隼白鉄光は吾人の有するより以上の事実を知る者に非ざるにも係らず、その天稟《てんぴん》の達眼と直覚力とを以てかの難解なる不可思議の記号を見事に解釈し去りたるものと思わる。実に鉄光は仏蘭西諸王の最後の世嗣《せいし》なり。彼一人「空針」に関する国家の大秘密を知る者なり。

博士の長い長い寄稿は漸く終りを告げた。しかし実際を言えば、鉄針城に関する説明の辺から以後は、これを読んだ者は三井谷散史ではなかった。誰か隣席の者が代って読み上げて呉れたのだ。自己の敗戦を初めて確認した散史、その屈辱の重量に圧し潰された彼は、朗読半ばにして思わず新聞を取り落とし、両手で顔を覆うたままドッカと椅子に沈み倒れたのであった。

ああ、意外にも奇怪なる秘密の発表のために、我光輝赫々たりし戦捷《せんしょう》青年将軍は忽ちにして無惨の敗将となりおわった。幾百の会衆は絶大なる興奮に胸を喘がせ身を顫わせながら、次第々々に押寄せて来て、散史を犇《ひし》と取り囲んだ。

「怪しからん！　こんな莫迦げた話があるものか！　こりゃ皆な出鱈目だ！」

「三井谷君、名誉にかけて弁明し給え、弁明を……」

「そうだ、三井谷君ならこんな愚説を粉砕するのは訳はない！　さア早く弁明して我々を安心させてくれ給え」

熱狂した鋭い叫びがここからもかしこからも起る。人々は固唾を呑んで散史の弁駁を待ち受けた。

散史は顔を覆うたままいつまでもいつまでも身動だにせぬ。

傍に在った谷崎良英は、静かにその両手を退けさせて、頭を擡《もた》げさせた。

散史の紅顔は熱い涙に濡れ浸っていたのである。

八　貴重なる王妃の祈禱書………不思議なる巨盗の姓名………

時はもう暁方の四時であった。

散史は学校の寄宿舎へ帰る気もしなかった。彼は鉄光に対して殲滅《せんめつ》を宣告した。その戦争が終局も告げぬうちに何でオメオメと学校に戻られよう。彼は地団太踏んで口惜しがった。

「滅して見せる！　退治て見せる！」

息も絶え絶えにこう叫びながら彼は身を顫わして悶えた。それを学友たちは取り押えたり慰めたりして、漸く馬車に掻き載せて帰校した。

ああ、狂人じみた宣誓である！　背理な、辻褄の合わない戦争である！　何等の武備もない微々たる一少年が空拳を揮って、精力、気力絶倫なる彼に対して何をなし得よう。いずれの側から攻撃を取るべきか。彼は殆ど難攻不落の人物ではないか。どこから傷を負わすべきか。彼は絶対に傷つけ難い猛者《もさ》ではないか。どこから近寄るべきか。彼は容易に接近し難い巨人ではないか。

散史の心緒は糸の如く乱れに紊れた。彼は寝室へ掻き込まれたまま、しばらくは茫然として突伏していたが、やがて身を起して暖炉の前に歩み寄った。炉棚の上に両肘を平に掛け、頤《あご》をば両の拳で支えた形で、じっと鏡に映った我が姿を眺めやった。もう泣いてはいない。もう失望してもいない。もう苦悶の胸を掻き毟るような身振りもしない。彼は落着いて熟考しなければならぬと思った。そうだ、熟考して、そして事件の真相を了解せねばならない。

彼は澄んだ鏡の底にドロリと居据わった両の眼から視線を外そうとはしなかった。ちょうどこの憂鬱な面影を熟察して、自分の思考力を増して行こうと望むようであった。言い能わず捉え能わざる解釈力、今まで我が心内に発見する事の出来なかったその微妙霊活の力を、鏡の中の三井谷散史の背後から見出そうと努めるごとくであった。

彼はこうして六時頃まで立ち尽していた。そのうちに次第々々に、疑問の要点があたかも方程式のような厳密な姿を以て心中に映って来た。今まで問題を錯綜させたり、暗晦に立せたりした総ての障碍《しょうがい》妖雲が霽然《がらり》と吹き払われて、真相その物がただ独り赤裸々の姿を以て浮び上って来た。

考えてみると実に大間違いをやっていた。かの暗号紙片の解釈はすっかり的を外れていた。五行目の初めの字aiguille《エギール》（針）というのは空也川岸のあの城を指したものではなかった。また二行目の後の方のdemoiselles《デュモアゼル》（令嬢）という字も、真保場黎子、渥美蓉子の二令嬢を指したものではなかったのだ。何となればこの記号は二百余年前に出来たものであるからである。

だから万事が遣り直しだ。再び最初へ逆戻りだ。

としたところで、何から手を着けて好かろうか。

ここにただ一事、極めて確な証拠が残っている。それは例の路易第十四世王の御代に発行された小冊子である。昨日の真柴博士の寄稿中に現われた伝説によれば、その時所謂鉄仮面と思いなされた人によって、百冊の同じ本が出版された。その中から僅かに二冊だけが焼き残された。一冊は近衛の大尉の手で竊《ぬす》まれたのだが、これは直きに行衛不明になってしまった。他の一冊は路易第十四世王に没収され、これが路易第十五世王に伝わり、路易第十六世王の手に焼かれてしまった。しかしながら、かの大秘密の解釈が書いてあった肝心のページの写し、少くも暗号記法的の解釈が載せてあったページの写しだけは、王妃まりあ・あんとあねっとに渡された。王妃はこれを祈禱書の表紙裏に隠されたのである。

さらばこの写しの紙片はどうなったろう。散史が聖月院で手に入れたあれがその真物《ほんもの》であろうか、あの、鉄光が贋書記降矢温《ふりやゆたか》の兇猛の手を藉りて散史から奪い返したあれがそうであろうか。それとも未だに依然として王妃の祈禱書の中に潜んでいるのだろうか。ところで最後の問題は、一に懸ってこの疑問の解釈にある。

曰く王妃の祈禱書の行衛はいかん。

＊

散史の一人の友人の父に有名な考証家がある。もうかなりの老人であるが、時々公式に政府に招かれたりなぞして専門の智識を貸してやる。現に近頃もどこやらの博物館の依頼を受けてその目録《カタローグ》の編纂に与ったそうである。散史はその朝友人と共にこの人を訪問して相談を掛けた。

「王妃の祈禱書を御尋ねなさるのかの」と老人は珍しげに客の顔を眺めて「いや、お話ししましょう、何の、容易《たやす》い事じゃ。あれはの、貴君、王妃がその召使の女官に御渡しなされて、布勢伯爵に届けるように厳重に御命じになられたのじゃ。で、伯爵家では代々丁寧に、それを保管して参ったのじゃが、今は国史上の宝じゃというのでの、五年ほど以前から硝子の箱に納《しも》うての……」

「ヘエ……硝子の箱にですか」

「そう、箱に納うて、あの聖堂の博物館に移してありますわい。なに、至極手軽に置いてありますんじゃ」

「あの博物館はいつ開くんでしょう」

「さよう、毎朝今頃から二三十分も経つと入られます喃《のう》」

＊

と、三井谷と友人とは、間もなく馬車を飛び降りて聖堂博物館の中へ躍り込むばかりに入って行った。

「やア！　三井谷君、いらっしゃい！」

とあちらからもこちらからも挨拶の声。散史は吃驚《びっくり》した、というのは前から「空針の秘密」を追究している例の新聞記者先生たちが、もう一パイに押し掛けていたのである。職業柄とは言いながら、さッても機敏《すばや》い新聞記者！

「ハハハ、我々が期せずしてここに落ち合うというのは奇体だねえ、諸君……やはり商売その道によって賢しかな、自から相感応するところが有るわけだね……しかし三井谷君、注意し給え、隼白鉄光が我々の中に紛れ込んで居ぬとも限らんからね……」

と一人の記者が大声を出す。

で、一団となって打連れて事務所へ赴き、今日の来意を述べて交渉すると、館長は快く承諾して色々と面倒を見て呉れた上に、硝子箱を納めてある奥まった一室へ案内して、目的の祈禱書を示《み》せてくれた。見れば何の装飾気《かざりッけ》もない見窄《みすぼ》らしい小本で、荘麗な所などは微塵もない。しかしこれがあの悲劇の最中に王妃の繊々《なよなよ》とした御手が触れたものか、これが惨《いた》わしき御涙の眼で見詰め給うた祈禱書か、そう思うと一様に何かしら感動させられずにはいられなかった……自然誰も手を出す勇気がない、開こうと進み出る者がない、何だか神聖な物を瀆《けが》しでもするような勿体ない心持が先に立つ……。

「こりゃア三井谷君の役目だ……君が主人公だからねえ！」

と一人が散史を押し出した。

彼は怯々《おずおず》とさも不安そうな身振りをして本を手に取った。まず本の体裁はと見ると真柴博士の寄稿の中にあった、例の千八百十五年うぉーたーるーの戦争前後に出版された草色表紙の書籍にあったというその説明とピタリと適っている。外側は一枚の羊皮紙で覆われてあるが、これが垢染みて、汚れて、処々破れている。その下に硬い皮の表皮がある。

散史は次第に体が顫えて来た。ああ、秘密の懐中を捜ろうとする燃ゆるような熱情！　自分はまア御伽噺の中へでも移り住んだんじゃあるまいか。路易第十六世王から王妃に伝わり、王妃からその老臣布勢伯爵に遺された秘密記号が、ほんとに我手に入るだろうか。

まず表の表紙を開いて見た。が、その辺には何の入れ場所もない。

「何にもない……」

と散史が呟くと
「何にもない……」

と、記者連中も思わず口真似をする。皆な興奮して汗をかいている。

所がだんだん繰って行って、終に最後の裏の表紙となった。中味の本を少しグイと押し上げて見ると、覆いの羊皮紙が表紙にくッついていない。占めた！……戦《おのの》く指をその隙間へ徐々《そろそろ》と突き込んで見ると……何やら手応えがある様子……確に何かに触った……紙のようだ……。

「ああ、有った！……」と散史はもう苦悩《くるし》そうに喘ぎながら「有った有った……けれどまアこれが真実《ほんと》に……」

「早く、早く！」と一同が喚く。「オイ、何を遅々《ぐずぐず》し給うんだ！」

散史は衝と何物かを指に挟んで引き出した。それは二つに折った一片《ひとひら》の紙であった。

「ほオ、有ったね、読み給え！……赤インキで何か書いてある、見給え！……血かも知れないぞ……血があんなに醒めたのかも知れないぞ……早く読み給え、三井谷君！……」

彼は読んだ。

> まりあ・あんとあねっと
>
> 我が王子に伝うるためにこれを布勢伯爵に托す
>
> 千七百九十三年十月十六日

こう読み終った散史は、不意にアッと一声魂消《たまげ》たような叫声を挙げた。

見よ、見よ、王妃の御名の直ぐ横に列んで、別に左の如き四文字が書いてある……黒インキで、その傍に態々《わざわざ》波を打たせた注意線が濃く引いてある……その四文字は、

隼　白　鉄　光

ああ、不思議とも不思議なるこの巨盗の姓名よ！

九　一室内は大沈黙………暗号紙片の行衛は何処………

立会の新聞記者等は手から手へとその紙片を受取って見ては、

「王妃まりあ・あんとあねっと！……隼白鉄光！……どうもどうも！……」

と一様に呆然として叫ぶのであった。

やがて一室大沈黙に陥った。ああこの二重の記名、この一対の姓名が、王妃の祈禱書の中に現われようとは！　あわれなる女王陛下の絶望的の哀訴も、この書と共に幾百星霜か顧みる者もなく埋れ忘られ果てていたではないか！　千七百九十三年十月十六日高貴なる御頭《おんこうべ》が断頭台上に永久《とわ》の眠りにつき終《たま》いしその恐るべき日の紀念物《かたみ》よ！　ああその歴史的由緒あるこの書の中に挟まれた紙片に、国家的大悲劇の女主公《ヒロイン》たりし王妃の御名と、二百余年を距つる今日欧洲を震撼せしめつつある巨盗の姓名とが並記されてあらんとは！

「おお、隼――白――鉄――光！」

誰も彼も、神聖な紙片の隅にポッタリと濃く書かれてある悪魔のようなその名を見詰めたまま、

こう吃るよりほかに言葉がない。

散史は漸くに気を落着けて、

「そうです、隼白鉄光です。王妃から暗号紙片を隠したこの本を託された布勢伯爵は、遺憾ながら、なぜ自分がそれを託されたかを悟らなかった。最早命旦夕に迫った王妃の哀訴の真意味を悟らなかったのです。ただ徒らにこの祈禱書を保管したに過ぎなんだのです。所が今日に至って鉄光がそれを発見しました……そしてマンマと竊《ぬす》んでしまったんです」

「何を竊んだのだね」

「無論、その暗号紙片を竊み出したんです！　即ち路易第十六世王が手ずから認められたもので、聖月院で僕が手に入れたあの紙片なんです。その形と言い、赤い封蠟を用いてある所と言い、確かにあれに相違ありません。鉄光がどんな犠牲を払っても僕の手からそれを取り戻そうとした訳も初めて解りました」

「そうすると……」

「するとですね、あの暗号紙片が真物であるという事が解りました。僕はこの両の眼でその紙片の記号から封蠟までも調べました。女王陛下の認められたこれ等の数語によって、真柴博士の寄稿の中にある例の千八百十五年出版の草色表紙の本に書かれた話は事実であるという事が証明されました。空針に関する秘密は確にこの仏蘭西に存在しています――総てそういう事柄を知った今日、僕はようやく間違いのない成功の途に着く事が出来ると思うのです」

「しかしどのような方法で成功すると思うのです。既に路易第十六世王は大切な本を焼いてしまったでしょう、その記号を写し取った本を……その肝心の本が無くてはせっかくの記号が解釈されない。だから君の見た例の紙片が真物にせよ、偽物にせよ、君にとっては何の役にも立たぬもんじゃありませんか」

「所がです、幸福な事にはもう一冊残っています。それは路易第十四世王の近衛の大尉が火中から抜き取ったやつなんです。これは未だそっくり残っています」

「どうしてそれが解るんです」

「でも、残っていないという証拠がありませんからねえ」

こうきっぱりと断言してしまった後は、散史はしばらく沈黙《おしだま》って眼を半眼に閉じ、自分の思想を纏め組立てるようであったが、やがてまたポツリポツリと話し出す。

「既に近衛の大尉は本を抜き取りました。これは後世に至って大尉の子孫が発見しました。で、ポツリポツリとそれを日記帳へ書きとめておいたのです。これは後世に至って大尉の子孫が発見しました。さてそういう風に大尉は日記へ記し留めているうちに、フッともう書かなくなった。大きな謎に対する解釈を急に手控えてしまった、というのは何故でしょうか？　それはつまりその秘密を我がために一つ利用してみようという誘惑がだんだん心の中に起きて来たからです。そして実際に手を着けたのです。その証拠ですか？　それは大尉が殺されたから解りました。もっと詳しい証拠ですか？　殺されていた彼の長靴の中から素晴しい宝玉が現われたでしょう、それは即ちどこか秘密の場所から取り出して来た王室の宝であったのです。その秘密の場所がどこに在るかという事が所謂『空針』の秘密に属するのです。鉄光はその秘密を僕に譲ったも同然です。そうです、鉄光は嘘を吐《つ》きませんでした」

「すると、結局どういうことに帰するのじゃね、三井谷君」

「僕はこういう手段を採ろうかと思います。この話を出来るだけ広く新聞へ広告してみるのです。すると各新聞の読者は、我々が空針に関する書を捜索しているという事を知るようになります。すれば、あるいは田舎の図書館なぞからヒョッコリその本を釣り出せないとも限らないじゃありませんか」

新聞記者は皆なこの説に賛成した。

こういう訳で、三井谷の望む通りの記事が翌日から各新聞へ出始めたが、散史はしかし便々《べんべん》とその効果の挙がるのを待ってはいられない。直ぐに活動を開始した。すると第一着にこういう事を嗅ぎつけた。かの大尉が殺されたのは万頭町附近であるという事だ。で、即日そこへ急行した。が、いかに年少の散史でも、二百有余年の大昔に行われた犯罪が、目前そこに再現されたように詳しく自分の眼に映ろうとは思わない、けれども、どうかすると田舎人の口から口に伝えられ、記憶から記憶に移されて何かしらその跡が残っているような犯罪がよく世間にはあるものである。そういう話はいつかは地方の古物学者の手に掛るとか、昔噺の好きな年寄の口に上るとかして、自然新聞なぞへ出たり、さもなくば学校の先生なぞの胸に蔵《おさ》められているものである。

　散史はこういう昔好きの老人に二三人会ってみた。殊に一人は公証人であったから監獄の記録だの、裁判の書類など色々閲覧させてもらう便利があったけれども、十七世紀時代の近衛の大尉殺しに関する記録はどこにも見当らぬ。

　彼はこれにも屈せず、なお近在を獲《あさ》り尽して、最後には巴里の市中を遍く捜索した。が、依然として、何の手懸りも得られぬ。

　弥々行き詰まった挙句が、ふとこういう別方面な策に気が付いた。大尉の子孫は革命戦争に従軍し、路易第十六世王が寺院の牢獄に幽閉され給うた時はその傍に在ったはずである。してみるとこれ等の事実から手繰り返して行って、その大尉の名を突きとめる事が出来ぬものだろうか？　そう気付いた彼は、またもや苦辛惨憺の結果、どうやらこうやら二つの姓名を捜《さぐ》り出した。二つともよく似寄っている。一つは高遠順哉《たかとおじゅんさい》というので路易第十六世王に事えた武士、一つは高遠順介《じゅんすけ》と言って所謂恐嚇《きょうかく》時代に生きていた一市民である。（路易第十六世王処刑され、革命政府が凡有る厳格かつ惨酷なる政治をなせし時代を恐嚇時代と言う）

　これは実に大切な発見であった。散史は例によって直様文章を草して各新聞に寄せてまずこの高遠順哉なる武士、もしくはその後裔について世人に問うてみた。

　するも間もなくこれに対して左のような返事があった。返事の主は今度も真柴博士であった。

三井谷君足下。

予は足下の御参考までに次の如き文章を抜萃して御覧に供すべし。この章句は実はぼるてーや（紀元千六百九十四年――千七百七十八年。仏蘭西の文人）の稿本「路易第十四世王の御代」と題するもののその第十五章「同王政時代の逸事」中にある事柄なり。ついでなれば御注意申さんが、この章は絶対に印刷に附する事を禁止せられてあり。

さて章に曰く「……こは総理大臣の友人にして財政監督官を勤めし故小丸旦伍《おまるたんご》氏より聞きし所なるが、ある日の事なり、王は、高遠順哉が突然に殺されて宝玉を奪われたりとの報知に接し給うや、倉皇《そうこう》として御馬車を命じいずくにか馳《は》せ去り給いしが、何さま甚くも宸襟《しんきん》を悩ませられし体にて幾度となく、ああ失敗《しも》うた失敗うたと繰返し給いたりき。しかるにその翌年には高遠順哉の悴と、佐柄侯爵に嫁ぎたるその令嬢とが行衛不明となりぬ。何はしかれ、これにはとりわけて事情の存する事ならん、いと不思議なる事どもなり」云々。

三井谷君よ。この抜萃が足下に幾分の利益を与うや否や予はこれを知らず、足下宜しく親《みずか》ら考察すべきなり。また路易第十四世王時代に起りしそれ等の顕著なる事件に関しても、予はとかくの推理論評を下すことを避くべし。ただここに一言すべき事あり。そは高遠順哉が一人の男子を遺せし事は明かなれば、かの市民の高遠順介と言えるは、あるいは順哉の孫ぐらいに当りおる者には非るか。なお一人の令嬢もありたる由なり。これを以て見れば、順哉によりて遺されたる書類の一部分なりとも、その令嬢なぞの許に伝わりおるかとも思われざるに非ず。もしそれ等書類の中に、大尉順哉が火炎の中より救いたるかの大切の一書が混りおらば望外の幸福にては非ずや。

予は昨日試みに紳士録を調査せしに、男爵佐柄国之なる人輪倉町附近に住みつつあり。この人あるいは佐柄侯爵の子孫ならずとも限らず。ともかく早速手紙を出して、所持の古書中、その題目に「針」の字を含むものこれなきかと問い合せたり。今はその返書を鶴首して待受くるのみなり。
なおこれ等詳細の問題に関し、親しく足下と膝を交えて研究するの機会あらば満足なり。御閑暇を竊《ぬす》みて御来駕のほど切望に堪えず、早々。
真柴早苗
追伸――この些々たる発見を新聞に公表致す如き事は予は勿論好まず候。足下いよいよ目的を達せらるるも旦夕にあり。従って益々慎重御警戒の儀多嘱《たしょく》々々。

一〇　散史は跳上った……おお有った、確にこの本……

散史は博士の説に全然賛同した。佐柄侯爵の後裔が見付かったとは何という都合の好い事だろう。巧い巧い、これで自分の運動も百尺竿頭《ひゃくせきかんとう》一歩を進めたものである、と思えば思うほど勇み立つ。その朝も二名ばかり新聞記者が訪問して来たが、彼は得々として自分の計画を物語ったのであった。
午後は初めて真柴博士を尋ねてみた。堀田町十七番地のその邸へ行って刺《し》を通ずると意外にも博士は急にどこへやら出掛けられて不在であって、後には万一三井谷が訪問して来た時に渡してくれと書生に言い含めて、次のような一封の置き手紙がしてあった。

前略、予は本日一封の電報に接したるが、少しく希望のありそうなる報知なれば即刻出立、今晩は輪倉町に一泊いたすべく候、足下もなるべく夜行列車にて御出発これ有べく、しかし輪倉へは御降車なく、次の佐柄と申す小停車場《ステーション》にて御降りのこと便利に御座候、同地には佐柄男爵の古城めきし館これ有候、停車場より二哩《マイル》半ほどの里程に候、そこにて御会見、万事はその節に譲り申候。

散史はこの計画に少しく不安を抱き出した。博士が自分より先きにその館へ行く……恐らくはこういう探偵上の経験のない学者が一人で行く……何か間違いをし出かさねば好いが。そう案じ煩いながら態と学校へは帰らず、親友の下宿へ行って日の暮れるのを千秋の思いで待ち兼ね、街燈の照《つ》く頃急行列車で巴里を立った。そして翌朝六時に佐柄停車場へ降りた。

二哩半は殆ど林中の道であった。それを越すと一帯の丘陵の上に高く聳えた一個の小さい古城めいた館が眼に入った。それはるねっさんす式と、路易ひりっぷ式との雑種《あいのこ》の建方で、小塔が四個、蔓草の纏わりついた吊橋《はねばし》が一個、とにかく厳しい館である。

一歩々々と近寄るにつれて散史の胸は怪しく騒ぎ出した。真実に自分は競争の終局《おわり》へ押し寄せたのだろうか。あの城に事実秘密の鍵が蔵《かく》されてあるだろうか。

余り話が甘《うま》過ぎるので、却て薄気味が悪くないでもない。まさかにまた鉄光の非道な計略に罹ったんじゃあるまいな。真柴博士というのが敵の間者なぞではあるまいなと気遣われて来たが、やがてハハハと吹出して、

「何だ、何だ、己も老耄《もうろく》してきたぞ！　世間の奴等は鉄光が目を付けた事に間違いがないと信じている。まるで全智全能の神様ででもあるように恐れている。何の糞ッ！　鉄光だって人間だもの、時々大失敗をやらかすじゃないか。現にあの暗号紙片を落としたばっかりに、己にこう跟《つ》け的《ねら》われているじゃないか。あれが基となってこんな騒ぎがおッ始まったんだ。それ以来彼奴がさまざまに苦心しているのも、つまりはその失敗を償うためなんじゃないか」

こう悟るとまた勇気を恢復する。で、嬉々《いそいそ》として弥々城へ着くと、案内の鈴《ベル》を鳴らした。

従僕《しもべ》が一人、扉を開いて、

「ハ、何方様《どなた》でいらッしゃいますか」

「佐柄男爵閣下に御目通りがしたいのです」

と名刺を出す。

「男爵閣下はまだ御目醒めがございませぬが、もし御待ちでございましたらば……」

「誰か他に閣下に御面会を求めた者はありませんか。もしや髯の白い、少し猫背の紳士が参りませんでしたろうか」

というのは真柴博士の風采で、散史はこの頃の新聞に出ていた写真を見ていたからである。

「ハイ、では十分ほど前にいらしった方でございましょう。御客室《おきゃくま》へ御通し申しておきました。何卒、こう御出で下さいませ……」

真柴博士と三井谷散史との初対面は甚だ慇懃を極めたものであった。一方が今度の事件について無類飛切という報知を頂いた御礼を述ぶれば、一方は口を極めて青年の勇敢な行動を賞め讃《そ》やす。次には暗号紙片に話頭を移して、互にその印象やら、本を発見する見込みやらについて打明け合う。博士は輪倉附近で聞いたと言って佐柄男爵の噂を話したが、男爵はもう六十代の老人で、数年以前夫人を失くして男鰥《やもめ》となりて爾来一人娘の浦瀬という令嬢を相手に、全く世間から引き籠もった生活をしているのだそうだ。この令嬢がまた薄倖《ふしあわせ》な婦人で、その夫と長男とを二人とも自動車のやり損いで失くしてしまった寡婦《やもめ》であるとの事。

「男爵閣下が御目に掛りますから、御客様方に何卒御二階へいらしって下さるようにとの事でございまする」

と、従僕の案内で更に二階の一室へ通される。これは非常に大きな室であるが、装飾は質素なもので、卓子《テーブル》と椅子とが四五脚、その卓子の上には書類やら帳簿やらが所狭きまで載せてある。

男爵の客の接待方《あしらいかた》は実に愛相が好い。それにこういう孤独の人が偶々《たまたま》客に遭うと嬉し紛れに恐しくお喋りをやらかすものだが、いや、男爵の口の滑っこさときたら話にならない。快弁滔々いつ果つべしとも思えぬほどで、お蔭でせっかくの訪問の主旨を述べるには大した骨を折らせられた。

「あ、あ、なるほど、そのお話ですか……」

と、男爵漸く呑み込んで「いや、存じています、存じています、真柴先生、貴君の御手紙で能く存じています。何か空針についての本の事でござったろう、あの、拙者の家の先祖から伝わって来たとか申す……」

「左様でございます」

「ところがの、拙者は合憎と先祖の事を少しも存じませんのじゃ。拙者は拙者の時代の事だけしか弁《わきま》えませぬ。昔の事とはトンと縁が切れていましてな……」

「それは左様かも存じませぬが……」と、散史は急々《せかせか》として「その本を御覧になった覚えはお有りにならぬのでございますか」

「左様、々々、そのように電報では申上げました喃、先生」と男爵は博士へ話し掛ける。博士は打ち煩う態で、室内をあちこちと歩き廻ったり、高い窓から下を瞰下《みおろ》したりしている。「喃、先生、確に……いや、少くも嬢《むすめ》は沢山の本の中にそのような題目の本を見掛けた気がするとか申しましたテ……三階の図書室には山ほど本がござるが、拙者は一向読んだこともない……新聞さえ手に取ったことは滅多にありませぬ……嬢だけは時とすると図書室に入り込んでいることもござるがの、それも生き残った二番目の子の厚がどうかして手を離れた時に限るので……拙者ときたらばもうもう、店子《たなこ》が屋賃を払ったり地代を納めたりしてくれさえすればそれで満足で、本なぞは見ようともありませぬのじゃ！……ソレ、その夥しい帳簿類が目に入りなさろう……拙者はまるであの中に住んでいるのです、じゃから、真実《まったく》のところは、先生、貴君が手紙で御問い合せあったことについては、まず何にも存じておらぬと申してよいのでありますのじゃ……」

散史はもう失望して変に神経が焦《いら》ついて堪まらない。で、急にまた口を出して、

「しかし閣下、失礼でございますが、その本は……」

「それは嬢が探しましたよ、左様、昨日一日探しました」

「それで……」

「それで到々探し当てたとか申しての、何でもさきほど、貴君がたが御着きの頃であったか……」

「それでどこにございますか」

「どこに？　どこにと仰有るまでもない、嬢はその卓子の上に置きました……ソラ、そこに有りますじゃろう……そこに……」

散史は思わず跳ね上った。室隅の一脚の丸卓子、その上の山積した書類の中に、赤のモロッコ皮の一冊の小本が載っている。彼は誰にも手を触れさせまいとするような態度で、トンと自分の拳をそれに当てた……が、さて触れるのは勿体ないといった風に軽く怯々と当てたのであった。

「おお、有った有った！」

と、真柴博士も叫んだ。博士もどうやら気が立っている。

「手に入りました……ここに有ります……とうとう見付けましたねえ！」

「しかし表題はどうだろう……確にそれかの」

「これですこれです、無論これです」

と、漸く手に取って背を示《み》せる。と、なるほどそこに金文字で現わした字は「空針の秘密」の五文字。

一一　憤怒と失望とで顫え出した……大切のページが裂き取られて居る………

それ一つに我が総ての希望と成功とを懸けていた歴史上の尊き古書を弥々閲覧することの出来る機会に到達した散史、もう鬼の首でも引抜いたような喜悦《よろこび》顔をしながら、

「ねえ先生お解りでしょう。これで一切の秘密が解ることになるのでしょう」

「題目の横には何とあるの、何と……」

「御覧なさい——総ての秘密は初めて発表さる、朝廷の蒙を啓くため百部を印刷す——とありま

す」

「正にそれ、正にそれ……」と、博士は咽喉のこびりついたような声を出して「正に火中から逃れた本じゃ、路易第十四世王がそのために著者を罰したのはこの本に相違ない」

二人は頁《ページ》を翻えして見た。初めの章には正しく彼の大尉が日記帳に写し認めた如き事柄が載っている。

「早く向うを読みましょう、読みましょう！」

一分も早く秘密を知りたい散史はこう言って急き立てる。

「まア待ちなさい。全体鉄仮面の男は仏蘭西王家の秘密を嗅ぎ知って、それを曝露しようとしたために入獄させせられたのですぞ。けれどもどうして彼はそれを嗅ぎ知ったか？　何故にまた曝露せんとしたものであろう？　これが大なる疑問じゃ。それにじゃ、第一その不思議の著者の正体は何であろう？　ぼるてーやの言うた如く路易第十四世王の異母兄弟であろうか。それとも近世の批評家の想像する如く、伊太利の大臣まっちおりであったろうか……」

「まアまア、それは後で解りましょう、後で……」

と、散史は夢中になって先きを読んで行く。まるで、謎を解かない中に本が逃げ出しでもしては大変だと言ったような見幕である。

「だがの、三井谷さん……」

と、博士はまた相変らず故実の穿鑿を担ぎ出そうとする。

「まアそんな詮議は後で悠《ゆっ》くりお話が出来ます……今は第一に秘密の説明を見てしまおうではございませんか……」

不意に散史は読むのを止めた。例の記号が現われたのだ！　左手《ゆんで》の方の偶数の頁の中央頃《なかごろ》に、かの点と数字とより成る神秘の五行が歴々《まざまざ》と載っているのだ！　聖月院で確かりと瞳《め》の奥に彫りつけたあれだ。点の数、数字の額《たか》、三角風の記号、「令嬢《デュモアゼル》」という字の位置、「空」の字と「針」の字との間隔——何から何までそっくりである。
そして、五行の上に左の如き短い文が書いてある。

この秘密を説明すべき凡有《あらゆ》る必要なる指示は、思うに路易第十三世王の御手によって下の如き記号表と化したるものならん。

それから五行の記号が載っていて、次には弥々《いよいよ》肝心の記号その物の説明が書いてある。散史は顫え声で読み出した——

さて記号はここに記載する如く誠に不可思議千万のものにて、仮令《たとえ》その中の数字を母音に置き変えたりとも、依然何の解決も付かず。あるいは曰わん、この問題を読み解かんがためにはまず第一にそれを知らざるべからずと。言うまでもなき事なり。されども苟《いやし》くも迷宮の道を少しにても心得たらん人にとりては、この記号もまた一種の手掛とならざらんや。試みに吾人をしてこの導線を頼りとて辿らしめよ、我れまず道案内を致すべし。第一に研究すべきは第四行目なり。四行目は他の行と異なりし数字以外の奇怪なる記号を含みたり。この記号の指示によりて吾人は必然目的を達すべし。但しその目的に達するまでの道程は最初の三行によって導かれざるべからず。第一行目は極めて明かなり。これによりて我れは王に復讐をなし能うべし。我れはそれに関し予め王に告げたりしが……、

散史はまた読むのを止めた。何だか途方に暮れた態《かたち》である。
「どうした？　どうなされた？」
と博士が訊く。

「意味が解らなくなって参りました」

「そう言えば解らぬ喃……第一行目は極めて明かなり、これによりて我れは王に復讐をなし能うべし——とは何の事じゃろう」

「ヤヤ！」

と散史は愕然として叫んだ。

「どうなされたか」

「裂いてあります！　二頁というものこの通り裂いてあります！　御覧なさい！　この次の二頁です！……この裂け目を御覧なさい！……」

と言う散史の体は、憤怒《いかり》と失望とでワナワナと顫えている。

「全く喃……二頁だけ裂かれた截り痕《ち》が残っていますわい。しかし裂け目がまだ新しゅうありますぞ。そう、鋏み切ったのではのうて、確かに力を籠めて無理に引き裂いたのじゃ……コラ、余《あと》の頁が皆皺苦茶になっておる」

「ですけれども全体誰の仕業でしょう、誰でしょう？　従僕ですか？　それとも同類ですか」

と、散史は我手を引扭《ひきねじ》りながら唸《うめ》く。

「どちらにしても裂かれたのは同じじゃ。多分二三ケ月以前の仕業じゃ」

「それにしても……それにしても……何奴かここに忍び込んで本を捜したに相違ありません……ねえ、閣下、誰か怪しいという御見込の奴は御有りになりませぬか」

と男爵に鋒先を向ける。

「左様さの……どうも嬢に訊ねてみんではの……」

「そうです……そうです……そりゃ御道理《ごもっとも》です……御令嬢は多分御存知でございましょう……」

男爵は従僕を呼んで令嬢を迎えにやらせた。浦瀬嬢は間もなく入って来た。まだ若い年齢《としごろ》だが、未亡人の故かどことなく物悲しげな遠慮深い容貌《かおつき》をしている。散史はそれと見ると直ぐに切り込んだ。

「夫人、この本を三階の図書室で御見付けになりましたのは夫人でいらッしゃいますか」

「ハイ、縄で結んだままの本の包みの中にございました」

「これをば御読みになりましたか」

「ハイ、昨晩拝見いたしました」

「その御読みの時に、ここの二頁がございませんでしたか？　どうぞお憶い出しなすって下さいまし、この記号の後に来るここの二頁でありますが……」

令嬢は甚く驚いて、

「いえいえ、決してそのような事はございませぬ。脱けた頁などは一枚もございませんでした」

「しかし確かに何者かが引き裂きましたので……」

「そう仰有いますが、昨晩は私の室の外へは持ち出さなんだのでございます」

「今朝はいかがでございました」

「今朝になって私が自分でこの室へ持って参りました。その時丁度真柴先生が階下《した》へ御越しの御様子でございました」

「しますると……」

「まア、不思議な事でございますわねえ……私どうも合点が参りませんの……まさか……」

「何でございますか」

「厚が……私の子供が……今朝……厚がこの本を持って遊んでいたようでございましたから……」

と、令嬢は遽《にわか》に気付いて、急いで室を飛び出した。散史と博士と男爵の三人も後れじものと踉いて行く。令息はその室に居ない。処々方々を捜索の末、漸く城の裏庭で遊んでいるのを見付け出した。その姿を見掛けると、気が立っていた三人が大声で呼び立てたので、不意を喰った小児《こども》は呆気に取られたが、やがて怯えてワッとばかりに泣き出した。

一二　火光一閃、三井谷の短銃発射……真柴博士と三井谷の格闘……

小児に泣き出されて皆な狼狽《うろた》えてしまった。何と賺《すか》しても泣き止まぬ。何を訊いても要領を得ない。博士だけが年寄役に頭を撫でたり、涙を拭いてやったりして熱心に愛《あや》し宥めている間に、他の者はあちこちと走り廻って、従僕共に訊問したり、召使の女共を取調べたりする。実に一大混乱に陥った。散史は慄然として恐るべき印象を感受した。ああ秘密の真相は、四指の間を漏るる水の如く、永遠に滴り落ちて止めん由もないであろう。

彼は混乱した心持を強いて落着けて浦瀬夫人の腕を取り、客間へ戻って来た。男爵と博士も続いて来た。

「夫人、今も御覧になりました通り本の頁が欠けています、何者かに引き裂れましたのは事実です。しかし夫人は御読みになったのでございますね」

「ハイ、読みました」

「では欠けた頁のところも御読みでございましたでしょう」

「ハイ」

「そこを我々に御話しが願われましょうか」

「御易い御用でございますわ。まアどんなに珍しい本でございましたでしょう！　わけてもその二頁の所には秘密がすっかり曝露してございまするけれども、その説明がまたそれはそれは不思議な事柄でございますのね……」

「そうでございますか、では何卒仰有って下さいまし、何卒御願いでございますから仰有って下さいまし。その秘密の説明と申すのが非常に大切な事でございますから、さア御話し下さいまし。一分間の相違が取り返しのつかぬ破目になるのでございます。さア空針の秘密と申しますのは……」

「ハア、思ったより至って簡単なものでございますよ、空針と申す意味は……」

と言い掛けた瞬間、ちょうど一人の従僕が室へ入った来た。

「奥様、御手紙でございまする……」

「なに、手紙……でも郵便夫《ゆうびんや》は今しがた通り過ぎたばかりではないか」

「いえ、一人の子供がわざわざ持って参りましたのでございまする」

と差出す一封を浦瀬夫人は受取って披いて見たが、何に驚いたのか片手で胸を抑え、颯と顔色を変えてワナワナと今にも気絶しそうな容体となった。

手紙は夫人の手に漏れてヒラヒラと床に落ちた。散史はそれを拾い上げて、断るひまもなくズッと眼を通す。

他言御無用なり！……もし一言にても漏らさるる暁には、御身の御令息は再び起つこと能わざるべし。

「ああ、厚《あつし》や……厚や……」

全然《すっかり》怯かされた繊弱《かよわ》い夫人は、もう立ち竦んでそう叫んだまでで、令息の許へ助けに行く勇気も出ない。

散史は傍から励ますつもりで、

「夫人、こんなものを真面目に御取りなすっちゃいけません……戯談《じょうだん》です……誰かそんな威嚇《おどし》を実行するものですか……」

「左様さ、隼白鉄光でもなかったらば喃！」

と、真柴博士が口を出した。

散史は眼付でそう言ってはならぬという合図をした。勿論敵が当城に肉迫している事は知っている。さればこそ一秒を争って即刻夫人から秘密を聴き取ってしまいたいと焦るのである。

「ねえ夫人、確かりなすって下さいまし……我々がここに居ります……決して御心配の事はございません……」

ああ、夫人は果して物語るであろうか？　話してもらいたい、是非話さねばならぬ……と散史は息を凝らして待っていると、夫人は二言三言何やら吃りながら喋り出した。折しもちょうどまた令息の乳母が転げるように駆込んで来た。見れば顔色を変えて啻《ただ》ならぬ様子。

「奥様……坊ちゃまが……厚様が大変でございます！……」

この言葉を聞くと母親はきっと心を取り直した。そして猛然たる骨肉の本能に激励されて、そこに居合す誰よりも迅《はや》く、疾風の如く階段を駆け降りた。広間を突切って裏庭の出口へ飛び出すと、令息厚君は一つの籐椅子の上に身動きもせずに横わっていた。

「どうしたの？　睡っているではないの！」

余の者と一所に漸く追い付いた乳母は、

「奥様、どういうものでございますか、坊ちゃまが今不意とお睡り遊ばすんでございますよ。昏々《うとうと》と、昏々となさいますから、お起し申してお室へ御連れ申そうとしましても、この通りぐったりと御倒れになったきりで、それにこのまア御手が……御手の冷たさったら！」

「手が冷たい！」と母親は喘ぎ喘ぎ「そうね、真実なのね、氷のように冷たい……ああ、厚や、厚や……ああどうしようねえ！……」

この光景を見て取った散史、何と思ったか密《そっ》とズボンの懐中に手を突込み、短銃の柄を握り、弾金《ひきがね》へ指を掛けたが、矢庭に懐中から取り出すや否や、真柴博士の胸板を的って一発ズドンと発射した！

火光一閃、硝煙の裡に蔽れたと思いきや、博士は散史の挙動を監視でもしていたかと思われるように、咄嗟の間に身を翻《かわ》した。と、散史はもうこれまでと、一躍挺身、博士にムンズと組付いた。そして声を限りに従僕共へ、

「加勢、々々！……鉄光だ、此奴が鉄光だ！……」

博士は突然に組伏せられて、も一つの籐椅子の上に蹌踉《よろよろ》と仰向けに倒れたが、満身の力を籠めて忽ち散史を跳ね返した。岸破《がば》と飛び起きるが早いか、今度は代りに散史を引き倒して咽喉を締めつけ、その短銃を奪い取って、

「好し！……これで好し！……動くな！……二三分間そうして居れ……長くは虐《いじ》めないからな……しかし君は我輩を見破るまでにはかなり時間が掛ったなア……真柴博士の老爺姿がそんなに巧く変装《でき》たかしら、ハハハ！」と漸く手を寛《ゆる》めて、今度は胸を反らせて矗《すっく》然と立ち上り、愕然として石のように縮まり固まった三人の従僕と、呆気に取られた男爵とに流眄《ながしめ》を与《く》れながら、

「オイ、三井谷、君は生涯の大失策をやりおったぞ。何故我輩を鉄光だと言うてしまったんじゃ。そう言わなかったらこの先生たちも我輩に飛びついたじゃないか、そうなった日には相手は四五人、こっちは一人、多勢で無勢にどうなったか知れたものじゃなかった！」

と更に従僕共の方へ歩み寄り、

「オイ、そんなに怯々《びくびく》せんでも好いよ……何もお前達をどうしようと言うんじゃない……お茶でも飲んで元気を出したらどうじゃ。ああ、ついでに百円の銀行手形も返してくれ。ああ、お前だったか……お前が我輩の賄賂を受けて今手紙を夫人に渡したっけな……フム、急いでくれ、不忠者奴が！……」

一人の従僕から青色の手形を受取ると、鉄光はそれをズタズタに引き裂いて、

「寝返りの価値はこんなものじゃ！……こんなものを残しておくとこっちまでが迷惑を着るからのう！」

さて帽子を取って、改めて浦瀬夫人の前に慇懃に腰を曲《かが》め、

「いや夫人、貴女には飛んだ失礼を致した。生涯の色々な出来事の中には――殊に我輩のような生活を送っている者は――ともするとこういう酷い仕事をせねばならぬ事がありますが、実際は我輩は赤面します。しかし御令息の御体は一向御心配には及ばん。ただチョイトな、さきほどその庭で本の事を御訊ねする風をして注射を一本してあげただけですわい。遅くも一時間経ったらば請合うて元の通りになりまする。いや、何にしても平に平に御勘弁にあずかりたい。ただ、ええと、この事だけは御承知下さい――例の秘密は決して御他言なさらぬ事と――宜しいか、御他言をなさると却て御為にならぬ場合もある……」

こう言って再び低く辞儀をなし、男爵へは初対面の手厚い接待を感謝し、やおら杖《ステッキ》を取上げ、巻煙草を点けた。その一本を男爵に贈り、帽子を変に輪を書くように一振り振って、傲然とした口調で散史に、

「サヨナラ、坊ちゃん!」

と挨拶し、巻煙草の煙をプーと従僕共の間抜け面に吹き掛けながら、ノッシノッシと出て行った……。

散史は五六分間じっとして立っていた。浦瀬夫人も漸く落着いて愛児の寝顔を瞻《みまも》っている。その方へやがて散史は歩み寄った。もう一度最後の嘆願をやって見るつもりであった。二人の視線はピタリと合った。彼は何にも言わなんだ。天地が崩れてももう何も喋るまいと決心した夫人の眼付を観破したからである。ああ、またしてもこの母親の頭脳《あたま》の中に、かの空針の秘密は深く深く潜り込んでしまったのだ。

彼は断念した。そして悄然として男爵の館を出た。

一三　怪自動車中の鉄光と散史………偽真柴博士と真真柴博士………

散史が佐柄男爵の館を出たのが十時半であった。十一時十五分発という列車がある。彼は静に城園を出て、やがて停車場への道の方へ曲ろうとした。

「オイオイ、待て、待ち給え、君は一体どう思うたんじゃい」

突然路傍の林中からこう声掛けて現われ出た者がある。それは真柴博士、いや、隼白鉄光その人であった。

「どうじゃ坊ちゃん、我輩の芸当は相変らず素人離れがしているだろう。巧いもんだろう、そうは思わないかい。君には随分不思議に思われるだろうな、こうなると所謂真柴博士という人が実在の人だかどうだか疑わしくなるだろう。しかし無論博士は居るよ、御望みなら示せてやっても好い。が、まア取り敢えず短銃を返上しよう……さア……オイ、オイ、弾丸を抜き取ったとでも思うんじゃね。鉄光がそんな卑怯な真似をするものか。まだ五発その儘で残っているよ。そいつを一発ドンと見舞われても、怪傑鉄光を斃すに足るからねえ……が、まア好いや……ああ、温和しく懐中へ収《しま》ったか……そうそう、そうなくちゃならん……少くも先刻のような乱暴よりは好いね……あんな莫迦げた事をするものじゃないぞ！……何と言うても君はまだ若い。先刻は不意に驚いたんだね、またまた鉄光にやられたと思ったんだね、その鉄光が僅《たっ》た三歩も眼前《さき》に立っているので……前後《あとさき》見ずに撃っ放したんだろう！……いや、我輩は怒っちゃいない、怒っちゃいない、君は相変らず殊勝な坊ちゃんさ！……さア、その証拠には我輩の百馬力のやつへ乗せてやろう。行く気があるかえ？」

と、指を唇へ当ててピューーと吹く。

老人ぶった学者臭い服装の真柴博士が、言葉だけは鉄光の生地を出してツケツケと元気好く喋る……その対照がいかにも滑稽なので、散史も堪まらなくなってプッと吹出した。

「やア、笑ったな、笑ったな！」と鉄光は怒る所ではなく、手を拍って悦《よろこ》んで「坊ちゃん、君は自分では気付かなかろうが、君に不足しているのはこの笑うという事なんじゃ、君は年に似合わず小生意気で真面目すぎるよ……君は誠に気に入った子供だ、なかなか公平だし、質朴な所もある……が滑稽の味といったら薬にしたくもない」と散史と向き合いに立って「御覧、我輩は君を泣かせようと思えば訳はない、それは賭をしても泣かせて見せる！　君は知っているかえ、我輩がどうして君の探偵方針を踉け廻していたか、真物の真柴博士が書き送った手紙をどうして知ったか、今朝佐柄男爵の館で君が博士と会うという事をどうして捜ったか――皆な知るまい。打明けると君の友人のお喋りから曝《ば》れたのだよ。そら、君がよく泊りにゆくあの下宿の学校友人《ともだち》さ……あのデレ助に君は何もかも打開けるだろう。それが油断大敵さ……先生には情婦《いろおんな》が一人あります……鼻下長《びかちょう》先生、君から聞いた事を直ぐその女に喋ってしまう……と、豈計《あにはか》らんや、その女が斯くいう鉄光に物を打明けなんだ事がない……ね、今吾輩は何と言った？　果して君は感動したね、眼がそんなに濡れてきたじゃないか！……友情が裏切りされた、それで仰天したんだろう？……実際、君は驚くべき坊ちゃんだよ！　ほんとに確かりと抱き占めて摩《な》でてやりたい位だよ！……その吃驚したような顔付をよくやらかすが、その表情が何とも言えず我輩の胸へ喰い込むよ……いつかの甲斐塚町の夜の事などは我輩一生忘れまい……なに……君は我輩に相談を持ち掛けたじゃないか……そうさ、あの時の年寄の公証人はやっぱりこの鉄光の化けたのさ……ハハハ、また吃驚か……吃驚ばかりしていて、いつの間にか笑顔が引込んだのは困るねえ……今も言うた通り君は滑稽趣味が足りない……もっと自然にやるんじゃ、自然に……」

自動車の発動機の音がどこか近所の林の中で聞える。と、鉄光は暴《あら》っぽく散史の腕を引摑み、直《ひた》とその眼を見詰めるように稍冷酷な声音で、

「もう君も好い加減に往生してもいいだろう、ああ？　もう君の手の出す事は何もない。と、

無益《むだ》な時間や精力を浪費したところで、それが何になるんじゃ？　世の中には他に沢山小ちゃな泥棒共が蠢々《うようよ》している……まア探偵が好きだったら其奴等でも追い廻して、我輩の方はもう断念《あきら》めろ……さもないとだ！……弥々最後の手段を執らんけりゃならぬからなあ、そうじゃないか」

と、自分の意志を相手に注ぎ込むように散史の体を揺ったが、ニッと歯を剝出して、

「考えてみると我輩も馬鹿だな！　君がこの鉄光を見逃しておく人間かい！……ああ、どうして我輩はこう気が弱くなったんだろう！……五六遍も腰を扭り廻せば、君なんぞは苦もなく踏ん縛って猿轡を穿める事も出来るじゃないか……それからどこかへ幽閉して、鍵と錠さえ掛けておけば、数ケ月間はまず安全というものじゃ……すると我輩は初めて気楽に伸々と足をのばして寝る事も出来る……我輩の祖先が——仏蘭西の代々の王がさ——我輩のために拵えておいてくれた平和な隠れ場所へ引込んで我輩のために骨折って集めておいてくれた無限の宝の中に埋まっている事も出来るじゃないか……ところがだ、そう理窟通りには行かないものでね、我輩も終いまで莫迦げた大失敗をやらかすように生れついているんだろう……どうもその運命を逃れるわけには行かない。誰でも弱点というものは有るからねえ……君に対して、我輩はその弱点を持っているのだ……が、まア愚痴を言っても始まらないが……それに君はまだ探偵し完《おお》せたというでもない……今から君が手を『空針』の上へ実際に着けるまでにはかなりな年月がかかるだろう……そうさ、我輩でさえ十日は掛ったよ！　この我輩がさ！　鉄光でさえさ！……だから君だったら少くもまず十年は掛るねえ！何と言っても我輩と君との間にはそれだけの差異《ちがい》があるよ！」

自動車が着いた。大形の密閉した車であった。鉄光が扉を開いた、その間から内部を覗いた散史は「ヤア！」と叫んだ。車内には鉄光が横《よこたわ》っている。いや、鉄光じゃない、真柴博士である。不意に真相の解った散史は呵々《からから》と笑い出した。鉄光はそれを制して共に自動車に乗りながら、

「少し静に静に、よく睡ってるからね。どうだい、先刻博士に会わせようと言ったが真実に会うことが出来たろう。これで初めて訳が解ったかい。実は君等が城で会う事を昨夜嗅ぎつけたのだ。

で、今朝の七時に我輩はもうこっちへ先廻りをして居った。すると案の定博士先生やって来たからね、それを途中で捕まえて、チョット注射を一本やらかしただけさ……で、斯くの通り……ねえ、先生、御睡《おやす》みなさい、御睡みなさい……ああ、この坂頭の辺で一つ降ろして上げましょう……三井谷君も運転手も手伝ってくれ……そうそう、それで好し……柔い草の上で日当りがいいから御風邪も引くまい……好し！……では拝借した帽子はもうしばらく御借りします、その代りこっちのももうしばらく冠っていて戴きましょう……何事も御損をかけては失礼ですからな……ハハハ、真柴老先生も、今日だけは怪盗隼白鉄光の身代役を御勤めなさる訳だ、御苦労様、々々！」

二人の真柴博士が面に突き合せている光景は全く以て珍である。しかも一人は腰を曲げ、頭をダラリと胸に下げて昏睡している。一人は一生懸命に尊敬の意を表している。……何という面白い場面だろう！

鉄光は財布を取り出しながら、

「しかし気の毒な先生じゃねえ！……さア先生、ここへお銭《あし》と私の名刺とをおきますぜ……ところで遅くなったかな……さア三井谷君も車へ飛び込んでくれ……運転手、急いで発車だ……そうそう……実は今日巴里で史学会の大会がある。博士は三時半にそこで研究題目を朗読する手筈になっているのだ。そうさ、だから斯く申す鉄光という真柴博士がそこへ行って論文を読むのさ。こう見えても真物よりは手際よくやらかすぜ。我輩は毎日行って講義をする機会《おり》はないからねえ、こんな時にでもまア講壇に立っておくのさ！……運転手、もっと速力を出せ出せ……今の分では僅《たっ》た一時間に七十哩内外じゃないか！……恐いのか？　鉄光が乗っている車じゃないか、確りせえ！……ああ、三井谷君、人生は単調だなぞという奴の気が知れないね！……そうじゃないか、人生は尊敬すべきものさ。なア坊ちゃん、ただ人生をよく知らなけりゃならない……我輩はよくそれを知っている……まア考えて見給え……今日のような難場を切り抜けることが出来たら誰だって得意だろう。あの場でね、君は男爵とお喋りをやっている、その時我輩は窓際にいる、我輩は密と例の本の頁を引き毟って居ったんじゃ。すると間もなく浦瀬夫人に対する君の訊問が始まったわい！　夫人が果して打明けるだろうか？　そうさな、打明けるかも知れん……否、打明けぬかも知れん……話すか……話さぬか……白状すればあの時だけは我輩も慄然《ぞっ》として雁膚《とりはだ》が立ったねえ……もし喋られたとしたら、我輩は更に新しい生活を建て直さなけりゃならん、我輩の足代《あじろ》は根柢から転覆《ひっくりかえ》されることになるんじゃ……ところで突嗟の間に我輩が買収した従僕、それが巧く間に合うかどうか？　来るか……来ないか、其奴が大心配の中に……危機一髪というところで奴さん手紙を持って入って来てくれたね……ところが一難去ってまた一難、三井谷君、君が我輩の化の皮を引剝きはしないか……まさかとは思うがどうだろうか……と危んでいるうちに、失敗《しま》った、観破したらしい……ジロジロこっちを眺め出す……オヤ、懐中の短銃を握ったらしいぞ……と気付くか気付かぬにドンと一発！……実に酷い目に遇わされたぜ……それだけしかし今の我輩の得意というものはないさ！……ああ、一人で喋り疲労《くたび》れてしまった……ちッと昼寝でもしようじゃないか……恐しく睡くなりだした……じゃ御免よ……」

と云うかと思うと、窓際に倚《もた》せた肘を枕にもうグウグウと高鼾。

自動車は有らん限りの全速力を出して空間を突破しつつある。新しき地平線は絶えず前面に現われて、絶えず後方に退却して行った。市も、村も、野も、林も、万衆の影は一つとして判然《はっきり》眼に残らない。ただ空間のみ……空間のみが呑み尽されたり、脹れ上ったりした……。

散史は長い間じッと鉄光の面を瞻《みまも》っていた。一種の熱心な好奇心と、それからこの化け済ました仮面を透して彼の正体を握らんとする鋭い慾望とを以て、眼も離たずに凝視していたが、今朝からの興奮と失望とでぐッたりと疲労しているので、自分もいつとは知らず深い睡眠《ねむり》に陥ちてしまった。

幾時間か経ってハッと眼醒めて見ると、鉄光は最早起きていて、何やら読書の最中である。覗いて見ると、それは難かしいある哲学書であった。

巴里へ入ると鉄光は散史を自動車から降ろした。そしていずくともなく砂塵を捲いて疾走し去った。

一四　鉄光が「大宝窟王」となった径路……散史が十三日間の熟慮と推理……

「我輩でさえ十日は掛ったよ！　この吾輩がさ！　鉄光でさえさ！……だから君だったら少くもまず十年はかかるねえ！……」

佐柄男爵の館を出てから鉄光が豪語したこの言葉は、散史の活動の上に些《すく》なからざる影響を与えた。

剛毅沈勇の彼鉄光ですらも、思わぬ満悦の時には我れ知らず自惚れて、多少小説染みた誇張も喋れば、役者気取りの台詞も述べる、そういう間にふと大事の一片を漏らしてしまう事がある。散史は抜からずそこを捉まえたのだ。

善かれ、悪かれ、彼は鉄光のその言葉を基礎としてこういう結論を組立てた。

「彼奴が、己と彼奴との間に、空針の秘密探偵に対する努力の年月を比較する以上は、己も彼奴も同じ方法を執っているに違いない。成功の条件は、やはり己が握っている物以上に彼奴だって握っていやしないのだ。機会はきっと同一だったのだ。すると、己と同じ機会、同じ条件、同じ方法でもって、彼鉄光は僅た十日間でその目的を達したわけになる。ところでそれ等の機会、条件、方法は果して何であるかと言えば、詰る所紀元千八百十五年に発行された草色表紙の本の内容その物であると言って差支えない——その本を、鉄光は真柴博士と同様に偶然な事から発見したのだ。そしてその書の御蔭で王妃まりあ・あんとあねっとの祈禱書の中に記号が隠されている事を発見したものに相違ない。だから彼奴が抛て以て頼りとする根本的の事実は、その本と記号との二つである。この二つで以て彼奴は全体の殿堂を築き上げたのだ。その他に基礎《どだい》となるものは断じて無い。その本の研究と記号の研究……それだけだ」

散史の決心は明瞭でかつ迅速であった。この決心を抱くと同時に、彼は初めて正確な途上に立ったような気がした。で、自分を裏切りした学友を格別責めもせず、温和しくその下宿を引払い、小鞄を一つ携げたままで方々を捜した末、態と巴里の中央のある一軒の小さな旅館《ホテル》を撰んでそれへ投宿した。宿が定《き》まると、もう何日もそこを動かなかった。三度の食事も旅館の食堂で済まし、あとは一日中窓帷《まどかけ》を深く垂れた室内に閉じ籠もって考えた、考えた、大に考えた。

「十日は掛ったよ……鉄光の奴めそう言やがった」

散史は過去現在の総ての事柄を強いて忘れるようにして、専念《ひたすら》例の本の内容と記号とを頭に想い浮べ、何糞っ、自分も十日の間に美事解決して見せると心に力んだ。がその十日もいつしか過ぎた。十一日も暮れた。十二日も暮れた。……と、十三日目になって一道の光明が颯と彼の頭脳の奥に閃いた。と思うと、筆にも言葉にも形容し尽されない迅速《はやさ》で以て、ある思想が時々我々の頭脳に宿り込む時があるが、ちょうどそういう塩梅に秘密の真相がパッと花を開いた。十三日の夕刻において は事実彼はまだ問題に対する答案は知らなんだけれども、少くもその解決に導くだけの方法の一つを悟得した。確かに有利な方法だ。鉄光の奴め間違いなくこれを採用したに相違ない。

方法と言っても至極簡単なものである。つまりこの一問題に懸っている。曰く――例の本、空針の秘密との間に横《よこた》わる色々の歴史上の出来事、それを連結するような一道の連鎖はないものであろうか？

とは言えこの歴史上の出来事というのが仲々多趣多様であるから、思ったより問題は困難である。しかし散史は不屈不撓《ふくつふとう》の精神と、熟慮に熟慮を重ねた結果、その困難を排して一個確乎不抜の真理を指摘する事が出来た。

「それ等の歴史上の事件は、どれもこれも昔の新太利王国《ニューストリア》、即ち現今の諾曼《ノルマンディー》（英国海峡に面した る仏蘭西西北部、聖野河《セイヌ》を挟みたる五州を指す）の区域の内ばかりで起っているぞ。歴史上の奇怪な冒険的主人公という者共は、いずれも諾曼人か、それに関係した者ばかりだ。某《なにがし》男爵、某公爵、某王……欧洲の各地に蜂起したその先生たちが、相談でもしたように世界の狭い一角の諾曼という地へ落合ったのも不思議じゃあないか……」

こう気付いて、歴史の本をどこと限らず繙いて見ると、なるほどその観察は当っている。

まず十世紀の初めに、仏蘭西王ちゃーるす・ぜ・しんぷると平和条約を結んで、その条約文の自分の資格の中に「空針の秘密王」という字を挿入した羅々《ロロ》という族長はこの諾曼の最初の公爵である。

軍旗の竿の先端に「針」の形をした尖った鋼鉄を緊《く》ッつけていたういりあむ征服王は同じく英国王たると共に、諾曼の公爵であった。

英国軍が、かの秘密の怪女傑じゃんぬ・だるくを焼き殺したのは留安市《ルアン》（諾曼の中にて聖野河に添いたる大都）である。

朔《さかのぼ》っては、彼のしいざあの面前に引出され、空針の秘密を打明けて命乞いをした仏蘭西の降将は、実に諾曼の中央部にある加烏州《カウ》の族長であったのである。

推測は次第に確定して来る。舞台は次第に狭まって来る。加烏州の中にあって聖野河畔に位する留安市、そこに向ってちょうど各方面の道が集まって来るようではないか。真柴博士の寄稿にもあった通り、空針の秘密は諾曼の公爵及びその後裔、即ち英国の諸王の手に移って一旦消滅したかの観があったが、後再び海峡を越えて仏蘭西王家の秘密となった。その以後特にこれに関係して著名なのは波理四世王（紀元千五百十三年――千六百十年）と、ふらんしす一世王（紀元千四百九十四年――千五百四十七年）の二王である。しかして前者は泥府《ディフ》（諾曼中の英国海峡に臨みし町）に近い有毛《アルケ》の戦争で勝利を得、後者は浴留市《アブル》（同じく聖野河口に突出する岬の一端にある市）を建設した。そしてこういう事を宣《のたも》うた。

「仏蘭西歴代の諸王はある秘密を継承す、その秘密たるやしばしば各都市の運命を左右するに足る」

　留安、泥府、浴留、この三点を占有する三大都市は、三角形の各頂点を為《な》している。その中央にあるのは加烏州である。

　かくて十七世紀が来た。路易第十四世は不可解の一人物が秘密を語らんとしたその書を焼いてしまった。時に高遠大尉なる者その中の一冊を抜き取り、秘密を読み取ってその隠匿《かくし》場所から宝玉類を竊み出した。しからばその隠匿場所は果していずくであろう？　甲斐塚町であろうか――浴留、泥府、及び留安から巴里へ行く道の傍にあるあの町だろうか……。

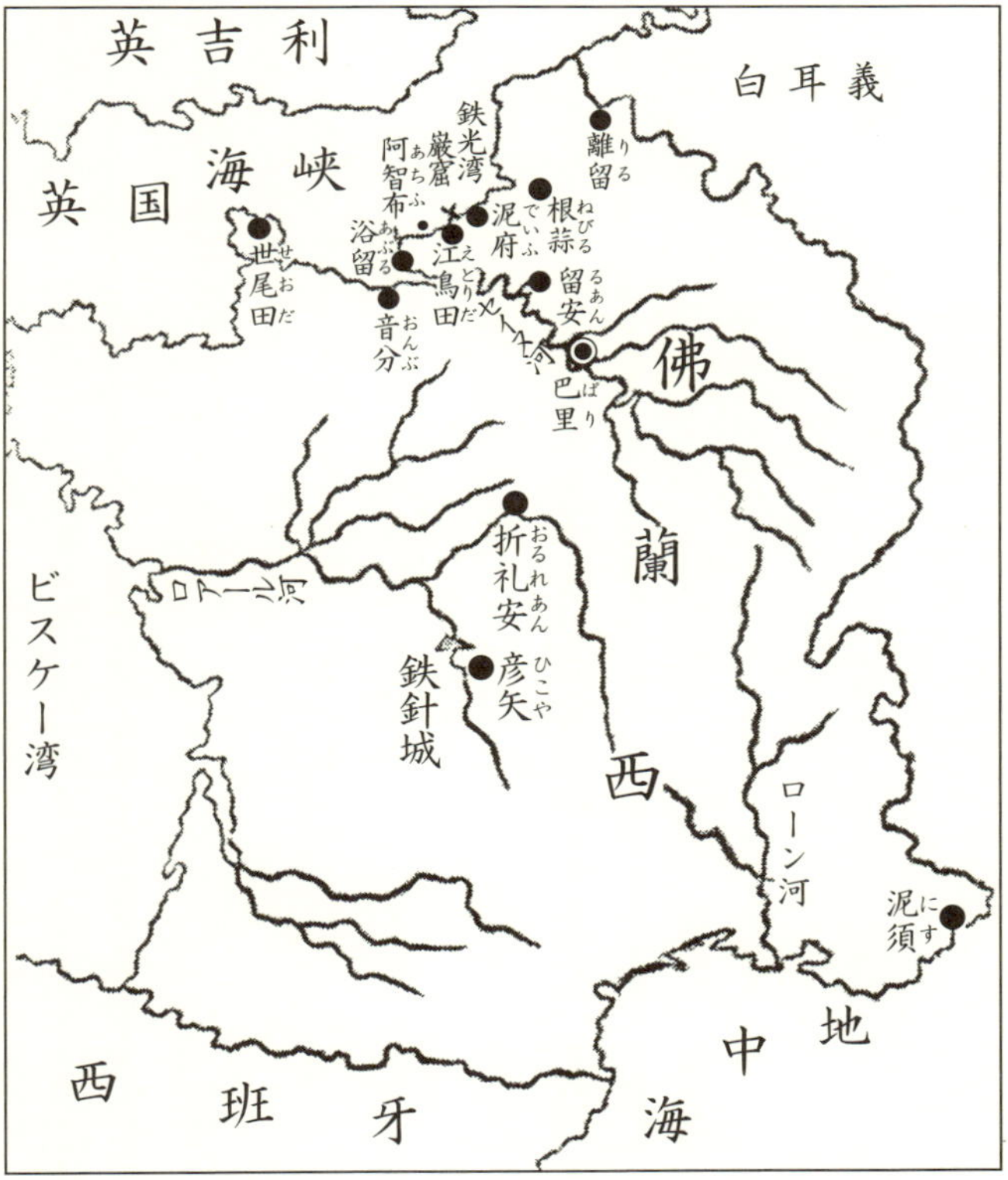

　それから一年を経て、路易第十四世王は土地を求めて鉄針城を築き給うた。その場所はどこかと言えば仏蘭西の中央部である。その結果数多の穿鑿家の思考は鈍くもその方へばかり向かって、肝心の西北部の諸曼の方は御不在《おるす》になった。

留安、泥府、浴留……三角形の三点だ……凡有る物がそれに横わっている……三角形の一辺は海、他辺は聖野河、そして残りの一辺は留安から泥府へ行く二つの大渓谷である。

一道の光明がまたもや赫灼《かくしゃく》として胸に射し来った。この区域の地面、聖野河の断崖から、英国海峡の断崖にまで走っているその高原の一帯は、以前から彼鉄光が定まって活躍した舞台である。十年以来、彼の種々の活動は殆どこの舞台以外に一歩も踏み出しておらぬ。即ち空針の秘密所在地と思惟されているこの一区域の中心を決して離れなかったのである。

現に散史自身が従事した今度の聖月院事件の舞台はどこだ？　即ち浴留と泥府との間の道に横わる音布留《おとふる》村ではないか。

留安、泥府、浴留――いつでもその三角形の中だ……。

こうして鉄光の奴、恐らく五六年以前に例の本を手に入れ、それによって王妃まりあ・あんとあねっとが記号を隠し給うた所を嗅ぎ知って、終に有名な王妃の祈禱書へ手をつけたのだ。一度記号を掌中に握るや否や、彼は猛然活動を開始し、秘密を発見し、大宝窟王となり澄ましたのである。

今や散史はその舞台に立った。

一五　神秘なる歴史の裏面と鉄光の全生涯………英国名探偵保村俊郎の出動………

散史はここに一個純正な気力に刺激されて、新に巴里を出立した。この同じ旅程を鉄光も取ったのであろう。この同じ希望を彼奴も画いて進んだのであろう。このようにしてかの神変奇怪なる大秘密の後を跟《と》めて捜索の途に出で立った時、彼巨盗の胸はいかに波打った事であろう。ああ、三井谷散史の努力もまた勝利の結果を齎《もたら》すであろうか。

留安の市は払暁に徒歩で踏み出した。容貌を全然変えて、杖の端へ鞄を突き刺して肩に担いだところは、丁稚《でっち》小僧の藪入りという体裁。まず真直に沢礼《タクレ》町まで進んで、そこで昼飯を済ました。この町を出ると聖野河に添うて進んだが、それからはなるべくこの河を離れぬよう離れぬようと心掛けた。種々の推論によって更に燃え盛った彼の本能力は、常にこの雄大なる河畔の蜿蜒《えんえん》たる岸に彼を引戻さずにはおかなかった。この地方の某男爵の財物を鉄光の徒党が竊んだ事があったが、その贓品《ぞうひん》は聖野河からどこへか送られた。聖月院の古器物彫刻などもこの河岸に運ばれた。散史は、留安と浴留との間を規則正しく往復する贓品運送船の船隊を脳裡に画いてみた。信号檣《マスト》を持ったそれ等の小船隊は、何年も何年もの間この地方の美術宝什を積み載せて、流れに従うて秘密の庫《くら》に運び去ったのである。

「ああ、胸が燃えるようだ……燃えるようだ！」

と呟きながら散史は進んだ。大波の如く続けざまに胸を打って来た真理の衝動は、殆ど彼をして呼吸《いき》の根を止めるばかりに感ぜしめたのである。

初めの数日間は種々の障碍に遭遇したが、それがために決して失望はしなかった。彼は自分を導きつつある推理が正確であるという事については確乎不抜の自信を有している。その推理たるやあるいは大胆極まるものでかつ無法狂妄の観があるかも知れぬ。けれども関《かま》わない。鉄光を向うへ廻して敵対する以上、この位の大胆、誇張、非常識な考えは許してもらわねばならぬ。

河畔の須磨井《すまい》町、真平《まひら》町、聖安都路《せいあんとる》町、幸手《さって》町、旦加《たんか》町、杙場《くいば》町……散史は一々歴訪した。これらの場所は彼に種々の記憶を呼び起させた。幾度び彼はその荘厳なる峩斯式《ゴシック》の尖塔を仰ぎ、由々しき廃趾の古い光彩を眺めて沈思黙考に耽ったろう！

しかし何と言っても浴留市と、その近郊とは烽火《のろし》のように一番強く散史の眼を惹きつけた。

「仏蘭西歴代の諸王はある秘密を継承す。その秘密たるやしばしば各都市の運命を左右するに足る！」

この隠密なる古王の言葉は、突如として明確なある意味を彼の頭脳に輝かせた。ふらんしす一世王がこの地に一市を建設せんと決心し給うた理由は正にそれではないか。そして浴留市の運命が正に空針の秘密と一味の関聯を持っているのではないか。

「それに相違ない、それに相違ない！」と散史は熱心に呟いた。「この古い諾曼の湾口は昔我が仏蘭西の国民性が形造られた中心点だ、歴史上の緊要な地点の一つだが、それはこういう二大勢力の下に完成されたのだ。――一つはこの辺が世界に対する港口で、制海権を握るに好都合であるという明白な万人に知れ渡った理由である。ところが他《も》一つの理由は暗晦朦朧としていて誰も解らない、誰の眼にも見えない神秘奇怪なものである。この後の方の理由の底深くに空針の秘密が潜んでいるんじゃあるまいか。空針の秘密は仏蘭西とその王家の歴史の全面を説明すると共に、隼白鉄光の全生涯を語っている。同一の資力、同一の努力が、仏蘭西諸王の運命を支配したと共に、世界の巨盗の運命をも左右しているのである」

散史は倦まず撓《たゆ》まず、村から町、河から海と猟師の如く秘密を漁り廻った。風上に向けた鼻をヒコつかせ、眼を皿大に見張り、耳を兎のようにピンと欹《た》てて、どんな微細な匂いでも、形でも、物音でも逃すまいとした。非情な物の中から深い意味を掻き出そうと努めた。

「この坂が怪しいぞ……いや、あの森の中かも知れないな……オヤ、この古い家の恰好が迂散臭《うさんくさ》いぞ……ほオ、百姓たちが何か喋っているわい……田舎言葉でちっとも解りゃしない……けれども何か手懸りがつきやしないか……」

散史の眼にはあれも怪しいこれも怪しいで、グルグル廻りながら転手古舞《てんてこまい》をする……。

＊

ある朝の事である。音分《おんぷ》町と言って河口にある古い町を近くに望む一軒の宿屋で彼は食事をしていた。すると自分と対い合って一人の男がやはり物を喰っている。赤茶けた毛髪《かみのけ》が蓬々と濃く生えている容貌、長い襯衣《シャツ》に似た外衣《うわぎ》を着ている風俗、どう見てもこの諾曼地方特有の博労である。が、暫時して散史が気付くと、博労先生じッとこっちを眺めている。知っている男だと言ったような眼付だ。いや少くも見た事があるような顔だと思案しているらしい。

「ヘッ、何か人違いをしていらア。己はあんな博労なんか見た事もないぞ」

こう考えた散史は格別気にも留めず、巻煙草を吸ったり、珈琲《コーヒー》を飲んだりしていた。やがて食事が済んだから、勘定をして出ようとすると、そこへドヤドヤと一群の客が入って来て入口を塞げたので、散史は博労の居る卓子の傍に立って避けていた。と、突然耳の端《はた》で、

「三井谷さん、お早う!」

と小声に呼掛けた者がある。それは件の博労であった。

散史は躊躇もなくその傍へまた腰を降ろし、

「ええ、僕は三井谷です……けれど貴君はどなたですか? どうして僕の名を御存知ですか」

「いや、そりゃ苦もなく解りました……尤も君の肖像は新聞で拝見しただけではあるが……しかしねえ三井谷さん、君は失敬じゃがまだ拙い――仏蘭西語では何と言われるか――つまり変装じゃね、そいつが拙い」

と言う言葉は外国の訛りを持っている。散史はきっと博労の面を注視した。するとこの博労もどうやら顔を装《つく》り変えているらしく思われて来た。

「貴君は誰方《どなた》ですか? 誰方ですか」

博労は微笑んで、

「私がお解りにならんかな」

「解りません、御目に掛った覚えがありません」

「それは私も御同様じゃ。けれども考えてみなさい……私の写真も新聞に曝されたからね……しかも再々じゃ……まだお解りにならん?」

「どうしても解りません」

「保村俊郎です」

言われて散史はハッと驚愕《おどろき》の眼を見張った。

一六　赤錆び錠が卸りた鉄門………その名は降星の砦…………

鉄光に誘拐された英国の名探偵、竜海丸で亜弗利加沿岸を引廻された末、蟹丸刑事課長と共に尾振海岸の警察署前に棄てられた保村探偵、それが今日諾曼のこの田舎に博労と変装していようとは夢にも思わなかった。

何にしてもこれは誠に興味のある大切な邂逅《めぐりあい》であった。散史は直ぐに全体の形勢を直覚した。で、初対面の挨拶が済むと、

「保村さん、貴君がこんな処へいらしったのは……無論彼奴の探偵でございましょう」

「そうです」

「では……では……やはりこの方面に機会が在ると御考えなのですね」

「確にそうです」

ああ、世界に名声の聞えた大探偵の意見も自分と一致しているのか！　そう悦ぶ傍からある他の感情が混って起らぬでもなかった。もし保村探偵もその目的を達したとしたならば、少くも勝利の名誉は二人で配《わ》けなくてはならぬではないか。ところが老錬機敏な大探偵、自分よりも先きに一番槍を付けぬとも限らぬではないか。

「貴君は何か証拠をお握りでございますか？　何か手懸りとなるようなものをお持ちでございますか」

保村探偵は直ぐに散史の不安な胸中を見抜いてしまった。

「ハハハ、心配なさらんでも好いよ。私は何も君の踵を追掛けて行きはしない。君の唯一の手懸りとするのは例の記号じゃろう。が、私に取っては記号や本なぞは余り有望とは思われないからなア」

「では、貴君は何を目指していらしったのですか」

「私か……私は少し別なものじゃ」

「何でございましょう……失礼ですが……」

「何の、御話ししても一向差支えない。ソレ、君も御承知であろうが、鉄光にはお利瀬という養母がありましょう」

「知っています、知っています」

「私はそのお利瀬の在所《ありか》を突きとめたのだ。住所かね……今の住所は第二十五号国道から程遠くない一軒の大きな百姓家でね、つまり第二十五号国道と言えば浴留から離留《リル》町へ通じている道さ。私はこのお利瀬の手から苦もなく鉄光を取占《とっちめ》る事が出来ると思う」

「しかし長くかかるでしょう」

「それは関わない！　私は他の事件は悉く打ち棄てて、今はこれに専門熱中して居る。鉄光と私との間は戦争です……決死の戦争ですぞ」

保村大探偵はこれ等の言葉を一種の残忍酷薄な調子で言った。それで見るといかに彼が先頃鉄光から受けた屈辱に対して復讐の念が燃え盛っているかが解る。最も惨酷に自分を欺瞞した大敵、それは実に彼にとって不倶戴天の仇敵であるらしい。

「さアもう御別れとしよう」と大探偵は急を声を密めて囁いた。「我々は絶えず敵から的われているものと思わねばならぬ……実に危険です……しかしこの言葉は記憶しておいて頂きたいよ――他日機会が到着して鉄光と保村とが面と面とを突き合わす時はじゃね、その時は……いよいよ大悲劇の幕が演じられる時なんじゃ――」

散史は保村探偵に別れて外へ出たが、今は全く安心の形である。保村氏は我が競争相手であると恐れる心配は失くなった。それに今日の偶然の邂逅で更に一個の手懸りを得た、というのは浴留港から離留町への国道は泥府を通っている。それは実に加烏州の大海岸国道でかつ英国海峡に面した一帯の断岸に添うたる国道である！　しかして鉄光の養母お利瀬が現住地は、この国道を距る程遠からぬ農園の中というではないか。養母お利瀬が居るという以上、最早鉄光がそこにいるも同然である。何となればこの母子は影の形に伴う如く毎時起居行動を倶《とも》にしなんだことはない。殆んど盲目的に鉄光のために老軀を捧げているお利瀬、その蔭には必ず鉄光が潜んでいるのである。

「ああ、胸が燃えるようだ！　燃えるようだ！」と散史は幾度となく手で抑えて、「ああ、それからそれと出会《でっくわ》す新しい報知《しらせ》は、一として己の想像を確めないやつはないぞ。一方には聖野河の岸という確な処がある。また一方にはあの国道というやつが出て来た。この二つが合さりあう処は例の浴留の港だ、即ちふらんしす一世王の市、秘密の街だ。捜索区域もだんだん狭まって来るぞ。加烏州は広くはない。仮令《よし》広くってももう西部の方だけを探偵すればいいのだ、うまい、うまい！」

そう思うと勇気百倍、更に頑然たる決心が湧く。

「鉄光が見付け出したほどのものを、己が見付け出せぬという法はない」

実を言えば鉄光は非常に有利な位置に立っていたし、散史は非常に不利な位置に迷っているのだ。何故ならば鉄光はこの地方の詳細な地理を知っていた。田舎に伝わる伝説を知悉《ちしつ》していた。散史は全くこれを知らない。この方面へ来たのも聖月院の強盗殺人事件の時が初回である。それも悠くり逗留したわけではない、時々飛脚のように来ては飛脚のように飛び去っただけである。

しかし今将《はた》そんな事が何の問題になろうぞ？　地理や伝説を知っても知らなくても、鉄光が我が附近に潜伏しているのは確実だ。さながら眼に見えるようだ、手に触れるようだ。この道を一曲り曲ったら出会すかも知れぬ、あの森の裾に隠れているかも知れぬ。次の村の端れに潜んでいるかも知れぬ。このようにして、絶えず失望に打たれながらも、失望の度びに何かしら新しい理由を発見して益々抵抗力を強めるのであった。

　時々散史は狂人《きちがい》のように路傍の森の中に駆け込んで、兼て紙片に記してある例の記号を取出しては、いつまでもいつまでも首を捻って考え込む。そうかと思うと、不意に丘の上の草に俯伏しになって、日の暮れるも知らずに死人のように身動をもせぬ事などあった。彼はまだ若い。彼の前途は悠々たるものである。希望ある未来は彼のものであった。

　驚くほどの忍耐を以て、彼は聖野河から海へ、海から聖野河へと踏破した。同じ道をも幾度びとなく改めた。そこに何等の手懸りが残っておらぬという事を確めるまでは倦まずに一個所を調査しながら次第々々に捜索区域を拡めて行った。

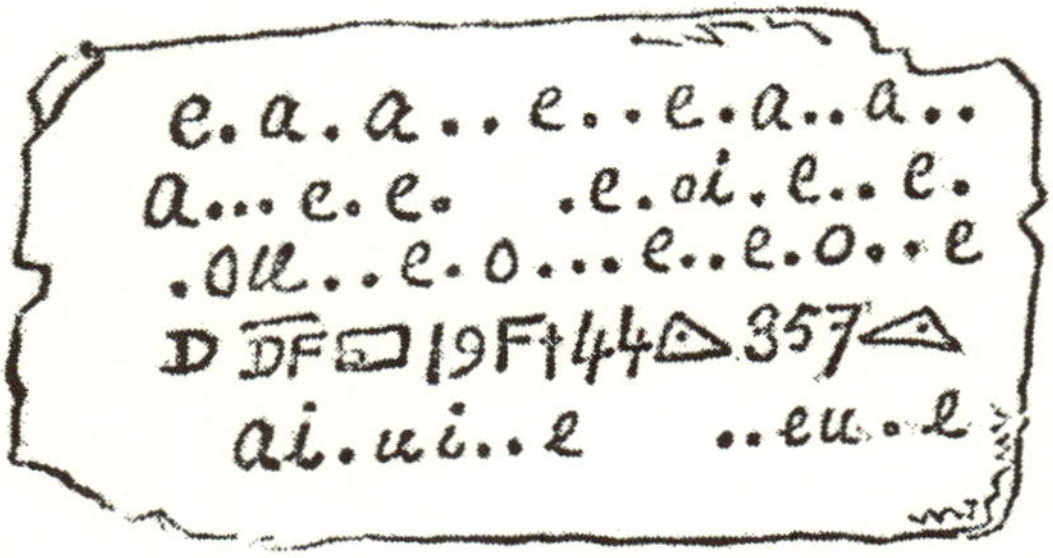

　夜になると態と百姓家の扉を叩いて泊めてもらった。夕飯が済むと一家団欒して煙草を喫《ふか》しながらお喋りをする。散史もその中へ割り込んで宜しく合槌を打ちながら、何かこの土地の昔噺が聞きたいと頼むと、気の好い田舎者は冬の夜長の徒然《つれづれ》に、飛んだ気晴しと悦んで話して呉れる。その中にソロソロと本領の方へ水を向けて話を誘ってゆく。

――


「時にお爺様、空針とかの噺が残っているのはこの辺じゃないんですか……知っていませんか」

「なに、空針……そんねえな噺はまだ聞いた事もござりましない……」

「そうですか、怪《おか》しいなア、そんなはずはないが……何か針の話の出る昔噺を想い出しませんか……不思議な針の話を……どういう事だか僕は知りませんが……」

「はアてね、一向想い出しましない……はアてね……」

こういう塩梅で更に要領を得ない、何の噺も、何の記憶もない。しかし散史は翌日また嬉々として威勢よくその家を出立するのであった。

*

ある日聖寿《せいじゅ》村という海に臨んだ景色の好い村を過ぎた。彼は来るともなしに海岸に出たので、断岸の裾のゴロゴロした巌の間に降りたり、また高い台地に登ったりなぞして次第に阿智布《あちふ》という岬の方へ進んで行った。その辺には水の枯れた渓谷が幾つも海の方へ向って走っていた。彼は少し疲労してはいたが、しかし快活に身軽に欣然として歩いていた。鉄光も、空針の秘密も、お利瀬も、保村大探偵もなにもかも一切を忘却してただ眼前の美しい自然に見惚れるほど彼の心は愉快であった。蒼空《そら》は藍青《らんせい》に、大海は濃緑色《エメラルド》に、そして凡有る地上の物は日光にキラキラと輝いていた。

行手に当って一道の急な坂と、羅馬《ローマ》時代の陣営の古跡とも思われる煉瓦の壁の遺物が現われた。それを眺めつつ行くと、間もなくまた一個の小さな城とも思われる建物が彼の視線を捉えた。それは何でも古昔の城塞《とりで》を模倣した建物らしく、傾き廃れた小塔と峩斯式《ゴシック》の窓とを持っている。建った場所は巌骨突兀《とっこつ》、鋸の歯の如くギザギザした岬の上で、殆ど断崖から離れて乗出している。閂で閉じた門と、鉄の欄干《てすり》と、毛髪の如く逆立った尖鉄とが狭い路を護った形である。

散史はかなり骨折って巌の上へ登って見た。と、古い赤錆びた錠をおろした門の真上に、

Fort《フォール》 de《デェ》 Fréfossé《フレホッス》.（降星《ふるほし》の砦）

という字が書いてあった。

彼は首を傾けて暫時これを眺めていた。

一七　奇怪なる海中の巨巌塔………洞穴の床板に残れるＤＦの二文字………

偶然目に触れた断崖の上の砦を、散史は近寄って珍しそうに眺めていたが、敢て門内に入込もうとはしなんだ。しかし右手に廻って小さな坂を降りると崖の椽《ふち》に木製の欄干が結い渡してあって、それに添って一本の小径が通じているので、その小径の中へ乗り込んだ。そして真直に行くと径の端れの右手の所に、直径の極く狭い一つの洞穴があった。これは海の方へ急に落ち掛っている大巌の端へ穿ってあるので、宛然《えんぜん》一種の望楼めいた恰好をしているのである。

この洞穴《ほらあな》の中央頃に、人間一人直立し得るくらいの余裕《ゆとり》がある。穴の内側には数知れぬ種々の銘刻が縦横に走っている。巌にはまた一つの真四角な穴が屋根窓のように開いていて、そこから砦の銃眼を明けた尖頂《いただき》が四五十間《けん》先きに見える。

散史は背嚢を降ろしてドッカと胡座をかいた。今日の活動は実に疲労《くたび》れた。その故《せい》かいつかウトウトと仮睡《まどろ》んだ。暫時すると洞穴の中へ吹込んだ一陣の海風に眼が醒めた。が、ただ醒めたというだけで身動きもしない、朦朧とした眼付をして茫然《ぼんやり》としている。何だか変挺《へんてこ》だ、己はどこからどうしてこんな処へ来たんだろう、夢のような気がする、これじゃならない、確乎《しっかり》しなくちゃ不可《いけ》ないと、強いて心持ちを明瞭させてやおら起ち上ろうとするその一刹那、彼は急に何やら一つの印象に撲《う》たれたと見え、眼を大きく見張ってきっと前方を見詰め出した……

見詰めるに連れて一種の戦慄が頭の頂辺《てっぺん》から足の爪端《つまさき》まで伝わった。両の手が自然に顫えて、我にもなく苦悩《くるし》そうに握り合さったり離れたりする。毛髪の附け目《ね》からは大滴《おおつぶ》な汗が滲み出るのが解る。

「いんにゃ、いんにゃ、やっぱり夢だ、さもなけりゃ幻覚だ……まア能く見弁《みきわ》めよう、まさかに

「そうじゃあるまい！」

とまた膝を落として屈み込んだ。そして熟《じっ》と洞穴の床を凝視した。その花崗岩《みかげいし》の床には、各長さ一尺もあろうかという大字が二つ、浮彫になって現われているのだ。誠に不細工で、かつは幾世紀の摩損のために耗《す》り減らされて平になっているが、しかし判然と解るその二字というのはDの字と、Fの字である。


　DとF！　ああ、何という不思議な奇蹟であろう！　この二字は例の記号の四行目にある唯一の奇怪な文字ではないか！　散史はもう記号の記憶をわざわざ喚起《よびおこ》すまでもない、あの他の行とは違って変妙な三角や四角の形のあるその四行目中のこの二つの文字！　瞳の背後、脳髄の奥に絶えず宿っていたこの二文字を忘れてなるものか！


　彼は漸く起ち上って険阻な路を降り出した。見ると前方の高台の草原に一人の羊牧者《ひつじかい》が羊を引いて帰りかけている。で、またその方へ登って行って、呼び止めて、

「ちょっと物をお尋ねするが、あの洞穴ですね、あすこに見える……あの洞穴ね……」

と言い掛けたが、いかにも唇がワナワナと顫えて喋られない、思う通りに言葉が出て来ない、それを悶《もど》かしがって焦れば焦るほど口が吃るので、突然に問い掛けられた羊牧者は吃驚して散史の顔を眺めている。

「……ソラ、あ、あすこの洞穴さ……あすこの……砦の右手にある……あれには何とかいう名でもあるのかね……」

「ああ、あれかね……ありゃ貴君、何とか定まった名があるかも知んねえけれど、そうさね……この辺の者等ア……え、この辺ッて、この江鳥田《えとりだ》（Etretat）の界隈の者等ア、あすこのことをお嬢室《じょうむろ》（Chambre des Demoiselles《シャンブル　デュ　デモアゼル》）、お嬢室と呼んでいるがね」

「何？……なに？……何と呼ぶって？」

「お嬢室さね」

散史は羊牧者の咽喉に飛び付こうかと思うまで胸が躍った。総ての秘密はこの男の体の中に潜んでいるんじゃないかと感じられた。そうだとしたらほんとに一摑みにその秘密を引き攫《さら》ってしまいたい……。

令嬢（demoiselles《デュモアゼル》）！　実にあの記号の中で漸く解釈のついた三語中の、その一語ではないか！　散史は立っている土地諸共一陣の狂猛な颶風《ぐふう》に吹き捲くられるような気がした。狂風は飃乎《ひょうこ》として海より煽り、陸より暴び、四方八方より自分を包囲して、真理の鞭を投槍の如く打ち付け打ち付けする如く思われた……。

今こそ初めて解ったり。記号の意味は初めて炳然《へいぜん》として心に映ったり、お嬢室……江鳥田岬……。

「これに相違ない！」と散史は考えた。頭脳には赫灼たる光明が満ちていた。「確にこれに相違ない……それにしても何故早く気がつかなんだろう」

で、羊牧者に向って低声《こごえ》で、

「いや、お蔭で解りました……御引止めして失礼……どうぞもう帰って下さい……有難う……」

羊牧者は何の事とも気が付かず、不審そうな顔をして物を呟きながら、口笛を吹き吹き羊を追うて行ってしまった。

四辺の人影の失くなったのを見極めると、散史は再び砦の方へ帰って来た。そして今しもそれを通り過ぎようとする時、怪しくも急に腰を打《お》って地面へピタリと匍伏《はらば》いになった。

「己も少し気が変になったぞ！　もし彼奴が見ていまいものでもないじゃないか！　彼奴でなくても同類がいないとも限らんじゃないか！　桑原々々、もうかれこれ一時間余も徨徨《うろつ》き廻っていたからなア！……」

そのまま身動きもせずに突伏していた。

＊

太陽はもう沈んでしまった。夜は次第々々に昼と交代して凡有る物の輪廓を朧にさせた。散史はこうなるのを待っていたのだ。で、彼は四辺を見廻しながらお腹を平に地面にくッ付けたまま、徐々と虫の匍うように動き始めた。岬の一角に添うてこう匍伏しながら終に断崖の突端まで出た。

弥々そこへ匍い着くと、両手を伸して周囲の雑草《くさ》を掻き分け掻き分け、身を乗り出して絶壁を覗いて見た。

眼下には青黒い蒼海《うみ》がドロリとして拡がっている。その自分の前方に当り、現在覗いている絶壁と殆んど平行に、高さ約四十間も有ろうと思われるほどの一個の大巌が浪からニュッと抜け出て欹《そばだ》っている。それは海の表面に現われた花崗岩の基礎《どだい》の上に突立った謂わば途方もなく巨大な方尖碑《ほうせんひ》のような形で、頂辺にゆくに従って細くなっているところは、さながら深海に棲むちょう怪物の牙とも思いなされるのである。一帯の絶壁の濁れた灰白色に比べては、その孤巌の面はよほど白く、幾世紀も幾世紀もの間、石灰の層と海の砂礫とが間断なく上へ上へと潮のために積み重ねられた跡は、その面に水平に刻まれている数多の筋によって見分ける事が出来る。

かしここここに裂目が有ったり、崩れ目があったりする。そういう処には必ず地面の断片が露われて、その上に雑草が生え落葉が積もっている。

にも係らず、巌全体の形がいかにも巨大である、堅固である、驚くべきものである、そして堂々として破壊すべからざる面魂《つらだましい》を備えている。それに対しては海の激浪怒濤も一堪りもなく跳ね返されそうである。不朽不滅の形は壮厳偉大の相、相対して大陸を限る綿々無辺の絶壁の城塁を侮り、脚下を囲繞する広漠際涯《さいがい》なき大洋を嘲って、屹然頑然として聳立するこの怪巨巌！

思わず力を籠めた散史の爪は一躍餌食の上に飛び掛らんと身構える猛獣のように地面に喰い込んだ。そのきっと見張った両眼の視線は、巨巌の皺だらけの肌面《きめ》を透し、皮膚を貫き、その真髄にまでも徹せんとしている。彼はそれへ触れたも同然である。それを認知し、それを把持《はじ》し、それを吸収して同化溶解させてしまった概がある……。

　ここはどこだ？……江島田の海岸じゃないか！　あの巌の形は何だ？……針の形じゃないか！かなた遥かの水平線は日没の名残の焔に染みて深紅に燃え立った。長い真紅《まっか》な雲の幾団がその上の空に動きもせずに流れている。あるいは赫々たる山河の形をなし、あるいは奇怪なる沼沢の姿に現じ、あるいは火の高原、黄金の森、血潮の湖《うみ》と、ただこれ灼熱したる平和の天の幻像の面白さよ！

　須臾《しゅゆ》にして蒼空《おおぞら》の藍色は黒味を増してきた。金星が奇異の光に輝き始めると、かしこに一閃、ここに一閃、終に満天の星がまだ憶病げながら蒼く瞬き出したのであった。

　散史はフッと眼を閉じて、痙攣でも発《おこ》したように両手を額へ押し当てた。ああ、何たる発見ぞや！　彼は嬉し死に死ぬほどの喜悦と、胸の捻れるほどの狂おしい情緒とに撲たれた。見よ、見よ……かの海中の「江島田の針」の殆ど頂上、鷗が皷翼《はばたき》しつつある尖端《とんがり》の稍や下の所の一つの裂け目から、一縷の烟が洩れているではないか……ちょうど眼に見えない煙突からでも騰《のぼ》るように、その白い烟の糸はゆるやかな渦を巻きながら、薄暮《たそがれ》の静な空にほのぼのと匍《は》って行く！

一八　難攻不落の大聖殿……ああ驚くべき千古の怪窟……

　果然、「江島田の針」は空《うつろ》であった。

　ああ、こは抑《そ》も天然自然の現象であろうか。地質の激変のために開鑿されたものであろうか。激浪に冒され雨に浸透《ひた》されて一分々々と陸地が浸蝕されたその残片《のこり》であろうか。それともごーる人（仏蘭西界隈の古国の民）けると人（愛蘭《アイルランド》、貌列顛《ブリテン》等の地に住みし古民）もしくは前世界の巨人の手になった人力以上の大細工でもあろうか。

無論これは解釈の出来ない問題である。けれどもその原因がどうであろうとも、この針の巌が空なのは事実だ。今はその事実だけで沢山である。ここのすぐ横手に安春《アバル》の門（Porte d'Aval《ポルトダバル》）という凛々しい弓形門がある。それは断崖の頂上から大枝のようにズーと手を伸ばして、水面下の巌の上に根を張っている自然の門であるが、その門を距ること三四十間にしてこの石灰石の大巌が屹立しているのである。ああ、何という驚くべき大発見であろう！　隼白鉄光の後にしてここに三井谷散史あり、二十幾世紀の久しきに亘って茫漠思議し得べからざりし一大謎を解き得べき鍵を手に入れた！　野蛮人の彷徨せし遼遠の古昔《むかし》においても、これを持つ者に取っては絶大の価値ある鍵であった！　敵前に逃避する凡有る種族にとって、巨大の巌窟を開くべき魔法の鍵！　決して他より冒さるる憂いのない神聖なる避匿所《かくれが》の扉を護る神秘の鍵！　権力を与え優勢を与える妖術の鍵！

この鍵を知るが故に彼のしいざあはごーる族を服従させる事が出来た。これを握るが故に諾曼族は国内を掃蕩し、隣島を伐り従え、しいしりー島に勝ち、東方諸国を征服し得たのである！

秘密の持主、即ち英国の諸王はそれがために仏蘭西を征し、仏蘭西を屈服させ、巴里において王位に就く事が出来た。けれども一旦秘密を失うや、そこに敗北の徴《きざ》が萌したのである。

それに代った秘密の持主、即ち仏蘭西の諸王は猛然蹶起《けっき》し、外夷を追払い、狭き国境を踏み越え踏み越えて一大国家を建設し、光輝赫々たる功業を遂げた。しかし彼等がそれを忘れ、あるいはその用法を忘れてしまってからは、死と、流竄《るざん》と、衰頽《すいたい》とが相続いた。

ああ、偉なる哉、陸地を距る事十尋の海中における隠れたる一王国！　辻公園よりも広い花崗岩の基礎の上に建設された、のーとるだむの塔より高い人に知られぬ一堡塞！……実に何という力、何という安全さであろう！……巴里から聖野の流れに棹《さおさ》して海に出ずれば、そこに要害浴留《アブル》の港あり……港を距ること十六浬にして難攻不落の聖殿空針窟あり！

しかり、それは聖殿であると共にまた一種の素晴しき隠れ場所である。世紀を重ねる毎に増して行った諸王の凡有る財物、仏蘭西の凡有る黄金、諸王が人民の膏血を絞った凡有る物、欧洲各所の戦場から蒐集した凡有る戦利品は、悉くこの王室の洞穴の中に積み重ねられてある。仏蘭西古朝の金貨、英国の昔の銀貨、西班牙《スペイン》の古い貨幣、その他各国の貴重なる宝石、金剛石、珠玉、装飾等一としてそこに在らざる物はない。何人が果してそれを発見し得しものぞ！　何人がよく空針の測知し難き秘密を学び得しものぞ！　曰く何人《なんぴと》もなし。

独り彼鉄光があった。

鉄光は真に一代の才物である。しかしいかに彼の才が無尽蔵であるとはいえ、間断なく社会を敵とするその永久の戦争においては枯渇し尽さぬとは限らぬ。彼にとってはやはり他の物質的の財源が必要である。安全なる隠匿所《かくればしょ》が必要である。後顧の憂いなく平和にその策戦計画を廻らすに足るべき城塞がなくてはならなかったのだ。

鉄光から空針の秘密を除いたならば、彼は理解すべからざる人物となる。実在というものと何等の関聯なき小説中の一性格となり了《おわ》るのである。

しかるに彼は秘密の主人公となった——しかも斯くの如き驚くべき秘密の持主となったのだ！ここにおいてか彼も初めて理解し得べき実在的の人間となった。耳ならずこの一大天恵と一大勢力とを握って、好運なる星の下に縦横無尽の活動を擅《ほしいまま》にし得たのであった……。

さて針の巌は空であった。これは最早争う余地のない明白の事実である。ただ残った問題は、いかにしてそれへ接近し得べきかという事である。

海から出入口があるのは無論の事である。巌の外海に面した側に裂目か何かあって退潮の時に端艇《ボート》で出入りするようにでもなっているのだろう。

しかし陸地からはどうであろう。

夜は次第に深くなりまさって、海も陸も一抹の闇の底に掻き消された。ただ蒼白い星の光を頼りに覗うと、かの眼前の奇巌は寂漠の中にピラミッドの如き沃黒の姿を現じ、黙々として神秘の相を示している。散史は夜濤の咽ぶ絶壁の頂に獅咬《しが》みついたまま、視線をその妖暗中の怪物の面に喰い込ませて、十時過ぐる頃まで沈思に耽った。
やがて意を決して起ち上り、江島の町へ帰って行った。町端れの安宿を探してそこへ宿《とま》ると、室の扉と窓とを閉め切ってかの記号を取り出した。
ここまで漕ぎ付けた今、この記号の意味を読み解くのは散史にとっては児戯に等しい容易《たやすさ》である。彼には直ぐこういう事が解った。Etretat（江島田町）という語の中に含まれている、E、E、Aの三つの母音は、記号の最初の行の後半に点在している三つの母音と相照応している。その順序も間隔も適合《あてはま》る。依て最初の行は今こう直す事が出来る。

“E.a.a.《ウアア》 Etretat《エトリタット》（江島田）a..《ア》”

この江島田の前に来る字は何であろう。無論町を中心として考えた彼《か》の針巌の位置を示した語であろう。ところで巌は町の左手即ち西方に立っている……彼は色々と記憶を掻き捜した末、憶いついたのはこの海岸では西風のことをVents d'aval《バンダバル》（阿春嵐《あはるおろし》）とも呼んでいる。所で所謂（安春の門）は西の方下手にある。そこでこう書いてみた。

“En《アン》 aval《アバル》 d'Etretat.a..《デトリタットア》”（江島田の下手…）

第二行目は例の終りの方にDemoiselles《デュモアゼル》（令嬢）という字を含んだ行である。これは先刻羊牧者から聞いた「お嬢室」（La《ラ》 Chambre《シャンブル》 des《デ》 Demoiselle《デュモアゼル》）のことを指したのであろう。すると第一行と第二行とを続ければ次の如くなるのである。

“En aval d'Etretat（江島田の下手）

“La Chambre des Demoiselles（お嬢室）

最後の行は解っているが、第三行目がよほど難かしい。長い間苦心した末、やはり針巌の位置から考えて到々読み解く事が出来た。

“Sous le Fort de Frefosse《スールフォールデュフレホッス》”（降星の砦の下）

というのである。

で、記号を読み解き得た意味の通りに書いてみると次のようになる。

江鳥田の下手
お嬢室
降星の砦の下
空針

これが四つの大公式である。是非とも知らねばならぬ四大要素である。これによってまず頭を江鳥田の下手、即ち西方に向ける。そしてお嬢室に入る。何等かの手段で降星の砦の下を通る。斯くて弥々空針窟に達する――とそういう順序になるのである。

しかからばその手段とは何であるか！　それは第四行目に現われた次の如き不思議の暗号を解釈して進まねばならぬ。

これこそ空針窟へ達すべき出入口を示している特別の公式である。これを唯一の頼りとして千古の怪窟を開かねばならぬ。

散史は直ぐにこういう推定を下した——それはもし陸地と彼《か》の海中の奇巌との間に真直の通路があるとするならば、必ずや一個の隧道《トンネル》がお嬢室の洞穴から発って降星の砦の下を貫き、三百尺の断崖を垂直に降って海底の巌を通り、空針窟に達しているものに相違ないというのである。

さらばこの地下道への入口はどこであろう！　判然と洞穴の床に彫ってあるDの字と、Fの字、あれが巧妙な器械的の作用か何ぞで入込める鍵となっているのじゃあるまいか。

一九　精巧を極めたる大宝窟の入口………三井谷が周到なる研究踏査………

翌日は午前中江島田の町を彷徨《うろつ》いて、誰彼の差別なく行き逢う者を取っ捉えては何か手懸りになる事ともやと訊ねてみた。が、一切要領を得ないので、午後はまた海岸へ出掛けた。短いズボンに魚釣服、容貌をズット若くしてまるで十三四歳の漁夫の悪戯小僧のような風采をして行った。

お嬢室の洞穴へ入るや否や二つの文字の前へ膝を突いて叩いてみた。動かない。押てみた。動かない。捻り廻してみた。凡有る手段で操ってみた。が、何としても揺がばこそ。彼は落胆《がっかり》してしまった。これほど骨折って成功しないところをみると、この二文字は動く仕掛けにはなっていないのだ。全く床石に彫りつけてあるままなのだ。

そうは言うものの……そうだ、そうは思うものの、何とか意味のないはずはない！　江島田界隈の者共に訊ねたところでは、何のためにこの二文字があるのだか解らない。現にある有名なこの辺の考古学者でさえ、その「江島田の起源」という著書の中で、お嬢室の床の二文字は恐らく遍歴の旅人が記念のために自分の頭文字を彫って行ったものであろうなぞと当推量を説いている。が、散史はそんな有名な考古学者でさえも知らなんだ事を知っているというのは、例の記号の中の第四行目、つまり四角形や三角形のある暗号の行の中に同じＤＦの二文字が出ている事である。これは偶然の一致であろうか？　どうもそうとは思われぬ。すると果して何であろう……？

考えている中に偶《ふ》と気付いた事がある。これは極めて簡単でかつ道理に合っている事で、散史自身もこれなら間違いないと自信したくらいであった。即ち四行目のＤとＦとは記号中の二つの最も重要な文字の頭文字を現わしているのじゃあるまいか――つまりDemoiselles（お嬢室）の頭文字のＤと、Frefosse（降星の砦）の頭文字のＦとである。二つとも空針窟の位置を暗示する大切な文字であるところから見ると、その両頭文字が続けて書いてあるという事は偶然にしては余り特殊過ぎる。

この仮定を許すとすると、問題はこういう事に帰着する――あの四行目の暗号の行の中でＤＦと続けたのは、お嬢室の洞穴と降星の砦との間に存するある関係を示すものである。行の冒頭《はじめ》にあるＤは、空針に入らんとするにはまずお嬢室に立たざるべからずという意味を有《も》っている。行の中央にあるＦは地下道への入口は降星の砦にあるという事を語るものであろう。

これらの符号のほかに、その行にはまだ見逃してならぬものがある。第一には冒頭から第三番目に書いてある不規則な長方形である。その左下の隅には短い線ともつかず、点とも付かぬものが一本入っている。次にはその列びに出て来る19という数字であって、これは明かに洞穴内へ入った者に更に砦の下を潜りゆく方法を教えるものと思われる。

この長方形が少からず散史を窘《くるし》めた。

「ハテナ、洞穴の中の壁か、それともどこか手の届く処にこの形と照応する物が何かあるのか知ら？」

そう思って念入りにグルグルと調べ廻したが格別の物もない。で、断念《あきら》めようとする折しも偶と眼に止まった物がある。それは窓代りに壁へ刳《く》り明けた一個の小さな隙間であった。

所でこの孔の四辺が一つの長方形を形造っている。刻み目が皺苦茶で凹凸《でこぼこ》があるけれども、とにかく長方形は長方形だ。この孔を見付けると直ぐにもまたこういう事に感付いた。石の床に彫ってあるDの字とFの字との上に両足を踏み跨ってみると――これで解った、四行目のDFの両字の上に太い線が一本あるのはこの形を示したものに違いない――そうして見ると、自分の丈長《せたけ》とその小窓の高さとが丁度同じになる事である！

こうして彼は両足を踏張ってじっと外を眺めた。この窓は陸地の方へ向いているので、まず眼に入るものは一本の路である。この路は懸崖《がけ》と懸崖との間にかかっていてこの洞穴と高台とを結び付けているものである。次には砦が建っている岡の麓が見える。散史は砦の姿をよく見ようとして少しく体を左に曲げた。すると初めて暗号の長方形の左隅にある少し彎《ま》曲った短い線が合点が行った。この窓の下縁《したべり》の左の隅に、少さな彫り残した石片が突出していてその先端が爪のように彎曲っている。この窓の下縁の左の隅に、少さな彫り残した石片が突出していてその先端が爪のように彎曲っている。それを写したのだ。ところでその爪の所へ目を当てて見ると、眼前の岡の上に、一個の古い煉瓦の壁で占領された一段の場所が見える。それは一番初めに出来た降星の砦の名残である。

散史は早速洞穴を出て、その煉瓦の壁の前へ走って行った。壁の長さは約五六間であった。古い壁は雑草離々として荒廃しているだけで何の特別の標《しるし》もない。してみると19という数字は一体何だろう。

彼は再び洞穴に戻り、懐中から巻尺と、鞠のように巻いてきた長い紐とを出し、まず紐の端をば小窓の隅のその爪に留め、丁度十九米突《メートル》だけの長さのところに一個の小石を結び付けて高台の方へ投げつけてみた。が、小石は漸く路の端れに届いただけである。

「己も馬鹿だなア！　そんな大昔に米突で距離を勘定した奴があるものか……あの十九という数字は十九尋《ひろ》の事かも知れん、そうでもないとしたら何の意味もないものだろう」

こう考えた散史は紐を悉く解いて十九尋の長さのところで大きな結節《むすびめ》を作り、それを持って試みに洞穴と砦の煉瓦の壁との距離を測ってみた。すると結節のところが巧く壁の一ケ所に触れた。片手で雑草を掻き分けてその触れたところを覗いて見た彼は思わずアッと驚きの叫声を挙げた。一枚の煉瓦の面に一つの小さな十字形が彫ってある。その十字形の組合さった中央に紐の結節が丁度当っていたのである。第四行目の暗号を見よ、その中央に書いてあるのは一個の十字形ではないか！

散史は何とも言われぬ激動の情に撲たれた。昂奮した胸を一生懸命に押し鎮め、顫える手で大急ぎにその彫り上った十字形を摑んだ。そして力を極めて車の把柄《にぎり》でも廻す気で廻そうとしてみた。すると煉瓦が少し擡上《もちあが》った。うまい！……と更に力を籠めるともうそれきり動かない。今度は廻さずにウンと圧してみた。と、煉瓦が動き出した！……占め占め！……なおも圧しに圧すうちに、不意に閂の外れるような響きがガタリとし、錠の開くような音もしたと思うまもあらばこそ、驚くべし！……煉瓦の右手に当り、約五尺ばかりの広さの壁の一部が枢《くるる》を心にグルリと廻転して、そこに地下道の入口が洞然として現出した！　蓋になっていた六七枚の煉瓦の一聯は、内部の一枚の鉄の扉の中に吸い込まれるように隠れてしまったのであった。

散史は狂人のように手を伸べて、その鉄扉の中から煉瓦を乱暴に引き戻し、ピタリと元の通り蓋をした。驚愕と言わんか、喜悦と言わんか、恐怖と言わんか、一種名状すべからざる混乱した感情が彼の顔に浮き出でて、殆ど別人と思わせるくらい相恰《そうごう》が変って来た。彼は瞬間にして、過去二十幾世紀の間にこの扉の前に起った凡有る出来事の幻影を見た。大秘密の手に導かれてこの暗い地下道に入って行った総ての人の幻影を目前《まのあたり》に見た。けると人、ごーる人、羅馬人、諾曼人、英人、仏人、男爵、公爵、国王……そして総てのこれ等の人物の後に隼白鉄光があった……そして鉄光の後には三井谷散史彼れ自身があった……ああ、脳味噌が飛び出して行くんじゃないか。何でこんなに瞼《めのふち》がピクピクと顫えるんだ……ああ、フラフラと気絶しそうな気分だ……散史は我れ知らず蹌踉《よろめ》いて坂を転げ降り、海に臨んだ懸崖の突端に足を踏み辷らそうとして危くホッと我れに返った。

二〇　大統領の秘密命令………三井谷と蟹丸課長の密議………

三井谷散史の仕事は一段落付いた。

少くも他人の援助を乞わず、独力空拳を揮って成すべきだけの探偵はここに成し了えたのである。その夜彼は巴里の刑事課長蟹丸潤蔵《じゅんぞう》にあてて長文の手紙を書き、今日までの探偵の経過を詳細に報告し、空針に関する秘密の内容を誠実に説明した。そしてなお自己の事業を完成するために課長の助力と忠言とを藉りたい事を申し込んだ。

返事の来るまでの二晩というものはお嬢室の中で寐泊りした。その間の気味悪さったらない。神経が恐怖のために顫えて、夜のソヨとの音にも悸然《びくり》とした……絶えず何者かの黒影が自分の方へ近寄って来るような気がしてならない。敵の奴等が自分が洞穴の中にいるのを知っているんじゃあるまいか……密と忍び出て来るんじゃあるまいか……そして自分を刺し殺すんじゃあるまいか……！

そう悸々《びくびく》しながらも、強いて満身の意志を振い起して狂人のように目を見張り、かの朦朧たる古壁の面を注視するのであった。

初の夜は何事もなかった。が二日目の晩の事である。星の光と細い新月の光とで見ると、古壁の例の秘密の扉が内から明いた。オヤ、闇の中から真実に人影が現われて来る……一人、二人、三人、四人、五人……皆なで五人だけ出て来た……。

散史の眼は梟のように円くなった。どうも五人とも何かかなり大きな荷物を抱えているようだ。そう思った彼は洞穴を出てしばらく後を跟けて行くと、彼等は野を横切って浴留の軍港の方への道へ出た。すると間もなく自動車の慌《せわ》しげに駆け去る音だけが聞えた。

彼は歩みを返して一つの広い農園の外側を通っていた。が、やがて道の曲り角、これから坂を登ろうというところまで来ると、急いで樹蔭に身を隠した。また一隊の敵らしい奴等がやって来たからである……四人、五人、同じように荷物を抱えたり負うたりしている。そして二分間も過ぎると更に一台の自動車が疾駆し去った。

今度こそはさすがの散史も洞穴へ帰る勇気がなかった。で、宿屋へ戻って寐た。

翌朝起きて着換えを終えたところへ、給仕が一葉の名刺を持って来た。見ると蟹丸課長が到着したのであった。

「ああ、とうとう来てもらわれた！」

と散史は重荷を降ろしたような気がした。今までの悪戦苦闘に悩まされた身には、味方の援兵がつくづく恋しかった。

で、嬉々《いそいそ》として階段を駆け降りて出迎えると、課長は掻き抱くように散史の両手を握って、じッとその面を瞻りながら、

「ああ、君は実に豪い青年じゃ！」

「ハハハ、なに、僕の運命《うん》が好かったのです」

「いやいや、彼と戦う場合には僥倖なぞという事は到底《とて》も願われぬ事だ。その彼を探偵し終えた君には本官も悉く感服しました！」

蟹丸課長が鉄光の噂をする時には、いつも壮厳な口調を使う。そして決して鉄光の名を口にした事がない。

二人は列《なら》んで階段を登って散史の室へ入った。

課長はドッカと椅子に腰を下ろし、

「と、決局彼を追跡し終えたわけですな！」

「ええ、今まで幾度となくやった事と同じなんです」

と散史は笑って言う。

「それはそうじゃ、しかし今日は……」

「今日のは無論場合が違います。僕等はもう彼奴の退路を知っています、彼の城塞を知っています、しかし鉄光は要するに鉄光です。彼奴は逃走の名人ですからねえ」

「今度も彼が逃げるとお思いかの」

と課長は気遣わしげに訊ねる。

「逃げると思う思わないの問題じゃありません。もうこうお話ししている現在にですね、鉄光が大宝窟の中にいるという証拠は一つもないのです。昨夜の事ですが十一人というもの巌《いわや》から出て行きました。その十一人の中に鉄光もいたかも知れません」

課長はしばらく思案した末、

「君の説も道理《もっとも》じゃ。が、とにかく最も肝要なものは大宝窟その物である。その他のものに至ってはただ運命を待つよりほか仕方がない。で、そういう方針で一つ御相談しよう」

と、また真面目臭った顔をして鹿爪らしい声で、

「三井谷君、私は君に対してある命令を齎《もたら》して参ったのだ——君はこの事件に対しては絶対の秘密を守って頂かねばならぬのだ」

「誰方からの御命令ですか？　警視総監からですか」

と、散史は戯《ふざ》け顔で訊く。

「いや、それよりも高い所からだ」

「総理大臣からですか」

「それよりも高い……」

「ヘエ！」

課長は一段と声を潜めて、

「三井谷君、能く聴き給え。私は昨夜大統領閣下に御面謁したのじゃ。すると閣下初め国家枢要

の機に参する方々は、本件を以て最も慎重に取扱うべき国家的の大秘密であると考えて居らるるようである。この大宝窟のあるちゅうことを秘密にするには色々重大な理由があるが……特《わ》けても軍事上の見地から割出した謂わば国家の軍略上からの必要での……例えば大宝窟の宝物が軍隊糧食の資本《もとで》とならぬとも限らぬ。新発明の爆発弾を作る金庫となるかも知れぬ。または新式の軍用飛行機を製造する財源もそこから得られようというもので……とにかくこう考えくると、事実上我が仏蘭西国の秘密の一大砲兵工廠となるべきものであるという諸公の御意見であるのだ」

「けれどもですね、課長さん、こういう大きな秘密をどうして知れないようにする事が出来るでしょう？　昔ならば一個人でこれを私した事もあります、即ち国王がやったのです。ところが今日では仮りに鉄光の徒党を勘定に入れないとしたところで、我々の仲間だけでも随分これを知っているものは有るじゃございませんか」

「それはそうでも、ここ少くも十年間、もしくは五年間でも好い、その間だけでも秘密が保たれておったらば国家のために非常の好都合であるのだ」

「しかしこの城塞を……課長さんの所謂国家の未来の砲兵工廠を占領するには、是非とも一度は攻撃を加えなければなりませんよ。鉄光一輩を掃蕩しなければなりませんよ。そういう大仕事が世間に知られずに密そりと出来るものじゃありません」

「勿論、世間では何とか想像を下すだろうけれども、必ずしも真相が曝露せらるるとは限らぬ」

「まアそれはそうとしまして、貴君の作戦計画はどういう風でしょう」

「それじゃ、それが至極簡単なんじゃ。まず君は三井谷散史という風采をサラリと止めてこの江鳥田附近の小ちゃな子供のような服装《なり》をしてもらわねばならぬ。そして砦の周囲《まわり》を彷徨いているうちには何奴かその地下道から出て来るに違いない、それを巧く捉えて仇気《あどけ》ない話などをしている中に、それとなくかの断崖を下る階段の様子を探られるものならば探ってもらいたいのである」

「そうですね、それは貴君の御考えのように簡単に行くかどうかは知れませんが……いや其奴ア難かしいでしょう。あの断崖の中に階段のあるのは解り切っています。現にこの江鳥田の右手の方にも『悪魔の階段』と名のついたのがあります」

「では尚更ら簡単だ。君の案内で私は私の部下の半分を引連れて進みましょう。後の半隊は万一に備えるために外に残しておく。もし鉄光が宝窟内にいれば好し、居ないとしても今度は早晩捕縛するのは訳のない話だ。もし中に居ったらば……」

「もし中に居たならば、直ちに海の沖へ向いた方から逃出すでしょう」

「その場合には、後に残した私の半隊の部下に捕縛さするばかりだ」

「それや捕縛する事が出来るかも知れません。けれどもそうするには多分貴君は引潮の時を見計ってなさるのでしょう。そうでなければ宝窟の床の巌が水の上に現われていませんからねえ……ところで引潮の時ですと、この辺の漁村の男や女がいつでも一パイ巌の近所に集まりますから、つまり秘密には出来ない事になりますよ」

「そしたら満潮の時に行うまでさ」

「満潮の時ですと端艇《ボート》で逃げてしまいます」

「なに、そしたら大きな漁船を十二三艘も傭い、それに私の部下を一人ずつ乗り込ませて警戒する」

「そんな漁船ぐらいで包囲しても、その間を潜って抜け出したらどうなさいます」

「そしたら沈めるばかりだ」

「ヘエ！　大砲を御用意ですか」

「無論ではないか！　私に大砲はなくとも、そこの浴留の軍港には水雷艇隊というものが守備して居る。私から電報で依頼さえすれば浪を蹶《け》って応援に来る手筈になっておる」

「鉄光の奴どんなに得意でしょう！　水雷艇隊！……するとまず準備は残らず整っている訳ですねえ。そしたらもう前進さえすれば好いのです。いつやッつけましょう」

「明日決行しよう」

「夜ですか」

「いいや、昼間だ、満潮時だ。午前十時を合図に決行しよう」

「宜しい、やッつけます！」

二一　嗚呼空前の大冒険……蟹丸課長、三井谷以下十二名の大宝窟突進……

表面《うわべ》は至極快活に振舞うているものの、散史の内心の心配というものはない。その晩は殆ど朝まで微睡《まんじり》ともせずに、鉄光攻撃に関する策戦について、とても出来そうもない空想をそれからそれと続けていた。

蟹丸課長は一旦散史の許を辞して、江鳥田から六七哩西北に離れたやはり海岸の井堀戸《いほりど》という町へ行った。実は敵の監視を外らすため態とこの町で部下に会合する手筈になっていたのである。なお課長はここで漁船を十二艘傭った。それは政府の命を受けてこの辺の海岸一帯の水深を測量するためであると言い触らした。

十時十五分前、課長と散史とは降星の砦近くの断崖へ至る道の曲角で落ち合った。課長の手には十二人の勇猛な部下が属していた。


それから古壁の前へ着いたのは正十時であった。弥々最後の時が近づいた。

「オヤ、どうしたんだ三井谷君、真蒼《まっさお》な顔をしているではないか！」

と蟹丸課長は冷かし顔に言うと、散史も抜からず、

「ハハハ、誰でも自分の顔は見えないから幸福です。課長さん、貴君の御顔を拝見すると今にも臨終かと思われますよ！」

二人とも草の上に腰を降ろした。課長は用意のらむ酒を五六杯煽る。

「これは畏縮したためではないよ……けれども何と言うても命賭けの仕事じゃからねえ！　今までも彼を逮捕に向うたことは度々あるが、その度びに腹工合がどうも変になっていかん。一杯いかが」

「僕は沢山です」

「もし失敗したらどうなさる」

「一死あるのみです！」

「ほオ、豪《えら》いお覚悟じゃ！　が、一致協力してどうにか漕ぎ附けよう……ところで、さアいよいよ秘密の扉を開くか！　まさか敵が見ていはすまいね」

「大丈夫です。空針の巌はこの断崖より低いからこっちは見えやしません」

散史はやおら身を起して古壁に進み寄り、かの十字架の形の彫ってある煉瓦を押した。すると以前の通り門が抜ける音がして、地下道の口がパクリと開いた。

二人が携えた懐中電燈の光で中を照して見ると、それは丸天井の付いた窖《あなぐら》の形に堀ってあるものであって、天井も床もすっかり煉瓦巻きになっている。

一同徐々《そろそろ》と壁を潜って地下道へ入った。そして五六分間も進んだかと思われる頃一つの階段が現われた。散史はそれを降りながら胸で勘定すると、総てで四十五段ある。

「畜生！」

と、蟹丸課長は不意に立ち止まって、額を叩いてこう叫んだ。何やらに突き当ったらしいのだ。

「何ですか」

「扉がある」

「弱ったな！」と散史もその扉を眺めながら「堅い鉄の扉ですね。これじゃ容易に打ち破れませんねえ」

「行き詰まりだ。ただ巌丈な鉄の一枚扉で錠というものがない。これじゃどうすることも出来ん」

「ほんとですね。けれどもそれだけ望みが有りますよ」

「望みがある？」

「扉がある以上開けて通られるには相違ありません。こいつが錠のないところで見ると、何かこれを開けるべき秘密の方法があるものと思われます」

「方法が有るというてもその秘密が我々には解らんのじゃからなア……」

「なに直き解るかも知れません」

「どうして？」

「例の記号を頼りにするのです」

「記号のどういうところを？」

「やはり第四行目の符号です。あれはこういう困難の起る時にそれを解決する唯一の鍵なんです。おまけにあの行を読み解く事は比較的容易です、と言うのはあの行の目的は手懸を迷わせるためではなくて、却てそれを助けるためなのですからねえ」

「比較的容易！　いや、私はそうとは思われぬ」と課長は散史の手に持った記号の紙を電燈の光に覗いて見ながら「ソラ、44という数字だの、中に点のある三角の形だの……このようなものがそう役に立つとは思われぬ！」

「ところが非常に役に立つのです！　まずこの扉を調べて御覧なさい、四隅とも三角の形をした鉄の小板を打ち付けて固めてございましょう。その鉄の小板は沢山の太い釘で打ち込んであるでございましょう。さア、左手の隅にある鉄板を押して下さい……いえ、鉄板の隅の釘だけを一本押すのです……そうです……」

課長は真紅な顔をして押し試みたが、

「駄目じゃ、一向動かんではないか」

「すると44という数字の意味は……ハテナ……四十四と……」

低い声でその数を繰返し繰返し呟きながら散史は考えていたが、やがて、

「ではこうして見ましょう……貴君も僕も今は階段の一番下の段に立っていますねえ……この段の数が総てで四十五ありました……記号の中の数字が四十四で、これが四十五……僅《たっ》た一つ違いですが偶然一致したのでしょうか……僕はそうとは思われません、この記号の中に書いてあることは一つも偶然の事なぞはありません、皆意味が有ります……ですから課長さん、まア試しですが、何卒一段だけ後戻りをなすって見て下さいませんか、一段だけ上へ御上りなすって……そうです……するとそこは第四十四段目でございましょう……その四十四段目を動かずにいて下さいまし……そこで僕が一つこの隅の鉄の釘を押してみましょう……これで不可《いけ》なかったらもう断念めるよりほか有りません！」

怪しとも怪し！　散史がそれを押すに従って、重い鉄扉はギーと地下道に響く蝶番《ちょうつがい》の音と共に内へ開いた。そしてかなりに広い洞穴が一同の眼の前に現出した。

「正にこれから降星の砦の真下です」と散史が言った。「我々は今異《ちが》った地層の中を通り過ぎたのです。もう煉瓦巻のところは有りません。今居るところは堅い石灰岩の真中でしょう」

今入った長い洞穴は、他端から洩れ入る朦朧たる光線に照されている。その光線の射し込むところ近くへ進んで行って見ると、断崖に一つの裂目が出来ているのであった。つまり特別に海の方へ突出た巌へ明けたのであって、一種の望楼の役を勤めているのである。その窓から覗いて見ると、およそ二三十間眼前の海中に、かの空針窟が蒼い浪を踏まえて屹立している。直ぐ近くの右手には、半円形の安春の巌門が聳えている。また左手の方遥に闊然として水陸の姿秀麗なる入江の曲角には、更に壮厳なる万年門が立っている。その奇巌の門の幅広くしてかつ丈高きことは、三本檣《マスト》の帆船が満帆に風を孕んだままで悠々として通過し得るほどである。

これ等を左右に眺むるほか、総てこれ汪洋際涯《おうようさいがい》なき海である。

「味方の船隊が見えぬようですね」

と、散史は手を翳して課長に言った。

「いや、私も知ってるが安春の巌門のお蔭で江鳥田や井堀戸の海岸が隠されている。けれども、アレ見給え、ソラ、あちらの沖に殆ど水と平行に黒い線が幾つも有るだろう……」

「見えます、見えます」

「あれが浴留軍港からの水雷艇隊で、第二十五号艇が指揮艇になっておるのだ。あの艇隊で固めた以上、もう彼を撃沈するのは訳もない……そしたら海底の国へ行ってまた強盗を働くか、ハハハ！」

二三　十三の鉄扉、五百の階段……大宝窟の階上、意外なる食卓上の名刺……

この窓の傍にまた欄干《てすり》を取り廻した階段の降り口がある。一同これを降り出した。所々に小さな窓が断崖に明いている。その度びに海中の怪針窟がチラリチラリと眼に映るが、その大きさは一歩々々と脹れて行くのである。

満潮時の水準線へ入り込む少し上のところでこれ等の窓は終っている。それから以下は真暗である。

散史は大きな声で階段の段数を勘定した。三百と五十八段目へ至ったところでまたもや堅い鉄扉に衝突った。鉄の三角板で隅々を止め、それに鉄釘のギッシリ打込んであることも前のと同様である。散史は課長に、

「この扉を開け方も解っています。記号の第四行目の３５７という数字と、右の隅に点のある三角形、あれを応用すればいいのです。前の通りの方法で開くのです」

「では私がまた一段逆戻りかな」

「そうです、そうです……そこが記号の中の三百五十七に相当する所です」

と、前同様の手段を施すと鉄扉は苦もなく開いた。向う側には一つの恐しく長い隧道《トンネル》が奥深く走っている。それが所々の天井から吊るした電燈の光に照らされている妖暗たる光景は痛くも物凄い。壁はしっとりと濡れて、水滴がポタリポタリと襟へ落ちる。で、足の滑《ぬらめ》きを防ぐために床にはズッと板が敷き詰めてある。

「ここはもう海の底です。課長さん、続いていらッしゃいますか」

蟹丸課長は返事をせずに黙々として隧道の中へ入って行く。敷板を踏みながら進んで行ったが、一つの電燈の下まで行くと立ち止まって電燈を手に取って見る。

「この電燈の外側は中世紀頃の昔の道具であるが、光は最近のものである。見い、白熱線を用いているではないか」

なおも深く前進すると、一つの大きな洞穴へ出た。その突き当りには上へ登るべき階段の麓が見えている。

課長は腰を曲《かが》めて透かして見て、

「ハハア、あれから空針窟へ登り始めるのだな。いよいよ大切なところへ漕ぎつけたわい」

所が部下の一人が忙しく、

「課長、御覧なさい、左手の方にも一つ階段がついていますから」

言う後からまた気が付いたが、右手にも一つある、都合三つある。

課長はチョッと舌打して、

「忌々《いまいま》しい奴等じゃ！　これでは迷うではないか。こっちから攻撃したらあっちから逃げ出そうという算段だろう」

「別れて進みましょうか」

と散史が訊く。

「いやいや……別れては勢力が薄弱になる……止むを得ずば我々の中誰か一人まず偵察に赴くのじゃね、それが最も有効であろう」

「じゃ僕が行きましょうか……」

「君が行ってくれれば一番適任じゃ。私は部下と一所にここを固めて居ろう……そしたら格別不安心の事も有るまい。私の考えでは海岸の断崖の内部にはなお数多の別の道が有ろうも知れぬ。また空針窟を縦に貫く道も幾本も有ろう、が、断崖と空針窟とを聯絡しておる道は、断じて今通って来た隧道の他に有るまいと思われる。そしたら敵は逃ぐるにしても是非とも一度はこの洞穴へ落ちて来ねばならぬ。だから私は君の戻って来るまでここに網を張って居るで、三井谷君、充分注意して一つ確かりやって頂きたい。もし少しでも危かったら直ぐ戻って来らるるが好い」

散史は決然として中央の階段を選んで登った。十三段登ると一つの扉の前に出た。普通の木の扉である。試みに把手《ハンドル》を取って扭《ひね》り廻してみた。すると案外にも直ぐ明いた。

中へ入るとそこに一つの室があったが、随分広い室で、その故か割合に天井が低く思われる。光力の強い電燈が幾つも点いている。矮《ずん》ぐりした円柱が立ち列んでその間が長い見通しになっているところで見ても、この室は空針窟の根本の太さと同じぐらいは有る。中には沢山の荷箱が詰め込んであって、その他背附の長椅子だとか、長函だとか、置戸棚、弗《ドル》箱、そういったような家財道具が一ぱい積み重ねてあるところはまるで古道具屋の店を転覆したようである。

見ると右手に一つ、左手に一つ、中央に一つやはり下の洞穴と同じような階段の登り口が付いている。散史はよほど下へ引返して課長等に報告しようかと思ったが、そこが青年の血気と、一つは好奇心の手伝いとで、ままよ、もう少し登って探検してやれという心持になった。

また中央の階段を撰んで三十歩登る。と、また一つの扉がある。明けて入ると前より稍や小さな室がある……。

散史は空針窟内に施された工事の設計を了解する事が出来た。一つ一つ室を重ねて次第に頂上に至っているのだ。登るに従って狭くなるのはその加減である。これ等の室を総て物置室に使用しているらしい。

こうして四番目の室まで登って行った。四番目の室にはもう電燈が点いていない。弱々とした細い光線が壁の小窓から射し込んでいる。覗いて見ると、三四十間下に海面が蒼く横っている。

ここまで登って散史は初めて、自分が課長等の同勢を遠く離れて来た事に気が付いた。と共に何かしら一種の不安を感じ出した。神経が変に怯々《びくびく》と顫えて来た。それを強いて押し鎮めて勇気を奮い起こしていたが、しかしいつまで経っても格別の危険もないらしい。それに頭上も足下も森《しん》としてその闃寂《げきせき》たる事太古の如くである。鉄光の奴め、党類を率いてやはり逃げ去ったのではあるまいか……。

「何にしてももうこの次の扉の向うまでは行かない事にしよう」

こう思いながら更に新しい階段を三十歩登ると扉がある。この扉は今までのものよりも軽くてかつ新式の造りである。散史は一目見て驚破《すわ》といわば飛び出すつもりで、及び腰をしながらソロソロと扉を明けて見た。室内には依然として人影が無い。しかしこの室は他のとは体裁が違っている。壁には懸布があるし、床には絨毯が敷き詰めてある。金の皿、銀の皿を載せた二つの素晴しく大きな食器棚が、面を向き合せて立っている。外へ細く長く突き出た巌の瘤に裂け目があって、それへ硝子を嵌めて明り窓としてある。

室の中央には一脚の贅沢な装いを凝らした食卓が置いてある。レースの縁取りの卓布《クロース》、果物や菓子を盛った綺麗な皿、シャンペン酒の壜、目も醒めるばかり鮮かの盛花など。

この食卓の周囲には三人分の椅子が据えてある。

散史は近寄って見た。三所にある拭布《ナフキン》の上に一枚ずつ席を定めた名札が載せてある。その一つを読んでみると、

「隼白鉄光」

向い側のは、

「隼白鉄光夫人」

さて最後に三番目の名札を何心なく取上げて読んだ散史は、アッと驚いてそれを取り落しそうにした。

その名札に書かれてある姓名は何ぞ？　曰く、

「三井谷散史君席！」

二三　大宝窟内に鉄光と散史の会見………意外なる谷崎良英夫妻………

この時室の片壁の垂帷《カーテン》が颯と絞られた。

「やア、三井谷君久闊《しばらく》！　君は来方が少し遅いじゃないか、丁度十二時に昼飯《ひる》を喰べることになっておったのでね……しかしまだ五六分は間があるが……どうしたんじゃね？　我輩を知らないのかな？　我輩はそんなに変ったかな」

鉄光を相手に闘争を開いた以来、散史は何度となく吃驚させられている。まだまだそんな生優しい事じゃない、弥々最後の大決戦という場合にはどんな奇抜な感動を受けさせられる事かと実は覚悟はしていたのである。が、そう覚悟していた身にとっても今のこの打撃は実に青天の霹靂の感があった。それは驚愕などという簡単な感情じゃない、昏迷である。恐怖である。今眼前に突ッ立った人物、続出する恐しき事件の最後のこの幕に、当然隼白鉄光としてそこに現出すべき人物は、誰だと思う……谷崎良英その人ではないか？　あの鉄針城の持主であった谷崎良英！　散史が鉄光攻撃の助力を頼んだ谷崎良英！　城の大広間で夜番の男を打ち斃して散史の老父と黎子とを救い出した剛気な谷崎良英！　ああその人物が隼白鉄光の化身であらんとは！

「じゃやっぱり君が……アノ君が……君でしたか、ヘエ！……」

と散史は吃って言葉も出ない。

「そうさ、我輩でなくてどうするものか？　今度こそは鉄光が——正真正銘紛いなしの鉄光が君の眼前にまかり出た次第じゃ！　三井谷君、確かりと気を落ち付けて能く見極め給え……」

「けれどもそうすると……もし谷崎が貴君だとすると……すると……アノ夫人は……」

「そうそう……君の考える通りだ……」

と、鉄光は再び垂帷を絞って頤で誰やらを靡《さしまね》いた。

と、静々《しずしず》そこに微笑を含んで現われ出でた一美人！

「これが即ち隼白鉄光夫人です」

「ああ、真保場黎子嬢じゃないですか！」

と散史はまた愕然。

「いやいや、真保場という姓ではない、隼白鉄光夫人だ。谷崎良英夫人という方が好いならそれでも関わぬ、とにかく我輩の正式に結婚した妻である。厳密な法律上の手続を履行して我輩に嫁いだ妻であって、この結婚については三井谷君、君に大いに感謝せんければならん喃」

と鉄光は散史の方へ手を差し伸べて、

「君においても最早悪意はないことと信ずるがどうじゃ」

不思議な事には散史はこの場合何の悪意どころか、屈辱も痛恨も感じない。のみならず却て敵の威大な事がしみじみと胸に応えた。巧みに翻弄されたとは思うが、そのために別に赤面する気にもなれぬ。で、鉄光の差出した手を固く握り返した。

「奥様、御昼飯《おひる》の御支度が出来ました」

こう言って一人の給仕が食卓の上へ皿を運び出した。

「三井谷君、お気の毒じゃが今日は生憎料理頭が外へ出掛けたものだからね、冷たい御昼飯を差上げなくちゃならなくなってしまった」

散史は物を喰べたい気もしなかったが食卓にだけは就いた。けれども食叉《フォーク》を採るよりも鉄光の様子を観ている方が面白かった。一体彼奴は我々の挙動をどの辺まで探索してあるのだろう？　今眼前に危険に瀕している事を知っているのだろうか？　蟹丸刑事課長が部下を引率して肉迫して来ているとは夢にも思っていないのだろうか？

鉄光は平気で肉を切りながら、

「まったく三井谷君、君には御礼を言うよ。実は我輩と黎子とは抑々《そもそも》の最初から愛し合うていた仲なんだ……黎子を誘拐《かどわ》かしたり、鉄針城へ幽閉したりしたように見せ掛けたのは、あれは皆な世を欺く狂言だったのだ、そうでもしなければ君と社会との追撃が煩さくて堪らんかったからねえ、ハハハ！」

「僕は馬鹿だった！」

「なに、ああされては誰だって君の轍《てつ》を踏むのは当然《あたりまえ》さ」

「すると、つまり僕が貴君を助けたようになってしまったですね」

「無論そうだ！　谷崎良英が三井谷散史の友人である以上、誰が谷崎を鉄光の偽者と睨む奴があるものか。況んや谷崎は鉄光の想いを掛けていた女をその手から奪い返したにおいておやじゃね！あの一芝居は実に今から考えても秀逸だったね！　鉄針城への遠征！　黎子の次の間に花輪が棄てられてあったりなんかして……それから黎子に当てた我輩の恋文《ラブレター》なんぞもあったっけね！　暫時すると谷崎良英を狙撃する奴なんかが出て来て、それが鉄光の党類だろうというような訳になったね！　とうとう谷崎良英と黎子とが公然結婚式を挙げる……次いで三井谷散史君の鉄光退治の功労に対する大祝賀会が開かれたっけね……その祝賀会の最中に君は真柴博士の寄稿を読みながら気絶しそうになって我輩の腕に倒れかかったのを覚えているかね！　ハハハ、考えてみると実に我れながら素晴しい役者になったものさ、ハハハ！」
暫時森《しばらくしん》となった。散史は黎子の方を注意していると、黎子は一言も挟まずに黙って聴きながら、時々鉄光の顔に視線を移した。その美しい瞳の中に散史は愛と熱情とを読むことが出来た。が、その他に若い散史には何とも指定することの出来ない漠然たる表情が彼女の顔に浮んでいる。それは一種の不安な心の縺《もつ》れと曖昧な悲哀《かなしみ》の色でも有ろうか。しかし鉄光がじっとその面を見凝《みつ》めて二人の視線がピタと合った時には、黎子の頰に愛を湛えた微笑がほのめいた。二人の手は食卓越しに握られたのであった。

やがて鉄光は再び散史を顧みて、

「三井谷君、君はどう思うだろう、我輩が排列したこの別荘の体裁について君の意見はどんなものじゃろう。一種我輩独特の様式《スタイル》がありはせんかね？　非常に愉快な家とは我輩も思っておらんが、しかし古来この家でもって大満足を表してきた人が幾らもあるからね……あすこを見給え、古来この大宝窟を占領し、その占領したという印を後へ残すことを名誉と心得た英雄たちの表が出ておるから――」

と指す壁を見れば、なるほど右側の壁に順次に彫り付けてある、その姓名は、

じゅりあす・しいざあ
しゃるれまん
羅々
ういりあむ征服王
りちゃーど・くーる・でゅ・りおん
路易第十一世王
ふらんしす第一世王

波理第四世王
路易第十四世王
隼白鉄光

鉄光は言葉をついで、

「さて我々の後には誰の名が彫らるる事じゃろう！　吁々《ああ》、この表も多分はこれでお終いだ！　しいいざあから鉄光……それで一限だ。間もなく名もない烏合の奴等が来てこの不思議の城砦を占領することだろう。考えてみるとこの鉄光なかりせばだ、空針窟は永遠にもう人に知られずに海中に朽ちて行《ゆ》いたかも知れんじゃないか！　なア三井谷君、久しく見棄てられていたこの城塞へ、我輩が初めて足跡を印した時の我輩の得意を想像して見てくれ！　埋没していた宝物を新たに発見して、その絶対の所有主になったんじゃものなア！　斯くの如き莫大な遺産を相続したんじゃからなア！　これ等の諸王の後を享《う》けて、この空針窟という大宝位を践《ふ》んだんじゃからなア！……」と眉を挙げて昂然として述べて来たが偶《ふ》と向い合った妻の身振を見ると言葉を切った。彼女は何か非常に胸を騒がせている風情である。

「変な音が聞えるじゃございませんか……アラ、下の方で……ねえ貴郎《あなた》！……貴郎には聞えなくって……」

「浪の音だよ」

と鉄光は事もなげに答《い》う。

「いえ、そうじゃありませんわ……浪の音なら聞き慣れていますけれど……あの音は少し毎時と違っていますわ……」

「なに、何が起るもんか、お前」と鉄光は微笑みながら「この三井谷君以外にはお昼飯に招ばなかったはずだからね」と更に従僕を一人呼んで「桜田、この御客様がいらしった後は階段の扉を皆な閉じたろうな」

「ハイ、一つ残らず門までかけました」

鉄光は立ち上って、

「黎子や、そんなに顫える事はないよ……どうしたんだ、真蒼じゃないか！」

と、妻と従僕とに何やら低声で言い含めて垂帷を絞って二人を室外へ去らせた。

下の方の騒ぎは次第に判然と聞えて来る。何でもドンドンと物を叩くような音で、それが合間をおいては響くのだ。

「課長先生辛棒し切れなくなって扉を打破り始めたな！」

散史は一人でそう考えてソワソワし出した。

ドンドンとまた響く……また響く。最後の破裂はいよいよ切迫して来た。

二四　鉄光散史を拖して塔上の貴重品室を廻る………悠々たる鉄光の説明、三井谷の驚愕………

次第に昂まる下の騒動に散史の胸は波を打ち出したが、鉄光の方は却て糞落着きに落着いて会話を続けてゆく。その面魂で見ると、下の物音を聞いているのかいないのか解らない。

「この巌がまた、我輩が初めて発見した時には散々に荒廃していたものだったよ！　あの有様ではまず一世紀以上、即ち路易第十六世王の仏蘭西革命時代から全く見棄てられていた事が解るね。隧道は崩れかかっているし、階段は壊れている、海水は内部へドンドン打ち込むという惨状でね、それを我輩がまア柱を支えたり、修繕したり苦心してこれまでに築き直したのさ」

散史は話に釣り込まれて口を出さずにはいられなかった。

「貴君が着いた時にはここも空虚《からっぽ》だったんですか？　何にも詰まっていなかったんですか」

「まず殆ど空虚《から》であった。国王たちはこの空針窟を倉庫には使わなかったからねえ」

「すると隠れ場所だったのですか」

「そうさ、外国軍の押寄せた時とか、内乱時代なぞには隠れ場所ともなった。が、ここの真正《ほんと》の目的はやはり仏蘭西諸王の銀行ともいうべきものであったろう」

打ち叩く音は次第に烈しく次第に明かになった。蟹丸課長が一番目の扉を打ち破って、もう二番目の扉に突貫しているに違いない。今暫時物音が止んだ。五六分間も森となったと思うと、猛然またドッと、しかも一層手近に響き出した。あれはきっと三番目の扉だ、もう残っている扉は二つぎりだ。

手近の窓から散史が外を眺めると、空針窟を中心にして数多の大形の漁船が包囲運動を始めている。それを越して余り遠くない沖に、水雷艇隊がズラリと浪に浮く鯨の如く黒い厳しい体を横えている。

「何という騒ぎだろう！　ああ叩かれてはこちらの話声も聞えやしない！　上へ登ろうじゃないか。空針窟の内部《なか》を観察するのも随分面白いものだよ」

と、鉄光は先きに立って散史を階上の一室へ案内した。やはり入口に一枚の扉がついている。鉄光はそれへ内から閂を掛けて、

「これは我輩の絵画陳列室だ」

なるほど四方の壁には沢山の絵の額が掛っている。皆世界に有名な画聖の記名を留めてないのはない。らふぁえる（十五世紀後半より十六世紀にかけて生きた伊太利の画家）の聖母《マドンナ》の像、ちちあん（同時代頃の同国の画家）のさろめ、ぼちせり（同上）の天女等を初めとしその他あんどれあ（同上）ちんとれっと（十六世紀後半の伊国の画家）れんぶらんと（十七世紀の和蘭《オランダ》の画家）等端から驚くべき姓名ばかりである……。

「実に素的な模写を集めたものですねえ！」

と散史が感心して言うと、鉄光は呆れ顔で彼を見返って、

「何だって模写だって！　戯談を言ってくれては困るよ！　模写というのはまどりっど（西班牙）や、ふろーれんす（伊太利）や、べにす（同上）その他各国の都にあるのが模写なんだ」

「ここにある絵は何ですか」

「定まっているじゃないか、皆な真本《ほんもの》じゃないか！……これ等は我輩が多年苦心して各国の美術館から集めて来たのだ。もっとも竊《と》りッ放しじゃない、我輩はきッとその後へ真物と寸分違わぬ模写の絵を置いてくる習慣となっているのだ」

「しかしそれはいつかは化けの皮が……」

「露われるというのかね？　そうさ、それ等の模写の絵布《カンバス》へは必ず我輩の姓名を書き留めて来たからね――裏へだよ――いつかは気が付かれる事があるだろうよ。ともかくも我輩が仏蘭西のために、世界各国の傑作品を集めてやったという志の解る日も来るだろう。なに、奈翁《ナポレオン》が伊太利でやった事をちょっと真似してみただけさ……ああ、見給え、三井谷君、これが聖月院の渥美伯爵邸から持って来た留弁の四幅《ふく》の名画だから！……」

打ち叩く音は益々激烈に巌の中に反響する。

「ああ、喧《やかま》しくて我慢が成らん！　階上《うえ》へ行こう」

更に階段を登って扉を開ける。そこが七階目の室だ。

「これは掛毛氈を集めた室だ」

と言いながら鉄光は扉に閂を掛ける。

掛毛氈はしかし壁には掛っていずに、皆な床に丸めて縛ってあった。その他鉄光が解いて示せた物を見ると、古い織物、素晴しい錦襴《きんらん》、立派な天鵞絨《ビロード》、柔かな絹類、金糸と絹とで織り混ぜた教会用の制服、と、それからそれと限《き》りがない。

二人はそこを出てなお高く登った。八階目の室には珍しい各国の時計類と書籍類とが詰まっていた。――ああ、何という貴重な、容易に手に入り難い珍書ばかりだろう！　これ皆な鉄光が世界の図書館から集めて来た無類無比の古写本である。

登るに従って室の大さは次第に狭まってゆく。

打ち叩く音も登るに従っていよいよ遠くなった。寄手の突貫が奏功しないと見える。

「これが最後の室で宝蔵だ」

この室は今までのとは全然別種の趣きを具えている。周囲が丸くて莫迦に天井が高い。全体に円錐形とでも言おうか。この海中の建物の最上層であって、床は空針窟の最後の尖った頂点より十間ばかり降ったところに有るらしい。

海岸の断崖へ向った側には窓がないが、沖の方へ向いた壁には、覗かれる心配もないと見えて二つの窓が明いて、その硝子越しに日光が溢れるばかり射し込んでいる。

床は珍奇な木質の寄木細工で、各線が中心に集まっている模様に細工してある。壁際には硝子の箱が二つ三つ、油絵の額が二つ三つ。

鉄光は室内を大跨《おおまた》に歩きながら、

「我輩の集めた宝物の中で、今まで君が見た物はおおかた売り放しても差支えないものなんだ。ああいう品物は出たり入ったりする。それが商売じゃ。けれどもここに、この奥の院にあるものときては、端から神聖な物ばかりだね。ここに在るものは撰びに撰んだもの、真髄だけ抜いた尊い物、最上物中の最上物、殆ど価値《ねだん》の付けられないほどの物ばかりだね。まアこれ等を見給え……これがかるじや（亜刺比亜《アラビア》）の呪符《まもりふだ》さ、これが埃及《エジプト》の頸飾さ、これがけるると人の腕輪さ……それからこちらにある小像を見給え、ソラ、希臘《ギリシャ》のびーなす（美と恋との神）がこれだろう、あぽろ（日や音楽の神）がこれだろう、このたなぐら（古代希臘の都）の像はどうだい……世界の凡有るたなぐらの像はここに集めてしまってあるので、もしまだ方々に在るとすればそれは皆な贋物なんじゃ。実に愉快じゃないか、三井谷君！……君は先年仏国の南海岸の方で、金星小僧と綽名のある強盗が徒党を率いて専ら寺院を荒し廻った話を覚えているかね？　其奴はやはり我輩の一味の者等であったのだ……ところでここにあるこれがその頃竊って来た有名なある寺院の聖骨函なんだ、真物なんだよ！……また二三年前るうぶる博物館の疑獄事件というのがあったろう、有名な冠冕《かんべん》が近世になって慥《こしら》えた贋物である事が発見されたあの事件さ……ところがその真物はチャンとここに鎮座ましましてあるのだ！……見給え、熟《とっ》くりと見てくれ給え。ここには不思議中の不思議な物ばかりがあるのだ。最大傑作ばかりが集まっているのだ。三井谷君、どうか跪いてみてくれ給え、真面目に尊敬してみてくれ給え！」

それから二人の間には長い沈黙があった。下には突貫の音がまた一層接近した。もう課長等の一隊とここととの間には二三ケ室しか余されないのだろう。沖には漁船と水雷艇とが次第にその包囲線を縮めて来る。

「ところで宝物はどこにあるんです」

と散史は訊いた。

「ああ、その問題が一番眼目だと見えるな！　人間の手で成ったこれ等の美術上の傑作も、宝物ほどは面白くないんじゃろう、ああ？……無理もない、そりゃ独り君ばかりじゃない、世間が皆そうなんだ！……では一つ君の眼玉をデングリ転《かえ》させてやろうかな……」

こう言い終ると、鉄光は右足を挙げてトンと一つ床を蹴った。すると、床の模様を造っている寄木細工の一なる平円の板が一枚ポンと跳ね返った。

不思議、々々！　散史は我れ知らず体を乗出して差し覗くのであった。

二五　燦爛たる大宝庫、仏蘭西の国宝……驚くべき鉄光の大計画……

驚いた散史の顔を鉄光は尻目に掛けながら、今しも跳ね上った小板を丁度蓋でも引上げるような手付をして持上げた。と、そこへ真暗な一つの小さな穴が現われた。穴はこの床下まで入り込んでいる巌の中に穿たれたものである。鉄光はその中へ手を突込《つっこ》んで一つの大きな鉢を取り出した。が、鉢は空虚であった。

その穴から二三尺距てたところの床を、鉄光は以前と同様に蹴った。同じような穴が現れた。そこからも大形の鉢を取り出した。が、それも空虚であった。

もう一個所、都合三度び同じ事を繰り返した。三つの鉢はすべて空虚であった。

鉄光は忌々しそうに歯を剝き出して、

「あああ、落胆《がっかり》した！　これはまア何という事だ！　この三つの鉢はね、路易第十一世王と、波理第四世王と、その後の一二の国王との手で一パイ金銀が満たされたはずであったのだ。ところが路易第十四世王の事を考えてみてくれ……あの王様は絶えず戦争ばかりしていた！　それから路易第十五世王という奢侈《しゃし》放蕩な王様もあった！　そういう王様方にかかってこれ等の鉢は皆な空虚にされてしまった！　皆な掻き出されてしまった！　見給え、何にも残っていないじゃないか……」

と、暫時黙然としていたが、

「しかし、三井谷君、僅《たっ》た一個所残っているところがある……きっと残っている……その四番目の隠し場所だ！　こればかりは触れる事が出来ない。誰も手を付けることが出来ない。これは最後の財源だ、取っておきの金庫なのだ、見給え、三井谷君！」

と前同様に床を蹴って新に一つの鉢を引き出した。これには鉄の箱が入っている。鉄光は懐中から難しい仕掛けになっている合鍵を取り出して鉄の箱を開いた。

忽ち見る一道の光彩赫灼として眼を射た。地上の凡有る貴重なる宝玉はそこに光りを放ち、凡有る色彩はそこに燿《きらめ》いた。青玉の青、紅玉の紅、緑桂玉《エメラルド》の緑、黄玉の黄……光彩燦然、殆ど人をして眩惑せしむるばかりである。

「どうだい、三井谷君！　今言うた国王方は現金は浪費し尽したさ。金銀は残らず無くしてしまったさ。しかしこの宝玉箱だけは手を付ける事が出来なかったね。いや付けたくてもその在場所《ありか》を知らなんだのだ。まア見てくれ！……女王方の持参の宝は皆なここに集っているのだ。蘇格蘭《スコットランド》のまるがれっと女王、英蘭《イングランド》のめーりー女王、墺地利《オーストリア》の大公妃方、えりざべす、まりあ・てれざ、まりああんとあねっと……こういう方々のが皆集っている。この真珠を見てくれ、三井谷君！　それからこっちの隅にある金剛石《ダイヤモンド》……ねえ、これ等の金剛石の大きさはどうだい！　この中のどれを取ったからと言うて一国の王妃と掛け換えになるだけの価値は充分あるんじゃ！」

今まで床に片膝突いて熱心に喋っていた鉄光は、この時矗然《すっく》と立ち上り、片手を空に伸ばして宣誓でもするような厳かな姿勢をして、

「三井谷君、願くは我輩のために世界の人々に告げてくれ——隼白鉄光は苟くも王室の宝庫にあった宝玉は一石たりとも私した覚えがない、一石たりとも消費した事がない——これは我輩が神に盟って明言する！　我輩には宝石へ手を付ける能力があっても権利がない、これ等は皆な我が仏蘭西国の国宝であるのだ……」

彼等の脚下には蟹丸課長が急速の勢で突進しつつあって、打ち叩く音の反響で以て容易に解るが、かの一隊はもう一間下の間近まで押寄せて来たらしいのである。

「この宝玉の箱は開いたままでこうしておこう、そしてこれ等の穴も閉がずにおこう、空虚になった財宝の墓穴を見せてやるのも一段と面白かろう……」

鉄光は室内をグルグルと廻って歩いて、硝子箱を二つ三つ調べたり、絵の額を熟と見詰めたりしながら、物思わしげに、

「こういう物を皆な打棄《うっちゃ》ってしまうというのは実に情けない話だな！　実に悲しい話だ！　我輩の最も幸福な時代はこの中で過ごされたのだ、自分の気に入ったこういう美術品や宝物なぞに囲繞《とりま》かれて住んでいる時が一番楽しかった……ところが最早こういう物を眺める事も出来なくなるのだろう。こういう物に手を触れることもならなくなるのだろう……」

こう言って嘆息をする彼の顔にはさもさも悲しいような、疲労したような表情が浮んでいる、それを見るとさすがに散史も一種の漠然たる哀憐《あわれみ》の念を催さずにはいれらない。こういう人物の悲哀というものは普通の者のそれよりも深刻であるに違いない。喜悦《よろこび》もそうだ。誇りもそうだ。屈辱もそうだ。

鉄光は今窓際に歩み寄った。そして遠く水平線を指して、

「そうは言うものの……大宝窟を見棄てるのが惜しいと言うものの、それにもまして辛いのは、総てこの水陸の形勝と別れなければならぬ事である！　実に綺麗な風景じゃないか！　この渺茫《びょうぼう》たる大海と……あの無辺の蒼空……左右には安春の巌門と、万年門とが屹立して、城主のために永遠に凱旋門の役を勤めていてくれる……ところでその光栄ある城主は誰だ？……即ち斯くいう我輩じゃないか！　我輩は譚《ものがたり》のなかの主人公である、魔法国の王である、大宝窟の殿様である！　実に奇抜な、自然界を超絶した国王だねえ！　しいざあから鉄光！……何という華々しい運命だろう！」

不意にカラカラと呵《わ》笑《ら》い出して「魔法国の王様！　いいざ、どうしてどうしてそんなケチなんじゃない……そうさ、全世界の王様とでも言ったら少しは当るだろう！　この大宝窟の最上層から我輩は世界に君臨しているのだ！　我輩は地球というものを餌食のように爪の端《さき》で引っ摑んでいたのだ！　三井谷君、そのるーぶる博物館から来た冠冕を擡《も》ち上げて見てくれ給え……ソラ、その下に電話機が二台据え付けてあるだろう？　その右の方は巴里へ通じているので、勿論我輩の私設線だ。それから

左の方のは倫敦《ロンドン》へ掛っているので、それも私線だ。倫敦を通じて我輩は直ちに亜米利加《アメリカ》と通信する事が出来る、亜細亜《アジア》と通信する事も出来る、濠斯太剌利亜《オーストラリア》とも南亜弗利加とも出来る！　それ等のどこの大陸にも、我輩は自分の事務所を構えている、代理人を持っている、探偵を養っている！　我輩は万国貿易を行うている。我輩は美術品、骨董品なぞの大市を開く。世界のそういう市場を左右する力がある！……ああ、三井谷君、自分の勢力を考えると我れながら気が顛倒することが度び度びあるよ！　この戦闘力、この権威を思うと我れながら酔ったように恍然《うっとり》となる」

直ぐ下の室の扉は到々打《ぶ》ち砕かれたとみえる。蟹丸課長とその部下とがあちこちに走って捜し廻っているのがもう手に取るように判然と聞える。

鉄光は些《ちょっ》とその物音を聴き澄ましていたが、また低声で話し出す。

「ところがその幸福の時代ももう過ぎ去ってしまった……一人の乙女が我輩の路を横ぎってからその夢も醒めてしまった。それは毛髪の柔い、思いに悩む眼付をした正直な乙女さ、そうさ、全く正直無垢な乙女なんだ……で、それ以来総てが終局《おしまい》になってしまった……いや、自分から求めてこの大城塞を壊すことになったのだ……他の物は一切我輩にとっては莫迦らしくて子供臭く見える……どのようなものもその乙女の毛髪に比べては価値がない……あの物思わしげの眼付に比べては……あの正直な可憐な心に比べては、何物も……何物も……」

警官等はドヤドヤと階段を走り登って来た。ドンドンと扉を叩く音がする、その一枚限り残った最後の扉を……。

二六　大宝窟上壮烈無限の肉迫戦……危機一髪！　散史遂に短銃を挺す……

鉄光は衝《つ》と散史の腕を強く捉えて、

「三井谷君、我輩は先頃中から度々君を蹴散らそうと思えば苦もなく蹴散らす機会が有ったんじゃ、それを見逃して君の意《こころ》のままに振舞わせたのはどういう訳であるか君は知っておるか？　鉄光の追撃戦をここまで君が成功し得た理由を君は知っておるか？　先日の晩、君はあの海岸の洞穴に野宿して大宝窟の入口を監視していた事があった、その時我輩の部下が各々荷物を担いで君の眼前を通ったろう、あれは我輩が一人々々に財宝を分配して落ち延びさせたのだが、君には何故我輩がそのような事をしたかその真意が解るだろうか？　え、どうだ、解るかい？　この大宝窟は一個の冒険的の城塞だ。これが我輩の手に帰している限りは、我輩は大冒険家となって、絶えず戦闘の準備をして居らんけりゃならん。しかるにじゃ、大宝窟にして一度び他に占領されんか、もはや万事は過去に属してしまう、そして我輩はこの城塞と別れるのだ。と同時に未来が開けて来る。平和と幸福との未来が開けて来る。その平和な幸福な未来の中に住むようになる以上、もう我輩も正直な黎子にじっと見詰められて顔を赤らめるような苦しい思いをせずに済む、未来は……」

と言い掛けたが、荒らかに扉口の方へ向いて、

「蟹丸君、騒々しいよ、些《ちっ》と静にしたらどうだ、人が喋っている最中じゃないか！」

叩く音は益々高く弥々速くなった。まるで千百の砲弾を一時に扉へ向って発射するような響きを立てる。

散史の好奇心は絶頂に達した。彼は鉄光の前に突立ったまま、事件の破裂するのを待ち受けている。鉄光がどんな計画を有っているか、何を熟考しつつあるか見当が付かない。鉄光が大宝窟を見棄てるという事は道理に適っている、が、何故自身までをも身棄ててしまうというような事を言うのだろう？　彼果していかなる企図を懐抱しているのだろう？　蟹丸課長の手から逃れるつもりだろうか？　それにしても黎子はまア先刻からどこへ行っているのだろう。

鉄光はしばらくの間は夢見るような顔付で呟いている。

「正直な男になる……隼白鉄光が正直者になる……もう竊みをしない……世の中の普通の男のよ

うな生涯を送る……それがどうして不可い？　正直者になったって今までのような成功を得られんという理窟はありやしないじゃないか……コラ、蟹丸君、喧しいと言うに、馬鹿！　我輩は今歴史的の演説をしておるのだ、それを三井谷君が子孫のために能く聴き取っておこうという大事の場合じゃないか」と言ったが笑い出して「ハハハ、馬鹿に関りあっていると日が暮れてしまうわい。蟹丸なぞに我輩の歴史的の演説が解るものじゃない」

彼は一本の赤い堊筆《チョーク》を取った。そして二歩ばかり進むと見ると、一方の壁に大きく達筆で左の数行の文字を認めた。

> 隼白鉄光は大宝窟内に残存する宝物全部を仏蘭西国に寄贈す。ただ一条件あり、これ等の宝物は巴里るーぶる博物館の一室に収められ、その室を鉄光室と名けて永遠に記念すべき事これなり。

書き終った鉄光は堊筆を捨てて、

「さてこれで我輩の良心も安堵したというものだ、これで仏蘭西に対する我輩の義務は差引勘定となる」

警官等は満身の力を籠めて扉に衝突っている。そのうちに一枚の鏡板がメリメリという烈しい響きと共に二つに裂けて、細長い穴が明いた。と、その明間《あきま》から一本の手がニュッと現われて、内側の錠をガチャガチャさせる。

「畜生！　蟹丸先生、こんな処まで漕ぎ付けたのは一生に一度の光栄だろう……」

こう罵りながら鉄光は扉に飛びついて鍵を確乎《しっか》と掛けてしまった。

「老爺さん、巧くやられたね……扉はなかなか堅いよ……まずこうしておけばもう少し悠くり出来る……三井谷君、我輩は御暇乞《おいとまごい》をせねばならぬ……第一に君に御礼を言わんければならぬ……だって君のお蔭で先生たちがこれまでにまごついていたんだからねえ、とにかく君は気転者だよ！」

叩き割られた扉と同じ側の壁際に、支那の賢人か何かを画いた大きな油絵の額が倚せかけてある。

鉄光は気楽なことをほざきながらその裏へ身を隠して、

「蟹丸大将、御役目御苦労に存ずる！」

忽ちドンと外から響く一発の短銃の音。

鉄光は肩を縮《すく》めて、

「ハハハ、べらぼうな、心臓を打ち貫《ぬ》いたね！　御可哀相に、賢人様の胸が真二つだ！……」

「鉄光、御用だ、神妙にせい！」と、蟹丸課長は扉の裂け目から爛々たる両眼を怒らして、「神妙にせい！　今度こそは縛《ばく》に就け！」

「こんなに神妙にしているじゃないか！　まアここまで来給え！」

「コラ、指一本でも動かしたら直ぐに頭を撃《ぶ》ち貫くぞ！」

「豪い！　捕れるものなら捕って見ろ！」

鉄光の立っているのは扉と同じ側の壁際であるから、課長は的いを付け悪《にく》いというものの、考えてみると頗《すこぶ》る危険な位置に瀕したものである。少しでも体を露わしたが最後、直ぐに弾丸が飛んで来る。

で、額の蔭にますます身を縮めて壁にへばり付いたのだが、一旦打ち割られた扉の穴はだんだん拡げられて、今は課長の腕ばかりではない、胸から上の半身を突き込む事の出来るほどの大きさとなった。両敵讐の相距る事僅に十尺に満たず、けれども鉄光の横手にはなお、金箔の木縁を入れた一個の硝子箱がある、そのために辛くも護られているのである。

怒った老探偵は歯をキリキリと噛みながら、

「コレ、三井谷君、何故加勢せんのじゃ？　茫然眺めていずに何故早く撃たんのじゃ！」

実際その時まで散史は身動きもせず、局外中立的の態度で熱心に傍観していたのである。彼が奮躍一番蟹丸課長に加勢して、網中の魚たる鉄光を取っ占《ち》めるのは訳もない話だ。腕はムズムズと鳴っているのだけれども、我れながら不思議な事には、何とも形容の出来ない一種の感情のために抑制させられてどうにも立ち竦んだままである。

が、今課長から励声叱咤《れいせいしった》されたので初めて猛然として我に返った。そして懐中の短銃の台尻を確《しか》と握った。

「もし己が加勢したら鉄光寂滅《じゃくめつ》だ……しかし己はそうする権利がある……いや、そうするのが己の義務だ……」

と胸の中で考える。

二人の視線は今ピタリと合った。鉄光は相変らず落着き払っている。が、油断がない。この危急存亡の最中にありながら、散史の心理状態の波瀾を面白そうに掻き捜り、眺めている風情がある。

散史は果して敗亡の敵に向って最後の打撃を加えるだろうか。

入口の扉は地震のように揺れている。

「三井谷君、加勢々々！　とうとう取っ占めたぞ！」

と課長は焦《もど》かしげに憤り立つ。

散史はキッと心を決して短銃を取り出した。そして鉄光の頭へ向けて的いをつけた。

手が曳金に掛った……火蓋を切るはここ一瞬間！

二七　蟹丸課長の奮闘、水雷艇隊の出動……鉄光、散史を拉して海底を遁走す……

曳金に手を掛けてアワヤ撥《は》じこうとするその一刹那……どうなったんだ？……解らない……余《あん》まり突然《だしぬけ》で解らない……ただ一二分間後で気付いたのであるが、銃口《つつぐち》を向けられたかの時疾くこの時遅し、鉄光の体が飛鳥の如く額の蔭から飛び出したと見るや、電光石火、壁に添うてツーと走って来た、そして老探偵が扉の裂け穴越しに焦って振り廻している短銃の下を掻い潜り、ドンと自分に衝き当った、と思うと同時にイヤというほど床へ投げ飛ばされた……起き上らんとする間もあらばこそ、体は自然に宙に吊りあげられた……オヤ変だ……何だ、鉄光の奴め懸命に後から羽掻締《はがいじ》めにして吊りあげたのだ。

全く鉄光は散史を軽々と空に持ちあげた。その人間の楯の後へ自分は隠れながら、

「さア老爺さん、撃てるなら撃ってみろ！　撃たないと逃げますよ……ソラ、お気の毒じゃがこう逃げますよ……」

と、五六歩素早く後退りをすると、そこが以前の額の横手である。横手に一つの小さな青塗りの扉がついている。片手で散史を胸に締めつけながら片手でその扉の把手《とって》を扭《ひね》り、鉄光はスルリと室外に抜け出て、後をまた確かりと閉めてしまった。

恐しく急峻な階段が二人の眼前に現れた。

「さアこれを降りるんじゃ」と散史を放して背後から押しつつ「これで陸軍の方は打ち破った……これから仏蘭西艦隊が相手だ……うぉーたーるー以来、とらはるがー海戦以来だね……ハハハ、聞えるかえ、漸くあの室に闖入したと見えて今抜け出て来た扉を叩いているじゃないか！……大将がた、ちと手遅れだね……が、急ごう三井谷君！」

この階段は空針窟の内側――その周囲の殻の真実の内部を貫いて掘ってあるらしく、グルリグルリと回り回って降りるところは、丁度橇辷《そり》りの場のようである。二人は後になり先きになり、コロコロと団子を転がすように二三段一度に跳ね飛びながら転々落下した。そこここに巌の裂目があって、そこから光線が射し込んでいる。裂目の前を過る度びに瞥々《ちらちら》と海が見える。海軍の方の船隊はもう殆ど空針窟の間近まで押寄せている。水雷艇隊は浪を蹴ってあちこちに奔馳《ほんち》しながら警備している有様、物々しなんど言うばかりもない。

二人は降りた、降りた、また降りた……散史は黙っているが、鉄光は例によって元気好く、一分間も黙っていない。

「蟹丸大将何をしているだろうな？　先生隧道の口でも塞ごうと思って他の階段を転げ落ちていやしないかな？　いやいや、ああ見えてもそれほど馬鹿でもあるまい……部下を四人ぐらいはあすこへ残しておいたろう……御苦労な話だ、蟹丸のやりそうな手だ……」

と些《ちょっ》と立ち止まって「聴けよ……まだ頭の上で怒鳴っているわい……ああ、窓を明けて船隊の方へ何か報知《しら》せているんだな……ソラ、見い、船に乗ってる奴等が忙しそうに動き出した……ああ、何か信号してる……水雷艇が速力を加えたぞ……オイ、旧式の水雷艇！　我輩はチャンと知ってるぜ、君等は浴留の軍港から急派されたんじゃろう……はア、万歳々々、司令官が見えるぞ……御苦労だね、羽鳥少佐！」

と、手近の裂目から片手を差出してハンケチをヒラヒラと打ち振ったが、

「船が皆帆を挙げた、サア急げ急げ！　ハハハ、面白い面白い！」

とまたしても暗い階段を千仞の奈落へ降りに降る……。

暫時すると下の方で何やら物音のするのが聞え出した。丁度水平線の高さの辺まで降りたかと思われるところで、遽に一個の大洞窟の中に飛び込んだ。そこには真暗の中に二つの電気燈が輝いている。

衝《つっ》と暗い一隅から婦人の姿が現われた。婦人は矢庭に鉄光の首に犇《ひし》と縋りついて、

「早くよ、早くよ、貴郎、私先刻《さっき》からまアどんなに心配したでしょう！……何していらしったの？……アラ、お一人ではないんですね！……」

「なに、例の三井谷君だよ……まア考えてくれ、三井谷君は馬鹿にならない青年だ……が、そんな事は後廻しにしよう……もう愚図々々しちゃ居られん……桜田は居るか……ああそこか、好し……船はどうした」

「用意してあります」

と桜田という部下が答える。

「じゃ早速発《た》とう！」

間もなく発動機の音がガラガラと鳴り始める。散史は漸く暗黒に慣れてきた眼で見ると、今自分の立っているのは小さな埠頭《はとば》とでも言いそうな水際であって、直ぐ足許に一艘の端艇《ボート》が浮いている。

鉄光は散史の不審げの顔を興有りげに眺めながら、

「これは発動機付きの艇なんだ……ハハハ、さすがの青年探偵家君よっぽど面喰ったと見えるね……まだ解らないかえ……些と考えたら解るじゃないか……この眼前の水はここから特別に湧き出るのでも何でもない、やっぱり海の潮水だよ、潮水が満潮の度びにこの堀鑿《ほりわり》の中へ濾《こ》されて入って来るのだ……で、つまり我輩が専有の一個の錨地《びょうち》をここに所有するという結果になったのだ」

「けれどもどこにも口がないいんじゃないですか、これじゃ誰も出入が出来ないじゃありませんか」

と散史はまだ腑に落ちない。

「なに、それが出来るから妙じゃ。これから実験して見せて上げよう」

鉄光はまず黎子を艇《ふね》に扶け乗せた。それからまた戻って来て散史を連れて行こうとしたが、散史が躊躇していると、

「恐いのか」

「何がです」

「水雷艇に撃沈されるのが――」

「いいえ」

「じゃ、蟹丸と一所に残らなれば義理が悪いとでも思っているのだろう……尤も蟹丸は正当な法律上と道徳上の権利を有っているし、我輩は恥辱と醜名とを負うているに過ぎぬのじゃからなア……」

「まず言ってみればそんなものです」

「しかし可愛相じゃがこうなっては君に選択の権利を与える事が出来ぬ……今は君も我輩も共に死んだ者と思わせねばならぬのじゃ……そう思わせねば我輩永久に平和の生涯を望む事が出来なくなる。我輩は先刻も言うた通りこれから正直者になるのじゃ……他日君を放してやる暁が来たらば、君は見た通りを社会へ話してくれ……我輩はここまで脱れた以上もう恐るるものはない」

鉄光に腕を摑まれた散史は、もう抵抗の余地もないと断念めた。それにこの上抵抗する理由がどこにあろう？　自分は大宝窟を発見したじゃないか？　それを仏蘭西へ引渡したじゃないか？　これ以上に何の求むる事が有ろう？　考えてみると色々の葛藤はその間にあったとは言え、鉄光が自分に絶えず示してくれた同情の心は拒むわけに行かなかった。それに対してこの上敵対する心もない。

彼は自分でも不思議なくらい染み染みとした感情を鉄光に対して抱くようになった。そしてこう打明けようかとまで思った――

「気を付け給え。ここを脱れてももっと危険な強敵が網を張っている。保村俊郎が覘け的っている」

「さア乗ること乗ること！」

口へ出掛った散史のその注意は、危く鉄光のこの言葉で遮られてしまった。

散史は柔順《すなお》に引かれて艇へ乗り移った。どうも見慣れない奇体な形の艇だ。

甲板から直ぐに狭い嶮しい階段、と言うよりは剱蓋《はねぶた》の裏へ引っ掛けた梯子のようなものを伝って下へ降りると、剱蓋はまた自然と頭上に閉じた。降り尽したところは、電燈の煌々《こうこう》と輝いた恐しく窮屈な船室で、黎子はもう待受けていたが、三人漸く腰掛けられるほどの狭さである。

席が定まると、鉄光は鈎《かぎ》に懸った太い喇叭《ラッパ》筒を取って口に宛て、大声で命令した。

「桜田、宜しい、出発だ！」

二八　鉄光潜航艇にて海底を走る………同船者は黎子夫人と三井谷散史………

散史はよく人が昇降機で降る時のような一種の不愉快な感覚を味った。それは足下の地面が消えてゆくような感覚である、空虚の心持である。それが唯今は地面の代りに艇の下の水がドンドン引き退いてゆくような感じがするだけである。そしてやはり足下に空間が拡がってゆくという心持は同じ事だ……。

鉄光は散史を顧みて、

「沈んでいるだろう、ああ？　怯々《びくびく》せんでも好いよ……ただ上の洞穴から下の小さな洞穴へ移りかけているばかりなんじゃ――下の洞穴と言うのか、それは上の右寄りの一段下にあって、半分外界へ向って開けておる。じゃから退潮の時には誰でもそこへは入り込む事が出来る……貝拾いに来る者はおおかた知っとるよ……ああ、些と待ってくれ……今水門を通り掛っているところだ、何しろ莫迦に狭くってちょうど潜航艇の幅ぐらいしかないからねえ……」

散史には不審の種だらけだ。

「けれどもそうすると、その下にある洞穴へ入るくらいの漁夫が、なぜそれが上の洞穴と通じているに気が付かんのでしょう、大宝窟の外側の殻の中心を頂上まで通っているあの階段ですねえ、あの降り口が付いている上の洞穴を見付けそうなものじゃありませんか」

「ところがそれは皮層な観察じゃ！　世人の知っとる小さな方の洞穴の頂には一つの移動式天井がついていて、退潮の時には自然と閉ずる仕掛けになっておる。その天井は巌と同様の色に彩《ぬ》ってあるから些と気付く者もあるまい。それがね、満潮の時となると、ソラ動く仕掛になっておるから、水の脹れると共に次第々々に上に持上げられ、やがて退潮となるとまた下ると共に小さな方の洞穴を確かりと蓋してしまうのじゃ。満潮の時に我々がそこを通るのはそういうわけである。何と巧い考えじゃないか？　我輩が自分で工夫したんだよ……しいざーだって路易第十四世王だって、いや、空針窟に関係した我輩の先祖は一人だってこんな素晴しい計画を立てたものは有りはしない、と言うのは我輩のように潜航艇というものを有しなんだからねえ……」

「潜航艇！」と散史は愕然として腰を浮かせて「これはそんなら潜航艇ですか！」

「ハハハ、また吃驚か！　これが我輩の潜航艇じゃよ。ねえ、我輩の先祖は今も言う通りあの裏階段だけで満足しておったのだ……移動式天井は我輩が仏蘭西への置き土産なのじゃ……黎子や、お前の傍のその電燈を消してくれ……もうそれは要らないからねえ……」

今や艇は小さい方の洞穴を出たらしい。水と同じような色をした蒼白い光線が、二つの丸い明窓《あかりまど》と、甲板の外皮板の上に突き出た厚硝子の天窓とを通って中へ朦朧と射し込んだ。その光を頼りに船室内から頭上の水層を見る事が出来る。不意に一つの黒影がその水層の中を辷って過ぎた。

「これから船の攻撃が始まろうとするところだ。艇隊が窟《いわや》を取り巻いたらしいな……しかし空針窟という名の通りに今は全く空虚なんだからねえ、せっかくの事だが何とも御気の毒だよ……」

と鉄光はまた喇叭筒を取り上げ、

「なるべく海底を離れんようにしてくれ、桜田……行先はどこだって？　何だ、先刻話したじゃないか、無論鉄光湾へさ……全速力を出してね、解ったかね？　だが充分注意してくれんと困るぞ、婦人《レディー》が乗っているからねえ」

艇は巌床に添うて辷り過ぎた。重い真黒な植物のように立っている海草が、艇の余波に煽られて、毛髪のように美事に揺れるのも見える。

またもや一つの黒影――今度は長い奴。

「あれが水雷艇さ……今水雷艇の真下を通ったのさ。ウフッ、直き大砲の響きが聞えるぜ……羽鳥司令めどうする意《つもり》なんだろうなア？　窟を包囲攻撃する手筈かな？　三井谷君、羽鳥少佐と蟹丸探偵との両雄会見の席上に立会う事が出来んのは千載《せんざい》の遺憾と謂うべしじゃね！　海陸聯合攻撃か、ハハハ！……オイ、桜田、座睡《いねむり》をしちゃ不可《いかん》ぞ！……」

艇は全速力を出して海底の水を衝きつつ突進した。巌床を漸く通り越すと砂床となった。それも間もなく過ぎると再び巌床が現れた。これは江鳥田の最も東の海岸に出たのである。魚は潜航艇の怪異の姿に驚いて左右に逃げ去った。が、中には大胆にも艇と共に走りつつ、明窓へギョロリとした大眼玉をくっ付けて、熟と船室を覗いてゆくやつもあった。

こうして稍や一時間も潜航したと思われる頃、鉄光は命令した。

「桜田、もう浮んで宜しい……もう大丈夫じゃ……」

機関の響きが変った。そして艇は徐々《じょじょ》に水面の方へ浮んで行った。やがて硝子の天窓が水の上に露われた。

浮んだところは海岸より約一哩、散史は初めて行先の方向を見極める事が出来た。つまり諾曼の海岸に添うて北西へ北西へとどーばー海峡（英仏両国間の狭い海峡）方面に進航しつつあるのであった。鉄光はその間絶時《ひっきり》なしに喋ったり戯けたりしている。また散史もその挙動を注視し、その快活な言葉を聴くのに決して倦むという事がなかった。散史も実は舌を巻いて驚いた、鉄光という奴はどこまで豪い奴だろう。この敗北逃走の道中に在りながら、嬉々として生を楽む者のように平然談笑を続けているのは、平凡児に出来ない仕業である。

散史はまた黎子を注意することを怠らなかった。若い妻は我が愛人の胸に凭れて沈黙に耽っていた。男の手を自分の両手に挟み、絶えず眼を挙げては男の顔を仰いだ。その手は顫えていた。涼しい眼は次第に悲哀の色に曇ってきた。鉄光の戯談に対するそれが無言の痛ましい答えとも見られる。男のたわいない言葉、人生に対する男の諷刺的の見方がさも彼女の悩みを増す種のようにも思われる。

「静になすってよ！」と到々彼女は哀願するような声を出した。「余まり笑ってばかりいらっしゃるときっと不吉な事が参りますわ……まだどんな不幸に遭うか解りませんものね！」

泥府の沖に差しかかると、漁船に認められるを恐れて再び潜航した。それから約二十分間も航走の後、艇は直角を画いて海岸の方へ艇首《みよし》を向けた。そこには打連《うちつら》なる高い絶壁が一ケ所断ち切れて稍や奥深く窪み込んだ一小湾がある。その断崖の角近くでまたポッカリと波に浮いた。

「鉄光湾！」

鉄光は湾を望んでから高らかに叫ぶのであった。

二九　鉄光の一行鉄光湾に上陸す……恐るべき愛の力、熱烈なる愛の涙……

この場所は泥府を去る事西北に十六浬、険阻な断崖に両方から抱擁された荒漠寂寥たる海岸であった。断崖の裾には綺麗な砂が細く縁《へり》を取っている。

「さア三井谷君、飛び上るんじゃ……黎子や、手をおよこし……桜田、お前はまた空針窟へ帰ってのう、蟹丸と羽鳥とがどんな事をやっておるか見届けて報告に来てくれ。どうもそれを考えると己は面白くて堪まらなくなるのだ」

さて三人は砂浜へ飛上がった。が、眉に迫る蜿蜒《えんえん》たる巉岩絶壁はその高さ幾百尺ぞ。これをどうして登るのだろうと、散史は内心驚いているうち、やがて断崖の一個所に垂直に懸っている一つの鉄梯子が眼に入った。

「三井谷君！」と鉄光は呼び掛けて「君は定めし学校で地理と歴史を学んだろうが、我々が今居る所は有名な麹本波留《バホンバル》の谷間の麓なのじゃ。既に一世紀以前、即ち紀元千八百三年の八月二十三日の夜、英国の名士じょーじ・かどだる外六名の同志は我国の総督ぼなぱるとを誘拐せんとの目的を抱いて仏蘭西へ上陸したのであるが、彼等が攀じ登った断崖の途もう間もなくそこにある。

それ以来その道は荒廃してしもうたのじゃが、我輩隼白鉄光がその後私費を投じて修繕した。なお我輩はこの上の根蒜《ねびる》の町の郊外に大きな農園を買い求めた。我輩はもう紛々たる俗事から退いて大地主となって暮そうと思う。これからは妻と母とに取り囲まれて平和な生涯を送るのじゃ。紳士《ゼントルマン》強盗はもう死んだも同然だ！　これから生きるのは紳士百姓じゃ、ハハハ！」

鉄梯子を一人々々登り始めた。五六間も高く断崖を登った頃、突然眼前に険阻な峡谷が口を開いているのに遭遇《であ》った。この峡谷の上には欄干のついた一道の階段が斜に渡してある。鉄光の言うところでは、昔はこの辺の人民が浜へ出るには、この峡谷の上へ張り渡した長い綱を渡って降《くだ》ったそうである。

約半時間もこうして難渋な崖を登ったり谷を渡ったりするうちに、初めて平な高地へ出られた。この高地を行く事暫時して一つの曲り角へ出ると、収税吏の服装をした一人の男がどこの家からともなく現れて来た。

その男は近寄って来て挨拶した。

「何か別状はないかの、神森？」

「いえ、首領、格別の事もございません」

「怪しげな奴を見掛けたような事もあるまいの」

「ございません……ただ……」

「どうした」

「私の家内が根蒜の町で仕立屋をしておりますが……」

「ああ、知っとるよ……お倫《りん》だろう……母がよく噂をしている。それがどうした」

「家内の申しまするには、一人の見慣れない水夫が今朝からこの辺を徘徊しておりますそうで」

「どんな人相の男か」

「それが仏蘭西人らしくはなく……何でも英国人らしい顔付だそうでございます」

「ああ、英国人！……」と鉄光は何かに気を取られた口調で「それでお前は家内に命令《いいつ》けたかの……？」

「その水夫を監視するようにでございましょう。ハイ、そう申しました」

「宜しい。なお怠らず注意させてもらいたい。我々は農園に行っておるから何か別状があったらば知らしてくれ」

と歩き出しながら散史に、

「少し気掛りじゃねえ……保村探偵じゃないだろうか？　ああ、もし彼奴であったら、先生まだプンプン憤怒《おこ》っている最中だろうから、こりゃ少し用心せんけりゃならない喃！」

彼は些と躊躇した。

「いっそここから引返した方が得策じゃないかな……どうも何だか縁起が悪い……何か詰らない眼に遭いそうな気がしてならない……」

緩かに波打つ平野が眼も遥に彼等の前に横った。稍や左手に当って一本の綺麗な列樹路《なみきみち》が根蒜の農園の方へ走り、その横手に小さな町の建物がポツポツと見え出した。これこそ鉄光が万一に用意をした隠居所、黎子に約束したところの避難所である。

鉄光は散史と腕を組んだ。そして自分等より数歩前に蓮歩《れんぽ》を運ぶ黎子の方を頤で指しながら、

「あの後姿を見てくれ給え。こう歩くたびに細い体が繊《しなや》かに揺れるだろう、あれを見ると我輩は何とも言われずゾクゾクと嬉しくなるよ……いやそればかりじゃない、何につけかにつけ、一挙一動、静止としている時でも、動き廻っている時でも、黙っていても、喋っていても、彼女《あれ》は不思議に我輩の情緒を刺激する。熱愛の心を燃えさせる。全くのところを言うと、こうして彼女の歩いた足跡を踏んでゆくという事でさえ、我輩どんなに幸福な感じがするか知れん。なア、三井谷君、黎子は我輩が一度び鉄光であったという事を永久に忘れるだろうか？　我輩は彼女が絶えず憎み嫌うている我輩の過去に対する記憶を、彼女の胸から拭い去ることが出来るじゃろうか？」独語でもい

うようにこう呟いて来たが、やがて自信力のある声を出して「いや、彼女は忘れるに違いない！　忌わしい過去はキッと忘れるに違いない！　何故ならば我輩は彼女のために万事を犠牲に供してしまったじゃないか。難攻不落の聖城大宝窟というものを棄てたのもそのためじゃ。凡有る宝物と、力と、誇りを擲《なげう》ったのもそのためじゃ……これからとても何でも犠牲にしよう……もう他の者にはなりたくない……ただ愛の中に住む男となって居りたい……正直な男になって……彼女は正直な男でなければ愛せんのだからなア……我輩だからとて正直者になれぬという訳はない……」と言い掛けたが、また散史に向って「なア、三井谷君、我輩は君も知っての通り、多年の冒険的生涯の中には随分豪胆な放肆《ほうし》な愉快をも味うことが出来た、けれどもじゃその喜悦《よろこび》も、あの黎子が我輩というもので満足したような眼付をしてこちらを熟視《みっ》める時のその我輩の喜悦に比べては殆ど言うに足らんのじゃ……そういう時の我輩の気の弱さというものはなア、まるで嬉し泣きに泣き出したいような気分がするわい……」

散史は鉄光の声が次第に湿ってきたのに驚いた。先生泣いているんだろうか？　どうも眼が潤んできたらしい。ああ、稀代の強盗鉄光の眼の涙！　愛の涙！

三〇　凄絶悲痛を極めし最後の一幕………保村名探偵と鉄光の決闘——黎子夫人の横死——鉄光の悲哀——永遠の別離——鉄光の行衛——大団円………

農園への入口の古い門が列樹路の端れに見えて来た。と、鉄光はしばし立ち止まって呟いた。

「何故こんなに怯々するんだろう？……何だか胸の上へ重たい物でも乗っけられたような気持だな……大宝窟の最後の冒険がまだ終らずに付き纏っているのかな？　それをサラリと掃き棄ててしまおうと思うてこういう出口を選んだのじゃが、まだそこまで運命が至っておらぬのかな」

黎子は振向いていと気遣わしげに、

「あすこへ見えるのは先刻の神森さんのお神さんではありませんか。アラ、あんなに走って来て……」

農園の中から息急き切って馳けて来るのはなるほどお倫である。鉄光も飛び出して、

「どうしたんじゃ？　何が出来たんじゃ？　早く話してくれ！」

神さんは苦しそうに肩で喘ぎ喘ぎ、

「男がね……御居間に一人の男が入っているんでござんすよ……」

「今朝見たという英国人か」

「そうでござんすの……けれどももう今朝とは姿を変えて居りまして……」

「向うでもお前の姿を見付けたかの」

「いいえ、私は見付かりは致しませんけれどもね、貴君様のお母様が……丁度その男が立ち去ろうと致すところをお咎めなすったので」

「それでどうした」

「その男の申すには、自分は谷崎良英さんのお友達で、会いに来たが、とこう申すのでござんすよ」

「すると……」

「すると御隠居様は、せっかくの御訪ねじゃが悴は外国へ行って居りまして……もう何年も……」

「それでその男は立ち去ったのか」

「いいえ、そう致しますとね、その男はアノ外がズーと見渡される高い窓がござんすね、あれへ体を乗出して何やら合図を致したのでござんすよ……誰か呼びでも致したような」

鉄光は躊躇するように見えた。時しも彼方から一声高い叫声が四辺の空気を劈《つんざ》いた。

「アラ、お母様が……確かにお母様だわ……」

と黎子が容易ならぬ声を立てる。

鉄光は衝と黎子に飛び掛るようにして彼女を引き立てた。そして顔色を変えて、

「行こう……逃げよう……お前真先《まっさき》にお逃げ……」

が、不意にまた立ち止まった。すっかり狼狽した、痛くも心の乱れたさまで、

「いや、そうも出来ない……そんな薄情な事は出来ない……少し辛棒してくれ……黎子や……ああ、母が可哀相に……ここに待ってお在《い》で……三井谷君、黎子を保護していてくれ、頼む」

とばかりで矢のように突進し出した。列樹路を一散に、それから曲ったダラダラ坂を登ると農園の門、そこへ早くも姿を現わした。

黎子も続いて馳け出した。散史は引止め損《そ》こなって慌てながら追い掛けてゆくと、彼女はいつしか門前に走り着き鉄光に縋りついて顫えている。で、列樹の蔭に隠れて眺めていると、今しも農園内の建物と門との間の園径を、こなたを指して急いで来る三人の人影。一番丈の高い男が先頭に立ち、二人がその後に従うて歩いて来るが、その二人の手に一人の婦人がしょ曳かれている。婦人は懸命に悶《もが》いたり抵抗したりして悲鳴を挙げている。

日は早や落ちて薄暮の色籠め渡る頃であるが、散史は明かに先頭の保村俊郎の姿を認める事が出来た。捕われた婦人はかなりの年輩である。その蒼白《あおざ》めた顔は白髪を椽として判然と眺められる。

この四人は次第に近付いて来る。

終に門に達した。保村は半ば閉じていた片方の扉の中へ引き明けた。

この時鉄光はツカツカと大股に歩み寄って彼等の行手に立ち塞がった。

この不意の両雄の遭遇は恐るべき光景であった。沈黙なだけに一層厳粛であった。

暫時は二人とも眼を見合せて相手の胸を掻き捜ろうとするようであった。互に相憎む仇敵の念は二人の顔をどっちも歪めさせている。どっちも動かない。

稍やあって鉄光は初めて口を開いた。気味の悪いほど落着いた声音で、

「その婦人を解放するように部下に命じ給え！」

「否《ノー》！」

二人ともちょうど大争闘の幕を開かん事を懼れているようである。二人ともまず満身の勢力を集注せしめんと努力しているようである。そして今は双方の口から一片の贅語《ぜいご》を聞かぬ、一言の凌辱、片句の挑戦も洩れない。沈黙である、死の如き厳なる沈黙である。

黎子は狂わんばかりに苦悩しながら、今にも決闘の始まらんかと心も心ならざる風情、それを散史は樹蔭から手を伸べて動かせじと支えるのであった。

鉄光は再び要求した。

「その婦人を解放するように部下に命じ給え！」

「否！」

「聴け、保村君……」

と言い掛けたが、到底無益の業と断念めたのか鉄光は再び口を噤んでしまった。世界の名探偵たる英国の保村俊郎、その誇りと意志との権化とも言うべき人物の前に立って、今将た何の威嚇か功を奏すべき！

最早こうなっては破れかぶれだ。突然鉄光は手を懐手《かくし》に突込んだ。早くもそれと悟った保村探偵、躍然《やくぜん》囚人の上に飛掛って、短銃の銃口を額上二寸の所に差しつけながら、

「隼白鉄光、指でも動かしたが最後、直ぐにこいつを撃っ放すぞ！」

同時に二人の部下も銃口を揃えて鉄光の胸に的いをつけた。

鉄光は燃ゆるような憤怒を押し鎮めつつ引き退《すさ》り、強いて冷かに両手を懐手に、胸をば敵の方に突き出して、

「保村君、これで三度目だ、何卒、その婦人だけは……」

言わせも果てず、保村探偵も冷笑一番、

「ハハハ、何度でも言うが好い！　竜海丸の上では誠に御手厚い待遇を蒙った。尾振海岸の警察署の前へ棄ててくれたのは何とも有難くて忘れ得ぬ次第じゃ。で、その御礼を致そうと思うまでなんじゃ……」

こう皮肉を言いながら偶《ふ》と鉄光の後に立った黎子の凄艶な姿に眼を留めた。そしていかにも不審の眼付をする。その油断を見済ました鉄光、ここぞとばかり手を挙げてドンと一撃する！

「失敗った！」

保村探偵は右腕を撃貫かれた。で思わずドウと後に倒れたが、屈せず部下に命じて、

「撃て！　二人とも撃て！　彼奴を撃ち殺せ！」

が、そこに抜かりのある鉄光ではない。物の二秒間も経たぬうちに、機先を制して二人へ続けさまに浴びせ掛けた弾丸に、一人は肩を撃たれて大地にへたばり、一人は頤を砕かれて堪まらず門扉に倒れかかる。

「ソレ今の間に急いで、皆な……彼奴等をふん縛れ……そうだそうだ……ところで保村君、弥々君と我輩との敵対じゃ……」

と鉄光が老婦人を励ましたり、保村を戯弄《からか》ったりしている間に、大探偵は左手に短銃を持ち変えて相手に的いをつけた。

一発凄じく轟き渡る……と、忽ち一声アット苦痛の叫喚……こはいかに、黎子は保村探偵の面前、かの撃ち倒された二人の部下の間に虚空を摑んで倒れかかった。……ヨロヨロと蹌踉《よろめ》いて、両手で鮮血の颯と迸る頸の辺を押えたが、踵でクルリと廻って、鉄光の足許へ来て終に地上にのめってしまった。

「ヤヤ、黎子！……黎子！」

と鉄光は女の上に屈み掛り、その体をかかえ上げて確乎と胸に抱き締めたが、

「死んだ！」

とばかり絶望の声音。――一座はしばし茫然たる態。さすがの保村探偵も我れと我が所業に対して少からず困惑の体である。

「おお、まア可哀相に喃……可哀相に喃……」

老婦人の声は涙に打ち消された。

散史も初めて樹蔭から立ち出でて、屈んで黎子の傷所を調べた。

「死んだ!……死んだ!……」

鉄光はまだ夢見るような声音でこう繰り返した。顔は見る見る形容すべからざる悲哀の色に覆われたが、やがて一種の狂乱に捉われた人のように烈しい苦悶の身振をし出した。両手を扭り合わせたり、地団太を踏んだり、頭髪を掻き毟ったり……。

「畜生! 獄道者奴!」

不意に襲い来った憎悪《にくしみ》の発作につれてこう罵るかと見ると、猛然一躍、保村探偵に飛び掛り、蠑螺《さざえ》のような拳骨《げんこつ》で力任せに擲《なぐ》り付けた。辟易《たじろ》ぐ相手の咽喉をムンズと引摑み、皮肉に爪も透おらんばかりに絞め上げ絞め上げる。

保村探偵もこれには堪まらず、手足も動かせずに悶くばかりだ。

「アレ、そのような手荒な事は……そのような、まア……」

と、老婦人はオロオロ声で哀願する。

散史も思わず走り寄った。が、鉄光は既に手を緩め、地面に息も絶々《たえだえ》に突伏した敵の傍に突立って啜泣きをしているのであった。

ああ、何という無惨な光景だろう! 散史は恐らく一生この悲劇の恐怖を忘れる事は出来まい。黎子に対する鉄光の凡有る熱愛の情を知れる彼、恋人の一片の微笑を買わんがためには万物を弊履《へいり》の如く打ち棄てて犠牲となすを顧みなんだ彼の心、それと知っている散史の若い胸は惻々として迫り来る同情の哀感に堪えなかった。

彼は悄然として眼を背けた。

＊

夜は既に漆黒の経帷子《きょうかたびら》もてこの戦場の名残を覆いかけていた。三人の英人は縛られて猿轡を穿められたまま、繁った草原の中に棄てられてある。遠くの鄙唄《ひなうた》が時々平野の荒漠なる沈黙を破って聞えて来る。それは農夫が野良仕事から帰るのである。

鉄光は身整《みづくろ》いして、単調なその鄙唄に耳傾けていた。次には黎子と平和な生涯を送らんと欲した農園の楽しき別荘を瞥見した。最後には可憐なる愛の犠牲、恋のために殺されて我が足下に永遠の睡眠《ねむり》に就いた乙女の蒼白の顔に眼を落とした。

百姓たちの近づく跫音がする。……と、鉄光はやおら膝をついて逞しい両手に乙女の死骸を抱き上げた。そして軽々とそれを背中に負うた。

「行こう」と老婦人に言った。

「行きましょう」

「三井谷君、さよなら！」と悲しげに散史に挨拶した。

かくて鉄光は彼にとって貴重にもまた恐しい荷物を負い、年老いた母に付き添われて沈黙ったまま、クルリと海岸の方に爪先を向けた。そして夜の暗黒の中へスタスタと衝き進んだ……。

解題

北原尚彦

本書は現在からおよそ百年前、大正初期に翻案されたモーリス・ルブランのアルセーヌ・ルパン物のうち、シャーロック・ホームズと対決する作品を復刻したものである。

原作で言うと、短篇「遅かりしシャーロック・ホームズ」(『怪盗紳士ルパン』中の一篇)と、中篇「金髪の美女」「ユダヤのランプ」(『ルパン対ホームズ』の前半および後半)、長篇『奇巌城』である。そのそれぞれの、我が国における初訳(初翻案)を、ここに集成した。

なぜルパン研究家ではなくホームズ研究家である北原尚彦が編纂したかというと、ここに復刻した諸作品はどれも、ホームズ・パロディ移入史上において極めて重要な作品だからである。特に、この中のひとつが「我が国初のホームズ・パロディ」なのだ。

もちろん、ルパン翻訳史上においても貴重な作品ばかりであることは、言うまでもない。

本書では、それぞれが翻案・発表された順番ではなく、原作の発表順に配列した。コナン・ドイルのホームズ物は一部作品を除いて独立性が高いが、ルブランのアルセーヌ・ルパン物は連続性が高いためである。

各篇の解説に入る前に、まずルブラン作品中の「シャーロック・ホームズ」について述べておかねばならない。

「シャーロック・ホームズ」と「ハーロック・ショームズ」

シャーロック・ホームズは、アーサー・コナン・ドイルの創造したキャラクターである。それ以外の作家が書いたものは、パスティーシュもしくはパロディと呼ばれる。ルパン・シリーズにおける「ホームズとの対決物」も、そのひとつである。

当初、モーリス・ルブランは「遅かりしシャーロック・ホームズ」において、そのまま〝シャーロック・ホームズ〟として名探偵を登場させた。しかしこれを知ったコナン・ドイルが、異議を唱えたために探偵の名前を変えた――ということになっている。この話は世間一般に流布しているが、実はしっかりとした裏づけがない。

実際、ホームズ・パロディを書いたのはルブランが最初ではないし、それまでもコナン・ドイルは抗議を行なっていない。有名税のひとつだとでも考えていたのだろう。

想像するに、ルブランは一旦ホームズを登場させはしたものの、もっとルパンにしてやられる役、場合によっては憎まれ役を演じさせるには、シャーロック・ホームズ本人ではどうもうまくないと考えるようになったのではあるまいか。

真相はどうあれ、ルブランは、「SHERLOCK HOLMES（シャーロック・ホームズ）」のファーストネームのSをラストネームへ移動し、「HERLOCK SHOLMES（ハーロック・ショームズ）」へと変更し、以降の作品にもこの名前で登場させた。

ハーロック・ショームズの読みについても、フランスの作品なのだからと「エルロック・ショルムス」もしくは「エルロック・ショルメ」と読む場合もあるが、やはり英国の探偵なのだから、ハーロック・ショームズと読みたいところだ。

しかし我が国では翻訳に当たり、慣例的に『ルパン対ホームズ』としてしまうことが多い。ホームズの知名度を考えると、そうせざるを得ないのだろう。原題自体が『Arsène Lupin contre Herlock Sholmès（アルセーヌ・ルパン対ハーロック・ショームズ）』であっても。

もちろん、例外はある。現在、ルパン・シリーズを大河コミックとしてマンガ化している森田崇『アバンチュリエ』（講談社／二〇一一年〜）でも、あえて「ハーロック・ショームズ」表記を取っている。

ちなみに、英訳版では「ホルムロック・シアーズ」としたものがあり、エラリー・クイーン編の伝説のホームズ・パロディ集『シャーロック・ホームズの災難』には、「遅かりしホルムロック・シアーズ」のタイトルで収録されている。

さて、ここで問題となるのが、ホームズ（ショームズ）の相棒だ。ルブランの原作では、「Wilson」なのだが、ショームズをホームズとしていても、ウィルソン（またはウィルスン）のままとしている場合と、ワトソン（またはワトスン）と変えている場合とに分かれている。ショームズとホームズのキャラクターの違い以上に、ウィルソンとワトソンのキャラクターの違いが大きい（あまりにウィルソンが間抜けすぎる）ということもあろう。訳者も「これをワトソンとしてしまうのはちょっと」という躊躇が働いたのではなかろうか。

いずれにせよ、本書に出て来る名探偵とその相棒は、コナン・ドイルの筆によるホームズ&ワトソンとはちょっと違うのだ、ということを頭に置いた上でお読み頂きたい。

それでは、各作品について述べていこう。

「秘密の墜道《トンネル》」（清風草堂主人）

「秘密の墜道」は、短篇「遅かりしシャーロック・ホームズ」の翻案。同作を表題とする単行本『秘密の墜道』（磯部甲陽堂／大正四年＝一九一五年）に収録されている。

原作は「ジュ・セ・トゥ」（一九〇六年六月号）に掲載され、翌一九〇七年に単行本収録された。

本作の翻案者は「清風草堂主人」。これは一人の人間ではなく、複数の人間のペンネーム――いわゆるハウスネームである。この名前は我が国初の週刊誌とされる「サンデー」掲載作品や、それらの作品を単行本化した際に主に用いられた。清風草堂主人の名義を使用していたと考えられているのは、安成貞雄、堺利彦、佐藤緑葉らである。

先に明かしてしまうと、本書収録の「金髪美人」および「春日燈籠」も清風草堂主人の名義で発表されているが、それらについては安成貞雄だと判明している。同じルブランのルパン物なのだから「秘密の隧道」の清風草堂主人も安成貞雄だとしたいところだが、実は堺利彦もルパン物を訳しているし、本書の最後に収録した『大宝窟王』の翻案者・三津木春影も「清風草堂主人のひとり」の可能性がある。よって確証がないので、ここでは翻案者紹介として、「清風草堂主人」を名乗ったと思われる人々について概説しておく（但し安成貞雄・三津木春影については後述）。

堺利彦（一八七〇〜一九三三）は、日本近代史においては政治家として知られる――日本共産党の初代委員長だったためもあるだろう――が、思想家・作家でもあった。「枯川」「貝塚渋六」の号も用いた。著書は『秩父騒動』や『猫のあくび』など。

『戯曲アルセーヌ・ルパン』の小説版『ルパンの冒険』を原作とする『予告の大盗』（万里洞／明治四十四年＝一九一一年）を翻案した際の清風草堂主人は、堺利彦と判明している（同作は江戸川乱歩も読んでいたという）。

佐藤緑葉（本名・佐藤利吉、一八八六〜一九六〇）は、ジャーナリスト・作家。「無名通信」「万朝報」「読売新聞」などの雑誌・新聞で働きながら、文芸作品や翻訳を発表していた。後に東洋大学や法政大学で教鞭を執っている。著書は詩集『塑像』、小説『新食道楽』など。訳書はスティーヴンスン『ジキル博士とハイド氏』『新アラビヤ夜話』、ギッシング『蜘蛛の巣の家』ほか。

『露西亜探偵物語』（万里洞／明治四十四年＝一九一一年）や『血痕』（同／大正二年＝一九一三年）などを訳した際の清風草堂主人は、佐藤緑葉であるとされている。

清風草堂主人の単行本によっては、奥付の著者欄に「宮田暢」の名が記されていることがあるが、これは先述の「サンデー」の経営者なので、実際の著者（訳者）ではなく発行責任者だと思われる。

本作ではアルセーヌ・ルパンが「龍羽暗仙（りゅうば・あんせん）」に、シャーロック・ホームズが「静夜保六郎（せいや・ほろくろう）」となっている。人名を日本人名に置き換えたり、地名を漢字表記したりするのは、明治・大正期の翻案の最大の特徴のひとつだ。

ストーリー自体大幅に書き換えてしまう翻案もあるが、本作は基本的に原作に忠実である。会話を幾つかまとめたりはしてあるものの、一部をばっさりカットしたりはしていない。

しかし「基本的に」原作に忠実、と記したのには訳がある。カットはしていない代わりに、増やしてある部分があるのだ。『怪盗紳士ルパン』から一話だけ取り出した翻案であること、しかも「遅かりしシャーロック・ホームズ」が『怪盗紳士ルパン』の最後のエピソードであることゆえだろうが、アルセーヌ・ルパンがどんな人物か、どんなことをしてきたかが読者に分かるようにしてあるのである。

「四　龍羽暗仙とはそも何者」「五　車中の強賊」「六　龍羽、龍羽を追う」が、そのように加えられたパートである。但し加えたと言っても、適当に清風草堂主人がでっち上げたものではなく、『怪盗紳士ルパン』に則ったものとなっている。

まず「四　龍羽暗仙とはそも何者」における「龍羽暗仙は殆ど天性の盗賊と言っても宜い男であった。彼はまだ頑是ない子供の時において、既に甚だ巧妙な手段によって、某夫人の宝石を盗み取ったことがある。」以降、いかにして少年時代の龍羽暗仙が盗みを働いたかというくだりは、「女王の首飾り」のエピソードである。

次の、龍羽暗仙が「（略）牢獄に投ぜられたが、巧みに脱獄してしまった。」からの十行ほどは、「ルパン逮捕される」「獄中のアルセーヌ・ルパン」「ルパンの脱獄」を、ほんとうにざっくりとまとめたもの。

続いて、「四　龍羽暗仙とはそも何者」の最後から、「五　車中の強賊」「六　龍羽、龍羽を追う」は、「ふしぎな旅行者」を長めにアブリッジしたもの。これは「遅かりしシャーロック・ホームズ」が時系列的に「ふしぎな旅行者」の直後のエピソードであるがゆえだろう。「遅かりし…」の原作でも、列車での事件の後、ルパンがこの地方に来ているらしい云々というくだりがある。

そして「七　古城の深夜」で、また「遅かりしシャーロック・ホームズ」の続きに戻るわけである。

「八　思懸けぬ邂逅」では、たまたま出会った女性が安藤百合子嬢だったのだが、これが原作のネリー・アンダーダウン嬢。彼女は「ルパン逮捕される」では、ルパンが一度会っている女性である。原作「遅かりしシャーロック・ホームズ」では、ルパンが盗んだ宝石と紙幣を隠しておいたコダックのカメラを海中に投げ捨ててくれて云々、というくだりがある。この出来事自体は、「ルパン逮捕される」内のもの。そのため、てっきりまたここで「ルパン逮捕される」の概説が始まるのかと思いきや、予想は外れてしまった。しかしコダック云々という記述を残しておいては、読者が「これはどういうことだろう?」と思ってしまうと考えたのか「この婦人のためには、彼は汽船の上から大洋の真正中へザンブとばかりに跳び込んだことさえある。」という記述に書き換えられた。もちろん、原作ではルパンは海に飛び込んだりはしていない。

あとは全般に概ね原作通りだが、暗号は置き換えがされていた。原作では「斧は震える宙に旋回すれども、翼は開かれ、人は神にまで至る」、そして「チベルメニル、2 - 6 - 12」という二つの暗号が出て来る。これはフランス語での表記に関わるものなので、現代での翻訳ならば原語表記を取り混ぜて記すことができるが、大正期の翻案では読者に不親切だと考えたのだろう。訳者は新たに暗号文を作り出してしまったのだ。それが「まず遍く転ずれば、米散じ城開いて、人神に至る」という文章と、「智遍流米須爾留城、二 - 四 - 八」である。漢字にしたことによって、原語よりも見当を付け易くなっているけれども、うまく考えたものだと感心させられた。

尚、単行本『秘密の墜道』は、本作一篇では一冊にするには薄すぎたのか、巻末に「附録」として「特別列車の行方」という短篇を同時収録している。これはルパン物ではない。シャーロッキアン、もしくはコナン・ドイル研究家なら「もしやこのタイトルは」と思う通り、これはドイルの短篇「消えた臨時列車」の翻案である。「消えた臨時列車」は、（正確には）ホームズ物ではない。但し「当時名声を博していた素人探偵」が登場するため、ホームズ研究家の間では「これはシャーロック・ホームズ物の番外篇である」と認定されている、という代物だ。それにしてもルブランとコナン・ドイルをカップリングさせるとは、清風草堂主人も粋なことをするものだ。

単行本『秘密の墜道』は、磯部甲陽堂「怪奇叢書」の第十編として刊行された。同叢書からは、他に三津木春影『不思議の鈴』（コナン・ドイルのホームズ物「海軍条約文書」の翻案）などが出ている。

『神出鬼没 金髪美人』（安成貞雄）

『金髪美人』は一九一三年（大正二年）一月、明治出版社から発行された（奥付によると印刷は前年十二月）。後述する『春日燈籠』が「やまと新聞」連載後に単行本化されていることから、この『金髪美人』も先に新聞（もしくは雑誌）連載されている可能性はあるが、今のところ見つかっていない。よって、単行本初出と考えられる。

『ルパン対ホームズ』は一長篇と言うよりも、二つの中篇から成っている。本作はその前半に当たる「金髪の美女」の翻案である。原作は「ジュ・セ・トゥ」（一九〇六年十一月号～一九〇七年四月号）に掲載され、一九〇八年に後半部と併せて単行本化された。

本作の翻案者は、先の「秘密の墜道」と同じく清風草堂主人だが、今回はこれが安成貞雄だと判明している。

安成貞雄（一八八五～一九二四）は秋田生まれ、早稲田出身の評論家。著作は『文壇與太話』、訳書はマイァー『地球の生滅』など。弟は歌人・小説家の安成二郎。

次の『春日燈籠』も安成貞雄による翻案で、これこそが現在見つかっている限りでは我が国最古のホームズ・パロディ。よって我が国に初めてホームズ・パロディを導入した人物、ということになる。

雑誌「サンデー」誌上においては、大正元年（一九一二年）から大正二年（一九一三年）にかけて、コナン・ドイルのホームズ物「青いガーネット」を翻案した「御歳暮の鵝鳥」を連載しているので、ホームズ翻案者であると同時にホームズ・パロディ翻案者（それも最初の）であるわけで、ホームズ移入史において極めて重要な人物のひとりだ。

安成貞雄、特に『金髪美人』には、個人的に特別な思い入れがある。この本の存在を通じて、安成貞雄について詳しく教えてくれたのは、今は亡き福田久賀男氏だった。福田氏とは横田順彌氏を介して知り合いになったのだが、日本古典ＳＦ研究会にも積極的に顔を出して下さっていた。本書『怪盗対名探偵初期翻案集』は、誰よりも福田久賀男氏に捧げたい。

本作ではアルセーヌ・ルパンは「有村龍雄（ありむら・たつお）」となっているが、シャーロック・ホームズは「シャーロック・ホームズ」のままである。

序文中では「アルセーヌ・リューパン」と書いているのに、本文では何の説明もなしに有村龍雄が登場。その辺りも、翻案時代のおおらかさの一環だ。ルパンの宿敵、パリ警視庁のガニマールは、蟹丸（かにまる）。これは実に判り易い。

ストーリーに関しては、これも概ね原作に忠実である。黒岩涙香が様々な小説を奔放な翻案で我が国に紹介した明治期はもう過ぎ、大正期となっているがゆえだろうか。

冒頭、「千九百十一年十二月八日」という日付になっているが、原作では年数は入っておらず「昨年十二月八日」となっている。『金髪美人』の印刷が一九一二年なので、その前年ということでこの年数にしたものと推測される。

しかし、そのあとの「青色金剛石事件」の節の冒頭で、「千九百十一年三月二十七日」としてしまったのは勇み足。年が変わっているのだから、「千九百十二年」とすべきだった（原作では日付のみ）。

原作と違っている部分を、挙げていこう。最初の「二十三号五百十四番」の節、有村龍雄からの電報が富籖局長に届いた、というあとのくだり。原作では、語り手たる私（＝モーリス・ルブラン）が、自分がルパンの冒険を語るに当たってどのような立場を取っているかを語る一節があるのだが、これがなくなり、代わりに『金髪美人』オリジナルの文章が入る。ここでは基本的に「有村龍雄とは」を紹介している。それゆえ「丁度日本で、婦人に対する犯罪者が、出歯亀という名を冠される如く（略）」「それで丁度名裁判はみな大岡越前守が裁いたと伝えられる如く（略）」などという、原文にはあり得ない形容が続くわけである。

ちなみに出っ歯の亀太郎（略して「出歯亀」）こと池田亀太郎の事件が発生したのは明治四十一年（一九〇八年）。『金髪美人』刊行の、まだ数年前の出来事である。

さて、いよいよシャーロック・ホームズの登場と相成るわけだが、ちょっと面白いのがホームズの住所。本作（「ホームズ戦端を開く」の節の直前）では「パーカー街二百十九番地」となっているが、原作では「パーカー街二百十九番地」となっている。（コナン・ドイルによる）シャーロック・ホームズがベーカー街に住んでいることを知っていた翻案者が、直してしまったのだろう。だが本当に正しくは「ベーカー街二二一Ｂ」なので、通りの名前だけコナン・ドイルの原作に合わせ、番地はルブランの原作のままにした、という折衷である。

そしてこの後いよいよホームズの相棒が登場。先述の通り原作ではウィルソンだが、本作ではワトソンに直し、ホームズ＆ワトソンの組み合わせにしてある。ワトソンの語り口も、原作ほど間抜けでないように訳してあるような印象である。

「ホームズ戦端を開く」の節に入ってすぐ、有村龍雄と「私」が会話をする合間の、地の文。原作では、その時の状況を簡単に書いてあるだけだが、本作では有村龍雄と「私」の関係が詳しく語られており、語り手としての「私」の立場をはっきりさせている。

また同節、有村龍雄と「私」、ホームズとワトソンが一つの食卓を囲んで話をすることになった、というくだりの直後。原作ではシャーロック・ホームズについて詳細を説明する部分があるのだが、これは本作では省略されている。

四人の会見の後、「ホームズの行動」の節に入ってすぐのところ。「出掛けよう」とワトソンが叫んで立ち上がった際、本作では「その拍子にウィスキイのコップを二つころがした。」とあるが、これは誤訳だろう。原作は「ウィスキイを二杯続けて飲み干した。」といった意味である。

同節後半、ホームズとワトソンが空家で一晩を過した後の朝のところ。原作では、部屋のあちこちに残されていた白墨で書かれた記号をホームズが調べていたのだが、実はそれはルパンではなくウィルスンが書いたものだった――というくだりがあるのだが、本作ではそこがまるまる省略されている。長さの関係かもしれないが、あまりにホームズが間抜けに見える一節なので、意図的に外したのかもしれない。

「有村の詭計」の節では、ホームズとワトソンが「ロハ台」に坐っている、という記述があるが、このロハ台とは公園など屋外にあり、ロハ（タダ）で坐れるベンチのこと。

その他、原作でウィルスンが語る部分が何箇所か削除されているが、これはウィルスンの間抜け振りを少しでも緩和させるための翻案者の苦心とも読み取れる。

単行本『金髪美人』の巻末には「明治出版社発行書目」として広告が掲げられている。その中には『金髪美人』自体もあるのだが、その広告文は以下の通りである。


茲に前古未曾有の一大怪賊あり、白昼欧州の大都会に出没して幾多の名声ある刑吏を翻弄し、神出鬼没嘗て其の踪迹を捉うるに由なく数十の探偵哨集裡に平然奇怪極まる犯罪を行い其包囲円を破ること幾十回なり之に配するに絶世の美女あり、共に脈絡を通じて玄妙不可思議の行動を演じあらゆる老刑吏をして神落ち気沮み復手を下すに由なからしむるに及び絶代の大探偵シャロック・ホルムス奮然として起ち、未曾有の大賊と未曾有の大探偵と互に其技を角するに於てその妙趣絶頂に達す、蓋し本書は深刻精妙極むる欧米犯罪界の縮図にして到底世間一般の探偵小説の類に非ず、清風草堂主人夙に探偵小説を以て名あり、今茲に此の奇書を訳して本邦読書界に提供す、一たび之を繙かば何人も其奇に驚倒すべし。

シャーロック・ホームズがここでは「シャロック・ホルムス」となっているし、タイトルが『奇々怪々　金髪美人』となっているが、実際は『神出鬼没　金髪美人』であることなど、やはり当時のおおらかさがうかがわれる。

『春日燈籠』（安成貞雄）

『春日燈籠』は「やまと新聞」の一九一二年十月七日付から十二月十日付にかけて連載された。明治天皇はこの年の七月三十日に没したので、明治四十五年ではなく大正元年となる。休載した日もあり、全三十八回。連載開始前の十月五日付には予告が載っており、本書にはそれも収録した。

先述の通り『ルパン対ホームズ』は二つの中篇から成るのだが、その後半に当たる「ユダヤのランプ」の翻案が本作である。原作は「ジュ・セ・トゥ」（一九〇七年九月号〜十月号）に掲載され、一九〇八年に前半部と併せて単行本化された。

本作の翻案者（訳者）もやはり清風草堂主人だが、『金髪美人』同様、安成貞雄によるものと判明している。安成貞雄については、『金髪美人』の項で述べた通り。

本作は、我が国で初めてのホームズ・パロディと考えられている。本書収録作を発表年代順に並べると以下のようになる。

大正元年（一九一二年）『春日燈籠』（十月七日～十二月十日連載）
大正元年（一九一二年）『大宝窟王（前篇）』（十二月十六日発行）
大正二年（一九一三年）『金髪美人』（一月十八日発行）
大正二年（一九一三年）『大宝窟王（後篇）』（三月十一日発行）
大正四年（一九一五年）「秘密の墜道」（十二月六日発行）

ちなみにルパン物でないホームズ・パロディだと一番早いのは、モーリス・ベアリング「探偵作家の日記」（大正三年＝一九一四年）。『大宝窟王（後篇）』と「秘密の墜道」の間、という順番になる。更に余談になるが、日本人作家による最古のホームズ・パロディは水島爾保布「アリッシュマン伯と三探偵」（大正十三年＝一九二四年）である。

本作ではアルセーヌ・ルパンは『金髪美人』と同じく「有村龍雄」だが、シャーロック・ホームズは「堀田三郎」、ワトソンは「和田」となっている。ガニマールは、やはり「蟹丸」。

ここまでの二作と同様、比較的原作に忠実な翻案で、基本的にはキャラクターを日本人名に置き換えたり、地名をそのまま（もしくは改変して）漢字表記したりしている程度である。数行省略したり、地の文の説明を会話文に直したりもあるが、大した量ではない。

それでもところどころ原作との違いはある。まずはタイトルにもなっている通り、原作に出て来るユダヤのランプを「春日燈籠」なるものに置き換えている。これは、日本人にも親しみ易くするためだろう。それがどんなものかは、第六回の中の説明文をお読み頂きたい。これはもちろん原作でのユダヤ・ランプ説明のくだりを置き換えたものである。付け加えるならば、木製のものや、石燈籠の一種も春日燈籠と呼ばれる。

また第十五回において、謎の人物について門番から説明を受ける中で、原作では髪の色が変わることがある、という原作のくだりが、日本人の場合はほとんど黒髪なので読者が違和感を覚えると思ったのか、これを肌の色合いのことに置き換えている。

本作は後に『土曜日の夜』と改題され、同題の単行本に収録されている（大正二年＝一九一三年十一月十日発行）。その単行本には「皇后の頸飾」が同時収録されている。これは同じく『怪盗紳士ルパン』中の一篇「女王の首飾り」の翻案である。

ひとつだけ判然としないのは、『土曜日の夜』の著者名が、奥付で「三津木春影」となっていること。『春日燈籠』（「土曜日の夜」）の翻案は安成貞雄とされているので、これは単なる間違いか、それとも「皇后の頸飾」が三津木春影によるものという可能性があるが、真相は藪の中である。いずれにせよ、これを根拠として、三津木春影もまた「清風草堂主人」のひとりだったと考えられる。

本書は、あくまで「最初」のものを収録するというスタンスのため、単行本ではなく新聞を底本とした。

『土曜日の夜』は十五章に分けられ、それぞれに章題が付されている。その章題は以下の通り（下には新聞連載のどの回に相当するかを記した）。

一　有村堀田に挑戦す……………（一）～（四）途中
二　不思議の紛失品………………（四）途中～（九）途中
三　怪しき暗の人影………………（九）途中～（十一）途中
四　REPONDH-CH-237　…………（十一）途中～（十三）途中
五　田邊秋子…………………………（十三）途中～（十四）
六　猫の眼の様に変る男…………（十五）～（十八）途中
七　謎の女……………………………（十八）途中～（二十）
八　有村の輩下だ…………………（二十一）～（二十三）途中

九　船中の格闘……………（二十三）途中～（二十五）
十　『龍雄降参しろ』………（二十六）～（二十八）
十一　『それじゃァ何者です』………（二十九）～（三十二）途中
十二　堀田三郎敗北す…………（三十二）途中～（三十三）
十三　伯爵夫人の自白…………（三十四）～（三十五）途中
十四　船中の廻り合い…………（三十五）途中～（三十六）
十五　有村は睡って居た…………（三十七）～（三十八）

「二　不思議の紛失品」は目次では「二　不思議な紛失品」に、「十三　伯爵夫人の自白」は目次では「十三　伯爵夫人の自由」に、「十四　船中の廻り合い」は、目次では「十四　船中の廻り会い」となっている。二章と十四章はともかく、十三章の目次は明らかな誤植である。

また章の変わり目（十章と十五章の冒頭など）で、連載時にはあった一行がなくなっている場合がある。これは章立てに変えたために改訂し省略したものと考えられる。

また『土曜日の夜』には『春日燈籠』連載時の予告部分がない代わりに、単行本としての序が付されている。それは以下の通り。

方今探偵小説に於いて英のコナン・ドイルを凌がんとするもの仏のモーリス・ルブランあるのみ。ルブランの小説の主人公リューパンは盗賊なり。博学にして多才、温雅にして俠勇、美男子にして力二十人を兼ね、菜食論者にして、人を殺さざるを一家の法となす。其の慎密にしてしかも大胆に、奇策縦横、泥棒振は真に仏蘭西気質を現わすものなり。篇中に収むる所「土曜日の夜」は、ドイルのシャーロック・ホームズ（堀田三郎）とアルセーン・リューパン（有村龍雄）とが荒木田伯爵家の秘密を中心として、其技量を角するもの、英仏二国探偵術の国際的競争にしてまた二国人の気質比べなり。「皇后の頸飾」はリューパンの生い立を描けるもの、リューパンを主人公とせる「予告の大盗」「金髪美人」「古城の秘密」「大宝窟」等を読めるものは、必ず此の小説を読まざるべからず。

大正二年十月

清風堂主人識

「予告の大盗」は『ルパンの冒険』、「古城の秘密」は『８１３』の翻案である（後述）。「大宝窟」は、次の『大宝窟王』の誤植であろう。

『大宝窟王』（三津木春影）

『大宝窟王（前篇）』『大宝窟王（後篇）』は、『奇巌城』の翻案である。「二十世紀探偵叢書」（中興館書店）の「第一冊」「第二冊」として刊行された。前篇は『春日燈籠』の連載と同じ一九一二年の刊行だが、奥付によると十二月十六日発行なので、僅かに『春日燈籠』よりも後となる。後篇は年をまたいで翌一九一三年三月十一日の発行。

原作『奇巌城』は、「ジュ・セ・トゥ」（一九〇八年十一月号～一九〇九年五月号）に掲載され、一九〇九年に単行本化された。ルパン・シリーズ最初の長篇である。

翻案者は、三津木春影（本名・三津木一実、一八八一～一九一五）。小説家、編集者。早稲田大学を卒業し、文学系の小説家としてデビューするが、後に探偵小説・ＳＦ冒険小説へと転ずる。創作のみならず翻訳（翻案）も行ない、今では探偵小説史上および古典ＳＦ史上、欠くことあたわざる名前となっている。押川春浪の後輩に当たるが、ともに早世している。この二人が長生きしていたら、我が国の探偵小説史、ＳＦ史は全く異なったものとなっていただろう。

三津木春影は特に『探偵奇譚　呉田博士』シリーズの作者（翻案者）として知られている。これはオースティン・フリーマンの「ソーンダイク博士」物、及びコナン・ドイルの「シャーロック・ホームズ」物の探偵譚を呉田博士というひとりの探偵に置き換える形で翻案したものだ（その他、原典不明の翻案もしくはオリジナル作品も混ざっている）。『探偵奇譚　呉田博士』は長らく稀覯本中の稀覯本としてなかなか読むことが叶わなかったが、二〇〇八年に末國善己の編纂により『探偵奇譚　呉田博士【完全版】』として作品社から分厚い一巻本の形で復刻された。実に貴重な作品なので、是非本書と併せお読み頂きたい。

三津木春影は他に、ホームズ物「赤毛連盟」を「禿頭組合」として翻案したものもある。要するに、三津木春影も安成貞雄と同様、コナン・ドイルによるシャーロック・ホームズ物と、モーリス・ルブランによるホームズ・パロディの両方を翻案していたのである。

三津木春影には、他にもルパン物の翻案として『古城の秘密（前篇）（後篇）』（大正元年〜二年）があるが、これは『８１３』の翻案である（横溝正史が少年時代に愛読したという）。また安成貞雄の『金髪美人』と同じ大正二年に、同じく「金髪の美女」を原作とする『金剛石』も翻案している。

『奇巌城』をこれまで読んだことがなかった、という方のために書いておくが、本作におけるルパンのライバルは、はっきり言ってホームズではなく少年探偵ボートルレ（『大宝窟王』における三井谷散史）である。本作でのホームズは、ほぼ憎まれ役としての役割。老婦人を人質に取って拳銃を突きつけるなど、コナン・ドイルのシャーロック・ホームズのキャラクターからは程遠い。これは完全に、ホームズもどきのハーロック・ショームズの仕業である。

更に付言しておくと、正確にはルパン物でホームズが登場する作品としては他にも『続８１３』がある。しかしこれはホームズが依頼を受けて探し物をするということが語られる程度で、物語の表面には出てこない。ルパンとホームズが直接「対決」することはないのだ。よって本書には収録しなかった。

ちなみに先述の通り原作ではハーロック・ショームズとなっている名探偵だが、『８１３』にはシャーロックの名が出て来る。これがなんと、ルパンの飼っている犬の名前としてなのだから、ルブラン先生も人が悪い。


アルセーヌ・ルパンの名前は、ここまでは「龍羽暗仙（りゅうば・あんせん）」や「有村龍雄（ありむら・たつお）」と、なんとなく原名をもじった日本名化がされてきたが、本作では「隼白鉄光（はやしろ・てっこう）」。もじりよりも、見ためのカッコ良さを重視した翻案名である。一方、シャーロック・ホームズは「保村俊郎（ほむら・しゅんろう）」と、ちゃんともじった日本名にしてある。ガニマールは、ここでも「蟹丸」。まあ、もっとも思いつきやすい置き換えだからであろう。

本作はところどころ原作から改変された部分があるが、人名・地名の日本化を別にすれば、複数の会話をまとめてひとつにしてしまったり、あおり文句を数行にわたって付け加えたりが主である。大きく削除したり加筆したり、ましてや全然違うものに書き換えてしまったり、などはない。付け加えてある部分は、調子を整えるためのものが多いようだ。例えば、第五章の最終行。


奇怪、奇怪！　ああ彼れ三井谷は果して新聞記者か、学生か、善人か、悪人か？


――名調子である。明治後期・大正期の大衆文学は、こんな調子の文章が多かった。

日本の読者に配慮したがゆえであろう、改変もある。第六章に入ってすぐ、登場人物が舞台を観に行くくだり。原作ではユーゴー原作の「エルナニ」なのだが、我が国では知名度が低いと考えたのか、「椿姫」に変えてある。これなら日本人にも親しまれているからということだろう。

また第十章に入ってすぐのところでは、江見原晩幽（実は隼白鉄光）が「阿弗利加《アフリカ》で象」を、狐」である。

「亜剌比亜《アラビア》で熊」を狩っていた、というくだりがあるが、原作では「ベンガルで虎」「シベリアで

第十三章では、本来ならば東方の三博士のひとり（キリスト生誕時に訪れた人物）であるべきところが、「孔子様」になっている。これは東方（東洋の）賢人ということでの分かり易さ優先の改変と推測される。

第十四章、海岸で女性の死体が見つかったという際、原作ではただ「若い女性」なのに「美人」と改変してしまったのは、ちょっと勇み足。なぜならば人相も分からない状態になっている死体なのだから、美人だと断言できないはずなのだ。

改変の中で、意味合い的に特に大きいのが第十七章。原作では、語り手たる「わたし」（＝モーリス・ルブラン）が登場し、ルパンの突然の訪問を受けた上で、ボートルレとも顔合わせをするくだり。この「わたし」に相当する人物が、本作では「伊佐美純介という若い弁護士」となり、語り手ではない単なる一登場人物に改変されているのだ。

そして第十八章に入り、伊佐美弁護士が隼白鉄光の友人であり、昨年には鉄光の相談も受けている、という事実が語られるのだった。

翻案で「わたし」とすると、「わたし＝三津木春影」ということになってしまうので、そのまま訳すことがはばかられたのだろうか。

ちなみに第十八章の最後、「ああ、天下万衆一人もその死を疑う者がなかった彼鉄光が、意外にも忽然として眼前に現出した。」以降、章末までは原作にない加筆部分だが、これも実に名調子である。

本書は『怪盗対名探偵初期翻案集』と銘打っておきながら、『大宝窟王（前篇）』では、シャーロック・ホームズ（＝保村俊郎）は、ルパンにさらわれて監禁されたままで終わってしまう。申し訳ない。

そして後篇である。第十三章の「デレ助」とか、第十五章の「丁稚小僧の藪入り」など、大正の翻案ならではの言葉遣いだ。現代の翻訳でこういった単語を用いることは、まずないだろう。

ちょこちょこと加筆や省略の箇所があるが、過去の事件について触れた原文は、削除される傾向にあるようだ。第十四章に相当する原作部分中、カオルン男爵の事件や、ティベルメニル事件、殺人犯ピエール・オンフレーについて言及されるのだが、これは『怪盗紳士ルパン』中の「獄中のアルセーヌ・ルパン」「遅かりしシャーロック・ホームズ」「ふしぎな旅行者」でのこと。またルパンに捕まったシャーロック・ホームズが船に乗せられて云々というくだりは、『ルパン対ホームズ』の「金髪の美女」でのエピソード。これらが、本作では略されている。

更に第二十八章に相当する原作部分中でも、潜水艦の設計図に関連して「ハートの7」事件に言及されるのだが、本作ではやはり削られている。

全体に地の文や会話は口語体なので今でも比較的読みやすいと思われるが、手紙や新聞記事などが文語体になっているため現代人には少々読みにくいかもしれない。それもまた大正の味わいであると、雰囲気を楽しんで頂きたい。万が一どうしても意味が取れない、という場合は、現代語訳の『奇巌城』の該当部分を参照して頂ければ幸いである。

アルセーヌ・ルパン日本初上陸は？

ルパンとホームズとの対決物に限らなければ、ルパン物は本書収録作よりも先に日本語に翻案（翻訳）されたものがある。最初の翻案は、現在発見されている限りでは、「サンデー」第六号（明治四十二年＝一九〇九年一月三日号）に掲載された「泥棒の泥棒」である。これの原作は「黒真珠」（『怪盗紳士ルパン』所収）。翻案者（訳者）は「森下流仏楼」となっているが、後に清風草堂主人『夜叉美人』（大正四年＝一九一五年）の巻末に附録として収録されている。またしても清風草堂主人である。この際の清風草堂主人が誰であるかははっきりとしないため、ルパンを初めて日本へ移入した功労者が誰か確定できないのだ。伊多波英夫は、『安成貞雄を祖先とす　ドキュメント・安成家の兄妹』で安成貞雄説を取っている。

その次が、同じく「サンデー」に明治四十三年（一九一〇年）から翌四十四年（一九一一年）にかけて掲載された『予告の大盗』。これの原作は、『戯曲アルセーヌ・ルパン』をノベライズした『ルパンの冒険』。翻案者は馬岳隠士（というペンネーム）。後に『予告の大盗』（万里洞／明治四十四年＝一九一一年）として単行本化され、この際の翻案者名も清風草堂主人。これが堺利彦と判明していることは、先述した通り。

そしてこの次、三番目となるのが『春日燈籠』なのである。

アルセーヌ・ルパンの思い出

わたしが最初に読んだホームズ・パロディはおそらく、ポプラ社版『怪盗対名探偵』（ポプラ社）だ。南洋一郎が児童向けに翻訳した『ルパン対ホームズ』である。しかしこれを読むに至った経緯は極めて間抜けなものだ。同じポプラ社で山中峯太郎がホームズ物の『四人の署名』を児童向けに翻案した『怪盗の宝』を先に読んでいたのだが、「もっとホームズ物を読みたい！」と考え、近所の本屋で探して買ったのが『怪盗対名探偵』だったのだ。まだ小学生だったので、作者をチェックするといった知恵が働かなかったのである。

だが、我が家には同じポプラ社の『ルパンの大失敗』も

あった。自分で買った（もしくは買ってもらった）覚えはないので、兄のものだったのだろうか。そんなわけでいつからウチにあったか定かではないので、最初に読んだアルセーヌ・ルパン物はというと、『ルパンの大失敗』なのか『怪盗対名探偵』なのか不明なのだ。

『怪盗対名探偵』を買った時、更なる間抜けなことがあった。その際、兄も一緒に本屋へ行って同時に本を買っているのだが、それが『怪人対巨人』という本なのだ。『〇〇対〇〇』ばかりだが、子どもは『モスラ対ゴジラ』とか『ガメラ対ギャオス』とか、対決物が好きなのです。これは講談社から出ていた、やはり児童向けのルパン・シリーズ「名作選怪盗ルパン」の一冊なのだが、原作はというと……『ルパン対ホームズ』（の前半）だったのだ。北原兄弟、まだ子どもだったので同じ本が別なタイトルで出ていることもあるなどとは知りもせず、後で気づいて愕然とした覚えが。

但し『怪人対巨人』では、探偵の名前を原作そのまま「ヘルロック・ショルムズ」としていた。そういう意味では貴重な一冊だったのだが、子どもの頃にはどういうことやら分かろうはずもなく、もやもやする結果となったのである。

アルセーヌ・ルパン秘宝館

自分はルパンの新訳の文庫解説こそ書いたことはあるものの、アルセーヌ・ルパン専門の研究家でも書誌学者でもない。とはいえホームズ研究家かつ古書研究家ではあるために、ルパンとホームズが関係する珍しい文献に関しては、見かければ買い集めるようにしている。

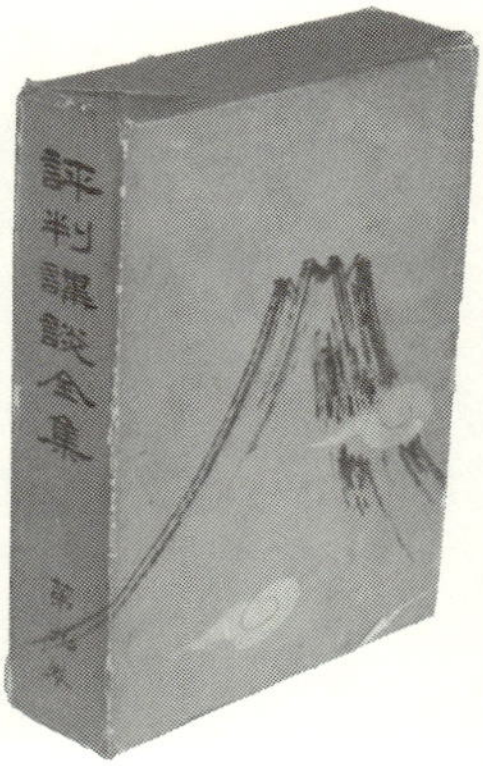

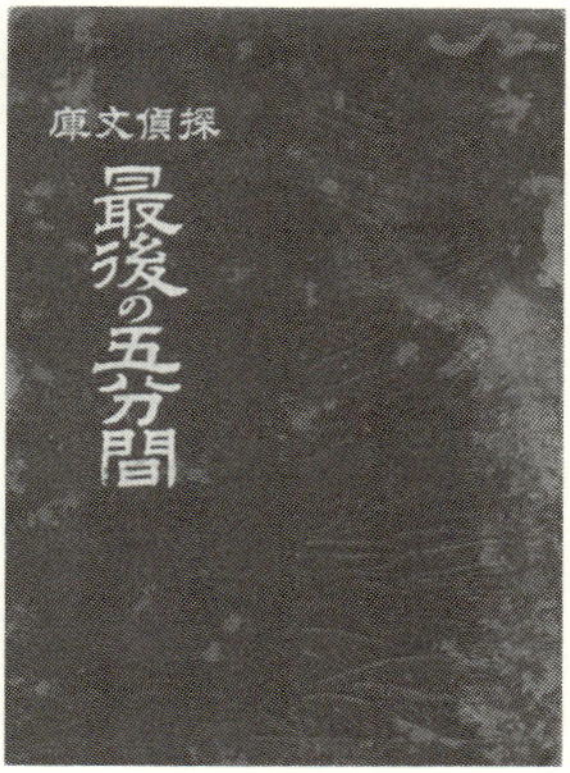

全く網羅性はないけれども、少しばかりは珍しいルパン文献についての情報は集まっているので、この機会にまとめて紹介しておこう。

立川文庫の亜流のひとつ「探偵文庫」の一冊として刊行された『最後の五分間』（名倉昭文館／一九一六年）は「神出鬼没の怪賊」という副題が付されていたためにルパン物の翻案ではないかと踏んで買い求めたのだが、読みは大当たり。戯曲を小説化した『ルパンの冒険』を講談本に書き換えたもので、ルパンは「酒井政哉（さかい・まさや）」となっている。

講談本では『評判講談全集　第九巻』（大日本雄弁会講談社／一九三一年）に複数の講談が収録されているのだが、そのひとつ「怪盗ルパン」（白雲齋楽山）は、「金髪の美女」の翻案。タイトルではルパンだが、本文では「有瀬流安（あるせ・るあん）」。ホームズは「堡無須（ほうむす）」、ガニマールはここでもやはり「蟹丸」。

興文社・文藝春秋社の「小学生全集」の一冊として刊行された『少年探偵譚』（一九二八年）には『奇巌城』が収録されている。訳者は、全集そのものを編集した菊池寛。この全集自体は、割と知られているかもしれない。

二〇一一年、我が国で『ルパンの奇巌城』という映画

（監督・秋原正俊、主演・山寺宏一）が作られたが、その際に原作として使用されたのが、この菊池寛バージョン。この映画、シャーロッキアンとしては残念なことに、シャーロック・ホームズに相当する人物は登場しない形に脚色されていた。だが映画公開時に『映画『ルパンの奇巌城』原作付きガイドブック』（KAERU CAFE／二〇一一年）という本が刊行されている。これは映画スチールやキャラクター紹介、撮影秘話を収録したもので、劇場でもプログラム代わりに販売されていた。そして〝原作付き〟とある通り、菊池寛バージョンの『奇巌城』を丸々復刻・収録している。通常版と、関係者限定版の二種類あり。

児童雑誌「少年少女 譚海」の一九三九年新年号付録『奇巌城』は伊藤松雄による翻案。アルセーヌ・ルパンの名はそのままだが、ボートルレは「都郷郎安（とごう・るあん）」、ガニマールは「加丸（かまる）」、レイモンドは「礼安（れいあん）」といった具合。しかしシャーロック・ホームズが登場しない形に書き換えられている。

昭和期の付録本に推理小説は多く、その中でもルパン物はホームズ物と並んで膨大にあるのでここでは特筆すべきものを。「冒険王」（秋田書店）一九六一年三月号付録『怪盗ルパン』は、梶原一騎の弟でマンガ原作者、小説家、そして空手家として知られる真樹日佐夫が文章を書いている。

「金髪の美女」が原作だが大きく改変されており、ホームズの助手が「ワトソン少年」である上に、ルパンにひろわれた日本少年・ヒロシが登場する。

「5年の学習」（学習研究社）一九七二年七月号付録『ルパンと少年探偵』は、文章を児童文学作家の上崎美恵子が書いている。しかし本書のポイントは、イラストを怪奇的かつエロティックなタッチで有名な石原豪人が描いているということ。表紙はルパンというより、まるで007である。

ルパンはマンガ化もたびたびされている。怪奇マンガで知られる好美のぼるの『怪盗ルパン』（曙出版／一九七〇年）は、「世界文学漫画全集」の一冊。これは『怪盗紳士ルパン』中の複数作品を原作として脚色したものだが、その最後の「遅かりしシャーロック・ホームズ」に相当する部分がかなり無茶苦茶。もう脚色の範疇を超えている。

「りぼん」（集英社）一九五七年十月号付録『りぼん文庫』収録の「たんていまんが　ルパン」は、扉絵では「探偵まんがルパン　うつろ針のひみつ」とある通り『奇巌城』が原作。マンガ家は『漫画家残酷物語』『フーテン』の永島慎二。

その二か月後、「りぼん」一九五七年十二月号付録『たんていまんが　ルパン』は「金髪の美女」が原作。マンガ

家は、学年誌などで活躍した小山田三六。先の『りぼん文庫』は大きいA5判だったが、こちらはその半分、小さいA6判（文庫サイズ）である。

「ぼくら」（大日本雄弁会講談社）一九五五年六月号付録の『怪盗ルパン』も『奇巌城』が原作。ルパンが太った丸鼻の親父で、イメージダウンも甚だしい。トルレ少年も、フランスよりも戦後日本が相応しいファッションの男の子。改変もなされており、ホームズが登場しないほか、なんとレイモンドが少年になっており、ルパンの花嫁ではなく「弟」になるのである。描いているのは『豆タンくん』などの作品がある、竹山のぼる。

「中一時代」（旺文社）一九六九年二月号付録『怪盗ルパン 青色ダイヤ』は、「ユダヤのランプ」が原作。マンガを描いているのは木村仁。少年マンガ誌でも劇画誌でも活躍。女性がなかなか色っぽいと思ったら、『劇画 世界好色文学全集』なんて作品もある人だった。

「小学六年生」（小学館）一九七八年六月号付録『小六世界名作コミック』収録の「ルパン・ホームズ危機一髪」（河合秀和）は、目次ではモーリス・ルブラン原作とうたっておきながら、話の展開は滅茶苦茶で、最後はルパンとホームズが肉弾戦を繰り広げた挙句、ルパンは背嚢型ロケット・マシンで飛び去ってしまうのだ。そして最後になっ

て「この話はシャーロックホームズとルパンを登場させて河合先生が作ったものです。」と記されているのだった。

学習研究社の学習雑誌「科学」と「学習」の場合、付録だけでなく増刊号である「読み物特集」も要チェック。一九八四年の「6年の読み物特集」には加納一朗「消えた黄金の仏像」という短篇が掲載されているのだが、これは日本でシャーロック・ホームズとアルセーヌ・ルパンが対決していた、というオリジナルな内容。作者本人も存在を忘れており、長らく埋もれていた作品。

流矢カイル『ホームズ対ルパン 幻の大魔境』（学習研究社／一九八七年）は、一九八〇年代のゲームブック・ブームの最中に発行されたもの。ルブランの原作は片鱗もなく、ペルーの奥地での大冒険が繰り広げられる。

前記の一部作品は拙著『シャーロック・ホームズ万華鏡』（本の雑誌社／二〇〇七年）でも紹介しているので、もっと詳しく知りたいという方はそちらをご覧ください。また「消えた黄金の仏像」については東京創元社の「ミステリーズ！ Vol.49」（二〇一一年十月号）掲載の「ホームズ書録2　新発掘　ホームズとルパンが日本で対決していた？」をどうぞ。

これらの他にもまだ色々とあるが、取りとめがなくなってしまうのでこの辺で。以上、今後どなたかがアルセーヌ・ルパン書誌、モーリス・ルブラン書誌を作成して下さる際、僅かなりと参考になれば光栄である。

＊

既に述べた通り、現在判明しているところでは、『春日燈籠』が我が国最初のホームズ・パロディである。『春日燈籠』の掲載は、一九一二年（大正元年）。つまり二〇一二年は、我が国へのホームズ・パロディ移入百周年なのである。このような記念すべき年に本書を刊行できたことを、大いに喜びたいと思う。

（参考文献）

伊藤秀雄『大正の探偵小説』（三一書房／一九九一年）
伊藤秀雄『近代の探偵小説』（三一書房／一九九四年）
長谷部史親『欧米推理小説翻訳史』（本の雑誌社／一九九二年）→（双葉文庫／二〇〇七年）
中島河太郎『日本推理小説史 第一巻』（東京創元社／一九九三年）
福田久賀男『探書五十年』（不二出版／一九九九年）
『安成貞雄文芸評論集』編集委員会・編著『安成貞雄　その人と仕事』（不二出版／二〇〇四年）
伊多波英夫『安成貞雄を祖先とす　ドキュメント・安成家の兄妹』（無明舎出版／二〇〇五年）
三津木春影／末國善己編『探偵奇譚 呉田博士【完全版】』（作品社／二〇〇八年）

横田順彌『近代日本奇想小説史　明治篇』（ピラールプレス／二〇一一年）
住田忠久「解説」（モーリス・ルブラン『戯曲アルセーヌ・ルパン』論創社／二〇〇六年）
川辺道昭・新井清司・榊原貴教編『日本におけるシャーロック・ホームズ』（ナダ出版センター／二〇〇一年）
新井清司「日本におけるコナン・ドイル、シャーロック・ホームズ書誌」（コナン・ドイル『詳注版シャーロック・ホームズ全集10』ちくま文庫／一九九八年）

［編者］**北原尚彦**（きたはら　なおひこ）
1962年、東京都生まれ。青山学院大学理工学部物理学科卒。著作は小説『首吊少女亭』（角川ホラー文庫）、『死美人辻馬車』（講談社文庫）、エッセイ『ＳＦ奇書天外』（東京創元社）、『古本買いまくり漫遊記』（本の雑誌社）、翻訳『シャーロック・ホームズの栄冠』（編訳、論創社）、『ドイル傑作集　全５巻』（共編訳、創元推理文庫）、アンソロジー編纂『日本版シャーロック・ホームズの災難』（論創社）ほか。日本古典ＳＦ研究会会長。日本推理作家協会、日本ＳＦ作家クラブ会員。

怪盗《かいとう》対《たい》名探偵《めいたんてい》初期《しょき》翻案集《ほんあんしゅう》　〔論創ミステリ叢書・別巻〕

2012年4月20日　初版第1刷印刷
2012年4月30日　初版第1刷発行

原　作　モーリス・ルブラン
著　者　三津木春影ほか
編　者　北原尚彦
叢書監修　横井　司
装　訂　栗原裕孝
発行人　森下紀夫
発行所　論 創 社
〒101-0051 東京都千代田区神田神保町2-23　北井ビル
電話 03-3264-5254　振替口座 00160-1-155266
http://www.ronso.co.jp/

印刷・製本　中央精版印刷

Printed in Japan　ISBN978-4-8460-1137-6